KB163032

어니언 마말레이드

Onion Marmalade

백서하 장편소설

IV

어니언 마말레이드 Ⅳ

초판 1쇄 인쇄일 | 2021년 3월 22일
초판 1쇄 발행일 | 2021년 3월 31일

지은이 | 백서하
펴낸이 | 박성면
펴낸곳 | (주)동아

출판등록 | 제406-3960100251002007000071호
주소 | 경기도 파주시 문발로 115, 세종대학교출판부 206호
전화 | (031)8071-5201
팩스 | (031)8071-5204
E-mail | bear6370@hanmail.net

정가 | 12,800원

ISBN 979-11-6302-469-9 (04810)
      979-11-6302-443-9 (set)

ZERONOVEL

ONION

IV

어니언 마말레이드
Onion Marmalade

백서하 장편소설

MARMALADE

동아

contents

Chapter 21
종말을 향한 제물 (2)

감히 장담하건대, 위그 이디에트보다 더욱더 행동력이 빠른 사람은 없을 것이었다.

비비안은 오늘 아침 신문을 쭉 훑다가 웃고 말았다. 이 며칠 동안 신문에는 그간 알렉산드르가 죽으면서 시작된 일련의 사건들을 세세하게 평론한 칼럼이 실려 있었다. 그리고 최신 보도에는 기사들이 철수하면서 움직이기 시작한 위그 이디에트가 어떤 식으로 범인을 잡았는지도 써 있었다.

로튼 휘하의 신문에서는 그 영광의 사례를 영웅의 대서사시처럼 대서특필을 해 놓았다. 그는 알렉산드르의 종적을 찾고, 기사들의 증언까지 바탕하여 그날 알렉산드르가 제 발로 왕궁을 나갔고 결국 죽임을 당한 뒤 버려졌다고 결론을 내렸다. 한마디로 말하자면 그것은 꽤 불행한 사고였다는 것이었다.

그리고 이디에트를 범인으로 짚은 자객들 뒤에 이디에트와 반하는 귀족 세력이 있고, 그 귀족 세력의 배후를 이제 찾을 차례라고 결론을 내렸다.

물론 디아나 왕녀의 죽음은 아직 그 답을 찾지 못했다. 하지만 이 속도라면 디아나 왕녀의 죽음을 초래한 그 의문의 여자를 '찾는 것'도 일은 아니었다.

"이건 뭐 공작인지 탐정인지."

비비안은 살짝 의자에 등을 기댔다. 금족이 풀린 뒤 다시 자유를 만끽한 그녀가 흡족한 얼굴을 했다. 곧 그녀가 신문을 내려놓았다. 그때 갑자기 클로에가 노크해 왔다.

"단주님, 손님이 오셨습니다."

"누군데?"

"로건 왕자 전하께서 오셨습니다."

순간 신문을 접던 손이 멈칫했다. 비비안의 표정이 미묘하게 변했다. 그녀는 뭔가 고민하는 듯하다가 곧 고개를 끄덕였다. 들어오게 하라는 뜻이었다.

클로에가 나가면서 한 번, 그리고 다시 문이 열리는 소리가 들렸다.

비비안은 고개를 천천히 들었다. 그녀는 딱히 일어서서 손님을 맞이할 생각이 없는 듯 보였다. 그러나 시야에 들어오는 로건의 모습에 그녀의 눈빛이 미묘하게 변했다. 미간이 살짝 꿈틀거리는 듯했고, 방금까지의 평온함은 전부 거짓이라는 듯이, 그녀는 여실하게 동요하는 모습을 보이고 있었다.

그녀의 앞에 서 있는 남자는 '에단'이었다.

교양 있고 부드럽고 반듯한 정장을 차려입은 채 웃고 있는 남자가 아닌, 길거리의 평범한 신사처럼 수수한 외투와 셔츠, 그리고 옅은 베이지색 바지와 잘 정돈된 머리를 갖고 있는 그런 남자. 푹 눌러쓴 모자를 살짝 손끝으로 잡고 언제나 그랬듯 모든 시선을 비비안에게 고정시키고, 그는 그렇게 서 있었다.

일순 비비안의 평온과 여유로움이 전부 안개처럼 사라졌다. 그녀는 입술을 꼭 다물고 담담하게 앉아 있었으나 그 모습이 오히려 그녀가 이 순간 얼마나 긴장했는지 보여 주고 있었다.

이제 더는 로건을 보고도 동요하지 않을 것처럼 굴던 모든 잔상이 그저 사라졌다. 비비안은 그런 제 모습을 자각했는지 그 자리에서 꼼짝도 하지 않은 채 천천히 입을 뗐다.

"왕자 전하께서……."

"네가 그랬어?"

비비안은 로건이 자신의 말을 완전히 끊어 버렸음을 인지했다. 그러나 그녀는 오히려 안도한 얼굴을 했다. 그의 의도를 알 수 있게 되자 어깨에서 힘이 완전히 빠져나갔다. 그녀는 잠시 허공에 시선을 두는 듯하다가 다시 로건을 향해 눈길을 돌렸다. 그리고 생긋 웃으며 말했다. 그녀는 이 상황에서 가식적으로 상대를 왕자 전하로 취급하는 것이 별 의미 없음을 깨달은 듯했다.

"무슨 대답을 원했는데?"

"네가 그러지 않았다는 대답."

"진짜로 그 대답을 원하고 온 거야?"

"……."

자신이 했다는 긍정이나 마찬가지였다. 로건은 얼굴을 일그러뜨렸다. 고통으로 문드러진 얼굴. 그러나 침묵의 시간이 길어지고 또 길어져도, 결국 로건은 비비안을 질책하는 말 한마디 하지 않았다.

대신 그는 어떻게 말을 해야 할지 모르는 아이처럼 그저 비비안을 빤히 응시했다. 울 것 같기도 하고 원망하는 것 같기도 했다. 결국 길고 긴 침묵을 깨고 먼저 입을 연 사람은 이례적으로 비비안이었다.

"왕자 전하께서 무슨 의도로 왕림하신 것인지는 모르겠지만, 오늘의 방문은 경솔하신 처사였습니다."

"나는 어차피 왕실에 항상 경솔해 왔어."

"그건 자랑은 아닌 것 같습니다."

"내가 유일하게 경솔하지 못했던 게 너와 붓이었어. 그리고 그중 하나를 버리라고 하면 버리는 건 가차 없이 후자였고."

"그렇군요. 영광이긴 하나 그 또한 자랑이라고 생각지는 않아요. 모든 왕족이 자신의 의무를 행하는 지금, 왕자 전하의 임무는 따로 있지 않나요?"

"내 임무? 크리스티나를 보호하는 것?"

마지막 말은 마치 일종의 자조 같았다. 제이슨이 눈치를 챈 이상 누구보다도 비비안의 성정을 잘 알고 있는 로건이 그것을 예측하지 못할 리가 없었다. 물론 단순히 '내가 비비안을 잘 안다'는 이유만으로 이렇게 굴고 있을 리도 없다. 비비안은 그것을 알고 있었다. 로건은 왕위에 욕심이 없고 권세에 관심이 없지만, 그렇다고 완전히 생각이 없는 이는 아니었다.

그가 이곳에 와서 크리스티나를 입에 올렸다는 것 자체가 이미 제이슨이 뭔가를 행하기 시작했다는 것이었다.

그것을 눈치챈 비비안이 입을 뗐다.

"제이슨이 뭘 시작하나 보네."

이제 그녀는 그를 왕자라고 칭하지 않았다. 로건으로서는 그게 더 좋을 법도 했으나 그는 하나도 기쁘지 않은 모양이었다. 비비안은 길게 숨을 내쉬었다.

"결혼이라도 시키려고 하나?"

"예상했던 문제 아니야? 바첼론에서 왕녀의 가치를 뽑아 먹을 대로 뽑아 먹고 치워 버리는 가장 좋은 방법은 결혼뿐이지?"

로건이 이를 악물었다. 그러나 비비안은 그저 입꼬리를 비틀고 가볍게 대꾸했다.

"알긴 아네."

"……뭐?"

로건이 자신의 귀를 의심하는 듯 반문했다. 그러나 비비안은 개의치 않은 채 자신의 물음을 이어갔다.

"상대는?"

"아론디트의 왕."

"뜻밖에 멀쩡한 상대네."

비비안이 피뜩 웃었다. 정말 멀쩡한 상대였다. 작년에 갓 즉위한 아론디트의 왕은 외모는 평범하나 딱히 난잡한 소문이나 사생활이 없었고 그럭저럭 유순하고 괜찮은 성격의 소유자였다. 아론디트는 바첼론과 비교할 때 국력이나 왕권에서 떨어지는 부분이 있지만 왕비로 왕녀를 보내기에는 꽤 괜찮은 조건이었다.

그러나 비비안의 웃음에 로건은 분노한 듯했다. 그는 얼굴을 일그러뜨렸다.

"멀쩡한 상대면 다 괜찮은 거야?"

그 순간, 그저 미미한 웃음기를 띤 채 우아하게 앉아 있던 비비안의 얼굴에 진한 미소가 걸렸다. 더는 지금까지 짓던 그 애매함이나 자조가 아닌, 비릿한 웃음에는 약간의 경멸까지 섞여 있었다.

"글쎄, 누구 오빠는 그 멀쩡한 상대 하나 찾지 않아서."

"비비."

"그래서 지금 나한테 와서 하고 싶은 말이 뭔데? 내가 왜 디아나 왕녀를 죽였느냐 하는 거야, 아니면 크리스티나를 왕으로 추대하려고 했느냐는 거야? 나는 네가 지금 나에게 무엇을 따지는 건지 모르겠어."

"크리스티나는, 분명 평탄한 삶을 살 수 있었어."

"무슨 평탄한 삶? 너처럼 좋아하는 예술을 추구하며 평생 살아갈 수 있는 그런 삶?"

순간 로건이 입을 다물었다. 그도 문득 깨달은 듯했다. 왕자는 그것이 가능하나 왕녀는 그것이 불가능하다. 왕녀는 계집이라 왕위 다툼에서 살아남을 수는 있어도, 홀로 영원히 미혼인 상태로 자유롭게 살기는 어려웠다.

물론 평생 홀로 사는 방법도 있었다. 그러나 제이슨의 동생으로 태어났고, 그녀가 예쁘고 훌륭한 왕녀로서의 가치를 지닌 이상 그것은 불가능했다.

비비안은 지금 그것을 짚고 있었다. 그래서 크리스티나가 무슨 삶을 살 수 있느냐 하는 그런 질문. 결국 외국의 왕에게 시집가든 아니면 본국의 괜찮은 귀족에게 시집가든 그 어느 쪽이든 크리스티나 본인이 원하는 삶은 아니었다. 그녀는 로건과 달랐다. 그녀는 홀로 제 삶을 찾을 권리가 없었다. 왕족이라는 이유로 그녀는 한평생 자신의 '의무'에 시달려야 했다.

그래, 결혼하느냐 신전에 가느냐 하는 두 가지 선택지뿐인 의무.

"뭔가 착각하고 있는 것 같은데, 내가 크리스티나를 부추긴 게 아니야. 그녀가 되고 싶다고 내게 찾아온 거야. 마침 나와 위그와 생각이 맞아떨어져서 손을 잡게 되었고, 이 모든 것은 권력으로 향하는 길에서 반드시 부딪쳐야 하지."

"그래도. 이런 식으로 꼭 죽음을 만들어야 했어? 이런 식으로 꼭 사자의 아가리로 걸어 들어가야 했어?"

"응."

"크리스티나는 지금 며칠째 방에서 나오지 못하고 있어. 그 아이는 이 일로 어마어마하게 상처를 받을 것이고."

"네가 잘 위로해 주길 바랄게."

"비비."

"그렇지만 위로를 해 주지 않아도 상관은 없어. 아니, 사실 나는."

"……."

"네가 그 아이를 위로해 주지 말았으면 좋겠어."

"대체 무슨 생각인 거야. 크리스티나를 왕으로 만들어서 네게 좋아질 게 뭐가 있지?"

로건의 목소리는 이제 바들바들 떨리고 있었다. 그는 진심으로 비비안을 걱정하고 있었다. 동시에 자신의 동생을 걱정하고 속을 태웠다. 그리고 아마 이 모든 비극에 슬퍼하고, 또 이해하려고 하겠지.

그는 기실 자신이 무슨 생각으로 이곳으로 왔는지 잘 알 수 없었다. 그저 발걸음을 옮기다 보니 로튼으로 오고 싶었다. 오는 동안 수만 가지 생각을 해 보았다. 비비안은 지금쯤 어떤 표정을 짓고 있을까. 그러나 비비안은 생각보다 멀쩡했고, 심지어 이 모든 것을 놀라울 정도로 담담하게 받아들이고 있었다.

그것이 로건을 고통스럽게 했다. 최소한 그의 기억 속에 있는 비비안은 꽤 감정이 풍부한 여자였다. 그것을 억누를지언정 그 어떤 슬픔도 없는 인형처럼 앉아 있지 않았다. 지금은 마치 자기로 빚어진 것처럼 무표정하고 여유로운 얼굴이 끔찍하리만치 공포스러웠다.

그게 언제부터였나? 그가 수도로 돌아왔던 그날에도 저 정도는 아니었던 것 같다.

최소한 로건은 그렇게 생각했다. 그의 기억 속에 있는 비비안 로젤리스는 이미 사라졌고, 장난스럽게 웃으며 그의 앞에 앉던 그 손님도 이제는 없다. 그녀는 목적을 위해 수단과 방법을 가리지 않는다. 그래서 그 끝에 있는 것은 과연 무엇인가.

"크리스티나를 여왕으로 만들어서, 네가 얻을 수 있는 게 뭐야? 너는 어차피 로튼의 주인이고, 이 세상에 있는 모든 재부를 끌어안았어. 네 동생은 죽었고 네 오빠도 죽었어. 이 세상에서 네가 가진 것들을 빼앗으려는 자는, 그저 권리 하나 더 생겼다고 가만히 손을 놓고 있지 않아."

"아마도."

"그럼, 대체 원하는 게 뭐야?"

로건의 물음에 비비안이 천천히 고개를 들었다.

그리고 천천히 말했다.

"뭐인 것 같아?"

로건은 답하지 못했다. 그녀에게는 이제 한평생 써도 써도 사라지지 않는 돈과 절대적인 지위를 가진 상단이 있다. 그녀는 이제 영원히 바첼론 역사서에 이름을 남기게 되었다. 설사 여왕이 만들어지지 않는다고 해도 그녀는 아마 평생 그렇게 이겨 나갈 것이었다.

그런데 왜?

로건은 비비안의 생각을 알 수 없었다. 그는 그저 눈을 질끈 감았다. 그때 비비안이 갑자기 입을 열었다.

"나는 사실 네 자유로움을 꽤 사랑했어. 하지만 네가 왕자라는 것을 알게 된 순간부터 그 모든 것들이 다 끝을 맺었지."

"널 속인 건 미안해."

"날 속인 게 문제가 아니야."

"……."

"나는 너를 지독하게 질투하고 있는 거야."

로건은 미간을 좁혔다. 그는 비비안을 이해할 수 없었다.

"가진 거로 치자면 이디에트 공도 만만치 않아."

"……그래, 그 남자는 그래서 가진 모든 것을 빼앗기지 않으려고 하고 있지."

"……."

"로건, 권력의 가장 정점에 있는 사람이 갖고 있는 것이 무엇인지 알아?"

비비안은 천천히 고개를 들었다. 그녀는 살짝 일그러진 얼굴로 답을 내뱉었다.

"포기할 수 있는 권력과 방심할 수 있는 오만함."

순간 로건은 탁 숨이 막히고 말았다. 그는 비비안이 하는 말을 온전히 귀에 담을 수는 없었다. 하지만 그녀가 하는 말이 어떤 것을 지칭하고 있는지는 알 수 있을 것 같았다. 비비안은 그의 안색을 살피다가 다시 여유롭게 의자에 등을 기댔다.

"크리스티나를 잘 위로해 줘. 하지만 거기까지야."

"……."

"그 아이를 더 비참하게 만들 게 아니면, 네 그 여유와 오만함을 그 아이 앞에서 드러내지 마. 너는 호의였겠지만, 그것이 그 아이를 더욱더 절망에 빠뜨릴 게 뻔하거든."

비비안의 눈을 빤히 응시하던 로건은 걸음을 옮겼다. 그는 더는 비비안의 말을 어떻게 받아들여야 할지 몰랐다. 그래서 그저 그 자리를 떠나는 것을 선택했다.

그녀가 이 모든 것을 꾸몄다는 것을 알면서도 그는 그녀를 포기하지 못했다. 로건은 이 모든 상황이 우습기 그지없어서 한숨을 쉬었다. 그저 속으로 생각하고 또 생각하던 것을 확인받았을 뿐 그 이상의 파란은 없었다.

탁.

문이 닫혔다.

비비안은 그저 얼어붙은 듯 가만히 문을 응시했다. 방 안에 적막이 찾아왔다.

그리고…….

"하아."

길게 숨을 내쉰 그녀가 입을 꾹 다물었다. 이 며칠간 언제나 그렇듯 평온하고 여유로움으로 무장되었던 모든 껍질들이 한 까풀 두 까풀 차례로 벗겨졌다. 그러나 아무리 벗겨 내도 그녀는 여전히 평온했다. 그러다가 결국 생각해 보니, 어느 순간 그녀는 그녀가 연기하는 그 사람이 되어 있었다.

결국 로건은 모든 사실을 알고 그녀를 찾아왔음에도 불구하고 심한 말한마디 하지 않았다. 이쯤이면 욕이 나갈 법도 하지만, 이 방에 찾아왔던 수많은 남자들, 심지어 위그마저도 그녀에게 뒤통수를 맞았던 그날 그녀에게 욕을 내뱉었던 것 같은데 로건은 끝까지 두려움 하나 없이 그렇게 그녀를 보다가 걸음을 돌렸다.

그녀가 다시 한번 길게 숨을 내쉬었다. 울렁거리는 속이 이제야 점점 진정이 되었다. 그녀는 오늘 신문에 실린 내용을 보다가 눈을 감았다.

크리스티나가 이번 일로 크게 타격을 입었다는 사실을 알았다. 엘리미아가 제이슨을 죽이기 위해 아등바등한다는 것 또한 알았다. 결국 모두가 제목적을 위해 그렇게 목숨을 걸고 달려든다. 그녀가 했던 것처럼.

그러나 예상과는 달리 하나도 기쁘지 않다.

비비안은 천천히 테이블의 서랍을 열고 종이 한 장을 꺼냈다. 펜에 잉크를 묻힌 뒤 그녀는 편지에 몇 줄 적어 내려갔다. 그리고 곧, 클로에를 불렀다.

"왕녀에게 전해."

"알겠습니다."

비비안은 펜을 다시 잉크병에 넣었다.

종이에는 딱 두 줄 씌어져 있었다.

[저는 제 체스판에 있는 그 어떤 말도 아웃시킬 생각이 없어요.
퀸을 포함해서.]

그러니, 결국 그녀는 무사하게 적을 체크메이트시키고, 여왕을 올려 이 판의 승리자가 될 것이었다.

* * *

길고 긴 복도에는 오직 피 냄새가 자욱했다.

기억 속에 잔재하던 피와 죽음의 냄새.

그리고 바닥에 쓰러져 있는 누나를 향해 말하고 있는 남동생.

'누나, 나는 누나가 모든 것을 얻었으면 좋겠어.'

행복만 빼고.

그렇게 말하며 몸에 칼을 박아 넣고, 결국 피가 분수처럼 솟아오른다. 그것을 멍하니 보는데 순간 세상이 온통 피 냄새로 점철이 되었다. 이유는 모르겠지만 그녀는 앞으로 기어갔다. 무수하게 보았던 순간이지만 평소와 달리 오늘 그녀는 무사하게 남동생을 잡았다. 부들거리는 손으로 그 손에 꽉 쥐인 칼을 빼앗는다. 그리고 그것을 그의 몸에서 빼내는 순간.

'행복해져.'

어느새 소년은 다른 청년의 얼굴을 하고 있다.

자신의 여동생을 향해 웃고 있는 청년으로.

'비비, 행복해지렴.'

'아니, 행복해지지는 마.'

'행복해져.'

'원하는 걸 다 갖고 불행해져.'

'행복해지고.'

'비비. 들었니? 너는 원하는 것을⋯⋯.'

'비비.'

"비비안 로젤리스."

"헉."

귀에 박히는 익숙한 목소리에 비비안은 저도 모르게 눈을 떴다. 온몸이 식은땀으로 젖고, 의자를 잡아 뜯을 듯이 힘을 준 손끝에는 손톱이 부러져 피가 새어 나오고 있었다.

그야말로 괴기스럽기 없는 상황에도 비비안은 멍하니 눈을 깜박거리고 있었다. 여기가 어디고, 그녀는 누구고, 자신은 왜 여기에 있는가. 이 모든 질문들을 차례로 생각하던 그녀가 길게 숨을 들이쉬었다. 우습게도 꿈속의 피 냄새가 역하게 코를 찔러 왔다. 그에 질끈 눈을 감는데, 갑자기 커다란 손이 그녀의 뺨에 닿았다.

저도 모르게 그 손을 쳐 내릴 뻔했지만 감촉이 얼굴에 닿는 순간 남자의 얼굴까지 시야에 들어오면서 비비안은 천천히 손에 힘을 풀었다. 의자 손잡이의 끝은 이미 잡아 뜯어 너덜너덜해졌다. 그녀는 창문으로 비스듬히 들어오는 석양과, 그 석양을 맞으며 책상에 앉아 자신을 내려다보는 남자를 보며 눈을 깜박거렸다.

그리고 곧, 그녀가 길게 한숨을 쉬었다.

"누가 당신을 내 방에 들여놓은 거야."

"미리 말해 두지만 노크에 답하지 않은 건 당신이다."

"그럼 들어오지 말아야지."

"보통 이런 상황에서는 무슨 일이 생긴 게 아닐까 하고 들어오는 게 상식이고."

"나한테는 통하지 않는 상식이야."

"좋아. 그럼……."

똑똑.

위그는 손을 살짝 들어 마치 노크하듯 비비안의 책상을 두드렸다. 조용하기 그지없는 방에 울리는 소리가 유난히 귀를 찔렀다. 위그는 그저 '이제 됐지?'라는 얼굴로 비비안을 내려다보고 있었다. 그에 비비안이 어이없다는 표정을 지었다.

그러나 그녀는 굳이 더 말을 잇지 않았다. 그저 가볍게 뺨에 닿은 위그의 손을 치우고 침을 꿀꺽 삼켰다. 테이블 위에는 식어 버린 차가 있었다. 입 안에 넣자 찻잎이 침전이 되어 쓴맛과 물맛이 균일하지 않게 혀를 자극했다. 그러나 비비안은 그것을 다 마셔 버렸다.

탁. 찻잔을 내려놓은 뒤, 그녀가 말했다.

"그래서 무슨 일인데?"

"그 전에, 무슨 꿈을 꾼 거지?"

"알 필요 없어."

"리암?"

비비안이 대답을 회피한 것이 무색하게 위그는 너무 쉽게 답을 맞혔다. 비비안이 얼굴을 일그러뜨리고 위그를 응시했다. 그 눈빛에 위그는 무척 담담하게 응수했다.

"왜 그렇지 보지?"

"알면서 기어코 물어봐?"

"인간은 호기심이 많은 동물이니까."

"당신은 그 호기심 때문에 조만간 내 손에 끝장날 거야."

"그건 싫다. 나는 당신보다 오래 살 거거든."

한쪽으로 읊조리며 위그가 책상에서 일어났다. 덕분에 석양빛을 정통으로 맞게 된 비비안이 손을 들어 이마를 가렸다. 그녀는 문득 온몸을 흠뻑 적시던 식은땀이 다 마른 것을 발견했다. 더불어 자신이 어느새 긴장을 풀고 있다는 사실까지.

로건이 다녀간 뒤 잠깐 일을 하다가 잠을 청한다는 게 그만 이 지경이 되었다. 비비안은 자신이 왜 다시 그 꿈을 꾸었는지 알 수 없었다. 리암의 죽음 뒤로 반복에 반복을 걸쳐서 나타나던 꿈은 한때 그녀가 라니사의 일로 골머리를 앓기 시작하면서, 그리고 위그를 상대하면서 거의 자취를 감추었다.

그런데 이번에 또다시 나타났다. 심지어 메이슨의 얼굴까지 함께.

그 영문을 짚어 보다가 그녀는 다시 찻잔에 손을 뻗었다. 그러나 찻잔은 이미 비워졌다. 왠지 모르게 울컥 짜증이 일어나서 손을 거두는데 어느새 창문에 있는 얇은 커튼을 닫아 빛을 막은 위그가 고개를 돌리며 입을 뗐다.

"오늘 로건이 다녀갔다며?"

"이제 클로에가 내 스케줄을 다 당신에게 보고하는 거야?"

"클로에가 아니라 로건의 마차가 이 부근에 있는 걸 보았다는 사람이 있거든. 당신도 알다시피 요즘 수도에는 왕실과 이디에트의 기사가 깔렸어."

"아, 있지도 않은 범인을 찾아내려고."

"그래, 마침 그리고 그자들이 전부 내 명령을 듣는 터라."

"놀랍게도 제이슨이 당신에게 이렇게 막중한 권력을 주었군."

"우리의 목적이 크리스티나라는 걸 알게 되면서 시름을 오히려 놓은 것 같다."

"시름을 놓는다, 라."

"당신도 알다시피 왕녀를 치워 버리는 건 무엇보다도 쉬운 일이니까."

"결혼을 추진시킨다며."

"그건 로건이 알려 준 건가?"

"알고 있었어?"

"그래, 그리고 그 소식을 듣자마자 내가 당신 상단으로 온 것이다."

비비안은 피식 웃었다.

"진짜로 그 이유뿐이야?"

"물론 로건이 왔다는 소식도 한몫했지만."

"나는 당신의 그 노골적인 부분이 좋아."

"……."

"로건에게는 없는 것 말이지."

"썩 기분이 좋지는 않군."

그 말을 증명하듯 위그의 표정은 확실히 그렇게 좋지는 못했다. 그는 비비안이 무엇을 지칭하는지 알고 있었다. 로건은 비비안을 잘 알지 못한다. 그의 머릿속에 있는 비비안은 스무 살의 그날에 멈추어져 있었고, 영원히 아름답고 사랑스러우며 꿈과 욕심을 향해 노력하는 그런 여자였다. 결국 비비안이 로건과 나눌 수 있는 사랑도 그런 것이었다. 달콤하고, 사랑스럽고, 어쩌면 세간의 사람들 입에서 일컬어지는 '사랑이 갖추어야 하는 그런 모습'.

그러나 비비안과 위그는 달랐다. 두 사람은 서로의 밑바닥까지 알고 있었고 두 사람이 나누는 대화에는 영원히 가식 따위가 없었다. 비비안은 일말의 주저함도 거짓도 없이 자신의 부정적인 감정을 위그에게 쏟아부었다. 그리고 위그 또한 자신의 생각을 가감 없이 비비안에게 흘려보냈고.

어느 쪽이 사랑인가 하면 기실 아무도 답을 내리지 못했다. 그러나 한 가지 확실한 것은 세간의 눈길이 보기에 로건과 함께 있을 때 비비안이 꽤 행복해 보였다는 것이었다. 실제로 비비안 본인이 느끼기에도 그랬다. 그녀는 로건과 있을 때 매 순간 행복했었다. 마치, 그녀가 처음으로 흠모하고 사랑한다는 감정을 느꼈던 그 첼로 선생님처럼.

"로건이 와서 무슨 말을 했나?"

"그냥, 이 모든 것이 다 내가 한 일이 맞느냐. 이런저런 통상적인 이야기."

"그렇게 통상적인 이야기는 아니군. 그래서 당신은 인정했고?"

"부정하지는 않았어."

"뭐라고 했는데?"

"대체 왜 이러느냐고 그러더군. 하지만 질책하지는 않았어. 원망하지도 않았고. 그저 왜 이래야 하느냐고 슬픈 얼굴만 했어."

"그게 걸리나?"

"응."

"……당신을 사랑한다고 한 남편 앞에서 할 말은 아닌데."

"하지만 내가 이런 말을 할 만한 상대가 당신밖에 없으니까."

"그러니 참는 거다."

"이런 말을 듣고도 그저 그 자체로 가감 없이 받아들이는 사람은 당신밖에 없으니까."

위그는 마지막으로 비비안이 읊조린 말을 듣고 뭔가 이상하다는 듯이 미간을 좁혔다. 그때 갑자기 비비안이 생긋 웃었다.

"그러니까 와서 날 좀 위로해 줘. 내가 얼마나 불쌍해."

"그 말을 당신 입에서 들으니까 꽤 신기한데."

그렇게 말하면서도 위그는 비비안에게 다가갔다. 그는 다시 비비안이 자고 있을 때 그녀에게 다가갔던 그 위치에 몸을 기댔다. 그때 비비안이 갑자기 의자를 뒤로 밀고 자리에서 일어났다. 그 뒤로 이어진 수순은 너무 자연스럽게도, 그가 두 팔을 벌리고 그녀가 안기고, 그다음은 키스.

비비안은 눈을 감았다. 입술을 비집고 들어오는 모든 숨결이 그토록 탐욕스러워서 마치 그녀의 것 같았다. 로건은 이렇게 키스하지 않았다. 그는 그녀가 도자기라도 되듯 조심스럽게 다루었다. 그녀와 시선을 맞추면서, 부드럽고 다정하고 로맨틱하게. 그는 비비안이 갑자기 키스해 달라고 하면 입술과 혀를 그녀의 몸에 들이미는 대신 다정하게 무슨 일이 있느냐고 물어볼 남자다.

그게 좋았나? 좋았던 것 같다.

그러나 이 남자는 그러지 않는다. 그저 키스해 달라니 키스해 주고, 안아 달라고 하니 안아 준다. 어떤 일이 있었다고 말하면 그것을 그대로 받아들이고, 굳이 그녀의 생각을 물어보지 않는다. 물어보지 않아도 안다. 그게 신기했다.

위그는 비비안을 품에 꽉 끌어안았다. 겹겹이 쌓인 드레스 천 안쪽으로 만져지지도 않는 살결을 손아귀에 틀어쥐었다. 매달리듯이 입천장과 목 안쪽 깊숙이까지 빨아들이는 모든 숨결 하나하나가 처절했다. 그 노골적인 독점욕에 그는 굳이 사족을 붙이지 않았다.

그는 그녀가 왜 이러는지 안다. 하지만 위로를 해 주지는 않았다. 그녀에게 필요한 것은 위로가 아니었다. 그저, 상대의 숨결과 체온뿐이었다.

긴 입맞춤 끝에 비비안이 입을 뗐다. 반들거리는 입술이 붉게 물들었다.

비비안은 위그와 시선을 마주쳤다. 그리고 저도 모르게 읊조렸다.

"역시, 당신밖에 없어."

"뭐가?"

"모르겠어."

모르겠다. 그러나 이 순간만큼은 그밖에 없다는 생각뿐이다. 그래, 진짜 그밖에 없다. 이 세상에 유일무이하다는 것은 얼마나 매혹적이고 매력적인가. 행복하지 않고 로맨틱하지 않고 남는 것은 오롯이 짐승 같은 욕망과 본능에서 오는 쾌락뿐. 그런데도 유일무이하다. 이 세상에.

"당신은 정말 개새끼야."

"……키스를 끝내고 할 말이 그거뿐인가?"

"정말 개새끼고, 빌어먹을 새끼고, 로맨틱하지도 않고, 다정하지도 않고, 날 달랠 줄도 모르고, 어를 줄도 모르고, 심지어 성질머리는 더럽고, 건방지고, 오만하고, 기어오르고."

"……그만해. 내가 아무리 강철 심장이라고 해도 이런 폭격은 사절이다."

"하지만."

비비안은 느릿하게 눈을 깜박였다. 그리고 곧, 웃음기 섞인 목소리로 중얼거렸다.

"내가 사랑하지."

"앞에 '그래서'가 빠진 것 같은데."

"아니. 안 빠졌어. 당신이 빌어먹을 개새끼인 것과 내가 사랑하는 데는 인과 관계가 없어. 세상에 저런 빌어먹을 품성만 가지고 상대를 사랑하는 사람이 어디 있어?"

위그는 그만 할 말을 잃었다. 그는 비비안이 그를 사랑한다고 하는 게 그저 해 본 말이라는 걸 알았다. 그녀가 수도 없이 말했던 사랑한다는 말. 그저 그를 제 손에 틀어쥐고 저를 굴복시키기 위한 언사. 객관적으로 어찌 되었든 그는 그렇게 생각했다. 비비안은 그를 사랑하지 않는다. 그가 그녀를 사랑하는 것과 별개로.

"그래. 그거야. 유일무이한 것."

"……."

"세상에 하나밖에 없는데, 어떻게 내가 사랑하지 않을 수 있어?"

그러나 오늘 비비안의 말은 이해할 수 없었다. 기실 왜 이러는지도 이해할 수 없었다. 그러나 말을 마친 비비안은 바로 그의 품에서 벗어났다. 마치 조금 전 했던 말은 전부 농담이고, 그를 기만하기 위한 말이라는 듯이, 아니, 애초에 그런 말 따위를 했던 적이 없었던 것처럼 그녀는 다시 멀쩡하게 그를 보고 있었다.

"어쨌든 이 상황에서 나와 키스할 수 있는 남자라니. 대단해."

"그런 칭찬 필요 없다. 그리고 엄연히 요구한 건 당신이었어."

"하지만 로건이라면 그러지 않았을 거야."

"그러니 내가 로건이 아닌 거지."

"일전에 그랬지. 우리가 조금 더 예전에 만났더라면 어떻게 되었을까 하고. 내 생각에는, 우리 둘은 결국에는 물어뜯고 싸웠을 거 같아."

"일전에는 동의하지 않았지만 지금은 동의하는 바다. 우리 둘은 평화롭게 공존 못 해."

"그래, 그러니까 좋아. 평화는 재미없거든. 그리고 난 재미없는 게 싫어."

비비안은 외투를 들었다. 이제 슬슬 퇴근할 시간이다.

"그래서, 그냥 로건을 잘 만났나 물어보러 온 거야? 크리스티나 일도 알려 줄 겸?"

"그것들도 있고, 사실 가장 중요한 건 당신 보러 온 거다."

"좋아. 그럼 일을 마쳤으니 이만 나가."

"당신은?"

"당신과 함께 나갈 거야. 저녁 먹고 들어가자. 호텔에서 자고 들어가도 상관없고."

"욕심이 과하군. 나는 아주 바쁜 사람이다."

비비안이 헛웃음을 쳤다. 그녀는 빠르게 준비를 마치고 문에 다가갔다. 그러나 비비안의 모습을 빤히 보던 위그가 갑자기 입을 뗐다.

"비비안 로젤리스."

"응?"

"세상에 유일무이한 건 없어."

"……."

"보통은 유일무이해서 사랑하는 게 아니야. 그 반대지."

순간 비비안이 얼어붙었다. 그녀는 눈을 깜박거렸다. 유일무이해서 사랑하나. 사랑해서 유일무이한가. 이것은 마치 뫼비우스의 띠 같은 것이었다. 하지만 뭐가 되었든 한 가지 확실한 건, 그녀의 인생에 위그 이디에트처럼 빌어먹을 남자는 정말 하나뿐일 것이라는 것이다. 좋은 의미보다는 나쁜 의미로 더.

그녀는 코웃음을 쳤다. 그리고 문을 열었다. 어느새 위그가 그녀의 옆에 다가와 문고리를 잡았다. 나가라는 뜻이었다. 비비안이 걸음을 옮겼다. 그 뒤를 위그가 따르고, 곧 집무실의 문이 닫혔다.

* * *

크리스티나는 무표정한 얼굴로 방에 앉아 있었다. 동생이 죽고 언니가 죽었다. 그 두 사람의 죽음은 모두 그녀가 원하던 것이었고, 아무도 그녀가 했다고 의심하지 않았다. 그런데도 이 며칠 동안 그녀의 얼굴은 완전히 엉망이었다. 굳이 그 이유를 물을 것도 없었다.

세실리아 엘버린, 엘버린의 이 고귀한 공녀는 크리스티나의 얼굴을 보다가 한숨을 쉬었다. 비록 크리스티나가 이디에트와 손을 잡은 뒤 그녀를 질책하는 말을 하긴 했지만 그래도 그녀는 크리스티나의 소꿉친구이고 시녀였었다. 하지만 혼이 빠진 채 앉아 있는 모습을 보아도 딱히 위로는 하지 않았다.

그녀는 그녀 자신만의 가치관과 원칙이 있었다. 엘버린 공작가의 공녀로 곱고 귀하게 자란 그녀는 자신을 온실 속의 화초라고 생각했지만 그렇다고 자신의 가치관이 틀렸다고 생각하지 않았다.

권력 싸움에 여자가 뛰어든다는 것은 아주 큰 의미가 있는 일이다. 여자가 남자에게 위협이 된다는 것도 큰 의미가 있다. 그렇다고 개별적으로 일어난 철저한 가해와 피해가 있는 행위까지 옹호해 줄 생각은 없었다.

그게 그녀가 비비안 로젤리스를 대단한 여자라고 생각하면서도 그녀를 곱게 보지 않는 이유였다. 물론 세실리아는 이런 생각을 어떤 편견에 사로잡힌 남자들과는 나누지 않았다. 그 사람들은 언제나 그녀의 뜻을 곡해하고 제멋대로 해석하며 여자들을 공격하기 때문이었다.

멍청하기 그지없다. 며칠 동안 꾸준히 크리스티나를 방문한 세실리아는 그저 이 모든 것들이 다 말도 안 되고 멍청하며 애초에 세상 자체에 희망 따위 없다고 생각했다. 그녀는 학자들이 스스로 목숨을 끊는 이유를 조금 알 것 같았다. 세상에 이렇게 희망이 없는데 살 이유가 있을까.

물론 그녀는 살아남을 거지만.

어쨌든 크리스티나를 위로하기 위해 며칠 동안 왕궁을 들락거리던 그녀는, 요즘 수도 전역에 퍼진 소문에 다시 이마를 짚었다.

태자가 왕녀를 왕에게 시집보내려고 한다.

세실리아는 진심으로 이 모든 상황에 침을 뱉고 싶어졌다. 예절 선생님이 들었다면 기겁했을 생각을 하면서 그녀는 집에 돌아왔다. 그러나 그때, 갑자기 안에서 들려오는 소리에 세실리아가 귀를 의심했다.

"어머, 엘버린 공녀님이 오셨군요."

곱게 정돈된 어머니의 정원에 앉아 있는 사람은 다름 아닌 그녀가 속으로 수십 번 욕했던 그 로튼 단주였다. 그리고 그것을 증명하듯, 세실리아는 인사도 생략한 채 얼굴을 구겼다.

비비안은 노골적으로 불쾌감을 드러내는 세실리아를 향해 웃었다. 딸의 표정을 발견한 엘버린 공작 부인이 난감한 얼굴을 하다가 자리에서 일어났다.

"세실. 이리 오렴."

세실리아는 잠시 탐탁잖은 얼굴을 하다가 테이블에 다가갔다. 엘버린 공작 부인은 딸의 어깨에 가볍게 손을 올리고 입을 뗐다.

"이디에트 공작 부인. 저번 파티에서 제대로 인사를 못 드린 것 같아 무척 아쉬웠는데. 오늘 이렇게 다시 소개를 시켜 드릴 수 있어 영광이에요."

"오랜만이에요, 엘버린 공녀."

"이디에트 공작 부인을 뵙습니다. 무슨 일로 오셨는지 여쭈어도 될까요?"

단도직입적인 세실리아의 물음에 비비안이 피뜩 웃었다. 엘버린 공작 부인은 딸의 태도에 다소 곤란한 얼굴을 했다. 그러나 세실리아는 자신의 모습이 하나도 문제가 되지 않는다고 느끼고 있는 듯했다. 그야말로 어렸을 때부터 사랑과 존중을 받으면서 큰 공녀다웠다.

"공작 부인께서 수도의 중심 상가에서 가장 귀한 땅을 저에게 주셔서요."

"주다니, 엄연히 아주 흡족한 가격으로 공작 부인께서 매입을 하신 것이죠."

"그래도 엘버린 공작 부인께서 제게 기회를 주셔서 가능한 것이고요."

"저로서는 당연히 가장 높은 가격을 제시한 공작 부인에게 마음이 기울 수밖에 없는걸요."

비비안은 생긋 웃었다. 그러나 세실리아는 두 사람의 화기애애한 분위기에 그리 어울리지 않는 듯했다. 그때 엘버린 공작 부인이 갑자기 입을 열었다.

"아, 그러고 보니 관련한 서류를 하나 빠뜨렸네요. 세실리아, 잠시만 이디에트 공작 부인을 대접하고 있으렴. 금방 다녀올게."

"잠시만요, 어머⋯⋯."

"실례할게요. 이디에트 공작 부인."

말을 마친 그녀는 마치 누가 잡을세라 자리를 떴다. 본의 아니게 어머니에 의해 등이 떠밀린 채 비비안과 독대해야 하는 세실리아는 놀란 얼굴을 하다가 길게 숨을 내쉬었다. 그녀는 어머니의 성정을 잘 알았다. 언제나 해맑게 웃고 있지만 그렇다고 중요한 일을 대충 처리하는 성격은 아니었다. 그렇다는 것은 그녀가 일부러 세실리아와 비비안의 독대를 원했다는 것이었다. 세실리아는 대체 왜 어머니가 그녀가 싫어하는 것을 뻔히 알면서 이런 여자와 독대의 자리를 마련했는지 속으로 투덜거렸다.

아나나 다를까 비비안은 엘버린 공작 부인이 온실에서 나가자마자 입을 뗐다.

"엘버린 공작 부인은 공녀께서 저와 대화라는 걸 하길 원하시는 것 같네요."

"괜한 마음을 쓰고 계시는 거예요. 저는 이디에트 부인과 딱히 공동 화제라는 게 없는 사람이거든요."

"듣기로는 이래저래 수도의 평민 여아들을 위한 교육 기관을 만드는 것에 주력한다고 하던데."

"네, 단주님처럼 오직 돈이 있고 권세가 있는 가문의 자제들만 위한 학교와는 성질이 다르죠."

"그래 보여요. 타인을 배려할 수 있다는 것도 괜찮은 힘이거든요."

"타인을 배려하는 건 힘이 아니라 선심이에요."

"저는 권력이나 돈 따위를 말하는 게 아니에요. 착해질 수 있는 여유와, 타인을 보듬을 수 있는 착한 마음을 말하는 것이지."

"자신이 어려움에 처해 있음에도 타인을 돕기 위한 사람은 어디나 있어요. 자신의 노력으로 원하는 것을 이루기 위해 싸우는 사람도 있고요. 여유는 그 핑계가 되어 주지 못해요. 그저 악에 이유만 대 주죠."

"위대한 존재를 딱히 부정하는 건 아니었는데."

"그리고 대부분은 타인을 밟고 올라가는 방법보다는 조금 더 괜찮은 방법을 선택하죠."

비비안은 세실리아의 말에 가볍게 웃었다. 천천히 찻잔을 들어 차를 머금은 그녀는 차를 음미하는 것인지 아니면 세실리아의 말을 음미하는 것인지 알 수 없는 묘한 얼굴을 하고 있었다.

탁. 찻잔을 테이블 위에 내려놓은 뒤 비비안이 입을 뗐다.

"아주 훌륭한 사람들이죠. 저는 진심으로 그 사람들을 존경한답니다."

세실리아의 얼굴이 일그러졌다. 그녀는 비비안이 하는 말에 어느 순간부터 무척 흥분한 태도로 대꾸하고 있는 자신을 발견했다. 아마 그동안 비비안에게 품고 있었던 불만이 뿜어져 나온 듯했다. 그러나 비비안은 그것을 이미 발견했고, 누구보다도 잘 알고 있다는 얼굴로 앉아 있었다.

실제로도 비비안은 그것을 잘 알고 있었다. 그녀는 멍청하지 않았다. 크리스티나를 왕으로 올리면서 그 주변의 사람, 시녀까지 하나하나 이미 조사와 이해를 마쳤고, 그 끝은 당연히 세실리아에게까지 갔다.

영특하고 지혜로운 귀족 아가씨. 불의를 보고 넘기지 못하며, 정의롭고 아주 올바른 아가씨.

그게 비비안이 세실리아를 상대로 내린 결론이었다. 정말 놀랍게도 드물게 부정적인 평가 하나 붙지 않아 위그 또한 놀라운 얼굴을 했다. 그러나 비비안은 확신했다. 세실리아 엘버린은 꽤 좋은 사람이었다. 그게 비비안을 좋아하고 비비안이 좋아하는 사람이라는 것과는 별개의 문제였다. 그리고 다른 말로 하자면, 그녀는 크리스티나에게 꽤 필요한 존재라는 것이었다.

기실 오늘 엘버린 공작가로 찾아오면서 딱히 세실리아와의 만남을 기대한 것은 아니었다. 하지만 언젠가는 만나야 하는 상대였다. 그녀는 크리스티나에게 꽤 좋은 힘이 되어 준다. 그리고 이 아가씨 또한 아마 언젠가는 크리스티나가 자신에게 필요한 존재라는 것을 알겠지.

하지만 비비안은 굳이 세실리아를 억지로 끌어들이거나 자신의 편으로 만들려고 노력하지 않았다. 첫째로 어차피 때가 되면 알아서 제 발로 올 것이고, 둘째로 이렇게 비비안에게 호감 따위 없는 얼굴을 하는데 괜히 더 말을 얹을 필요 없을 것이다.

그녀는 세실리아가 원하는 것이 자신이나 크리스티나와 달리 권력이 아니라는 것을 알았다. 그리고 그녀는 대의를 위해 움직이는 사람을 어떻게 자신의 편으로 끌어들이는지 알았다. 그저, 그 대의에 알맞은 것을 쥐여 주면 된다.

세실리아는 입매를 굳혔다.

"제 어머니가 무슨 생각으로 이디에트 공작 부인과 이렇게 친분을 쌓으려고 하는지 모르겠어요. 하지만 저는……."

"엘버린 공녀께서는 생각보다 어머니를 너무 모르시는군요."

"무례한 말씀이시네요."

"아, 물론 다른 부분에서는 그녀를 누구보다도 알겠지만. 엘버린 공작 부인이 그저 저에게 인간적 호감을 느껴서 단순히 저와 공녀가 대화하길 바랐다면 그건 꽤 큰 오산이에요."

세실리아는 움찔했다. 그러나 그녀는 다시 입매를 굳혔다. 비비안이 진하게 웃었다.

"뭐, 나중에 또 뵙게 될 테니. 이런 이야기는 그때 가서 다시 나누지요."

세실리아의 탐탁잖은 얼굴을 응시하던 비비안이 완전히 시선을 돌렸다. 그때 마침 멀리에서 엘버린 공작 부인이 왔다. 그녀는 자신의 딸과 비비안을 한 번 보다가 그다지 유쾌하지 않은 대화가 이루어졌음을 눈치챘는지 결국 제 딸을 먼저 내보냈다. 곧 엘버린 공작 부인이 다시 의자에 앉았다.

"제 딸이 실례를 저질렀다면 사과의 말씀을 드릴게요."

"그럴 리가요. 공녀님은 개성이 강할 뿐 딱히 실례라는 걸 하는 사람으로 보이지 않았어요."

"저 아이는 너무 자기주장이 강해요."

"그렇게 키우신 것 같은데."

"그것도 사실이고요. 그래서 제가 단주님께 호감을 느꼈나 봐요. 그런 사람을 좋아하거든요. 한평생 집에서 곱게 곱게 자라서, 저는 예전부터 개성이 강하고 자기주장이 강한 사람을, 정확히 말하자면 그런 여자들을 동경해 왔어요."

"딱히 동경을 즐기지는 않아요. 다만…… 그런 것도 있겠지만. 따로 부탁하실 게 있는 것도 사실 아닌가요."

비비안의 노골적인 언사에 엘버린 공작 부인이 다소 당황한 얼굴을 했다. 비비안이 생긋 웃었다. 그녀는 한쪽으로 오늘 받은 서류를 클로에에게 넘기며 읊조렸다.

"그런 얼굴 하실 필요 없어요. 저는 상인이에요. 제게 필요한 것을 주고받는 것은 무척 자연스러운 일이죠."

"……이런."

엘버린 공작 부인이 잠시 찻잔을 쥐었다. 그러나 그녀는 찻잔을 드는 대신 다시 손에서 힘을 풀었다. 그리고 다시 쥐고, 풀기를 반복하다가 입을 뗐다.

"보시다시피, 세실리아뿐만 아니라 제 아들도, 여자들의 상속권과 재산권에 꽤 관심이 많아요. 그뿐만 아니라 교육, 노동, 수많은 것들에 관심이 많죠."

"아이들을 잘 키우셨군요."

"엘버린 공작가는 물론 이 아이들의 자선 활동 같은 것들을 지원할 만한 능력이 있어요. 하지만 그건 절대 저 아이들이 앞으로 모든 일을 엘버린 공작가의 이름으로 행할 수 있다는 뜻은 아니에요. 아시다시피, 귀족은 귀족만의 한계가 있고, 설사 그게 아니더라도 저 아이들은, 엘버린의 울타리를 벗어나 본 적이 없어요. 특히 세실리아는."

비비안은 잠시 놀라운 얼굴을 했다. 그러나 그녀는 경악이나 감탄을 내뱉는 대신 옅게 웃었다. 어차피 세상에 쓰레기가 있으면 인간다운 인간도 있는 법이었다. 이런 세상이었다. 지옥도 천당도 아닌 인간계라는 것은.

"그래서, 만약 앞으로, 아주 먼 훗날 만약 제 아이들이 도움이 필요하다면."

"제가 돕죠."

순간 엘버린 공작 부인은 자신의 귀를 의심했다. 일말의 주저함도 없이 통쾌하게 나온 승낙이었다. 비비안은 입꼬리를 말아 올리고 느긋하게 엘버린 공작 부인을 보고 있었다.

"이래 봬도 저는 주고받는 게 명확하니까요."

"정확히 어떤 도움인지 말씀도 안 드렸는데."

"정확히 도움이 필요할 만한 사건은 딱히 없지 않나요? 저는 그저 훗날 공녀님이 어려움을, 아, 그러니까 금전적인 어려움보다는 그녀가 극복해야 하는 각종 어려움을 만났을 때 도움을 줄 수 있는 '협력자'의 역할이 필요하다는 말씀 같은데."

"맞아요."

"하지만 제가 그렇게 자처를 해도 공녀님이 받아들이지 않는다면 별 의미는 없죠."

"아니요. 받아들일 거예요."

"흠."

"저는 세실리아를 잘 알아요. 그 아이는 꼭 받아들일 거예요."

비비안은 애매한 얼굴을 했다. 기실 그녀는 누군가의 협력자가 되어 주는 것을 그다지 즐기지 않았다. 하지만 상대는 세실리아 엘버린이고, 엘버린 공작가는 그 세가 크지는 않아도 몇백 년 동안 사건 사고 하나 없이 그 명예를 유지해 왔다. 그렇다는 것은…….

"그럼, 저야 영광이죠. 사람은 언제나 돕고 살아야 하니까요."

엘버린 공작 부인은 다소 안도한 듯 부드럽게 웃었다. 비비안은 그녀의 얼굴을 보며 기묘한 감각에 휩싸여야 했다. 그녀는 딸을 사랑하는 엄마를 수도 없이 많이 봐 왔다. 일단 그녀의 어머니인 오드리나 또한 그랬고, 그녀의 언니인 카트린도 딸들을 누구보다도 사랑했다. 그러나 그것은 엘버린 공작 부인이 보여 주는 것과 또 달랐다.

어려움과 곤란이 있음을 알고, 저지하는 대신 도와주려고 한다. 딸을 개성 있게 키운다는 게 바첼론에서는 꽤 큰 시도라는 것을 안다. 그래서 비비안은 굳이 엘버린 공작 부인의 말을 거절할 생각이 없었다. 애초에 거절할 이유도 없었고.

"저 또한 엘버린 공작 부인의 도움이 필요할 때가 있을지도 모르니까요."

비비안이 낮게 읊조린 말을 들은 듯 엘버린 공작 부인이 눈을 동그랗게 떴다. 그러나 곧 그녀가 환하게 웃었다.

"그럴지도요. 아, 그러고 보니 요즘 이디에트 공작께서는……."

"꽤 바쁜 듯해요. 아무래도 범인을 찾기가 어려운듯하고."

"대체 어쩌다가 이런 일이 벌어졌는지 모르겠어요. 게다가 태자 전하께서는 갑자기 크리스티나 왕녀 전하를 시집보내겠다고 하지 않나."

"정말 놀라운 일이죠."

"이디에트 공작 부인은 어찌 생각하시나요? 왕녀 전하께서 결혼을 하시는 게 과연 바첼론에 도움이 될까요?"

비비안은 엘버린 공작 부인의 은근한 물음에 눈을 깜박거렸다. 그저 표면적으로 일상적인 담론인 듯했으나 실질적으로 그녀가 묻는 것은 다른 것이었다. 비비안은 그 속에 들어 있는 다른 물음의 의도를 알았다. 그녀가 화사하게 웃으며 대답했다.

"저는 결혼은 사랑하는 사람과 해야 한다고 믿고 있어요."

"역시, 그렇죠? 저도 그렇게 생각하고 있어요."

엘버린 공작 부인이 순진하게 웃으며 대꾸했다. 그러나 그녀의 눈가에 진
집은 웃음은 이미 그녀의 속내를 비비안에게 알려 준 것과 다름없었다.

* * *

엘버린 공작 부인과의 티타임이 끝나고 비비안은 이디에트가로 돌아왔
다. 마차에서 내리던 그녀는 긴장한 얼굴로 자신을 기다리고 있는 헤더를
발견하고 뭔가 알아차린 듯한 얼굴을 했다. 그녀는 굳이 헤더에게 영문을
묻지 않은 채, 그녀가 가리키는 대로 서재로 향했다.

아니나 다를까 서재로 들어가자 익숙한 목소리가 들려왔다. 비비안이 가
볍게 웃었다.

"오셨네요."

"이제 경비가 풀렸다는 거야? 이렇게 막 오고?"

"이제 호텔에서 피신하는 것도 질리고, 더 있다가는 진짜로 제이슨에게
들킬 것 같아서 말이죠."

카티야는 어깨를 으쓱했다. 요 며칠간 꽤 잘 먹고 다녔는지 의외로 그녀
의 얼굴은 꽤 생기 있어 보였다.

비비안은 카티야의 얼굴을 빤히 응시하다가 무슨 생각을 하는지 모를 표
정으로 소파에 앉았다. 카티야는 그런 비비안의 의중을 알아차린 듯 담담하
게 비비안의 맞은편에 자리를 잡았다. 이윽고 느긋하게 다리를 꼬고 등을
기댄 뒤 비비안이 입을 열었다.

"일은 잘 완수했어."

"그렇게 어렵지는 않았어요. 미리미리 조사해 준 사람들이 있어서."

비비안이 웃음을 흘렸다. 디아나 왕녀가 있는 신전은 꽤 야외에 있었다.
그런데도 카티야가 어렵지 않게 들어가 임무까지 완수한 건 미리 다녀간

사람이 있었기 때문이었다. 그리고 그 미리 다녀간 사람은 아마 자신이 이 일에 한 발 걸쳤는지도 모를 것이었다.

"내가 투자한 극단이 바첼론 전역에서 순회공연을 하거든."

"하거든……이 아니라 시켰겠지요."

"비슷한 말이야. 어쨌든 순회공연을 하는데 자선 사업의 일환으로 지방의 신전까지 못 갈 것도 없지. 신전에는 보통 함께 꾸리는 다른 복지 시설들이 있으니까."

"정말 말도 안 되는 이유로군요."

비비안이 어깨를 으쓱했다. 실제로 그 신전에 공연을 간 사람은 다름 아닌 일리야였다. 기왕 자선 공연을 갈 바에야 왕녀가 있는 곳으로 가는 게 훗날 극단의 발전과 상단의 전망에도 좋지 않겠냐 하는 꽤 그럴싸한 이유가 있었고, 덕분에 일리야는 진짜로 그곳으로 가서 공연했다. 그리고 공연을 마친 뒤, 꽤 자세하게 그곳 상황을 비비안에게 알렸고.

"그 이용당한 배우가 진짜로 자신이 이 일과 연관이 있는 걸 모를까요?"

"알면 뭐가 달라지나?"

"그건 아니죠."

"그러니까."

"결국 단주님의 오만은 여기서 오는군요."

"사람마다 내재된 오만이라는 게 있어. 다들 눈치를 못 챌 뿐이지."

"어쨌든 그 오만 덕분에 저는 무사하게 왕궁에서 나왔고, 무사하게 임무를 완수했어요. 그리고 이제는 무사하게 돈과 대가를 받고 바첼론을 떠날 일만 남았군요."

"아쉬워?"

"설마요. 제가 어떤 일에 미련 따위를 두는 사람으로 보이던가요?"

카티야가 눈썹을 찡긋했다. 곱상한 그녀의 얼굴은 일전에 결혼기념일 파티에서 보았던 것과는 판이하였다. 아픈 기색 하나 없이 활발하기만 한 얼굴이었다. 그 얼굴에는 누군가를 해했다는 죄책감이나 아픔 하나 없었다. 그게 무엇을 의미하는지 모르지 않는다. 카티야는 그런 사람이었다. 그녀는 의식적으로 많은 생각을 하지 않았다. 그리고 그것이 제게 더 도움이 된다는 것을 아는 사람이었다.

자신과 비슷하면서 다르다. 그렇게 생각한 비비안은 자리에서 일어나 책상으로 다가갔다. 드륵, 서랍을 열자 미리 준비해 놓은 서류 뭉치가 있었다. 그것을 꺼내 한 번 훑은 뒤, 다시 소파로 다가온 그녀는 카티야의 앞에 그것들을 들이밀었다. 카티야가 생긋 웃으며 봉투를 열었다.

"약속했던 수표와 바첼론을 나갈 수 있는 새로운 신분증. 그리고 소타즈 공국에 있는 별장의 열쇠야."

"흠."

"그 외에 자질구레한 것들이 또 있어. 잘 살펴봐."

카티야는 안에 있는 각종 서류를 하나하나 살펴보았다. 수표, 신탁 증빙, 별장 소유 증명서, 그 외의 하나도 자질구레하지 않은 자질구레한 것들. 아무리 금전 개념이 없는 사람이라고 해도 이것들의 가치가 어느 정도인지는 쉬이 가늠할 수 있었다.

라니사의 손에 쥐여 주었던 것과는 애초에 차원이 다른 것들이었다. 비비안은 이미 카티야가 한평생 사치를 부리며 먹고살아도 상관없는 정도의 재부를 쥐여 주었다. 장담하건대 그녀의 수많은 정부가 받았던 것들을 다 더해도 이것보다도 덜할 것이었다.

"생각보다 보수가 너무 넉넉한데요."

"일을 잘했다는 증거지."

"그럼 저는 이제 퇴장하면 되나요?"

"그럼."

"무사히 퇴장할 수 있어서 무척 영광이에요. 이렇게 많은 대가를 받을 수 있어 다행이고요. 그랬던 것치고 제가 한 일은 딱히 없었던 것 같지만."

"왜 없어. 내 손에 아주 중요한 걸 쥐여 줬잖아."

"부정하지는 않을게요."

카티야는 웃음을 터뜨렸다.

"어쨌든 이렇게 끝나게 되다니 무척 다행이라고 생각해요. 저는 제가 죽을 줄 알았거든요."

"나는 내가 보낸 사람을 죽게 내버려 두지 않아. 내 말은 무조건 끝까지 체스판에 남아 있어야 할 거야. 하지만…… 용케도 죽음까지 각오했군."

"그럴 수밖에요."

"목숨은 함부로 거는 게 아니야."

생각보다 진지한 비비안의 말에 카티야는 의미심장한 얼굴을 했다. 그녀는 가늘게 눈을 뜨며 비비안을 탐색하듯 보았으나 다시 피식 웃음을 흘렸다. 그 얼굴에 비낀 미소가 하나도 거짓처럼 보이지 않았다. 얼마나 지났을까, 카티야가 다시 입을 뗐다.

"하지만 걸 만했어요. 보수가 너무 넉넉한 데다가, 단주님이 시킨 일이니까요."

"뒤의 말은 없는 편이 좋았어. 내가 시킨 일이라는 게 딱히 이유가 된다고 생각하지 않고."

"꼭 그렇지도 않아요. 일단, 저는 단주님 덕분에 살았거든요. 그날 저를 구해 주셨잖아요. 제가 맞던 그날. 사실 그날 아주 아팠어요. 분노에 찬 여자들이 떼거리로 몰려오는데 그게 안 아플 리가 없잖아요."

카티야가 은은하게 웃으며 답했다. 그녀는 자신이 언제나 이기주의자라고 여겨 왔다. 자신을 구해 줬으니 그저 보답한다. 그에 대한 가치 판단이 어떻든 간에, 비비안은 그런 카티야를 어떻게 평가하면 좋을지 몰랐다. 도구인가, 인간인가. 결국 그녀는 비비안의 업보였다. 카티야를 이용해 제이슨을 손에 쥐었고, 자신의 목적을 이루었다. 그 과정에 사용된 것은 결국 라니사가 부른 배를 안고 임신했다고 온 것과 별반 다를 바가 없었다.

그래서 결국 적은 라니사를 그녀에게 보냈다. 여자가 가질 수 있는 가장 큰 무기, 그것이 진짜 무기인지 아닌지는 제쳐 놓고 어쨌든 상대를 옥죌 수 있는 가장 큰 무기라고 생각되는 것을 안고 그녀의 앞에 나타났던 것이었다.

라니사는 뜻밖에 비비안을 꽤 혼란스럽게 만들었다. 디텔의 의도와는 다른 방향으로. 그러나 그런데도 결국 그녀는 죽어야 했다. 그게 당연했다.

"사실 항상 묻고 싶었어."

그렇게 생각하며 비비안이 물었다.

"그날 내가 너를 구하고, 내가 그랬지. 나를 위해 일을 해 주면, 너를 도와주겠다고."

"네."

"그리고 나는 너를 대신해 그날 너를 때리던 그 여자들을 전부 징벌해 주겠다고 했어. 죽이든, 경제적으로 압박을 주든. 복수를 원한다면 나는 너무 쉽게 복수를 해 줄 수 있었지."

카티야는 잠시 기억을 되짚는 듯했다. 비비안은 천천히 얼굴의 미소를 거둬 냈다.

"그런데 왜 너는 그날 그 여자들을 용서하는 길을 선택했니?"

"단주님도 아시면서."

"이론은 이론이고 실천은 실천이지. 그 아내들 또한 결국 피해자라는 것과 별개로, 너한테 저지른 그녀들의 행동은 명백히 가해였어. 하다못해 그 남자들까지 함께 죽이고 벌해 달라고 했어도 나는 이해를 했을 거야. 그런데 너는…… 그것마저도 하지 않았고."

"……."

"왜 복수하지 않아?"

이제 비비안의 얼굴은 완전히 굳어 있었다. 그녀는 마치 어른에게 답을 얻는 아이처럼 아무런 태도와 표정도 없이 카티야를 보면서 다시 물었다.

"왜, 너를 상처 준 사람들을 다시 때리지 않았어?"

"그건……."

카티야는 아스라한 기억을 더듬듯 눈을 깜박였다. 그러나 곧 다시 천진하게 웃으며 말했다.

"의미 없으니까요."

"……."

"제가 창부였던 것은 사실이고, 그 남자들이 아내를 배신한 것도 사실이고, 그 여자들이 저 때문에 고통스러웠던 것도 사실이며, 제가 그 주먹과 매질 아래서 피를 흘렸던 것도 사실이지만, 그것과 별개로 결국에는 다 같은 하늘 아래서 살아가는 한미하기 짝이 없는 생명에 불과한데요. 아무 의미 없어요. 그래서 저는 그 사람들을 용서하기로 했어요."

"그 사람들?"

"저를 팔아넘긴 계부와 무력했던 엄마와, 절 팔아넘긴 돈으로 먹고살았던 형제자매들이나, 저를 때렸던 여자들이나, 저를 경멸했던 남자들이나……. 그냥, 인간은 다 그렇게 태어나서 살고, 결국 죽어요."

"……."

"저는 그 사람들을 용서하기로 했어요. 제가 상처를 입혔던 이들이 저를 용서하길 바랐던 것처럼."

"만약 그 사람들이 너를 용서하지 않는다면."

"그건 또 그 사람들의 선택이겠죠."

비비안은 입을 꼭 다물었다. 그리고 얼마나 지났을까, 비비안이 길게 숨을 쉬며 읊조렸다.

"너는 성녀구나."

"사람을 죽이는 성녀요?"

카티야는 무슨 말도 안 되는 소리를 하느냐는 듯이 깔깔 웃었다. 그러나 비비안의 얼굴은 진지하기 그지없었다.

"아니, 그저…… '창녀'가 할 법한 일은 아니니까."

"'창녀'가 아니면 '성녀'인가요."

"사람들은 대체로 그러던데."

"그렇군요. 그럼 단주님은 어느 쪽인가요."

"굳이 따지자면 전자 아닐까."

"정말 시시하네요. 두 가지 선택지밖에 없으면 사는 게 무슨 의미가 있어요."

카티야가 눈을 깜박거렸다. 비비안은 그만 웃음을 흘렸다. 그리고 곧, 카티야는 서류를 차곡차곡 다시 봉투에 넣은 뒤 자리에서 일어났다.

"그럼 단주님의 앞길이 탄탄하길 빌죠."

"축복 고마워."

"원하시는 것 다 얻으시길 바랄게요."

"그래."

"행복할 수는 없겠지만."

순간 비비안이 멈칫했다. 익숙한 말이었다. 그녀는 천천히 카티야를 올려다보았다. 카티야는 한 손에 봉투를 들고 다른 한 손에 외투를 든 채 우아하게 웃고 있었다. 곱게 휘어진 눈가에 미소가 맺혔다. 비비안은 그것을 보다가 천천히 입꼬리를 말아 올렸다.

"축복이야?"

"축복이죠. 단주님의 목적은 행복해지는 게 아니니까."

"내 목적이 행복해지는 게 아니라는 건 어디서 나온 결론이지?"

"단주님은 갖고 싶은 게 너무 많죠. 무한한 욕망으로 죽음 전까지도 더 많은 것을 얻고 더 많은 것을 빼앗으려고 할 거예요."

"그래서?"

"그런 사람이 어떻게 행복할 수가 있어요."

"……."

"행복은 만족의 표현 방식이에요. 욕망이 불행의 근원인 것처럼. 영원히 갖고 싶은 게 있는 사람은 만족이라는 것을 모르고, 만족이라는 것을 모르면 행복할 수가 없죠. 그러니 단주님은 절대 행복해질 수 없어요. 최소한 원하는 게 존재하는 이상."

방 안에 적막이 찾아들었다. 비비안은 눈을 깜박거리다가 갑자기 웃음을 터뜨렸다.

"그래."

"……."

"그래, 네 말이 맞아."

비비안은 이마를 찡그렸다. 그러나 그녀의 얼굴에 남아 있는 미소는 슬픔이나 분노보다는 일종의 깊은 깨달음을 얻은 인간의 희열 같았다. 몇 번이고 생각하고 또 생각했던 것들을 확인받은 아이처럼, 순수하기 그지없는 희열이 그녀의 얼굴에 걸렸다.

카티야는 그런 비비안을 빤히 보다가 완전히 외투를 어깨에 걸쳤다. 마지막으로 그녀가 비비안의 부름을 받고 로튼의 방에 섰던 그날처럼, 그녀는 비비안을 향해 고개를 숙였다.

"그럼 이만 가 보도록 할게요. 앞으로 가급적 제가 필요할 만한 상황이 생기지 않기를 축복드리며."

"그래. 나도 그러기를 바라지."

"그럼 이만."

고개를 든 카티야가 걸음을 옮겼다. 그간 길고 긴 인연의 끝치고 카티야는 꽤 깔끔하고 미련 없이 비비안을 떠났다. 비비안은 어차피 그것을 예상하였다. 카티야는 그녀의 도구였다. 그녀에게 충성하기보다는 그녀의 손에서 다루어져야 하는 존재였다. 그녀가 이제 카티야를 놓았으니, 카티야는 더는 그녀의 손에서 이용 가치를 갖지 않는 것이었다.

탁.

문이 닫혔다. 비비안은 조용하게 방 안에 있다가 피식 웃었다.

행복이라.

그녀가 모든 것을 가지는 대가로 포기해야 하는 것.

그래, 만약 그녀가 원하는 것을 전부 손에 넣을 수 있다면, 그것은 포기해도 그다지 아깝지 않았다. 아니, 사실 지금 포기한다고 해도 과연 그녀가 행복해질 수 있을까. 헛소리 아닌가.

그녀는 욕망을 버릴 수 없다. 그래서 행복을 버렸다. 이건 꽤 오래전부터 정해진 문제였다.

비비안은 천천히 자리에서 일어나 창문을 보았다. 카티야는 미리 준비해 놓은 이디에트의 기사와 함께 마차에 올랐다. 이제 국경에 간 뒤 무사하게 바첼론을 떠나고, 그녀는 영원히 사라지게 된다. 비비안은 카티야를 더 부를 생각이 없었다. 이제 손에 피를 묻히는 일은 그녀가 해야 한다.

온몸에 피를 묻힌 채 원하는 것을 가져라.

비비안은 커튼을 쳤다.

그저 그뿐인 이야기였다.

* * *

크리스티나는 이 며칠 동안 제정신이 아니었다.

그러나 아무리 제정신이 아니더라도 지나갈 건 지나가야 했고, 다가올 것은 종국에 다가오는 법이었다. 며칠 동안, 아니, 정확히 말해서 열흘 넘게 궁에서 슬픔과 분노를 다스리던 그녀는, 오늘 아침 자신을 알현실로 부른 제이슨 때문에 언니가 죽고 처음으로 궁에서 걸음을 뗐다.

그러나 떼는 걸음걸음이 무겁기 그지없었다. 이 며칠 동안 세실리아가 그녀를 보러 오긴 했지만 워낙에 성정이 대쪽 같은 그녀는 크리스티나를 위로하지는 않았다. 이디에트 쪽은 이미 제 일로 눈코 뜰 새 없이 바빴고 위그나 비비안이나 굳이 그녀를 위로하러 발걸음을 할 만큼 그렇게 다정한 성정은 아니었다.

그래서 그녀는 이 며칠 동안의 부정적인 감정을 어디에 표출할 데도 없이 그저 그렇게 홀로 생각에 생각을 거치며 스스로를 다스릴 수밖에 없었다. 그렇게 한동안 지나자 이제 그녀는 자신의 머리와 몸이 완전히 분리되어 사고하는 법 자체를 잃었다고 생각했다.

"왕녀 전하를 뵙습니다. 태자 전하와 경들이 아론디트의 대신들을 맞이하고 있습니다."

순간 알현실이 있는 궁 입구에서 그녀를 맞이하는 목소리에 크리스티나가 멈칫했다. 제이슨의 친위대 대장의 목소리였다. 그러나 크리스티나를 멈추게 한 것은 우습게도 그 말이 가리키는 대상이었다.

아론디트의 대신들.

그녀도 귀가 있는 이상 제이슨이 무엇을 꾸미고 있는지 정도는 알고 있었다. 그리고 제이슨이 왜 이런 짓을 하고 있는지 또한 짐작해 냈다. 아무리 그녀가 배우지 못하고 멍청하다고 해도 이 정도 하나 추리해 내는 것쯤은 일도 아니었다.

그런데도 그녀가 지금까지 입을 다물고 있었던 이유는 간단했다. 어차피 이디에트는 그것을 용납하지 않을 것이므로.

그녀는 알렉산드르와 다르다. 알렉산드르가 확실하게 줄 수 있는 게 없는 반면에 그녀는 비비안과 위그에게 줄 수 있는 게 있었다. 그래서 그녀는 최소한 이디에트가 절대 그녀를 포기하지 않으리라는 것쯤은 알았다.

그러나 본인이 처한 현실을 이렇게 직접 귀로 듣자 그 분노는 뜻밖에 그렇게 작지 않았다. 그동안 그녀는 제가 한 일도 아님에도 형제자매가 죽었다는 분노와 슬픔에 궁에 틀어박혀 울며 절망하고 주저했는데 제이슨은 너무 쉽게 그사이에 그녀를 치워 버릴 생각을 하고 있었다. 그 사실이 크리스티나를 분노하게 했다.

유약한 성격인 것과 분노를 하지 못하는 것은 달랐다. 크리스티나는 순진하고 약했지만 분노라는 감정은 꽤 쉽게 느꼈다. 결국 울컥 울분이 솟아올라 그녀는 친위대 대장의 말을 무시한 채 길고 긴 복도로 발을 들였다.

오늘 시녀가 곱게 치장을 시켜 준 게 이유가 있었다. 스멀스멀 분노가 오르는데 갑자기 누군가가 그녀의 팔을 잡았다.

"곱게 입으셨네요."

비비안이었다.

크리스티나는 조금 놀란 얼굴을 했다. 그러나 그녀는 곧 저 안에 아론디트의 사절단이 있다면 이디에트의 공작 부인이 이곳에 있는 것쯤은 이상한 일이 아니라는 것을 깨닫고 무심하게 고개를 돌렸다. 복도의 가장 끝에는 알현실이 있었다.

"왕녀 전하의 혼사를 토론하러 오신 분들이 안에 계세요. 알고 계시겠지만."

"그걸 알면서도 지금까지 저를 보러 한번 오지 않으셨나요."

"이디에트도 바빴으니까요. 하지만 왕녀 전하께서는 슬픔에 잠겨 어차피 제가 찾아가도 제대로 뭔가를 할 시간이 없었을 거예요."

"……맞아요. 제가 단주를 질책할 자격은 없네요."

비비안은 크리스티나를 한 번 보았다. 그리고 창문을 한 번 보고, 다시 크리스티나에게로 고개를 돌렸다. 진정한 귀부인의 모양새를 한 그녀는, 땅에 끌리는 드레스와 허리를 졸라매는 코르셋에도 끝까지 비비안 로젤리스였다. 손에 화려한 부채를 들고 팔랑거리는 모습이 그야말로 고혹적이었다. 곧, 그녀가 촤륵 부채를 펴더니 살랑거리면서 입을 뗐다.

"공기가 점점 따뜻해지고 있어요. 시간이 간다는 뜻이겠죠."

"쓸데없는 시간을 낭비할 새가 없는 것 같은데."

"낭비한다고 한들 또 뭐 어떻겠어요."

"……."

"왕녀 전하를 징벌이라도 할까요? 무슨 권리로?"

"제가 결혼하는 사항에 대해 오라버니가 또 어떤 수작을 부릴 수 있겠죠."

"안 가면 그만이죠."

"그게 그렇게 쉽게 되는 건가요? 단주는 단주의 오라비가 결혼을 시키고자 할 때 무척 여유롭게 가지 않아도 되었나 봐요."

"저는 저를 지지하는 어떤 사람도 없이 홀로 싸웠죠."

"정말 든든하네요. 하지만 이디에트는 결코 저를 위해 앞에 나서지 않을 거예요. 아닌가요?"

"그건 왕녀 전하의 뜻을 보아야겠죠."

"……."

"다시 말하지만, 안 가면 그만이에요."

비비안이 부채를 살랑거렸다. 부채 끝에 새빨갛게 칠한 그녀의 입술이 걸렸다. 호선을 긋고 있는 입이 유난히 눈에 띄었다. 크리스티나는 문득 위그가 이곳에 없다는 사실을 깨달았다. 그렇다는 것은 비비안이 늦게 왔거나 일부러 나와서 그녀를 기다렸다는 뜻이었다.

"제가 안 가도 되나요?"

이제 크리스티나의 물음은 비꼼과는 별개의 문제가 되었다. 그녀는 눈을 동그랗게 뜨고, 조금 더 간절함을 담아, 의문형으로 물었다. 그녀의 물음은 그저 자신이 결혼을 해야 하나 말아야 하나 따위의 문제가 아니었다. 그 속에 들어 있는 의미를 깨달은 비비안이 나긋하게 웃었다.

"왕녀 전하께서 원하신다면."

"……."

"……."

"……나는, 모르겠어요."

결국 크리스티나는 한숨을 쉬었다. 부채 너머로 보이는 파란 눈동자에 질식할 것 같았다. 갑자기 복도의 정중앙에서 이런 말을 내뱉는 것조차도 우스워 보였지만 그래도 그녀는 입을 열었다.

"나는, 모르겠어요. 이렇게, 이런 일을 해 가면서······."

"네, 이런 일이 벌어졌고, 우리는 돌이킬 수 없어요."

"······!"

"그럴 바에야 차라리 철저하게 손에 원하는 것을 넣는 건 어떤가요?"

비비안의 목소리는 은근하고 감미로웠다. 악마의 속삭임이란 이런 것일까. 이윽고 길고 긴 침묵이 흐르고 비비안이 갑자기 부채를 탁 접었다.

"그럼 안에서 뵙죠. 왕녀 전하께서는 영특하시니 제 말을 알아들었을 것이라고 생각해요."

말을 마친 그녀가 헤더와 함께 알현실로 걸음을 옮겼다. 그러나 그때, 크리스티나가 그녀를 잡았다.

"단주는, 그런 생각으로 버텼나요?"

"······."

"어차피 이렇게 된 이상, 어쩔 수 없다는?"

"맨 처음에는 그러지 않았어요."

"그럼 지금은요?"

"지금은 나도 모르겠어요. 하지만 한 가지 확실한 건, 나는 내가 원하는 것이 무엇인지 아주 잘 안다는 거죠."

"······원하는 것."

"왕녀 전하. 저는 한평생 로튼이 저고, 제가 로튼이라고 생각하면서 살아왔어요. 원하는 것의 주인이 되려면, 내가 없이는 절대 그것이 존재할 수 없다는 생각으로 살아야 한답니다."

비비안이 생긋 웃었다. 그녀는 다시 부채를 살랑거리면서 알현실로 걸어 들어갔다.

결국 홀로 남은 크리스티나가 한숨을 쉬었다. 비비안이 오면서 멀찍이 물러났던 시녀들이 다시 다가왔다. 크리스티나는 입술을 꼭 다물었다. 지금까지 찾아오지 않던 비비안이 왜 갑자기 그녀에게 이런 말을 건넸을까, 생각하는데 갑자기 알현실의 문이 열렸다.

"크리스티나 왕녀 전하께서 드십니다."

크리스티나는 알현실을 가득 메우고 있는 귀족들을 힐끔 보았다. 양쪽으로 갈라진 귀족 무리들이 자리에서 일어나고 있었다. 그리고 길고 긴 카펫의 끝에는 제이슨이 마치 왕처럼, 엘리미아가 마치 왕비처럼 앉아 있었다. 그 꼴을 보자 순간 기분이 이상해졌다. 제이슨은 태자다. 왕이 아니라. 그런데 마치 그녀가 제이슨 부부에게 인사를 올리러 가는 느낌이 아닌가.

그녀는 천천히 제이슨의 앞에 다가갔다. 얼굴에 다정한 미소를 담고 있던 제이슨이 빙그레 웃으며 제 동생을 맞이했다.

"내 사랑하는 동생. 왔구나. 아론디트의 대신들이 귀한 걸음을 하여 이리 불렀다. 너와 아론디트 왕의 혼사를 위한 모든 준비가 이리 되었으니, 그야말로 영광 아니더냐."

제이슨의 말에는 예의상 크리스티나의 의사를 묻는 한마디조차 포함되어 있지 않았다. 그는 이미 아론디트의 왕과 크리스티나의 결혼이 정해진 것처럼 굴었다. 그에 마치 크리스티나가 왕비가 되는 것이 당연한 수순이라고 여기는 듯, 아론디트의 대신들이 그녀에게 예를 취했다.

"고귀하신 바첼론의 왕녀 전하를 뵙습니다. 저희 왕께서 왕녀 전하의 미모와 학식을 높이 찬탄하시어 언젠가 꼭 만남이 성사되기를 바라고 있으시다 말씀하셨습니다."

크리스티나는 제이슨이 왜 그녀를 굳이 이 자리에 불렀는지 알고 있었다. 그녀는 주변을 죽 둘러보았다. 양쪽으로 바첼론의 모든 귀족이 자리를 잡고 있었고, 그들은 모두 크리스티나의 일거수일투족을 보고 있었다.

그녀의 행동은 이제 단순히 왕녀의 것을 벗어나 바첼론의 왕실을 대표하고 있었고, 그녀의 행동은 바첼론과 아론디트의 국교에 꽤 큰 영향을 끼칠 수도 있었다.

그러니 이 자리에서 불만을 말하면 그야말로 크리스티나의 손해가 따로 없었다. 그녀는 순식간에 철이 없고 왕녀의 의무까지 내팽개친 실격한 왕녀가 된다. 그리고 그게 제이슨이 지금까지 굳이 크리스티나를 부르지 않은 이유였다.

그녀는 문득 이 모든 상황이 짜증 났다. 이 며칠 동안 궁에 틀어박혀서 자책하고 슬퍼하고 온갖 양심의 가책에 몸부림 쳤는데 대체 왜, 제이슨은 제 형도 죽이고 동생도 죽였으면서 저렇게 멀쩡하게 앉아 있는지 알 수 없었다. 대체 왜 자신이 결혼해야 하는지 모르겠다. 하물며 그녀를 위로하러 왔던 로건조차도, 왕위 따위 싫다고 버리고 갈 수 있는데 왜 그녀는 이곳에서 '의무'를 행해야 하는가.

왜? 그 의무는 오직 그녀에게만 정해지는가.

그리고 그녀는 왜 그 의무의 종류조차도 정해진 채로 살아야 하는가.

그간 마음속에 차곡차곡 쌓아 왔던 불만과 용기가 이상한 방식으로 어그러지기 시작했다. 크리스티나는 문득 제이슨의 바로 옆에 있는 비비안을 응시했다. 그녀는 희미한 미소를 띈 채 크리스티나를 보고 있었다.

그녀가 알현실에 들어가기 전에, 무슨 말을 했더라.

아, 그러니까 주인이 되고 권력을 누리려면 내가 없이는 그것이 존재할 수 없다고 생각을……

"이것 보아라, 크리스티나. 아론디트의 왕이 너를 위해 준비한 예물이다. 각종 귀한 것들로 가득 채워져 있……."

"싫습니다."

"……응?"

그때였다. 아론디트의 대신들이 잔뜩 늘어놓은 예물들을 크리스티나에게 보여 주던 제이슨이 멈칫했다. 그는 갑작스러운 동생의 말에 잠시 미간을 좁히다가 다시 빙그레 웃었다.

"아, 그래, 이 색깔은 우리 크리스티나가 좋아하지 않는 색깔이로구나."

"제 말은, 다 싫다는 말입니다."

"이런, 하도 귀한 것들만 봐서 이것들이 성에 차지 않을 수도 있지. 내 오죽이나 여동생을 귀하게 키웠어야지."

"제 말은……."

"크리스티나."

순간 제이슨의 목소리가 차갑게 식었다. 알현실에 냉기가 가득 찼다. 그는 마치 크리스티나를 죽여 버릴 듯한 얼굴로 보며 느긋하게 말했다.

"철없이 굴지 마라. 너는 바첼론의 왕녀다."

"……."

"네게는 이 왕실을 위해……."

"네, 왕실을 위해, 싫습니다."

"……."

"결혼이 싫습니다. 오라버니. 오라버니는 태자지, 아직 폐하가 아닙니다."

"크리스티나."

"저에게 명령하지 마세요. 저는 오라버니의 동생이지, 신하가 아니에요."

제이슨의 손가락이 의자의 손잡이를 파고 들어갔다. 부들부들 떠는 그의 얼굴에는 분노가 실렸다. 순간 당황한 기색의 아론디트의 대신들과, 수군거리는 귀족들의 얼굴 또한 차례로 본 크리스티나의 시선이 비비안에게 마지막으로 닿았다.

비비안은 웃고 있었다.

그녀의 얼굴은 마치 그렇게 말하고 있는 것 같았다.

갖고 싶은 것을 잃을 위기 앞에서는, 그 어떤 것도 고려하지 말고 그저 갖고 싶은 것만 손에 넣으라고.

'어차피 행복해지지 못할 거, 끝없는 욕망 속에서 나를 마비시키는 게 낫지 않아?'

갖지 못하면 부숴서라도.

그녀가 그랬듯이.

Chapter 22
욕망의 무게

자신이 원하는 것이 무엇인지 확실하게 아는 사람은 많지만, 그것을 얻기 위해 어떤 대가를 치러야 하는지 아는 사람은 많지 않다.

그러나 그것은 대부분 인간이 멍청하거나 아니면 생각이 짧아서가 아니라 그저 이 세상을 살아가면서 배운 것과 본 것, 들은 것, 그리고 느낀 것, 즉 인지 범위의 한계가 만들어 낸 일종의 결과일 뿐이었다.

모든 사람은 자신의 가치관과 인지에 대한 대가를 치른다. 그리고 가끔은 타인의 가치관과 인지에 영향받기도 하고 그것을 거부하기도 하면서 삶을 완성한다.

삶은 목적이 아닌 과정이다.

그래서 비비안은 딱히 자신이 행복하지 못할 것이라는 사실에 아쉬움을 느끼지 못했다. 그녀의 삶 자체는 더 많은 것을 가진 상태가 아닌, 더 많은 것을 갖기 위해 바동거리는 과정이라는 것이었다. 그래서 사랑하는 남자와 시간을 보내고, 키스하고, 자고, 혹은 사랑을 받는 그 모든 순간이 그녀에게는 별로 행복으로 다가오지 못했다. 이미 얻은 것은 의미 없다. 그녀의 인생은 부단하게 앞으로 나아가고, 더 많은 이들을 누르고 올라가는 과정에서 쾌락을 느끼게끔 되어 있었다.

"싫습니다."

크리스티나의 말은 간단했으나 파장이 어마어마했다.

지금까지 자신의 위치에서 격에 어긋나는 일 하나 하지 않던 왕녀의 갑작스러운 '반항'은 이 자리에 있던 모든 이들을 충격에 빠뜨리기에 충분했다.

일부러 크리스티나가 들어가기 전에 그녀를 만났던 비비안과 그 사실을 알고 있던 위그만이 담담하게 서 있을 뿐이었다.

이 며칠간 일부러 크리스티나를 굳이 위로하지 않은 그들은 인간의 부정적인 감정은 언제나 극한에 달하면 폭발을 한다는 사실을 알고 있었다. 하물며 제이슨 같은 인간을 상대로 기분이 비틀리지 않는 게 더 이상한 일이었다. 그래서 그들은 이 며칠 동안 크리스티나를 그저 궁에 내버려 두었고 각자의 일에 몰두했다.

물론 그렇다고 해도 옆에서 부채질하는 인간은 있어야 했다. 그래서 일부러 크리스티나가 오기 직전에 비비안은 잠깐 자리를 비웠다. 기실 그녀도 오늘 아론디트의 대신들이 온다는 소식은 왕궁에 와서야 알았다. 아침에 귀족원 회의에 참석한답시고 나갔던 위그가 갑자기 와서 알렸던 것이었다.

'제이슨이 손을 쓴 것 같다. 아론디트의 대신들이 어제저녁에 도착했다고 하더군. 귀족원의 이목도 전부 피해서 왕실과 교섭한 것 같다.'

그렇게 말하는 위그의 얼굴에는 그야말로 경멸의 기색이 가득했다. 외교와 관련된 일인 것만큼 엄연히 시간과 법도라는 것이 필요하거늘, 아무리 급했다고 해도 왕위를 위협하는 여동생을 치워 버리려고 모든 절차를 무시한 채 이렇게 저 혼자 밀어붙일 줄은 그도 예상치 못했던 것이었다. 그러나 비비안은 이것이 기회임을 알았다. 어차피 제이슨이 크리스티나를 경계하고 있는 이상, 그들은 두려울 게 없었다.

이제 그들이 걱정해야 할 것은 신의 뜻뿐이었다.

제이슨은 크리스티나의 모습을 노기등등하게 응시했다. 모두가 숨을 죽이고 있었다. 아론디트의 대신들은 크리스티나의 이 강경한 태도에 다소 불쾌해진 듯 표정을 점점 흐리고 있었다.

그러나 크리스티나는 한 치의 흔들림도 없이 제이슨을 응시하고 있었다.

비비안은 그 흔들림 없는 눈빛을 알고 있었다. 그것은 아주 올곧거나 자신으로 가득 차 넘쳐서 당당한 눈빛이 아니었다. 이제 자신에게 더는 잃을 것도 없으며, 설사 이대로 물러난다고 해도 잃은 것들이 다시 돌아오지 못한다는 것을 깨달은 사람의 마지막 눈빛이었다.

이미 동생이 죽고 언니가 죽었다. 그것을 행한 것이 누구든지, 어차피 둘다 그녀의 손에 죽어야 했음을 생각해 보자면, 크리스티나는 이미 자신의 처지를 받아들인 것이나 다름이 없었다.

"태자 전하, 이것이 어찌 된 일입니까."

아론디트의 대신들은 결국 침묵을 참지 못했는지 제이슨을 향해 입을 뗐다.

"왕께서 아시면 크게 분노하실 겁니다. 아론디트는 비록 바첼론보다는 국력이 덜하나 그래도 엄연히 왕실의 기상이 신의 축복 아래 빛나는 나라. 왕녀 전하의 뜻은 기필코 저희 왕께 깊은 수치심을 안겨 드릴 겁니다."

"내 동생이 다소 철이 없어……."

"네 왕께 알려라."

대신의 말에 제이슨이 빠르게 입을 열었다. 그러나 그의 눈빛은 크리스티나에게서 떨어지지 않았다. 그리고 그 눈빛을 받으며 크리스티나가 제이슨의 말을 잘랐다.

"바첼론의 왕녀는, 아론디트의 왕과 결혼할 생각이 없다고."

"왕녀 전하, 이것은 아론디트의 수치이며 왕실에 대한 모욕입니다."

"아니, 이 모든 것들은 아론디트 왕에 대한 경의이다. 내 오라비는 내 의사를 거치지 않은 채 나를 마치 물건이라도 되는 듯 아론디트의 왕께 보내려고 했다. 너희는 왕이 마치 야만적인 산적처럼 그럴 마음도 없는 계집을 강제로 아내로 맞아들이게 하고 싶지 않을 것이라 믿는다. 아론디트의 왕은 성정이 온화하고 다정한 현군이라 들었다."

크리스티나는 길게 숨을 들이쉬었다. 사람들은 지금까지 귀족들에게도 조용조용하게 존대하고 공손한 언사를 보이던 크리스티나의 말에 놀람과 긴장을 동시에 느끼고 있었다.

아론디트의 대신들은 입을 꾹 다물었다. 그들은 은은하게 이 상황의 전말을 느끼고 있었다. 아마도 태자와 왕녀 사이에 분기가 일어난 것 같았다. 그러나 그들은 더 크리스티나를 상대로 입을 열지 않았다. 여기서 더 결혼 이야기를 꺼내는 것은 결혼에 응할 의사가 전혀 없는 왕녀와 결혼하겠다고 그들의 왕이 억지라도 부리는 것처럼 들리기 때문이었다.

크리스티나는 두 손을 꽉 쥐고 살짝 허리를 굽혔다.

"이리 제 의사와 어긋나는 장소에 모든 이들의 구경거리라도 되듯 서 있으니 상당히 불쾌하군요. 이 며칠 동안 동생과 언니를 잃어 고통에 잠겨 있는 이에게 갑자기 결혼을 명하다니 오라버니도 참 잔인합니다."

"그래, 내가, 생각이 짧았군."

제이슨은 싸늘한 얼굴로 크리스티나를 내려다보았다. 마치 그녀를 갈기갈기 찢어 개 먹이로 넘겨준다고 해도 이것보다는 더 다정한 눈빛을 할 것이었다. 그러나 크리스티나는 그저 담담하게 그 눈빛을 받았다.

결국 제이슨은 먼저 크리스티나를 알현실에서 내보냈다. 아론디트의 대신들을 향해 사과의 말과 함께 오늘 동생의 무례는 꼭 보상하겠다는 말을 건넨 뒤 제이슨은 그들과 함께 대전에서 물러났다.

비비안은 부채를 팔랑거렸다. 제이슨과 대신들의 발걸음이 완전히 알현실에서 사라지기가 무섭게 남은 이들 사이에서 반응이 터지듯 흘러나왔다.

"대체 이게 무슨 일입니까."

"왕녀 전하는 이것이 얼마나 중요한 자리인지 모르시는 겁니까."

"이 며칠간 친인들을 잃고 궁에서 나오지도 않으시던 분인데 갑자기 결혼 이야기를 꺼내니 그러실 수도 있지요."

"하지만 그렇다고 해도……."

"……."

그때 소란 속에서 비비안의 목소리가 흘러들어 왔다.

"그러니 원래 강제한 모든 것들은 아름답지 않은 법이죠."

저마다 의견이 분분하여 당황한 귀족들 사이에서 그녀의 목소리는 유난히 낭랑했다. 삽시에 일부 귀족들이 불쾌한 얼굴을 했다. 평민 출신 계집이 나라의 일을 안다면 얼마나 안다고. 그렇게 이야기하고 있는 이들을 쭉 훑어보던 비비안이 위그에게 물었다.

"그렇지 않아?"

"그렇지."

그러나 정말 놀랍게도 위그가 그녀의 말에 맞장구를 치자 대부분 결국 입을 다물었다. 어쨌든 크리스티나는 공개적으로 아론디트의 왕을 거절했다. 아론디트가 비록 바첼론보다 작고 국력이 못하다고는 하나 굳이 마음에도 없는 금상첨화식의 결혼에 아론디트의 왕이 크리스티나를 얻겠다고 애를 쓸 필요는 없었다.

비비안은 위그와 함께 알현실에서 나왔다. 크리스티나는 이미 제 궁으로 향한 모양이었다. 비비안은 방금 전 상황을 곱씹고 있는지 웃음기 가득한 얼굴로 입을 뗐다.

"이제 왕녀 전하께서 즉위하면 아론디트의 왕을 위로할 만한 것들을 준비해야겠어."

"일단 무사하게 즉위를 시키고 그러지."

"왜, 무사하게 즉위하기가 어려운 것 같아?"

비비안의 물음에 위그는 비웃음을 흘렸다. 하긴, 지금 상황까지 왔는데 무사하게 즉위를 하지 못하는 게 더 웃기다. 다만 앞으로 해야 할 일은 크리스티나의 안전을 보장하는 것이었다. 그렇게 생각하던 그가 낮은 목소리로 읊조렸다.

"귀족이 태자와 반하면 반역이지만, 왕자가 태자와 반하는 것은 싸움이지. 하면 왕녀가 태자의 뜻에 반하는 것은 뭐가 되지?"

"앙탈?"

"……."

"왜 그렇게 봐. 사람들 다 그렇게 생각하잖아. 지금 이 상황에서 크리스티나가 제이슨과 대적하는 게 왕위 욕심이라고 생각하는 사람이 있어?"

"저치들은 저렇게 흐름을 못 읽어서야 어찌 귀족을 한다고."

"원래 한 개 무리에서 직감이 뛰어나고 머리가 좋은 사람은 얼마 되지 않아. 그리고 사람들은 원래 무지의 대가를 치르지."

"크리스티나 주변의 경비를 늘려야 하는데."

"왕실 기사들은 전부 태자의 명령을 듣지 않아?"

"전부까지는 아니지. 그중에는 이디에트의 기사들도 있거든. 그리고 무엇보다도 왕녀가 자기 궁의 경비를 강화해 달라고 하는데 거절할 수 있는 사람이 어디 있나. 이상한 요구도 아니고."

제이슨은 그 속이 어쨌든 겉으로는 다정한 오빠 행세를 아주 잘하는 인물이었다. 누구보다도 위그는 그것을 잘 알고 있었다. 그러나 지금 이 상황이 되었는데 과연 그가 가만히 있을까. 위그도 비비안도 앞으로 무슨 일이 일어날지 알고 있었다.

지금 위험한 것은 비단 크리스티나뿐만은 아니라는 것 또한.

그때였다. 마차 문을 열고 위에 오른 비비안 뒤를 따라 위그가 걸음을 옮겼다. 그러나 갑자기 누군가가 그들을 잡았다.

"이디에트 공. 태자 전하께서 부르십니다."

위그는 비비안을 힐끔 보았다. 비비안은 그와 시선을 마주치더니 생긋 웃었다.

"다녀와. 무슨 소리를 하는지는 들어야 하지 않겠어?"

"그러지."

위그는 몸을 돌렸다. 그 대신 클로에가 마차에 올랐다. 이윽고 마차가 문을 닫았다. 위그는 제이슨의 친위대 중 한 명인 기사를 향해 입을 뗐다.

"안내해라."

＊　＊　＊

제이슨은 자신의 궁이 아닌 알현실이 있는 본궁의 접대실에 있었다. 아론디트의 대신을 돌려보낸 듯 조용하기 그지없는 복도를 지나 접대실 앞에 선 위그가 기사를 향해 눈짓했다.

달칵.

손잡이가 돌아가고 문이 천천히 열렸다. 환한 햇빛이 비스듬히 들어오는 방 안. 제이슨의 인영이 보이지 않아 한 걸음 안으로 들어가는데, 갑자기 총알을 장전하는 소리와 함께 차갑고 단단한 무엇인가가 그의 머리에 닿았다.

위그는 느긋하게 그 자리에 서 있었다. 그의 옆에서 수렵 총을 든 채 그를 겨냥하고 있는 제이슨의 얼굴에는 미소가 떠올라 있었다. 비릿한 조소와 분노에 얼룩진 미소를 응시하던 위그는 길게 숨을 내쉬었다.

"무슨 일이십니까."

"공은 이제부터 내 사냥감이다."

"농이 지나치시군요."

"사냥개에서, 사냥감이 된 것이지."

"제가 언제 전하의 사냥개였습니까."

"공은 아니었으나, 공의 아비는 내 사냥개였다."

"……."

"내가 주인인 줄도 모르고, 사냥감을 물어다가 내 앞에 바치고는 나를 물 생각을 하기에 그 생각을 밟아 죽였지. 딸을 도구처럼 사용했는데 제 딸이 얼마나 도구로 가치 없는지도 모르는 그런 치였다. 그리고 사냥개로서의 가치를 아들에게까지 물려주었지."

철저한 모욕이었다. 그동안 가슴속에 담고 있던 제이슨의 적나라한 생각을 이렇게 들었는데도 새삼스럽게 화가 나지는 않았다. 어디 그뿐이랴, 위그는 제이슨의 사냥개고 사냥감이고 하는 것들이 하나같이 너무 엉망인 비유라고 생각했다. 비비안의 말을 빌리자면 그야말로 상상력이 없는 자의 표현이었다.

"그렇습니까."

"한데 그 아들 또한 아비의 과오를 반복하여 나를 물려고 해. 그럼 나는 이제 그 아들을 사냥개에서 사냥감으로 만들어 과녁 맞히듯 죽여야 할 것이다."

"그러십시오."

"……."

"달게 받겠습니다. 다만 그런다고 전하의 목적이 딱히 무사하게 이루어질 것 같지는 않지만."

제이슨은 위그를 뚫어져라 응시했다. 그 눈빛을 보던 위그는 제 머리에 닿은 총구도 아랑곳하지 않은 채 오히려 천천히 제이슨을 향해 다가갔다.

"태자 전하께서 사냥개라고 생각하셨던 존재가, 어디 하나뿐입니까."

그의 말에 들어 있는 암시는 적나라했다. 암시라고 칭할 것도 없이 그 나머지 하나는 비비안이었다. 지금 위그가 죽는다면 이디에트는 그대로 비비안의 손에 떨어진다.

하나를 죽인다고 끝나는 게임은 아니었다. 제이슨은 이미 그것을 알고 있었다는 듯이 웃었다. 그러나 이미 알고 있다고 해서 해결이 되는 문제는 아니었다. 위그나 비비안이나 어느 쪽이든 그는 죽이지 못한다.

위그는 당장에 제이슨의 손에서 총을 빼앗아 들 수 있는 사람이었다. 제이슨은 길게 숨을 들이쉬다가 갑자기 총구를 내리고 화통하게 웃었다.

"나는 이디에트 공의 이런 점이 좋다."

"저는 전하의 이런 점이 별로 좋지 않습니다."

"그래? 그래서 왕이 되기에는 한참이나 모자란 그 아이의 손을 잡았나?"

위그는 대답하지 않았다. 제이슨은 총을 바닥에 던졌다. 카펫이 굉음을 먹어 버렸다. 제이슨은 위그를 향해 입매를 비틀면서 말했다.

"나는 공이 무척이나 생각이 있다고 생각했다."

"저도 딱히 없지는 않다고 생각합니다."

"하지만 이건 절대, 현명한 선택은 아니었어. 혹시 잊었나? 공이 왜 내게 복종했는지? 그게 단순히 돈이 없어서인가 아니면…… 인질이 있어서였나."

"인질이라니, 태자 전하께서는 농도 잘하시는군요."

위그는 제이슨의 말을 하나도 농으로 받아들인 얼굴이 아니었다. 방에 들어와서부터 한 번도 당황하지 않은 기색으로 그는 제이슨을 뚫어져라 보고 있었다. 그 눈빛은 위그가 얼마나 제이슨을 같잖게 보고 있는지 여실히 드러내고 있었다.

"왕실에 이디에트의 인질이라고 할 만한 게 있습니까."

"지금까지 없다고 생각해 왔다면 지금 알려 주지. 이 왕실에 이디에트의 가장 귀한 보석이 있지 않나."

"이디에트에서 가장 값진 보석은 제 아내의 보석함에 있습니다."

"그딴 걸 말하는 게 아니라는 것쯤은 알면서."

"저는 전하의 의중을 헤아릴 만큼의 생각은 없나 봅니다."

"엘리미아."

제이슨이 목소리를 낮췄다.

"과연, 그녀가 이디에트의 가장 귀한 보석이 아닌가? 아니면 이미 결혼을 했으니 누이 따위는 별 상관이 없다는 것인가."

"그녀는 제 누이이며 이디에트의 딸임과 동시에 바첼론의 태자비입니다. 보석 따위가 아니라. 게다가, 왜 그녀가 인질이 되는지 모르겠습니다. 제 누이의 목숨을 걸고."

위그의 입가에 슬며시 미소가 맴돌았다.

"이디에트를 겁박이라도 하시려는 겁니까?"

"못 할 것도 없지."

그리고 제이슨은 일말의 주저함도 없이 그렇게 대답했다.

"그녀는 카티야와 달라. 그녀가 내 아내인 이상, 공은 절대 엘리미아를 내 옆에서 빼내지 못한다. 그리고 무엇보다도 나는 죽어도 그녀를 놔줄 생각이 없어. 그녀는……."

"전하의 트로피 같은 존재니까?"

"어떻게 생각하나. 그 존재에 대해서. 공도 부인이 계시는데. 그 트로피라는 것이 갖는 의미를 잘 알겠지. 승리자는 절대 트로피를 부수지 않아. 그래서 내가 지금까지 가만히 있은 것이지. 하지만…… 승리자의 위치가 간당간당한 상황이라면 트로피를 부수지 못할 것도 없지?"

"그것도 제가 알 수 있는 건 아닙니다."

"그래?"

"저는 그까짓 트로피 같은 존재가 없어도, 언제나 모두의 위에 군림해 왔으므로."

그야말로 왕족 앞에서 공작이 하기에는 극도로 불경스러운 말이었다. 나는 태생적으로 너무 고귀해서 너 같은 것과는 근본적으로 다르다는 일종의 선언이었다. 제이슨과 위그는 다르다. 위그의 모든 것은 타고난 것이었고, 그의 모든 것은 신이 준 것이었다. 그는 노력하지 않아도 타인이 갖고 싶은 것을 가졌고, 사랑할 때도 너무 쉽게 이디에트를 다 준다고 말할 수 있을 정도로 자신이 가진 것에 오만했다.

그러나 동시에 그는 자신이 가진 이 모든 것을 정확하게 파악하고 있었다. 그래서 그는 자신의 행복이 신이 준 선물임을 알고 죽어도 타인에게 빼앗기지 않기 위해 지금까지 모든 수단을 다 써 왔다.

"저는 트로피 따위가 왜 존재해야 하는지 잘 모르겠습니다. 그 트로피가 없어도 저를 무시해 온 사람은 없었습니다. 그리고 감히 누가 저를 감히 얕보겠습니까."

"……."

"전하는 모르시겠지만."

그의 말이 끝나자마자 제이슨이 주먹을 꽉 쥐었다. 엘리미아로 위그를 협박하려고 했으나 정작 위그의 말에 분노한 것은 그였다. 그의 마음속 가장 깊숙이 있는 열등감을 끄집어내 사정없이 짓밟은 위그가 담담하게 말을 이었다.

"엘리미아는 인질이 될 수 없을 겁니다. 물론 이대로 엘리미아를 죽이셔도 어쩔 수 없지만. 안타깝게도 그럴 가능성은 거의 없다는 겁니다. 겨우 왕녀나 왕자의 죽음과 달리, 태자비의 죽음은 결코 그렇게 쉽게 넘어가지 않을 터이니."

"겨우 왕녀와 왕자?"

"네. 겨우."

오만하기 짝이 없는 위그의 말에 제이슨이 언뜻 굳는 듯했다. 그러다 갑자기 그가 웃음을 터뜨렸다. 그 커다란 웃음소리에 실린 것이 절대 희열이 아님을 위그는 알고 있었다. 그것을 증명하듯 그가 갑자기 이를 악물더니 손을 뻗어 위그의 멱살을 잡았다.

"재미있군."

위그는 가볍게 한숨을 쉬고 제이슨의 손을 잡았다. 그리고 순간 우두둑 하는 소리와 함께 그가 가볍게 제이슨의 손을 뗐다.

"이제는 하다 하다 신하의 멱살을 잡는 추태까지 부리시는 겁니까. 이 일은 그저 넘겨 드리겠으니 부디 디텔 앞에서는 이런 짓을 하지 마십시오. 최소한 태자 전하께서 제 매형이라는 이름을 달고 있는 상황에서 말입니다."

손은 너무 쉽게 떼어졌다. 우두둑 뼈 돌아가는 소리와 함께 제이슨이 고통에 절은 신음을 흘렸지만 위그는 그저 조용하게 제이슨을 내려다보기만 했다. 어렸을 때부터 가끔 검을 맞댄 적이 있던 그들이었다. 그리고 너무 당연하게 제이슨은 언제나 위그를 상대로 이겼다. 그래, 이겼다. 위그가 일부러 져 주었기 때문이었다.

그 모든 오만함과 여유로움이 지독하게 싫었다. 제이슨은 입매를 비틀다가 다시 비릿하게 웃었다.

"그럼 공이 누이를 포기한 것으로 간주하지."

"그러시든지요."

"누이가 슬퍼하겠어. 가문에 이렇게 버림받다니."

"전하. 착각하고 계시는 게 있는데, 제 누이는 이디에트의 공녀입니다. 물건이 아니라 이디에트의 핏줄을 이은 사람입니다."

"……."

"버리고 말고 할 게 어디 있습니까. 결국, 제가 어찌 나오든 그녀 또한 이디에트의 사람인데. 역시, 전하와 달리 말이지요."

결국 제이슨은 참지 못한 채 주먹을 꽉 쥐었다. 위그는 제이슨이 멱살을 잡아 구깃해진 셔츠를 잡고 툭툭 털어 냈다. 방에 기사 하나 없는 게 그로서는 더욱더 편했다. 제이슨이 멍청하지 않고서야 위그가 자신의 손목을 부러뜨렸다는 말은 하지 않을 것이었다. 그야말로 수치가 따로 없지 않은가.

"크리스티나는 왕이 되어 주지 못한다. 계집은 왕이 되기에 적합하지 않아.

계집이라는 사실이 평생 그녀의 약점이 되어 왕권을 흔들리게 하고, 평생 이디에트를 전쟁 속에 밀어 넣을 거다."

"알고 있습니다. 하지만 전하."

위그는 이제 마지막으로 자신의 옷을 완전히 털어 냈다. 그리고 다시 반듯하게 서서 차갑게 입을 열었다.

"그래도 전하가 왕이 되는 것보다는 나을 겁니다."

공개적인 모욕을 마친 뒤 위그는 단숨에 문을 열었다. 그는 이제 제이슨과 약간의 예의도 차리지 않았다. 그럴 이유도 없었거니와 그럴 명분도 없었다. 눈 가리고 아웅 하는 것이 무슨 의미가 있는지 알 수 없었다. 그리고 그로서는, 차라리…….

'이렇게 자극해 빨리 일을 처리하는 편이 좋지.'

그는 싸늘하게 웃었다. 제이슨이 그에게 어떤 제안을 해 오고 어떤 방식으로 어떤 미래를 제시했든, 그것은 이미 별 상관이 없었다.

뒤에서는 분노에 찬 제이슨이 물건을 완전히 쓸어 떨구는 소리가 흘러나왔다. 그러나 위그는 그저 기사들에게 '태자 전하께서 왕녀 전하의 일로 많이 흥분하시다 손목을 다치셨다'는 말만 남긴 뒤, 그저 궁을 떠났다.

* * *

며칠 뒤 아론디트의 대신들은 바첼론을 떠났다. 강대국의 아름다운 왕녀를 왕비로 맞이할 수 있다는 꿈이 완전히 산산조각이 난 그들의 표정은 하나같이 좋지 못했다. 그러나 비비안은 어차피 그들이 바첼론을 상대로 아무런 조치도 못 할 것을 알고 있었다. 물론 국가 간의 외교 문제는 언제나 꽤 큰 문제였으므로, 그녀는 위그더러 귀족원 원장의 이름으로 아론디트에 '약간'의 '정신적 보상'을 하길 건의했다.

그리고 그 보상은 전부 로젤리스의 주머니에서 나왔다. 이미 수도의 상인 협회의 대부분 거래 항목을 손에 쥔 그녀에게 두려울 것은 없었다.

사람들은 이제 로튼의 힘을 일컬어 거의 '로튼 제국'이라고 수군거리곤 했다. 그야말로 제국 그 자체였다. 모든 상단을 손에 다 넣고 대륙의 자금 명맥까지 쥐었으니 두려울 게 없었다.

"그래도 결혼은 아직 취소되지 않았어요. 대신들이 돌아갔다고 결혼까지 무산되리라는 법은 없죠. 태자 전하께서 어떻게 나오실지는 아무도 모르고."

비비안은 손끝으로 정원의 꽃을 매만지며 읊조렸다. 뒤에 있던 엘리미아와 크리스티나가 고개를 들어 그녀의 뒷모습을 보았다. 갑자기 나타나 위그가 출근할 때 따라왔다고 설명한 그녀는 크리스티나의 궁이 제 것이라도 된 양, 화원에서 티타임을 갖자고 '제안'해 왔다.

이미 완전히 감정 소모를 당해 아무것도 생각할 수 없어진 크리스티나는 한숨을 푹 쉬었다. 옆에 앉아 있던 엘리미아가 입을 뗐다.

"그날 이후로 제가 가도 만나 주지 않아요. 무슨 생각인지 모르겠지만."

"뭐, 그 머리라면 어느 정도 상황을 눈치챘으니, 태자비 전하께서 뭔가 꼼수를 부리고 있다고 생각하고 있었을지도 모르겠군요. 하지만 에트린은 검출이 어려운 물건이에요. 독이 아닌 데다가 다 먹고 씻은 식기 따위에 에트린이 남겠어요?"

"며칠 전에 주치의가 다녀갔대요. 물론 정기적으로 진찰을 받곤 하지만."

"에트린도 그 정도 복용하면 효과가 있지요. 본인 스스로 뭔가 건강상의 문제를 느끼지 않았을까요? 그래 봤자 소용이 없지만."

"하지만 만약 그렇게 된다면, 아마 그는……."

"네, 아마 이 자리에 있는 그 누구도 남김없이 깔끔하게 죽여 버리겠죠."

비비안은 태평하게 읊조렸다. 그녀의 예측은 우습게도 이 자리에 있는 모든 이들이 다 하고 있는 것이었다. 궁지에 몰린 제이슨이 무슨 짓을 할지 모르지 않는다. 하지만 좋은 점이 있다면 왕은 귀족들의 의지와 무관하게 왕위 계승 순위에 따라 결정이 된다는 것이었다.

"그날 이후로 왕녀 전하의 궁에 경비를 늘린 것 같은데. 물론 그게 별 의미가 있어 보이지는 않지만요. 설마하니 태자 전하께서 뭐 자객이라도 보내시겠나요."

"못 할 건 없어요. 엄연히 말하자면 제1왕자 전하는 자객이 넣은 독에 죽었거든요."

"오, 선대 공작께서는 고전적인 수법을 사랑하시는군요. 하긴, 고전적인 게 가장 훌륭한 것이죠."

"이제 과연 제이슨이 어떻게 나올까요?"

비비안은 싱그러운 장미를 코에 댔다. 짙은 장미 향이 코를 찌르며 안겨 들어왔다. 그녀는 눈을 감고 그 향을 느끼다가 천천히 줄기로 손을 옮겼다. 날카로운 가시가 손끝에 닿았다. 그녀는 굳이 손에 힘을 주지 않았다. 이런 식으로 자해를 하는 취미는 없다.

"글쎄요, 제이슨이 어떻게 나올지는 모르겠지만. 한 가지 확실한 건 이제 그의 타깃은 이디에트와 크리스티나 왕녀 전하, 확실하게 정해졌다는 것이에요."

"위그는 무슨 말을 하던가요? 아니, 이제 대체 어떤 계획을 세우고 있는 것이죠? 당신들에게는 필히 계획이라는 것이 있겠죠. 그래서 다음에 죽어야 하는 사람은 누군가요."

엘리미아의 말에 크리스티나가 움찔했다. 죽는다. 또 죽는다. 그리고 이제 죽을 사람은 얼마 남지 않았다. 쌍둥이, 로건, 제이슨. 비비안은 고개를 살짝 돌렸다. 그녀는 테이블에 앉아 있는 사람들을 보면서 생긋 웃었다.

"그건 잘 모르겠지만."

"단주."

"죽어야 하는 존재가 셋뿐이니. 아, 왕비 전하와 쌍둥이 왕자 전하는 그냥 하나로 쳐요. 어쨌든 셋뿐이니, 우리 셋이 나눠서 죽이면 되겠네요."

"지금 저희랑 농담하시는 건가요? 하나도 재미없어요."

"설마 농담하겠어요. 안 그런가요 크리스티나 왕녀 전하? 듣기로는 제 남편에게 올 때, 그가 조건을 내걸었다고 했는데."

"조건……."

"왕족의 목 하나."

"……!"

"어떻게 생각하시나요?"

크리스티나는 얼굴을 찡그렸다. 그러나 그녀는 다시 침착을 찾았다. 비비안이 제게 하던 그 말이 생각이 났다. 이미 이 지경까지 왔는데, 그녀가 할 수 있는 게 뭐가 있나. 그저 앞으로 나아가며 더 많은 사람을 죽이고, 참회하며 원하는 것을 가질 수밖에 없었다.

비비안은 손에 쥔 장미를 놓고 손을 탁탁 털었다. 흙이 바닥에 약간 떨어졌다. 그것을 밟고 그녀는 의자에 앉았다. 그리고 입을 뗐다.

"사실 지금 이 상황에서 가장 안전한 방법은 크리스티나 왕녀 전하께서 제 남편과 결혼하는 것이랍니다."

"……무슨."

"하지만 그 방법은 제가 싫으니 넘기기로 했어요. 사실 제 남편도 싫어하고요."

엘리미아는 왠지 모르게 그 말이 비비안이 위그를 조금 아쉬워한다는 뜻으로 읽혀 놀란 얼굴을 했다. 마치 그에 대한 대답이듯, 비비안이 어깨를 으쓱하며 말을 이었다.

"내 남편을 놔주기 싫어서."

"제 오라버니로는 부족한가요."

크리스티나는 서늘한 눈으로 비비안을 응시하며 물었다. 그에 비비안은 흐음 길게 숨을 내쉬었다.

"글쎄요. 전하의 오라버니는 애초에 제 인생에 그렇게 중요한 존재가 아니어서."

"정말 로건 오라버니가 불쌍하군요."

"불쌍할 건 없어요. 진짜로 불쌍한 건 그가 대신한 남자죠. 연주회에서 저를 밀치고 죽은 제 남자."

"……그런 남자가 있었나요?"

엘리미아는 의외라는 듯이 눈을 깜박거렸다. 비비안이 생긋 웃었다.

"누군들 그런 과거 하나 없겠어요."

"그런데 왜 제 동생 같은 남자와……."

"그건, 아무리 달콤하고 격렬하고 열정적이어도, 결국 영혼의 공감이 가져다주는 쾌락만큼 자극적이지 못하니까?"

엘리미아와 크리스티나는 동시에 얼굴을 찡그렸다. 하지만 굳이 더 세세하게 묻지는 않았다. 그들은 이미 비비안과 위그를 한쪽으로 묶어 생각하고 있었다. 비비안이 웃으며 말을 이었다.

"어쨌든 왕녀 전하가 제 남편과 결혼이라는 것을 할 수 없으니, 저희로서는 모험해야 해요. 왕녀 전하, 이제 쌍둥이 동생의 목이 필요해요."

"……."

"하실 수 있나요?"

"어떻게 해야 하죠?"

"길을 열어 주어야 하나."

"네, 제가 단주의 퀸이면, 결국 이 전쟁을 하는 건 단주니까요."

비비안은 그 말이 무척 흡족하다는 듯이 활짝 웃었다. 그때였다. 갑자기 누군가가 급히 정원에 들어왔다. 세 사람은 급히 입을 다물었다. 정원에 들어온 것은 다름 아닌 엘리미아의 시녀장이었다.

"태자비 전하, 큰일 났습니다. 지금 폐하의 궁에 걸음을 하시는 편이 좋을 것 같습니다."

"무슨 일이지?"

"폐하와 태자 전하의 궁에서 대량의 독극물이 발견되었습니다."

순간 엘리미아와 크리스티나의 시선이 비비안에게 몰렸다.

비비안은 경악하는 두 사람을 보며 생긋 웃었다.

그녀의 눈빛은 마치 이렇게 말하고 있었다.

이제 어떻게 하실지 아시겠죠?

* * *

왕의 침전에서 독극물이 검출되었다.

이 사실을 제일 먼저 발견한 것은 다름 아닌 기사였다. 평소와 다름없이 왕궁의 경비를 돌던 그는 왠지 모르게 본궁의 주변에 있는 꽃들이 유난히 시들시들하다는 사실을 깨닫고 정원사를 불러 관리를 제대로 할 것을 명했다. 그러나 정원사는 얼마 전까지만 해도 새롭게 심은 데다가 비료도 넉넉하게 주었던 화원이 왜 갑자기 며칠 사이에 이렇게 되었는지 이해하지 못했다.

하지만 왕실 정원사로서 그가 자신의 소임을 제대로 하지 못한 것은 사실. 다시 꽃을 옮겨 심은 그는 며칠 뒤 또다시 생기를 잃은 꽃을 보며 뭔가 이상함을 깨닫고 말았다.

다른 곳에는 만개한 꽃이 갑자기 국왕의 침전 주위에서만 문제가 생길 리가 없으니 꽃은 문제가 없다. 토양도 예전과 같은 데다가 관리하는 이들도 변함이 없었다. 비료도 문제가 없고 그 외 각종 요소들을 하나하나 배척해 보면 마지막으로 남는 결론은 단 한 가지밖에 없었다.

정원이 아닌 외부에서 무엇인가가 흘러들어 와 꽃들을 시들하게 한 것이었다.

국왕의 침전에서 쓰다 버린 물은 배수관을 통해 정원 바로 옆으로 흘러가 강으로 나간다. 악의적으로 정원을 파괴하는 이가 있나 눈에 불을 켜고

불침번을 섰으나 범인은 잡히지 않았다. 그러다 보니 자연스럽게 시선은 정원을 지나가는 물로 향하고 말았다.

결국 땅을 파고 배수관을 검사해 본 결과, 과연 배수관에서 약간의 물이 새어 나오고 있었다. 겨우내 얼어 있던 배수관이 봄에 갑자기 터지는 것은 종종 있는 일이었다. 다만 한 번도 이런 일이 없었음을 고려해 볼 때 분명이 오물에 뭔가가 있는 게 확실했다.

"그래서 조사를 해 보니, 물에서 대량의 독이 검출되었다고 합니다."

비비안과 위그는 진지한 얼굴로 자리에 앉아 있었다. 중앙에는 제이슨과 소식을 듣고 온 엘리미아가 있었고, 몇몇 중앙 귀족들이 그 주변을 빙 둘러싸고 하녀의 진술을 듣고 있었다.

"그 물은 보통 어디서 오는 것이지?"

"폐하께 올리는 모든 생활용수는 왕실에 비치된 우물, 그러니까 수고에서 옵니다. 전하도 아시다시피 저희는 그저 주는 대로 전부 사용하고 있을 뿐입니다."

"전하, 방금 전 수고를 관리하는 하인의 진술에 따라 수고를 조사해 보았으나 독극물은 검출되지 않았습니다."

제이슨은 입을 다물었다. 왕족들이 마시고 쓰는 물은 모두 수고에서 관리한다. 상황을 비추어 보아 수고가 문제가 아닌, 국왕의 왕궁이 문제라는 것이었다.

게다가 이번에 검출된 독은 아무리 끓여도 사라지지 않는 것으로서, 무색무취에 가까웠다. 생활용수로 평소에 접촉하게 된다면, 단기간은 무사할지라도 천천히 죽게 됨은 자명한 일이었다.

"하면 태자궁에서 발견된 것은 어찌 된 일인가."

"그건 아직 조사 중에 있습니다만, 전하의 궁에 있는 독은 폐하의 침전에서 사용된 것보다 덜하여 치명적인 해를 입히지는 않았습니다."

"폐하의 침전에서 평소에 물을 가장 많이 쓰이는 곳이 어디인가."

"폐하께서 드시는 것과 몸을 정갈하게 하실 때를 제외하고는……."

제이슨의 물음에 하녀가 쭈뼛거렸다. 그녀는 말을 하기가 주저되지만 어쩔 수 없이 또 해야 한다는 얼굴을 하고는 우물쭈물거렸다. 그러나 제이슨의 얼굴이 점점 험악해지자 그녀도 결국 눈을 질끈 감았다.

"왕비 전하께서 침전에 있는 꽃병의 물을 자주 가시기에, 그에 가장 많이 사용됩니다."

"꽃병에서는 독이 검출되었나?"

"……."

"말해."

"그…… 가장 독이 많이 검출된 곳이, 꽃병이라고 합니다."

장내는 침묵으로 젖어 들었다. 귀족들은 대충 감을 잡은 듯 묘한 표정을 하면서 정적을 지켰다. 누군가를 헛기침을 하고, 누군가는 알겠다는 얼굴로 냉소를 짓고, 또 누군가는 그저 담담하게 있었다. 참고로 비비안과 위그는 가장 마지막 경우였다. 그들은 이 모든 것들과 아무런 연관이 없다는 듯이, 그저 하녀를 응시했다.

"끌고 가라."

제이슨이 명령했다. 그의 부들거리는 목소리 속에는 분노가 미미하게 묻어 있었다. 그러나 정작 아무도 그의 분노에 관심을 갖지 않았다.

비비안은 그저 눈을 깜박거렸다. 팔랑거리는 부채 너머로 디텔 공작 부부의 시선이 그들에게 꽂혔다. 비비안은 부채로 입가를 가리고 눈으로 살짝 웃었다. 디텔 공작 부부는 아마도 이디에트 공작을 의심하고 있는 것 같았다. 그리고…….

'이건 꽤 좋은 기회에요, 왕녀 전하.'

'…….'

'왜 그런 얼굴을 하죠? 설마 이디에트에서 기사와 사람들을 보내 왕녀

전하를 보호한 게, 진짜로 단순히 왕녀 전하만 보호하려 했다고 믿는 건 아니길 바라요.'

정말 디텔 공작의 깊은 깨달음에 찬사를 보내야 할 정도로, 그들의 추측은 그대로 들어맞았다.

금족이 풀리고 일련의 사건이 생긴 뒤 왕족들의 안전을 보호한다는 핑계로 위그는 태자비인 엘리미아와 크리스티나 주위의 경비를 늘렸다. 새로운 시녀와 기사들이 그녀들의 주변에 포진되어 있었고, 그들의 핑계는 얼핏 보기에는 보호였지만 기실은 국왕의 침전에 갈 때마다 독약을 조금씩 물에 타는 것뿐이었다. 철저하게 이디에트의 사람들로 이루어진 그 행위는 크리스티나와 엘리미아 모르게 조금씩 행해졌다.

애초에 국왕을 암살하는 것 따위가 목적이 아니었기에, 독극물은 극소량만 사용했다. 다만, 정원에 흘러들어 꽃을 적실 만큼은 되었다.

사실 이 독극물의 존재를 발견하는 것은 이디에트에서 훗날 왕실에 보낼 사람이어야 했다. 그러나 아쉽게도 기사가 일찍 발견해 버려 제이슨과 국왕은 실질적으로 상해를 입지는 못했다. 하지만 제이슨은 어차피 훗날 죽여 버릴 것이고, 국왕은 조만간 죽을 것이다.

그들이 이 모든 것을 진행한 이유는 간단했다.

"국왕 폐하와 가장 가까운 곳에서 이 모든 것을 조종할 수 있는 사람은 마샤 왕비 전하뿐입니다."

위그의 묵직한 목소리가 알현실을 울렸다. 과연 왕실 따위 눈에 넣지 않은 이디에트의 공작가다웠다. 그는 현재 왕비를 모욕했다고 질책받아도 할 말 없는 발언을 아무렇지도 않게 하고 있었다.

"이디에트 공, 불경하다."

"태자 전하의 궁에 있는 이들까지 전부 조사해야 합니다."

"이디에트 공, 불경하다고 태자 전하께서."

"그리고, 다른 전하의 궁까지 전부 조사하고, 알렉산드르 왕자 전하의 죽음에 대해 다시 조사를 해 보아야 할 것 같습니다."

"설마 왕비 전하를 의심하고 계시는 겁니까?"

디텔 공작의 다급한 목소리를 잘라 버리고 위그가 답했다. 이어서 들려오는 것은 엘버린 공작의 의문이었다. 그러나 그의 물음은 위그를 질책하는 것보다는 의견을 구하는 것에 가까웠다. 정확히 말하자면, 위그를 대신해 해명할 기회를 주는 것이나 마찬가지였다.

"그럴 리가 있겠습니다. 왕비 전하께서 어질고 현명한 것은 이 자리에 있는 모든 이들이 다 아는 바, 다만…… 왕비 전하가 어질다 하시어 프로테 백작까지 그러라는 법은 없지요."

그의 말이 끝나기가 무섭게 장내에 있던 이들이 숨을 들이켰다. 엄연히 말해서 위그는 현재 이 자리에 있는 모든 이들의 마음속 생각을 그대로 말해 주고 있었다.

마샤 왕비가 그동안 조용하게 살아온 것은 맞으나, 권력의 소용돌이 속에서 그것마저도 그저 권력을 향한 한 걸음이라고 생각해도 별 이상할 것은 없었다. 게다가 이렇게 조용하게 있다가 태자 위에 오른 사람이 바로 이 자리에 있지 않은가.

그러나 제이슨은 결코 위그와 비비안의 걸음을 따라갈 생각이 없는 듯했다. 그는 그저 이마를 짚고 있다가 입을 뗐다.

"하나 아바마마의 침전에 들락거리던 이가, 마샤 왕비 전하 한 사람은 아니지."

"……크리스티나 왕녀 전하 말씀하시는 겁니까? 물론 그분의 증언도 들어 봐야 할 겁니다."

"단순히 증언이 아니라, 혐의까지 조사를……."

제이슨은 잠시 말꼬리를 늘였다. 그러나 그는 결코 말을 매듭짓지는 않았다. 그는 그저 장내에 있는 이들의 얼굴을 한 번 쭉 쓸다가, 무슨 생각을 했는지 피식 웃으며 말을 바꾸었다.

"그래, 생각해 보니 아바마마가 돌아가신다고 크리스티나에게 좋을 것 하나 없군. 하나, 무엇이 되었든 마샤 왕비 전하나 프로테 백작이 꾸몄다고 단정 짓기에는 과하게 성급한 일이다. 일국의 왕비요, 백작 가문이다. 자칫하면 왕실의 수치로 번질 수 있어."

"지당하신 말씀입니다."

"일단 왕실에 있는 수질을 검사하고, 독극물을 검사하라. 그다음에 다시 범인을 잡도록 하지."

말을 마친 제이슨이 자리를 떴다. 이윽고 분분히 귀족들이 흩어지는데, 갑자기 디텔 공작이 입을 뗐다.

"이건 뭐 귀족원인지 탐정단인지 모르겠군. 하루 종일 범인만 색출해 내다니."

"감히 국왕 폐하 시해 미수 앞에서 이런 말을 하다니, 디텔 공도 어지간히 머리가 좋지 않군."

"이디에트 공. 공의 의도는 좋았으나 이번 일은 그렇게 쉽게 해결이 되지 않을 것이다. 나는 도저히 이해할 수가 없어. 언제나 영명하던 공이, 왜 갑자기 요즘따라 이렇게 멍청한 일만 진행을 하는 것인지 말이야."

그렇게 말하며 디텔 공작은 비비안을 힐끔 보았다.

"저 계집 때문인가? 결국 계집에 눈이 멀었나?"

"과찬이에요. 디텔 공. 하나 제가 그 정도로 매력이 있지는 않아서."

"공작 부인. 이건 부인을 칭찬하는 것이 아니오."

"하나 저는 칭찬으로 받겠습니다."

알현실에서 나오며 비비안은 위그의 품에 폭 안겼다. 그 모습을 보던 디텔 공작 부인이 고개를 뒤흔들었다. 디텔 공작은 수치스럽다는 눈빛으로 그녀를 응시했다. 그때, 비비안이 말을 이었다.

"어쨌든 디텔 공께서는 한평생 못 하셨던 것을 제가 했으니까요."

"무슨, 사내를 유혹해 목적을 달성하는 것?"

"그것도 있고……."

"부정은 하지 않는군."

"사실이니까요. 계집으로서 사내를 치마폭에서 갖고 논 공로도 있고, 단주로서 공작을 옆에 묶어 놓은 공로 또한 있는 것이 사실 아닌가요. 제가 인간이고 계집인데, 그게 이상한가요?"

"다시 말하지만 그건 자랑이……."

"자랑이지요."

"……뭐?"

"가끔 보면 사교계에서 말하는 계집들의 기 싸움만큼이나 재미있는 현상이 사내들에게서 보여요. 수컷들이 무리 지어 암암리에 위아래를 가르고 서열을 매기죠. 뭐, 어느 쪽이든 좋게 보는 행위는 아니지만, 어쨌든 그런 게 존재한다는 것은 부정할 수 없겠죠?"

"하고 싶은 말이 대체 무엇이지."

"나는, 그 수컷들의 무리에서 먹이 사슬의 가장 위에 있는 남자를 손에 넣었어요. 이 세상에 존재하는 그 어떤 사내도 내 남편 앞에서 고개를 쳐들지 못해요. 그런 남자를 내가 손에 넣고, 이겼단 말이죠."

"그딴 논리를 지금 내 앞에서……."

"나는, 내 남편을 계집으로서 정복하고, 인간으로서 머리를 잡아내 손아귀에 넣었어요."

"……!"

"어느 쪽 하나 빠지지 않고 철저하게 꺾어 넣었죠."

비비안은 평소와 다름없이 무심한 얼굴로 있는 위그를 힐끔 보고 다시 디텔 공작 쪽으로 고개를 돌렸다. 그리고 곧 생긋 웃으며 말했다.

"좀 더 직접적으로 말하자면, 내가 남자로 태어났어도 이 남자는 내 거였을 것이고, 디텔 공이 계집으로 태어나도 이 남자는 내 거였을 거라는 말이에요."

"……미쳤나?"

"너는, 영원히 나를 못 이긴단 말이죠. 아, 정확히 말하자면, 너희."

찰나 그녀의 시선이 디텔 공작과 그의 휘하에 있는 귀족들을 죽 쓸고 갔다. 그녀가 말한 '너희'가 누구를 지칭하는지는 명백했다.

말을 마친 비비안은 위그의 손을 잡고 바로 걸음을 옮겼다. 뒤에서는 디텔 공작이 이미 혈압을 다스리지 못한 채 어이없어하는 감탄사만 내뱉고 있었다. 그리고 비비안이 말하는 모습을 조용하게 보기만 하고 있던 위그는 궁에서 나오자마자 그만 웃고 말았다. 방금 전 비비안이 한 말이 너무 애 같다고 느꼈기 때문이었다.

"당신 원래 그렇게 과시적인 성격은 아니었잖나."

"날 사랑한다면서 내가 얼마나 자기 과시형인지 몰랐단 말이야?"

"유치했어."

"로건 앞에서 당신이 더 유치했어."

"그래서, 그렇게 디텔 공에게 알리고 싶었나?"

"그래. 디텔 공작 같은 새끼들은 언제나 자기보다 위에 있어 보이는 사내가 어떤 여자에게 철저히 복종하면 그저 그 계집의 치마폭 때문이라고 생각하거든. 그리고 억울해하지."

"그러는 경우가 많지."

"그래, 그래서 철저히 알라는 거야. 난 치마폭도 있고 두 다리도 멀쩡하게 있어. 난 당신을 남자로도 갖고, 위그 이디에트라는 트로피로도 가질 거야."

"그 트로피 소리 좀 그만하면 안 되나? 나는 진실을 들으면 불편해지는 편이다."

"그러면 최고의 물건이라고 하지."

"그냥 트로피로 하자. 그게 더 듣기 좋아."

"그렇지? 나도 그렇게 생각해."

그래, 위그 이디에트는 트로피였다. 이 인생에서 그녀가 가질 수 있는 가장 완벽한 남자, 트로피, 그녀의 인생을 밝혀 주는…….

"아, 왜 권력 싸움은 이렇게 지루할까?"

"……뭐?"

위그는 자신의 귀를 의심하며 고개를 돌렸다. 그러나 비비안은 진심이었다. 그녀는 진심으로 무료하다는 생각을 버릴 수가 없었다.

"차라리 당신이랑 노는 게 재미있겠어."

"……."

"역시, 내 인생이 즐거워지려면 당신이 꼭 있어야 하나 봐."

"당신, 기왕이면 트로피로 현상 유지를 해 줬으면 좋겠다. 장난감은 사절이고."

비비안은 그만 웃었다.

"그럼 이제 어떻게 할까?"

"뭘 어떻게 하나. 죽일 만큼 죽여야지."

"제이슨이 과연 마샤 왕비를 처리할 거라고 생각해?"

"설마."

"그럼, 우리가 처리해야지? 어차피 다 죽이고, 왕이 되면 그만이니까."

"그게 쉽나?"

"아무렴. 나는 내 오빠를 제거하고 단주가 되는 그 과정도, 그저 한 줄로 평가할 수 있어."

비비안 로젤리스는, 형제를 제거하고 비정상적인 방식으로 상속권을 가졌다.

그뿐이었다.

"그러고 보니 크리스티나 왕녀와 함께 있지 않았나?"

"아, 왕비한테 보냈어."

"······과연 마샤 왕비가 크리스티나를 의심하지 않을까?"

"의심한들 어쩌겠어. 증거가 없는데."

비비안은 가볍게 비웃음을 흘렸다. 그러나 위그는 잠시 국왕의 침전이 있는 곳으로 시선을 던지다가 작게 읊조렸다.

"하지만 사람이 궁지에 몰리면 무슨 짓을 할지 모르지."

"궁지에 몰자마자 죽이면 괜찮아."

* * *

크리스티나는 엉망이 된 침전의 정원을 보면서 가벼이 한숨을 쉬었다. 배수관을 전부 조사하는 과정에 왕의 궁은 완전히 뒤집혔다. 궁의 경비는 더욱더 엄해졌고 당연히 왕비의 접근은 제한되었다.

당연히.

이 말을 쓰는 것도 웃기다고 생각하며 그녀가 걸음을 돌렸다.

"크리스티나."

그때 누군가가 그녀를 불렀다. 질퍽한 흙이 그녀의 드레스를 더럽히고 있었다. 뒤에 서 있던 시녀들이 예를 취했다. 마침 왕의 궁에서 나오는 이는 다름 아닌 로건이었다. 크리스티나는 반사적으로 미미하게 웃다가 다시 웃음을 지웠다. 그녀가 궁에서 슬픔에 잠겨 있을 때 위로해 주던 그의 오빠는, 이제 그녀를 향해 더는 웃지 않았다.

그래도 로건이 크리스티나를 향해 최대한 다정하고 온화한 얼굴을 하려고 함은 보였다. 그는 크리스티나를 한 번, 그녀의 뒤에 있는 사람들을 한 번 보고는 복잡한 얼굴을 했다. 그 표정에 숨겨진 의미를 헤쳐 보고자 크리스티나가 잠시 고민했다. 그러나 그녀는 곧 그 의미를 깨닫고 입을 뗐다.

"이디에트 공작 부인은 이디에트 공과 회의에 참석했다가 저택으로 돌아갔어."

오늘 오전 크리스티나를 방문한 로건은 그녀가 비비안과 만나고 있다는 말에 그저 걸음을 옮겼다. 그런 그가 크리스티나의 뒤에 비비안이 없음을 의식한 것은 이상한 일이 아니었다.

그러나 순간적으로 그 모습이 왠지 모르게 이질적으로 다가와서 크리스티나는 한숨을 쉬었다. 입가에서 말이 맴돌았다. 그때, 뜻밖에 먼저 입을 연 것은 다름 아닌 로건이었다.

"떠나기 전에 작별 인사를 할 수 있어서 다행이야."

크리스티나는 자신의 귀를 의심하듯 미간을 좁혔다. 그러나 그녀는 로건이 말하는 작별 인사가 궁을 떠나겠다는 의사 표시라는 것을 알고 입을 살짝 벌렸다.

"여행을, 다시 시작하려고?"

"그래."

"왜 갑자기?"

그러나 크리스티나는 자신이 말을 내뱉고도 어이없다고 생각했다. 로건이 왜 그러겠는가. 이대로 가다가는 자신도 죽을 것이라는 것을 알거나, 아니면 이 모든 것에 환멸을 느끼고 사라지려는 것이거나. 어느 쪽이든 그가 남아 있는 것보다 떠나는 것이 더욱더 합리했다.

그러나 크리스티나는 그 사실이 못내 불편했다. 로건은 굳이 크리스티나와 더 이야기를 나누지 않은 채 그녀의 어깨를 손으로 한 번 두드리고는 자리를 떠나려고 했다.

그의 뒷모습을 보던 크리스티나는 입술을 살짝 깨물었다. 비비안의 뜻을 헤아려 보건대 아무래도 마샤 왕비와 그 아이들은 크리스티나 스스로 처리하라는 뜻 같았다. 위그는 너무 흔쾌하게 이디에트의 사람을 그녀에게 남겨 줄 것이었다. 그것이 무엇을 의미하는가. 손에 피를 묻힌 채 여왕으로서의 '격'을 보이며 왕위에 올라가라는 뜻이었다.

그러면, 로건은 누가?

크리스티나는 왠지 모르게 답을 알 것 같았다. 그러나 그녀는 더 입을 떼지 않았다. 이제 그녀는 피어오르는 자신의 감정을 더 이상 겉으로 드러내 보이지 않았다. 그저, 담담하게 서 있을 뿐이었다.

이윽고 그녀는 왕의 궁에서 마샤 왕비의 침전으로 걸음을 옮겼다. 그리고 그녀의 궁 앞에 다다르는 순간……

"태자비, 말을 바로 하라!"

분노 섞인 왕비의 외침에 그녀가 고개를 절레절레 저었다.

* * *

지금 이 순간 이디에트를 가장 증오하는 존재가 있다면 그것은 절대 제이슨이나 디텔이 아니었다. 늙은 왕의 아내가 되어 아들 둘을 낳았음에도 아무런 실권을 장악하지 못한 죄, 훌륭한 가문을 두었음에도 이미 실권을 장악한 태자의 아내, 그리고 이디에트의 딸에게 고개를 숙여야 하는 죄. 이 모든 수치와 울분은 결국 그녀에게 씌워진 누명과 함께 그대로 분노가 되어 흘러나왔다.

그녀는 오늘 점심 자신을 찾아온 엘리미아와 크리스티나를 상기했다. 아무리 생각하고 또 생각해도 이번 사건을 저지를 만한 인간 중에서 가장 유력한 이들이었다. 이미 태자가 된 제이슨이나 제3왕자인 로건은 굳이 그녀를 제거할 만한 이유가 없었다. 그렇다면 알렉산드르의 죽음이나 디아나 왕녀의 죽음까지 생각해 봤을 때, 범인은 크리스티나밖에 않았다.

그것도 이디에트와 함께.

자신이 생각하고도 어처구니가 없었다. 그동안 얌전하게 있던 계집애가 무슨 왕이 되겠다고. 제가 왕비가 되던 해, 그저 얌전하고 왕이 총애한다 하여 그대로 비위를 맞추어 주었던 것이 화근이었다. 당장에 외국으로 시집을 보낼 것을 굳이 남겨 두었더니 이 사달이 난 것이었다.

마샤 왕비는 한쪽으로는 크리스티나가 왕위 욕심을 낸다는 사실을 추론해 냈으면서도 그것이 어처구니가 없어 결국 모순에 빠져야 했다. 망할 계집, 왕녀로 태어났으면 곱게 있다가 왕비나 되면 다행이지 감히 어디서 왕위를 넘본단 말인가.

하물며 제 아들들에게도 차려지지 않은 영광이었다. 제이슨의 눈치를 보면서 한평생 살아온 그녀는 자신의 아들 중 한 명이 왕이 될 수만 있다면 기꺼이 자신의 한쪽 뇌를 아들에게 주라고 해도 그렇게 행할 수 있었다. 그럼에도 그것이 현실성이 없어 그녀는 결국 그저 왕이 죽은 뒤 태후로서의 이름이나 누리려고 했을 뿐이었다.

제이슨도 굳이 지력에 문제가 있는 아이들을 죽이지는 않을 것이라고 생각했다.

그런데 어디서 감히 되바라진 계집애가 제 아들도 못 하는 일을 하겠다고 저러는 것인지 이해가 되지 않았다. 그래, 그 계집이야 약을 잘못 먹어서 그렇다 치자, 그럼 이디에트의 족속들은 대체 무엇이란 말인가. 크리스티나가 미쳤다고 저들도 미쳤단 말인가?

'가만히 있으면 어차피 태자비가 왕비가 될 터인데.'

마샤 왕비는 손수건을 꽉 쥐었다. 오늘 점심에 자신을 방문한 두 사람 앞에서 왕비로서의 위엄을 지키느라 얼마나 혼났는지 그녀는 도저히 알 수 없었다. 그 뒤로 방문한 그녀의 아버지는 지금 형세가 그리 좋지는 않으니 그저 조용하게 왕비의 노릇이나 제대로 하라고 명했다.

형세가 좋지 않다.

그래, 좋을 리가 없지. 조금 전 궁에 있는 어느 하녀는 왕비가 유달리 꽃을 가는 일에만 민감하게 군다고 증언을 했다. 그뿐만 아니라 차례로 나온 증언들이 전부 다 그녀에게 불리하게 작용했다. 그중에 몇몇은 이디에트에서 손을 쓴 게 확실하다고 그녀는 생각했다.

그러나 그것이 아니더라도 그녀는 불리했다. 이디에트가 그녀를 죽이려고 작정을 했다면 그것만으로도 이미 그녀는 불리하기 짝이 없었다. 왕실은 그녀의 마지막 보호막이다. 프로테 백작가가 만약 반역에 휘말려 든다면, 그녀는 물론이고 그녀의 아들들까지 완전히 추락해야 한다.

'안 돼.'

마샤 왕비는 이를 악물었다. 하필이면 저번 카티야의 일로 한 번 명령을 내린 뒤 몇 번 왕비의 신분으로 내궁의 일에 간섭을 좀 한지라 사람들은 이제 두 일을 연관 지어 생각하고 있었다. 그리고 그것이 엘리미아의 간청이었다는 사실이 이디에트가 배후에 있다고 마샤 왕비가 생각한 이유였다. 게다가 이 근래에 제이슨과 이디에트의 분열은 눈이 있는 자라면 조금씩 눈치를 챘을 것이 분명했다.

프로테의 정적이었던 이들은 슬슬 이 기회를 잡아 프로테를 제거하려고 하고 있었다.

친정과 연을 끊어야 해. 속으로 그렇게 생각하면서도 백작가 없이 아무것도 할 수 없음에 결국 그녀는 절망하고 말았다.

그때였다.

"왕비 전하."

마샤 왕비는 고개를 들었다. 시녀장이 노크를 한 뒤 방으로 들어왔다.

"태자 전하의 친위대 대장이 알현을 요청하고 있습니다."

"……뭐?"

마샤 왕비는 눈을 깜박거렸다. 지금까지 그저 조용하게 숨을 죽이고 있던 그녀의 행위가 제이슨에게 어떻게 비쳤을지 알 수 없었다. 그러나 한가지 확실한 것은, 만약 진짜로 크리스티나가 왕이 되고자 하고, 그녀의 추측대로 이디에트가 거기에 손을 뻗었다면……제이슨의 상황도 별로라는 것이었다.

그녀는 자세를 바로 했다.

"들라 해."

시녀장은 다시 한번 예를 취하고 방을 나갔다. 얼마 지나지 않아 친위대 대장이 들어왔다.

"왕비 전하를 뵙습니다."

"무슨 일이지?"

"이번 불미스러운 일에 관하여, 왕비 전하의 명예를 어지럽힌 자들을 소탕하기 위해 태자 전하께서 전언하셨습니다. 왕비 전하의 결백에 대하여 태자 전하께서는 누구보다도 신임하고 계신다 하셨습니다."

마샤 왕비는 제 앞에서도 태자를 극존칭을 써 가며 칭하는 그가 마음에 들지 않았다. 하지만 그녀로서는 지푸라기라도 잡아야 하는 법.

마샤 왕비가 빙그레 웃었다.

"그래, 어디 한번 말해 보아라."

"태자 전하께서 전하셨습니다. 이번 사건은 절대적인 증거가 없는 만큼 왕비 전하의 죄를 단정하기가 어려울 것이라고."

"당연한 말을 하는군. 진상은 언제나 밝혀지는 법이다. 아무리 악한 마음을 먹은 이가 감히 내게 누명을 씌우겠다고 해도, 내가 하지 않았으면 그만이야."

"하지만 그렇다고 해도 이로 인해 프로테 백작가의 명예가 실추하는 것은 엄연한 사실."

"나는 상관이 없다. 왕비로서의 내 명예는……."

"하여서, 만약 왕비 전하께서 진정으로 두 분 왕자 전하와 왕비 전하 본인의 명예와 안전을 위하신다면, 프로테 백작가와의 연은 자르는 것이 좋을 것이라고 했습니다."

"……뭐?"

마샤 왕비는 멈칫했다. 그녀는 설마하니 제이슨이 이런 결정을 내릴 줄 상상도 못 했다. 아니, 상상을 못 했을 정도로 의외의 결정인 것은 아니었으나 그렇다고 제이슨이 이 기회를 틈타 그녀의 날개를 꺾어 버리려는 시도까지 할 줄 몰랐다.

그녀는 멍청하지 않았다. 제이슨은 이디에트나 크리스티나와 싸우고는 있지만, 그렇다고 다른 이들이 자신의 편이 되어 줄 것이라는 생각은 하지 않았다. 실제로도 그러했다.

'지금 이 기회에 훗날 내가 태후가 되었을 때 내 힘을…… 견제하려는 것인가.'

그녀는 계산을 잘못했다. 이디에트도 개새끼지만 제이슨도 그에 만만찮은 개새끼였다. 그녀는 친위대 대장의 얼굴을 보며 입을 열었다.

"이 기회를 통해 프로테 백작가의 명예를 실추시키려는 것이면, 어림도 없다. 감히 국왕 폐하를 시해하려고 했다는 천인공노할 죄를 저지른 가문과 연을 끊는다고 내가 깨끗해지리라 생각할 만큼 멍청해 보이나."

"만약 왕비 전하께서 이 제안을 받아들이게 된다면, 프로테 백작가는 그저 한동안 수도에서 떠나 있을 뿐, 더 다른 충격을 받지는 않을 것입니다."

"그럼……."

"어차피 범인은 따로 정해져 있으니 상관없을 겁니다."

마샤 왕비는 잠시 의아한 듯 미간을 좁혔다. 그녀의 얼굴에 흐르는 의문의 빛을 보던 대장이 얼굴을 굳혔다.

"태자 전하를 믿으시는 것이 좋을 겁니다."

* * *

"내가 왜 지금까지 왕실 권력에 접근하지 않았는지 알아?"

"평민이니까?"

"나한테 그 사실이 그렇게 큰 장애물로 보여?"

"아니."

위그는 무척 담담하게 대꾸했다. 왕실 독극물 사건으로 시작해 왕궁은 물론이요 수도는 현재 아예 공황 상태에 빠지고 있었다. 그도 그럴 것이 왕자, 왕녀에 이어 국왕과 태자조차도 독에 당할 뻔했다. 그것이 무엇을 의미하는지 모두 알면서도 감히 입 밖에 내뱉지는 못했다.

비비안은 위그의 손에 들린 신문에 손을 턱 올리고는 그것을 아래로 쭉 잡아당겼다. 덕분에 신문이 조금 찢어지면서 구깃구깃해졌다. 위그는 가벼이 한숨을 쉬면서 덩달아 팔을 내렸다. 비비안이 웃으며 그의 무릎에 앉았다.

"나는 의자가 아니다."

"좋으면서."

"좋은 건 사실이지만 당신은 나를 의자처럼 사용하고 있어. 좀 사람 취급해 주면 안 되나?"

"나는 충분히 사람 취급을 하고 있었어."

비비안은 위그와 시선을 맞추었다. 이 며칠간 그녀는 꽤 기분이 좋은 상태였다. 그도 그럴 것이 모든 일이 거의 다 두 사람의 예상대로 흘러가고 있으니 그 얼마나 기분이 좋을까. 위그는 그런 비비안의 심정을 이해했다. 하지만 일이 순조롭게 흘러가면 흘러갈수록 그의 본능은 묘하게 다른 쪽을 자꾸만 짚고 있었다.

정말 이대로 무사하게 아무런 문제도 없이 크리스티나가 왕이 되는가.

결과만 놓고 보자면 그것은 당연한 일이었다. 그러나 그가 진정으로 걱정하고 있는 것은 결과가 아닌 과정이었다. 진정으로 이대로 차근차근 모든 것이 진행이 될 것인가. 그래서 비비안은 지금 이 기분이 좋은 상태로 자신의 목표를 이루고, 여왕을 만들고, 그와⋯⋯.

'아.'

문득 위그는 그다음 수순을 상상하고는 입을 다물었다. 아직은 그것을 상상할 때가 아니었다. 그가 집중해야 하는 것은, 이제부터 비비안이 다시는 정신적으로 충격을 받을 일이 없어야 한다는 사실이었다.

그래, 없어야 했다. 두 사람의 계획은 이제 자연스럽게 흘러가야 했다. 물론 중간에 약간씩 일이 틀어질 수는 있었다. 하지만 그것들은 쉬이 해결이 될 것이었다. 아무런 흔적도 비비안에게 남기지 않은 채.

"방금 내 물음에 대답하지 않았어. 내가 왜 왕실 암투에 관심이 없는지 알아?"

"왜지?"

"심심하잖아."

"……하아."

"돈은 이 세상 모든 인간이 다 사랑하고, 다 쓰는데 왕권 다툼은 결국 당신들만의 광란이야. 그저 죽이고, 음해하고, 죽이고, 음해하고. 시시하고 재미없어."

"그런 것치고는 지나칠 정도로 잘하던데."

"재미없는 것과 잘하는 건 다르지."

위그는 비비안의 득의양양한 얼굴에 그만 웃고 말았다. 그래, 최소한 이렇게 조금 희열에 들떠 있는 편이 그래도 얼마 전 무너지지 못해 헤매던 그 얼굴보다는 나았다. 그렇게 생각하며 그가 손으로 그녀의 목을 감쌌다. 비비안은 자연스럽게 그의 목에 팔을 둘렀다.

달달한 립스틱과 향수의 향내가 섞였다. 짙은 입맞춤의 끝은 그가 혀로 그녀의 입가를 쓸어내리며 끝났다. 비비안은 나른하게 웃으면서 다시 그의 입에 닿을락 말락 한 거리에서 입술을 부딪치고 있었다. 그녀의 행동에 위그가 그녀를 꽉 끌어안았다.

그때였다.

서로의 온기인지 열기인지 취해 제정신이 아닌 두 사람의 정적을 깨고 갑자기 밖에서 미친 듯한 노크 소리가 들려왔다. 비비안은 살짝 고개를 들고 미간을 좁혔다. 요한의 목소리가 울렸다.

"각하, 큰일 났습니다."

"들어와."

위그가 답을 하자 비비안은 눈을 깜박거렸다. 그녀는 자신과 위그의 시간이 방해된 것이 그다지 즐겁지는 않은지 자리에서 느긋하게 일어났다. 더불어 방금 전 그가 마시던 주스를 들고 맞은편 의자로 향했다. 요한은 급히 문을 열고 들어와 숨을 헐떡였다. 비비안은 주스를 한 모금 마시고 자리에 앉았다.

"아침부터 무슨 일이지?"

"큰일 났습니다. 각하. 방금 왕궁에서 전언이 왔습니다."

"무슨 전언?"

"태자 전하께서 방금 기사들을 보내 로건 왕자 전하를 압송했다고 합니다. 그것도…… 폐하와 태자 시해 미수죄로."

쨍그랑.

순간 유리잔이 바닥과 부딪쳐 귀를 찔렀다. 산산조각이 난 유리잔과 그 사이에서 흐르는 주스. 위그는 이를 악물었다. 그의 시선이 비비안을 향했다. 그녀는 그저 조용하게 그대로 있었다. 그러나 곧, 길게 숨을 들이쉬고 천천히 입을 열었다.

"그래. 예상 밖이네. 방금 전 시시하다고 한 거 취소해야겠어."

그러나 비비안의 태도와 달리 위그는 그저 입을 다문 채 조용하게 앉아 있기만 했다. 그의 시선과 모든 주의력은 이 어마어마한 소식을 듣고 와 그들의 계획이 순조롭게 흘러가지 않음을 알린 요한이 아닌, 비비안에게 있었다. 더 정확히 말하자면 그는 제이슨이 로건을 상대로 손을 썼다는 사실보다 비비안의 반응에 더욱더 집중하고 있었다.

그는 바닥에서 산산조각이 난 유리잔과 미동도 하지 않은 채 그저 가만히 앉아 있는 비비안을 번갈아 보다가 요한에게 나가라는 듯이 눈짓했다. 눈치 빠르게 요한이 방을 나갔다. 문이 닫히고 다시 둘만 남은 방 안, 위그가 입을 열었다.

"이제 어떻게 할 예정이지?"

"제이슨이 왜 이런 일을 벌였다고 생각해?"

비비안의 입가에 미소가 달렸다. 그러나 위그는 그 미소마저도 묘하게 자신의 심기를 거스른다고 생각했다. 비비안은 마치 석고상처럼 그대로 얼어붙은 상황에서 그저 입가만 유연하게 놀리며 그에게 물었다.

이 순간 그녀가 무슨 생각을 하고 있는지 그가 모를 리가.

위그는 그것이 못내 자신을 불쾌하게 한다는 사실에 입을 꼭 다물었다. 분명 알고 있었다. 비비안은 로건을 사랑했다. 그녀에게 그는 영원히 가슴속에 파묻어야 하는 그런 존재였다. 그래서 그녀가 자신에게 얼마나 달콤하게 굴든, 어떻게 그와 손을 잡든 절대적으로 자신이 그 자리를 대체하지 못한다는 것을 알았다.

그럼에도 불구하고.

그 모든 것을 알고 있음에도 화가 치밀어 올랐다. 조금 전까지 제 무릎 위에서 웃고 있던 여자는 결국 온전한 제 것이 아니었다. 그것이 애초에 불가능했고, 그래서 두 사람 사이를 묶고 있는 유일한 줄이란, 그녀와 그 사이의 줄과 그가 그녀에게 퍼붓는 절대적인 애정 그 자체뿐이리라.

비비안은 위그가 답이 없자 고개를 돌렸다. 싸늘하게 식은 얼굴로 자신을 보는 그의 얼굴을 덩달아 의문 섞인 얼굴로 보던 그녀는 문득 자신의 손에 있던 잔이 바닥에 떨어졌음을 확인하고 쉽게 그의 분노의 근원을 알아차렸다. 그러나 그녀는 성급히 자신의 행동에 변명하지 않았다.

두 사람 사이의 암묵적인 감정의 일방성이 이런 식으로 다시 수면 뒤에 드러났다.

하지만.

비비안은 갑자기 저를 응시하는 남자의 얼굴을 보다가 피식 웃었다. 그녀는 길게 숨을 들이쉬더니 알 수 없는 묘한 얼굴로 의자에 등을 기댔다. 다리를 꼬고 나긋하게 웃는 얼굴이 마치 그를 달래는 것 같았다. 위그는 조용하게 침묵을 지키다가 입을 뗐다.

"제이슨은."

"⋯⋯."

"로건으로 당신을 망가뜨리려고 하는 것 같다."

그리고 비비안의 반응 이외에도 제이슨이 로건을 잡았다는 사실 그 자체가 그의 신경을 건드리고 있었다. 제이슨도 알고 있다는 사실이었다. 로건이 비비안에게 어떤 의미인지.

그가 어떻게 알았는지 모르겠다. 그러나 원체 눈치가 빠르고 상황 파악이 빠르니 로건의 반응에서 알았을 수도 있고 평소 그들의 눈빛을 확인하면서 알 수도 있었다. 그러나 위그의 걱정과 달리 비비안은 꽤 담담하게 대꾸했다.

"그건 가장 이상적인 상황 아닌가?"

"이게?"

"어차피 로건은 죽어야 했어. 만약 로건을 잡아서 우리가 로건을 어떻게 살리려고 했다⋯⋯ 그런 식의 추측을 했다면 오히려 우리로서는 손도 안대고 모든 것을 해결하는 셈이 되지."

"진짜로 그렇게 생각하나?"

"그래, 그리고 이것보다 더 최악의 상황은⋯⋯."

비비안은 잠시 시선을 내리깔았다. 위그는 그녀의 파르르 떨리는 속눈썹을 응시하다가 덩달아 한숨을 쉬며 고개를 끄덕였다.

"그래, 크리스티나를 이 상황에 연루시키는 것이겠지."

그는 알고 있었다. 로건은 이 며칠 동안 크리스티나를 위로하러 자주 그녀의 궁에 들락거렸다. 그게 아니더라도 평소에 두 사람의 관계는 꽤 괜찮은 남매였다. 더군다나 크리스티나는 국왕의 자식 중에서 유일하게 국왕의 침전을 자주 방문하는 이였다.

크리스티나가 왕이 되려고 이 모든 것을 꾸몄다. 이디에트를 등에 업고.

이 말은 꽤 황당무계한 것이어서 아마 대부분 사람이 믿지 않을 것이었다.

그러나 로건이 왕위에 오르기 위해 크리스티나를 이용했다. 그동안의 행동은 마샤 왕비를 일찍이 처리해 버린 뒤 자신이 왕위에 오른 뒤의 포섭을 위한 준비일 뿐이다.

이 말은 꽤 설득력이 있었다. 실제로 왕위에 오른 뒤 왕권 강화를 위해 제 동생을 척살한 왕은 역사에 수적으로도 꽤 있었다. 그들이 훗날 폭군이라고 평가받든 잔인한 군주라고 평가를 받든 그들이 그런 행위로 왕권을 강화시켰다는 것은 회피할 수 없는 진실이었다.

그래서 위그와 비비안은 지금 제이슨이 갑자기 크리스티나의 사람을 물고 늘어지는 것이 제일 골치 아팠다. 그리고 실제로 크리스티나의 사람이 한 짓이 맞기도 했다. 게다가 개중에는 이디에트와도 연관이 되어 있었다.

왕녀는 왕족을 죽이고 왕에 앉아도 되겠지만 귀족은 그래서는 안 된다. 어떤 뒷말이 오가든지 표면적으로 이디에트는 왕녀를 추대한 게 아니라 그저 중립을 지키다가 왕녀를 왕으로 모신 게 되어야 했다. 하물며 귀족이 왕을 시해하는 데에 가담했다는 것은 더 말이 안 된다. 그대로 척살당해도 할 말이 없다.

"안 되겠네."

비비안은 눈을 깜박거렸다. 무엇이 안 된다는 건지 위그는 정확히 알 수 없었다. 그리고 어쩌면 말을 내뱉은 당사자 또한 무엇이 안 된다는 건지 알 수 없을 것이었다.

하지만 로건이 잡힌 이상, 그들이 이 상황을 빠져나가야 한다는 것은 사실이었다.

크리스티나는 왕위에 올라야 한다. 올라서…….

"로건이 무슨 소리를 하는지 먼저 들어 봐야 하지 않겠나?"

"로건이 무슨 소리를 하겠어."

"……."

"나는 그를 잘 알아. 어차피 지금 이 상황에서 그가 할 수 있는 것은, 최대한 자신의 결백을 주장하는 것뿐이지. 아니, 최대한 자신의 결백을 알리면 좋지. 오히려……."

"……."

"짜증 나."

비비안은 결국 머리를 헝클어뜨렸다. 그녀의 행동에 위그는 그저 침묵하기만 했다. 그리고 결국 자리에서 일어나, 일단 왕궁으로 갈 것을 알리고 방에서 나갔다. 그리고 그가 나간 자리를 보던 비비안이 입술을 꾹 다물었다.

* * *

로건은 언젠가는 자신이 이런 상황에 닥치리라는 것을 예상했다. 아무리 생각해 보아도 그가 비비안과 한때 연인이었다는 사실이나, 자신이 제이슨의 바로 아래 형제라는 사실은 제이슨이 그에게 손을 뻗는 것은 그저 시간문제일 뿐이라는 결론만을 말해 주고 있었다.

그래서 결국 이렇게 상황이 과열되기 전, 그는 꼭 이 상황을 벗어나기로 마음을 먹었다. 그러나 결국 그의 생각이 틀려먹었나 보다.

제이슨은 생각보다 훨씬 더 빠르게 그에게 손을 썼다. 그래서 결국 이렇게 방 안에 갇혀 제이슨과 독대하고 있었다. 그 옆에는 디텔 공작과 기사들이 즐비런하게 서 있었다.

"내 동생."

제이슨의 부름에 로건은 그만 웃고 말았다. 그러나 그 고소에도 제이슨의 표정은 변함이 없었다.

"아쉽구나. 이런 상황까지 오다니."

"제가 하지 않은 걸 아시지 않습니까."

"글쎄, 내가 알아야 하는 이유를 모르겠다."

그러나 로건의 성실한 물음에도 제이슨은 영문을 모르겠다는 듯이 어깨를 으쓱했다.

"나는 그저 증언과 고용인들의 진술을 토대로, 너와 크리스티나가 꽤 친했고, 네가 아바마마와 내 침전을 노리고 있었던 데다가 크리스티나가 근래에 이 두 곳을 방문했던 적이 있었다는 것뿐만을 알고 있어."

"친했다는 것이 언제부터 증좌가 되었습니까."

"당연히 증좌가 되지 못하지. 하나 이 모든 일은 그저 왕실 가족 내부에서 벌어지는 일이다. 귀족들은 감히 말을 얹지 못해."

"……."

"내가 그렇다면 그런 것이라는 말이다. 그 어떤 귀족도 감히 왕실 내부 사무에 말을 얹지는 못하지."

"그런 것치고는 디텔 공작이 무척 떳떳하게 서 있는 것 같습니다만."

"디텔 공은 나를 보조해 주고 있고."

제이슨의 대답에 로건은 웃음을 흘렸다.

제이슨은 오늘 아침 크리스티나를 왕궁에 금족시키고 그녀의 모든 기사와 시녀들을 회수해 갔다. 중간에 섞인 이디에트의 사람들은 감옥에 갇히고, 왕실의 시녀와 시종들은 전부 '신문실'로 옮겨졌다.

말이 신문실이지 기실은 고문실이었다. 이 몇 년간 그래도 합리적이고 이성적이며 자애로운 군주 흉내를 내던 제이슨은 이제 더는 자신을 포장하던 그 껍질을 두르고 있을 생각이 없는지 결국 모든 것을 냉정하게 처리해 나갔다.

그러나 어쩔 수 없었다. 만약 제이슨이 잡은 것이 귀족이라면 귀족원에서 반발하든 뭘 하든 상관이 없지만 그가 잡은 것은 로건이었다. 심지어 그는 당사자였고, 태자로서 이 모든 일을 해결할 권력이 있었다. 로건은 제3왕자였다. 그에게는 세력이 있을지언정 함부로 고개를 들어서는 안 되는 것들이었고, 크리스티나는 이디에트를 등에 업고 있다고 해도 함부로 말을 얹을 상황이 아니었다.

"마샤 왕비는 어찌 처리하실 예정이십니까."

"그건 네가 알 바 아니다. 네가 관심해야 할 것은 네가 어떻게 처리당하느냐 하는 문제겠지."

"그렇군요. 하지만 저를 처리하신다고 한들 별로 달라지는 것은 없습니다."

"로젤리스의 그 계집과 한때 사랑하는 사이였다지?"

"그녀는 제가 잡힌다고 꼼짝할 성정이 아닙니다."

"당연하지. 그래 보였다. 그녀는 너보다는 이디에트 공과 더욱더 같은 종류 같아 보였거든."

로건의 눈가에 미묘한 기색이 감돌았다. 그것을 본 제이슨이 웃었다.

"내가 그런 계집을 잘 알지. 아니, 정확히 말하자면 그런 종류의 인간을 사내놈으로 많이 접해 보았어. 설마하니 그년이 그런 성정을 갖고 있을 줄은 몰랐지만. 너는, 결국 그 단주의 달콤한 디저트에 불과하다."

"……."

"맛있고, 즐겁고, 달콤하고, 자극적이고, 행복하지만…… 결국 그녀와 마지막까지 함께하는 남자는 안타깝게도 위그 이디에트일 것이다. 결국 인간은 잠깐의 행복감보다 평생의 영혼에 목을 매게 되어 있거든."

"이런 말로 저를 자극한다고 뭐가 달라질 게 있습니까."

"없어. 다만…… 왕족으로서, 네 형님으로서 꽤 안타까울 뿐이다."

"……."

"차라리 나와 같은 편에서 이디에트를 상대했으면 좋으련만."

"늦었습니다."

"그건 나도 알고 있어."

"그녀는 제가 죽는다면 더욱더 좋아할 이입니다."

"나도 알아. 그래서 나는 너를 죽일 생각이 없어. 설사 죽인다고 해도 크리스티나를 먼저 처리한 뒤에 죽여야 하지."

"……."

"로젤리스와 이디에트가, 사람 여럿 망치는군."

우습게도 제이슨의 말은 틀린 게 없었다. 이 모든 상황은 결국 이디에트와 로젤리스가, 그러니까 위그와 비비안이 서로 손을 잡으면서 시작했다. 하지만 동시에 틀린 것도 있었다. 어차피 두 사람이 판을 벌이지 않아도 이곳에서는 날마다 권력의 암투가 벌어진다. 그러므로 두 사람은 타인의 시체를 밟고 무대 위에 오른 주인공일 뿐이다.

로건은 더 이상 말하지 않았다. 그는 이미 크리스티나의 시종과 시녀를 고문했다. 그들이 크리스티나가 사주한 것이 아니라고 말해도 상관없었다. 왕족 시해 사건에 감히 태자가 그리 말하는데 누군들 그게 아니라고 하겠나. 그러므로 크리스티나와 로건을 묶어서 처리하는 것은 일도 아니었다.

"그동안 나는 꽤 예의를 차려 왔어. 너희들에게 조금이나마 배려라는 것을 했지."

그는 꽤 비열했지만 동시에 이 판에서는 그나마 너그러운 사람이었다. 그는 제 동생을 죽이지 않았다. 제가 한때 동생이었으므로. 하지만 그렇다고 해도 자신의 목을 노리는 치들을 가만히 내버려 둘 정도로 멍청하지는 않았다.

"다음은 이디에트다."

"그건 저와 관계가 없습니다."

"그리고 로젤리스지."

"……."

로건은 더 이상 답답하지 못했다. 로튼은 비비안의 심혈이다. 그것은 그녀의 전부였고, 그녀의 인생이었다. 한데 제이슨이 그것을…….

"한데 궁금하군. 그 계집이 이리 매정하게 나오면 정이 떨어질 법도 한데."

"……."

"이해를 못 하겠어."

제이슨의 중얼거림에도 로건은 답을 하지 않았다. 그저, 입을 꾹 다문 채 한숨을 쉬었을 뿐이었다.

제이슨은 곧 디텔 공작과 함께 로건의 방에서 나왔다. 밖에는 기사단장이 그를 기다리고 있었다.

"이미 시녀와 시종의 자백이 나왔습니다."

"그래?"

"그리고…… 이디에트라는 이름까지 얻어 냈습니다. 현재 이디에트와 그 사람들 사이의 거래의 증좌를 잡아내고 있습니다만."

"없으면 만들어."

"네."

"그리고 마샤 왕비 쪽은."

제이슨은 미간을 좁혔다. 기실 마샤 왕비는 딱히 그의 심기를 거스르지는 않았다. 아마 그녀는 평생 그를 거스를 생각이 없을 것이었다. 그러나 그는 이제 후환을 남기면 안 된다는 아주 중요한 사실을 깨달았다. 무엇보다도 그로서는 위협을 하나라도 더 제거하는 것이 좋을 것이다.

"이미 제안을 받아들였나?"

"고려를 해 보겠다고 했지만, 아마 거절할 방도는 없을 겁니다."

제이슨은 비릿하게 웃었다. 어차피 그녀는 거절할 수 없다. 그녀에게는 두 명의 아들이 있었다. 아무리 멍청하고 반편이라고 주변에서 놀린다고 쳐도 그치들이 있어야 그녀는 산다. 마샤 왕비는 그것을 알았다. 아마 그녀는 자기 아들과 기꺼이 이 왕궁을 떠나 평생 은둔해 태후라는 이름만 역사에 남겨 둘 것이었다.

"빠른 시일 내로 왕궁에서 내보낼 준비를 해. 그동안 너무 지저분하게 왕궁에 남겨 두었다."

기사는 고개를 끄덕였다. 제이슨은 걸음을 옮긴 뒤 궁을 나와 자신의 집무실로 향했다.

그러나 그가 방으로 들어갈 때였다.

"오셨군요."

싸늘한 목소리가 그의 귓가에 감돌았다. 엘리미아가 그를 기다리고 있었다.

"이런, 태자비께서 이런 곳에 어쩐 일이신가."

제이슨의 목소리에는 엘리미아를 향한 조롱이 들어 있었다. 엘리미아는 담담한 얼굴로 제이슨을 응시했다. 별다른 반응이 없음은 그녀가 이제 철저하게 제이슨에게 아무런 감정을 품지 않는다는 것을 보여 주고 있었다. 그리고 다른 말로 하자면 그녀가 이제 철저한 사무적인 감정 그 자체만 남았다는 말이기도 했고.

"어제 제 동생이 다녀갔습니다."

"아, 그래? 와서 무엇을 따지던가?"

"진정 로건 왕자 전하가 이 모든 것의 배후라고 생각하십니까."

"태자비, 나는 멍청하지 않다."

"그럼 결국 이 모든 것들이, 이디에트의 날개를 자르기 위한 조치시겠군요."

"그래. 너무 뻔하지 않나? 이걸 굳이 내게 물어야 하나?"

엘리미아는 제이슨을 빤히 보았다. 그러나 그녀는 갑자기 피식 웃더니 고개를 절레절레 저었다. 그 웃음에 되레 기분이 나빠진 이는 다름 아닌 제이슨이었다. 그는 엘리미아의 웃음을 빤히 응시하다가, 천천히 입을 열었다.

"태자비, 나는 주인 없는 집무실에서 태자비가 무엇을 했든 상관하지 않는다. 하지만 만약 이런 식으로 계속해서 나를 건드리면, 태자비에게 불리하다는 사실만은 알아주었으면 좋겠군."

"어차피 제게 불리한 일은 많고도 많았습니다. 지금 이 순간 제가 태자 전하의 앞에서 무릎을 꿇어도, 태자 전하는 이디에트를 가만히 내버려 두지 않으실 거고요."

"그걸 어찌 아나?"

"결혼 전 제게 사랑하는 남자가 있으니 제발 저를 도와 달라고 제가 무릎을 꿇은 적이 있었지요."

순간 제이슨의 미간이 비틀어졌다. 그래, 기억하고 있었다. 그것을 어찌 기억하지 않을 수 있을까. 그동안 그저 고고하리라고 생각했던 이디에트의 공녀에게 기실은 이런 면이 있음을 깨닫고 희열에 온종일 찼던 그날이었다. 그리고 더욱더 엘리미아를 손에 넣어야겠다고 생각했던 날이기도 했고.

"그때도 제 뜻을 따르지 않으셨습니다."

"당연하지 않은가. 나는 태자비와 꼭 결혼하고 싶었거든."

"네, 그리하여 저를 트로피 삼아 손에 쥐셨다고 하셨죠. 하지만 전하. 전하는 그 덕분에 트로피와 명예를 얻고, 결국 목숨을 잃으실 겁니다."

"지금 나를 협박하는 것인가?"

"글쎄요."

"대체 이곳에는 왜 왔지?"

"글쎄요, 제가 왜 이곳에 왔는지는, 태자 전하께서 홀로 답을 얻어 보시죠."

말을 마친 엘리미아가 그를 스쳐 지나갔다. 그러나 그때, 제이슨이 우악스러운 손길로 그녀의 팔을 꽉 잡았다.

엘리미아는 미약한 신음을 흘리며 뒷걸음질 쳤다. 반항의 의미로 손을 흔들어 보았으나 소용이 없었다. 제이슨은 아예 그녀를 잡아 자신의 책상 위에 내동댕이쳤다. 침대와 달리 단단한 목제 책상에 부딪친 엘리미아가 비명을 질렀으나 소용이 없었다. 어느새 난장판이 된 책상에 그녀의 어깨를 꽉 누른 제이슨이 그녀를 내려다보며 입을 열었다.

"엘리미아 이디에트."

엘리미아는 입을 꼭 다물었다. 손목뼈가 돌아갔는지 극심한 고통이 안겨 왔음에도 그녀는 제이슨과 눈을 똑바로 마주쳤다. 그 눈빛이 제이슨의 심기를 제대로 건드린 듯했다. 그럼에도 그녀는 그를 빤히 응시했다. 제이슨이 입을 열었다.

"너를 내게 보낸 것은 네 아비다. 그 멍청한 작자."

"제가, 아니……."

엘리미아는 입을 꼭 다물었다. 그리고 다시 입을 뗐다.

"내가 너를 싫어한다고 내 아비를 좋아하는 건 아니야."

"그래? 시비 판단은 참으로 훌륭하군. 그럼 그 좋은 머리로 한번 생각해 봐. 내가 지금 이 시점에서 이디에트를 버릴지 버리지 않을지."

"웃기지 마. 네가 이디에트를 버릴지 안 버릴지는 상관이 없어. 중요한 건 이디에트가 너를 이미 버렸다는 것이야."

"재미있군. 이디에트가 없다고 해서 내가 꺾일 것이라고 생각하나? 잊지 마, 내 손에는……."

"네 손에 있는 이디에트의 목줄은 이미 내 동생이 거둬 갔어. 네가 물고 빨고 하던 그 창부에 의해. 너도 눈치챘잖아? 그러니까 지금까지 그것을 내놓지 못했겠지."

그게 아니면, 네 성정에 지금까지 가만히 있을 리 없으니.

복사본은 이디에트의 명예에 먹칠을 할 수는 있으나 직접적인 증좌는 되어 주지 못한다. 섣불리 움직이다가는 오히려 디텔까지 잃을 수 있었다. 그 카티야가 훔쳐 간 각종 서신에는 디텔의 약점도 있으니.

결국, 이 지경까지 온 것이었다.

정곡을 찔렸는지 엘리미아의 말이 끝나는 순간, 제이슨의 눈에 실핏줄이 터졌다. 그의 눈가가 분노로 벌게졌다. 그 이디에트의 목줄. 그 천박한 년,

그 로튼의 건방진 계집년, 그리고 감히 그의 앞에서 그를 똑바로 보는 이 건방진 이디에트의 계집. 노기가 솟아올랐다. 그 순간, 그의 목을 타고 짙은 경고의 목소리가 흘렀다.

"엘리미아 이디에트."

"제이슨. 말해 두겠는데……."

엘리미아는 한 자 한 자 힘을 주어 말을 내뱉었다.

"너는 절대 안 돼."

"……."

"죽어도."

안 된다는 것이 정확히 무엇인지 알 수 없었다. 그러나 제이슨은 이미 본능적으로 무엇인가가 잘못되었음을 느낀 것 같았다. 그는 천천히 엘리미아의 손을 놓았다. 엘리미아는 그를 증오와 혐오 섞인 얼굴로 보고 천천히 걸음을 옮겼다. 그리고 문이 닫힌 그 순간, 제이슨이 갑자기 크게 소리쳤다.

"리안스!"

문을 열고 기사들이 들어왔다. 제이슨은 잠시 뭔가 생각하다가 명령을 내렸다.

"당장, 내 집무실을 뒤지고, 청소해."

제이슨은 엘리미아의 얼굴을 곱씹었다. 뭔가 이상했다. 이렇게 티 나게 그의 방에 미리 와서 기다리고는 그사이에 뭔가를 할 리가 없었다. 그렇다면 그녀는 왜 왔을까. 그저 와서 자신의 상태를 확인하기 위해서? 무슨 상태를 어떻게…….

그는 미간을 찌푸렸다.

'설마.'

이미 손을 써 놓은 건가?

그 순간, 그의 얼굴이 분노로 물들었다.

*   *   *

마샤 왕비는 결국 제이슨의 제안을 받아들였다. 이미 아들 둘이 있는 상황에서 그녀가 이 상황을 유연하게 넘어갈 수 있는 유일한 방법이었다. 그녀는 제이슨에게 첫째로 친정의 명예를 보존할 것을 부탁했고, 둘째로 자신과 제 아들이 무사할 것을 부탁했다. 그렇게만 된다면 기꺼이 왕궁을 떠나 조용하게 살 것이라고, 그리고 태후로서의 이름을 누리며 평생 숨죽이면서 살 것이라고 했다.

그녀와 제이슨 사이에 어떤 거래가 오갔는지 추측을 하는 귀족은 있었다. 그러나 제이슨이 로건과 크리스티나를 갑자기 금족시키고, 그 둘을 조사한다는 소문이 돌자 사람들은 하나같이 의문스러운 얼굴을 할 수밖에 없었다.

왕과 태자의 침전에서 독극물이 검출되었는데 그것이 제3왕자의 소행이라더라. 그리고 왕녀 또한 가담한 것 같다더라.

그런데 왜?

태자는 그렇다 쳐도 왕까지 시해할 이유가 없었다. 당연히 칼끝을 외부의 적, 외국의 왕실이나 귀족들에게 돌릴 것이라는 예상을 깨고 제이슨은 아예 왕족을 제외한 그 누구도 건드리지 않았다.

어쨌든 마샤 왕비 또한 독극물의 위협에서 벗어나기가 힘들고, 굳이 자신이 의심을 받을 만한 일을 할 리가 없다는 이유로 그녀와 그녀의 아들들은 며칠 뒤 출궁이 결정지어졌다. 이 소식을 들은 귀족들은 가만히 있다가 '유배'를 당한 왕비의 처지에 동정을 느끼기보다는 그저 제이슨이 자신의 왕권을 강화할 예정이라는 사실에 더더욱 초점을 맞추고 있었다.

그도 그럴 것이 태자가 적당한 핑계를 대서 왕비와 두 동생을 유배 보내고, 자신의 바로 아래 동생 둘은 아예 감금해 놓았다. 이 상태에서 국왕을 감히 시해하려고 한 범인을 진정으로 잡느냐 잡지 않느냐 하는 것은 그다지 중요하지 않았다.

사람들은 새로운 권력의 등장에 언제나 쌍심지를 켜고 달려들었다. 이빨 빠진 호랑이 따위야. 제이슨보다 더 두렵겠는가.

"한데 그렇게 되면 이디에트가 가장 큰 권력을 쥐겠군요."

"아무래도 태자비 전하께서 진정으로 왕비가 되신다면."

"한데 요즘따라 이디에트의 동향이 의심스럽지 않습니까?"

로즌 후작은 그렇게 중얼거리면서 뒤에서 나오는 위그를 응시했다. 그동안 디아나 왕녀와 알렉산드르 왕자를 살해한 범인을 잡는답시고 왕실을 들쑤셨던 그는 최근엔 일부러 자신의 존재감을 뽐내는 것을 멈춘 듯했다.

"정말이지. 무슨 변고가 어찌 일어나려고."

엘버린 공작은 침묵했다. 지금 권력의 중심에 있는 이들이라면 전부 다 이 상황이 괴기스럽게 돌아간다는 사실을 눈치챘을 것이었다. 왕족들이 하나하나 죽고 있는데 정작 누구도 큰 반응을 보이지 않고 있다. 심지어 제이슨 본인도 그저 태평하게 이 모든 것을 상대하고 있는 듯했다.

"혹시, 태자 전하와 이디에트 공의……."

"후작. 말을 아끼게."

엘버린 공작의 말에 로즌 후작은 입을 닫았다.

"며칠 전에는 태자 전하께서 궁까지 한번 뒤집으셨다고 하지 않습니까."

"아무래도 독극물 사건이 일어났는데 그리 좌시할 수도 없지 않은가."

"한데 아무것도 없었다고 하지 않았습니까. 그때 독극물 사건 때 이미 한 번 검사를 했는데."

"신중해서는 나빠질 게 없지 않나."

결국 로즌 후작은 입을 다물었다. 그는 엘버린 공작의 의도를 알고 있었다. 진실이 어찌 되었든 현재 왕궁의 중심에서 두 세력이 대치하고 있는 것은 사실이었다. 그리고 그 대치는 이제 슬슬 민낯을 까발리고 있었다.

결국 귀족들은 그저 입을 다물 수밖에 없었다. 그들은 어쨌든 꽤 제 안위를 중히 여기는 이들이었다.

한편 위그는 앞에서 가던 귀족들을 응시하다가 한숨을 쉬었다. 이제 마샤 왕비가 밖으로 나간다. 그 소식을 들었을 때 그와 비비안이 얼마나 즐거워했는지 누가 알까.

'사실 애초의 목적은 그게 아니었는데. 이렇게 일이 발전한 이상 아쉬울 것도 없겠군.'
'그렇지.'
'처리가 더 쉽겠어.'

비비안은 그렇게 웃으면서 모든 일이 잘 돌아간다는 듯이 읊조렸다. 그러나 기실 그는 알고 있었다. 로건은 아직 왕궁에 갇혀 있었다. 그리고 제이슨은 현재 그를 꽤 유력한 용의자로 짚고 있었다. 더불어 크리스티나를 그의 도구로 보고 있었다.

제이슨은 절대 이대로 로건을 죽이지 않는다. 그러나 그는 핑계를 대서 크리스티나를 죽일 수는 있었다. 아니나 다를까 제이슨은 다시 크리스티나의 혼처를 알아보고 있었다. 이번에는 절대 멀쩡한 혼처가 아니었다. 그는 아예 그녀를 대륙을 넘어 일흔 넘은 왕의 네 번째 왕비로 크리스티나를 보내려고 하고 있었다. 아마 로건을 죽이는 것은 그다음이 될 것이었다.

크리스티나의 가장 큰 약점은 그녀가 왕녀라는 사실이었다. 그럼 그 약점을 극복하기 위한 어떤 것이 있어야 하는데…….

그때였다.

"각하!"

갑자기 복도를 울리며 클로에가 나타났다. 위그는 고개를 들었다. 이제 마샤 왕비가 출궁한 다음의 조치를 의논하기 위해 비비안은 엘리미아를 찾았다. 그래서 클로에가 왕궁에 있는 것은 이상하지 않았다. 그런데 왜 갑자기 그녀가 이곳으로 와서 자신을 찾는가. 게다가 클로에의 안색이 지나칠 정도로 좋지 않았다.

위그는 불안한 느낌에 미간을 좁혔다. 그때, 갑자기 그 뒤편에서 다른 인영이 보였다.

그녀는 다름 아닌 엘리미아의 시녀장이었다. 위그가 걸음을 멈추었다. 클로에가 그의 앞에 섰다.

"무슨 일이지?"

"태자비 전하의 궁에 자객이 들었어요."

"뭐?"

위그는 미간을 찌푸렸다.

"비비안은?"

분명 자객이 든 것은 엘리미아의 궁이었으나 위그는 본능적으로 비비안의 안위부터 물었다. 아나나 다를까, 클로에가 입술을 꼭 깨물더니 입을 뗐다.

"단주님께서."

"······비비가 왜."

"단주님께서, 태자비 전하 대신 자객의 칼에······."

칼, 이라는 말이 들리기가 무섭게 위그가 얼어붙었다. 그 순간 그의 얼굴에 분노가 깃들고······.

"각하!"

위그가 미친 듯이 뛰어나갔다.

* * *

장담컨대 위그의 계획에는 이런 것이 없었다. 귀족원의 회의실에서 엘리미아의 궁까지 가는 내내 위그는 이것이 혹시 비비안의 계획이 아닌지,

그래서 기실 이 모든 것들이 그저 그녀의 음모이고, 그녀는 다시 그의 얼굴을 보면서 나를 살릴 것인지 아닌지를 선택하라고 그를 궁지에 모는 것이 아닌지 따위를 생각하고 있었다.

그래, 그랬다면 그녀는 죽지 않을 테지.

마음을 졸이는 것은 그 하나면 된다. 그녀는 죽지 않을 것이다. 그 혼자만 다시 한번 고통의 굴레에서 그녀에게 왜 이런 짓을 했느냐고 묻고, 그녀는 어떤 목적이 있었다고 대답하고. 그는 결국 다시 그녀에게 이러지 말 것을 애걸하고.

걸음을 옮기는 그 순간순간이 그에게는 지독한 악몽과도 같았다. 그는 이제 비비안이 살아 있기를 기도하는 것조차도 질려 버렸다. 차라리 그녀가 죽고, 그가 그녀를 따라 죽으면 아마 다시는 이 고통을 느끼지 않아도 될 테니 좋을지도.

그래, 그랬다면. 결국, 내가 당신의 무덤에 그렇게 묻혔다면.

"위그."

엘리미아의 궁에 도착하자마자 눈물 섞인 엘리미아의 목소리가 들려왔다. 그녀의 손과 드레스 자락에 천천히 물든 피는 이미 그의 이성을 완전히 앗아가 버렸다.

그는 두말하지 않고 엘리미아의 방문을 열어젖혔다. 먼저 도착한 주치의들이 비비안을 둘러싸고 응급 처치를 하고 있었다.

그중 위그를 발견한 누군가가 고개를 들었다. 그는 위그의 형형한 눈을 보고 조금 놀라는 듯했으나, 노련하기 그지없어 놀라는 대신 뒤로 몇 걸음 물러섰다. 뒤이어 위그를 발견한 나머지 주치의들도 뒤로 물러섰다. 그와 동시에 비비안이 그의 시야에 안겨 왔다.

그녀는 침대에 누워 있었다. 완전히 거두어진 캐노피 사이로, 옷이 갈아입혀진 채 그녀는 그렇게 누워 있었다. 하얀 옷, 그리고 창백한 얼굴, 그리고 하얀 드레스, 다시 창백한 얼굴. 핏기가 가셔 생명이 줄줄이 빠져나가는 그 사이로, 위그는 거칠게 숨을 들이쉬었다가 천천히 비비안에게 다가갔다.

목숨은 건졌다.

그는 미약하나 명백히 느껴지는 숨결에 얼굴을 찡그렸다. 하지만 이게 몇 번째인가. 대체……. 대체 왜.

내가 맞았더라면.

"다행이게도 급소는 벗어나…… 목숨에는 지장이 없습니다. 꽤 빨리 깨어날 수 있을 겁니다. 다만, 자객을 놓친 것이."

"나가."

위그의 낮은 읊조림에 사람들이 서로를 응시했다. 비비안에게 꽂혀 있는 그의 눈빛은 다른 이들을 그대로 갈기갈기 찢어 버릴 듯 흉흉했다.

결국 위그를 제외한 모든 이들은 방을 나갔다. 진료가 끝났다는 말에 들어오려던 엘리미아는 위그의 얼굴을 보고 뒷걸음질을 치다가 결국 나갈 수밖에 없었다. 이윽고 방 안에 적막이 돌자 위그는 비비안의 얼굴을 빤히 응시했다. 침묵이 다가오고 생명에 지장이 없다는 사실을 알게 되자 그제야 조금씩 제정신이 돌아오기 시작했다.

비비안은 그저 그렇게 침상에 누워 있었다. 아무래도 공작 부인이라는 신분 때문에 옷을 전부 갈아입힐 수는 없었는지 그녀의 하얀 드레스 아래에는 얇은 속옷이 몇 겹 더 있었다. 그는 조심스럽게 이불을 들치고 그녀의 옷을 살짝 벗긴 뒤 상처를 살폈다. 상처를 처리한 것을 보아 그리 깊지는 않은 듯했다.

자주 검을 휘두르는 이들은 타인의 상처에 익숙하다. 따라서 위그 또한 타인의 상처에 무척이나 무감한 편이었다. 하지만 그는 도저히 담담하게 이 정도쯤은 아무것도 아니라는 듯이 넘기지 못했다.

넘길 수가 없을 것이었다. 세상에 사랑하는 여자가 아프기를 바라는 사람이 있던가.

아, 사랑하는 여자란다.

그는 그만 웃고 말았다. 자신과 사랑이라는 게 이렇게 어울리지 않을 줄 몰랐다. 사랑한다고 그렇게 말을 해 댔는데 정작 이 상황에서 사랑이란 말이 어울리지 않다니. 자신은 무슨 정신으로 비비안과 금방 결혼했을 때 그렇게 사랑을 입에 달고 살았던가.

아니, 그때는 그래도 사랑이라는 것이 꽤 자신과 이 여자 사이에 어울린다고 생각했는데. 지금 보니 어울리지 않는 것 같다.

그래도 그는 그녀를 사랑한다. 언제부터인지는 아직도 모르겠지만. 그래도 그는 그녀를 사랑한다.

위그는 엘리미아의 방을 쭉 훑었다. 그러다가 방 한구석에 있는 핏자국을 보고 미간을 좁혔다. 아무래도 임시방편으로 비비안을 살리기 위해 이 침대에 눕히느라 아직 청소를 못 했을 것이었다. 그렇다는 것은 자객이 엘리미아의 방까지 들어왔다는 것인데.

'그게 가능한가?'

위그는 길게 숨을 들이쉬었다. 물론 굳이 말하자면 불가능하지는 않다. 그러나 문제라면 자객이 들어온 시각이 훤한 낮이라는 것이었다. 이 세상 어느 암살자가 대낮에 와서 칼부림을 하고 가는가. 그것도 기사들이 경비를 돌고 있는 낮에.

거기까지 생각이 멈추자 다시 위그의 시선이 비비안에게 닿았다. 그는 이제 더는 말을 할 수가 없었다.

아무리 생각해도, 이 습격이 이상했다.

그때였다. 방금까지 눈을 감고 있던 비비안의 눈꺼풀이 움찔거렸다. 의사의 말대로 별로 큰 상처는 아니었는지 그녀는 꽤 빨리 눈을 떴다. 팔랑거리는 속눈썹이 들리고 비비안이 눈을 떴다. 그리고 곧, 그녀가 눈을 깜박이고는 천천히 입을 열었다.

"아, 마취 기운이……."

"칼에 맞았어. 당신."

"알고 있어."

비비안의 목소리에는 평소의 그 여유로움이 없었다. 살짝 몸을 움직이려고 했지만, 고통에 그녀가 이를 악물었다. 위그는 입술을 꼭 다물고 자리에서 일어나 다시 침대로 자리를 옮겼다. 비비안은 이를 악문 그 상태에서 쓰읍, 하고 소리를 내더니 한숨을 푹 쉬었다.

"아파."

쇠에 녹은 듯한 목소리였다. 힘이 전부 빠지고 홀로 할 수 있는 게 없는데 아프기까지 하니 자연스럽게 목소리를 긁어 댔다. 비비안은 아래에 조용하게 앉아 있는 위그를 힐끔 보고는 눈알을 데굴 굴리더니 한숨을 푹 쉬었다. 그리고 곧, 느긋하게 입을 열었다.

"이제는 내가 너무 아파서 감흥도 없어? 좀 날 일으켜……."

"이 자객, 당신 짓인가?"

순간 위그의 물음에 비비안이 멈칫했다. 그녀는 맥이 탁 풀린 듯 눈을 깜박깜박거리더니 이제는 조금 더 또렷해진 시선으로 위그의 반대편에 있는 캐노피를 한 번, 그리고 위그를 한 번 그렇게 보고는 한숨을 쉬었다.

"깨어나자마자."

"그렇냐고 물었어."

"그렇다면 어쩔 거지."

순간 위그가 자리에서 벌떡 일어났다. 이게 몇 번째인지 셀 수도 없었다. 칼에 찔린 것만 두 번째고, 독을 먹고 피를 토한 게 한 번인데 그의 인상 속에 이런 일은 벌써 헤아릴 수도 없이 일어난 것 같았다.

그래, 백번 양보해서 리암은 그렇다 치자. 독을 먹은 것도 그렇다 치자. 그것도 그녀 나름대로 목적이 있었을 테니까. 그렇다면 대체 이번은 무엇인가. 아니, 이런 일을 겪고 나니 일전의 일까지 전부 다 같이 더해져서 이제는 분노가 머리끝까지 치밀어 올랐다. 그는 결국 제 분을 이기지 못하고 침대의 캐노피를 꽉 잡았다. 순간 캐노피가 찌지직거리며 찢어졌다.

비비안은 평온한 눈길로 그것을 보았다. 기실 그녀라고 저 자신을 학대하는 취미가 있을 리가 없었다. 그녀가 이렇게 행동한 이유는 단 한 가지였다.

"제이슨은 이 모든 행동을 왕족 내부의 소행으로 돌리고 싶어 해. 그렇게 되면 귀족들의 반발 없이 철저하게 로건과 크리스티나를 처리할 수 있으니까."

"그래서, 지금 당신이 다쳤으니 이제 이 모든 일에 내가 정당하게 간섭하라는 것인가?"

"상해를 입을 뻔한 두 사람 전부 다 이디에트의 사람이야."

"그래서 아예 이 일을 왕족을 겨냥한 사건으로 만들고, 이디에트의 혐의를 벗길 뿐만 아니라 정당하게 이 모든 사건의 수사에 손을 들이밀라고?"

"나는 당신의 그 빠른 이해력이 좋아. 그리고 그 빠른 이해력에 음모를 꾸미는 능력까지 더해 줬으면 좋겠어. 이 기회를 빌미로 왕실 기사들을 크리스티나에게 배치해 줘. 우리 왕녀님도 이제는 손에 피를 묻혀 봐야지. 안 그래?"

"비비안!"

"아. 이렇게 소리를 고래고래 지르는 습관은 좋아하지 않아. 아주 온 세상에 알리지 그래? 내가 이것을 꾸몄다고? 기껏 당신 모르게 이디에트의 자객을 한 명 빼냈더니."

"그놈들은 내 허락도 없이……."

"나는 당신 아내야."

"당신 좋을 때만 내 아내 아닌가."

"그건 맞고."

"하."

위그는 다시 침대에 앉았다. 출렁거리는 침대에 비비안이 미간을 살짝 찌푸렸다. 그녀는 이미 화가 머리끝까지 났음에도 그것을 풀 데가 없어 미칠 지경인 남자를 빤히 응시했다. 그리고 저도 모르게 읊조렸다.

"항상 생각하는데 당신은 화낼 때가 가장 섹시해."

"당신은 칼에 맞아서 누워 있을 때가 가장 못생겼다."

"진짜? 난 당신 눈에 항상 내가 예쁜 줄 알았어."

"……지금 나랑 장난하자는 건가?"

"내 말에 유치하게 대꾸한 건 당신이었어. 그리고 당신도 알 텐데. 내가 시킨 일이라면 절대 나한테 해를 끼치게 하지 않아. 그럴 만한 가치가 없었어. 어차피 찰과상 수준일 뿐이야. 며칠 쉬면 자국도 사라질 것이고."

"이게 그렇게 간단한 문제가 아니다! 당신이 원한 목적이라면 다른 방법으로도 충분히 이룰 수 있어! 이디에트는 나약하다 못해 왕족의 결정에 토 하나 달지 못하는 가문이 아니다."

"하지만 이것처럼 확실하지는 않잖아."

"그까짓 거 벗어나지 못한다고 해도 상관없어."

"아니, 벗어나야 해. 이디에트는 그 명예를 평생 유지할 의무가 있어."

"언제부터 그렇게 내 가문에 관심이 많았나?"

"내가, 당신 사랑할 때부터?"

"지금……."

순간 위그가 멈칫했다. 그는 자신이 무슨 말을 들었는지 잘 이해를 못 한 것 같았다. 평소와 다름없이 사랑을 입에 올리는 그녀의 말에 그는 순간 자신의 심장이 바로 바닥에 처박히는 것 같다고 생각했다. 하지만 그는 다시 제정신을 차렸다. 비비안은 언제나 사랑을 입에 담아 왔다. 이번에도 그럴 것이었다.

"무슨 소리를 하는 거지?"

"드디어 진정하네."

비비안의 대꾸에 그는 어느새 실망하고 있었다. 그게 진심일 리가 없다는 것을 알면서도 그는 기대하고 있었다. 그렇지만 그는 노련했다. 그는 더없이 얼굴에 분노를 담아 이를 갈았다.

"비비안 로젤리스."

"굳이 말하자면 이디에트가 말려들면 로튼도 같이 망하기 때문이야. 나와 이혼하기 전에는 무조건 결백해야 돼. 그리고, 크리스티나가 즉위한 뒤에도 결백해야 하고."

"그건 가주인 내가 알아서 할 일이다."

"그리고 무엇보다도 내가 이렇게 누워 있다는 소식이 들리면 누가 절대 가만히 있지 않을 거야."

비비안의 입가에 묘한 미소가 달렸다. 위그는 순간 다시 한번 자신의 분노가 머리를 치고 올라오는 것 같았다. 비비안이 말하고 있는 것이 무엇인지 안다. 이번 일이 전에 있던 살인 사건과 같이 묶여서 거론된다면, 현재 가장 크게 의심을 받을 자는 로건이었다.

그러나 로건은 비비안이 죽을 뻔했다는 소식에 가만히 있을 리가 없는 자다. 그는 절대적으로 자신의 결백을 증명할 것이고, 아마 크리스티나 또한 조금 더 자유로워질 수 있을 것이다. 어쨌든 일개 왕녀가 자객 따위를 보낼 리 없고, 그들이 왕궁에 갇혀 있다는 것을 고려해 보아 이것은 로건이 할 일일 가능성이 바닥을 치기 때문이었다.

뭐가 되었든 귀족들의 머릿속에 이디에트만 없으면 된다. 비비안은 그렇게 생각했다.

위그는 비비안의 모습을 보다가 저도 모르게 이마를 짚었다.

"당신을 사랑한 대가는 언제나 처참하군."

"후회해?"

"나는 당신을 만나지 않았더라면 아마 더 괜찮은 삶을 살았을 텐데."

"늦었어. 그리고 나같이 돈이 많은 데다가 당신과 이렇게 영원히 묶일 수 있는 사람이 흔하지는 않지."

"세상에 하나밖에 없지."

"나를 사랑해서?"

일전에 그가 했던 말이었다. 비비안은 눈가에 미소를 매달고 물었다. 위그는 그녀를 빤히 응시했다. 그의 굳은 얼굴에는 약간의 주저함이 있었다. 그리고 결국, 그가 입을 뗐다.

"몇 가지 물어봐도 되나."

"뭔데?"

"엘리미아는 알고 있나?"

"태자비의 궁에 들어오면서 태자비의 허락을 받지 않았으면 좀 문제가 있는 거겠지?"

위그는 예상했던 상황에 한숨을 쉬었다. 그가 다시 입을 뗐다.

"그리고……."

"……?"

"……제발, 좀, 오래 살아 주면 안 되나."

비비안은 눈을 깜박거렸다. 의외의 말이라는 듯이 그녀가 흐음 길게 숨을 내쉬었다.

"글쎄, 그건 내가 좀 더 생각을……."

그러나 그녀의 말이 끝나기도 전, 위그는 몸을 숙여 그녀를 품에 안았다. 갑작스러운 그의 행동에 비비안은 눈을 깜박거렸다. 그리고 그 순간에야 그녀는 위그가 생각보다 훨씬 더 놀랐다는 사실을 깨달았다.

그는 떨고 있었다.

방금 전 캐노피를 잡은 것은 결국 자신이 떨고 있음을 감추려는 행동 같았다. 비비안은 조금 의외인 얼굴을 했다. 그가 그녀를 사랑하는 것은 알았다. 그러나 이 정도 상처 따위가 이렇게 떨 만큼 큰일인가. 모르겠다. 그와 그녀는 결국 같은 길을 갈 수 없는데. 두 사람은 결국 헤어져야 하는 존재일 뿐인데. 그게 가능한가.

생각보다 거센 반응에 그녀는 흐음 길게 숨을 내쉬며 그가 자신을 품에 안는 것을 그저 내버려 두었다. 그때 위그가 입을 뗐다.

"나는 당신 때문에 심장 마비로 죽을 거다."

"이런. 그 정도는 아닌데."

"당신은 로건을 사랑한다면서…… 사랑한다는 게 어떤 의미인지 모르나?"

"어떤 의미인데?"

"……."

비비안은 눈웃음을 지으며 물었다. 위그는 그녀를 품에 더더욱 끌어안으면서 말했다.

"내가 죽어도 상대는 살아 줬으면 하는 거지."

"어떤 사람은 살아 있는 게 더 고통스럽다고 하던데."

"그래도 살아 있지 않나."

"……."

"당신이 그렇게 평생 잊지 못하는 그 남자는, 당신의 그 첼로 선생이 당신을 살린 것처럼, 사랑하는 사람을 살리고 싶은 건 본능이다."

비비안은 입을 꼭 다물었다.

"나는 당신이 살았으면 좋겠어."

"그 삶이 지옥이라도?"

"우리가 언제 지옥이 아닌 삶에서 살았었나?"

"당신은 내가 없었다면 지옥이 아니었을 거야. 후회해?"

"……."

위그는 비비안의 물음에 대답이 없었다. 그에 비비안이 웃으며 입을 떼려고 할 때, 위그가 답했다.

"아니."

후회하지 않는다. 당신이 나를 얼마나 고통스럽게 해도, 당신 때문에 내가 어떤 지옥에서 살아야 해도, 그리고 당신을 만남으로서 내 삶이 나락으로 떨어졌다고 해도, 그 어떤 삶도 내가 당신을 만나지 않은 삶보다는 더 유의미하리라.

대체 언제부터 이렇게 되었는지 모르겠다. 그저 그녀가 원하는 것이 나락 그 끝, 지옥에 전부 있다면.

나는, 기꺼이 네 지옥이 될 준비가 되어 있다.

비비안은 저도 모르게 눈을 감았다.

그래, 그 차이였다.

* * *

그 뒤 비비안은 이디에트 공작저로 옮겨졌다. 그녀가 태자비 대신 자객의 급습을 막았다는 소문은 빠르게 전역에 퍼졌다. 누이가 죽을 뻔했든 아내가 죽을 뻔했든 이 사실은 위그가 절대적으로 눈에 쌍심지를 켜고 '범인'을 잡겠다고 난리를 치는 데에 꽤 적절한 빌미를 제공해 주었다.

한편으로, 그것은 로건이 이 모든 것과 관계가 없다고 강하게 주장하는 구실이 되기도 하였고.

"아닙니다. 내가 왜 그런 짓을……. 비비는, 비비는 무사한 겁니까?"

그동안 제이슨이 무엇을 하든 자신과는 상관이 없다는 태도를 보이던 그는 비비안이 자객들에 의해 생명이 오락가락한다는, 어느 정도 거짓이 섞인 소문을 듣고 강하게 제이슨을 알현할 것을 요청했다. 그러나 제이슨은 그의 요청을 거절했다.

당연했다. 그는 자객을 보내지 않았다. 물론 엘리미아를 진정으로 죽일 생각이 없었던 것은 아니었다. 하지만 아무리 그래도 시뻘건 대낮에 자객을 보내다니, 그야말로 미친 짓이 아닌가.

그는 이것이 비비안의 자작극이라는 가설 또한 생각해 보았다. 그러나 비비안과 여러 면에서 비슷함에도 가장 결정적인 한 가지, 결국 태자고 푸른 피의 기득권이라는 신분은 그로 하여금 비비안의 그 광기에 가까운 욕망에 대한 집념을 이해하지 못했다. 비비안이 다치지만 않았더라면 그는 아마 비비안을 의심했을 것이었다.

그러나 비비안이 다친 것을 온 왕실이 보았고, 심지어 그날 자신도 경악에 잠겨 엘리미아의 궁을 방문했다. 위그 이디에트가 하늘이 무너지는 얼굴로 그녀를 안아 마차에 옮겼다. 그것은 절대 자작극 수준이 아니었다.

아무리 이디에트가 권력에 혈안이 되어 있더라도 그럴 필요는 정말 없었다. 상대적으로 얻는 게 너무 적은 그런 손실이었다. 그래서 제이슨은 이 기습 사건의 배후에 누군가가 있다고 단정을 지었다.

제이슨을 포함한 대부분 고귀한 푸른 피들의 생각다웠다. 비비안은 위그의 입에서 이 말을 전해 듣고 그저 웃기만 했다. 그런 그녀를 마뜩잖은 얼굴로 보면서도 위그는 그녀의 입에 수프를 넣어 주는 것을 잊지 않았다.

어쨌든 이번 일은 비비안의 예상 그 이상의 효과가 있었다. 일단 비비안의 부상 소식을 들은 크리스티나는 놀란 마음에 이디에트 공작가를 방문하고 싶다고 했으나 아무리 혐의를 거의 벗었다고 해도 제이슨의 명령이 있어 함부로 움직이는 것은 어려웠다. 그래서 본의 아니게 크리스티나의 말을 전하게 된 세실리아는 비비안의 몰골을 보고는 그저 어이없다는 듯이 입을 뗐다.

'보통 자신에게 지독한 사람은 타인에게 더욱더 지독하죠.'

비비안은 세실리아가 꽤 사람을 잘 본다고 생각했다. 그 외에도 리디아와 세믄 교수가 차례로 그녀를 방문하고, 카트린이 멀리서 편지를 보내왔다. 리즈는 피로 얼룩진 이모의 모습을 현관에서 보고 며칠 동안 그녀를 보고 싶다고 징징댔으나 결국 아리아에 의해 방으로 끌려가고 말았다.

다시 이 모든 것의 근원, 그러니까 왕실로 돌아와서 말하자면 이 일로 가장 크게 충격을 받은 이는 다름 아닌 로건이었다. 소극적인 대항과 달리 이제 그는 더 이상 가만히 궁에 갇혀 있을 생각이 없는 듯했다. 리암이 찔렸을 때도 그는 비비안을 방문할 수 없었다. 그런데 이것도 안 된다니. 결국, 그는 이 상황을 끝내기 위해 자기 뜻을 강하게 밀어붙일 수밖에 없었다.

그 결과 로건을 은근히 왕으로 추대하고 싶어 하던 자들이 슬슬 말을 얹기 시작했다. 물론 그 세력은 한미하다 못해 무시해도 될 수준이었지만 제이슨의 짜증을 불러일으킬 정도는 됐다.

게다가 위그 또한 가만히 있지 않았다. 그는 자신의 아내가 죽을 뻔했다는 것을 핑계로 끝내 로건을 방문할 자격을 얻어 냈다. 제이슨은 제일 처음에는 동의하지 않다가, 엘버린 공작까지 가세해서 필요한 조치라고 입을 모으자 결국 방문을 하는 것까지는 동의했다.

그렇게 사건이 일어나고 며칠 뒤, 위그가 로건의 궁으로 왔다.

두 사람이 이렇게 만나는 것은 처음이었다. 두 사람 사이의 접촉이나 대화는 많았지만 위그가 이디에트의 공작으로서, 그리고 로건이 제3왕자로서 이렇게 대질 신문의 의미가 있고 정치적으로 만나는 것은 기실 처음이나 마찬가지였다.

그러나 목적을 그리 생각했던 이는 오직 위그 한 사람뿐이었다. 그것을 증명하듯 문이 열리자마자 자리에서 일어난 로건이 위그를 향해 물었다.

"비비는?"

위그는 예상했다는 듯한 얼굴을 했다. 그의 얼굴은 일그러져 있었다. 아니, 일그러졌다기보다는 불쾌함에 완전히 굳어 있었다. 그는 뒤를 따르는 기사들을 전부 나가라고 일렀다. 귀족원 원장의 신분이었기에 그것은 별문제가 되지 않았다.

문이 닫혔다. 위그가 말했다.

"왕자 전하, 제 아내의 이름은 너 따위가 부르라고 있는 게 아닙니다."

꽤 건방진 말임에도 불구하고 로건의 눈길은 다급함을 품은 채 위그의 얼굴만 보고 있었다. 로건은 위그의 안색을 살피다가 무엇인가를 발견했는지 한시름 놓았다. 그래, 비비안에게 무슨 변고가 있다면 이 남자가 이렇게 태평할 리가 없지. 그러나 그 한시름 놓는 얼굴조차도 위그에게는 불쾌하게 다가왔다. 그는 로건을 응시하며 다시 입을 뗐다.

"네가 조금만 더 지혜롭게 놀았다면 이런 일은 없겠지."

로건은 천천히 소파에 앉았다. 이제는 봄에 완연히 접어들어 여름을 바라보아야 하는 계절임에도 이 공작의 주위에는 묘하게 사람을 오싹하게 만드는 그런 분위기가 있었다. 그러나 어차피 비비안이 살아 있다면 로건에게는 두려울 게 없었다.

"내가 멍청하게 놀았던 게 뭐가 있지?"

"수도로 돌아오지 말았어야 한다는 것이다."

"내가 수도로 돌아오지 않으면, 공이 과연 편하게 크리스티나를 왕으로 만들었을까."

위그는 로건이 자신들의 목적을 눈치챘다는 사실을 알고 있었다. 그럼에도 로건의 말이 비아냥으로 들렸다. 실제로 그의 말은 사실이었다. 만약 로건이 돌아오지 않았다면, 크리스티나는 평생 돌아오지 않는 그의 이름을 속으로 되뇌며 한평생 불안에 떨어야 할 것이었다.

하나 그것과 별개로 위그에게 로건은 이미 그의 인생에서 가장 큰 장애물이 되었다. 그는 이제 더 이상 이 눈앞의 왕자가 비비안의 이름을 입에 올리고, 비비안이 로건이라는 이름에 움찔하는 것을 볼 수 없었다. 그는 비비안을 구속하지 못한다. 그러므로 그녀가 할 수 있는 모든 선택을 죽여 버리고 싶었다. 이 세상에 자신만 남으면, 그녀는 그를 보지 않을까.

그는 원래 그런 자였다. 위그는 자신의 이런 생각을 비비안이 알게 되면 어떤 표정을 지을까 하다가 그녀라면 그저 비웃으면서 마음대로 하라고 할 것을 깨닫고 그만 웃고 말았다.

그래, 그녀라면 제가 원치 않는다면 이 세상에 그 하나 남아도 죽일 사람이었다.

"그래서, 공이 나를 보러 와 무엇을 하려는 것이지?"

"선택지를 주지."

위그는 너무 당연하다는 듯이 제이슨과 귀족원에게 알렸던 방문 이유를 제 마음대로 무시해 버렸다. 로건을 신문하겠다고 왔지만 그는 다른 말을 하고 있었다.

"첫째, 디텔과 손을 잡았다고 자백해."

"미쳤나?"

"그리고 영광스럽게 죽어."

로건은 드물게 얼굴을 찡그렸다. 그의 모든 온화함은 전부 비비안을 향한 것이었다. 그것을 보아 낸 듯 위그가 무표정하게 말을 이었다.

"둘째, 그냥 이대로 자신의 결백을 주장해."

"……."

"그리고 죽어."

"하."

"참고로 첫 번째는 내가 하는 건의고 두 번째는 나와 비비안이 공동으로 하는 건의다. 하지만 나는 첫 번째를 권하고 싶군. 두 번째를 선택하면 너를 죽이는 건 내가 될 거거든."

"내가 순순히 죽어 주리라고 생각하나?"

"내가 너를 못 죽이리라고 생각하나?"

위그의 입가에 조롱이 담겼다. 실제로 그는 로건을 죽일 수 있다. 그리고 그와 비비안이 원하는 것은 로건이 이대로 궁에 가만히 있으면서 자신의 결백을 주장하는 것이었다. 어차피 마샤 왕비가 얼마 지나지 않아 출궁한다. 로건은 최소한 그 전까지는 자신의 결백을 주장하면서 크리스티나의 생명을 부지시켜야 했다.

그러나 위그가 굳이 첫 번째 의견을 덧붙인 것은 다른 이유가 하나 더 있었다.

그는 기왕이면 로건이 비비안이나 그와 상관이 없게 제이슨의 손에 죽거나 단두대에 오르거나 아니면 그 어떤 형벌이라도 좋으니, 그저 그렇게 죽기를 바랐다.

"첫 번째 방식으로 죽는 게 너한테는 좋을 거다."

"그리고 공한테도 좋겠지."

"그렇지. 그리고……."

위그는 길게 숨을 들이쉬었다.

"비비안에게도 좋지."

순간 로건의 얼굴이 분노로 범벅되었다. 그는 파르르 떨리는 눈가를 제어하지 못한 채 노기 등등해서 위그를 응시했다.

"지금 설마…… 비비안의 이름으로 나를 이용하려는 것인가?"

그러나 로건의 분노에도 위그는 그저 묵묵히 로건을 응시할 뿐 별다른 말을 하지 않았다. 대신 그는 로건의 얼굴을 빤히 응시했다. 차가운 녹안이 싸늘하게 굳어 버렸다. 그에 오히려 당황한 것은 로건이었다. 그는 다시 입을 열었다.

"지금 비비안을 이용……."

"내가 말했지."

그리고 위그는 로건이 입을 열자마자 싸늘하게 읊조렸다.

"그녀의 마음에는 무덤이 수도 없이 많다고."

"……."

"어차피 죽을 거, 그 무덤과 연을 끊고 죽어. 그녀의 마음이 조금이라도 편하게."

로건은 그만 할 말을 잃고 말았다. 그는 위그의 눈을 빤히 응시하다가 헛웃음을 쳤다.

"위그 이디에트. 너는 죽고 싶나?"

"왜, 죽는 게 겁이 나?"

"아니, 하지만 공의 그 얄팍한 호승심이나 질투심 따위에 굴복해 죽고 싶지는 않군."

"내가 진짜로 그저 사내로서의 질투심으로 이런다고 생각해?"

"……."

"진짜?"

위그는 얼굴을 완전히 구겼다. 그의 눈에 로건은 그야말로 가증스럽기 그지없는 얼굴을 하고 있었다. 그러나 로건의 시선에 있는 위그 또한 그야말로 비열하기 짝이 없는 모습이었다. 두 사람은 그런 식으로 서로를 경멸했다. 그러나 동시에, 우습게도 서로를 부러워했다.

로건은 위그의 생각처럼 그렇게 가증스러운 인물이 아니었다. 비비안을 위해 죽으라고 한다면 그는 수도 없이 죽을 수 있었다. 디텔 공작과 치욕적으로 함께 묶여 땅에 묻히는 것쯤은 별거 아니었다.

그래도…… 최소한 그래도 죽기 전에, 그녀를 보고 죽고 싶은 마음은 있었다.

그리고 무엇보다도 그는 비비안에게 물을 게 있었다.

죽기 전 반드시 묻고 가야 하는 물음이.

만약 비비안이 그에게 죽음을 요구한다면 기꺼이 죽을 수 있었는데. 그러면 아무런 흔적도 없이 그렇게 죽을 수 있었는데. 과연 이것은 희망인가 사랑인가, 아니면…….

'패배감인가.'

위그는 로건의 얼굴을 빤히 보다가 한숨을 쉬었다. 이럴 줄 알았다. 로건은 절대적으로 비비안의 욕망을 위해 죽을 이가 아니었다. 아니, 기실 그라도 이렇게 죽고 싶을 리 없었다. 로건은 틀리지 않았다. 그리고 무엇보다도 비비안은 멍청하지 않았다. 만약 로건이 진짜로 디텔 공작을 짚으면서 죽었다면, 그것이 자신을 위해 죽은 것임을 반드시 알게 될 것이었다.

다만 그럼에도 이런 제안을 했던 이유는 그저…… 그저, 그의 오기라고 치자.

로건은 비비안을 사랑한다. 그리고 비비안은 로건을 사랑한다. 그리고 위그는 비비안을 사랑하지. 최소한 위그의 눈에는 이 세 사람의 관계가 그렇게 보였다.

"이제 얼마 남지 않은 삶을 즐겨 두는 게 좋을 거다."

"뭐?"

"곧 무대의 클라이맥스에 오르고, 너는 인생의 종점을 맞이하겠지."

"위그 이디에트, 대체 무엇을 꾸미는 것이지?"

위그는 자리에서 일어났다. 로건의 물음에도 그는 대답하지 않았다. 그리고 곧, 그가 방을 나갔다.

* * *

"왕비 전하. 부디 평안하시길 바라겠습니다."

왕궁을 떠나는 날, 마샤 왕비는 끝까지 크리스티나를 경멸 섞인 얼굴로 보았다. 그녀가 왕궁을 떠난다는 것은 다른 의미로 영원히 권력의 중심에서 멀어진다는 것을 의미했다. 그녀는 예의상 잠시 제이슨의 허락을 받고 자신을 배웅하러 온 크리스티나의 인사에도 그저 마차에 있는 두 아들을 한 번 보다가 싸늘한 목소리로 읊조렸다.

"왕녀, 내 계모로서 한마디 그닥 달지 않은 말을 하자면, 사람은 제 주제를 알아야 한다."

"……."

"계집은 탐낼 게 있고 탐내지 못할 게 있어."

말을 마친 마샤 왕비는 그렇게 마차에 올랐다. 그녀의 시선은 귀족들의 가장 앞에 있는 위그와 비비안 부부를 쭉 쓸고는 입술을 꽉 깨물었다. 다른 건 몰라도 그들은 절대 자신이 갖고자 하는 것을 가질 수 없을 것이었다.

왕비인 그녀도 가지지 못하는 것이었다. 왕자 둘을 낳고 이 왕실의 중심이 될 줄 알았는데 그게 안 됐다. 아들들은 왕을 할 깜냥이 없었다. 결국, 아무것도 손을 써 보지 못하고 이렇게 강제적으로 왕실에서 떠나다니.

마샤 왕비가 이 가는 소리가 멀리에서 들려오는 듯해서 비비안은 그만 웃고 말았다. 본의 아니게 왕비가 크리스티나에게 하는 말을 들은 그녀는 여전히 웃음기 섞인, 그러나 왠지 모르게 은근히 조소에 가까운 목소리로 입을 뗐다.

"내가 일전에 그런 말을 한 적이 있었지. 우리 앞에 놓인 모든 문제는 개개인의 문제보다는 이 세상과 인간들의 문제에 가깝다고."

"그랬었지."

"그게 무엇을 의미하는지 알아?"

"……?"

"결국 이 세상에서 살아가는 인간으로서 여자도 여자를 경멸할 때가 있다는 거야."

"새삼스럽게. 어쩔 수 없지 않나. 인간은 원래 환경의 영향을 받는다."

"당신이 그런 말을 하니 웃기긴 하지만. 그래도 그게 적나라하게 저지른 폭력의 변명이 되어 주진 않아. 대신, 그녀가 받은 다른 폭력을 상쇄시켜 주지도 못하지만. 재미있지? 결국 살아남기 위해 타인의 착취와 혐오를 그대로 답습한다는 게."

"인간은 결국 그런 존재다. 자신이 맞지 않으려고 다른 사람을 때리지."

"마샤 왕비는 안타깝게 되었어. 왕의 아들을 낳기 위해 그렇게 노력했을 텐데."

"지금 동정하는 건가?"

"아니, 그냥 그렇다는 거야. 사람은 전부 자신의 잘못된 가치관과 인지의 한계에 대가를 내 줄 필요가 있지. 뭐, 그러니 죽음이 딱히 아쉽지는 않을 것이고."

어느새 마샤 왕비의 마차가 시야에서 사라지자 귀족들이 하나둘씩 흩어졌다. 크리스티나는 조용하게 걸음을 옮겼다. 그러나 그녀는 위그와 비비안을 발견하고 걸음을 멈추었다.

비비안은 생긋 웃었다.

"불쌍한 건 불쌍한 거고, 괘씸한 건 괘씸한 거죠. 어디서 감히 주제를 알라 말라 하는 건지 모르겠어요. 그렇지 않나요?"

"지금 저를 위로하는 건가요?"

"네. 사람은 많이 잃고 나면 흔들리기 시작하거든요."

순간 크리스티나가 입을 꼭 다물었다. 비비안이 그녀의 정곡을 찔렀기 때문이었다. 그러나 그녀는 다시 굳은 얼굴을 했다.

"상관없어요."

"네, 상관없을 거예요. 왕녀 전하. 어차피 오늘 밤이 지나면 왕녀 전하는 처음으로 자신의 계획이 그대로 실행됨에 희열과 슬픔을 동시에 느끼게 될 것이에요."

"……"

"그리고 그것은, 왕위로 향하는 첫걸음이 될 것이고요."

말을 마친 비비안이 위그와 함께 자리를 떴다. 크리스티나는 두 사람의 뒷모습을 응시하다가 고개를 돌렸다. 이 며칠 동안 새로 온 시녀가 그녀의 뒤를 따랐다.

다음 날 아침, 마샤 왕비와 쌍둥이 왕자들, 그리고 그들을 별장으로 호송하던 기사들의 죽음이 왕궁에 전해졌다.

그와 동시에……

"쿨럭."

제이슨이 쓰러졌다. 옆에서 그것을 보던 엘리미아의 표정은 싸늘하기 그지없었다.

* * *

비비안은 무심한 얼굴로 부채를 만지작거리고 있었다. 진심인지 가식인지 애매한 초조함을 얼굴에 달고 안절부절못하는 귀족들 사이에서 그녀의 모습은 그야말로 이질적이기 그지없었다. 그녀의 옆에 있는 위그가 더욱더 태평한 얼굴을 하지 않았다면 아마 사람들은 전부 그녀의 얼굴을 보며 입방아를 찧었을 것이었다.

그러나 비비안은 두 오빠의 장례식에서도, 동생의 장례식에서도 이런 표정을 했던 사람이었다. 다른 이도 아니고 제이슨이 쓰러졌다고 전전긍긍할 이유가 없었다.

그래서 그녀는 그저 태평스럽게 소파에 앉아 부채를 폈다가 접기를 반복하다, 그것을 턱에 얹었다 다시 무릎에 놓기를 되풀이하며 시간을 소모하고 있었다. 아침 일찍부터 구경을 하러 왕실에 왔건만 재미가 없었기 때문이었다.

그래, 진짜 그녀는 구경하러 왔다.

아침에 갑작스럽게 제이슨이 쓰러진 데다가 간밤에 마샤 왕비와 두 쌍둥이 왕자까지 죽었다는 소식에 왕궁이 어떻게 뒤집혔는지 직접 두 눈으로 보러 온 것이었다. 그리고 실제로 그녀의 예상대로 왕궁은 뒤집어지다 못해 완전히 아수라장이었다.

"왕비 전하와 두 왕자 전하는 현재 기사단이 호송하고 있다고 합니다."

위그는 기사의 말을 전해 듣고 고개를 끄덕였다. 태자가 쓰러진 이상, 지금 이 상황을 잠재울 만한 데에 가장 적합한 사람은 기실 로건이었다. 그러나 위그는 로건을 찾는 대신, 귀족원장의 이름으로 이 상황을 혼자서 처리하고 있었다.

그게 무슨 의미인지 아는 사람은 적지 않았다. 하지만 굳이 이 상황에서 로건의 이름을 꺼낼 만큼 제정신이 아닌 사람은 없었다. 제이슨은 아직 죽지 않았다. 최소한 지금까지의 상황을 보건대 위그가 이 상황을 처리하는 것이 가장 합리적으로 보였다.

그러나 비비안과 위그 모두 알고 있었다. 이 상황을 위그에게 처리를 맡기는 것은, 고양이에게 생선을 주는 것이나 마찬가지였다. 비비안은 빠르게 궁을 들락날락거리는 귀족들을 응시하다가 저 멀리서 문이 열리는 소리가 들리자 고개를 돌렸다.

"태자 전하의 상황은 어떤가."

제이슨의 방에서 주치의가 나오자 가장 먼저 뛰어간 사람은 디텔 공작이었다. 주치의는 그에게 가볍게 예를 취하더니 천천히 입을 열었다.

"태자 전하께서는 아무래도 중독되신 것 같습니다."

"……뭐?"

"에트린 중독으로 염려됩니다. 물론 단언할 수는 없지만."

"단언을 할 수 없다니 이게 지금 그렇게……."

"디텔 공. 언성을 낮추는 것이 좋겠군. 태자 전하와 관련된 큰 사항인데 주치의가 어떻게 확정을 할 수 있겠나. 이제 더 지켜보는 것이 좋을 것이다."

디텔 공작은 자신의 말을 자르고 들어온 위그를 노려보았다. 그러나 위그는 일부러 그의 눈빛을 무시한 채 주치의를 보냈다. 주치의는 다시 고개를 숙였다.

"안에 태자비 전하께서 계십니다."

"태자 전하는 언제쯤 깨어날 수 있는가."

"깨어나는 것은 빠를 것입니다. 다만…… 침상에서 내려올 수 있을지는 꾸준한 치료에 달렸습니다."

"에트린을 제외하고 다른 독극물은?"

"그……."

주치의는 잠시 주저했다. 그의 시선이 잠시 방 안을 힐끔거렸다. 디텔 공작은 뭔가 잘못되었음을 알고 다시 한 걸음 나섰다. 그러나 위그가 다시 그를 막고 고개를 끄덕였다.

"알겠다. 하면 이제 성심성의껏 치료를 해."

"알겠습니다."

말을 마친 주치의가 고개를 끄덕이고 뒤를 따르던 이들과 함께 궁을 나갔다. 디텔 공작의 얼굴이 완전히 일그러졌다. 그리고 그때, 위그가 입을 열었다.

"태자 전하께서 침상에 계시는 동안 정무는 귀족원에서 처리하도록 하지."

"이디에트 공. 공의 생각을 내 모르리라 생각하지 마라. 이 틈을 타 감히 태자 전하의 권력에 위협을 주려는 것이 아닌가."

"공의 말을 이디에트에 대한 모욕으로 치부하고 재판에 회부해도 되나? 마침 들은 이들도 많겠다."

디텔 공작은 시원찮은 얼굴을 했다. 위그는 서늘한 시선으로 그를 응시하다가 다시 고개를 들었다.

방금까지 조용하게 앉아 있던 비비안이 고개를 들었다. 위그가 손을 뻗자 그녀가 자리에서 일어났다. 방금 그녀의 등장에 어디 감히 태자 전하의 궁에 아무런 연고도 없이 귀부인을 들이느냐고 난리를 쳤던 디텔 공작의 마뜩잖은 시선이 비비안에게 뿌려졌다. 그러나 비비안은 여유롭게 그것을 무시했다.

위그는 엘버린 공작을 향해 입을 뗐다.

"공, 잠시 태자 전하와 태자비 전하의 상태를 살피고 오겠습니다. 그사이 귀족원 경들의 안정을 도와주십시오."

그에 엘버린 공작은 고개를 끄덕였다.

난데없이 엘버린 공작에게 중책이 지워지자 디텔 공작의 미간이 꿈틀거렸다. 그러나 그는 이번에는 말을 내뱉지 않았다. 이것이 무엇을 의미하는지 그동안 제이슨과 함께하던 그는 알고 있었다. 여기서 더 말을 내뱉었다가는 그가 위험했다.

결국 문이 열리고 귀족들의 제각각 시선 속에서 위그와 비비안은 동시에 제이슨의 침실로 들어왔다.

달깍. 순간 문이 닫히고, 침대에 누워 있는 제이슨과 무표정하게 옆에 앉아 있는 엘리미아가 시야에 안겨 들어왔다. 위그는 방에 다른 사람이 없음을 확인하고, 문이 제대로 닫혔는지를 확인한 뒤 창문까지 꽁꽁 닫았다. 어느새 비비안은 엘리미아의 옆에 섰다.

그녀는 제이슨의 안색을 자세하게 살피다가 조금 전부터 손에서 놓지 않던 부채를 다시 턱에 탁탁댔다. 그리고 의미심장하게 웃었다.

"역시, 빠르게 처리하는 것이 좋았어요. 마샤 왕비가 죽고 쌍둥이마저 죽으면 제이슨이 어떤 일을 저지를지 아무도 알 수 없거든요. 그러기 위해서는 아무리 늦어도 오늘 아침까지 문제가 생겨야 했고요."

"주치의의 표정이 그닥 좋지 않더군요. 아무래도 내가 오늘 아침 갑자기 찾아와서 그의 먹을 것에 독을 섞은 걸 알았나 봐요."

"엄연히 말하자면 모든 탓을 독으로만 돌릴 수는 없죠. 에트린의 독성이 빨리 발휘되게 그저 약간의 독을 촉매 삼아 섞었다 뿐이지. 그 독은 이미 다 처리를 했겠죠?"

"기사들이 오기 전에 미리 꽃병에 부어 처리했어요. 어차피 저번에 그 독극물 사건 때 제대로 처리하지 못했다고 내가 앞서 나서서 시종들에게로 화살을 돌리면 별문제 없이 넘어갈 수 있고요."

비비안은 생긋 웃었다. 사실 제이슨이 쓰러진 것은 단순히 엘리미아가 아침에 와서 섞은 독 때문은 아니었다. 그동안 제이슨은 장기간 에트린을 섭취해 이미 몸이 엉망이 된 상태였고, 거기에 아주 미량의 독을 섞었으니 거기에 반응했던 것이었다.

그럼에도 주치의가 위그 앞에서 함부로 말을 내뱉지 못했던 것은 아마 그 또한 제이슨이 쓰러지기 전에 엘리미아와 함께 있었다는 사실을 알고 있었기 때문이기도 했다. 물론 그것은 이제 곧 다른 형태가 되어 사람들의 입에 전해질 터이니 별 상관이 없었다.

"마음은 좀 어떤가요?"

"어때야 할까요? 두근거려야 하나요, 아니면 앞으로의 일들을 기대하면서 흥분을 해야 할까요?"

"그건 태자비 전하 마음대로가 아닐까요."

"그렇군요."

엘리미아는 싸늘하게 웃었다. 그녀의 시선은 완전히 못 박힌 듯이 제이슨에게 고정되어 있었다. 그때, 갑자기 엘리미아가 입을 열었다.

"제이슨은 이제 곧 깨어날 거예요. 그리고 아마 그의 성정대로라면 절대이 일을 쉬이 넘기지 않을 거고요."

"괜찮아요. 이미 독에 당해서 격렬한 반항을 하거나 소리를 지르는 건 불가능해요. 아무런 도움도 없이 침대에서 내려오는 것도 불가능하고요. 그렇게 되면 모든 것은 태자비 전하께서 알아서 하시면 되지 않을까요?"

엘리미아는 쓰게 웃었다. 지금 이 상황을 얼마나 기다려 왔는지 그녀 스스로도 가늠을 할 수 없었다. 하지만 한 가지 확실한 것은, 그녀는 분명히이 모든 것을 감당할 준비를 꽤 오래 했다는 것이었다.

"이제 어떻게 해야 할까요."

"글쎄요. 어떻게 할까요."

비비안은 방금부터 묵묵하게 서 있는 위그에게 시선을 던졌다. 위그는 뭔가 생각하는 듯하다가 싸늘하게 입꼬리를 말아 올렸다.

"일단은 죽은 사람의 장례식부터."

"그리고?"

"그러고는 산 사람이 나타날 때지."

비비안은 만족스러운 듯이 웃었다.

마샤 왕비와 왕자들, 그리고 기사들의 주검은 그날 저녁 왕궁에 도착했다. 귀족원은 절차에 따라 그들을 각각 장례식이 열리는 대전으로 모셨다.

제이슨은 아직 깨어나지 않고 있었다. 그동안 에트린으로 인해 건강이 나빠져서 아마 좀 시간이 걸릴 거란 게 주치의의 말이었다. 그것은 다른 말로 하자면 당분간 왕궁에서 마땅히 실권을 잡을 만한 사람이 없다는 것이기도 했다. 원래라면 엘리미아가 나서서 모든 것을 영솔하는 것이 도리겠지만, 태자가 이리 쓰러져 있는데 그녀가 어찌 이성을 차릴 수 있겠느냐는 핑계로 그녀는 제이슨의 침실에 남았다.

결국 귀족원은 난감함에 빠졌다. 국왕과 태자가 전부 쓰러져 있고, 남은 건 왕자 하나와 왕녀 하나. 이 시간이 길어지면 길어질수록 바첼론 내부뿐만 아니라 외부에서도 어떤 폭풍이 몰아칠지 모른다.

그러나 그렇다고 섣불리 로건을 앞세우는 것도 무리가 있었다. 비비안을 습격한 그 사건 뒤로 그의 혐의가 거의 벗겨진 것은 사실이었지만, 문제라면 제이슨이 깨어나서 그것을 달가워하지 않을지도 몰랐던 것이었다.

아니, 과연 그가 깨어나긴 할까.

귀족들은 한편으로는 그가 깨어날 수 있다고 생각하면서도 다른 한편으로는 왠지 모르게 이대로 그가 영원히 잠들 것 같다는 생각을 했다. 그들이라고 이 상황이 돌아가는 그 미묘함을 모를 리 없었다. 그러나 당연히 이 기회를 잡아 왕권을 틀어쥘 것이라고 생각했던 위그는 너무 지나칠 정도로 자신의 자리에서 일하고 있었다.

그렇게 하루가 저물고 모두가 분분히 자신의 저택으로 돌아간 사이.

촛불이 일렁이는 틈으로 육중한 문이 열리고 크리스티나가 모습을 드러냈다.

그녀는 자신을 뒤따르는 기사들에게 가볍게 고개를 끄덕인 뒤 조용하게 안으로 들어갔다. 차례로 마샤 왕비와 두 왕자의 시체를 보던 그녀가 길게 숨을 들이쉬었다. 그야말로 차갑기 그지없는 그녀의 표정은 그 자체의 냉정보다는 일종의 슬픔이 드리워져 있었다.

그녀는 이제 자신에게 더는 흘릴 눈물이 없다는 사실을 깨닫고 그만 웃고 말았다.

그래, 제 손으로 죽였다.

얼마 전 비비안이 습격당하고 그것을 빌미로 크리스티나에게는 왕실 기사들이 조금 더 붙었다. 그러나 그들은 한때 위그를 따라 전장을 누비던 이들로, 실질적으로는 위그의 명령을 듣는 이들이나 마찬가지였다. 이디에트의 출신인 그들이 위그에게서 들은 명령은 단 한 가지였다.

크리스티나 왕녀의 명을 따라라.

마샤 왕비가 떠나고 크리스티나가 명령한 대로 암살 작전을 따른 기사들은 과연 정예다웠다. 크리스티나는 조용하게 방에서 기다리고 있다가 그 소식을 듣고 숨을 크게 들이쉬었다. 결국 왕실 암투로 끝날 죽음이었다. 그리고 머지않은 날, 이 모든 것들이 그녀가 한 짓임을 알면서도 그녀에게 머리를 굽히는 귀족들이 있겠지.

모두가 비비안에게 그랬던 것처럼.

크리스티나는 조용하게 세 모자를 응시하다가 걸음을 옮겼다. 이제는 더이상 돌이킬 수 없다.

비비안의 말마따나, 그녀는 '여왕'이 될 수밖에 없었다.

* * *

다음 날 아침, 귀족들은 왕실에서 온 소환장에 분분히 왕궁에 모였다.

제이슨이 깨어났다는 전보가 없음에도 소환을 명하는 도장이 찍힌 종이에 다들 의아한 얼굴을 했다. 결국 알현실 앞에 도착할 때까지 오리무중에 빠진 얼굴을 하던 그들은 천천히 열리는 문 너머로 조용하게 자신들을 등지고 있는 뒷모습을 보고 의아한 얼굴을 했다. 그러나 그들 중에서 몇 명은 순식간에 이 상황을 깨달았다는 얼굴을 했다.

가장 앞에 선 엘버린 공작이 입을 뗐다.

"왕녀 전하."

"왔나."

크리스티나는 조용하게 고개를 돌렸다. 작고 여린 몸뚱어리는 그동안 이곳에서 이런 식으로 말하는 것이 절대 허용되지 않았다. 화려한 금발과 요정 같은 얼굴, 곱상해서 결국에는 만인의 어머니로 사랑받는 왕비의 삶만이 허용된 이 어린 왕녀는, 담담하게 귀족들을 보며 입을 뗐다.

"소환에 응해 줘서 고맙다."

"설마 저희를 소환한 것이."

"나다."

크리스티나는 부드럽게 웃었다. 그러나 그 웃음 속에 담긴 미소는 전혀 자애롭지 않았다. 이미 동생을 잃고 언니를 잃고 이제 곧 오라버니도 잃어야 하는 그녀의 얼굴에 남아 있을 것이라곤, 그저 목표를 향해 달려가는 이의 마지막 단호함뿐이었다.

그녀는 귀족들의 경악하는 얼굴에 천천히 입을 열었다.

"오라버니는 침상에 계시고, 로건 오라버니는 이 모든 것을 책임질 의향이 보이지 않으니, 내가 나서는 것이 맞겠지."

"왕녀 전하. 태자 전하께서……."

"깨어나시면 무척 흐뭇해하실 것이다. 내 자랑스러운 동생을 왕비로 타국에 보내지 않아 다행이다, 라면서 웃을지도 모르지."

"……!"

"물론, 깨어나야 한다는 전제가 붙지만."

덧붙여진 말에 들어 있는 정보가 과했다. 그러나 이미 상황을 눈치챈 귀족들은 이미 입매를 꾹 다물고 있었다. 이 맹랑한 왕녀가 그저 혼자 이 모든 것을 꾸몄을 리가 없었다. 그렇다는 것은…….

"무엇들 하는 것이지?"

뒤에서 위그의 목소리가 들려왔다. 사람들은 마치 약속이라도 한 듯이 분분히 고개를 돌렸다. 무심한 얼굴로 위그가 서 있었다.

"왕녀 전하께서 소환을 하셨으니 빨리 들어가는 것이 좋지 않겠나."

"이디에트 공. 이것이 옳다고 보나?"

"최소한 왕족도 아닌 나나 공이 저기에 서 있는 것보다는 옳다고 본다마는."

디텔 공작의 부들거리는 목소리에 위그가 담담하게 대꾸했다. 곧 그가 천천히 방으로 들어갔다. 그리고 곧, 그가 차갑게 읊조렸다.

"인생은 가끔 한순간의 결정 때문에 바뀌곤 하지."

"……!"

"경들은 선택을 해야 할 것이다. 가장 어울리는 선택을."

그의 묵직한 목소리에 사람들의 표정이 하나같이 미묘해졌다. 크리스티나는 다시 웃으면서 입을 뗐다.

"어서 들어와."

"……."

"설마 경들은 왕실 소환에 불복할 생각인 것인가?"

결국 그들에게는 선택의 여지가 없었다.

장기간의 침묵이 끝나고 천천히 발걸음이 옮겨졌다.

그리고…….

탕.

문이 닫혔다.

육중한 문 앞에 모여 있는 귀족들을 응시하면서, 크리스티나가 웃었다.

"내 소환에 응해 줘서, 고맙군."

절대 거역해서는 안 되는 소환에 말이야.

Chapter 23
우리는 서로의 마지막이다

비비안은 가끔 이런 생각을 하곤 했다. 만약 바첼론에서 그녀가 남자로 태어났다면, 아마 그녀는 위그와 비슷한 사람이 되지 않을까 하는.

생각해 보니 그녀의 모든 인지와 깨달음은 결국 그녀가 여자라서 가능했고 여자이기 때문에 허용당했다. 그리고 그것은 다른 의미에서 족쇄가 되어 결국 그녀를 옭아맸다.

한때는 그녀도 나름대로 대의라거나 올바른 것을 찾아 헤매기도 했다. 누군들 그런 적이 없었으며 누군들 그런 생각을 해 보지 않았을까. 그러나 아무리 생각해 보고 또 생각해 보아도 결국 그녀는 비비안 로젤리스였다. 제 상처가 가장 아프고, 제 욕망이 가장 중요하며, 아무리 이 세상이 잘못됨을 알아도 결국에는 약육강식으로 모두를 밟고 올라간 비비안 로젤리스.

그녀는 올바른 것과 자신이 원하는 것의 차이를 알았다. 모든 인간의 마음속에는 악마 하나가 산다. 그리고 그 악마는 언제나 그녀가 그럭저럭 인간다운 선택을 할 때마다 나와서 속삭이곤 했다. 더 올라가고 싶지 않아?

더 갖고 싶지 않아? 그럴 때마다 비비안은 서슴없이 악마의 손을 잡았다.

인생에서 가장 유혹적인 선택은 언제나 악마가 준 난제다.

그녀는 최소한 그렇게 생각했다. 그녀는 신의 존재를 믿지는 않았지만, 이 세상 어딘가에는 신의 의지가, 그러니까 해야 할 것과 하지 말아야 할 것을 규정하는 어떤 법규가 있다고 생각했다. 그래서 그것들을 짓밟은 죄로, 그녀는 기어이 자신의 파멸에 대한 대가를 받을 수 있다고 생각했다.

그랬는데.

"단주님."

리디아의 부름에 비비안이 고개를 돌렸다. 조카의 옆에 앉아 있던 세믄 교수가 안경을 추어올리고 있었다. 그는 손에 든 서류를 정리하면서 입을 뗐다.

"그럼 재산 관련 사항은 이대로 정리하도록 하지요."

"부디 이것이 내가 마지막으로 유언장을 고치는 일이었으면 좋겠어요. 그래서 내가 죽기 전까지 영원히 비밀에 부쳐졌으면 좋겠고."

"그럴 겁니다."

세믄 교수는 자리에서 일어나며 고개를 끄덕였다. 리디아가 공손하게 자리에서 일어났다. 그녀의 눈빛을 보던 비비안이 빙그레 웃었다. 저번의 일이 지난 뒤 리디아는 묘하게 좀 바뀐 느낌이었다. 최소한 조심스럽게 타인의 안색을 살피는 기색은 온데간데없었다. 하긴, 위그와 한번 대화라는 것을 해 보면 누구든지 다 그럴 것이다. 그는 언제나 다른 사람의 신경을 건드리는 재주가 있었다.

"각하께서는 요즘 다망하시다고 들었습니다."

"그렇죠. 왕실에 변고가 많이 들었으니. 아무래도 그이가 다망하지 않겠어요. 오늘 오전에도…… 왕녀 전하의 소환으로 왕궁으로 갔답니다."

"왕녀 전하의?"

"네, 그분이 아무래도 지금까지 꽤 호시탐탐 기회를 노려 온 모양이에요."

순간 세믄 교수가 놀라운 얼굴을 했다. 그러나 그는 섣불리 자기 생각을 내뱉는 대신, 신중하게 숨을 들이쉬었다. 그러다가 길고 긴 한숨을 내쉬면서 입을 뗐다.

"그렇군요."

"기쁘지 않으신가요? 그녀가 군주가 된다면 교수님께서 원하시는 것을 이룰 수도 있을 거예요. 그녀는 현명한 군주가 될 것 같으니."

"네, 물론 그렇게 되겠지만. 현명한 군주도 결국에는 군주일 뿐이죠. 한때는 제 이상과 이념을 이룰 수 있다면 어떤 짓이든 감행하겠다고 생각했는데 지금은 좀 생각이 바뀌었습니다."

"그럴 만해요. 저를 흠모하여 접근하던 이들도 제일 처음에는 다 그러다가 언젠가부터는 학을 떼고 떠나가더라고요. 그게 바로 이상과 현실의 차이인가 봐요."

"꼭 단주님 문제뿐만은 아닙니다. 그저 늙은 학자의 기우라고 해 두죠."

"기우 따위가 아니에요. 현명한 군주로부터 바로잡힌 질서는 언젠가는 다시 우매한 군주 때문에 전복될 수 있거든요."

"하지만 눈앞의 이익을 얻는 것에는 꽤 유리할 겁니다. 물론 왕녀 전하께서 그런 생각을 하고 계시는 줄은 몰랐습니다."

"그녀야말로 원장님께서 원하시는 '여자들의 사고방식'을 지닌 여자예요."

세믄 교수는 멈칫했다. 그때였다. 갑자기 옆에 있는 리디아가 눈을 깜박거리더니 입을 열었다.

"여자들의 사고방식이 따로 있나요?"

"그래서 제가 일전에 원장님께 물었죠. 리디아 양은 원장님이 원하는 여자들의 사고방식을 가진 여자냐고."

"그게 그런 뜻이었군요."

"뭐, 원장님은 저보다 똑똑하시니 답을 미리 내렸을 것으로 생각해요. 그럼 이제 다시 일이 있을 때 뵙죠."

세른 교수와 리디아는 굳이 더 시간을 허비하지 않았다. 그들을 내보낸 뒤 비비안은 다시 소파에 앉았다.

지금쯤이면 크리스티나가 귀족들 앞에 서 있겠지. 그녀는 어떤 표정을 지을까. 과연 자신이 걸어온 길을 회상하면서 절망 섞인 얼굴을 할까, 아니면 그저 담담하게 이 모든 것을 기다렸다는 듯이 대꾸할까.

비비안은 잠시 그 모습을 상상하다가 머리를 털었다. 어느 쪽이든지 그것은 그녀 알 바가 아니었다. 그녀는 그저 그녀가 원하는 것만 손에 넣으면 됐다. 각자 그렇게 자신의 원하는 것을 손에 넣고, 그렇게 다시 이별을 고하면…….

'이별.'

비비안은 그 말을 입 속으로 곱씹었다. 그 단어가 가져오는 어감이 다소 썼다. 그러면서도 달콤하기 그지없었다. 그러나 그녀는 사색을 길게 이어 가지 않았다. 자리에서 일어난 비비안은 클로에를 불렀다.

"왕궁에서 온 소식은 있어?"

"아직 없습니다. 회의가 끝나지 않은 것 같습니다."

"그래."

클로에는 비비안이 꽤 그녀답지 않게 조급하게 군다고 생각했다. 그러나 아무 말도 하지 않은 채 그저 방을 나갔다.

* * *

"왕비와 두 왕자의 장례식은 이틀 뒤에 절차에 따라 치르도록 하지."

크리스티나의 말이 끝났음에도 귀족들은 아직 이 상황에서 벗어 나오지 못했다. 하나같이 그동안 자신의 얼굴을 숨겨 온 왕녀의 이야기에 취해 있었다. 제이슨이 자신의 욕심을 숨기고 있었던 것은 무척이나 합리적인 일이었으나 그 이야기가 왕녀에게 적용된다면 그것은 성질이 변했다.

그러나 그들 중 아무도 이 이야기를 꺼낼 수 없었다. 귀족이 왕위를 욕심내면 그것은 반역이나, 왕족이 왕위를 욕심내면 그것은 경쟁이었다. 그것이 위그가 절대적으로 왕위에 손을 대지 않은 이유였다. 물론 다른 의미에서 놓고 말하자면 누군가에게 휘둘려야 하는 왕위 따위에 손을 대고 싶지도 않았지만.

"저, 그런데 아직 태자 전하께서 깨어나지 않으셨습니다. 태자 전하가 계시지 않는데 국상을……."

"치르지 못할 이유가 있나."

크리스티나가 생긋 웃었다.

"어차피 아바마마가 계셨는데 오라버니가 다 알아서 하지 않았나."

"그건 태자 전하께서 태자셨기 때문입니다."

"그리고 나는 왕녀지."

"그리고 로건 왕자 전하께서 계시고."

"오라버니는 별로 관심이 없을 것이다. 어차피 궁에서 나올 염을 하지 않으시니 나라도 나서는 것이 맞지 않나."

"하오나."

"디텔 공. 오라버니를 아끼는 공의 마음은 이해가 가나 그렇다고 내 앞에서까지 이렇게까지 오라버니를 물고 늘어지면 좀 문제일 것 같은데."

디텔 공작은 입을 다물었다. 위그는 미묘한 얼굴로 크리스티나를 응시했다. 크리스티나는 마치 비비안처럼 말하고 있었다. 제이슨의 자리에 앉아서. 원래 저 자리에 올라가면 다 저렇게 되는가 생각하던 그는 그 가능성을 배제했다. 사람이 겨우 의자 하나 바꿨다고 갑자기 변하지는 않는다. 물론 크리스티나의 태도나 그런 것은 이해가 간다고 해도 갑자기 사람의 언어 습관마저 변하지는 않는다는 말이었다.

그는 곧 펜을 들어 문서에 사인하는 크리스티나의 손을 응시했다. 떨림 하나 없이 펜을 꽉 잡은 손이 유려하게 글을 써 내려갔다. 이윽고 그것을 위그에게 넘기고 크리스티나가 웃었다.

"그럼, 국상은 이디에트 공께서 준비해 주시길. 나는 오라버니를 대신해 처리할 일이 많고, 엘리미아 태자비는 오라버니의 옆을 지키니 이것을 해 줄 만한 이들이 경밖에 없어."

"명을 받들겠습니다."

"그리고 안 그래도 잊을 뻔했는데 말이야. 디텔 공의 암시에 생각이 났어."

디텔 공작은 자신의 이름이 호명되자 미간을 찡그렸다. 그러나 크리스티나는 웃으면서 입을 열었다.

"아무래도 로건 오라버니를 이대로 왕궁에 계속 가두는 것도 도의는 아닌 것 같다. 그래서 일전에 오라버니가 그랬던 적이 있어. 이만 바첼론을 떠나겠다고."

귀족들은 너무 당연하게 뒤에 이어지는 말을 짐작했다. 아니나 다를까 크리스티나가 생긋 웃으면서 말을 이었다.

"그래서 로건 오라버니를 왕궁에서 내보낸 뒤 자유롭게 살게 하고 싶어."

예상 섞인 전개에 귀족들이 저마다 다른 얼굴을 하고 있었다. 그러나 정작 위그의 얼굴이 미묘해졌다. 그가 기억하기로 크리스티나와 그의 약속은 이것이 아니었다. 로건과 디텔을 한데 묶어서 반역으로 치죄하고 제이슨의 날개를 다 꺾어 버린 뒤 왕위에 오르겠다고 하지 않았나.

결국 위그가 로건에게 한 제안 두 개는 별개의 것이 아니었다. 이대로 있다가 디텔이 로건을 왕에 올리기 위해 고군분투했다는 증거를 대충 짜 맞춰서 어떻게든 종말을 맞이하게 하려고 했는데.

왜…….

"그럼 오늘은 이만 끝내지. 앞으로 구체적인 사항은 전언으로 보내겠다."

크리스티나가 가장 먼저 자리에서 일어났다. 귀족들은 그 모습을 보다가 바로 제정신을 차리고 자리에서 일어나 예를 취했다. 이내 그녀가 방에서 자취를 감추었다. 귀족들이 길게 숨을 내쉬고 서로서로 수군거리기 시작했다.

그러나 위그는 그 대화에 참여하는 대신에 바로 크리스티나의 뒤를 좇아갔다. 그렇게 시녀들과 함께 궁을 떠나는 그녀의 뒤를 잡은 그가 입을 뗐다.

"왕녀 전하."

크리스티나는 고개를 들었다. 그녀는 이제 긴장을 풀었는지 덜덜 떨리는 손을 숨기지 않았다. 그러나 위그는 딱히 개의치 않은 채 그녀에게 독대를 청하고 싶다는 눈치를 보냈다. 크리스티나가 고개를 끄덕였다. 곧 두 사람이 조용한 곳으로 자리를 옮겼다.

"방금 그건 무슨 뜻입니까."

"뭘 말하는 것이죠?"

크리스티나는 사석으로 돌아오자 다시 위그에게 존댓말을 썼다. 그녀는 최소한 즉위를 하기 전까지는 자신이 어떤 자세를 취해야 하는지 알고 있었다. 그러나 위그는 딱히 개의치 않았다. 그의 관심은 오로지 로건의 처리에 있었다.

"로건 왕자를 디텔과 함께 처형하기로 하지 않았습니까."

"……아."

크리스티나는 눈을 깜박거렸다. 그녀는 잠시 속눈썹을 팔랑거리다가 생긋 웃으면서 말했다.

"그러기에는 디텔 공작의 반발이 너무 심해서. 그냥 왕궁으로 내보내는 척하고 다시 처리하기로 했어요."

"누구의 뜻대로?"

"걱정하지 마세요. 어차피 우리 쪽에서 먼저 로건을 처리하고 다시 디텔 공작에게 뒤집어씌운 뒤, 그다음 절차는 우리가 예상한 대로 갈 것이에요. 어차피 제가 다른 마음을 먹는다고 해도 공께서는 충분히 저를 그대로 끌어내릴 수 있지 않나요?"

위그는 더는 말을 하지 않았다. 크리스티나의 계획은 확실히 그들이 먼저 의논했던 것과 그리 크게 차이가 나지는 않았다. 하지만 위그는 왠지 모르게 크리스티나의 표정이 다소 애매하다고 생각했다. 로건을 밖으로 내보낸다. 그리고 크리스티나가 죽여 버린다. 그리고 디텔에게 뒤집어씌운다.

얼핏 듣기에는 꽤 괜찮았음에도 왠지 모르게 석연찮았다. 그러나 그는 더 이상 크리스티나에게 캐묻지 않았다. 어차피 크리스티나가 더 말을 해 줄 것 같지도 않았다.

그는 다시 떠나는 크리스티나의 뒷모습을 응시하다가 굳은 얼굴로 고개를 돌렸다. 그리고 천천히 걸음을 옮겼다.

'로건을 굳이 왕궁에서 꺼내 오려고 하는 이유가 있나?'

결국 생각에 생각을 마치던 그는 잠시 한쪽으로 이 생각을 미루어 두었다. 어쨌든 일은 진행되어야 했다.

* * *

마샤 왕비와 두 왕자의 장례식에는 로건도 참석했다. 그사이에 태자가 깨어나길 빌던 귀족들의 바람에도 불구하고 제이슨은 곧 깨어날 것이라는 주치의의 말과 달리 눈을 뜨지 못했다. 조급해진 디텔 공작이 태자의 궁을 방문했지만 엘리미아는 아무도 태자의 방에 들어오지 못하게 명령했다.

대부분 이들은 이제 제이슨이 다시는 깨어나지 못할 거라 직감을 했다. 아니, 설사 깨어난다고 해도, 아마 누군가의 손에 의해 영원한 잠에 들 것이었다.

그렇게 최소한의 인원들로 장례식이 구성되었다. 이 장례식을 준비한 것은 귀족원이었지만 모두의 앞에 선 것은 왕녀인 크리스티나였다. 그녀는 무표정하게 마샤 왕비와 왕자들에게 키스를 해 주고 관을 닫는 그 순간까지 눈물 한 방울 흘리지 않았다.

비비안은 그것을 묘한 얼굴로 보았지만 아무런 말도 하지 않았다.

곧 장례식이 끝난 뒤 비비안과 위그는 장례식장을 나갔다. 그사이에 위그가 로건을 한 번 보았다. 그러나 로건의 눈길은 비비안의 뒤에 꽂혀 있을지언정 그의 입은 비비안을 부르지 않았다. 그는 며칠 뒤 출궁해야 했다. 그는 이제 자신의 마지막을 거의 예상한 것 같았다.

그 태도는 마음에 들었다. 만약 비비안이 방금 장례식에서 로건을 응시하지 않았다면 아마 위그는 더 좋았을 것이었다.

그러나 비비안은 결국 다시 고개를 돌렸다. 그녀는 멀쩡한 얼굴로 위그와 함께 밖으로 향했다. 위그는 착잡한 표정을 지었다. 물론 이대로 비비안이 로건과 말을 나누지 않고 나가는 것이 그로서는 좋긴 했다. 그러나 그도 알고 비비안도 알고 있었다. 이제 로건이 왕궁을 나가면, 비비안은 더 이상 로건과 작별 인사를 할 수가 없다.

위그는 일부러 관대하기 짝이 없는 남편 행세를 하면서 비비안에게 로건과 대화할 기회를 주어야 하는지 아니면 그저 그답게 모른 척해야 할지 고민했다. 전자라면 그가 편할 것이고 후자라면 그가 불편할 것이었다. 결국, 생각에 생각을 거치다가 그는 비비안이 굳이 말을 꺼내지 않는 이상 필요 없을 것이라고 결론을 내리고 마차에 탔다.

그러나 마차에 타자마자 비비안이 입을 뗐다.

"그런 표정 지을 필요 없어."

"내가 뭘 어쨌다고 그러지?"

"로건과 작별 인사를 시켜야 하나 말아야 하나 고민하고 있잖아. 그럴 필요 없다는 거야. 필요하면 내가 할 테니까."

위그는 입을 다물었다. 그는 어떤 표정을 어떻게 지어야 할지 몰라 잠시 숨을 골랐다. 그러나 결국에는 담담하게 입을 열었다.

"나는 별 상관이 없다."

"진짜?"

"있어도 없다고 해야 하는 거 아닌가?"

"당신은 이럴 때마다 꼭 아이 같아. 아리아가 당신보다 더 성숙해 보이는 것 같고."

그러나 평소라면 그저 무시한 채 고개를 돌렸을 위그는 끝까지 비비안에게서 시선을 돌리지 못했다. 비비안은 그를 응시하다가 자신이 먼저 고개를 돌렸다.

곧 마차가 왕궁을 빠져나왔다.

* * *

엘리미아는 무표정하게 앉아 있었다. 제이슨은 한번 쓰러진 뒤로 한 번도 다시 일어난 적이 없었다. 주치의의 말이 무색하게 그는 여전히 창백한 얼굴로 누워 있었다. 그녀는 그 핑계를 대고 주치의를 바꿨다. 바뀐 주치의는 일전에 위그가 왕궁에 보낸 자로서, 엘리미아의 명령에 따라 그는 더 이상 제이슨에게 약을 공급하지 않았다.

엘리미아는 단 한 번도 제이슨이 이렇게 무력하게 자신의 앞에 누워 있으리라고 생각해 보지 않았다. 총을 들어 그를 죽이는 생각을 몇 번이나 하고, 그의 목에 칼을 들이밀고 눈물을 줄줄 흘리며 참회를 강요하는 그런 장면을 수도 없이 생각해 본 적이 있었다. 그러나 그 어떤 상상에도 그가 그녀의 독에 이렇게 무력하게 쓰러지고 누워 있었던 적은 없었다.

이럴 줄 알았으면 첫날밤에 그냥 독살할 걸 그랬다.

그게 불가능하다는 것을 알면서도 그렇게 생각했다. 사람이 이렇게 독에 쉽게 당하고 죽을 수 있다는 것에 그녀는 깊은 희열과 환멸을 느끼고 있었다.

결국 아무도 당신을 구하러 오지 않았다. 물론 내가 막았던 것도 사실이었지만, 새로운 왕녀의 갑작스러운 욕심 앞에서 다들 제 살길을 찾느라고 당신 따위는 잊은 것이 사실이다.

그 사실이 생각나서 못내 견딜 수가 없었다. 엘리미아는 천천히 제이슨의 뺨을 어루만졌다. 이대로 목을 졸라 죽이면 어떻게 될까. 사람은 그렇게 쉽게 죽는데.

'아버지, 아버지가 태자에 올린 자를, 당신의 아들이 끌어내렸어요.'

그리고 며느리도 있나. 어쩌면, 딸도 한 손 거들고.

엘리미아는 순간 웃음이 터지고 말았다. 이 네 사람은 전부 다 그녀가 세상에서 가장 끔찍해하는 사람들이었다. 순위를 매기긴 했으나 결국 끔찍하다는 것에서 별반 차이는 없었다. 그러나 엘리미아는 이제 5위에 자신의 이름을 대기로 했다. 저 스스로가 끔찍하다. 결국 이렇게 순위를 놓고 보니, 자신이 끔찍해하는 사람들은 묘하게 공통적인 면이 있었다.

자신의 적수를 처리하기 위해 무엇이든지 하는 사람들이다.

그녀는 고고한 공녀였다. 그것은 권력 그 자체로서 살아온 위그와 또 다른 것이었다. 그녀는 권력자의 딸이고, 권력자의 누나이고, 권력자의 아내로서 한평생을 살아왔다. 그래서 그녀는 한평생 고결하고 고고했고, 무엇을 빼앗거나 갖기 위해 노력을 하지 않아도 되었다. 왜냐하면 그녀의 그 모든 속성을 결정짓는 것은 저 수많은 수식어지 그녀 자체가 아니니까.

"하지만 이제 나는 내 손으로 원하는 걸 얻어 보고 싶어."

엘리미아는 그렇게 읊조렸다. 이렇게 길고 긴 여정을 달려왔다. 그리고 목적은 단 하나, 당신이 죽었을 때 아무도 당신을 위해 울어 주는 이 없게 만들기 위하여. 그렇게 생각하는데 그때 제이슨의 눈이 꿈틀거렸다. 엘리미아는 천천히 손을 거두었다.

"깨어나셨나요?"

그녀의 목소리는 그녀 본인도 상상할 수 없을 만큼 담담했다. 독에 당한 여파가 강한 듯 제이슨의 눈까풀이 조금 떨렸다. 이윽고 천천히 주변을

어머니언 마말레이드

백서하 장편소설

동아

©백서하/동아

둘러본 그가 갑자기 정신을 차린 듯 몸을 일으키려고 했다. 그러나 그는 결국 신음을 흘렸다.

"으윽."

"움직이지 않는 게 좋을 거예요. 에트린이 당신의 몸에 전부 퍼진 데다가 이 며칠간 제가 꾸준하게 독을 당신에게 먹였거든요."

"네, 네가……."

"사실은 말도 못 하게 하려고 했는데, 그러면 당신과 내 최후가 그저 당신의 꺽꺽거림으로 끝날까 봐. 그래도 우리 사이에는 꽤 오랜 시간이 있었잖아요. 그렇죠?"

제이슨은 이를 악물었다. 그는 엘리미아가 이런 식으로 자신을 몰 줄 상상도 못했다. 그의 상상 속에 있는 엘리미아는 그저 언제나 고고하게 서 있고, 천박한 것을 경멸하고, 아비와 동생을 두려워하는 그런 존재였기 때문이었다.

"너도 이런 비겁한 수를 쓸지는 몰랐군."

"사람들은 흔히 악인을 상대하면서 자신까지 악인이 될 필요는 없다고 하지만. 제 생각은 달라요. 사람은 언제나 최선을 다해 선인이 되어야 하지만, 그렇다고 자신의 존엄과 생명을 위협하는 상대 앞에서까지 고고할 필요는 없어요."

"존엄?"

"네, 존엄."

제이슨은 마치 이 세상에서 가장 웃긴 이야기를 듣는다는 듯이 조롱 섞인 웃음을 흘렸다. 그러나 그는 갑자기 입을 막고 거세게 기침을 뱉어 냈다. 엘리미아는 조용하게 한쪽에 놓인 수건을 들어 제이슨의 입가를 닦아 주었다. 그리고 차분하게 말을 이었다.

"어쨌든 그래서 결국 당신은 이렇게 되었죠."

"내가 이대로 죽을 것 같나?"

"크리스티나가 이미 실권을 장악했어요."

"……!"

"로건은 며칠 뒤 왕궁에서 떠나고요."

"……너, 미쳤군."

"그러게, 그런 식으로 저를 대하지 마셨어야 했어요. 그랬다면 당신을 내가 가장 끔찍한 인간 리스트에 이름을 올리지도 않았겠죠."

엘리미아는 그만 실소를 터뜨렸다.

"엘리미아 이디에트."

"어차피 당신에게 나는 영원히 이디에트의 그 고고한 계집일 거예요. 그래서 나를 갖고 싶었겠죠. 사실 말하자면 제이슨 왕자 전하…… 그래요, 내가 당신을 이렇게 부를 때, 나는 당신을 꽤 좋아했어요. 물론 이성 간의 그런 흠모가 아니라, 그저 당신이 왕자치고 꽤 서글서글하고 나름대로 괜찮다고 생각을 했죠."

제이슨은 얼굴을 일그러뜨렸다. 그때의 기억은 그가 가장 혐오하는 것으로서 그가 얼마나 나약했는지를 보여 주는 과거였기 때문이었다. 그런데 결국 엘리미아는 그런 그를 꽤 좋아했다. 역시, 고고한 귀족 영애다웠다. 타인이 약한 모습을 흠모하는 천상 고귀한 여자.

그는 엘리미아의 혈통과 자부심을 가장 경멸하면서 사랑했다. 그것도 사랑이라고 해야 하나? 굳이 말하자면 사랑이다. 하지만 그는 분명 소유하고 싶었다. 엘리미아가 아니라 이디에트의 딸이라면 누구든지 상관없었다. 그래서 결국 공작에게 접근하고 그녀와 결혼해 자신의 욕심을 채웠다. 그렇게 채웠는데.

"그렇지만 결국 이게 당신의 모습이겠죠."

"왜, 나를 애증이라도 하나?"

"애증이요? 웃기지도 않아서, 다시 말하지만 나는 당신을 그저 꽤 괜찮게 평가했을 뿐이었어요. 그리고 당신이 보인 그 진실한 모습에 내가 사람을 잘못 판단했음을 알았죠. 제이슨 왕자 전하. 제게는 그저 당신을 향한 경멸뿐이랍니다. 애증이라면…… 오히려 당신이겠죠."

"……!"

"아닌가요?"

엘리미아는 눈을 느릿하게 깜박거렸다.

"어쨌든 일이 이렇게 되었으니 우리로서는 더 이상 돌이킬 수 없는 강을 건넌 것이나 마찬가지로군요."

엘리미아는 천천히 자리에서 일어났다.

"그동안 당신과 해 온 그 모든 싸움은 결국 이날을 위한 것이었어요. 기실 꽤 웅장하게 모든 것을 끝낼까 고민도 해 보았는데, 생각해 보니 당신은 내 인생의 주인공도, 악당도 아니었어요. 그저, 그저…… 끔찍한 인간들 중의 하나였을 뿐이죠."

"지금 무엇을 하려는 것이지?"

"제이슨 왕자 전하. 부디 당신의 그 빌어먹을 권력욕과 생각 때문에 신이 당신을 영원히 지옥에 가둬 놓고 영원히 이 세상에 나오지 못하게 했으면 좋겠어요."

"네가 나를 죽이면, 네가 무사할 것 같나?"

엘리미아는 느긋하게 웃었다.

"아니요."

"이건 그리 현명한 선택이 아니다. 여기서 가만히 있으면 내가 침상에서 일어나는 즉시 네가 원하는 모든 것을 주지. 그 남자가 필요한가? 네가 사랑해 마지않던 그 남자?"

순간 엘리미아가 멈칫했다. 그러나 그녀는 그저 스산하게 웃을 뿐, 아무런 대꾸도 하지 않았다.

이윽고 엘리미아는 제이슨의 옆에 놓인 쿠션을 집어 들었다.

"당신에게 에트린을 먹였어요. 당신이 쓰러지기 전에는 독을 먹였고요."

"뭐?"

"로튼 단주가 전하라고 했어요. 당신을 지금까지 살려 둔 건, 알렉산드르와 디아나 왕녀, 그리고 마샤 왕비와 쌍둥이 왕자를 더 편하게 죽이기 위해서라고. 아무래도 왕녀가 왕이 되기 위해서는 약간의 도구가 필요하지 않나요?"

제이슨은 그제야 깨달았다. 굳이 비비안과 위그가 그를 마지막까지 살려 놓은 이유. 그가 있어야 아래 모든 자매와 형제들이 안정된다. 혼란스러운 상태에 권력욕을 물씬 풍기는 이들보다야 그저 제이슨의 이름 아래 조용하게 숨을 죽이는 치들이 죽이기 더 쉽다. 더불어 제이슨의 손을 빌려 알렉산드르를 죽이고, 디아나는 누가 죽였는지 모르겠지만 마샤 왕비와 쌍둥이 왕자를 제이슨이 가만히 왕궁에 남겨 둘 리가 없으니 일부러 밖에 내보내도록 하고…….

"디아나 왕녀는, 카티야가 죽였어요."

"……!"

"그리고 당신은 내 손에 죽을 거예요."

"엘리미…… 읍."

엘리미아가 쿠션을 들었다. 순간 제이슨이 팔을 높게 쳐들려고 했다. 그러나 이미 장기간 독과 에트린에 당해서 그에게는 반항할 여력도 없었다. 엘리미아는 쿠션으로 제이슨의 입과 코를 막아 버렸다. 그리고 모든 힘을 다해 아래로 짓눌렀다.

"독도 생각해 보고, 칼도 생각해 보았는데 그렇게 깔끔한 죽음을 도저히 당신에게 줄 수가 없었어요."

그녀는 제이슨을 지독하게 혐오한다. 그는 평생토록 엘리미아를 자신의 트로피로서 장식해 왔다. 비열한 소유욕 아래 그녀를 물건처럼 대해 왔다. 그래서 그녀는 그를 절대 그를 깔끔하게 보낼 수가 없었다.

반항이 서서히 멈추었다. 그리고 장시간 동안 아무런 반응이 없자. 그녀가 천천히 쿠션을 들었다.

제이슨이 죽었다.

크게 눈을 뜬 채 괴기한 표정으로 죽은 그를 응시하던 엘리미아는 덜덜 떨리는 손으로 쿠션을 내려놓았다. 그녀는 이대로 정신을 잃고 싶었다. 그리고 이대로 죽고 싶었다. 하지만 죽음을 맞이하면 제이슨과 그녀의 아버지를 만날 것 같다. 그녀는 순간 울음이 터져서 그만 그대로 바닥에 쓰러지고 싶은 생각밖에 안 들었다.

제이슨이 죽었다.

그녀가 죽였다.

이 끔찍한 남자를 그녀의 손으로 질식사시켰다. 결국 그녀와 그녀의 가문을 위해 모든 것을 이용당한 뒤 그렇게 죽었다. 그녀는 쿠션을 내려놓고 길게 숨을 들이쉬었다. 그리고 천천히 창문으로 다가가 덜덜 떨리는 손으로 창문을 열고 품에서 뭔가를 입 안에 털어 넣은 뒤, 젖 먹던 힘까지 다해 크게 비명을 질렀다.

그 순간 문이 벌컥 열리면서 기사들이 들어왔다. 그러나 그들은 방 안에 두 눈을 뜬 채 죽어 있는 태자와 바닥에 쓰러진 태자비를 발견하고 낯이 새하얗게 질렸다.

태자 부부가 습격당했다.

태자가 죽었다.

* * *

비비안과 위그가 이 소식을 들었을 때는 이미 석양이 진 뒤였다. 여느 때와 다름이 없이 진행되는 모든 일을 그저 넘긴 두 사람은 또 여느 때와 다름이 없이 마주 앉아 제 할 일을 하고 있었다. 그러나 분명 일상 같은 두 사람의 행동에는 모종의 이질감이 있었다. 그리고 그 이질감은, 요한이 헐레벌떡 방으로 들어왔을 때 깨졌다.

"방금 태자 전하께서 숨을 거두셨다고 합니다."

"엘리미아는?"

"태자비 전하께서는 아무래도 외부 침입 때문에 쓰러지신 것 같고요."

탁.

그 순간 비비안은 조금 전부터 딱히 주의 깊게 보지도 않고 있던 책을 덮었다. 그리고 그녀가 느긋하게 말했다.

"그래? 깔끔하게 잘 죽었네."

위그는 그녀의 말에 동의하는 바였다. 실제로 꽤 깔끔하게 죽였다. 하필이면 이 모든 것을 직접 하는 사람이 엘리미아라 다소 걱정한 바가 있긴 하지만 의외로 그녀는 일을 잘 처리하는 편이었다.

하긴 그렇게 입가에 떠먹여 주는데도 못 받아먹기 힘들긴 하지.

그렇게 속으로 읊조린 위그는 요한에게 나가 보라는 듯이 손을 저었다.

"알겠다. 이제 곧 왕궁으로 가지."

"알겠습니다."

요한은 허리를 굽히고 방을 나갔다. 그는 위그가 어떤 일을 하고 무슨 일을 시켰는지 속속들이 알고 있었다. 그러나 그가 위그의 부관인 이상, 그의 생사는 이디에트와 함께한다. 그리고 그는 입을 다무는 데는 천부적인 재능이 있었다.

요한이 나가자 위그는 이미 침대 위에 준비해 놓은 코트를 들고 어깨에 걸쳤다. 그가 제이슨의 죽음을 바라 왔던 것과 별개로 엘리미아가 쓰러진 이상 왕궁에 얼굴을 비추긴 해야 했다. 비록 엘리미아가 쓰러진 것이 비비안이 자주 먹던 수면제 때문이라는 것을 알고는 있었지만 그래도 그는 왕실로 가서 엘리미아가 습격을 받아 놀라움에 쓰러진 것처럼 꾸며야 했다.

그러나 코트를 들고 방을 나가려던 그는 조용하게 책을 덮고 있는 비비안을 발견하고 멈칫했다.

"당신은 가지 않나?"

"응?"

비비안은 그제야 그가 이미 준비를 다 마쳤다는 사실을 깨달았다. 위그는 그녀가 방금부터 뭔가 다른 생각을 하고 있음을 눈치챘다. 평소라면 굳이 묻지 않았을 테지만 왠지 모르게 지금은 물어야 할 것 같았다.

"어디에 정신을 팔고 있었기에."

"아무것도 아니야."

"그렇게 말하면 내가 알았다고 할 줄 알았나?"

"좀 넘어가. 평소에는 그냥 모른 척해 줬잖아."

"그건 평소고."

그러나 비비안은 굳이 위그의 호기심을 풀어 줄 생각이 없는 듯했다. 그녀는 겉에 얇은 숄 하나 걸친 채 바로 구두를 갈아 신었다. 그러나 그 일련의 행동이 평소의 그녀 같지 않았다. 위그는 자세하게 비비안을 응시하다가 그냥 고개를 돌렸다. 지금은 캐물을 때가 아니었다. 최소한 그렇게 생각을 해야 그가 편할 것 같았다.

이윽고 비비안은 위그와 함께 이디에트 공작저를 나섰다.

공작저를 나서는 순간 비비안의 모습은 또다시 그녀답게 변했다. 턱을 오만하게 들고, 우아한 미소를 짓는다. 그녀는 언제나 비비안 로젤리스와 비비안 로젤리스 이디에트 공작 부인 사이에서 자유롭게 오갈 수 있는 그런 사람이었다. 그리고 모든 것이 그녀에게 꽤 잘 어울렸다.

그렇게 비비안은 제 생각을, 위그는 비비안 생각을 하면서 두 사람은 왕궁에 도착했다.

그리고 그들의 예상과 한 치의 어긋남도 없이 왕궁은 이미 완전히 초토화가 된 상태였다.

왕자와 왕녀가 죽고 태자가 죽었다. 이 며칠간 왕궁의 경비를 늘리고 기사들이 가장 긴장한 상태로 자신의 직책을 다하려고 했던 것과 별개로 그야말로 대참사가 일어난 것이었다. 그러나 이 극단적인 상황에서 오히려 귀족들은 며칠 전보다 더욱더 평온한 얼굴을 하고 있었다. 왕궁의 기사들과 시녀들이 전부 신문을 받고 있음에도 그들은 이것을 예상한 듯싶었다.

그럴 수밖에 없었다. 비록 입 밖에 내지는 않았지만, 제이슨이 쓰러지기가 무섭게 크리스티나가 그들을 소환했다. 아무리 정세에 어두운 사람이라도 크리스티나의 다음 행동이 제이슨과 로건을 죽여 버리는 것이라는 사실을 모를 리가 없었다.

다만 그들이 궁금한 건, 과연 제이슨의 죽음을 사주한 이가 진정으로 크리스티나일까 하는 것이었다. 아니, 정확히 말해서는 과연 이 모든 것이 크리스티나가 한 짓임이 밝혀질까, 아니면…….

'귀족 중 누군가가 이 모든 것을 안고 갈 것인가.'

그리고 만약 그런 귀족이 있다면, 그것은 과연 누가 될 것인가.

그들이 나름대로 희망적인 생각을 해 보지 않은 것은 아니었다. 예를 들어 이 모든 것들이 기실은 형제들 사이의 왕위 찬탈의 결과물이고, 크리스티나는 그저 얻어 걸린 것이 아닐까 하는 그런 생각. 그러나 그들은 크리스티나가 너무 쉽게 기사들을 움직이는 것을 보고 그 생각을 멈추었다.

왕권은 다른 의미에서 군권으로 진행되었다. 만약 진정으로 크리스티나가 얻어 걸린 것이라면, 지금 그녀는 기사들을 다루지 못해 진땀을 뺐어야 했다. 그렇다는 것은 누군가가 크리스티나에게 검을 쥐여 주고 기사들을 안겨 주었다는 말이 되었다. 그리고 너무 당연하게도 그것은 위그 이디에트일 수밖에 없었다.

거기까지 생각한 귀족들은 오히려 제이슨의 죽음에 안타까워하는 대신 다른 생각을 하고 있었다. 강력한 힘을 가진 왕자가 왕위에 올라 그들을 어떻게든 눌러 버리려고 안달복달하는 것보다야 휘두르기 쉬운 유약한 왕녀가 올라가는 게 나았다. 그러므로 크리스티나가 왕이 되는 것은 생각보다 그렇게 나쁜 일이 아닐 수도 있었다.

그러나 그들이 한 가지 생각하지 못한 게 있다면, 제이슨의 전적으로 인해 위그는 절대 크리스티나가 쥔 이 왕권을 다른 귀족들과 함께 나누지 않을 것이며, 두 번째로 크리스티나 자체가 그렇게 만만하지는 않다는 것이었다.

피비린내는 흔히 인간을 인간답지 않게 만든다.

위그는 담담하게 태자의 장례를 논하는 크리스티나와 그런 크리스티나를 보는 제각각의 시선에 묘한 얼굴을 했다. 귀족원의 회의가 끝나고 엘리미아의 방에 가자, 먼저 도착한 비비안이 비스듬히 창가에 서 있는 게 보였다.

"엘리미아는 깨어났나?"

"방금 깨어났다가 다시 잠들었어."

"이 상황에서?"

"모든 사람이 다 우리처럼 눈 하나 깜박하지 않은 채 모든 것을 담담하게 받아들이는 것은 아니니까."

그렇게 대답한 비비안의 시선이 엘리미아에게 닿았다. 엘리미아는 자고 있었다. 창백한 얼굴에는 핏기 하나 없었다. 악몽을 꾸는지 그녀의 표정이 좋지 않았다.

위그는 그런 누이의 얼굴에 묘한 얼굴을 했다. 그에게 있어 엘리미아는 언제나 그의 누나 그 자체였다. 굳이 말하자면 그저 있어도 되고 없어도 되는. 어렸을 때는 그래도 꽤 치고받고 잘 놀았던 것 같다. 그는 어린 시절부터 성격이 이래 먹은 인간은 아니었다. 아주 어렸을 때는 오히려 엘리미아의 성질머리가 그보다 더 더러웠다.

그런데 언제부터 이렇게 되었던가. 그는 문득 자신이 엘리미아와 대화를 나누어 본 적이, 그러니까 진지하게 서로의 가치관에 대해 나누어 본 적이 없음을 깨달았다. 하지만 그럴 필요가 없다고 매번 생각했다. 그녀는 자신의 아버지와 그런 아버지를 닮은 동생을 어느 순간부터 경멸했다.

"엘리미아는, 사랑하는 남자가 있었어."

"들었어. 선대 공작이 기어코 그 남자의 다리를 뭉개 버리고 죽였다지?"

"그래. 그리고 나는 그것이 별것 아니라고 생각했다."

"지금은?"

"……."

어느새 위그가 비비안의 옆으로 다가왔다. 그는 창가를 향해 선 비비안과 나란히, 하지만 정반대의 방향으로 창가를 등지고 팔짱을 꼈다.

"아마 지금 이 순간 선택을 하라고 해도, 나는 같은 선택을 했을 거다."

"정말 반성도 모르는 새끼군. 그런 점을 내가 좋아하긴 하는데, 당신이 내 동생이었으면 진즉에 죽었어."

"만약 리암이 나 같은 성격이었다면 어떨 거 같은데?"

"큰오빠와 비슷한 말로였을 것 같아."

"그렇군. 엘리미아는 그런 것치고는 꽤 다정한 누이였군."

"엘리미아에게 다정한 누나를 제외하고 다른 선택지가 있었어? 그녀가 당신의 가주 자리를 빼앗을 수 있을 것 같아?"

"엘리미아 성격이면 아마 불가능하겠지만. 만약 크리스티나가 왕이 되고 진짜로 상속법 개정이 이루어진다면 좀 곤란하긴 해."

"나는 당신의 그 이기적인 면모가 좋아."

"그렇지? 하지만 지금의 엘리미아라면 아마도 이디에트라고 하면 치를 떨 것 같군."

위그는 그렇게 엘리미아를 보았다. 만약 다시 그러러 선택하라고 하면 그는 아마 똑같은 선택을 할 것이었다. 아니, 제이슨을 왕위에 올리지 말라고 했겠지. 그렇게 되면 엘리미아도 아마 더 나은 삶을……

"못 살겠군."

"뭐?"

"만약 제이슨을 왕으로 올리지 않아도, 내 아버지는 엘리미아를 또 다른 남자에게 억지로 보낼 거다. 그리고 그 남자는 절대 그녀가 사랑하는 남자가 아니지."

"귀족으로서 어느 정도 자유를 포기해야 하는 것은 맞아. 하지만 그 자유가 누군가는 자신의 사회적 명성과 부를 바꿔 오는 데에 기여되고, 누군가는 한 남자의 부속품으로 완성되는 데에 기여된다면, 꽤 짜증 나지 않겠어? 평등이고 뭐고 그런 걸 떠나서 인간은 그냥 주변 사람과 비교를 하게 되니까."

"결혼은 나쁜 게 아니야. 물론 좋은 것도 아니지만."

"그건 그래. 나도 그렇게 생각해. 결혼은 나쁜 게 아니야. 분명 두 사람이 더 오랫동안 서로를 이끌고 작은 단체를 만들어서 영원히 살아가려고 하는 제도가 나쁠 리가 없어. 나쁘다면, 그사이에서도 더 착취하지 못해서 안달 내는 인간이 나쁜 거지."

"인간이 나쁜 거로군."

"글쎄, 인간은 이 세상을 벗어나지 못하고, 이 세상도 인간을 벗어나지 못해."

위그는 조곤조곤하게 말을 잇는 비비안을 빤히 응시했다. 그리고 저도 모르게 읊조렸다.

"만약 제이슨을 왕으로 추대하지 않았다면…… 그렇게 되면 결국 당신도 만나지 못하게 되겠지."

"그건 모르지. 아마 수도에 악명이 자자한 어떤 빌어먹을 계집애와 오만한 공작으로 만나 서로를 혐오하게 될지도. 당신의 옆에는 예쁘고 얌전하고, 당신이 좋아하는 훌륭한 귀부인이 서 있을 것이고, 당신은 내 옆에 있는 예쁘고 참하고 말 잘 듣는 남자를 보면서 경멸을 하게 될 거야."

"……우리 둘 사이에는 어떻게 만나든 그 혐오와 경멸이 존재하는가."

"그럼 또 무슨 관계가 있어?"

위그는 입을 다물었다. 그도 몰랐다. 그와 비비안 사이에 또 어떤 감정이 기반을 두고 있는가. 그리고 그는 어떤 감정을 기반으로 하기를 원하고 있는가. 그렇게 생각에 생각을 해 보았으나 결국 답이 나오지 않았다. 그래서 그는 꽤 솔직하게 자신의 인생에서 했던 가장 큰 착각을 입 밖에 내뱉었다.

"나는 한때 당신을 내가 구원할 수 있을 거라고 여겼어."

"구원?"

"우리 둘이 결혼을 하고 얼마 지나지 않았을 때. 사실 생각해 보면 그때가 가장 행복했던 순간이었어. 그때의 당신은 내 눈에 정말 완벽한 여자였거든. 이 빌어먹을 세상으로 인해 상처받은 평민 계집도 결국에는 내 품에서 우아한 공작 부인이 되면서 상처를 치유할 수 있겠지."

"상처는 무슨."

"그때는 당신이 겪은 모든 것이 상처라고 생각했어. 똑똑하고 아름다운데 현명하고 머리 좋고, 돈도 많고 적당하게 나긋나긋하고. 그때 당신의 모습은 여자로서 그야말로 완벽했거든."

"그럼 지금은?"

"지금은……."

"……."

"지금은, 그냥 그저 그래."

"흐음."

"지금은, 그냥 그저 사랑해."

"……."

"그뿐이다."

비비안은 입을 다물었다. 그리고 다시 고개를 창밖으로 돌리고 입을 열었다.

"일전에 나한테 그랬지. 로건을 사랑하느냐고. 왜 요즘은 그걸 물어보지 않아?"

"별로 의미 없으니까."

"왜?"

"나는 이미 답을 알고 있거든."

"……."

"그렇지만 별 상관이 없어."

"왜."

"내가 당신을 사랑하니까."

비비안은 묘한 얼굴을 했다. 그녀는 어느새 어둠이 내려앉은 창밖을 빤히 응시하다가 문득 창문에 비낀 그림자를 보고 고개를 돌렸다.

"으윽."

"깨어나셨네."

엘리미아는 이제 겨우겨우 제대로 잠에 깬 것 같았다. 비비안과 위그가 차례로 그녀의 침대가로 다가갔다. 엘리미아는 두 사람을 멍하니 보다가 물었다.

"제이슨은?"

"죽었다. 장례식은 나흘 뒤에 치러질 것이다."

엘리미아는 눈을 꾹 감았다. 그리고 길게 숨을 내쉬었다. 안도인지 아니면 그저 모든 일이 다 끝난 것에 대한 탄식인지 알 수 없었다. 제이슨이 죽었다. 엘리미아는 이제 자신이 무엇을 어떻게 해야 하는지 방향을 잃은 것 같다고 생각했다. 그러나 그녀가 왕궁에 있는 이상, 아직도 일이 완전히 끝이 난 것은 아니었다.

아니나 다를까 비비안이 뭔가를 건넸다.

"이건……."

"독약이에요. 정확하게 스포이드로 두 방울 정도 먹으면, 24시간 정도는 중독 증세를 보이고 죽은 것처럼 보이게 하죠."

"……."

"위그와 이미 상의를 끝냈어요. 제이슨의 장례식이 끝나면, 태자비 전하께서는 슬픔을 이기지 못해 자결한 것처럼 유서를 남기고 이것을 물에 섞어 드세요. 약속한 시간이 지나면 아마 태자비 전하를 발견한 시녀가 태자비 전하의 죽음을 알릴 것이고, 우리가 '시체'를 바꿔치기할 거예요."

"그러고는……."

"그러고는 궁에서 나가는 거죠."

"자유지."

위그가 한마디 덧붙였다.

"물론 네 금전적 지원은 이디에트에서 해 줄 것이다. 하지만 왕궁이나 이디에트 공작가에서처럼 그렇게 풍족하게 사는 건 어려울 거다. 아무래도 너무 얼굴을 드러내지 않는 게 좋아."

"……."

"여행을 가고 싶다면 가도 돼. 대신, 바첼론에는 평생 발을 붙이지 않는 게 좋을 거다. 특히 수도."

"나를 쫓아내는 것이니?"

"겸사겸사라고 해 두지. 네가 원했으니까."

엘리미아는 웃으면서 비비안이 건넨 약을 응시했다. 그러다가 작게 읊조렸다.

"그래."

곧 비비안과 위그가 방에서 나왔다. 비비안이 한숨을 쉬었다.

"연달아 초상을 치르겠네."

"……."

"왜 그렇게 봐?"

비비안은 자신의 말에 잠시 침묵하는 위그의 눈빛에 의아한 얼굴을 했다.

그러나 그녀를 빤히 보던 위그는, 결국 참고 또 참았던 말을 내뱉는 사람처럼, 잠시 주저하더니 천천히 입을 열었다.

"이제, 로건도 죽을 거다."

"……그래서?"

"오늘 크리스티나가 명령을 내렸어. 제이슨의 장례식이 열리는 그날 저녁 로건을 왕궁에서 내보내겠다고."

"아. 그래? 그래서?"

"솔직히 이런 말 하는 게 웃기긴 하지만. 그래도 당신 말마따나 죽음은 끝이다."

"……."

"기분이 더럽긴 하지만 그래도 당신이 원한다면 한 번쯤은 가 봐."

말을 마친 위그는 바로 걸음을 옮겼다. 비비안은 그의 뒷모습을 보며 미묘한 얼굴을 하다가 다시 피식 웃었다.

* * *

"태자 전하께서 진정 습격으로 눈을 감으신 게 맞을까요?"

어둠에 완전히 집어 삼켜진 밤은 그야말로 디텔 공작의 마음을 알기라도 하듯 우중충하기 그지없었다. 어두침침한 밤하늘과 혼탁하기 그지없는 공기 속에서 그저 창밖을 응시하던 디텔 공작은, 자신을 향해 묻는 바첸 후작의 목소리에 눈을 감았다.

"디텔 공작 각하."

"입 다무시오."

"……."

결국 그의 침묵에 조급해진 후작이 다시 그를 불렀다. 그러나 돌아온 것은 디텔 공작의 짜증 섞인 목소리뿐이었다. 결국 그와 함께 방에 있던 귀족들은 동시에 약속이라도 한 듯이 입을 다물었다.

그러나 이 방에 있는 모두가 굳이 디텔 공작이 아니더라도 그 답을 알고 있었다. 그들의 질문은 제이슨과 함께할 영광만 철석같이 믿어 온 그들 자신에 대한 일종의 체념이자, 그들을 그간 이끌어 온 디텔 공작에 대한 일종의 질의에 가까웠다.

"만약 진정 이대로 크리스티나 왕녀 전하께서 즉위를 하시게 된다면 기필코 저희들을 가만히 내버려 두지 않으실 겁니다."

"……."

"그럴 바에야 차라리."

"군사를 일으키자고? 이디에트를 상대로?"

"이디에트가 아무리 군사적으로 강대하다고 해도 결국에는 하나의 가문일 뿐입니다. 저희들이 손을 잡게 된다면."

"그래도 결과는 정해졌을 것이지."

디텔 공작의 대답에 결국 귀족들이 침묵했다. 위그 이디에트의 유일한 단점이라면 당연히 제이슨이었다. 그는 태자라는 직위를 이용해 이디에트 공작가의 재산을 야금야금 파먹고, 엘리미아라는 인질을 이용해 위그가 공개적으로 그와 대적하지 못하게 했다. 그러나 제이슨이 사라진 지금, 크리스티나가 진정으로 위그와 손을 잡은 상태라면 위그의 행적을 통제할 수 없을 뿐만 아니라 심지어 위그가 통제할 수 있는 군사력이 증가되었음을 의미한다.

그렇다고 이렇게 가만히 있는 것도 상책은 아니었다. 제이슨이 죽은 지금, 그들이 해야 할 것은 앞으로 위그가 어떻게 나올까 하는 것이었다. 그리고 그것을 이용해 위그와 비비안에게 함정을 파 놓아야 한다.

"하지만 이렇게 가만히 죽기를 기다리고 있을 수만은 없지."

"하면……."

"기다려도 죽고, 움직여도 죽는다면, 최소한 하나쯤은 물밑으로 끌고 들어가 함께 죽여야 하지 않겠나."

"각하의 말씀은……."

"로건 왕자가 곧 출궁을 한다지."

"그렇습니다."

"굳이 왕실에서 죽일 수 있는 사람을 왜 굳이 밖에서 죽인다고 생각을 하나?"

"……네?"

"왜, 왕녀가 설마하니 그럼 제 오라비를 진정으로 살리기라도 할까 봐?"
디텔 공작이 음산하게 웃었다.

"설마."

"그럼 어쩌시겠습니까. 설마 로건 왕자를."

"이미 죽을 왕자 따위 더 살리고 내가 굳이 죽여서 얻을 건 없지. 다만,
로건 왕자가 꽤 훌륭한 미끼인 것은 사실이지 않나."

"훌륭한 미끼라면."

"그 왕자의 죽음을 앞두고, 이디에트 공작 부인이 한 번도 보러 가지 않
았다지? 그 둘 사이의 이야기를 내가 예전에 협회장에게서 좀 들었는데, 나
름대로 눈물겹더군."

귀족들은 그제야 디텔 공작이 진정으로 노리고 있는 것이 누구인지 깨달
았다.

"이 모든 이야기의 중심은 얼핏 보기에는 위그 이디에트 같지만 결국에
는 비비안 로젤리스다."

"……!"

"그녀만 죽으면 위그 이디에트도, 그리고 왕녀도 중심을 잃고 다 무너질
수밖에 없어. 어차피 죽을 거, 이디에트 놈이 절망하는 꼬락서니는 꼭 보고
죽어야 하지 않겠나? 그러다가 운이 좋으면…… 죽는 게 상대가 될 수도
있고 말이야."

그의 말에 방 안에 있던 이들이 분분히 고개를 끄덕였다. 디텔 공작이 음산하게 웃었다. 그는 이제 권력이고 뭐고 굳이 승자의 위치에 서 있고 싶지 않았다.

그가 원하는 것은 단 하나. 그가 만약 이길 수 없다면, 애초에 이 게임에는 승자가 없어야 했다.

* * *

제이슨의 장례식 준비는 그야말로 일사천리로 해결이 되었다.

병상에 몇 년 동안 누워 있던 국왕은 제 아들이 이대로 죽었다는, 아니, 정확히 말하자면 자신의 아들과 딸들이 하나하나 죽어 나갔다는 사실조차도 모른 채 그저 그렇게 계속해서 병상에 누워 있었다. 그리고 이 근래 왕궁에 일어난 모든 일들에 사람들은 괜히 뒤로 쉬쉬하면서 크리스티나의 눈치를 보았다.

왕궁의 생리를 조금이라도 아는 자들은 크리스티나가 여왕이 될 것이라고 믿어 의심치 않았다. 지금까지 왕녀가 왕위를 이은 선례가 없긴 하지만, 로건이 얌전하게 크리스티나의 명령에 복종한 지금은 더욱더 명확해진 사실일 수밖에 없었다. 물론 로건은 크리스티나의 말을 듣는 것 외에 아무런 선택지도 없긴 했다.

"언니가 서신을 보내왔어요."

어쨌든 그런 의미에서 요즘 과하게 다망해진 크리스티나는 오늘 아침 자신의 손에 도착한 서신을 비비안 앞에 내밀었다. 그 위에는 오라버니와 동생이 죽은 것에 대한 슬픔과, 동시에 크리스티나의 미래를 걱정하는 말 또한 있었다.

"아, 그 왕비로 시집간?"

"네, 메리 언니요."

"오. 그렇군요. 그녀가 뭐라고 하던가요?"

"그저 평소와 다름이 없는 안부 서신이에요. 그녀도 알겠죠. 지금 바첼 론에서 어떤 피바람이 불고 있고, 그 피바람이 누구 때문에 만들어진 것 인지."

"알 수밖에 없겠죠. 하지만 안다고 한들 뭐가 또 달라지겠어요."

비비안이 생긋 웃으면서 말했다. 크리스티나는 그녀의 표정에 쓰게 웃었 다. 그리고 천천히 책상에 올려놓았던 서신을 거둬들였다.

"저와 꽤 친했던 언니였어요. 디아나 언니보다도 저와 더 친했죠."

"그랬군요."

"메리 언니가 나를 어떻게 보고 있는지 저는 잘 알 수 없어요. 하지만 한 가지 확실한 건, 내가 그녀에게 한 게 아무것도 없음에도 불구하고 그 녀와 나 사이는 다시 만난다고 해도 절대 과거처럼 돌아갈 수 없다는 것 이에요."

"당연한 것을. 전하께서 걸어오신 길이 있고, 설사 그게 아니더라도 몇 년은 꽤 긴 시간이에요. 사람이 변하기에는 충분한 그런 시간이죠."

"그래서 이제는 로건 오라버니를 사랑하지 않는 건가요?"

비비안이 눈썹을 까닥였다. 그녀는 조금 어이없다는 듯이 크리스티나를 보다가 결국 실소를 흘렸다. 크리스티나는 미묘한 얼굴을 하면서 비비안을 조용하게 응시했다. 비비안은 말을 고르고 또 고르다가 입을 뗐다.

"왜 사람들은 그렇게 내가 로건을 사랑하는지 사랑하지 않는지에 집착을 하는지 모르겠어요."

"저 말고 또 누가 집착을 하던가요?"

"누가 있겠어요?"

"이디에트 공 입장에서는 진짜로 집착을 할 만하지 않을까요. 그는 단주 를 사랑하니까요."

"그렇게 보이셨나요?"

"조금만 눈이 있어도 알 법해요. 물론 저는 별로 탐내고 싶지 않은 사랑의 방식이고, 그 사랑을 감당할 만한 사람은 단주밖에 없다고 생각하는 편이지만."

"그건 애초에 내가 감당하지 못할 게 없어서이기도 해요. 나는 살면서 그 누구의 사랑도 부담이라고 생각해 본 적이 없거든요."

"오라버니의 사랑도?"

"글쎄요. 그자의 사랑은 부담이라기에는……."

비비안은 눈을 깜박거렸다. 그리고 갑자기 피식 웃으면서 고개를 절레절레 저었다.

"뭐, 의미 없으니 이만하죠. 내가 로건 왕자를 사랑하고 말고 그게 지금 무슨 소용이 있겠어요. 어차피 죽을 사람인데."

"단주님의 이런 태도가 공작을 꽤 피 마르게 했겠군요."

"그렇다고 보아야죠. 그리고 나는 내 남편이 이 말을 할 때마다 짓던 그 표정이 너무 재밌어서, 그가 하는 모든 억측을 굳이 부정하지 않았어요."

"새삼 생각해 보아도 공작의 업보는 단주예요."

"저도 그렇게 생각해요. 하지만……."

비비안은 자리에서 일어나더니 자신의 외투를 집어 들었다. 그녀는 크리스티나를 응시했다. 그녀는 자신의 말을 잇는 대신, 그저 생긋 웃었다.

"그럼 대관식에서 뵙죠. 우리 둘 사이의 약속이 무사하게 완성이 되리라고 생각을 하면서."

"공작이 알면 많이 슬퍼하겠어요."

"슬퍼할 이유가 없어요."

"하지만."

"어차피 나는 내 일을 완벽하게 하는 것뿐이에요. 그럼 이만."

크리스티나는 말을 마치고 방을 나가는 비비안의 뒷모습을 응시했다. 그녀는 이제 자신이 어떻게 비비안을 생각하고 있는지 깊게 짚지 않았다.

하지만 한 가지 확실한 것이 있다면, 비비안 로젤리스는 절대 그녀가 함부로 흉내 내서도, 흉내 낼 수도 없는 그런 인간이었다.

'굳이 흉내 내고 싶지도 않고.'

한때는 그녀를 동경했으나 환상이 깨진 지금도 그걸로 끝이다.

그런 의미에서 위그 이디에트는 정말 그녀도 이해할 수 없는 남자였다. 비비안 로젤리스를 그렇게까지 사랑할 수 있다니. 자신의 인생을 걸면서.

크리스티나는 다시 의자에 앉았다.

펜이 종이와 마찰하는 소리가 다시 방을 울렸다.

* * *

"신의 이름으로 안식을."

비비안은 이제 더 이상 제이슨의 장례식 따위에, 아니, 정확히 말하자면 장례식이라는 것 자체에 관심이 없는 것처럼 보였다. 그저 앞에 목각 인형처럼 앉아 있는 엘리미아를 한 번, 의례적으로 훌쩍거리는 사람들을 쭉 훑어보며 검은 베일 속에서 눈을 깜박이며 앉아 있었다.

그리고 그녀의 옆에 앉아 있는 위그 또한 지금 장례식 자체에 그리 관심이 있지는 않았다. 가장 중요한 것은 오늘 저녁 엘리미아가 그들이 준 약을 먹고, 출궁을 한 로건이 그들의 예정에 따라 계획된 곳에서 암살을 당하는 것이었다.

"지루하군."

위그의 목소리에 비비안이 고개를 들었다. 검은 베일 너머로 보이는 그녀의 얼굴에 시선을 준 그가 다시 앞에 놓은 관짝을 향해 고개를 돌렸다.

"사람이 다 죽은 뒤 추모하는 게 무슨 의미가 있는지 모르겠어."

"글쎄, 죽은 자와 미처 나누지 못한 작별 인사를 나누라는 신의 기회 아닐까."

"죽은 자와의 작별 인사라……."

"그래 봤자 과연 이곳에 있는 사람 중에서 제이슨과 작별 인사를 나누고 싶은 사람이 있겠느냐마는."

위그는 그 말에 옅게 웃었다. 실제로 그가 보기에도 이 장례식에서 제이슨의 죽음을 진정으로 슬퍼하는 이는 하나도 없었다. 사람이 이렇게 살다가 가는데 울어 줄 사람이 하나 없다는 것은 꽤 비참한 일이다. 무심코 그렇게 생각하다가 위그는 자신이 이런 생각을 했다는 것에 놀라 말을 돌렸다.

"내가 죽으면 당신은 울어 줄 텐가?"

"그거 빼고 다 해 줄게."

"좀 가식적으로나마 울어 볼 생각은 없어?"

"그러면 내가 죽으면 당신은 울 거야?"

"그런 끔찍한 소리는 하지 말고."

"자기가 먼저 물어본 주제에."

"내가 죽어도 당신에게는 수많은 남자가 있지만, 나한테는 오직 당신밖에 없어."

비비안은 고개를 돌렸다. 그는 요즘따라 담담하게 이런 말을 잘 꺼냈다. 아마도 그녀가 그의 말에 아무런 동요를 보여 주지 않는다는 것을 깨달아서일까, 아니면, 그저 이런 말을 조금씩 꺼내서라도 자신의 마음을 달래기 위한 것일까. 비비안은 위그의 얼굴을 잘 살피려고 했으나 베일의 레이스 문양이 과해 결국 그의 눈빛까지 파악하지는 못했다. 그저 그가 생각보다 담담하다는 사실은 안 것 같았다.

"날 그렇게 사랑해?"

"안 그래 보이나?"

"응."

"그렇군."

"하지만 내가 죽는다면, 당신이 우는 모습이 상상이 가지 않아. 더 상상이 가지 않는 것이라면……."

비비안은 잠시 멈칫하다가 다시 웃으며 말했다.

"당신이 내 죽음에 과연 반응을 할까 하는 것이지."

"그럼 당신은 내가 죽으면 어떻게 되지?"

"글쎄."

비비안은 속눈썹을 팔랑거렸다. 그리고 곧 웃음을 흘리며 대답했다.

"아마, 나는 완전해질 거야."

예상 밖의 대답에 위그가 미간을 좁혔다. 완전해진다는 것이 대체 무슨 말인 걸까. 그럼 그녀는 지금 자신이 완전하지 않다는 것일까. 여기까지 생각하다가 그는 문득 자기 죽음이 그녀를 완전하게 한다는 사실을 깨닫고 어이없는 얼굴을 했다. 비비안은 어느새 웃음을 참는 얼굴로 그를 응시했다.

"내가 죽어야 당신이 완전해지나?"

"글쎄. 그럴 수도 있지."

"당신은 정말……."

"내 인생에서 내 시간의 방향을 바꾸어 놓은 모든 순간은 결국 보면 내 인생에 있는 수많은 남자들의 죽음이었어."

비비안의 말에 어이없던 얼굴을 하던 위그가 예상하지 못했다는 듯이 멈칫했다. 비비안은 계속해서 말을 이었다.

"시작은 하젤이었어."

"하젤?"

"내 첼로 선생님."

"아."

"하젤이 나를 밀어서 자기가 죽고, 나는 살아남았어."

"……."

"그다음은 첫째 오빠였지. 그가 죽고 나는 단주가 되었거든."

"그리고 리암이고?"

"그래. 리암이 죽고……."

비비안은 느긋하게 읊조렸다.

"……모르겠어. 사실 리암이 죽고 나 자신은 변한 게 없다고 인지를 했는데. 생각해 보자면 사실 리암의 죽음은 내게 가장 큰 충격이 되었나 봐. 그 뒤로는 나 스스로 부정을 해도 뭔가 기분이나 생각이나 큰 변화가 일었다고 생각을 하긴 했어. 당신은 어떻게 생각해?"

"나는 모르겠다."

"그래. 어쨌든 그다음이 메이슨 오빠의 죽음이었어. 결과적으로 생각해 보자면 내 인생의 모든 궤적은 수많은 사람의 시체로 완성이 되었던 것 같아."

"거기에 나도 더하고 싶나?"

"그래 주겠어?"

"사양하지. 나는 오래오래 살 거다."

"욕심도 많아서. 날 사랑한다면서 나를 위해 죽겠다는 말 한마디 하지 않았어."

"별개의 문제다."

"로건이라면 죽어 줬을 텐데."

"그래서 당신의 사랑을 얻을 수 있겠지."

"당신은 내 사랑을 원하지 않아?"

"원하긴 하지만, 내 목숨과 내가 가진 부와 명예를 다 포기하면서 갈구할 만한 건 아니다. 당신도 당신이 가진 걸 포기하지 못하잖아."

"아, 맞아. 그래, 그러면 당신은 오래오래 살아. 오래오래 살아서, 나와 이혼하고 다른 여자와 결혼하고, 후계자를 보고, 가정을 꾸리고, 당신이 원래 살던 그 궤적 그대로 그렇게 살아야지. 그리고 나는 내가 원하는 대로 쭉 살 거야."

그렇게 말하는데 갑자기 앞쪽에서 신관이 제이슨의 관을 들었다.

"장례식이 드디어 끝이 났나 보군."

위그와 비비안이 자리에서 일어났다. 제이슨을 담은 관이 천천히 장례식장을 떠나고 있었다. 엘리미아는 자리에서 일어나다가 휘청거렸다. 귀부인들은 그녀를 부축하고 함께 그 뒤를 따라 나가고 있었다.

위그와 비비안은 굳이 그 행렬에 끼지 않았다. 그럴 마음도 이유도 없었다. 그저 클로에가 주는 외투를 어깨에 걸친 뒤 비비안은 위그와 함께 다른 문으로 장례식장에서 벗어났다. 그러나 그때, 갑자기 누군가가 비비안을 불렀다.

비비안은 고개를 돌렸다. 시종으로 보이는 이가 그녀를 향해 허리를 숙이고 있었다. 비비안은 가늘게 눈을 뜨고 그를 염탐하듯 응시했다. 시종은 천천히 허리를 들고 비비안을 향해 입을 뗐다.

"이디에트 공작 부인. 저희 주인님으로부터 전언이 있습니다."

"누굴 주인으로 모시고 있지?"

"……."

시종은 대답 대신 위그를 힐끔 보았다. 비비안은 뭔가 생각을 하다가 위그에게 잠시 자리를 비켜 달라는 듯이 눈짓을 했다. 위그는 다소 탐탁지 않은 얼굴을 했으나 어차피 비비안이 자신에게 알려 줄 것이라고 생각하는 듯이 마차가 있는 곳으로 걸음을 옮겼다. 위그가 떠나자 시종이 다시 입을 열었다.

"로건 왕자 전하께서 전하셨습니다."

"……흐음?"

"오늘 저녁 뵙고 싶다고 하셨습니다. 출궁하고 나서 왕궁으로부터 20분 정도 거리에 있는 뒷골목, 공작 부인과 처음 만난 그곳에서 만나고 싶다고 하셨습니다."

비비안은 길게 숨을 내쉬었다. 그리고 뭔가 생각하는 듯하다가 고개를 끄덕였다.

"알겠다고 전해."

"네."

말을 마친 시종이 걸음을 옮겼다. 비비안은 그의 뒷모습을 응시하다가 미묘한 표정을 짓고 말았다. 그러나 그녀는 결국 다시 걸음을 옮겼다.

* * *

로건은 자신을 떠나보내는 사람들을 향해 미소를 지어 주었다. 비록 왕자긴 하지만 워낙에 성정이 어질고 부드러운 데다가 서글서글하고 아랫사람들에게도 허물없이 대해 최소한 왕궁 전체는 아니더라도 그의 궁에 있는 이들은 대부분 그가 왕궁을 떠난다는 사실에 깊은 슬픔을 느끼고 있었다.

"꼭 무사하셔야 합니다."

"당연한 것을. 크리스티나가 나를 잘 보호해 줄 것이다."

로건의 답에 시종장이 안타까운 얼굴을 했다. 크리스티나가 과연 로건을 살려 둘까 하는 점에 대해서는 그 또한 확답을 내릴 수 없었다. 기실 지금 누구도 이 상황에 확답을 내릴 수 없었다. 그저 운에 맡기고, 크리스티나가 자비를 베풀어 자신과 그나마 사이가 좋았던 오빠의 목숨을 유지해 주기를 기다릴 뿐이었다.

차례로 궁의 사람들에게 작별 인사를 하고 마차에 타려던 로건은 곧 멀리서 오는 크리스티나를 보고 다시 웃었다. 크리스티나는 그의 웃음에 멈칫하는 듯하다가 다시 그를 향해 다가왔다.

"오라버니."

"잘 있어."

"……."

"몸조심하고."

크리스티나는 로건의 앞에서 마치 말하는 법을 잊어버린 아이처럼 멍하니 서 있었다. 그러나 로건은 그런 그녀를 품에 안아 준 뒤 마차에 올랐다. 그에 그녀가 입술을 꼭 깨물었다.

마치 이별의 연습을 수십 번이라도 하듯 로건은 다정한 미소로 크리스티나를 향해 웃어 주었다. 크리스티나는 그런 오빠의 모습을 보다가 쓰게 웃었다.

마차가 왕궁을 벗어났다.

"전하."

크리스티나는 입을 꼭 다물었다. 로건의 마차와 그 뒤를 따르는 수많은 기사의 모습이 사라질 즈음에야 그녀는 자신을 부르는 목소리에 화답했다. 캄캄한 저녁 하늘에는 별 한 점 없었다. 그대로 먹물을 뿌려 놓은 저녁. 이 밤하늘을 누군가가 다시 밝히는 순간, 모든 것들은 끝을 맞이하고 그녀는 원하는 것을 얻을 것이었다.

"단주에게 전해라. 로건 오라버니가 궁을 떠났다고."

"알겠습니다."

그녀의 말에 기사는 예를 취했다. 크리스티나는 차가운 얼굴로 로건이 사라진 방향을 응시했다.

그리고 천천히 걸음을 옮겼다.

* * *

저녁이 왕림하고 하루가 지나간다. 그러나 하루의 마무리 대신 다른 것을 준비하고 있는 이디에트 부부의 방은 무거운 침묵으로 가득 차 있었다. 위그는 오늘 장례식에서 나온 뒤부터 이상한 분위기의 비비안을 응시하며 그저 묵묵히 앉아 있었다. 이디에트 저택으로 돌아온 뒤, 비비안은 마치 아무 일도 없었다는 듯이 시종의 말과 관련된 어떤 것도 입 밖에 내지 않았다. 그리고 위그 또한 굳이 묻지는 않았다.

그러나 어둠이 완전히 바첼론을 집어삼킨 순간, 시간을 확인한 그는 결국 입을 떼야 했다.

"이제는 그만 말하지."

"뭘?"

"아까 그 시종이 뭐라고 했나."

비비안은 몇 시간째 보고 있던 페이지에서 시선을 뗐다. 그녀의 파란 눈동자에 비낀 짙은 그늘은 위그를 잠식해 그를 질식하게 했다. 방금부터 묻고 또 묻고 싶었으나 결국 묻지 못한 그의 단호한 한마디에 비비안은 뭔가 생각난 듯이 우아하게 웃었다. 그녀가 대수롭지 않게 대답했다.

"별거 아니야. 로건이 날 보고 싶어 한대."

"뭐?"

"뭘 그렇게 놀라고 그래? 나더러 로건을 보러 가고 싶으면 가라고 한 주제에."

"이미 왕궁을 떠난 사람을 만나러 가는 건 다른 의미지."

"그렇긴 하지. 그 자신도 그 길의 끝에 죽음이 기다리고 있다는 사실을 누구보다도 잘 알고 있으니."

"그래서 결국 죽음의 문턱 앞에서 당신을 만나자고 하는 것인가? 그자는 대체 왜 죽기 직전까지 이렇게……."

"이기적이냐고?"

"……!"

위그는 입을 다물었다. 살짝 든 비비안의 시선에는 그가 읽어 내기 힘든 감정이 섞여 있었다. 그는 얼굴을 일그러뜨렸다.

"가지 마라."

"왜?"

"죽기 일보 직전인 남자다."

"그래서?"

"어차피 봐도 바꿀 수 없는 건 없어."

"혹시 내가 그자의 죽음을 목도할까 봐 두려운 건 아니고?"

"……."

"왜 그런 얼굴을 하고 있어. 내가 당신 생각을 읽을 수 있는 게 하루 이틀 일도 아니고."

"그럼 기왕 알게 된 김에 그냥 가지 말지 그래."

"억지네."

"내가 억지를 부린 게 처음인가?"

비비안은 결국 손에 들린 책을 덮었다. 그리고 고개를 완전히 들었다.

"요즘따라 책이 읽히질 않아."

"그래서 저번부터 읽던 그 책을 아직도 들여다보고 있는 건가."

"그래서 좀, 조용하게 혼자 책을 읽을 시간이 필요해."

위그는 탐색하는 얼굴로 미간을 좁혔다. 비비안은 찻잔을 입에 대고 빙그레 웃었다.

"임무를 주지. 로건을 만나러 당신이 직접 다녀와."

"뭐?"

경악이 그의 얼굴에 퍼졌다. 죽어도 그는 비비안이 그더러 다녀오라는 말을 남길 줄 몰랐다. 그도 그럴 것이 굳이 그가 갈 필요가 없는 장소였다. 로건을 암살할 곳에는 이미 사람이 배치되었고, 그가 할 것은 그저 로건의 시체를 확인한 뒤 왕궁으로 돌려보내는 것뿐이었다.

그러나 비비안의 안색을 살핀 그가 문득 뭔가 이상함을 느꼈다. 비비안이 너무 확실하게 얘기해서 잠시 의문을 갖지 못했지만. 오늘 저녁 로건을 호송하는 이들은 대부분 왕실 기사였다.

"그자가 어디로 나오라고 하던가."

"나와 그가 처음으로 만난 뒷골목의 화랑."

"……뭐?"

"그야말로 에단이 아니면 모를 만한 곳이지. 최소한 겉보기에는……."

"아니. 그런 공개된 장소에서 만났다면 충분히 조사를 통해서……."

"그래, 그리고 이런 걸 조사할 만한 사람이 누가 있겠어?"

위그가 비릿하게 웃었다.

"디텔 공이 아무래도 마지막 발악을 하는가 보군."

"머리는 썼는데 그 지력의 기초가 개판이어서 우리를 뛰어넘지는 못하는 모양이야. 게다가 우리는 둘인데 디텔 공작은 한 사람이잖아. 혼자서 상대하지 못할 만해."

"차라리 잘됐다."

"뭐가?"

"군이 암살자를 보냈네 뭐네 하면서 시끄럽게 굴 필요 없어. 차라리 오늘 그 자리에서 디텔 공작과 그 일당을 싹쓸이해 버리는 것이 가장 훌륭한 선택일 것 같군."

비비안은 기특하다는 얼굴을 했다.

"맞아. 그러니까 가라고 할 때 빨리 갈 것이지."

"내가 로건을 만나러 군이 가야 하나?"

"그 골목은 로건이 별장으로 가는 길에 있어. 디텔 공작은 내가 나오지 않은 걸 알면 로건을 잡아서 어떻게 해 보려는 심산을 가졌을 수도 있어."

"그 새끼는 끝까지 저질스럽게 노는군."

"안타깝게도 저질이 직업인 우리한테는 상대가 안 되지만."

위그는 자리에서 일어났다. 기실 디텔 공작이 로건을 잡아서 어떻게 하든 간에 그는 해결할 자신이 있다. 그러나 일은 깔끔하게 처리할 필요가 있었다. 로건의 의지와 무관하게 그가 살아 있다면 크리스티나와 왕위에는 여전히 방해물이 존재하는 것이나 마찬가지였다.

"나가 봐야겠군. 당신은 집에 있어. 이제 엘리미아의 소식이 들려오면 왕궁으로 들어가서 뒤처리를 하는 걸 잊지 마."

"그러지."

비비안은 느긋하게 고개를 끄덕였다. 위그는 아예 디텔 공작을 죽여 버리겠다는 심산으로 코트를 입고 싸늘한 얼굴로 방을 나갔다. 비비안은 이제 찻잔 속에 있는 차를 완전히 다 마셔 버렸다. 그리고 쿠키를 들어 입 안에 넣었다.

그렇게 위그가 나가고 얼마나 지났을까, 클로에 특유의 공손한 노크 소리가 들려왔다.

"왕실에서 전갈이 왔습니다."

"떠났어?"

"네."

비비안은 고개를 끄덕였다. 그녀의 시선이 발코니로 향했다. 샹들리에의 빛에 반사되어 그녀의 모습이 오롯이 비꼈다. 그녀는 의미심장한 얼굴로 그것을 보다가 읊조렸다.

"좋아."

* * *

왕궁을 떠난 뒤 마차가 로건에게 허락한 유일한 일은 그저 책을 보는 것뿐이었다. 덜컹거리는 마차는 왕자를 호송하기에는 지나칠 정도로 초라했다. 누가 보면 마치 유배라도 가는 듯한 그런 상황이었다.

그러나 로건은 알고 있었다. 지금 그의 상황에서 유배는 그가 맞이할 수 있는 가장 훌륭한 대우였다. 그가 살아 있는 것을 원하지 않는 이들이 왕궁에는 수두룩했다. 그리고 그 수두룩한 인물들은 대부분 왕궁의 명운을 장악하고 그의 목숨을 좌우지할 수 있는 그런 인물들이었다.

그는 기실 크리스티나가 이렇게 갑자기 왕위를 노리며 잔인하게 구는 이유를 알 수 없었다. 아무리 그가 다정하다고 해도 설마하니 아무런 연고도 없이 그저 동생을 위해 죽겠다는 결심을 내렸을 리가 없었다. 물론 그가 결심을 내리지 않는다 해도 달리 할 수 있는 게 있을 리가 없지만, 그래도 마지막 순간까지 발악을 해 볼 만한 여지가 있음에도 그러지는 않았다.

그 이유를 굳이 대자면 그가 이 세상에 미련이 없다는 것이 가장 컸다. 다른 한편으로는 그의 죽음이 결국에는 누군가의 소원을 이루어 준다는 것이었다.

그래, 그의 죽음을 누군가가 원한다.

그가 사랑했고 사랑하는 여자가.

그라고 한 번쯤은 비비안을 소유해 보려고 하지 않았을 리가 없었다. 그러나 그는 한평생 권력 싸움에서 멀리 떨어져 음모와 암투에는 무감하게 반응했다. 비비안이 내린 결정에 무조건 고개를 끄덕여 줄 수는 있고 어쩌면 그녀가 원하는 것을 왕자의 이름으로 줄 수는 있었지만, 결정적으로 그녀와 손을 잡고 함께 싸울 수는 없었다.

그리고 동시에 비비안은 누군가가 자신과 함께 싸우는 것을 그다지 즐기지는 않았다. 한평생 누군가의 손에 힘을 빼앗길까 봐 전전긍긍하는 그녀가 자신의 파트너에게서 경계를 완전히 풀 리가 없었다.

그러므로 기실 비비안의 옆에 있다는 것은 거짓 명제에 가까운 불가능한 일이었다.

그래서 로건은 결국 이 마음을 그저 자신이 할 수 있는 가장 온 힘을 다해 완성하리라고 마음먹었다.

그는 비비안 로젤리스를 사랑한다. 아무리 위그의 앞에서 지지 않으려 그의 말 하나하나에 대꾸하긴 했지만, 그렇다고 굳이 비비안 앞에서 죽어

가면서 그녀의 손에 피 한 방울 더 묻히는 선택을 할 정도로 그는 생각이 없지는 않았다.

그래서 그냥 이 길을 선택했다.

어찌 보면 위그 이디에트 좋은 일만 해 준 것 같았다. 그는 아마 자신이 이렇게 죽을 것을 누구보다도 바랐을 인간이었다.

'하지만 비비. 나는 이게 최선이었어.'

그는 그렇게 생각하며 눈을 감았다. 그리고 약간의 침묵과 함께 생각을 마친 뒤 다시 눈을 떴다. 옆에 놓인 책을 집어 든 그가 조심스럽게 책을 펼쳤다. 안에는 두꺼운 종이가 끼워져 있었다. 마치 보물이라도 되듯 로건은 그것을 천천히 꺼내서 펼쳤다.

연회색 머리에 옅은 파란색 눈을 가진 소녀가 있었다.

비비안은 모를 것이지만 그의 손에는 수많은 그녀의 초상화가 있었다. 아무렴 뮤즈고 뭐고를 떠나서 자신이 가장 사랑하는 것을 화폭에 담는 것은 모든 예술가들의 꿈이 아니겠는가. 그것을 제외하고도 사랑은 언제나 가장 훌륭한 염료였고, 가장 훌륭한 붓이었으며 가장 훌륭한 캔버스였다.

그는 초상화 속의 비비안을 응시하며 웃었다. 그는 그녀에 대한 어떤 것도 갖지 못한다. 그러니까 이것만으로 그저 만족을…….

그렇게 생각할 때였다.

덜컹.

갑자기 마차가 심하게 흔들리더니 멈추었다. 무슨 일인지 몰라 그가 주변을 두리번거리는 데 갑자기 문이 열렸다.

"왕자 전하. 잠시 들르실 데가 있습니다."

로건은 기사의 정중한 목소리에 의심 섞인 얼굴을 하다가 뭔가 깨달았다는 듯이 한숨을 쉬었다.

"왕녀 전하의 명인가?"

"내리십시오."

그는 생각보다 빨리 찾아온 순간에 그저 가볍게 한숨을 쉬고 마차에서 내렸다. 아직 수도를 벗어난 것 같지 않은데 벌써 이렇게 되었나. 그러나 그는 깜깜한 주변에 조금 멈칫했다. 처형의 장소로는 별로 어울리지 않는다. 그때 기사가 다시 입을 열었다.

"뒷문으로 드셔야 하기에 조용히 하시는 편이 좋을 겁니다."

"어딜 가려……."

"쉿."

그는 천천히 기사를 따랐다. 기사는 천천히 작은 문을 짚더니 손잡이를 돌리고 안으로 들어갔다. 그것을 덩달아 따라간 로건은 더 어리둥절해졌다. 아무래도 그가 들어온 곳은 폐기된 극장의 무대 뒤쪽 같았다. 오랫동안 인간의 출입이 없어 싸늘해진 곳을 둘러보다가 그는 기사의 눈짓에 얼굴을 굳히고 계단을 밟았다.

그리고 얼마나 더 복잡한 복도와 계단을 지나쳤을까. 갑자기 목제 문 앞에 선 기사가 허리를 굽히고 입을 뗐다.

"안으로 드십시오."

로건은 문을 열고 걸음을 옮겼다. 사람 냄새 하나 없던 싸늘한 밖과 달리 방 안은 그럭저럭 볼 만했다. 소파가 있고 난로가 있다. 샹들리에도 있고 테이블도 있고, 커튼……. 이래저래 다 갖추어진 방이었다. 그가 의문을 표하려고 고개를 돌리는데, 기사가 문을 닫았다.

로건은 천천히 소파로 다가갔다. 무슨 상황인지 알 수가 없었다. 그러나 한 가지 확실한 것은 누군가가 이곳으로 올 것 같다는…….

달칵.

그가 그렇게 생각하는 순간 문이 열렸다. 로건은 경계심 가득한 얼굴로 자리에서 일어났다. 그러나 문이 완전히 열리고 인영이 정체를 드러내는 순간, 그는 멍한 얼굴을 할 수밖에 없었다.

"안녕? 에단."

문을 열고 들어온 자는 다름 아닌 비비안이었다. 그녀는 화사한 미소를 얼굴에 달고 방으로 들어오고 있었다. 그리고 그녀의 손에 들린 것은, 다름 아닌 수렵 총이었다. 사냥 따위 즐기지 않는 그녀가 장식용으로 집무실에 걸어 놓은 그 총.

곧 완전히 방에 들어온 그녀는 더더욱 미간에 웃음을 띠었다.

달깍.

문이 닫혔다.

* * *

이디에트와 디텔의 악연을 파헤치자면 몇백 년 전으로 거슬러 올라갈 필요가 있었다. 아무렴 왕권 아래서 권력을 빼앗는 것이 귀족 가문의 습성이라지만, 이디에트와 디텔 사이의 겨룸은 그 도를 지나쳐 바첼론의 흥망성쇠와 함께했다.

그 길고 영원할 것 같은 대치에서 승자는 항상 이디에트였다. 대체 그것이 어떻게 가능한지는 차치하고서라도, 어쨌든 결과적으로 귀족원의 원장은 언제나 이디에트 공작의 것이었다. 그리고 그것은 디텔이 이디에트를 상대하기 위해 어떻게든 자신만의 왕을 만들려 버둥거리게 만들었다.

그야말로 역사와 뼈에 아로새겨진 그런 원한이었다.

이것이 꽤 흥미진진한 영웅담이라면 결과적으로는 디텔이 승리해야 맞았다. 평생토록 대치해 온 숙적을 무너뜨리고 결국에는 자기가 귀족의 우두머리가 되는 그런 시나리오. 그러나 아쉽게도 주인공이 되기에 디텔과 이디에트는 원래 역량 차이가 났고, 심지어 이번 대 가주에 와서는 그 역량 차이가 더더욱 벌어지게 되었다.

"왜 디텔 공께서 이디에트에 영원히 허리를 굽혀야 하는지 아나?"

바닥은 새빨간 선혈로 질퍽하게 적셔졌다. 그야말로 피비린내 나는 전장을 방불게 하는 뒷골목은 바로 5분 전까지만 해도 그저 버려진 화랑에 불과했다. 위그는 천천히 손에 들린 검을 검집에 넣으려다가 얼룩진 흔적에 다시 그것을 크게 휘둘렀다. 후두둑 맺힌 핏방울이 바닥에 흩뿌려졌다.

"그건, 공이 하도 머리를 못 써서이다."

그의 차가운 목소리에는 경멸이 가득 담겨 있었다. 일말의 고민도 없이 홀로 수십의 기사의 목을 베어 낸 주제에 그는 현재 자신을 피로 얼룩지게 한 상대를 경멸하고 있었다. 바닥에 질펀하게 흐르고 있는 핏물과 시체. 그것을 차례로 따르던 그의 시선은 마지막으로 바닥에 누워 꿈틀거리고 있는 디텔 공작에게 닿았다.

"사실 죽이고 싶은 마음은 없었는데, 어쩌다 보니 손수 공의 목을 치게 되었군."

"빌……어먹을."

"그리 품위를 중히 여기시는 디텔 공께서 이런 말을 하다니, 그야말로 우습기 그지없다."

디텔 공작은 눈을 까뒤집었다. 그의 가슴팍에서 줄줄이 흘러나오는 핏물은 멈출 수도, 설사 멈춘다고 해도 그의 생명이 거두어지는 것을 결코 막을 수 없었다. 그러나 그의 얼굴에 맺힌 짙은 억울함과 분노만큼은 공기 속에 퍼졌다. 그는 진심으로 마지막 순간까지 이디에트 공작을 죽이지 못하는 것에 짙은 아쉬움을 담고 있었다.

"비비안을 죽이려고 한 시도는 무척 총명했다. 그녀는 확실히 내 약점이거든."

"……겨우, 겨우 계집 따위를 약점이라고."

"내 약점이 되려면 그 정도는 해야 하지. 안 그래?"

"쿨럭."

"나는 귀한 몸이거든. 그러니 내 목을 치려면, 반드시 나보다 더한 존재를 내 약점을 삼아야 하지. 그래서 비비안이 내 약점이 된 거다. 디텔 공.

뭐, 딱히 네가 이해를 할 것 같지는 않지만."

놀랍게도 디텔 공작은 마지막까지 꿈틀거리며 반항을 시도했다. 로건의 시종으로 분장해 비비안을 꾀어내려고 일부러 그녀와 로건의 정보까지 하나하나 다 캤건만 무쓸모하게 되었다. 이 골목길에서 비비안을 죽여 이디에트와 왕실을 무너뜨리려고 했지만 그 또한 무쓸모하게 되었다.

결국 비비안은 끝까지 나타나지 않았다. 대신 그를 기다리고 있는 것은 위그와 이디에트의 기사들일 뿐이었다.

"이제 로건이 오게 되면, 결국 너와 죽음을 맞이하게 되겠지."

"큭."

"너는 로건을 죽이고 내 손에 죽은 것이다. 이렇게 친절하게 시나리오를 알려 주어야 네가 얼마나 멍청하고 쓸모없는 짓을 했는지 알게 되겠지. 머리가 안 돌아가서야. 어쩔 수 없어."

디텔 공작은 이를 악물었다. 그때였다. 제 말을 하나하나 내뱉은 위그가 다시 손에 들린 검을 쳐들었다. 그의 구두가 그대로 디텔 공작의 배를 밟았다. 눈 깜짝할 사이에 검이 섬광을 그리며 그의 목을 쳐 냈다.

펄떡이는 동맥이 잘리자 피가 분수처럼 솟아 나왔다. 그러나 위그는 그저 피에 물든 제 구두가 더러워진 것만이 기분이 더러운 듯 탐탁잖은 얼굴을 했다. 디텔은 이렇게 영원히 바첼론의 반역자가 되어 더러워진 이름과 함께 역사에 실릴 것이었다. 문득 그런 말이 떠올랐다. 역사는 승자의 것이라는.

그렇게 생각하며 그가 검을 검집에 완전히 밀어 넣었다. 얼굴을 잔뜩 찡그린 요한이 그에게 깨끗한 장갑과 새 코트를 내밀었다. 구두에 묻은 피는 마차에서 닦아 내면 그만이었다. 이제 로건이 오면 그를 죽이고 제가 왕궁에 들어가 모든 '진실'을 고하면 된다.

하나 장갑을 바꿔 끼고 코트까지 갈아입은 그는 로건이 생각보다 늦는다는 걸 깨달았다. 그와 크리스티나의 계획대로라면 로건은 이미 이 골목을 지나가고도 한참이 지나야 했다. 중간에 무슨 일이 생겼나. 그가 고민하는데, 갑자기 한 기사가 골목길로 들어오더니 그에게 예를 취했다.

"각하. 혹시나 해서 보고드립니다."

"무슨 일이지?"

"로건 왕자 전하를 실은 마차를 보았습니다."

위그는 다시 검집에 손을 댔다. 드디어 오는 것인가. 그러나 기사가 말을 덧붙였다.

"한데, 그 마차의 방향이 이상했습니다."

"뭐?"

"각하의 명대로 주변의 동태를 살피다가 우연히 발견한 사실인데. 이 골목길을 벗어나 두 번째 갈림길에서 폐쇄된 극장가로 빠지는 것 같았습니다. 제가 잘못 보았을 수도 있어 보고를 드려야 하나 고민해 보았지만 역시……."

"그게 어디지?"

"정확한 위치는 찾기가 어렵습니다. 다만 그쪽 극장가로 빠져들면 교외로 나가는 길이 없어 원래 예상했던 목적지에 도착하기 어렵습니다."

위그의 미간이 꿈틀거렸다. 침착하기 그지없던 얼굴이 서서히 일그러졌다. 겨우겨우 진정시켰던 마음이 다시 불안해졌다. 갑자기 이상한 직감이 그를 혼란스럽게 했다.

로건이 왜 갑자기 다른 곳으로 빠졌나. 그것을 가능하게 할 사람은 크리스티나밖에 없었다. 그렇다면 크리스티나가 일부러 원래 노선을 바꾸어 로건을 따로 빼돌렸다는 것이 된다. 하면 크리스티나가 갑자기 그들을 배신할 생각을 했나? 그러나 그녀는 여왕이 되고 싶은 사람이었다. 생각이 있다면 로건의 존재가 절대 그녀에게 실이 되었으면 되었지 득이 되지는 않음을 알 것이었다.

그리고 굳이 크리스티나가 로건을 빼내려고 할 이유도 없었다. 그가 좋은 오라비인 것 맞지만, 어쨌든 그녀와 가장 친한 형제는 알렉산드르였다. 그렇다면 이것은 크리스티나의 뜻이 아닌 다른 이가 크리스티나에게 이리 하라고 일렀을 가능성이 컸다.

그리고 분명 자신의 뜻을 거스르면서, 크리스티나가 계획을 바꾸게 이를 사람은 한 사람밖에 없었다.

비비안.

"비비는 지금 어디 있지?"

갑작스러운 물음에 요한이 어리둥절한 얼굴을 했다. 그러나 그는 부관으로서 주인이 이성을 찾게끔 보조할 의무가 있어 침착하게 말을 내뱉었다.

"설마 공작 부인께서 왕자 전하를 살리시려고 그랬……."

"아니."

그러나 요한의 추측은 사정없이 위그에 의해 부정되었다.

"비비는 그럴 사람이 아니야. 로건을 살릴 사람이 아니다."

그의 눈가가 꿈틀거렸다. 그래, 그가 아는 비비안은 절대 사랑하는 남자를 빼돌려서 살릴 사람이 아니었다. 만약 1년 전이었다면 그럴 수 있으나, 그랬다간 지금 그녀의 모든 행위는 의미를 잃는다.

그녀는 크리스티나를 여왕으로 만들 수 있기를 누구보다도 고대했다. 그것이 비비안에게 어떤 의미를 가졌는지는 알 수가 없으나 그래도 한 가지 확실한 것은 비비안은 사랑하는 남자를 살리려고 자신의 목적까지 잃을 사람은 아니라는 것이었다.

그러면 답은 하나뿐이었다.

비비안은 로건을 죽이려고 한다. 직접.

"지금 당장 비비의 행적을 쫓아. 당장 그녀가 탄 마차를 추적해. 그리고 크리스티나 왕녀에게 물어서 당장 행방을 알아내라."

"각하."

"나는 극장가로 가지."

말을 마친 그는 거침없이 시체를 밟았다. 철퍽거리는 핏물 위를 걸어간 그가 빠르게 화랑을 빠져나갔다.

곧 한쪽에 매어진 말을 푼 그가 바로 말 위에 올라탔다. 고삐를 잡은 손의 힘줄이 터지듯 불거졌다. 그는 이를 악물고 채찍을 크게 내리쳤다.

곧, 눈 깜짝할 사이에 그가 골목을 벗어났다.

*　*　*

로건은 상상치도 못한 인영의 정체에 그만 놀란 듯싶었다. 은연히 누군가가 자신을 만나기 위해 이런 짓을 벌였다고 생각은 했지만, 그중에 비비안은 없었다. 그녀가 자신을 만나고 싶었다면 굳이 이런 일을 벌이지 않아도 크리스티나가 왕궁에서 만날 기회 하나도 주지 않았을 리 없었다. 심지어 이 일은 크리스티나의 협조가 없이는 애초에 행하는 것이 불가능한 일이었다.

그러나 시선을 비비안의 손으로 옮긴 그는 문득 깨달은 얼굴을 하고 말았다.

그는 저 수렵 총을 알고 있었다. 비비안이 단주가 되고 얼마 되지 않아 그녀가 직접 주문해서 만든 것이었다. 금방 단주가 된 그녀는 사업 때문에 남자들과 취미를 공유해야 했다. 사냥복도 맞추고 말도 샀고, 이래저래 승마와 사격 모두 선생님을 불러 연습을 하고 배우며 나름대로 준비를 했다.

저 수렵 총도 그때 만든 것이었다.

몇 번의 사냥 끝에 다시는 사냥에 흥미를 붙이는 일 따위 없을 것이라고 그녀가 말했었다. 그래도 기왕 비싼 가격을 지불하고 주문한 총을 그저 창고에 처박아 두기에는 좀 아쉬워서 그녀는 그것을 집무실에 걸어 놓았었다.

한평생 쓸 일이 없을 것이라고 말했는데. 결국 그녀는 그것을 들고 다시 그의 앞에 나타났다. 조금 전까지만 해도 단단하게 굳어 있던 그의 얼굴이 서서히 풀렸다. 그리고 결국에는 미소를 담았다.

"왔어?"

그의 목소리는 마치 물 흐르듯이 다정하고 부드러웠다. 자신의 죽음을 예상하지 못하고서야 이런 얼굴을 할 수 있을 리가 없었다. 수렵 총을 들고 온 자신의 옛 연인에게 영문 하나 묻지 않았다. 그는 이미 비비안의 손에 죽을 것을 상상한 사람처럼 굴었다.

비비안은 로건의 목소리에 천천히 숨을 들이쉬었다가 다시 숨을 내쉬었다. 금방이라도 수렵 총을 들고 로건을 향해 겨냥할 것 같던 그녀는 손에 들린 총을 소파에 내려놓기만 했다. 그리고 천천히 그가 있는 곳으로 다가왔다.

"딱히 놀라운 얼굴은 아니네."

"놀랐어."

"흐음."

"하지만 빠르게 이해했어."

로건의 대답에 비비안은 묘한 얼굴을 했다. 몸에 걸친 로브를 벗어 소파에 내려놓은 그녀는 로건의 앞에 섰다. 로건은 저도 모르게 그녀를 향해 손을 뻗었다. 그의 손이 그녀의 뺨에 닿았다. 비비안은 굳이 그것을 쳐 내지 않았다. 그저 의미심장한 얼굴로 그렇게 서 있을 뿐이었다.

그렇게 침묵이 흐르다가 비비안은 고개를 들었다. 파란 눈동자가 복잡한 감정을 안고 그를 응시했다. 로건은 저도 모르게 웃었다. 그의 얼굴 위에 비낀 그 미소가 서글프면서 아쉬웠다. 곧, 그가 입을 열었다.

"날 죽이러 온 거야?"

"살리러 온 건 아니니까."

"그래."

"반항하지 않아?"

"아니."

"……."

"너라면, 반항하지 않을 거야."

순간 침착함을 유지하던 비비안의 눈빛이 그대로 무너졌다. 방금까지 담담하게 그의 앞에 서서 미소만을 담던 얼굴 위로 동요가 스쳐 지나갔다. 그러나 그녀는 그저 미소로 그 동요를 덮어 버렸다. 그리고 자신의 뺨에 놓인 그의 손길에서 벗어나 걸음을 돌렸다. 로건은 더는 그녀를 따르지 않았다. 비비안은 수렵 총을 놓은 소파에 앉았다. 그리고 입을 뗐다.

"그래, 그렇지. 너는 언제나 내 말이라면 무조건 들어줬으니까."

"몰랐던 게 아니잖아."

"맞아. 몰랐던 게 아니었어. 그리고 그게 꽤 좋기도 했어. 살면서 그렇게 내 뜻대로 모든 것을 할 수 있게 허용하는 남자는 네가 처음이었거든. 심지어 하젤도 그러지 않았어. 그자는 내 가정 교사였고, 그래서 종종 가르치듯 나한테 말을 하곤 했지."

"그렇지만 사랑했잖아."

"그래, 사랑했어. 그래서 결국 그 사람이 죽었을 때, 나는 슬펐어."

그렇게 말하는 비비안은 마치 아스라한 추억을 회상하는 것처럼 보였다. 그녀는 아직도 자신의 눈앞에 펼쳐진 광경을 잊지 못하는 것처럼 쓰게 웃었다. 아니, 실제로도 잊지 못했다.

"그걸 어떻게 잊을 수 있겠어. 나를 구하고 죽은 남자인데."

살면서 처음으로 누군가의 죽음을 목도했다. 그간 작은딸과 한낱 가진 것 없는 청년의 긴밀한 접촉을 불쾌하게 여겼던 그녀의 아버지는 그녀가 그의 장례식에도 가지 못하게 했다. 결국 보다 못한 그녀의 어머니가 몰래 집의 문을 열어 주어 그녀는 그의 마지막을 볼 수 있었다.

초라한 장례식이었다. 그저 재능이 있는 청년이 죽었다는 뻔한 레퍼토리에서 그녀의 자리는 그가 흠모했던 부잣집 막내딸이었다. 흔하디흔한 그런 전개였다면 아마 그녀는 그 일로 아버지와 대적해야 했고, 평생 그를 마음에 품은 채 죽을 때까지 잊지 못하고 살아가야 할 것이었다.

그러나 그 장례식이 치러지고 1년 정도의 시간이 지난 뒤 그녀는 또다시 꽤 괜찮은 남자와 애매한 관계가 되었다. 그리고 얼마 지나지 않아 로젤리스 부부의 비극이 일어나고, 그녀는 완전히 로튼의 주인이 되기 위한 길에 들어섰다.

"그래서 평생 그 남자를 닮은 남자를 찾아다닌 거야?"

그렇게 묻는 로건의 목소리에는 슬픔이 있었다. 그는 자신이 결국 누군가의 대체가 될 수밖에 없다는 사실에 깊은 절망을 느끼고 있는 듯했다. 그러나 정작 비비안의 대답은 달랐다.

"아니. 그냥…… 내가 그런 남자를 꽤 좋아했던 거야. 에단, 나는 말이지, 사실 하젤이 죽었을 때 너무 슬펐어. 그런데 슬픔은 슬픔이고, 사랑은 사랑이고, 결국 시간이 지나면 모든 것이 다 색이 바래진 채 내게 다가왔어."

"……"

"사실 나는, 내가 살아서 참 다행이라고 생각했어."

비비안은 눈을 감았다.

그래, 그녀는 하젤의 죽음 앞에서 그의 죽음을 슬퍼했으면서, 흔하게 연인을 위해 느끼는 감정 하나 제대로 느끼지 못했다. 그의 죽음은 그녀를 슬프게 하고, 울게 했으나 결국 그뿐이었다. 시간이 지나고 모든 추억이 빛이 바래지고, 로튼을 손에 넣은 뒤 그녀는 자신이 살아 있어서 너무 다행이라고 생각했다.

그녀는 그런 사람이었다. 결국 아무리 사랑을 말해도, 당신 대신 내가 죽지 않아서 참 다행이라고 생각하는. 그리고 내가 살아 있어서 참 다행이라고 생각하는 그런.

"살아 있어서 너무 다행이었어. 내가 살아 있으니까 내가 원하는 것을 이루고, 내가 갖고 싶은 것을 얻었어. 결국 내가 살아 있어서 모든 것들이 가능했고, 나는 이 자리까지 올 수 있었지."

로건은 답하지 않았다. 비비안은 천천히 고개를 들고 입을 뗐다.

"내게 삶은 그런 의미야."

"……."

"지독하게 원했고, 그래서 설사 타인의 죽음에도 순수하게 절망하고 울어 주지 못할 만큼 다행인, 그런 의미였어. 에단, 하젤은 나를 위해서 죽은 남자야. 내게 가장 값진 것을 안겨 주고 떠났어. 그래서 그를 평생 잊지 못해. 어떻게 나를 위해서 죽은 남자를 잊을 수 있어?"

"비비."

"에단, 생각해 보면, 내가 사랑했던 건 하젤도, 너도, 다니엘도, 잭슨도, 세드릭도, 리하르트도, 그 어떤 이도 아니었어. 이 길고 긴 세월 동안 내가 사랑했던 건."

비비안의 목소리가 떨리기 시작했다. 저도 모르게 물기 젖은 그녀의 목소리는 목구멍보다는 배에서, 심장에서, 몸속에서 그렇게 흘러나오는 것 같았다. 그녀는 말을 고르고 또 골랐다. 그리고 결국 긴 숨을 내쉬며, 그렇게 말했다.

"나였어."

"……."

"내가 사랑했던 건, 나였던 거야."

그래, 비비안 로젤리스가 평생토록 사랑했던 사람은, 결국 그녀 본인이었다.

"네가 주는 사랑이 좋았어. 네 눈에 비낀 내가 좋았지. 너는 언제나 나와 가장 아름답고 달콤한 기억만 누렸으니까, 네 눈 속의 나는 언제나 당당하고, 아름답고, 화려하고, 내가 너무 사랑하는 나 자신이었어."

"비비."

"그래서 네가 청혼할 때 흔들리기도 했어. 나를 평생토록 그런 눈으로 봐 주면 좋겠다고 생각했어. 그건 내가 너무 사랑했던 내 모습이니까. 모두의 존경과 복종 속에서, 바첼론에서 첫 번째로 상속권을 이어받은 계집이, 잘생기고 괜찮은 남자를 얻어서 죽을 때까지 로맨틱하고 달콤한 환상 속에서, 분노나 원한 따위 없이 승승장구하는 그 모습을 내가 너무 사랑했어."

"……."

"하지만 에단, 그건……."

"……."

"그건 내가 아니잖아."

"……."

"그건 내가 아니잖아."

아무리 달콤한 환상이라도 깨지는 날이 있고, 영원한 거짓도 종말을 맞이한다. 상대의 무조건적인 동경과 애정은 질리는 날이 있고, 그녀는 결국 진실한 자신을 맞이해야 했다.

그 어떤 달콤한 환상도, 추악한 진실을 이길 수가 없었다.

비비안은 웃고 말았다. 이렇게 긴 시간 동안 그녀는 어떻게든 자신의 목적을 위해 끊임없이 노력해 왔다. 노력도 아닌가, 전쟁인가. 어쨌든 타인을 무수하게 밟으면서 오는 그 과정에, 타인이 자신을 어떻게 생각하든 그것은 자신이 알 바 아니라고 생각했는데 결국 그녀의 모든 허영과 영광, 그리고 지독한 자기애는 그녀로 하여금 타인의 눈동자를 봄으로써 그렇게 그녀를 만족시켜 왔다.

"그래서 네 청혼을 거절했어. 네가 나를 사랑하지만, 나는 네가 아닌 네 눈 안에 있는 나를 사랑해서. 그리고 언젠가 그것이 사라진다고 생각해서."

"……나는, 너를 사랑해."

"하지만 인간은 사랑만으로 없는 걸 존재하게 만들지 못해. 너는 나를 위해 죽을 거고, 나로 인해 언젠가 실망할 수도 있어. 평생토록 나를 사랑하며 추앙하며 살 수도 있고, 평생 내 남자로 남을 수도 있지."

"……."

"하지만 언젠가 나는 네 시선 속에 있는 나 자신의 모습에 질려 버리고 말 거야. 이건 네가 나를 얼마나 사랑하고 말고와 무관해. 결국, 나 스스로가 질려 버리고, 나를 더 괜찮게 봐 주는 남자를 찾을 거고, 그자의 추앙과 숭배를 즐기면서 그렇게 살 거야."

"내가 너를 위해 변하겠다고 해도?"

"응."

비비안의 목소리는 단호하기 그지없었다. 단호하다 못해 냉혹하기까지 했다.

로건은 절망스러운 얼굴을 했다. 결국 그의 최선과 사랑이 문제였다. 그가 비비안에게 주는 절대적인 사랑은 비비안을 절대 행복하지 못하게 했다. 그가 주는 사랑의 궁극적인 목적은 행복이었고, 비비안이 갖고 싶어 하는 사랑의 종말은 결국 이해였다.

그러나 로건은 비비안을 사랑했지만 절대 이해하지 못했다. 각종 이성과 해석으로 그녀가 하는 모든 한 마디 한 마디를 논리적으로 짜 맞추고, 그녀의 행동 하나하나에 이유를 대면서 자신을 설득했으나 기실 가슴 한구석으로는 그녀가 원하는 것이 무엇인지 알지 못했다.

이해라는 것은 논리적으로 설명이 되지 않는 본능이었다. 자신의 경험과 본능으로 그럴 법 했다고 무의식적으로 납득하는 과정이었다. 상대에 대한 애정으로 자신을 칠하는 게 아니라.

그는, 그런 남자였다.

그는 저도 모르게 소파에 주저앉았다. 절망이 그대로 몰려왔다. 비비안은 실소를 흘렸다.

"내가 습격을 받았을 때, 너는 자신의 궁에 그대로 남아 있는 길을 선택했어."

"그건……."

"알아. 그대로 나를 위해 죽는 것이 네 사랑의 방식이겠지. 하지만 에단, 만약 나였다면, 나였다면 어떻게 해서든 그 궁을 나왔을 거야. 나라면 어떻게든 그 궁을 나와 감히 나를 모함하려는 치들과 싸웠을 거야. 디텔의 이름을 대든, 어떻든, 나라면 나왔을 거야."

순간 로건의 얼굴이 일그러졌다. 디텔의 이름을 대고 왕궁에서 나오라…… 위그가 했던 제안이었다. 그것을 생각하자마자 더없이 속이 울렁거렸다. 비비안은 얼굴을 일그러뜨렸다.

"그런데 사실 생각해 보니, 애초에 그럴 만한 사람이 없었어. 미치지 않고서야 그런 위험을 감수하면서 살아남으려고 하지 않지. 애초에 그쪽으로 생각조차 못 할 거야. 차라리 고결하게 죽는 편이 더 좋아. 하물며 사랑하는 여자를 위해 죽을 수 있다면야."

"……비비. 나는."

"너는 나를 몰라."

"……"

"하지만 사실 나를 아는 사람은 없어. 너뿐만 아니라, 대부분 나를 이해하지 못했어. 그래서 누군가는 나를 떠나고, 누군가는 나를 질책하고, 누군가는 나와 멀리하고, 누군가는 그저 나를 사랑하기만 했지. 그게 나쁜 건 아니야. 하지만 결국 그 사람은 내 인생에서 누군가로밖에 남지 못해."

"……그래서 나를 죽이러 온 거야?"

비비안은 환하게 웃었다. 방금까지 물기 젖은 목소리가 천천히 메말라 가기 시작했다. 그녀가 천천히 자리에서 일어났다.

덜컹.

손에 수렵 총을 들고 그녀가 웃었다.

"그래."

"……."

"여기서 끝을 맺어야 해."

"……."

"나는, 더는 누군가의 환상 속에서 살고 싶지 않거든. 그리고 그 환상에 취하고 싶지 않거든. 이제 내가 그런 달콤함에 파묻히는 일은 영원히 없을 거야."

긴 수렵 총의 총구가 천천히 들린다. 화려하게 장식된 총의 입구가 한때 제가 사랑했던 남자를 겨냥한다.

그녀가 겨냥하는 것은 과연 에단인가, 로건인가, 아니면 스무 살의 비비 안 로젤리스인가.

로건은 눈을 감았다. 그의 얼굴은 고통에 일그러졌다. 그리고 완전히 총 구가 그의 심장을 겨냥했을 때, 로건이 다시 눈을 떴다.

"하나만 물어볼게. 날 사랑했어?"

"……."

비비안은 침묵했다. 그리고 천천히 답했다.

"그래. 사랑했어."

이것은 진심이었다. 진짜로 사랑한 것이 그의 눈 속에 있는 그녀든 뭐였 든 '에단'과 있는 순간이 좋았던 사실은 부정할 수 없었다. 로건은 희미하게 웃었다. 그리고 뭔가 생각하는 듯하다가 다시 물었다.

"위그 이디에트를 사랑하나?"

이번에는 현재형이었다.

로건은 자신이 왜 비비안에게 이런 걸 묻는지 알 수 없었다. 사랑하면 어떻고 사랑하지 않으면 어떤가. 비비안 또한 로건이 왜 자신에게 이런 질 문을 하는지 이해할 수 없었다. 하지만 두 사람 너무 당연하게 그 질문의 답을 생각하고 있었다.

비비안이 웃었다. 곱게 휘어진 눈가에 진득한 미소가 담겼다.

"글쎄."

"그 남자는……."

"알아. 위그 이디에트는 나를 위해 아무것도 포기하지 않을 거야. 그 남자는 나를 사랑한다고 하면서 나한테 줄 수 있는 게 그저 사랑한다는 말뿐일 거야. 행동으로 증명하라고 하면 내가 왜 그런 걸 증명해야 하냐고 그럴 거야."

"……그런데 왜."

"……."

"비비, 나는, 나는, 너를 위해 나락 끝까지 함께 가 줄 수 있어. 그래도, 그래도…… 부족해?"

이제 로건은 마지막으로 제 사랑을 위해 비비안에게 구걸을 하고 있었다. 그는 비비안 로젤리스를 사랑한다. 그녀를 위해 목숨을 내어 줄 수 있을 만큼, 그녀를 사랑했다.

하지만…….

"알아, 너는 나를 위해 나와 지옥까지 함께 갈 거야. 하지만 에단. 위그 이디에트는……."

"……."

"내 지옥 그 자체야."

그녀가 갖고 싶은 모든 것들이 지옥에 있었다. 명예와 부, 그리고 그렇게 갈망했던 힘까지.

그리고 위그 이디에트는, 바로 그녀가 갖고 싶었던 것들 그 자체였다.

그녀는 살면서 단 한 번도 누군가가 그녀를 사랑하는지 궁금해하지 않았다. 그저 사랑한다니 사랑하는 줄 알았고, 마치 물에 비낀 제 모습을 감상하듯 애정 어린 눈길로 자신을 응시하는 모든 남자를 그렇게 사랑했다. 원하는 것을 주고, 듣고 싶은 말을 해 주고, 그녀를 사랑해 주는 그 모습을 즐겼다.

그래서 별로 상관이 없었다.

그런데 위그 이디에트는, 좀 궁금하더라.

과연 내 밑바닥까지 보고 나를 사랑해 줄지가 좀 궁금했다.

그 남자가 받아들일 수 있는 자신은 어디까지인지가 궁금했다. 그러면서도 그가 자신을 해칠까 봐 그게 두려웠다. 그래서 결국 그를 구석까지 몰아붙이고, 그를 윽박질러 자신이 원하는 답을 얻었다.

'나를 사랑해?'

그 물음을 물을 때 그 남자의 표정이 어쨌는지 기억은 잘 나지 않았다. 앞이 희미해졌다. 그런데 그게 좀 궁금하긴 했었다. 나를 사랑해?

무수한 시험이었고, 무수한 도전이었고, 무수한 추측이었다. 그 사랑의 의미가 궁금하고, 위그 이디에트가 과연 비비안 로젤리스의 어떤 구석을 사랑하는지 또한 궁금해졌다. 왜 그랬는지 그녀도 궁금했다. 그러나 결국 입으로 당신의 사랑 따위 궁금하지 않다고 하면서도 언제나 로건을 사랑하느냐고 묻던 그를 보면서 뭔가 깨달은 것이 있었던 것 같기도 하다.

비비안 로젤리스가 사랑하는 것은 누구인가.

아마도…….

"비비안!"

그때였다.

둔탁한 발걸음 소리와 함께 문이 벌컥 열렸다. 비비안은 천천히 고개를 돌렸다. 거친 숨을 내쉬며 위그가 서 있었다. 얼마나 급하게 달려왔는지 그녀는 그가 이렇게 다급해하는 것을 처음 보았다. 아, 그러고 보니 로건이 처음 이디에트 저택에 왔을 때도 이런 얼굴이었지.

그는 왜 왔을까.

그때는 불안감이었고, 지금은 무엇인가. 질투? 아니, 미치지 않고서야.

"비비. 진정해."

자신의 연적을 죽이는 연인을 말린다. 커다란 덩치에 어울리지 않게 안절부절못하는 꼬락서니가 너무 웃겨서 비비안은 그만 웃고 말았다. 이대로 그녀가 그를 죽이면, 어때서, 그게 뭐가 어떻다고 저렇게 긴장하고 있나. 그녀의 손에 들린 수렵 총을 본 위그가 얼굴을 일그러뜨렸다. 그녀가 왜 이러는지 그는 알 수 없었다. 어쩌면 일종의 의식일 수도 있었다. 결국 자신이 과거에 미치게 사랑했던 남자의 마지막을 보겠다는 그런…….

그 생각이 들자마자 그녀를 말려야겠다는 생각밖에 들지 않았다. 이대로 로건을 제 손으로 죽이면 비비안은 철저하게 망가진다. 그는 그 꼴을 볼 수가 없었다. 그녀가 완전히 망가지는 꼴은 죽어도 못 본다. 그녀를 망가뜨리는 건 그여야 했다. 그녀와 싸우다가 죽어야 했다. 그저 얌전하게 처형을 기다리는 남자를 죽이고 망가지는 것은 그가 용납하지 않았다.

그래서 위그는 천천히 비비안을 달래듯 그녀에게 다가갔다.

달깍, 문이 자동으로 닫혔다. 그가 입을 열었다.

"비비안, 진정해. 이건 아무런 의미가 없어."

"의미라……."

"그 남자를 죽여도, 아무런 의미가 없다. 그저 죽는 것뿐이야."

비비안은 위그가 왜 이렇게 긴장하는지 알고 있었다. 그는 그녀가 로건을 사랑해서 죽인다고 생각하고 있었다. 굳이 말하자면 그 또한 틀린 말은 아니었다. 그녀는 로건을 사랑했다. 근원이 무엇이든지 간에 그녀가 로건을 통해 즐거움을 얻은 건 거짓이 아니었다.

하지만…….

"위그 이디에트. 일전에 당신이 물었지. 로건을 사랑하느냐고."

순간 비비안을 말리려 그녀에게 다가가던 위그가 우뚝 멈추어 섰다. 그는 이미 절망 섞인 얼굴을 하는 로건을, 그리고 비비안을 한 번 보았다.

비비안은 살짝 내려 들었던 총을 다시 들었다. 그리고 다시 고개를 돌려 로건의 심장을 노렸다. 길고 가는 손가락이 방아쇠를 감싸 쥐고, 아주 살짝 힘을 주어.

탕······!

"비비!"

로건은 눈을 감았다. 그의 마지막은 그가 사랑했던 여자에 의해 장식되었다. 새빨간 선혈이 그녀의 몸에 튀었다. 깔끔한 한 번에 인간의 목숨이 바스러진다.

위그는 거친 숨을 내쉬었다. 눈 깜짝할 사이에 피를 흘리며 죽은 로건과 비비안을 보다가 그가 부들거리는 손을 내밀었다.

비비안은 천천히 총구를 내렸다. 그리고 서서히 웃으며 고개를 돌렸다. 진득한 눈물과 미소와 그리고 마지막 한 조각 인간성마저 총구 아래서 산산조각이 나서 흩어졌다.

그리고, 천천히 읊조렸다.

"사랑해."

비비안 로젤리스는 우는지 웃는지 모르는 얼굴로 읊조렸다.

"내가, 당신을 사랑해."

이것도 사랑이라면.

그렇게 말하는 비비안의 시선은 한 치의 흔들림도 없이 위그를 향해 있었다. 그는 저도 모르게 그녀의 손을 감싸 쥐었다. 살면서 들은 그 어떤 사랑도 이것보다는 지독하지 않다. 결국 그녀는 자신의 마지막 가장 아름답고 달콤한 환상을 손으로 부숴 버렸다.

위그 이디에트는 비비안 로젤리스를 사랑했다.

비비안 로젤리스는 위그 이디에트를 사랑했다.

이것은 두 사람의 인생을 진창으로 박는, 치명적 결함이었다.

두 사람은 새벽에 이디에트 저택으로 돌아왔다.

위그에 이어서 비비안까지 나간 뒤 각각 저마다의 이유로 두 사람을 기다리고 있던 이들은 비비안을 실은 마차가 대문을 통과했다는 말에 급히 저택의 현관에 모였다.

그들도 생각이 있는 것만큼 굳이 위그를 보내고 뒷문으로 나간 비비안이 단순히 왕궁으로 가는 것이 아니라고 생각은 했다. 그것은 증명하기라도 하듯 조금 전 이디에트 저택에는 엘리미아에게 급변이 생겼으니 어서 빨리 사람을 보내라는 왕실의 전언이 도착했다. 한마디로 위그와 비비안 그 누구도 왕궁으로 가지 않았다는 것이었다.

그래서 안절부절못하고 제 주인을 기다리던 이들은, 특히나 집사는 뒷문으로 나갔던 비비안의 마차가 정문을 통해 들어오자 빠르게 걸음을 했다.

이윽고 마차가 바로 저택 앞에서 멈추었다. 집사는 빠르게 비비안에게 왕궁의 전언을 전하려 했다. 그러나 정작 마부가 문을 열기도 전, 벌컥 열린 문으로 나오는 것은 비비안이나 클로에가 아니었다.

"각하?"

위그가 이 마차로 돌아올 줄은 그 또한 상상을 하지 못했기에 집사는 조금 멍한 얼굴을 할 수밖에 없었다. 그러나 그는 빠르게 허리를 굽혔다.

"돌아오셨습니까."

위그는 집사를 보고 차가운 얼굴로 마차에서 훌쩍 뛰어내렸다. 그러나 저택으로 곧장 들어가는 대신 그는 몸을 돌리고 팔을 뻗었다. 그러자 안에 있던 이가 팔을 뻗어 그의 손을 잡았다. 위그는 다른 한쪽 손으로 그의 몸을 받치고 천천히 뒤로 두 걸음 정도 물러나며 그가 나오는 것을 도왔다.

마차 안에서 나온 인물은 딱히 이상할 것 없이 비비안이었다. 그에 집사가 다시 입을 떼려고 하는 순간, 갑자기 고용인들 틈에서 미약한 비명이 흘러나왔다. 그제야 어둑어둑한 새벽의 어둠에 급한 마음까지 더해져 집사는 자신이 비비안의 모습을 제대로 보지 못했음을 깨달았다. 은은하게 저택 앞에서 빛나는 빛이 비비안에게 조금씩 쏟아질 무렵에야 모두가 비비안의 상태를 온전하게 볼 수 있었다.

그녀의 온몸에 피가 묻어 있었다. 점점이 떨어진 피는 분명 몸에서 바로 분사되어 그녀의 몸에 튄 것이 분명했다.

"각하, 이게 대체."

"헤더, 목욕물을 준비해."

"아, 알겠습니다."

기사를 데리고 나간 위그야 몸에 피가 있는 게 이상하지 않다고 해도 왜 클로에와 나간 비비안의 꼬락서니가 이 꼴인지 집사는 알 수 없었다. 그러나 위그의 얼굴은 과할 정도로 굳어 있었고, 그 옆에 있는 비비안의 얼굴은 과하게 여유작작했다. 위그의 명령에 급히 저택으로 들어간 헤더의 뒷모습에서 눈을 뗀 집사는 과연 입을 열어도 되나 안 되나 고민하다가 결국 위그를 다시 불렀다.

"각하."

마치 비비안 혼자서는 걷지도 못한다는 듯이 그녀의 어깨를 감싸 안고 걸음을 돕던 그가 미간을 미미하게 찌푸렸다. 집사는 고개를 숙였다.

"왕궁에서 전언이 왔습니다. 공녀님께서……."

"클로에가 뒤따라오고 있어. 보내서 처리하도록 해. 그리고 굳이 저택으로 데려올 필요 없다. 그대로 왕궁에서 나와서 준비한 것을 손에 쥐어 준 뒤, 바첼론을 내일 아침까지 떠나게 해라……고 전해."

"알겠습니다."

위그의 낮은 목소리에 집사는 고개를 끄덕였다.

곧 위그와 비비안은 저택으로 들어갔다. 길고 긴 복도와 몇 겹의 계단을 지나 드디어 자신들의 방에 도착한 뒤, 위그는 방금 전부터 그저 조용하게 서 있는 비비안을 품에서 놓아주었다. 헤더가 미리 밝혀 놨는지 방 안은 빛으로 가득 차 있었다. 화사한 샹들리에 아래 그녀의 모습이 더더욱 도드라졌다. 특히나 그녀의 몸을 완전히 장식하고 있는 핏물과 코끝을 맴도는 비린내.

위그는 비비안의 어깨에 걸쳐 준 자신의 코트를 벗겨 냈다. 비비안이 로건을 죽인 뒤, 저도 모르게 비비안의 손을 감싸 쥐고, 그녀의 지독한 고백 아래 그가 한 첫 번째 말은 우습게도 '집에 가지'였다.

그래, 집에 가자. 시체도 없고, 로건도 없고, 핏물도 없고, 비린내도 없고, 죽음의 향기 하나 남아 있지 않은 우리 방이 있는 곳으로 돌아가자.

비비안은 그의 말에 눈을 깜박거리다가 화사하게 웃으며 고개를 끄덕였다. 저도 모르게 손끝으로 그녀의 눈가를 닦아 준 그는 로건을 한 번 보았다. 처연한 얼굴로 소파에 누워 있는 그의 모습이 그의 시각을 자극해 왔다. 일단 현장을 처리하고, 디텔 공작의 시체와 함께 왕실로 보내라고 요한에게 명령한 뒤 그는 비비안의 손을 잡고 이디에트가로 돌아왔다.

비비안은 마치 자신의 짐을 덜어 버린 듯이 로건의 시체를 한 번도 보지 않았다. 그리고 마차 안에서 그녀는 오는 내내 말이 없었다.

"각하, 목욕물이 준비되었습니다. 단주님의 목욕을 도울까요?"

"아니. 나가. 나머지는 내가 하지."

헤더는 마치 인형처럼 우아하게 서 있는 비비안을 다소 안심되지 않는 얼굴로 보다가 결국 방을 나갔다. 위그는 서 있는 비비안의 앞에 다시 다가갔다. 그리고 입을 열었다.

"일단, 욕실로 들어가서……."

"왜 대답하지 않아?"

그러나 그때였다.

그의 말이 끝나기도 전 비비안이 먼저 입을 뗐다. 방금까지 살아 있는지 알 수 없을 정도로 침착하게 있던 그녀가 천천히 고개를 들었다. 정확히 무엇을 지칭하는지 말하지 않았지만, 어느새 죽어 있던 눈동자가 다시 그를 응시하며 천천히 웃음을 담뿍 먹었다. 위그는 너무 쉽게 그녀가 무엇을 말하고 있는지 깨달았다.

사랑한다고.

그래, 그런 말을 했었다.

"내가 사랑한다고 했는데. 왜 답이 없어?"

비비안은 마치 그가 알아듣지 못할까 봐 걱정하는 듯이 다시 말을 반복했다. 위그는 그런 그녀의 얼굴을 그저 복잡한 눈길로 보다가 고개를 돌렸다. 그리고 다시 그녀와 시선을 맞추며 말했다.

"일단 욕실로 들어가지. 그리고 얘기해."

비비안은 이번에는 다시 그에게 묻지 않았다. 굳이 답을 알고 싶은 얼굴은 아니었다. 그녀는 그가 자신의 드레스 리본을 풀어내고, 바깥 한 겹의 외출복까지 완전히 벗겨 내는 모습을 그저 묵묵하게 보기만 했다. 마지막으로 얇은 슈미즈와 보정 속옷 한 겹씩 남겨 두고 그는 그녀를 아예 안아 들었다.

뜨거운 욕실의 열기가 두 사람을 완전히 집어삼켰다. 위그는 수온을 확인한 뒤 비비안을 보며 입을 뗐다.

"옷 벗고, 들어가 있어. 조금 따뜻한 물에……."

첨벙.

그러나 그때였다. 가만히 서 있던 비비안은 옷도 벗지 않은 채 갑자기 욕조 안으로 발을 내디뎠다. 커다란 소리와 함께 비비안은 나머지 발도 욕조 안에 완전히 밀어 넣었다. 그녀의 행동에 위그가 급히 오는데, 비비안이 천천히 물 안으로 들어갔다.

"옷 벗어. 아무리 겉옷을 벗었다고 해도……."

"왜 아무 말도 안 해?"

"……."

"내가 에단을 죽이러 갔을 줄 몰랐을 거 아니야."

위그는 어느새 물에 완전히 잠긴 채 그를 보는 비비안의 말에 다시 입을 다물었다. 대체 무슨 대답을 원하는 것일까. 그녀가 사랑한다는 것에 대해 그가 어떤 대답을 해 주어야 할까. 고민하고 또 고민했지만 나오는 말이 없었다. 그러나 기실 그는 이미 대답을 준비해 두었는지도 몰랐다. 그저 이 갑작스럽게 닥쳐온 상황에 어떻게 해야 할지 몰랐을 뿐이었다.

그러나 그는 결국 욕조로 다가갔다. 그리고 한쪽 무릎을 꿇고 자세를 낮춘 뒤, 욕조 안에 앉아 있는 비비안과 시선을 맞추었다.

"내가, 어떤 말을 해야 할까."

"……."

"나한테 어떤 말을 기대하지?"

"화 안 내?"

"내가 왜?"

"……."

"내가 어떻게 당신에게 화를 내야 하는 거야. 아니, 내게 화를 낼 자격이 있긴 해?"

"지금 화내고 있네."

비비안이 실소를 흘렸다. 그러나 위그는 그저 비비안을 빤히 응시했다. 숨이 턱턱 막혀 온다. 이 시각 그녀가 어떤 마음으로 그를 응시하고 있을지 감도 잡히지 않는다. 그녀는 자신의 옛 연인을 총으로 쏴 죽이고 그에게 사랑한다고 했다. 비비안 로젤리스가 독해 빠진 성정인 건 알아서 그건 이제 놀랍지도 않다.

다만, 그는 진짜로 이 상황에서 어떤 반응을 보여야 할지 몰랐다.

"나는."

"……."

"당신이 나한테 사랑한다고 할 줄 상상도 못 했어."

"정정해. 당신에게 사랑한다고 말한 게 아니라, 당신을 사랑하는 거야."

"……."

"당신이 나를 사랑하는 방식 그대로."

사랑한다. 나를 당신에게 주지도 못하고 로튼도 주지 못하고 당신을 위해 죽을 수도 없고 기왕이면 내가 마지막까지 살았으면 좋겠지만 그래도 당신을 사랑한다.

위그는 길게 숨을 내쉬었다. 그는 그녀를 꽤 사랑하면서도 그녀가 자신에게 사랑한다고 말을 하는 날이 올 줄 몰랐다.

물론 무수한 고백이 있긴 했었다. 그러나 그것은 결국 그녀가 그를 속이기 위한 일종의 눈속임일 뿐이었다. 누가 감히 비비안 로젤리스에게서 사랑을 갈구하겠는가. 결국, 자신의 과거까지 완전히 깨부숴서, 남은 것은 그녀가 한평생 갈망했던 부와 명예, 그리고 권력과 힘뿐인 그런 여자였다.

"로건은……."

"나는 로건을 사랑하지 않아."

얼굴을 살짝 굳힌 채 침묵하던 위그가 천천히 입을 뗐다. 그러나 그의 묵직한 목소리는 비비안의 나른한 목소리에 단칼에 잘렸다. 위그는 살짝 미간을 찌푸렸다. 그리고 그 순간, 비비안의 시리도록 파란 눈동자가 그에게 닿았다. 웃음기를 머금고.

곧 그녀가 느긋하게 말을 이었다.

"그래, 뭐. 과거에는 사랑했지. 사랑한다고 생각했지. 하지만 그와의 추억을 하나하나 삼켜 보니 남은 건 그저 무미건조한 시간뿐이었어."

"……왜?"

"결국 로건에게서 보았던 것은 나 자신이었거든. 내가 사랑했던 건 그가 아니라 나였던 거야."

"사람은 원래 다 그렇게 자신을 사랑해."

"위그 이디에트, 설마 우리 둘의 오만에 가까운 자기애가 그저 다른 사람의 그럭저럭한 자기애의 범주에 있다고 생각하는 거야?"

비비안의 물음에 위그는 답하지 않았다. 그리고 그 침묵이 그의 대답을 보여 주고 있었다. 위그는 당연히 알고 있었다. 그와 비비안의 하늘을 찌를 듯한 그 자기애는, 결국 스스로를 짚은 나락에 처박을 지독한 자기만족이었다. 근본적으로 서로밖에 이해할 수 없는 그 지독한 오만함.

"그래서, 로건을 죽였나?"

"우리가 항상 그랬잖아. 인간은 인지의 한계 때문에 언제나 대가를 맞이할 것이라고."

"그래."

"로건 위에 투영한 나 자신의 행복과 이상적인 내 모습은, 결국 내 인지의 한계를 만들어서 시시각각 내 발목을 잡을 거야."

"비비."

"로건은 나를 사랑했어. 그래서 나를 위해 다 버렸어. 그런데 그게 무슨 의미가 있을 것이라고 생각해?"

"……."

"내가, 더는 그를 사랑하지 않는데?"

비비안은 나른하게 눈을 접었다. 그녀는 더 이상 그의 눈에 비치는 자신의 모습에 흥미를 가질 수 없었다. 그뿐이었다.

"생각해 보니 그때 그와 나누었던 그 모든 감정조차도. 그저 금방 상단을 이어받아 세상을 다 가진 것 같았던 어린 계집애의 치기와 오만이었어."

"그런데 지금은 다른가?"

"지금은, 내가 원하는 것이 무엇인지 정확히 알지."

"당신은 뭘 원하지?"

"무한해. 나는 평생 탐욕스럽게 더 갈취하고, 더 많은 것을 원할 거야.

위그 이디에트, 나는…… 행복해지고 싶지 않아. 갖고 싶은 게 많은 사람은 애초에 행복할 수 없어. 그래서 나는."

"……."

"나는, 행복해지고 싶지 않아."

"……."

"대신, 살아 있고 싶어. 살아서 내가 갖고 싶은 모든 것들을 빼앗고, 그것을 빼앗기 위해 싸우면서. 영원히 불안과 미래에 대한 기대와 곧 닥쳐올 위기에 대한 불안에 떨면서, 내가 얻고 싶은 것을 얻고 싶어."

위그는 대꾸하지 않았다. 그러나 긴 침묵이 흐르고 그는 그만 웃고 말았다. 그의 실소에 비비안은 멍하니 그를 보다가 덩달아 그만 웃었다. 위그는 한숨을 길게 내쉬었다. 그 한숨 속에는 온갖 복잡한 감정이 들어 있었으나, 비비안도 위그도 그것이 의미하는 바가 무엇인지 알고 있었다.

"우리는, 한평생 자신을 숭배하고 사랑하는 사람들을 찾다가, 결국 서로를 너무 잘 알아서 혐오하는 이의 옆에 남게 되는군."

"……당신은 내게 유일무이해."

"알아."

"당신이라면 나를 이해할 거야."

"이해해."

"내가 갖고 싶은 게 있다면, 그것을 왜 갖고 싶냐고 묻지 않을 거야."

"갖고 싶은 게 어떻게 이유가 있겠나."

"당신을 사랑해도, 당신을 위해 죽지는 못하겠어."

"나도 딱히 그러고 싶지는 않아. 사람은 살기 위해 태어났는데 왜 굳이 스스로 목숨을 끊어야 하지?"

"나는, 내가 가진 것들을 포기 못 해."

"나도 포기 못 한다."

인간은 결국 자기애로 시작하고, 자기혐오로 끝을 맺는다.

"사랑해."

"믿지 않아."

"믿지 마."

"그래."

"내게는, 이제 당신밖에 남지 않았어."

비비안은 손을 뻗어 욕조 끝을 잡아 쥔 위그의 손을 꽉 쥐었다. 굵고 커다란 손이다. 그것을 감싸는 길고 가는 손가락. 이 손가락으로 자신을 사랑하던 수많은 남자들을 죽였다. 그리고 결국 자신이 사랑하는 남자를 진창으로 이끈다.

첨벙.

비비안은 힘을 주어 그를 끌어당겼다. 위그는 굳이 그녀의 손길을 거부하지 않았다. 뜨거운 욕조의 물이 그의 셔츠를 적셨다. 완전히 물에 젖은 두 사람의 모습은 똑같았다. 우습게도 똑같았다. 그녀는 탐욕스럽게 그의 입에 키스했다. 마치 안겨 들 듯 욕조에 올라와 제 위에 올라탄 남자의 목을 감싸고, 급급하게 그의 입술 사이로 혀를 집어넣었다. 말캉하고 질척한 향기였다.

"하아……."

젖은 셔츠 깃을 잡은 손이 안을 파고 들어갔다. 투둑 흩어지는 셔츠 안쪽의 온기를 게걸스레 탐한다. 물에 흠뻑 젖어 천천히 안쪽으로 빠져들어 가는 몸이 무겁다. 위그는 제게 매달리는 그녀를 굳이 밀어 내지 않았다. 어차피 두 사람은 이제 갈 곳이 없었다.

단단하고 굳은 손가락이 그녀의 슈미즈를 벗겨 냈다. 그리고 물에 젖어 무거워진 천에 달린 끈을 한 겹 두 겹 풀었다.

툭.

물과 질펀하게 욕실의 바닥을 적셨다. 비비안은 눈을 감고 고개를 들었다.

온몸이 나른해졌다.

그녀는 그만 웃고 말았다.

* * *

저택으로 돌아온 클로에는 위그의 명령을 전해 듣고 다시 왕궁으로 떠났다. 비비안이 현재 무슨 상황인지 알고 있는 그녀는 어차피 비비안이 직접 왕궁으로 갈 생각이 없음을 알았다. 그리고 실제로 비비안 또한 만약 오늘 저녁 자신이 저택으로 돌아온다면 엘리미아의 일은 네가 알아서 처리하라고 이른 상황이었다.

"단주님의 전언입니다. 지금부터 엘리미아 이디에트는 남편의 죽음에 자결을 한 과거의 태자비이니, 이제 바첼론에서 보이지 않는 게 좋을 것이라고."

"그렇게 말하지 않아도 올 생각 없었어."

슬슬 동이 트는 하늘을 응시하던 엘리미아가 그만 웃었다. 지금쯤 왕실은 이미 뒤집어진 지 오래일 것이다. 아니, 그걸 뒤집어졌다고 해야 하나. 예상했던 사람이 예상했던 존재에게 죽었다. 그 틈을 노려 독을 마신 뒤 그녀는 왕궁에서 빠져나왔다. 크리스티나는 그래도 그간의 정이 있는지 그녀가 죽기 전에 찾아왔다.

"내 '시체'는……."

"이미 사람을 보내 관에 넣고 장례식장으로 옮겼어요. 어차피 디텔 공도 없겠다. 무엇보다도 로건 왕자 전하와 디텔 공작이 죽은 지금, 전하의 사체를 보겠다고 난리 치는 무지한 인간도 없을 겁니다."

"나를 따르던 귀부인들은 꽤 아쉬워하겠는데."

"이 일은 빠르면 빠를수록 더욱더 쉽습니다…… 라고 단주님이 전했어요. 누구 하나 제정신이 아닐 때, 제정신이 아닌 일을 처리하는 게 보통이니까요."

"그 단주는, 끝까지 나를 어리둥절하게 만들어."

클로에는 엘리미아의 말에 그만 실소를 흘렸다.

"저도 그래요."

그러나 클로에는 더 말을 붙이지는 않았다. 엘리미아는 손에 쥔 가짜 서류와 위그가 건네준 수표를 보면서 그만 웃었다.

"한평생 내 동생이라면 치를 떨었는데, 그래도 누나랍시고 손에 돈은 쥐여 주네."

"그런 분이니까요."

"내 동생을 잘 아…… 아, 그러고 보니."

엘리미아는 위그를 어떻게 잘 아냐고 물으려다가 둘 사이의 관계를 생각해 내고는 말을 줄였다. 그녀는 다시 하늘을 보았다. 밤하늘의 어둠이 완전히 사라지지 않은 상황이었다. 기억에 따르면 그녀의 결혼식 날에도 이런 하늘을 보면서 깼다. 그때는 완전한 두려움과 절망이었고, 영원토록 인생에 일말의 생기도 없을 거라는 일종의 체념이었다.

그녀는 다시 이 하늘 아래서 왕궁을 떠났다. 생각해 보니, 이 모든 것들이 마치 신의 배치 같았다.

"낮이 되면 접경 지역이 시끌시끌해지니, 이목이 적을 때 떠나는 것이 좋을 겁니다."

"그래."

"그럼 무사하시길 바랍니다."

엘리미아는 손에 쥔 서류를 꽉 쥐었다. 그녀는 이제 바첼론의 땅을 밟을 생각이 없었다. 그녀는 한평생 이디에트의 공녀로서 자신의 자리를 지켰고, 자신의 의무를 다했다. 자신의 자리에서 고고하게 서 있는 것이 그녀의 숙명이라면 숙명이었다. 그리고 그 숙명이 끝이 났으니 이제는 자리에서 물러나는 것이 인지상정인지라.

그녀는 문득 자신의 아버지가 생각이 났다. 그는 한평생 귀족의 의무를 입에 달고 살던 그런 사람이었다. 그가 보면 무슨 말을 어떻게 할까.

하지만 이제는 소용이 없다.

엘리미아를 태운 마차는 곧 수풀 사이로 사라졌다. 그녀는 이제 자유였다.

* * *

비비안은 익숙한 품에서 눈을 떴다. 두꺼운 커튼과 캐노피에 가려져 완전한 어둠이 내린 사이에서, 유일하게 낮이라는 사실을 알리는 것은 오로지 그 사이로 비스듬하게 내려앉는 햇빛뿐이었다.

그녀는 몸을 조금씩 움직이다가 곧 자신이 아무것도 입고 있지 않다는 사실을 발견하고 그냥 가만히 있었다. 어젯밤 욕조의 열기에 취해 그에게 완전히 몸을 맡기다가, 어느 순간 정신을 잃은 모양이었다.

눈을 뜨고 정신을 차리기 시작하자 서서히 감각이 돌아왔다. 그녀는 현재 그녀의 익숙한 침대에서, 익숙한 남자의 품에 실오라기 하나 걸치지 않은 채 누워 있었다. 뜨뜻한 남자의 체온과 단단한 살결에 그녀는 눈을 감다가 한숨을 쉬었다. 온몸이 찌뿌둥했다. 하긴 온 밤을 그 난리를 피웠는데 정신적으로 육체적으로 피곤하지 않을 리가 없었다.

그녀는 그렇게 몇 분간 가만히 있었다. 몸을 덮은 것이 남자인지 이불인지 분간이 갈 무렵 그녀를 품에 안은 남자가 움직였다. 그리고 얼마 지나지 않아 그가 입을 열었다.

"더 자지 그래."

"별로."

"안 피곤해?"

"그 난리를 피웠는데 안 피곤하겠어?"

"어디가 불편하진 않고?"

"온몸이 불편해."

그건 사실이었다.

"얼굴도 부은 것 같고, 눈도 아파. 입도 터진 거 같고 온몸이 뻐근해. 다리도 아프고, 허리도 아프고, 이래저래 다 아파."

그녀의 투정 섞인 목소리에 그가 웃었다.

"그럼 좀 쉬든가."

"지금쯤 왕궁이 어떻게 됐을지 상상을 못 하는 것도 아니잖아."

"크리스티나가 알아서 하겠지. 여왕이 됐으면 그 정도는 좀 혼자 알아서 하라고 해."

"그건 그렇지만. 그래도 이 역사에 한 번밖에 없는 구경거리를 놓칠 수는 없지. 안 그래?"

비비안의 뜻은 명확했다. 그것을 깨달은 듯 결국 위그는 그녀를 품에서 내려놓고 몸을 일으켰다.

휙 캐노피를 걷어 낸 뒤 침대에서 내려간 그의 뒷모습을 보던 비비안이 나른하게 웃었다. 이윽고 부스럭거리는 소리와 함께 커튼이 열리는 소리가 나고, 캐노피 사이로 더 많은 햇빛이 비스듬히 비쳐 들었다. 곧 위그가 거칠게 캐노피를 거두고 대충 매듭지어 한쪽으로 고정했다. 환하게 눈을 찌르는 햇빛에 비비안은 저도 모르게 손을 들어 얼굴을 가리려다가 팔이 아프다는 사실을 깨닫고 눈을 찡그렸다.

그녀의 상태에 위그는 캐노피의 위치를 조금 조절하고 그녀의 옆에 앉은 뒤 손을 뻗어 눈을 가려 주었다. 한쪽으로 가운을 대충 걸치던 그는 완전히 몸을 숙였다. 그리고 얼마나 지났을까, 비비안이 이제 됐다는 듯이 고개를 흔들자, 그가 손을 뗐다.

비비안은 그제야 방 안의 풍경을 완전히 볼 수 있었다. 과연 그녀의 예상대로 난리도 아니었다. 천천히 자리에서 일어난 그녀는 조심스럽게 팔을 들어 머리를 뒤로 넘기고 길게 한숨을 쉬었다.

"왕궁으로 가야지."

"왕궁에서 안 그래도 전언이 오긴 했어. 아침에."

"아침? 지금이……."

"오후다."

"아. 그래? 그런데 왕궁의 전언은 뭐였는데?"

"왕실에 급변이 생겼으니 어서 오라는 귀족원의 전언이었어."

"안 갔어?"

"갔으면 지금 여기 없겠지?"

"그래. 잘했어. 그래도 명색이 여왕인데 잘하겠지."

위그는 비비안의 늘어지는 목소리에 다시 웃었다. 그가 손을 뻗어 그녀의 뺨을 만지작거렸다.

"확실히 붓긴 했네."

"그래도 예쁘지?"

"……."

"왜 대답을 안 해? 내가 사랑한다는 말까지 해 줬는데 이렇게 나오는 거야?"

"당신은 사랑을 무슨 자선 사업 하듯이 하나? 당신 사랑을 받았으면 감읍해서 바닥에 꿇어 있어야 해?"

"다들 그러던데."

"정말 불행하게도 나는 그런 취미 없다."

비비안은 풋 웃었다.

"그래서 예뻐, 안 예뻐?"

"예뻐."

"그렇지? 다행이야. 그럼 오늘 나가도 되겠어."

"어딜 가려고?"

"왕궁."

"당신도 가려고?"

"말했잖아. 역사에 다시없을 재미있는 구경거리가 있는데 왜 안 가? 가서 준비하고 있어. 같이 가."

비비안이 새물새물 웃으면서 침대에서 내려왔다. 뭔가 몸에 걸칠 만한 것을 찾던 그녀는 어젯밤의 상황을 상기하고 그냥 침대에서 나온 그대로 머리를 위로 쓸어 올리며 욕실로 향했다. 그러나 얼마 지나지 않아 그녀가 다시 욕실에서 나왔다. 위그가 의아한 얼굴을 했다.

"왜 그러지?"

비비안은 눈썹을 까닥였다. 그녀는 욕실 안쪽에서 주운 것이 확실한 자신의 슈미즈를 테이블에 휙 던지며 한숨을 쉬며 말했다.

"그전에, 일단 욕실 청소부터 시키고."

이번에 웃은 것은 위그였다.

* * *

"전하. 이게 대체 무슨 일입니까."

"백번을 설명했다. 어젯밤 디텔 공작이 로건 오라버니가 있던 뒷골목에서 급습했다. 하나 결국 오라버니의 기사에 의해 전멸했고, 마지막을 노리던 디텔 공작이 총으로 오라버니를 죽였다."

크리스티나는 이제 짜증 섞인 말투로 귀족들을 향해 설명하고 있었다. 비록 비비안의 계획을 알고는 있었지만 그렇다고 설마하니 총으로 죽일 줄 몰랐던 그녀는 아침부터 창작의 고통의 몸부림치고 있어야 했다.

다행스럽게도 로건과 함께 따라간 기사들이 일찍이 말을 맞추어 놨기에 귀족들을 설득하는 것은 어렵지 않았다. 그리고 설사 귀족들이 설득되지 않는다고 해도 그들이 뭘 할 수 있을 리가 없었다.

실제로 왕족 중에서 남은 것은 오직 크리스티나뿐이었다. 디텔 공작이 원래 로건 왕자가 지나가는 골목길에서 수많은 이들과 함께 죽은 것도 사실이었다. 어쨌든 그가 군사를 움직였다는 사실은 변하지 않는다. 그 목적이 로건을 구하는 것이든, 아니면 죽이는 것이든.

그때였다. 어수선한 귀족원의 분위기를 깨고 위그가 들어왔다.

"왕녀 전하를 뵙습니다."

"공은 대체 어디를 간 것인가. 왜 아침부터 전언에 답도 하지 않고."

"제 아내가 크게 앓았습니다. 전하도 아시다시피 제 아내의 건강이 그다지 좋지는 않아서."

"아, 이런. 부인은 괜찮으신가?"

"지금은 괜찮습니다. 안 그래도 왕궁에 일어난 일로 깊이 슬퍼하며 함께 궁으로 오겠다고 해 현재 밖에 있습니다."

"그렇군. 공. 태자비의 일은……."

"알고 있습니다."

위그는 제 누이가 죽었다는 소식을 듣고도 하나도 놀란 얼굴을 하지 않았다. 굳이 그런 연기를 보여 줘야 할 의무가 없다고 생각했기 때문이었다. 그는 그저 담담하게 입을 열었다.

"남편을 잃은 아내가 자결하는 일이 적지는 않습니다. 그날 태자 전하의 장례식에서 상태가 좋지 않아 걱정되었는데 결국 이런 일이 벌어졌습니다."

"태자비가 이디에트의 공녀 출신이긴 하나 결국에는 왕실 가족. 다만 어제오늘 벌어진 참사가 커서, 장례식은 조촐하게 치르기로 했는데 괜찮나?"

"괜찮습니다. 한데…… 로건 왕자 전하는 어찌 된 겁니까?"

분명 알면서도 묻는 물음에 크리스티나는 입을 다물었다. 그녀의 안색을 살핀 엘버린 공작이 입을 뗐다.

"디텔 공께서 마지막 발악을 하신 모양입니다. 어제저녁 군사를 이끌고 로건 왕자 전하를……."

"이런. 그런데 마지막 발악이라니."

"그간 디텔 공작이 부하에게 명령을 내린 서신을 아침에 입수했다. 그간 어떻게 디아나 언니와, 오라버니와, 동생을 죽였는지 낱낱이 쓰여 있어."

그 서신들은 기실 디텔 공작의 필적을 모방해 훗날 그를 감옥에 넣을 때 쓰려고 했던 것들이었다. 그러나 디텔 공작이 죽으면서 그 서신들의 진실성을 따질 데가 없었기에 크리스티나는 그저 제 손에 있으니 입을 다물라는 듯이 말했다.

"설사 서신이 없어도 어제저녁 그 골목에서 발생한 일들은 참이다."

"디텔 공작가는……."

"감히 왕족을 시해한 죄다. 디텔 공작가는 반역으로 치부하고, 역사서에서 그 흔적을 지우며, 동시에 가문의 식솔들은 전부 처형한다."

크리스티나의 말에 위그는 싸늘한 얼굴을 했다. 만약 이 전쟁에서 졌다면 이디에트의 처지가 바로 이러할 것이었다. 그러나 이 전쟁과 싸움을 먼저 일으킨 것이 누구인지는 아무도 몰랐다. 그저 한 가지. 왕실 전쟁은 피비린내 난다는 것이었다.

"오라버니의 장례식은 역시 간소하게 하려고 하는데, 공의 생각은 어떤가."

"왕녀 전하의 뜻에 따르겠습니다."

크리스티나는 고개를 끄덕였다.

곧 회의는 자세한 장례식 절차와 각종 자질구레한 사항을 결정지으면서 막바지에 닿았다. 그리고 회의의 마지막. 위그가 입을 열었다.

"전하. 마지막으로 아뢰옵건대. 비록 이 근래에 왕실에서 종종 일들이 벌어졌다고는 하나 그래도 하루빨리 바첼론 왕가의 위신과 명예를 회복하기 위해서는 반드시 태자 위의 결정에 박차를 가해야 할 것입니다."

순간 위그의 말에 귀족들이 숨을 죽였다.

태자.

굳이 말할 것도 없었다. 지금 태자가 될 만한 이가 크리스티나를 제외하고 누가 있나. 그러나 위그의 말에 크리스티나는 그저 가볍게 웃었다.

"태자 위를 결정짓는 것은 아바마마다. 이제 아바마마께서 깨어나실 무렵, 다시 말씀을 드려 보지."

"그러십시오."

"하면 오늘 회의는 이만 마치겠다."

곧 귀족원 전체가 분분히 자리에서 일어났다. 크리스티나는 이제 무척 자연스럽게 가장 상석을 올라가고, 무척 자연스럽게 내려갔다. 비비안의 말이 맞았다. 결국, 이 자리에 앉게 된다면, 그것을 가지기까지의 과정이 얼마나 고통스럽고 그녀를 슬프게 했든, 결국 과거의 잔재가 되어 버린다.

이 모든 것을 보던 위그가 입매를 굳혔다. 곧 회의실을 나간 그는 조용하게 창밖을 응시하는 비비안에게 다가갔다.

"일은 다 잘 처리됐어? 태자 위는 어떻게 되었어?"

"폐하께서 깨어나실 때 다시 상의하기로 했다. 아무래도 태자는 국왕의 권한이니."

"그런 유명무실한 자리 그냥 안 가져도 그만이야."

"당신은 무슨 구경을 잘했나?"

"이래저래 바쁘게 뛰어다니는 사람들을 보면서 감탄했을 뿐이야. 이렇게 많은 사람이 죽었는데, 결국 왕실은 돌아가지. 그렇게 많은 사람들이 죽었음에도 내가 살아 있는 것처럼."

비비안은 그만 웃고 말았다. 곧 두 사람은 복도를 빠져나갔다.

로건이 죽고 석 달 뒤, 자신의 아내와 아들, 그리고 딸의 죽음을 전해 들은 왕은 이틀 동안 침상에서 괴로움과 슬픔에 젖어 눈물을 흘리다가 결국 폭우가 쏟아지는 밤에 눈을 감았다.

그리고 왕이 서거하고 두 달 뒤, 크리스티나의 대관식이 결정되었다.

시간은 눈 깜짝할 사이에 지나간다. 따뜻한 봄과 여름 사이에 죽었던 영혼들을 미처 달래기도 전, 바첼론은 한기와 함께 새로운 왕을 맞이하게 되었다.

그러나 그 어떤 대서사시의 시작도 결국에는 현실을 동반한다. 화려한 담비 털을 어깨에 얹고 카펫을 걸어 나가는 왕녀의 위용과 달리, 크리스티나를 골치 아프게 한 것은 우습게도 대관식 자체였다.

"저는 대관식이 이렇게 복잡한 줄 몰랐어요."

"귀족과 왕족은 허례허식을 즐기는 존재들이죠."

"예전이라면 발끈했을 텐데 지금은 저도 그 말에 동의를 할 수밖에 없군요."

대관식 전날.

마지막으로 대관식의 모든 절차와 세세한 세부 사항을 체크하고 있던 크리스티나는 한쪽에 느긋하게 앉아서 차를 마시고 있는 비비안에게 투덜거리듯 말했다. 그에 비비안이 웃었다. 왕이 서거한 뒤 우습게도 귀족원은 가능하면 빨리 크리스티나가 즉위할 것을 바라는 눈치였다. 그도 그럴 만한 게, 왕이 없는 왕실은 너무 쉽게 공격당한다. 1년 사이에 왕실의 모든 이들이 죽은 상황에서 크리스티나와 대적할 만한 미친 자는 없었다.

물론 간간히 크리스티나와 바첼론의 귀족을 결혼시킨 뒤 왕위를 공동으로 잇게 하는 게 어떻겠냐는 말이 나오지 않은 건 아니었다. 그러나 이 허무맹랑한 말은 바로 엘버린 공작과 위그에 의해 부정당했다. 그리고 대부분 귀족은 어느 한 개 가문이 그런 식으로 세를 얻는 것보다는, 차라리 순수한 왕족 혈통인 크리스티나가 여왕이 되는 것이 더 합리하다는 것에 표를 던지고 있었다. 물론 그녀가 여왕이 된 뒤 결혼 여부와 후사를 어떻게 정할지는 또 다른 문제지만.

"아, 불편해."

느긋하게 차를 마시던 비비안은 옷을 갈아입고 나온 크리스티나의 목소리에 고개를 들었다. 그녀는 대관식에 맞춤 제작된 드레스를 입고 있었다. 그러나 크리스티나의 표정은 그다지 좋지 못했다.

"허리가 너무 불편해."

그녀의 말에 비비안이 천천히 크리스티나에게 다가갔다. 드레스는 확실히 대관식에 어울리는 모습을 하고 있었다. 다만 크리스티나의 얼굴을 찌푸리게 하는 것은 다름 아닌 그녀의 허리를 졸라맨 코르셋 끈이었다.

"조금만 참으세요. 코르셋 끈까지 새로 맞추어 만들다 보니 조금 불편하실 수도 있어요."

"대관식이 얼마나 오래 걸리는데 이 상태로 서 있으라고? 왕녀 전하께서 토하시겠다."

비비안의 말에 시녀들이 난감한 얼굴을 했다. 크리스티나는 어쩔 수 없다는 듯이 거울 앞에 서서 가급적 허리를 움직여 보려고 몸을 바둥거리고 있었다. 그때였다. 그녀의 뒤에 선 비비안이 손을 뻗더니 그녀의 코르셋 끈을 잡아당겼다.

"공작 부인!"

"안 됩니다. 그럼 예에……."

"예는 무슨. 바첼론 역사상 드레스를 입고 대관식을 한 이가 없었다. 전례도 없는데 예는 무슨 예."

시녀들의 얼굴이 하얗게 질린 것도 완전히 무시한 채 비비안은 코르셋 끈을 끝까지 잡아당긴 뒤 바닥에 내팽개쳤다. 그에 시녀들이 만류하고 싶은 얼굴이었으나 비비안은 상당히 담담한 얼굴을 했다.

"왕이 불편하시다는데, 못 버릴 건 또 뭐가 있어?"

"아, 살 것 같네요."

크리스티나의 말에 비비안이 웃음을 흘렸다. 비비안은 웃으면서 다시 소파로 다가갔다. 크리스티나는 거울 너머로 비비안을 보며 눈을 깜박이다가 다시 입을 열었다.

"새삼 생각해 보니까 진짜로 드레스를 입고 대관식을 한 이가 없긴 하네요."

"그뿐일까요. 저 왕관은 여자의 머리 위에 올라가 본 적이 없어요."

"나는 앞으로 여왕으로 불리겠죠."

"그렇죠. 틀린 말은 아니니까. 왜, 호칭이 마음에 안 드나요? 뭐, 스스로 여제로 봉하는…… 이런 시나리오라면 못 할 것도 없어요. 더 많은 피를 불러오겠지만."

"그건 아니에요. 다만 나는 왕으로 왜 못 불릴까 그런 생각을 해 보았어요."

"어차피 사람들은 질릴 즈음이면 알아서 말을 고쳐요."

비비안은 찻잔을 들었다.

"여왕, 여왕, 여왕…… 질리게 불러 주어야 해요. 사람들이 너무 듣기 싫어서 이제는 좀 그만하자고 할 때까지, 그렇게 쉴 틈 없이 불러 주어야 해요. 그래야 잊지 않거든요. 폐하께서 여자라는 사실을."

"꼭 그 사실을 상기시켜야 할까요?"

"상기시키지 않아도 상관없어요. 다만 그렇게 된다면, 폐하께서는 그저 많은 여자들 사이에서 특별하게 총명하고 대단해서 왕이 된 자가 될 것이에요. 그게 뭐, 나쁘다는 건 아니지만, 앞으로 전하의 통치 길에 그리 득이 되어 주지는 않을 것이에요."

"그렇군요."

"여왕이든, 왕이든, 전하께서 이 바첼론의 가장 꼭대기에 있다는 사실을 잊지 마요. 만약 아직도 자신이 여자라는 이유로 형제들에게 핍박받던 가련한 왕녀라고 생각되거든, 정신머리를 고치는 게 좋을 거예요."

크리스티나는 그만 웃고 말았다. 크리스티나에게 그녀가 바첼론의 정점에

있음을 각인시키면서도 그녀에 대해 이렇게 신랄하고 거침없는 말을 내뱉을
수 있는 이는 아마 비비안 로젤리스가 유일무이할 것이었다.

비비안은 찻잔을 비웠다. 그때 갑자기 노크 소리가 들려왔다. 곧 승낙이
떨어지자 문이 열렸다.

"전하를 뵙습니다."

들어온 것은 다름 아닌 위그였다. 그는 별 감흥 없이 크리스티나를 향
해 고개를 숙이고는 비비안 쪽으로 손을 뻗었다. 비비안이 웃으면서 자리
에서 일어났다. 바첼론 귀족들의 수장 가문으로서 이 며칠간 그는 대관식
장의 세세한 배치를 감독했고, 비비안은 크리스티나의 옆에서 모든 것을
보좌했다. 그리고 저녁이면 두 사람은 나란히 마차를 타고 공작가로 돌아
갔다.

"그럼 이만. 내일 대관식에서 뵙죠."

비비안은 외투를 팔에 걸치고 위그와 나란히 섰다. 이윽고 두 사람이 방
에서 나가자 크리스티나는 다시 거울로 고개를 돌렸다.

그곳에는 바첼론의 군주가 서 있었다.

*   *   *

쌀쌀한 가을의 미풍을 맞으며 비비안과 위그는 크리스티나의 궁에서 나
왔다.

"대관식장 준비는 다 되었어?"

"그래. 보고 싶나?"

"당신은 역시 나를 너무 잘 알아."

비비안이 눈을 곱게 접으면서 대꾸하자 위그가 마부를 향해 눈짓했다.
바첼론 왕의 대관식은 왕궁에서 가장 크고 웅위한 홀에서 한다. 대관식이
끝난 뒤에는 수도를 한 바퀴 돌고, 마지막으로 오후에는 기사단과 함께

의식을 치른 뒤 비로소 모든 절차가 끝나는 것이었다.

"내일 크리스티나는 혼자 들어가는 거야?"

"다리가 상한 것도 아닌데 누가 부축해 줄 의무가 있나?"

"한때 귀족원에서 말이 나왔다며. 귀족원의 수장인 당신이 에스코트해 줘야 한다고."

"별 같잖은 소리를 의견이랍시고."

위그는 고개를 절레절레 저었다. 그의 표정에는 진심으로 질색하는 기색이 서려 있었다. 그러나 비비안은 그를 빤히 응시하다가 미묘한 얼굴을 했다. 그때 마차가 멈추어 섰다. 비비안은 얼굴에 비낀 기색을 거두었다. 위그가 먼저 마차에서 내린 뒤 그녀 또한 뒤따라 그의 손을 잡고 내렸다. 이윽고 커다란 대관식 홀······.

"아."

새카만 대관식 홀에는 사람 하나 없었다. 마지막으로 점검을 마치고 모두가 떠난 모양이었다. 양쪽에 있는 커다란 모자이크 유리 사이로 달빛이 환하게 비쳐 들어왔다. 비비안은 천천히 안쪽으로 걸음을 옮겼다. 휑한 대관식 홀은 내일이면 사람으로 가득 채워질 예정이었다.

중앙에는 왕좌가 있었다. 몇 개의 계단이 포진되고 그것을 올라가면 왕이 됨을 의미했다. 새카만 어둠과 달빛에 잠식되어 황홀하게 빛나는 왕좌를 보다가 비비안이 홀린 듯이 몇 걸음 옮겼다. 그때, 뒤따라오던 위그의 목소리가 홀을 울렸다.

"앉아 보려고?"

"반역죄로 죽으라고?"

"누가 감히 당신을 죽여?"

비비안은 옅게 웃음을 흘렸다. 그러나 그녀는 다시 고개를 저었다.

"아니, 싫어. 내가 앉고 싶은 자리는 저 자리가 아니었어. 왕실의 권력은 너무 한계가 많거든. 게다가 크리스티나가 어떻게 여왕이 되었는지 다 알고 있는데 내가 저 자리가 탐이 나겠어?"

"그건 그렇지."

"게다가 당신도 저 자리에는 관심이 없었잖아."

"우리 둘 다 서로가 원하는 것이 명확하니까."

비비안은 길게 숨을 들이쉬었다. 방금 그녀가 한 말은 전부 사실이었다. 실제로 그녀는 저 자리에 관심이 없었다. 다만 그녀가 이곳에 굳이 와 보려고 한 것은 그저 새삼스럽게 뭔가 떠올라서였다.

"예전에 그랬어. 오빠가. 왕녀는 왕자와 만나 행복하게 결혼을 할 것이라고."

"안타깝군. 그자들은 상상력이 부족했던 모양이었다."

"그래서 내가 말했지. 그래도, 왕녀 전하는 여왕이 되고 싶을 수 있지 않으냐고."

"……"

"예전에 내가 한 말 기억나?"

"무슨 말."

"내가 당신의 제안을 받아들인 이상, 이 계약에서 더 많이 갖는 이는 필연적으로 내가 될 수밖에 없다고."

비비안은 천천히 고개를 돌렸다. 그녀의 얼굴에는 다시 진득한 미소가 담겨 있었다. 그래, 이 결혼으로 인해 더 많은 것을 얻은 사람은 틀림없이 그녀이리라. 동시에 잃은 것 또한 많을 것이었다. 하지만 결과적으로 그녀는 이 한 번의 결혼으로 로젤리스의 번영을 약속받았고, 크리스티나는 여왕이 되었다.

누가 더 갖고 덜 갖고를 떠나 이 한 번의 계약 결혼으로 두 사람은 원하는 것을 전부 손에 넣었다.

위그는 비비안을 빤히 응시했다. 그리고 천천히 숨을 내쉬며 말했다.

"그래, 다행이군."

다행이다. 우리 둘 다 갖고 싶은 것을 갖고, 잃을 만한 것들을 잃어서. 결과적으로 이 짧다면 짧고 길다면 긴 시간이 우리의 인생의 방향을 완전히 바꾸어 놓아서, 참으로 다행이었다.

그는 그렇게 생각하며 손을 뻗었다. 비비안은 오만하게 웃으며 홀을 나갔다. 마지막으로 문이 닫히기 전, 그녀는 고개를 돌려 문 틈 사이로 왕좌를 보았다.

그것은, 결국 그것이 가야 할 사람에게로 가게 되어 있었다.

대륙력 817년 열 번째 달의 열두 번째 날, 크리스티나 1세가 즉위했다.

* * *

어렸을 때부터 위그가 가장 바랐던 이디에트가의 풍경 속에는 언제나, 얼굴을 상상할 수 없으나 그 모습은 상상할 수 있는 우아한 귀부인이 있었다.

그 귀부인은 가끔은 선대 공작 부인처럼 엄격한 모습을 했고, 가끔은 엘리미아처럼 고귀한 모습을 했으며, 가끔은 클로에처럼 유약하고 부드러운 모습을 하다가, 또 가끔은 저 사교계에 있는 수많은 귀부인과 귀족 영애의 모습을 하며 뒤바뀌곤 했다.

그것은 이디에트의 가주로서 그가 반드시 예상했어야 하는 것이었다. 귀족가에 있어서 훌륭하고 고귀한 귀부인은 절대 없어서는 안 되는 것이었다. 동시에 그 훌륭하고 고귀한 귀부인은, 이디에트 공작 부인이라는 이름만 제대로 유지를 해 준다면 누구든지 상관이 없기도 한 그런 자리였다.

그러나 우습게도 어렸을 때부터 무수하게 상상해 온 그것을 깨고, 정작 이디에트 공작 부인이라는 자리는 비비안 로젤리스에게 갔다. 그 시작이 우연이든, 필연이든, 그녀는 그의 공작 부인이 되었다. 신의 농간이 아닐 수 없었다.

그녀는 이디에트라는 이름이 아예 어울리지 않는 사람이었다. 위그는 그녀가 공작의 아내로서 의무를 다하는 모습을 상상할 수가 없었다. 돌이켜 보자면 금방 결혼했던 때는 대체 무슨 정신머리로 그런 생각을 했는지 스스로도 이해가 안 되었다.

그래, 비비안 로젤리스는 비비안 로젤리스여야 했다.

이 긴 시간을 그녀와 함께하면서, 독을 마시고, 약을 타고, 죽음으로 협박당하고, 결국 사랑한다는 말을 듣기까지 그가 내놓은 결론이라면, 단연코 그것이었다.

비비안은 비비안 로젤리스여야 했다.

그는 그녀에게 딱히 줄 만한 게 없었다. 그리고 사실 줄 수도 없었다. 그가 가진 것들 중에서 흔히 사람들이 사랑의 이름으로 줄 만한 모든 부와 명예는 그 자신도 무조건 갖고 싶은 것이라서 결코 비비안에게 줄 수 없었다. 그는 그것들을 손에 무조건적으로 갖고 있어야 했고 단단하게 쥐고 빠져나가지 않게 해야 했다.

하물며 비비안 로젤리스는 그의 손에서 그것을 또 빼앗고 싶어 하는 사람이기도 했다. 그녀는 절대 그와 평온하게 한평생을 보내지 못한다. 두 사람이 부부라면, 더욱더 그랬다.

그래서 결국 겨울이 다가오고 새로운 한 해가 지나가기도 전, 비비안의 생일을 기념해 식사가 끝난 뒤, 그는 그녀에게 봉투를 내밀었다.

안 그래도 남편이 되어서는 생일 선물 하나 없냐고 눈을 흘기던 비비안은 방으로 돌아오자마자 자신에게 무엇인가를 건네자 눈을 깜박거렸다. 미묘한 얼굴과 함께 그것을 빤히 보던 그녀는, 조금 놀라운 얼굴을 하다가 곱게 눈을 접으며 웃었다.

"빠르네."

그녀는 위그의 손에서 봉투를 받아 들었다. 봉투를 찢자 보이는 것은 역시나 합의서였다.

두 사람의 이혼을 알리는.

위그는 무심한 얼굴로 의자에 등을 기댔다. 느긋하게 다리를 꼰 그가 담담하게 말했다.

"어차피 늦춰 봤자 당신도 기분이 좋지 않을 거니까."

"그렇지?"

"그리고, 이제는 내가 불안하다."

비비안은 눈을 동그랗게 떴다.

"이건 좀 의외인데. 나를 그렇게 무서워했어?"

"당신 같으면 당신이 안 무섭겠나?"

위그의 반문에 비비안은 우습게도 너무 쉽게 이해해 버렸다. 그녀는 천천히 서류에 쓰인 내용을 확인하고, 뒤편에 더 부착된 합의서를 천천히 읽다가 미묘한 웃음과 함께 길게 숨을 내쉬었다.

"만약 내가 여기서 우리 결혼을 계속하자고 하면, 꽤 재미있는 반전이 될 수 있지 않을까?"

"안 그럴 걸 안다. 그리고 그렇게 된다면 아마 우리 둘은 개판으로 인생이 치달을 거다."

비비안은 위그의 말에 좀 놀란 얼굴을 했다. 그러나 위그는 한 치의 거짓도 없는 진심이었다. 두 사람은 절대 부부라는 이름을 달고 한 집에서 살아서는 안 되는 존재였다. 이미 충분히 서로의 애정을 갉취하고 갉아먹는 존재들이었다. 그녀의 옆에 그가 있고, 그의 옆에 그녀가 있는 한, 두 사람은 어떻게든 더 우위를 점하려고 아득바득할 것이었다.

바첼론의 비극이면서도 온전히 바첼론의 탓을 할 수는 없었다. 결과적으로 두 사람을 이렇게 만든 건 본인들이었다. 그는 그 사실을 비비안이 총을 들고 로건의 앞에 섰을 때 완전히 깨달았다. 그녀는 자신의 옆에서 절대 살지 못한다. 자신이 그녀의 옆에서 온전히 살아갈 수 없는 것처럼.

사랑하는 연인을 보호해 주는 결혼은 결국 독이 되어 두 사람에게 작용할 것이었다. 이미 같이 있다는 사실만으로도 충분히 질식하기 일보 직전이었다.

그래서 이혼 서류를 내밀었다. 그는 깨달은 것이었다. 이것이 비비안을 그나마 오래 살 수 있게 하는 방법이었다. 그리고 그가 그녀를 사랑해서 내릴 수 있는 유일한 결론이었다.

그래, 그는 그녀를 사랑한다. 하지만 옆에 놓고 평생 괜찮다고, 내가 너를 사랑한다고 속삭일 수는 없다. 그녀에게 위험이 올 때마다 그녀의 앞에 서 줄 수 없다. 그리고 비비안 또한 자신의 앞을 가로막는 남자를 결코 사랑하지 않을 것이었다.

그녀가 만났던 과거의 수많은 남자들처럼.

그래서 두 사람은 절대 그 달콤한 사랑이라는 것이 불가능했다.

그럼에도 불구하고 사랑해서, 이 세상에 유일한 존재라서 결국 옆에 있으려 온갖 힘을 다해 발버둥을 칠 것이었다. 위그는 비비안을 사랑했다. 비비안 또한 위그를 사랑했다. 이 세상에 이제 두 사람은 오롯하게 서로만을 남겨 두었다. 이 세상 모든 이들이 다 나를 이해하지 못해도, 결국 나를 이해해 줄 수 있는 존재. 어떤 미친 짓을 해도 알겠다며 납득할 수 있는 존재.

생각해 보니 이 관계는 애초에 처음부터 결정지어 진 것이었다.

세상 어느 여자가, 반역을 하겠다는 남자와 계약 결혼 따위를 한단 말인가. 그리고 그 남자와 손을 잡고 왕을 만든단 말인가. 이게 정상적인 인간의 정신머리인가. 그도 정신이 나갔다. 돈이 필요하다고 악마라고 칭해지는 여자에게 물불 가리지 않고 결혼을 제안했다.

두 사람 전부 다 서로가 없어도 죽지는 않았을 것이었다.

하지만 서로가 있음으로서 결국 더 많은 것을 얻으려고 했고 결국 얻었다.

첫 만남 때부터 결정지어진 결말이었던 걸 위그는 알고 있었다. 비비안 또한 그것을 안다. 두 사람 다 알고 있었다.

비비안은 길게 숨을 들이쉬었다. 그리고 옆에 놓인 펜을 들었다. 일말의 고민도 없었다. 그녀는 계약서를 들어 위그의 이름을 찾았다. 그리고 그 아래에 있는 공백…… 그것을 빤히 응시하다가 유려하게 자신의 이름을 써넣었다.

비비안 로젤리스.

탁.

"자."

비비안은 너무 쉽게 사인을 하고 위그에게 내밀었다. 그것을 느긋하게 받아 든 뒤 위그는 그녀의 사인을 살피다가 입을 열었다.

"사실 한 가지 묻고 싶은 게 있었다. 당신은 형제를 죽이고, 단주가 된 뒤에 성을 바꾸려는 생각은 해 보지 못했나?"

"성을 바꿔?"

"당신 아버지 성이잖나. 싫어할 줄 알았어."

그의 물음에 비비안이 눈알을 데굴 굴렸다. 그리고 피식 웃으면서 펜 뚜껑을 닫았다.

"우리 할아버지 이름을 알아?"

"……글쎄?"

"내 아버지의 이름은?"

"…….."

위그는 얼굴을 찌푸렸다. 그도 생각이 나지는 않는다. 애초에 비비안이 물려받기 전까지는 그리 이목을 끄는 상단이 아니었다. 그가 알 수 있을 리가 없었다.

비비안은 그의 반응이 예상이 간다는 듯한 얼굴을 했다. 그리고 입을 뗐다.

"하지만, 바첼론에 내 이름을 모르는 사람은 없을 거야."

"그렇지."

"그러니까 로젤리스는 내 것이야."

비비안이라고 그런 생각을 해 보지 못한 것은 아니었다. 하지만 그게 무슨 상관인가 싶어졌다. 결국 로젤리스는 영원히 비비안의 것이 되었고, 그녀와 함께 묶여 사람들의 입에서 입을 타고 그렇게 영원히 거론될 것이다.

사내들의 후사에 대한 강한 집념과, 힘에 대한 오만으로 이어졌던 성은, 그렇게 계집의 이름과 묶여서 평생토록 역사에 남으리라.

위그는 간단하게 그것을 이해했다. 결과적으로 그 이름은 비비안이 만든 것이 아닐지라도 비비안의 것이 되었고 앞으로도 영원히 그녀의 것으로 남을 것이었다.

"이걸 제출하면 이혼이 성립되는 건가?"

"폐하께 고해야 한다."

"그럼 나는 내일부터 이디에트 공작 부인이 아닌가?"

"그렇지."

"그렇군."

비비안은 고개를 끄덕였다.

위그는 다시 자신의 손에 있는 서류를 응시했다. 이제 두 사람이 약속하면서 서로에게 주었던 것 모두 다시 자신의 손에 들어왔다. 비비안은 대외무역 사업을 되찾았고, 위그는 제이슨의 손에 있던 것들을 되돌려 받을 것이다. 이제 두 사람은 더 이상 부부가 아니었다. 이 세상에 두 사람을 엮을 만한 것이라고는⋯⋯.

"역시, 결혼은 우리 둘을 묶기에는 너무 그릇이 작지?"

비비안은 위그의 소리에 어이없다는 얼굴을 하다가 고개를 도리도리 저었다. 위그는 서류를 다시 봉투에 넣었다. 이걸 크리스티나에게 올리면 된다.

그저 그뿐이었다. 두 사람의 결혼은 그렇게 끝을 맺이하고, 두 사람은 이제 아무런 제도에 의해서도 묶이지 않는다.

그녀의 발목을 묶을 것도, 그의 발목을 묶을 것도 없다.

하나를 제외하고는.

위그는 자리에서 일어났다. 비비안은 그의 모습을 보다가 의미심장하게 웃었다. 어느새 그녀의 앞에 선 그가 그녀의 손을 잡았다. 이윽고 손끝에 키스가 떨어졌다. 그가 가볍게 읊조렸다.

"사랑해."

이 결혼은 그의 이익으로 시작해 그녀의 이익으로 끝이 났다.

결국 서로 파멸로 이끌 수밖에 없는 사랑은 결혼이라는 이름으로 담기에는 지독하고 거칠고 무모한 것이었다. 그래서 끝날 수밖에 없었다. 결과적으로 두 사람의 사랑은 결국 사랑 그 자체로만 남아 영원히 서로를 갈취할 것이었다. 끊임없이 요구하고, 애정을 퍼붓고, 그것을 원하고, 다시 퍼붓고, 그렇게.

비비안은 위그의 말에 입꼬리를 말아 올렸다.

"나를 위해 죽지도 못하고, 나한테 당신이 가진 것 중 아무것도 줄 수 없지만?"

"그래. 그래도 당신을 사랑한다."

"필요하다면 나를 적으로 간주하고, 모든 힘을 다해 나를 상대할 테지만?"

"그래, 그래도 당신을 사랑해."

"그래. 그럼 나도 당신을 사랑해."

비비안은 자신의 손을 잡고 있는 위그를 끌어당겼다. 그의 목에 팔을 두른 뒤 그녀는 눈을 감았다. 다시 한번 뜨거운 숨결이 입가에 닿았다. 곧 그가 그녀를 안아 들었다. 짙은 숨소리가 서로를 집어삼켰다.

두 사람은 온전히 위그 이디에트와 비비안 로젤리스로 남았다.

"사랑해."

비비안이 작게 속삭였다. 위그는 그녀의 눈가에 키스했다.

"나도."

그래, 두 사람은 서로를 사랑했다.

서로의 유일무이한 존재가 되어.

아무도 이해하지 못할.

그야말로 황홀한 광기였다.

에필로그

　바첼론에 여왕이 즉위한 지 한 달 뒤, 이디에트 공작과 로튼의 단주가 이혼했다.

　그야말로 바첼론 전역을 뒤흔들면서 시작된 두 사람의 결혼은, 이번에도 바첼론 전역을 뒤흔들면서 끝을 맺었다. 그사이 단주의 동생이 죽고, 오라비가 죽었다는 사실과 더불어 왕족이 하나하나 죽어 나가고 결국 바첼론 최초의 여왕이 즉위했다는 소식과 함께 곱씹으며 사람들은 하나같이 두 사람의 결혼의 내막을 파헤치고 싶어 했다.

　그도 그럴 것이 과할 정도로 시기가 맞물리는 결혼이었다. 그렇게 죽고 못 살 정도로 서로 사랑해 마지않는다는, 그것도 심지어 지위와 혈통을 뛰어넘어 모든 이들의 눈길까지 무시해 가면서 결혼을 했는데 갑자기 여왕이 즉위한 다음에 이혼한다니.

　물론 여왕이 즉위한 뒤 이혼을 한 부부가 그들뿐만은 아니었지만. 비비안이 자신의 형제를 제거하고 상속권을 이어받은 첫 번째 예시고, 크리스티나가 두 번째며, 위그 이디에트가 크리스티나의 '충직한' 신하라는 사실을 고려해 볼 때 그들이 이 뒤에 어떤 내막이 있을 것이라고 추측을 하는 것은 그다지 이상한 일은 아니었다. 심지어 그중에는 이디에트 공작이 크리스티나 왕녀를 일부러 왕으로 올려 결혼을 한 뒤, 세력을 키우려고 하고 있다는 등 별 추측을 내놓는 이들도 있었다. 물론 위그 이디에트가 그 말을 듣고 헛소리 작작하라 고 해 결국 사라졌지만.

그래서 세기의 결혼이라고 사람들을 놀라게 했던 것만큼, 두 사람의 이혼 소식이 발표되자마자 수많은 이들은 두 사람 결혼 뒤에 숨겨져 있는 모종 의 '거래'를 파헤치고자 호시탐탐 두 사람을 노리고 있었다.

그러나 그들의 의욕이나 기대와 달리 두 부부를 아는 모든 이들은 그저 '그럴 만해서 그랬다'는 말로 대충 얼버무리곤 했다. 결국 두 사람이 이혼하 고 얼마 지나지 않아 열기는 사라지고, 더는 캐도 캐도 아무것도 나오지 않 자 사람들은 서서히 한때 바첼론을 흔들었던 부부의 결혼의 진실 따위에 관심을 끄게 되었다.

대신, 로튼의 단주가 후계자를 낳지 않았음을 고려해 볼 때, 그들의 새로 운 관심은 이제 위그 이디에트가 과연 누구와 결혼할까 하는 것에 몰리게 되었다.

물론 그것을 알아내는 것은 전자보다 오히려 더 힘들었다.

왜냐하면 위그 이디에트는 아예 결혼할 생각이 없었으니까.

그래, 정말 놀랍게도 그러했다. 비비안이 입버릇처럼 말했던 참하고 상냥 한 공작 부인과 귀엽고 사랑스러운 아이는커녕 위그 이디에트는 한 번의 이혼으로 아예 부인을 들이는 것에 관심이라는 것을 완전히 잃은 사람처럼 굴었다.

그렇다고 그를 눈독 들이는 이들이 없는 건 아니었다. 비비안과 이혼하자 마자 사방에서 위로를 가장한 청혼서들이 쏟아지는 터라 이디에트 공작가는 한때 편지함을 철수하는 게 어떨까 하는 논의마저 나올 정도였다. 그래도 비비안과 결혼하기 전에는 이 정도는 아니었는데, 아무래도 비비안과의 이별 때문에 그가 '상심한' 틈을 타서 이디에트 공작 부인의 자리를 다시 메우려는 심산 같았다.

그러나 아쉽게도 그 기대는 산산조각이 날 수밖에 없는 것이었다.

그도 그럴 것이 위그는 이 이혼으로 하나도 상심을 하지 않았고, 심지어 이혼이 끝나자마자 마치 족쇄에서 해방이라도 된 듯이 굴었다. 그는 이혼 뒤에 비비안이 보내온 서류를 확인하더니 그것을 몇 번 밟은 뒤 금고에 넣는 기행까지 벌였다.

당연하지만 그건 제이슨이 한때 목줄로 잡았던 그 서신이었다.

어쨌든 그렇게 시간이 지나고 두 사람의 이혼은 그 자체로 자연스럽게 받아들여졌다. 비비안은 2년 동안 살았던 이디에트 공작가에서 완전히 짐을 뺐고, 한동안 형식적으로 손에 쥐고 있던 안주인으로서의 열쇠와 장부, 서류를 켄슨 부인에게 넘겼다. 안주인으로서 사용하던 드레스 룸이 텅텅 비는 것을 보던 켄슨 부인과 집사가 아쉬운 얼굴을 했다. 시녀들 또한 비록 그동안 긴밀한 관계는 아니었지만, 안주인으로서 까다롭지 않고 그들을 방임하다시피 하며 질서를 유지한 비비안의 부재에 슬픔을 느꼈다.

하지만 원래 하나가 사라지면 다른 곳이 또 생기를 찾는 법.

두 사람의 이혼으로 그동안 주인 없는 저택을 지켜야 했던 로젤리스가 사람들은 다시 생기를 되찾기 시작했다. 텅텅 비었던 방이 채워지고, 서재에는 책이 들어섰으며, 침실은 온기를 되찾고, 드레스 룸은 돈 냄새, 아니, 꽃향기를 풍기기 시작했다.

리암의 죽음 이후로 죽어 가는 것 같던 저택은 활기로 가득해졌다.

그리고 이 모든 것들이, 비비안 로젤리스와 위그 이디에트가 이혼하고 생긴 일이었다.

어쨌든 두 사람의 이혼은 그런 식으로 이래저래 바첼론의 구석구석을 변하게 했다.

우습게도 정작 이 이혼은 당사자들에게는 아무런 영향도 없는 듯했다.

"이게 뭐지?"

"주방장이 주라고 하던데. 당신이 좋아한 디저트였다면서."

비비안은 위그가 가져온 상자의 리본을 풀었다. 과연 위그의 말대로 상자 안에는 그녀가 자주 먹던 쿠키와 케이크가 있었다. 비비안은 묘한 얼굴로 그것을 보다가 입을 뗐다.

"새삼 생각해 보니까, 당신 가문의 식솔들이 나를 꽤 좋아한다는 생각이 들어. 심지어 진심으로 말이야."

"그들은 다 내 어머니를 경험해 본 사람이니까."

"당신 어머니? 어떤 사람이었는데?"

"훌륭한 귀부인이었지. 다른 말로 하자면 그야말로 까다롭기가 하늘을 찌르는 그런 귀부인이었고. 시녀들의 리본이 삐뚤어진 것도 눈치챌 수 있을 정도면 이미 말 다 한 거 아닌가?"

비비안은 깨달았다는 얼굴을 했다. 그러니까 요컨대 까다로운 공작 부인이 아니라 그녀를 좋아했단 말이었다. 물론 이해를 할 수 없는 사실은 아니었다. 원래 사람들은 잔소리가 적고 간섭을 덜 하는 사람들을 좋아하는 편이었다. 그것도 지위 차이가 크게 나는 공작 부인과 시녀, 시종들이라면 더더욱 그럴 수밖에 없었다.

"우리 상단의 사람들이 기겁을 할 거야. 내가 사람들을 들들 볶는 데에 얼마나 천부적인 재능이 있는데."

"당신은 그냥 볶는 게 아니라 미치게 하잖나."

위그의 말에 비비안이 가늘게 눈을 떴다. 그녀의 입가와 눈에 담긴 미소는 절대적으로 자애롭거나 호의적이지 않았다. 위그는 태연자약하게 시선을 돌렸다. 비비안은 상자를 다시 덮고는 한쪽으로 민 뒤 입을 열었다.

"그래서, 당신의 정신 건강을 지켜 줄 새로운 여자를 찾아보는 건 잘되고 있나?"

"우리 둘이 미치는 것도 모자라서 사람 하나 더 미치게 만들겠다고?"

"자기 객관화가 좋은 건 사실이지만 내가 언제 당신을 미치게 만들었어?"

"그럼 나는 언제 당신을 미치게 만들었는데?"

"미치게 만들었지. 내 입에서 사랑한다는 말이 나올 정도면 그건 미친 게 맞아. 심지어 난 이혼 뒤에 아무 남자도 만나지 않았어. 이정도면 내가 봐도 나 스스로가 기특해. 그런데 미친 게 아니라고?"

위그는 할 말을 잃은 듯이 비비안을 응시했다. 비비안은 요사스럽게 눈을 접으면서 생긋 웃었다. 위그는 침묵하다가 고개를 절레절레 저었다.

"만나겠으면 마음대로 해. 내가 당신 남편도 아니고."

"어머."

"대신 당신은 내 아내가 아니니 내가 그 남자의 집을 폭발시켜 버리는 것도 상관하지 마."

이번에는 비비안이 어이없다는 얼굴을 할 차례였다. 그녀는 잠시 뭔가 생각하다가 다시 입을 뗐다.

"역시 우리 둘은 어디 가서 민폐 끼치지 말고 같이 붙어 있는 게 덕을 쌓는 가장 훌륭한 방법 같아."

"나도 그렇게 생각한다. 그런 의미에서 오늘 저녁에는 오지 못해."

"앞뒤 말이 맞물리지 않아."

"이해하지 그래. 오늘 저녁 재산권 문제로 긴급회의가 열릴 예정이다. 이 문제는 빨리 해결되면 될수록 당신에게도 좋은 거 아닌가?"

재산권이라는 말에 비비안이 눈을 까닥였다. 과연 크리스티나는 자신의 즉위 이후에 승낙했던 문제를 해결하려고 했다. 물론 그녀가 해결하지 않으려고 해도 비비안은 그녀로 하여금 해결하게 수를 쓸 수 있었지만 어쨌든 크리스티나는 생각보다 더욱더 적극적으로 자신의 약속을 지키기 위해 노력했다.

그러나 몇백 년 동안 이어진 전통은 왕이 한 번 바뀌었다고 쉬이 해결될 수 없었다. 원래 법안을 하나 개정하는 데는 오랜 시간이 걸려야 하는 법이었다. 그래서 비비안은 딱히 걱정까지는 하지 않았다. 다만 이 과정에 재미있는 이야기를 좀 듣긴 했었다.

"엘버린 공작이 가장 적극적으로 나섰다며?"

"그래. 얼마나 적극적인지 나는 한 마디도 얹지 못했다."

"어차피 얹을 수 있어도 딱히 적극적이지는 않잖아."

"그렇지. 굳이 내가 나설 필요가 있나. 여왕 본인 스스로가 알아서 하겠지."

"역시 당신은 너무 이기적이야."

"내가 그럼 당신에 대한 사랑으로 말미암아 지금까지 하지도 않던 짓을 해야 한다는 건가?"

"하긴, 그건 좀 웃기기도 해. 나는 당신의 그 점을 좋아하거든. 그⋯⋯."

비비안은 말을 골랐다.

"⋯⋯죽어도 나한테 전부를 주지 않으려는 그 생각이."

위그는 착잡한 얼굴을 했다. 애초에 그의 지위상 그녀에게 전부를 다 줄 수 없는 것도 사실이고, 그녀 또한 그에게 전부 주지 못하는 것도 사실이었다. 그러나 가끔 이 사실을 상기할 때마다 자신이 대체 이 여자에게 무슨 죄를 저질렀기에 이렇게 이혼을 하고도 안절부절못해야 하는지 잠시 고민이 될 때가 있었다.

그러나 아무리 고민을 해 보아도 그의 발걸음은 너무 자연스럽게 로젤리스 저택으로 향했다. 그는 회의가 없는 저녁이나 주말에는 가끔 로젤리스 저택으로 와 비비안과 밤을 보내거나 했다. 그리고 가끔은 호텔, 가끔은⋯⋯ 뭐, 어쨌든 어른들의 사랑은 원래 장소를 안 가리는 법이었다.

물론 비비안 또한 이디에트 저택으로 가곤 했다. 이디에트가 사람들은 위그가 다시 결혼할 생각이 없음을 눈치챘는지 그녀가 올 때마다 너무 좋아하곤 했다.

"주방장한테는 감사하다고 전해 줘. 답례로 다음번에 갈 때 새로 들어온 향신료를 선물하겠다고."

"뭔가 잊은 것 같은데 나는 이디에트의 가주지, 말 전달해 주는 사람이 아니야."

"어차피 해 줄 거면서."

비비안이 샐쭉 웃었다. 위그는 그녀의 얼굴을 보다가 손을 뻗어 갑자기 이마를 톡 쳤다. 그에 비비안이 놀란 듯이 입을 살짝 벌렸다. 결혼할 때는 목줄을 잡아서 이런 짓을 못 하더니 이혼한 뒤 그는 대범하게 그녀에게 이런저런 짓을 잘하곤 했다. 비비안은 가늘게 눈을 떴다. 위그는 상자에서 쿠키 하나를 들어 그녀의 입 안에 물려 주었다.

"그럼 나는 이만 가 보지."

"잠깐만."

비비안은 쿠키를 내려놓은 뒤 위그를 불렀다. 위그가 걸음을 멈추었다. 비비안이 자리에서 일어나 그에게 다가갔다. 위그는 자연스럽게 그녀를 안았다. 그녀가 눈을 감고 그의 입술에 키스했다.

물 흐르듯이 이어지는 입맞춤이었지만 위그는 점점 비비안의 키스가 격해진다는 사실을 깨닫고 있었다. 마치 로건을 죽였던 그날처럼, 그에게 매달리며 모든 것을 빨아들이고 그대로 그를 집어삼킬 듯한 입맞춤에 질식할 것 같은 느낌을 종종 느끼곤 했다. 그러나 위그는 굳이 그녀를 밀어 내지 않았다. 대신 그녀를 더더욱 품에 안고, 그녀가 밀어 넣는 숨결과 빨아들이는 그의 호흡 하나하나를 섬세하게 어루만져 주었다.

곧 비비안이 입을 떼고 그를 응시했다. 그녀의 팔랑거리는 속눈썹을 보던 그가 입을 열었다.

"왜 그러지?"

"그냥 키스일 뿐인데 왜는."

"그게 아닐 텐데."

그의 대답에 비비안이 피식 웃었다. 그녀의 일거수일투족에 이렇게 반응하는 남자는 그밖에 없다. 다시 그 말이 떠올랐다.

유일무이한 존재를 어떻게 사랑하지 않을 수 있을까.

"사흘 뒤면 리암이 죽은 날이야."

순간 위그가 얼어붙었다. 그러고 보니 벌써 그날이 되었다. 그는 그녀의 머리카락을 뒤로 넘겨주었다. 비비안이 작게 속삭였다.

"그러니까 와."

와서, 내 옆에 있어.

비비안은 아직도 저녁에 혼자 자다가 깼다. 가끔은 위그가 있고 가끔은 위그가 없었다. 위그가 없을 때에는 혼자 눈을 다시 감았다. 혹은 새벽에 이디에트 쪽으로 전보를 보내곤 했다. 그럴 때마다 그가 와 주었다. 그러고는 아무 말도 하지 않은 채 굳은 얼굴로 그녀의 옆에 누워 있어 주곤 했다.

생각해 보면 그야말로 나약한 정신이라 본인 스스로도 어떻게 제어할 수가 없었다. 그저 꿈에서 나오는 그 죽음들을 시간이 하나하나 씻어 내려가기를 바라는 것 같았다. 그러나 낮이 되면 다시 멀쩡해져서 그녀는 또다시 모든 악몽에서 벗어난 사람처럼 굴었다. 비비안은 이 상태가 딱히 이상하다고 생각하지 않았다. 그저, 자신이 겪어야 하는 수많은 일 중의 하나라고 생각했다.

죽음 직전까지 갖고 가야 하는.

"요즘도 저녁에 잠을 못 자나?"

"이제는, 좀 나아."

"약 먹는 거 잊지 말고. 헤더에게 미리 말해 두긴 했다."

"알아."

비비안은 그의 잔소리가 심해진다 싶자 미간을 찌푸리고 뒤로 한 걸음 물러났다. 곧 위그가 방을 나갔다.

비비안은 천천히 집무실을 둘러보았다. 이디에트가에서 나온 뒤 로젤리스 저택은 완전히 장식을 달리했다. 이제 로젤리스 저택에는 그녀가 단주가 되기 전의 그 어떤 흔적도 남지 않았다. 그것을 증명하기라도 하듯 그녀의 집무실 가장 정중앙에 있는 것은 다름 아닌 그녀의 초상화였다. 마치, 이 가문의 가주가 그녀라는 것을 이 방에 들어오는 모든 이들에게 알리듯이.

비비안은 눈을 감았다. 뭔가 생각하는 듯하다가 그녀는 다시 눈을 뜨고 책상의 한구석에 놓인 편지를 들었다. 며칠 전 카트린에게서 온 그 편지는 잠깐 수도에 들르겠다는 말이 적혀 있었다. 그리고 아리아와 리즈, 케이트를 잘 부탁한다는 말과 함께 약간의 돈까지.

비비안에게 부족한 게 돈이 아니라는 것을 알면서도 카트린은 그녀에게 돈을 종종 보내곤 했다. 그리고 비비안 또한 그것을 굳이 거부하지는 않았다. 이것은 카트린이 그녀와 그은 선이었다. 결국, 그녀는 자신의 동생을 사랑했으나 이해하지 못했다.

그 편지 아래에는 크리스티나의 서신이 있었다. 지금 귀족원에서 재산권 관련 토론이 이루어지고 있는데 긍정적인 방향으로 가고 있으니 걱정하지 말라는, 더불어 리디아가 곧 졸업하고 대법원으로 실습을 가고 싶어 하면, 자신이 추천서를 써 줄 수 있다는 말과 함께.

그리고 다음 편지는 엘버린 공작 부인의 것이었다. 언제 한번 공작가로 와서 차를 한잔하자는.

그리고 그 아래 서류에는 한때 상인 협회에 소속되어 있던 상단들의 재무 보고가 쌓여 있었다.

여왕이 오르고 갑자기 모든 일이 다 해결되는 것은 아니었다. 결과적으로 그녀가 갖고자 하는 것들은 언제나 그렇게 쉽게 쥐어지지 않았다. 모든 것들이 대가가 필요하고, 모든 것들은 대가를 앗아갔다. 그러나 그녀는 그것이 하나도 아쉽지 않다고 생각했다. 그녀는 자신의 손끝에 죽은 이들의 목숨을 하나하나 기억했다. 그리고 마지막으로 자신이 죽여 버린, 환상 속의 자신까지…….

결국 그 모든 것들은 업보가 되어 그녀의 목숨에 하나하나 맺힐 것이었다. 시간의 종말까지.

그리고 그 끝에 있는 것은 과연…….

벌컥.

"아, 잊은 게 있어."

비비안은 자신의 사색을 완전히 깨뜨린 위그의 재등장에 얼굴을 일그러뜨렸다.

"기껏 진지한 생각 하고 있는데……."

"미안하다."

말을 마친 위그가 성큼성큼 비비안에게 다가왔다. 그는 커다란 책상을 돌아 그녀의 앞에 섰다. 그리고 그녀가 반응하기도 전, 허리를 굽혀 그녀의 뺨을 감싸 쥐었다.

다시 한번 열기와 그의 체향이 훅 섞여 들어왔다. 비비안은 놀란 눈을 하다가 눈을 다시 감았다. 그리고 얼마나 지났을까, 그녀의 입술을 뭉개던 그가 고개를 들고 말했다.

"키스를 받았으면 돌려줘야 하는데 잊었어."

비비안은 눈을 깜박거리다가 웃음을 흘렸다. 위그는 그녀의 입가를 손으로 쓸고 말했다.

"이제 가 보지. 시간이 비면 오겠다."

"내 스케줄에 맞춰서 와. 나는 아주 바쁜 사람이니까."

"나도 뭐 그렇게 한가한 사람은 아니다."

"하지만 나를 위해서는 좀 한가해져야 해."

"그렇지만 당신은 한가한 사람 싫어하잖나. 권력과 힘을 가진 잘생긴 남자를 좋아하는 거 아니었어?"

"그러니까 당신은 권력과 힘을 갖고 미모를 유지하면서 나와 매일 놀아 줄 시간이 있도록 자신을 완벽하게 만들어야 한다는 거야."

"고려는 해 보지. 실현은 불가능한 것 같지만."

"노력을 좀 해 봐."

"그런 데에 노력을 할 필요를 느끼지 못해서."

"성의하고는."

"사랑해."

비비안은 눈을 깜박거렸다. 그리고 그만 웃었다.

이 모든 시간의 끝은 과연 어딜까. 당신은 언제까지 과연 내 옆에 있을 수 있을까. 당신의 그 사랑은 대체 언제까지일까. 그리고 과연 내 사랑은 언제까지일까. 모르겠다. 그와 그녀 사이에는 이제 그 어떤 목줄도, 서로를 옥죌 그 어떤 사슬도 남지 않아서 존재하는 것은 그저 서로의 사랑한다는 말뿐이었다.

그저, 그것이 두 사람이 함께할 수 있는 유일한 이유였다.

우습게도.

"이만 가 보지."

"배웅해 줄게."

비비안은 자리에서 일어나 위그와 함께 천천히 방을 나갔다. 바쁘게 뛰어다니는 고용인들이 그녀를 향해 허리를 굽혔다. 계속해서 걸음을 옮겨 그녀는 1층 중앙 바로 위의 난간에 섰다. 양쪽으로 뻗은 계단, 문을 열자마자 그녀의 초상화가 보이는 곳. 아래층에서 빠르게 서류를 들고 뛰어다니는 사람들, 그녀를 향해 머리를 조아리는 이들.

그녀가 원했던 모든 것.

위그는 그녀의 뺨에 다시 키스해 준 뒤 아래층으로 내려갔다. 그는 이제 로젤리스의 일부와 섞여 그녀의 눈에 들어왔다. 문을 열고 사라지는 그의 뒷모습을 보던 비비안이 비릿하게 웃었다.

저 모든 것들이 다 내 것이다.

적도, 악당도, 물리쳐야 하는 괴물도 없다. 그녀가 그것들이 되었으므로.

그녀는 우아하게 턱을 들었다.

바닥을 질펀하게 적시는 핏물 따위 별 의미 없다. 온몸에서 피가 흘러 그녀가 결국 바짝 말라 간다고 해도, 그녀는 기꺼이 이 높은 자리에서 그 시체들과 함께 썩어 문드러지리라. 그녀의 손으로 죽인 원혼이 그녀의 머리를 잡아 흔들고, 목을 조여 결국 그녀를 나락으로 떨군다고 해도 상관없었다.

그녀는 위그의 잔상을 곱씹다가 작게 읊조렸다.

그녀는 그녀의 지옥을 이미 찾았다.

영원히 소유하고 싶은 지옥 그 자체를.

그러니 그녀는 영원히 행복해지지 않을 것이다.

〈The End〉

외 전

1
이디에트의 아이들

위그 이디에트는 애초에 사랑스럽다는 말이 어울리는 아이는 아니었다.

바첼론에서 왕실에 버금가는 권세를 누리는 이디에트 공작과 케다르의 왕녀 출신인 공작 부인 사이에서 태어난 그는, 외모로는 두 사람의 아이라고는 상상할 수 없을 정도로 훌륭한 점만 빼닮다 못해 심지어 두 사람을 능가하는 준수함을 뽐냈으나 성격으로는 누가 봐도 이디에트 공작 부부의 아이라는 말이 나올 만큼 아이답지 않았다.

애초에 이디에트 공작은 그리 시끌한 분위기를 즐기지 않았다. 공작가의 장남으로 태어나 평생토록 공작으로 키워진 그는 귀족이라면 으레 이렇게 해야 한다는 것을 몸으로 보여 주는 사람이었다. 그의 인생에서 가장 가치 있는 일이라면 당연히 가문의 명예를 지키는 것이었고, 가장 가치 없는 일이라면 바로 개인의 사사로운 감정, 더 정확히 말하자면 여자에게 정신을 파는 것이었다.

그런 그가 케다르의 둘째 왕녀와 결혼한 것은 이상한 일이 아니었다.

검을 잡아 꽤 다부진 몸매에 준수한 얼굴까지 갖춘 그에게 구애를 하는 귀족 영애는 꽤 많았으나, 이디에트의 명예를 지켜 줄 부인으로 선택한 것은 기품이 있고 정숙하기로 소문이 자자한 케다르의 왕녀 엘리자베트였다.

케다르의 다섯 딸 중에서 가장 아름답고 왕족으로서의 품위를 뽐내는 그녀는 케다르의 왕이 바첼론과의 수교를 위해 보낸 일종의 화친의 상징이었다. 원래라면 왕의 두 번째 왕비가 되어야 하는 그녀였으나, 바첼론에 발을 딛는 첫날에 하필이면 이디에트 공작의 눈에 들면서 완전히 다른 인생을 살게 되었다.

비록 공식적으로 선포된 바는 없었으나 원래대로라면 왕비가 되어야 할 왕녀임은 틀리지 않았다. 케다르는 비록 바첼론보다는 국력이 한참 약했으나 그래도 왕녀와 공작의 결혼은 외교적인 결혼으로서 그리 모양새가 좋지 않은 것은 사실이었다. 그러나 정숙하고 고고한 엘리자베트보다 달콤하고 애교 많은 이자흐의 셋째 왕녀 알레시아를 눈독 들이던 왕은 이디에트 공작이 엘리자베트에게 관심을 내보이자 흔쾌하다 못해 거의 밀어붙이다시피 두 사람의 결혼을 추진시켰다. 애초에 풍류로 소문이 자자한 바첼론의 늙은 왕에게 별로 좋은 감정을 갖고 있지 않던 엘리자베트는, 결국 제게 한쪽 무릎을 꿇고 비둘기 알만 한 다이아몬드 반지를 바친 이디에트 공작의 구혼을 받아들였다.

물론 상대방 자체보다는 서로가 가진 것들에 더 관심이 많은 채로 시작한 결혼이라 이디에트 공작 부부에게 달콤한 결혼 생활은 없었다. 대놓고 풍류를 즐기는 왕과 달리 이디에트 공작은 사교계의 소문과 사생활에 꽤 주의를 기울이는 편이었다. 그러나 소문이 없다고 해도 결국에 수많은 '그녀들'이 존재한다는 것은 부정할 수 없는 일이었다. 마침 행운스럽게도 부왕인 케다르 왕이 제시한 수많은 신랑감에 기겁하면서 살아왔던 이디에트 공작 부인은, 잘생긴 데다가 공식적인 장소에서는 부인을 존중하고,

여자로서의 만족감까지 제대로 충족시켜 주는 완벽한 남편의 다른 사생활에는 관심이 없었다. 그리고 더 다행인 것은, 이디에트 공작은 애초에 선을 아는 남자여서, 밖에서 어떤 식으로 수많은 배우나 다른 여자들과 잠자리를 갖든, 절대 이 모든 것을 집까지 끌고 오지는 않았다.

그렇게 그 결혼이 성사되고 2년 뒤, 엘리미아가 태어났다.

이디에트 공작은 딸이 태어난 뒤로 한동안 아내와 딸에게 충실한 나날을 보냈다. 아들이 아니라 아쉽지 않느냐는 말이 종종 나오긴 했지만 이디에트 공작은 딱히 그렇게 안타까운 기색은 아니었다. 어차피 아이야 더 낳으면 되었고, 사랑스러운 딸의 애교를 보는 것도 나름대로 재미는 있었기 때문이었다. 어쨌든 첫째 아이인지라 엘리미아는 꽤 가문의 총애를 독차지하면서 자랐다. 이디에트 공작은 심지어 왕궁에 이제 막 아장아장 걷기 시작하는 엘리미아를 품에 안고 다니기까지 했는데, 오죽하면 왕이 딸 예쁜 걸 알았으니 그만해도 된다는 말까지 건넬 정도였다.

그리고 의외로 그녀의 대우는 3년 뒤 위그가 태어난 후에도 크게 변하지는 않았다. 한 번의 출산으로 이미 몸이 허약해진 이디에트 공작 부인의 상태에 이디에트 공작은 아이를 더 가지려는 생각을 하지 않았다. 어차피 엘리미아도 충분히 귀여웠고, 이디에트 공작가의 명예에 대한 강한 자부심은 비록 전례는 없지만 그가 훗날 데릴사위를 데려와 가문을 이어도 상관이 없다고 생각할 정도였다. 하나 정말 놀랍게도 공작 부인은 무사하게 건강한 남자아이를 낳았고, 그 뒤로 이디에트 공작은 더더욱 아내의 귀에 쓸데없는 소문이나 그녀의 심기를 건드릴 만한 말이 나가지 않게 주의했다.

이 모든 것에서 알 수 있다시피 이디에트 공작가는 꽤 괜찮은 가문이었으나 그렇다고 아이가 천진난만하게 자신의 본성을 드러내도 상관이 없을 정도로 자유롭고 개방된 분위기는 아니었다. 이디에트 공작만큼이나 공작 부인 또한 가문의 절대적인 기품을 요구했고, 그것은 아쉽게도 천성이 활발한 엘리미아에게는 답답하기 그지없는 환경이었지만 반대로 원래부터 주변 사람들과 친밀한 관계를 유지할 생각이 없는 듯한 위그에게는 더없이 훌륭한 가문이었다. 더군다나 엘리미아와 달리 위그는 어렸을 때부터 후계자 수업에 매진을 해야 해서, 더욱더 타인과 교류할 만한 기회가 적었다.

물론 그것은 아이가 사람을 낯설어한다는 것과는 애초에 결이 다른 문제였다. 그는 사람을 낯설어하거나 싫어하는 것보다는, 모든 사람을 제 아래로 생각하는 타입이었다. 주변의 모든 이들이 알아서 허리를 숙이고, 원하는 것을 다 손에 넣다 보니 그는 타인의 눈치를 보거나 비위를 맞출 일이 없었다. 거기에 태생적으로 말수가 적고 자아가 확실한 성정, 그리고 이디에트 부부의 귀족 후계자 교육까지 더해져 그는 하루가 다르게 고고하고 오만하게 커 갈 수밖에 없었다. 이 세상에 그의 눈에 들어오는 이가 없었고, 그가 처리하지 못할 일이 없었다. 목적을 위해 수단을 가리지 않고, 승기를 잡기 위해 인간을 마구잡이로 제 수단으로 쓰는 이, 그게 위그 이디에트였다.

물론 그가 어렸을 때부터 이 모든 것들을 갖춘 것은 아니었지만, 어쨌든 부정하지 못할 사실이라면 결과적으로 그는 꾸준하게 이러한 인간이 되기 위해 성장했다는 것이었다. 그리고 그 성장 과정에서 다시 한번 그에게 가장 큰 영향을 끼친 존재는, 위에서 수도 없이 말했던 그의 가족이 분명했다.

"뭐 해?"

발랄한 목소리가 서재를 울렸다. 마침 사춘기에 접어들면서 키가 훌쩍 커진 엘리미아는 더 이상 몇 년 전처럼 발뒤꿈치를 들고 책상 너머로 동생을 보지 않아도 되었다. 게다가 열여섯 살 생일을 맞이하면서 그녀의 드레스룸에 자연스럽게 채워진 굽 높은 구두 덕에 그녀는 이제 웬만한 성인과 비슷하게 보일 지경이었다.

위그는 어느새 노크도 없이 자신의 앞에 선 엘리미아를 힐끔 보았다. 이 방은 그가 여덟 살이 되던 해에 이디에트 공작이 그를 위해 만든 것이었다. 이제는 이디에트의 공자로서 자신의 서재를 가져야 한다고 말하던 그는, 아내와 딸은 물론이고 고용인들 모두에게 위그를 아이가 아닌 '후계자'로 대할 것을 명령했다.

"노크."

감흥 없다는 얼굴로 위그가 고개를 내렸다. 분명 엘리미아보다 세 살이나 어렸음에도 불구하고 그는 엘리미아와 비슷한, 심지어 조금 더 넘는 키를 갖고 있었다. 엘리미아 또한 동년배 여자아이와 비교했을 때 꽤 큰 키임을 감안한다면, 위그는 검을 쥐어야 하는 귀족 남성으로서 더없이 훌륭한 체격을 보여 주고 있었다.

엘리미아는 입을 삐죽였다. 어렸을 때 어느 정도 덩치 차이가 나 놀리기 쉬웠던 동생은 눈 깜짝할 사이에 그녀도 함부로 대하기 어려울 만큼 컸다. 물론 어렸을 때도 마구 다루기가 어려운 사람이 바로 위그 이디에트였지만, 어쨌든 세상의 많은 누나들이 그렇듯 몇 년 전까지만 해도 동생은 세상에서 갖고 놀기 제일 좋은 상대였던 것이었다.

"아버지처럼 말하지 마. 그리고 내 집이야. 내 집에서 자유롭게 다니지도 못해?"

"아무리 내 집이라도, 최소한 귀족으로서 타인의 방문을 노크하고 들어가는 건 기본이라고 생각되는데, 네 예법 선생은 그런 것도 가르치지 않아?"

틀린 말은 아니었기에 엘리미아는 입을 꼭 다물었다. 위그는 무미건조하게 책으로 고개를 돌렸다. 그를 두고 요즘따라 수도에서 어린 나이임에도 벌써 미래가 기대될 정도라는 말이 오갔다. 그야말로 명예와 권력, 외모, 뭐하나 빠뜨림이 없이 갖춘 훌륭한 귀족. 모두가 입을 모아 칭송하는 그는 정작 엘리미아의 눈에는 점점 거리감이 느껴졌다.

"아버지처럼 말하지 말라니까."

"아버지는 귀족처럼 말하고, 나 또한 귀족처럼 말하고 있는 것뿐이야."

"그렇게 명령조로 말하지 말라니까. 나는 네 누나야."

"그리고 나는 이 집의 후계자고, 앞으로 네가 누려야 하는 가문의 영광 모두 내가 책임져야 해. 그러니 방해하지 말고 이만 나가."

위그의 말에 엘리미아가 입술을 꽉 깨물었다. 안타깝게도 위그가 하는 말은 하나도 틀림이 없었다. 그녀의 모든 미래는 이 건방지기 짝이 없는 동생에게 달려 있었다. 심지어 그녀가 보기에도 이 가문에서 그녀의 동생보다 더 후계자에 어울리는 사람은 없었다.

그는 어렸을 때부터 하나를 가르치면 나머지 백 정도는 알아서 터득했고, 그 어떤 실수에도 정신이 흐트러지는 법이 없었다. 아버지의 꾸지람을 받으면 눈에 눈물을 달며 서 있는 엘리미아와 달리, 그는 표정 하나 흐트러지지 않은 채 기꺼이 엄벌을 받곤 했다. 엘리미아가 읽어도 읽어도 이해할 수 없는 책들을 위그는 한두 번이면 간단하게 이해를 해 버렸다.

심지어 엘리미아는 위그가 세상을 터득하고 인간을 파악하는 데서는 그야말로 천재적인 재능이 있다고 믿었다. 그는 언제나 엘리미아가 만나는 사람들의 본질을 너무 쉽게 파악했고, 그들이 가진 악의를 금방 보아냈다. 한때 엘리미아가 가장 친한 친구라고 믿었던 한 후작 영애를, 위그는 바로 한눈에 거리를 두라고 말했다. 물론 엘리미아는 그의 권고를 듣지 않았다. 그 후작 영애가 엘리미아의 흉을 보고 있음이 드러나기 전까지는.

그날 방에 틀어박혀 펑펑 우는 그녀를 그는 한심하다는 얼굴을 한 채 한동안 보다가 고개를 절레절레 저었다. 그의 눈에는 세상 모든 것들이 다 하찮아 보였다. 자신의 누이를 포함해서.

"나가."

다시 한번 축객령이 떨어지자 엘리미아가 입을 삐죽했다. 아무리 천진하다고 해도 그녀 또한 태생적으로 이디에트의 사람이었다. 그녀는 자신을 이렇게 대하는 동생에게 겁을 먹고 순순히 나갈 성격이 아니었다. 그래서 잠시 책상을 두리번거리던 그녀는 책상 모퉁이에 있는 잉크를 발견하고는 장난스럽게 웃더니 갑자기 잉크병을 들어 위그가 보고 있던 종이 위로 마구 뿌려 댔다.

"이게 뭐 하는……."

"그렇게 방해된다니 나갈게."

위그는 엘리미아의 행동에 바로 자리에서 일어났다. 그러나 엘리미아는 새침하게 고개를 들고 방을 나갈 뿐이었다. 마치 파티에서 퇴장하는 귀부인처럼 고고한 뒷모습을 남긴 그녀를 보던 위그가 얼굴을 일그러뜨렸다. 그가 보고 있던 것은 아버지가 그에게 맡긴 것으로, 꽤 중요한 서류였던 것이었다.

그러나 그는 엘리미아를 쫓아 나가 그녀에게 분노를 표하지는 않았다. 그의 아버지는 언제나 입버릇처럼 네 누이는 여자이니 언제나 그녀에게 양보해 주어야 한다고 말했다. 그리고 이것은 어머니 또한 마찬가지였는데, 여자아이들은 원래 새침하고 감정적인 존재라서 화를 내고 앙탈을 부리는 것이 당연하므로 네가 이해해 주어야 한다고 했다.

이디에트 공작 부부는 언제나 자신들의 아들이 훌륭한 귀족 남자로 자라기를 원했다. 그리고 훌륭한 귀족 남자의 덕목은 자신보다 약한 숙녀의 변덕과 히스테리를 언제나 용납해 주고, 그녀들을 보호해 주는 것이었다. 그래서 그는 어렸을 때부터 엘리미아의 모든 장난을 꾹꾹 참고 넘어가 주었다. 훌륭한 귀족 남성은 절대 자신보다 약하고 여린 레이디에게 분노와 폭력을 가해서는 안 되는 것이었다. 물론 여배우와 뒷골목 여자들은 그 정숙하고 훌륭한 레이디의 범주에 있지 않으니, 때리지 않고 분노를 드러내지 않는 것으로서 기본적인 의무만 다할 필요가 있다고 그는 배웠다.

한때는 대체 왜 그래야 하는지 몰랐던 때가 있었으나 그는 크면서 그것을 자연스럽게 몸에 새기고 머리로 깨달았다. 이것이야말로 진정한 노블레스

오블리주였고, 그가 귀족으로서 이행해야 하는 의무였다. 물론 엘리미아는 왜 자꾸만 '후계자로서 동생을 존중해 주어야 한다'는 공작의 말을 무시하는지 모르겠지만, 위그는 그냥 제 누이가 멍청해서 그렇다고 결론을 내 버렸다.

결국 위그는 손수건을 들어 잉크를 닦으며 오늘 저녁은 아무래도 편하기는 글렀다고 생각했다. 이 중요한 서류를 더럽혔으니 이디에트 공작이 가만히 넘어갈 리가 만무했기 때문이었다.

그리고 그의 생각은 그대로 들어맞았다.

"이게 어찌 된 일이냐."

노기 섞인 이디에트 공작의 목소리에 엘리미아는 움츠러들었다. 커다란 테이블의 가장 끝에 앉은 공작은, 자신의 옆에 아들을 세워 놓고 잉크로 엉망이 된 서류를 집어 들었다. 그의 왼쪽 소파에는 공작 부인이 우아하게 차를 들고 있었다. 엘리미아는 그 옆에서 분노에 찬 자신의 아버지와 그저 묵묵히 서 있는 위그를 보다가 덜덜 떨리는 손을 꼭 맞잡았다. 그녀는 자신의 아버지가 분노하는 것을 무척 무서워했다.

"이 서류가 얼마나 중요한 것인지 내가 그렇게 말을 했는데도 기어이 이꼴을 만들어 놓느냐."

"죄송합니다."

"이게 진정 후계자로서 네가 보여야 하는 모습이더냐."

위그는 입을 다물고 묵묵히 서 있었다. 이디에트 공작의 일그러진 얼굴에도 그는 아무런 말도 하지 않았다.

엘리미아는 한편으로는 자신이 저지른 일이라고 자백을 할까 고민했지만 다른 한편으로는 공작의 분노에 위그가 진실을 말할까 봐 분위기만 살폈다. 이디에트 공작은 자신의 딸을 사랑했지만, 그렇다고 모든 잘못을 그저 웃고 넘어갈 정도는 아니었던 것이었다.

그러나 놀랍게도 위그는 끝까지 이디에트 공작에게 엘리미아의 이름을 말하지 않았다.

"후계자로서 실격이다."

"죄송합니다."

"이런 실수를 벌이고도 아무런 일도 없을 것이라고 생각하진 않았겠지. 오늘 저녁은 벌로 배에 달하는 서류를 검토해야 할 것이고, 내일 전까지 읽어야 하는 서적의 양도 늘릴 것이다. 그 전에 나와 연무장으로 나가는 것이 좋겠다."

말을 마친 공작은 서늘한 얼굴로 집사의 손에서 검을 받아 들었다. 엘리미아는 보기만 해도 묵직한 검을 보다가 몸을 떨었다. 말이 연무장이지, 그녀는 이것이 공작의 '교육'임을 알았다. 아무리 위그가 검에 천재적인 재능을 보인다고 해도 젊은 시절, 사관 학교에서 엄격한 훈련을 받은 데다가 연륜까지 있는 아버지를 이길 수는 없었다. 게다가 두 사람은 체격 차이도 큰 편이었다. 그렇다는 것은 오늘 위그가 받는 건 기실 '체벌'이라는 뜻이었다.

엘리미아는 이디에트 공작이 나가자마자 시종과 함께 방으로 옷을 갈아입으러 나가는 위그를 보고 급히 공작 부인의 팔을 잡았다.

"어, 어머니, 아버지를 말려 주세요."

"왜?"

"네?"

"네 동생은 후계자로서 아버지의 기대에 어긋났다. 벌을 받는 게 당연해."

공작 부인은 자신의 아들이 벌을 받는 것이 당연하다는 듯이 굴었다. 그리고 실제로도 공작 부인은 그렇게 생각하고 있었다. 그는 자신의 아들을 꽤 사랑했고, 그 사랑을 그가 훌륭한 귀족이 될 수 있게 키우는 것으로 표현을 하고 있었다.

"네 아버지도 정도를 아시는 분이니 너무 과하게 굴지 않으실 것이다."

"하…… 하지만."

엘리미아는 결국 눈에 눈물을 그렁그렁 달았다. 그 모습에 공작 부인이 미간을 미미하게 찌푸렸다. 어머니의 그런 모습에 엘리미아는 결국 눈을 질끈 감고 입을 열었다.

"사실 저 잉크는 제가 쏟은 것이에요."

공작 부인은 다소 의아한 얼굴을 했다. 그러고는 뭔가 생각하는 듯하다가 길게 숨을 내쉬었다. 그러나 그녀는 이대로 남편을 찾아가 아들의 면죄를 청하기보다는 손에 들린 찻잔을 내려놓았다. 그리고 제 딸을 향해 입을 열었다.

"하지만 네 동생은 그 말을 하지 않았어."

"……그건."

엘리미아는 위그가 왜 마지막까지 아무런 말도 하지 않았는지 알 수 없었다. 그는 그저 무표정하게, 아이답지 않은 얼굴로 서 있었다. 공작 부인은 딸의 뒤통수를 쓰다듬으며 말했다.

"네 동생이 너를 보호해 주고 싶었던 모양이구나. 훌륭하게도."

"훌륭한 것인가요?"

"그래, 훌륭한 신사는 레이디의 작은 실수 정도는 감싸 줄 도량이 있어야 한단다. 그리고 애초에 그 아이가 직접 말을 하지 않은 이상, 스스로 감당해야 하는 것임은 틀림이 없어."

"……."

"자, 너는 걱정 말고 이제 방으로 들어가서 자렴. 훌륭한 귀족의 덕목이 책임감이라면, 훌륭한 레이디의 덕목은 규칙적이고 정숙한 생활이야. 내일 예절 선생님이 수업을 하러 오시는데, 부은 얼굴로 맞이하고 싶은 건 아니겠지?"

결국 엘리미아는 방으로 돌아갔다. 유모와 시녀들의 시중에 잠옷으로 갈아입은 뒤, 침대에 들어가 잠을 청하면서도 그녀는 자신의 행동에 죄책감이 몰려와 결국 잠에 들 수가 없었다. 그렇게 째깍거리는 시계 소리만

듣던 그녀는, 결국 침대에 누운 지 한참이 지난 뒤 외투를 걸치고 살금살금 위그의 서재로 갔다.

똑똑.

조용하게 문을 두드린 엘리미아가 안절부절못하며 답을 기다렸다. 아직 돌아오지 않은 것일까. 아니면 이미 방으로 돌아간 것일까. 하지만 오늘 저녁 봐야 할 서류가 많다고 했는데. 속으로 오만 가지 생각을 하던 그녀는 얼마 지나지 않아 들려오는 위그의 차가운 목소리에 활짝 웃었다.

"들어와."

그녀는 조심스럽게 문을 열었다. 낮과 달리 촛불이 일렁이며 방 안을 환하게 비추고 있었다. 과연 벌을 내리겠다고 하던 공작의 말이 거짓은 아닌지 그의 책상 위에는 서류가 산더미처럼 쌓여 있었다.

엘리미아는 조심스럽게 문을 닫았다. 위그는 또 왜 왔느냐는 듯이 그녀를 힐끔 보고 미간을 좁혔다. 그러나 그의 펜은 끊임없이 움직였다. 엘리미아는 동생 특유의 필체를 보다가 입을 꼭 다물었다. 위그는 누나가 한동안 침묵을 하자 그냥 귀찮다는 듯이 고개를 숙이고 그녀가 스스로 말하기를 기다렸다.

엘리미아는 동생의 시큰둥한 얼굴을 보다가 입을 꼭 다물었다. 그리고 결국 고민 끝에 입을 열었다.

"아버지한테 많이 혼났어?"

"그래."

"……미안해."

엘리미아는 기어들어 가는 소리로 작게 사과했다. 그러나 위그는 딱히 그녀의 사과에 반응을 하지 않았다. 엘리미아는 그래서 동생이 자신에게 엄청 화가 났다고 생각했다. 그래도 누나인데 어떻게 그럴 수가 있어. 그녀는 자신을 질책했다.

위그는 길게 말이 없다가 결국 엘리미아가 자신의 눈치를 보며 다시 입을 열 즈음에 펜을 놓았다. 그는 마지막 서류를 왼쪽으로 밀어 놓고 오른쪽에 있는 책을 들어 자신의 앞에 놓았다. 이디에트 공작이 내준 것이었다. 오늘 저녁까지 읽고 내일 아침 그에게 책에 대한 간단한 보고를 마쳐야 했다.

"화 많이 났……."

"아니."

"화났잖아."

엘리미아는 동생의 반응에 입을 꼭 다물었다. 어쨌든 그녀가 잘못했으니 이러는 것도 당연하다고 생각했다. 그러나 정작 위그는 그저 무심한 얼굴로 고개를 들었다. 놀랍게도 그는 진짜로 엘리미아의 행동에 분노 따위를 하거나, 일부러 그녀를 난감하게 하려는 게 아닌 것으로 보였다.

그는 엘리미아가 왜 이러는지 모르겠다는 얼굴로 그저 한숨을 가볍게 쉬더니 입을 열었다.

"딱히 화나지 않았어. 할 일이 많아서 이러는 것이니까 괜히 넘겨짚지 마."

"진짜? 그럼……."

엘리미아는 위그가 확실하게 화가 나지 않았음을 확인하고 다시 조심스럽게 그에게 말했다.

"고마워."

"뭐가?"

"오늘 저녁 아버지한테 내가 그런 것이라고 고자질하지 않아서."

엘리미아의 말에 위그가 미미하게 미간을 좁혔다. 그는 그제서야 엘리미아가 왜 이러는지 알 것 같았다. 그러니까 지금 죄책감 따위를 가져서 이러는 것인가. 그렇다 쳐도 그녀는 결국 이디에트 공작이 그를 꾸지람할 때 나서지 않았다. 물론 그걸 흔쾌하게 받아들일 정도로 아량이 넓은 것은 아니었지만, 그렇다고 엘리미아를 질책할 정도로 그는 그것이 이상한 일이 아니라고 생각했다. 여자아이들은 원래 겁이 많다. 자신도 어느 정도 경외를 갖고 있는 아버지에게 누나가 겁을 먹는 것은 당연한 일이라고 생각했다. 물론 그게 한심하다고 생각은 했지만.

"딱히 그럴 이유 없으니까."

"고마워, 그래도."

"그리고 어차피 너는 여자니까."

"……응?"

"어차피 그렇지 않나, 여자아이들은. 책임감도 없고 멍청하고 한심하고, 너는 그중에서도 유난히 곱게 자랐으니 당연히 그렇겠지."

의외의 말에 엘리미아가 멈칫했다. 위그는 굳이 고개도 들지 않고 무심하게 말을 이었다.

"그러니 이상할 것 없어. 미안하다는 말로 시간 낭비 하지 말고 빨리 나가. 귀찮으니까."

여자아이들은 원래 약하고 예민하고, 감성적이고, 그러니 위그는 엘리미아의 행동이 이상하다고 생각하지 않았다. 특히 그는 곧 가주가 될 사람이었고, 그의 누이는 이 가문의 공녀였다. 후계자로서 누이의 잘못을 감싸 주는 것은 당연했다.

그의 대답에 방금까지 어떻게든 반복해서 사과의 말을 건네던 엘리미아가 갑자기 잠잠해졌다. 그 침묵이 그가 페이지를 넘길 때까지 지속이 되자 결국 위그가 고개를 들었다. 그러나 촛불에 비낀 엘리미아의 얼굴을 본 그가 움찔했다. 방금까지 어른처럼 싸늘하게 앉아 있던 그가 처음으로 아이 특유의 어쩔 줄 몰라 하는 모습을 드러냈다.

엘리미아는 눈가에 눈물을 매달고 있었다.

위그는 현저하게 당황한 얼굴을 했다. 그는 엘리미아가 왜 이러는지 알 수 없었다. 자신이 엘리미아를 뭐 어떻게 한 것도 아니고. 그렇지만 그녀가 울고 있는 것은 사실이었다. 그는 누가 우는 것을 꽤 무서워했다. 우는 것은 자신이 해결을 할 수 없었기 때문이었다.

"왜⋯⋯."

그는 결국 미간을 좁히다가 작게 물었다. 그러나 엘리미아는 입술을 꽉 깨물더니, 눈물에 완전히 젖어 가라앉은 목소리로 말했다.

"내일 아침 아버지한테 사실대로 말씀드릴 거야."

이제 위그는 더욱더 어리둥절해질 수밖에 없었다. 그러나 말을 마친 뒤 엘리미아는 바로 몸을 돌려 서재를 뛰쳐나갔다.

쾅, 하고 문이 닫히는 순간, 위그가 길게 한숨을 내뱉었다. 그는 어린아이 같지 않은 얼굴로 이마를 짚더니 결국 다시 의자에 기댔다.

그는 도저히 엘리미아가 왜 저러는지 알 수 없었다. 계집애 같다고 한 게 그렇게 큰 모욕인지 모르겠다. 그리고 애초에 엘리미아는 여자아이였다. 그러니 당연히 그럴 수밖에 없지 않은가. 결국 그는 생각을 거듭하다가 그냥 엘리미아에 대한 생각을 머릿속에서 지워 버리기로 했다. 이디에트 공작이 언제나 말하던 것처럼, 어차피 저것 또한 결과적으로 엘리미아의 수많은 히스테리 중 하나라고 믿으며.

* * *

엘리미아는 과연 다음 날 아침, 공작에게 진실을 말했다. 그러나 공작은 딸의 말에 그저 앞으로는 그런 짓을 하지 말라고 엄숙하게 몇 마디 훈계를 하고는 더 이상 다른 말을 하지 않았다. 엘리미아는 그러한 아버지의 태도에 스스로 반성문을 쓰겠다고 했다. 하지만 공작은 굳이 딸에게 더 많은 것을 바라지 않았다.

"아버지, 제가 잘못했어요. 제가 누나로서 옳지 않은 모습을 보여 주었어요."

"괜찮다. 네 동생이 너 대신 벌을 받았으니까."

"벌을 대신 받는 게 어디 있어요. 저는 누나인데."

"네 동생은 사내로서 당연한 임무를 했던 것이다. 제 누이를 보호하는 것이 훌륭한 신사의 덕목이니까."

"하지만…… 제가, 여자아이라서, 위그가 저를……."

엘리미아는 괜히 자존심이 상한 듯 입을 열었다. 그러나 그녀는 자신이 왜 자존심이 상하는 것인지 알 수 없었다. 그리고 너무 당연하게도 공작 또한 그런 딸의 생각을 이해하지 못했다. 그는 아들의 호의를 딸이 받아들이지 않는 것을 의아하게 여겼다. 한편으로는 훌륭한 레이디로서 자신의 잘못을 인정하는 모습을 보여 주는 것이 꽤 대견스럽기도 했다. 그리고 누나의 잘못을 감싸 주는 아들 또한 꽤 기특하다고 생각했다.

"굳이 그런 식으로 생각할 필요 없다. 앞으로 사교계에서 모든 신사들이 그렇게 너를 대할 것이다. 네가 무엇을 잘못하든, 그들은 다 인내하고 감당할 필요가 있어. 너는 이디에트의 공녀니까."

공작이 내준 임무를 보고하러 왔던 위그는 그 모습을 보다가 그럼 그렇다는 듯이 한숨을 쉬었다. 그러나 그는 딱히 그게 화가 난다거나 하지는 않았다. 그는 공작의 뜻을 잘 알았다. 다만 그를 조금 놀라게 했던 것은 엘리미아가 진짜로 공작에게 자신이 했다고 말한 것이었다.

결국 엘리미아는 공작 대신 예법 선생님한테 숙녀답지 못한 행동이었다고 크게 꾸지람을 들었다. 우아한 숙녀라면 그런 식으로 자신의 분노를 표현해서도 안 되었고, 무엇보다도 사무를 보는 동생을 방해해서는 안 되는 것이었다. 물론 후에 진실을 말한 것은 잘한 것이었지만. 그래서 그녀는 자수 숙제를 더 받는 것으로 벌을 받았다.

그 뒤로 두 남매의 관계는 얼핏 보면 바뀐 게 없었다. 위그는 그저 후계자 수업에 매진했고, 엘리미아는 숙녀 수업에 매진했다. 그러나 그 이후에 엘리미아는 단 한 번도 위그의 서재에 찾아온 적이 없었고, 절대 동생에게 장난을 치지 않았다. 아마 그녀 또한 어렴풋이 깨달았던 것 같다. 결과적으로 그는 영원히 동생을 이길 수 없으며, 기실 이길 방도 또한 없었다.

그녀는 동생과 경쟁을 할 자격조차도 없었다.

과거 위그가 그녀의 장난에 걸려 주고, 그녀가 하는 놀음에 속수무책으로 당하기만 했던 것은 결과적으로 그가 아기고 그녀가 어느 정도 나이가 있어서 가능했던 것이었고, 조금씩 커 가는 과정에 두 사람은 완전히 다른 방향으로 삶이 틀어졌다. 그리고 어느 순간부터 그녀의 장난 모두, 위그에게는 그저 '우아한 레이디에게 져 줄 수밖에 없는' 게임이 된 것이었다.

그게 불공평하다고 생각해 본 적은 없었다. 이상하다는 생각은 해 보았다. 하지만 모든 의문 하나하나가 결국에는 끝을 맺지 못한 채 허공에서 싹둑 잘렸다. 그리고 그것은 위그 또한 마찬가지였다. 다만, 그는 조금 더 어린 나이에 그것을 깨달았을 뿐이었다.

그 뒤로 두 사람이 서로의 상황에 약간의 인지를 한 것은, 위그가 성인이 된 후였다. 이디에트 공작은 절대적으로 아들이 계집들의 치마폭에 빠지지 않기를 바랐다. 그래서 결국 그가 성인이 된 뒤, 귀족들 사이에서 가장 높은 '몸값'을 가진 여인을 그의 방에 밀어 넣었다.

그날 밤에 무슨 일이 있었는지는 굳이 상상하지 않아도 되었다. 여인은 적극적으로 위그를 유혹했고, 위그 또한 이것을 예상하지 못한 것은 아니었기에 그녀를 안았다. 그것은 무척 당연한 절차였다. 그리고 이디에트에 있어서도 당연한 과정이기도 했다. 그럼에도 불구하고 오늘 저녁 네 방에 누군가가 갈 것이라는 말을 들었을 때, 위그는 조금 떨었다. 그것은 기대보다는, 기실 일종의 거부 반응에 가까웠다. 사랑하지도 않는 여자를 안아야 하는, 마지막으로 마음속에 갖고 있던 한 가닥의 본능을 채우고 있던 사슬을 끊어 버리는 그러한 것.

그럼에도 그 예쁘게 포장된 폭력을 그는 받아들였고, 남자가 되었다. 조금 두려움을 갖고 시작된 밤은 결과적으로 아주 황홀한 아침과 함께 끝이 났다. 그는 더 이상 여자에게 관심을 갖고 있지 않았다. 그는 이미 여자의 구석구석을 배워서, 더는 호기심 따위를 가질 필요가 없다고 생각했다. 그리고 실제로도 그러했다. 여자는…… 그에게 침대를 덥히는 것 이상의 가치를 가지지 못했다. 그는 그것을 결국 마땅한 것으로 받아들였다.

그리고 아주 당연하게, 엘리미아에게 공녀로서의 의무를 요구했다.

"아버지. 제발."

엘리미아는 엉엉 울면서 이디에트 공작의 소매를 잡았다. 그녀의 얼굴은 완전히 눈물범벅이 되어 형체를 알아볼 수 없게 되었다. 공작가의 홀에 모인 이들은 그녀의 모습을 보다가 결국 안타까운 얼굴로 눈을 질끈 감거나 고개를 돌렸다. 그들의 앞에는 공작이 붙인 이가 끌고 온 '엘리미아의 연인'이 있었다.

그래, 그녀가 매일 밤 만나러 갔던 그 남자. 그래서 결국 공작의 심기를 건드린 그 평민 남자.

그러나 공작가의 홀에 있는 그의 모습은 더 이상 인간의 것이 아니었다. 공작가의 기사는 그를 찾아내기가 무섭게 감히 공녀를 유혹한 세 치 혀를 자르고 공녀를 안았던 사지를 잘랐다. 그 뒤로 이어지는 구타에 결국 정신을 완전히 잃은 그는, 자신이 감히 마음을 품은 공녀와 그녀의 가족 앞에 마치 짐승처럼 전시되었다.

"아버지. 제발. 제가 잘못했어요. 제가, 제가 잘못했어요. 아버지. 제가 잘못했어요. 그러지 마세요. 제발."

엘리미아는 엉엉 울면서 공작의 소매를 잡았다. 바닥에 꿇어앉은 채 자신에게 빌고 있는 딸을 차가운 얼굴로 보던 공작이 입을 뗐다.

"저자가 네가 사랑하는 사내더냐."

"아니에요. 아버지. 그런 게 아니에요. 제가, 제가 너무 멍청했어요. 제가 공녀로서의 책임을 자각하지 못하고……."

"당연히 너 또한 공녀로서의 책임을 저버렸지. 하나 너는 이디에트의 공녀다. 이디에트의 공녀는 무엇을 하든 틀리지 않아."

"아버지."

엘리미아는 결국 발악할 듯이 공작의 소매를 잡았다. 멀리서 그것을 보던 그녀의 유모가 한숨을 가볍게 쉬었다. 몇 년 전 공작 부인이 독감으로 눈을 감은 뒤, 한동안 침울해 있던 엘리미아는 이 사내를 만나며 겨우 생기를 되찾는 듯했다. 그래서 그녀 또한 공작에게 숨긴다고 숨겼는데 결국 이 사달이 난 것이었다.

공작은 자신의 딸을 보다가 다시 피범벅이 된 사내에게 눈길을 돌리고선 읊조렸다.

"엘리미아. 저게 네가 사랑한 사내다."

"아버지."

"저 사내는 너를 지켜 주지도 못하고, 너를 행복하게도 못 해. 제 아내와 딸도 지키지 못할 사내다. 그런 사내가 무슨 쓸모가 있다고 그리 목을 매느냐. 너는 이디에트 공작가의 딸인데."

"하지만, 하지만……."

"제2왕자와 혼담이 오가고 있는 중이다."

"……!"

"너는 꼭 이 바쳴론, 아니, 이 대륙에서 가장 강하고 훌륭한 남자와 결혼해, 가장 고귀한 여성으로서 모두의 위에 군림해야 할 것이다. 그러니 저 사내는, 잊어."

"아버지!"

"죽여라."

말을 마치는 찰나, 피비린내가 홀을 메웠다. 방금까지 꺽꺽거리던 사내의 호흡이 완전히 자취를 감추었다. 그 순간 엘리미아가 그만 바닥에 철퍼덕 쓰러졌다. 그리고 필사적으로 자신의 연인을 향해 기어가는 그녀를 유모와 시녀장이 급히 말렸다.

공작은 그런 딸을 복잡한 눈길로 보다가 걸음을 옮겼다. 시종과 시녀들이 급하게 피를 닦고 기사들이 시체를 옮겼다. 유모는 까무러칠 듯 우는 엘리미아를 품에 안고 한숨만 쉬었다.

"공녀님. 괜찮아요. 공녀님은 우아한 숙녀이시니, 더 훌륭한 남자를 만나 행복해질 수 있어요."

"하지만…… 하지만, 하지만 저 사람은 하나인데. 흑. 저 사람은 한 사람뿐인데."

결국 유모와 시녀장, 그리고 몇몇 기사들이 엘리미아를 안고 방으로 옮겼다. 그러나 계단을 밟는 순간, 엘리미아는 위에서 자신을 보고 있던 위그를 발견하고 그만 멈춰 섰다.

위그는 무심한 표정으로 서 있었다. 차갑게 식어 그녀를 내려다보고 있는 눈빛에는 기묘한 감정이 깃들어 있었다. 그것은 여과 없는 경멸이었다. 한심하다는 듯이 그가 얕게 숨을 내쉬었다. 그 눈빛을 본 엘리미아의 눈에 완전한 절망이 깃들었다. 그녀는 어린 시절부터 자신을 응시하던 그 차가운 눈동자를 곱씹다가 결국 정신을 놓고 시녀들에게 들려 방으로 들어갔다.

그리고 이 모든 것을 보던 위그가 쯧 혀를 찼다.

별것도 아닌 멍청한 일에 목을 매는 것이 여자라지만, 그것을 감안해도 그는 엘리미아가 한없이 한심하다고 생각했다. 이디에트의 공녀로서 그녀가 누린 것이 셀 수 없이 많다. 그것을 누리면서 결국 어찌 자신에게 돌아올 것인지 몰랐단 말인가. 그 본질을 굳이 생각해 본 적은 없으나, 그는 엘리미아가 저렇게 구는 것이 공녀로서 실격이라고 생각했다.

그래서 그는 그저 걸음을 옮겼다. 그는 엘리미아의 말을 곱씹다가 다시 싸늘하게 고개를 저었다.

멍청하기 짝이 없다. 세상에 유일무이한 게 어디 있는가.

설사 있다고 해도, 그것은 결코 그의 털끝 하나 건드리지 못할 것이다.

얼마 지나지 않아 엘리미아는 제이슨과 결혼하고 그로부터 1년 뒤, 변방의 반란을 진압하러 갔던 공작이 전사하여 위그는 무사히 공작이 되었다.

몇 년 뒤, 위그 이디에트와 비비안 로젤리스의 결혼 소식이 수도를 흔들었다.

2
그 소녀의 초상화

　제이콥 로젤리스, 로튼 상단의 후계자인 그가 이 세상에서 절대적으로 건드리면 안 되는 사람이 있다면, 그것은 놀랍게도 이 가문의 가주도, 안주인도, 그렇다고 그의 자리를 위협하는 사생아도 아닌 동복 막내 여동생이었다.

　어렸을 때부터 거의 웬수처럼 지내던 제이콥과 비비안의 전쟁사를 말하자면 그것은 아마 수도에 있는 대형 도서관의 한 면을 거의 채울 정도의 분량의 대서사시가 나올 것이 분명했고, 그 대서사시의 부제는 당연하게도 '비비안 로젤리스의 승리사'였다.

　믿기 힘든 사실이지만 수백, 수천, 수만 번의 '대치'는 대부분 비비안 로젤리스의 승리로 끝났다. 그녀는 그야말로 상대가 철저하게 복종해 패배를 인정하기 전까지는 절대로 상대를 그냥 놔두는 법이 없었다. 그 대표적인 일례로, 그녀와 말싸움을 벌이다가 도저히 이길 것 같지 않자 제이콥이 비비안에게 어디서 주워들었는지 '남자는 계집애와 싸우지 않아, 내가 양보해 주지' 따위의 말을 내뱉은 적이 있었다.

그리고 그날 저녁, 비비안은 하녀들의 방에서 몰래 빨간색 구두약을 훔쳐, 자고 있는 제이콥의 방에 잠입해 그의 얼굴을 구두약으로 범벅을 만들어 놓았다.

당연하지만 다음 날 아침, 로젤리스 일가는 완전히 뒤집어졌다. 얼굴이 새빨개진 제이콥은 완전히 패닉 상태에 빠진 채 아침도 먹지 않고 미친 듯이 얼굴을 닦았다. 그리고 하녀들과 아이들에게 하나하나 물어 가면서 결국 비비안이 한 짓을 밝혀낸 로젤리스 부부는 비비안을 크게 혼냈다.

"이게 대체 무슨 짓이냐! 어떻게 오라비 얼굴을 저런 꼴로 만들어 놓을 수가 있어!"

아버지의 호통과 어머니의 질책 앞에서 비비안은 단숨에 눈물을 그렁그렁 매달았다. 그녀는 어머니에게서 물려받은 연기력을 온몸으로 발산하며, 엉엉 울면서 자신의 잘못을 빌었다. 그에 회초리로 딸의 다리를 때리던 로튼 단주는 결국 오라버니에게 용서를 빌고 며칠 동안 방 안에 그녀를 가두는 것으로 합의를 보았다.

물론 비비안은 아주 흔쾌하게 제이콥에게 용서를 빌었다. 그러나 그녀는 이 순간마저도 절대 평범한 방식으로 용서를 빌지 않았는데, 바로 제이콥에게 "오빠는 남자다우니까 당연히 나를 용서해 줄 거지?" 따위의 말을 했던 것이었다. 그리고 이 순간 그녀를 용서해 주지 않으면 남자답지 않아지는 모순에 빠진 제이콥은 결국 제 동생에게 화 한번 내지 못하고 그녀를 용서해 주었다. 그야말로 어른인 척하고 싶은 소년의 심리를 제대로 이용한 수법이었다.

비록 며칠 동안 방 안에 갇혀 있어야 한 데다 다리에 회초리 자국이 선명하게 남긴 했지만 비비안은 하나도 슬퍼하지 않았다. 구두약이 제대로 지워지지 않아 제이콥이 학교에 갈 때마다 얼굴을 가리고 있어야 했기 때문이었다. 그녀는 저택 앞에서 얼굴을 가리면서 마차에 뛰어드는 제 오빠를 창문

너머로 보면서 악동처럼 웃었다. 그녀의 옆에서 카트린이 이마를 짚었으나 어쨌든 이건 누가 봐도 제이콥이 진 싸움이었다.

하나를 받으면 둘을 돌려주는 성격이라 비비안은 어렸을 때부터 절대 손실을 보는 법이 없었다. 그리고 그런 그녀를 타이르는 것은 언제나 착하고 성숙한 카트린의 몫이었다. 그녀는 어렸을 때부터 비비안과 정반대 성격으로, 언제나 이 집에서 엄마 대신 모든 일을 혼자 도맡아 했다. 그리고 너무나도 자연스럽게, 비비안을 교육하는 것 또한 그녀의 임무로 떨어졌다.

굳이 말하자면 비비안은 카트린을 꽤 좋아했다. 이 집에서 그녀가 좋아하는 인물을 고르라면 세 손가락 안에 꼽을 수 있었다. 그 세 사람은 각각 리암, 카트린, 메이슨이었다. 부모님이야 원래 사랑해야 한다고 끊임없이 교육을 받았으니 굳이 넣지 않았다 치고, 결과적으로 제이콥만 그 안에 들어가지 못한 것이었다.

물론 비비안은 제이콥을 싫어하지는 않았다. 어쨌든 제이콥은 집 밖에서 그녀가 괴롭힘을 받으면 유일하게 그녀의 손을 잡고 그녀를 괴롭힌 아이들의 집 대문을 두드리며 대신 복수를 해 주는 인물이었다. 워낙에 체격이 건장한 데다, 로튼의 장남이라는 사실은 대부분 평민 아이들이 그를 건드리지 못하게 했다. 그리고 비비안은 언제나 제이콥의 뒤에 숨어서 그것을 흥미진진하게 보고 있었다.

로젤리스 남매의 관계는 이렇게 기묘했다. 그들은 서로를 언제나 사랑했고, 서로를 누구보다도 아꼈다.

동시에 이것은 비비안 로젤리스의 행동에 모두가 꼼짝없이 휘둘리고 당하는 데에 단단한 기반을 마련해 주기도 했다.

어찌 되었든 그들의 과거가 꽤 평범하고 이상적이었다는 것은 부정할 수 없는 사실. 나름대로 그럴듯하게 포장된 남매들 사이에 본격적으로 균열이 생기기 시작한 건, 아니, 정확히 말하자면 이미 생긴 수많은 균열을 제대로 비비안이 여러 사람들 앞에 보이기 시작한 것은, 그녀의 첼로 선생님 하젤이스더가 등장하고부터였다.

그러니까 이건, 그 소녀가 사랑한 수많은 자아 중 하나의 이야기였다.

* * *

비비안은 천성적으로 예술에 깊은 흥미를 보였지만 그렇다고 예술적 재능을 타고난 아이는 아니었다.

카트린을 따라 수도에서 꽤 유명한 성악 선생님의 제자들 중 한 명이 된 그녀는 선생님이 가르치는 모든 아이들 중에서 가장 음악 이론을 빨리 배우는 아이였지만 동시에 가장 음에 대한 감각이 없는 학생이었고, 역시나 카트린을 따라 들어간 어린이 무용단에서는 선생님의 시범 동작을 가장 빨리 외울 수 있는 학생이었으나 동시에 가장 모방을 못 하는 학생이기도 했다.

좋게 말해서 예술적 재능이 없는 것이지 솔직하게 말하자면 그녀는 애초에 음악이나 무용에는 바보 천치라고 해도 좋을 정도로 감각이 없었다. 그녀가 배우인 자신의 어머니에게서 물려받은 것이란 그저 곱상한 외모와 가끔 오빠를 때리고 시침을 뗄 때 쓰는 연기력뿐이었다.

그러나 그것과 무관하게 바첼론은 고상한 레이디가 전문적인 성악가나 무용가 수준으로 예술에 조예가 깊기를 바라지는 않았지만 그래도 기본적으로 우아한 분위기나 교양을 뽐낼 수 있는 수준은 갖추기를 바라는 곳이었다. 그들은 여자아이들의 교양과 기품은 예술에서 온다고 믿었으며, 돈이 좀 있는 집안에서는 어떻게든 딸에게 좋은 선생님을 마련해 주고자 애를 썼다.

물론 로젤리스 일가는 수도에서 비록 빼어나지는 않았어도 그럭저럭 괜찮게 이윤을 내는 상인 집안이었기 때문에 카트린과 비비안을 어떻게든 다른 집 여자아이보다 부족하지 않게 키우기 위해 노력을 했다. 그러나 안타깝게도 로젤리스의 돈은 비비안의 부족한 재능을 채우기에는 역부족이었다.

결국 방법을 대다 못해 한 걸음 물러난 로젤리스 부인은 직접 몸을 쓰는 것 대신, 악기 하나를 배우는 게 나을 것이라고 판단하고 선생님을 찾았다.

그렇게 들어온 이가 비비안의 첼로 선생인 하젤 이스더였다. 그는 수도의 삼류 음악학원에서 갓 졸업한 학생으로서, 열여섯 살인 비비안보다 두 살이 많았다.

삼류 음악학원을 나왔다 뿐이지 사실 그는 수도에 있는 왕립 음악학원의 학생들보다도 더욱더 재능이 있었다. 다만 왕립 음악학원은 언제나 귀족이나 돈이 있는 상인가 자제들의 놀이터였기에 그저 시골의 평범한 농부의 다섯 번째 아들로 태어난 하젤은 감히 갈 엄두를 내지 못하는 곳이었다. 동시에 그의 이러한 가정 배경은 바로 로젤리스 부인이 그의 실력에 기대를 가진 이유이기도 했다. 그 정도로 어려운 집안에서 장학금을 받으며 음악 공부를 했다는 것은 웬만한 재능이 아니고서야 불가능한 이야기니까.

그리고 무엇보다도 로젤리스 부인은 제 둘째 딸의 성정을 얼추 알았다. 안 그래도 집안에서 거의 반항아의 상징으로 통하는 비비안을 얌전하게 얼러서 첼로 수업을 듣게 하려면 선생님의 인격적 매력은 꽤 중요하다고 생각했다. 그리고 로젤리스 부인이 보기에도 젊고 잘생긴 데다가 무엇보다도 밝은 성격의 하젤은 인격적 매력이 꽤 훌륭한 교사였다. 물론 이 부분은 로튼 단주의 불만을 자아냈지만, 로젤리스 부인은 이 상태로 가면 딸이 예술은커녕 도레미도 까먹고 살 것이라고 남편에게 호소했다.

어쨌든 그렇게 하젤과 비비안의 역사적인 첫 만남이 진행되었다. 피아노를 배우는 것도 힘들어 죽겠는데 무슨 첼로냐며 시큰둥해 앉아 있던 비비안은 문을 열고 들어온 이를 보며 멈칫했다.

"처음 뵙겠습니다. 레이디 로젤리스."

문을 열고 들어온 이는 옅은 밤색 머리카락을 가진 미청년이었다. 정확히 말하자면 앳된 티가 나는, 미소년과 미청년 그 사이쯤에 있는 사내. 꽤 훤칠한 키였으나 날렵한 몸매를 지닌 그는 길거리에서 지나치더라도 한 번쯤은 뒤돌아볼 것이 당연할 정도로 제법 잘생겼다. 다만 가난하다는 것을 증명이라도 하듯, 그의 옷차림은 상당히 남루했다.

비비안은 가볍게 자신의 손등에 키스하는 청년을 보며 언제 불만스러운 얼굴을 했느냐는 듯이 방긋 웃었다. 비비안이 생각보다 선생님에게 그렇게 반항의 뜻을 보이지 않자 로젤리스 부인은 꽤 만족한 듯싶었다. 물론 교사에게 주제 파악을 시킬 생각을 어김없이 하며, 그녀가 방을 나갔다.

비비안은 하젤을 응시했다. 그는 그녀가 여태까지 본 모든 사내들 중에서 가장 잘생겼다. 물론 이 수도에 잘생기기로 소문이 자자한 사내는 수도 없이 많았지만, 열여섯 살의 소녀가 첫눈에 반하기에 하젤은 부족함이 없었다. 게다가 그의 얼굴에서 흘러나오는 모든 분위기가 비비안의 마음을 흔들고 있었다. 한평생 오빠와 집에서 전쟁을 해 온 그녀는 지나치게 공격적이거나 짐짓 아는 것이 많은 척하는 사내를 무척 싫어했다. 이 집에서조차 그녀가 가장 좋아하는 오빠가 메이슨이라는 것을 감안할 때, 하젤의 공격력 없는 외모와 분위기는 그녀를 아주 유혹했던 것이었다.

"잘 부탁드려요. 선생님."

비비안은 샐쭉 웃으며 하젤을 향해 인사했다. 로젤리스 부인에게 자신의 둘째 딸이 사납고 버르장머리 없으니 마음의 준비를 하는 것이 좋겠다고 얼마나 귀에 딱지가 앉게 들었는지 하젤은 그녀의 정상적인 인사에도 안도의 한숨을 쉬고 있었다. 그는 비비안을 향해 빙그레 웃어 주었다. 옅은 연회색 머리카락을 절반가량 묶고 리본으로 고정시킨 비비안의 모습은 영락없는 열여섯 살의 평범한 아가씨 그 이상 그 이하도 아니었다.

"그럼 수업을 시작할까요?"

"편하게 말씀하세요, 선생님."

"아닙니다. 아가씨는 훗날 훌륭한 귀족과 결혼하셔야 할 분. 저 같은 미혼의 가정 교사와 지나치게 편하고 가까운 사이를 유지하는 것은 아가씨에게 좋지 않을 겁니다."

비비안의 의도와 달리 하젤은 엄숙한 얼굴을 하며 거절했다. 그러나 그는 아마 알지 못할 것이었다. 바로 그의 이런 정중한 태도가 어린 비비안을 더욱더 그에게 관심 갖게 했다. 그녀는 조금만 틈을 주면 자신을 건방지게 대하는 사내를 용납하지 않았다.

하젤의 말에 비비안이 뭔가 생각하는 듯하다가 다시 방긋 웃었다.

"알겠어요."

"그럼 수업을 시작하겠습니다. 일단, 기본적인 지식은 어디까지 배웠습니까?"

"아마 선생님이 알고 있는 모든 이론적 지식은 다 알고 있을 거예요."

비비안의 말에 하젤이 미간을 살짝 좁혔다. 아무리 왕립에 비해 한참을 뒤떨어진다고 하나 그래도 자신은 음악학원의 학생이었다. 비비안이 그가 알고 있는 것만큼의 이론적 지식에 능통하다는 사실을 그는 믿을 수 없었다.

"그럼, 몇 가지 질문을 해 보아도 되겠습니까?"

"물론이에요."

자신감 넘치는 비비안의 모습에도 하젤은 반신반의했다. 그러나 곧, 그는 자신이 낸 몇 가지 문제에 막힘없이 술술 대답하는 그녀의 모습에 눈을 크게 뜨고 경악스러운 얼굴을 했다. 게다가 비비안은 단순히 이론적 지식을 뛰어넘어 그리 유명하지 않은 음악가들의 대표작은 물론이요, 음악을 듣고도 누구의 것인지까지 알아맞힐 수 있었다. 물론 전문가의 수준으로 놓고 말하자면 어디까지나 기본이었지만, 그래도 음악에 재능이 없다는 이가 가질 만한 지식은 아니었다.

"이 음악의 작곡가를 알려 주십시오."

"윈셀 브리턴."

"그럼……."

"오펜느 샤든."

하젤은 손에서 첼로 활을 내려놓았다. 그는 비비안을 향해 놀라운 얼굴을 했다.

"음악에 관심이 없다고 들었는데."

"제가요? 아, 재능이 없긴 해요. 하지만 관심이 없는 것은 아니었어요. 저는 의외로 음악은 물론이요, 연극이나 미술품을 감상하는 걸 꽤 즐기는 편이거든요."

"그러면 왜 일전의 선생님들은…… 그런 평가를 내린 겁니까? 아가씨는 제가 본 모든 사람들 중에서 가장 총명하고 영리한 사람입니다."

"그 선생님들은 제가 총명하고 영리한 게 아무런 쓸모도 없다고 생각하니까요. 그들은 그저 제가 파티의 정중앙에서 완벽한 연주를 들려주지 않으면 제가 아는 그 어떤 것도 의미 없다고 생각해요."

비비안은 어깨를 으쓱했다. 어쨌든 그 부분은 그녀 자신도 인정을 하는 사실이었다. 아무리 이론적 지식이 많다고 해도 결과적으로 연주가 형편없다면 아무런 소용이 없긴 했다. 그러나 하젤의 생각은 다른지, 그는 엄숙한 얼굴로 입을 열었다.

"악기를 배우는 것은 과시하기 위한 것이 아닙니다. 모든 이들의 앞에서 완벽한 음악을 연주하는 것도 중요하나, 그것보다도 중요한 건 아가씨가 음악을 사랑해야 한다는 것이죠."

비비안은 하젤의 말에 의외라는 얼굴을 했다. 그녀의 얼굴 위로 흥미 섞인 표정이 스쳐 지나갔다. 그러나 그것을 눈치채지 못한 듯 하젤이 말을 이었다.

"저는 아가씨가 음악을 사랑하지 않는다고 생각하지 않습니다. 그리고 총명하고 영리한 게 왜 쓸모가 없는지 모르겠군요."

"결혼을 해 훌륭한 귀부인이 될 여자아이는 총명하고 영리할 필요가 없어요."

"인간은 모두 지식과 지혜를 좇을 자격이 있습니다. 그건 여자냐 남자냐 하는 문제와는 별로 상관이 없는 이야기입니다."

비비안은 입을 꼭 다문 채 미묘한 미소를 담고 하젤을 응시했다. 하젤은 그녀의 눈빛에 저도 모르게 멈칫했다. 그녀가 왜 자신을 이렇게 보는지 알 수 없었기 때문이었다. 그는 몰랐다. 자신의 말이 비비안에게 어떤 의미를 갖고 있는지. 어렸을 때부터 여자아이는 너무 똑똑하고 총명할 필요 없다는 말만 들어 온 비비안에게 이것이 무엇을 뜻하는지.

비비안은 더욱더 진한 미소를 띠었다.

"그렇군요. 제가 선생님을 좋아할 만한 이유가 하나 더 생겼군요."

하젤은 비비안의 말에 멈칫했으나 곧 크흠 헛기침을 했다. 비비안의 파란 눈동자가 그에게 꽂혔다.

"선생님, 그럼 수업을 시작할까요?"

"그러죠."

곧, 첫 번째 수업이 시작되었다.

* * *

일전에 그녀가 받은 수많은 평가가 무색하게 비비안은 누가 봐도 상당히 성실한 학생이었다. 물론 그녀가 재능이 없고 음악적 감각이 다소 떨어지는 것은 사실이었으나, 하젤은 언제나 그녀에게 칭찬을 아끼지 않았다. 그것이 진실이라기보다는 그의 교육 방법의 일환이라는 사실을 알면서도 비비안은 하젤을 아주 좋아했다. 원래 흥미는 가장 좋은 선생님이라, 비비안의 첼로 실력은 생각보다 꽤 빨리 진보했다.

로튼 단주는 그런 딸의 변화를 어느 정도는 반가워하면서도 한편으로는 매일 딸의 첼로 수업을 봐주는 젊은 청년을 싫어했다. 아내가 배우 출신이 긴 해도 그는 극장가 주변의 예술가라는 치들과 가까이 어울리는 것을 좋아하지 않았다. 그의 눈에 그들은 하나같이 제대로 된 일은 하지 않는 한량에 불과했다.

"요즘 수업은 잘되고 있느냐?"

그런 아버지의 성정을 잘 알고 있는 비비안은 로튼 단주의 앞에서 하젤을 아주 좋아하는 티를 내지 않았다. 그녀는 아버지의 물음에 빙그레 웃으며 고개를 끄덕였다.

"네, 제가 총명해서 배우는 게 빠르다고 하셨어요."

"그래도 너무 첼로에만 빠져 있을 필요 없다. 네 언니처럼 음악, 미술과 같은 전반적인 예술에 일가견이 있는 게 가장 좋은 거야."

그렇게 일가견이 있는 카트린은 빌케르 백작과 결혼했다. 그 과정이 어떻게 되고, 그 상대가 어떤 이인지 알고 있는 비비안은 겉으로는 누구보다도 아버지의 말에 순종적으로 고개를 끄덕였으나 속으로는 이미 비웃음을 흘리고 있었다.

그러나 그녀의 위장이 무색하게 수프를 먹고 있던 제이콥이 심술궂은 얼굴을 했다. 그는 비비안의 모습을 보더니 비웃음 가득한 얼굴로 입을 열었다.

"그 자식 낯짝만 곱상하고 반반한 게, 너 혹시 그 자식한테 반한 건 아니냐?"

제이콥의 물음에 평소라면 그런 말은 입 밖에 내지 말라고 했을 로튼 단주는 의외로 말을 얹지 않았다. 비비안은 그것이 자신의 아버지 또한 궁금해하는 사실이라는 것을 잘 알았다. 그러나 그녀는 굳이 다급하게 변명하지 않았다. 여기서 급하게 부정해 봤자 아버지의 심기를 거스를 뿐이라는 것을 알았다. 의외로 대신 입을 연 것은 로젤리스 부인이었다. 그녀는 엄숙한 얼굴로 제이콥을 향해 입을 열었다.

"제이콥, 동생한테 그게 무슨 말이니? 그건 레이디의 명예에 큰 흠집을 남기는 일이야."

비비안은 자신의 어머니가 말하고 있는 것이 가정 교사와의 사랑 따위를 말하는 것이 아니라는 사실을 잘 알고 있었다. 로젤리스 부인은 그녀가 그들의 기준으로 한량인 젊은 청년과 연애를 한다는 사실 따위를 용납하지 못했다. 로젤리스 일가 같은 평민 중에서도 재산이 있는 이들은 거의 다 딸을 귀족에게 시집보내고 싶어 했다. 특히 상인들은 언제나 귀족 연줄이 필요한 법이라 더욱더 그랬다.

그것을 알고 있어 비비안은 굳이 입을 놀리지 않았다. 대신 그녀의 싸늘한 눈빛이 제이콥에게 향했다. 웃으며 수프를 먹던 제이콥은 그런 동생의 눈빛에 저도 모르게 흠칫했다. 그의 동생은 요즘따라 종종 이런 눈빛을 하곤 했다. 그것이 그를 섬뜩하게 했다. 그러나 제이콥은 아무리 그래도 결국에는 그저 어린 계집의 눈빛이라 그것을 무시했다. 비비안은 자신의 날카로운 눈빛의 마지막을 여상스러운 웃음으로 장식했다.

"그러고 보니 이제 곧 멀리 나가신다고 하지 않으셨나요?"

결국 얼어붙은 분위기를 만회하고자 먼저 입을 연 사람은 메이슨이었다. 그의 부드러운 목소리는 마치 비비안에게 '대답하지 마'라고 말하고 있는 것 같았다. 로튼 단주는 둘째 아들의 물음에 입을 열었다.

"원래는 다음 달이었는데, 협회 측에 이런저런 사정이 생겨서 아마 1년 뒤로 미뤄질 것 같군."

"어디로 가세요?"

"안스트 해협 쪽에 있는 화이트 비첼로 갈 예정이다. 마침 네 어머니의 고향이라 함께 여행을 가기로 했어."

"아버지와 어머니는 여전히 사이가 좋으시네요."

메이슨은 일부러 웃으며 그렇게 말했다. 로젤리스 부인의 소생이 아닌 그는 종종 이런 식으로 두 사람의 사이좋음을 강조하곤 했다. 그것이 그 나름대로의 생존 방식이라는 것을 아는 비비안은 그저 피뜩 웃었다.

그녀의 시선이 다시 자신의 앞에 놓인 수프에 닿았다. 최근에 코르셋이 잘 조여지지 않는다며 로젤리스 부인은 그녀의 식단을 엄격하게 조절했다. 원래도 먹는 것을 그리 즐기는 편은 아니었지만 그렇다고 해도 현저히 제 오라비들의 것과 차이 나는 양에 그녀는 묘한 얼굴을 했다.

사실은 그저 수프일 뿐이다.

속으로 읊조리면서, 비비안은 스푼을 들었다.

＊　＊　＊

"선생님이 보시기에 저는 진짜 재능이 있나요?"

비비안의 갑작스러운 물음에 현을 조율하던 하젤이 고개를 들었다. 두 사람의 수업은 한 달째였고, 비비안은 그 한 달 동안 그저 하젤을 향한 흠모의 기색만 드러낼 뿐 딱히 더 노골적인 행동으로 옮기는 짓은 하지 않았다.

그녀는 애초에 자신이 품은 호감의 정체가 무엇인지 확실하게 정의를 내릴 수 없었다. 첫 만남부터 꽤 훤칠하고 잘생긴 얼굴에 눈길이 끌리는 거야 인간이면 당연하다 싶다가도, 한편으로 그의 태도에 비비안은 전례 없는 관심을 보이고 있었다. 그저 단순히 자신을 긍정해 준 사내에 대한 호감의 표시치고는 꽤 과한 관심이었다. 결국 비비안의 물음에 고민에 고민을 거듭하던 하젤이 입을 열었다.

"비비안, 재능은 단순히 노력을 하지 않아도 성공시킬 수 있는 힘이 아니에요. 때로는 노력도 일종의 재능이죠."

수업이 시작된 지 한 달 만에 비비안은 하젤이 자신의 이름을 부르게 하는 데에 성공했다. 어디 선생님이 제자한테 아가씨라고 부르냐고 비비안이 끈질기게 회유한 결과였다. 그리고 이름을 부르기 시작하면서 두 사람의 관계는 꽤 가까워졌는데, 이제 하젤도 그렇게 비비안을 어려워하지는 않았다.

"선생님 말씀은 제가 노력을 잘한다는 말인가요?"

"그렇죠. 비비안은 제가 본 모든 이들 중에서 가장 노력해서 무엇인가를 하는 이예요. 그리고 가장 도전 정신이 있고요."

하젤은 부드럽게 읊조렸다. 그리고 그것은 사실이었다. 비비안과 한 달간 함께 수업을 하며 그는 이 아가씨가 생각보다 호승심이 강하고 누구보다도 자신이 원하는 것을 필사적으로 이룬다는 사실을 깨달았다. 그녀는 고집스러웠고 결단력 있었으며 자신이 사랑하는 것은 누구보다도 진심으로 열정적으로 사랑했다.

하젤이 자신을 그렇게 평가하고 있다는 사실을 비비안은 모르지 않았다. 그는 모든 수업마다 끊임없이 그녀를 긍정했다. 비비안은 저도 모르게 쿠션에 얼굴을 반쯤 묻으며 하젤을 향해 말했다.

"하지만 저는 여자아이예요. 사람들은 여자아이는 도전 정신이나 모험 정신이 없는 편이 좋다고 생각해요. 제가 가진 모든 장점이 여자인 저한테는 단점이 된다고요."

"그럴 리가요."

하젤은 이번에도 비비안의 말을 부정했다. 그는 온화하게 웃으며 말을 이었다.

"장점에 사내와 여인이 갈릴 이유가 없어요. 비비안, 중요한 건 비비안이 생각보다 훨씬 더 괜찮은 사람이라는 거죠."

"……."

"제 눈에 비비안은 언제나 누구보다도 훌륭한 학생이고, 재능 있는 학생이에요."

비비안은 이번에는 답을 하지 않았다. 그녀의 얼굴에는 예의적으로 걸고 있던 모든 웃음이 가뭇없이 사라졌다. 그런 그녀의 기색을 눈치챘을까, 하젤이 고개를 들었다. 비비안은 그의 순진하고 티 하나 없는 표정을 보고는 그가 진심이라는 것을 깨달았다. 하젤은 비비안의 눈빛에 밝게 웃었다.

"비비안은 이루고 싶은 거 누구보다도 노력해서, 열성적으로 이루잖아요. 그거면 됐어요."

"그렇군요."

"물론 사람들은 남자와 여자가 언제나 달라야 한다고 생각하지만, 꿈 앞에 그런 건 없으니 신경 쓰지 마요."

"문득 생각해 보니, 저는 단순히 선생님을 좋아하는 게 아닌 것 같아요."

그때였다. 말을 잇는 하젤을 빤히 보던 비비안이 저도 모르게 읊조렸다. 그녀의 말을 제대로 듣지 못했는지 하젤이 고개를 갸웃거렸다. 그러나 비비안은 소파에 누워 쿠션에 묻었던 몸을 일으키고 그를 똑바로 응시했다. 하젤은 묘하게 그 눈빛에 저도 모르게 허리를 세우고 말았다. 그는 자신의 제자가, 저 파란 눈으로, 마치 꿰뚫어 보기라도 하듯이 응시해 오는 순간이면 언제나 할 말을 잃곤 했다.

그때, 비비안이 생긋 웃으며 말을 이었다.

"저는 선생님의 눈에 비낀 저를 사랑하는 것 같아요."

"……?"

"선생님, 좋아해요."

순간 하젤이 놀란 듯 저도 모르게 얼어붙었다. 그러나 폭탄 발언을 내놓은 것치고는 비비안은 꽤 여유작작했다. 그녀는 언제 그렇게 진지했냐는 듯이 다시 생긋 웃고는 깡충깡충 뛰어 하젤의 앞에 섰다. 하젤은 급히 당황하여 자리에서 일어났다. 하지만 그녀는 그저 자신의 자리에 자연스럽게 앉은 뒤, 입을 열었다.

"조율은 다 되었나요?"

"네. 다 되었어요. 그, 그런데 방금 한 말은."

"좋아한다고요. 저는 선생님이 좋아요. 선생님은 제가 싫으신가요?"

하젤은 일순 할 말을 잃은 듯했다. 그는 눈앞의 소녀를 응시했다. 어린아이의 '좋다'는 고백 정도로 받아들일 수 없는 나이 대의 소녀였다. 그 사실이 그를 더욱더 혼란스럽게 했다. 그러나 비비안은 그저 여유롭기 그지없는 얼굴로 해사하게 웃었다.

하젤은 헛기침을 하고는 다시 시선을 악보로 돌렸다. 그때, 비비안이 다시 입을 열었다.

"선생님은 이루고 싶은 꿈이 있었나요?"

"저는……."

하젤은 비비안이 이런 것을 물을 줄은 몰랐던지 조금 주저했다. 그러나 뭔가 생각하던 그가 입을 열었다.

"저는 유명한 음악가가 되고 싶었어요."

"지금은 아닌가요? 아, 유명해져서 돈을 벌고 싶다는 건가. 의외네요. 선생님이 그런 꿈을 갖고 있다니."

"돈을 벌어야, 제가 하고 싶은 것을 할 수 있으니까요."

"선생님은 돈으로 뭘 하고 싶은데요?"

"저는 돈을 벌어서, 제가 다닌 음악학원을 후원하고 싶어요."

"……후원이요?"

당연히 아름다운 여성과의 결혼이나, 아니면 더욱더 물질적인 것들을 생각했던 비비안이 조금 놀란 얼굴을 했다. 그러나 하젤은 어느새 자신의 상상에 빠졌는지, 다시 미소를 지으며 입을 열었다.

"그리고 극장가나 예술 거리에 있는 이들을 후원하고 싶기도 하고요."

"자선 사업을 하시겠다는 건가요? 그건 좀 놀랍군요. 물론 말이야 누군들 못하겠냐마는."

"비비안. 이건 말뿐이 아니에요. 나는 어렸을 때부터 가난해서 음악을 하지 못하는 고통을 너무 잘 알고 있어요. 이건 제 어린 시절에 대한 보상이죠."

비비안은 하젤의 얼굴을 빤히 응시했다. 그녀의 선생님은 생각보다도 훨씬 더 단순하면서 누구보다도 이루기 어려운 꿈을 갖고 있었다. 사실 바첼론에서 집안이 한미하다 못해 가난하기까지 한 첼리스트는 유명해지기 어렵다. 설사 이름을 널리 알린다고 해도 돈을 많이 벌려면 왕실 극단으로 들어가야 하고, 왕실 극단은 무조건 귀족가의 혈통이 있는 이만 받았다.

그런 의미에서 하젤의 꿈은 사실 비비안이 줄곧 꾸고 있던 꿈과 비등비등하게 이루기 어려운 것이 분명했다. 그러나 비비안은 빙그레 웃었다.

"이룰 수 있을 거예요."

"그런가요?"

"네. 설사 선생님이 이루지 못하더라도, 제가 이룰 거예요. 저도, 반드시 손에 넣고 싶은 게 있으니."

하젤은 비비안의 말에 조금 멍하니 있다가 다시 웃었다. 그녀는 그가 자신의 꿈을 말할 때 드물게 그를 비웃지 않은 이였다. 그의 말을 듣고도 이렇게 담담하게 말을 내뱉는 소녀를 보며 하젤은 묘한 기분에 물들었다. 사실, 어떻게 보면 두 사람은 비슷하면서도 다른 종류였다.

* * *

그 뒤로도 비비안과 하젤의 수업은 꽤 무사하게 진행되었다. 다만 예전과 다른 점이 있다면, 그저 로젤리스의 저택에서 수업을 하는 것이 전부였던 두 사람의 만남이 처음으로 그가 그녀를 데리고 음악회에 참석하면서 점점 밖으로 이어졌다는 것이었다. 하젤은 악기를 제대로 다루지는 못해도 예술적 안목이 꽤 높다는 사실에 힘입어 비비안에게 이것저것 많은 것을 보여 주고 싶어 했다.

그리고 비비안 또한 그런 하젤의 요청에 거절 없이 열성적으로 응했다.

그러다 보니 두 사람의 관계는 단순히 첼로 선생님과 학생으로 정의될 수 없는 것이 되었다. 애초에 두 살 차이밖에 나지 않는 데다가 카트린보다도 하젤이 어렸으니 말이 가정 교사지 기실은 제 친구나 마찬가지인 나이대였다. 언제부터인지 모르겠으나, 두 사람은 단순히 예술 감상을 목적으로 하는 만남 이외에도 종종 카페에서 식사를 하거나 아니면 살롱에 들르기도 했다. 그것이 무엇을 의미하는지 두 사람 다 모르지 않았다. 그리고 결정적으로 두 사람의 관계를 확정시킨 날은, 다름 아닌 그녀의 생일날이었다.

"비비안, 생일 축하해요."

비비안은 하젤이 건네는 상자를 조심스럽게 받아 들었다. 얼마 전부터 그녀에게 줄 선물을 그가 준비하고 있다는 사실을 그녀는 모르지 않았다. 아무리 티를 내지 않으려고 해도 비비안은 천성적으로 꽤 감이 좋았다.

그녀는 하젤이 무엇을 선물하든지 놀랄 준비를 하며 상자를 열었다. 놀랍게도, 상자 속에 있는 것은 그녀가 굳이 연기를 하지 않아도 놀랄 수밖에 없는 꽤 고가의 목걸이였다.

"이건."

"저번에 함께 거리를 다닐 때 은근히 좋아하는 것 같아서 샀어요. 마음에 드나요?"

"이건 너무 비싸요. 어머니도 저한테 사 주지 않던 건데."

"비비안이 마음에 들어 하면 돼요."

비비안은 목걸이를 빤히 응시했다. 곱게 세공된 진주와 사파이어로 장식된 펜던트였다. 그녀는 하젤이 이것을 사기 위해서는, 얼마나 오랫동안 끼니를 걸러야 했을지 알았다. 그러나 그는 결국 그녀에게 이것을 선물했다. 단순히 그녀가 길거리를 가다가 눈여겨보았다는 이유로.

"이제 제가 돈을 많이 벌면, 더 좋은 걸로…… 비비안."

하젤은 비비안이 기뻐하는 듯하자 꽤 안도한 기색이었다. 그가 다음을 기약하는 순간, 비비안이 갑자기 그의 품에 안겨 들었다. 그녀는 더없이 기쁜 듯, 곱게 눈을 접으며 그를 끌어안았다. 하젤은 그녀의 갑작스러운 행동에 놀란 듯 주춤거리다가, 덩달아 화답하듯 그녀를 품에 안았다.

당연하다면 당연하게도 그 뒤로 하젤과 비비안의 관계는 어마어마한 변화가 생겼다. 비록 비비안이 로젤리스가의 아가씨이며, 자신은 아무것도 없는 한미한 출신의 청년이라는 것에 언제나 주의를 기울이긴 했지만 비비안은 애초부터 사랑스러운 여자아이여서 하젤은 그녀와 있을 때만큼은 누구보다도 행복해했다.

물론 두 사람은 로젤리스 일가는 물론이요 고용인들의 이목마저도 경계했다. 그러나 아직 어린 비비안과 로젤리스 일가의 생리를 잘 모르는 하젤은 완전히 비밀스럽게 만나지는 못했다. 그리고 얼마 지나지 않아 결국 두 사람이 긴밀한 관계를 갖고 있다는 소문은 로젤리스 부부에게까지 전해 들어갔다.

* * *

로튼 단주의 노호는 거실은 물론이요, 복도에서 숨어 방을 엿듣던 아이들과 하녀들까지도 떨게 했다. 그동안 비비안과 하젤의 관계를 알면서도 은근히 입방아를 찧었던 이들은 그저 재미있다는 얼굴을 했고, 제이콥은 그럴 줄 알았다는 듯이 멸시 어린 표정을 지었으며, 메이슨과 리암은 혹여 아버지가 크게 노해 비비안에게까지 손을 댈까 봐 전전긍긍하고 있었다.

실제로 그들의 걱정이 아예 근거 없는 것이 아님을 증명해 주듯 로튼 단주의 손에는 굵직한 회초리가 들려 있었다. 그 옆에서 엄숙한 얼굴로 앉아 있는 로젤리스 부인은 그야말로 믿을 수 없다는 듯이 자신들 앞에 있는 비비안을 응시했다.

"그런 되도 않는 놈과 함께 붙어 다니다니, 네가 정신이 있는 것이냐? 대체 어떻게 하면 로젤리스가의 아가씨가 출셋길 따위 눈 씻고 찾아봐도 없는 녀석과 추문거리를 만들 수 있어?"

그러나 아버지의 호령에도 비비안은 요지부동이었다. 그녀는 입을 꼭 다물고 눈물 한 방울 흘리지 않은 채 그저 침묵을 지키고 있었다. 심지어 그녀의 얼굴에는 이 상황에 대한 일말의 불안감이나 걱정도 없었다. 그녀의 표정은 마치 로튼 단주의 그 어떤 말도 귀에 넣지 않은 것처럼 보였다.

결국 로튼 단주는 손에 든 회초리를 들어 테이블 위에 내리쳤다. 아무리 딸이라고 하나 열여섯 살이 된 아가씨의 다리를 내리치는 것은 어느 집안 이든 격이 없다는 말이 나돌 것이었다. 로튼 단주는 귀족들 앞에서 졸부라 는 말을 듣고 싶지 않아 은근히 그들의 예에 주의를 돌렸다. 그러나 비비안 의 몸에 내리친 게 아니더라도 그것의 위력은 어마어마하고 대단했다.

쾅! 하는 소리와 함께 테이블이 흔들렸다.

"그런 녀석을 선생님이라고 붙여 준 게 잘못이지."

"여보."

"당신도 잘한 거 없어. 이제 이번 일이 마무리되면 그에 상응하는 벌을 받아야 할 거야."

로젤리스 부인은 입을 꼭 다물었다. 그녀의 얼굴에는 남편의 분노에 대한 각종 복잡한 기색과 더불어 막내딸에 대한 질책이 깃들어 있었다. 그럼에도 불구하고 비비안은 그녀의 어머니가 자신을 걱정하고 있는 것을 알아챘다. 자신의 남편이 과할 정도로 딸을 다그칠까 봐 두려워하고 있는 것이었다.

"이제부터 첼로 수업은 금지. 한동안 방에서 자신이 무엇을 잘못했는지 제대로 반성해. 한 달이 모자라면 그다음은 두 달, 석 달, 넉 달, 반성을 할 때까지 방에서 나오지 마라."

"……."

"알겠느냐?"

비비안은 입을 꼭 다문 채 조용하게 있었다. 그에 로튼 단주가 더욱더 분 노한 듯 회초리를 한 번 더 내리쳤다.

쾅!

"알겠느냐!"

커다란 굉음과 함께 이번에는 테이블 위에 놓인 찻잔이 파르르 흔들렸다. 그에 뒤에서 지켜보고 있던 로젤리스의 식솔들마저 속이 떨린 듯 주춤거렸 다. 그러나 비비안은 여전히 말이 없었다. 그에 로젤리스 부인마저도 답답한 얼굴로 딸을 다그치려 입을 떼는데, 방금 전까지 입을 꼭 다물고 있던 비비안이 갑자기 천천히 고개를 들었다.

모두가 예상한 것과 달리 비비안은 전혀 아버지의 말에 겁을 먹은 얼굴은 아니었다. 그러나 그녀는 마치 의식적으로 자신이 이 상황에서 겁을 먹어야 함을 알고 있다는 듯이 잠시 주춤거렸다. 순간 방금까지만 해도 그저 무표정으로 입을 다물고 있던 그녀가 마치 순진한 여자아이처럼 고개를 작게 끄덕였다. 곧 울음 섞인 목소리가 흘러나왔다.

"알겠어요."

로튼 단주는 제 딸의 표정에 뭔가 석연찮은 얼굴을 했지만 어차피 방에 가두어 놓으면 그만이라고 생각한 채 자리에서 일어났다. 막내딸이 예상보다 순순하게 반성하는 기미를 보이자 로젤리스 부인 또한 안도한 얼굴로 남편의 뒤를 따라 나갔다.

곧 방에서 나오는 부모님을 배웅한 로젤리스의 형제들이 방으로 들어갔다. 메이슨은 혹여 여동생이 크게 놀랐을까 봐 급히 비비안에게 달려갔다.

"비비, 괜찮아?"

비비안은 다정하게 자신의 등을 감싸 안는 메이슨의 손길에 멈칫하다가 연하게 웃었다.

"응, 괜찮아."

"괜찮아야지. 이제 혼쭐이 났겠지? 그런 낯짝만 반반한 멍청한 녀석과는 어울리지 마. 로젤리스의 명예를 전부 바닥에 처박고 싶지 않다면 말이야."

비비안의 말이 끝나기도 무섭게 제이콥의 심술궂은 목소리가 들려왔다. 그에 메이슨이 미간을 좁히고 제이콥을 향해 조용히 하라는 듯이 눈치를 주었지만, 그 순간, 메이슨을 향해 은은하게 웃어 보이고만 있던 비비안이 갑자기 눈길을 제이콥에게 던지더니, 차갑게 읊조렸다.

"걱정 마. 아무래도 낯짝에만 빠져 로젤리스의 명예를 바닥에 처박는 건 오빠가 될 것이니까."

"뭐야?"

스산한 목소리는 평소 제이콥과 투닥대던 것과 애초에 차원이 달랐지만 이 방에 있는 그 누구도 그 목소리에 깃든 다른 기색을 읽어 내지 못했다. 제이콥이 펄떡 뛰며 비비안에게 달려들 듯이 굴자 메이슨이 급히 제이콥을 저지했다.

"형! 그만해. 비비안도 많이 힘들잖아."

"흥. 저년은 점점 클수록 말하는 본새가 가관이야. 저렇게 건방져서야 결혼하고 나면 언젠가는 남편한테 얻어맞으면서 살 거야."

"무슨 말을 그렇게 해! 비비, 너무 신경 쓰지 마. 아버지도 그저 분노하셔서 그런 것이니, 네가 한 달간만 근신을 하면 너를 용서해 주실 거야. 물론 그사이에 그 첼로 선생님은 만나지 않는 게 좋을 거고."

"오빠도 내가 틀렸다고 생각해?"

그러나 다정한 메이슨의 위로에도 비비안은 마음 놓고 웃지 않았다. 대신 그녀는 묘한 안색을 하며 메이슨을 향해 반문했다. 메이슨은 그저 쓴웃음을 흘렸다.

"네가 잘못한 건 아니야. 하지만 비비, 우리 비비는 이제 그런 사내가 아니라 다정하고 너를 아껴 주는 신사분과 결혼해 훌륭한 귀부인이 되어 행복하게 살아야 해. 알겠니?"

비비안은 메이슨을 빤히 응시했다. 그리고 얼마나 지났을까, 그녀가 살짝 미소를 지으며 고개를 끄덕였다. 조금 처진 눈가는 심지어 촉촉하게 젖어 있었다. 메이슨은 그런 동생을 위로해 주었다.

"고마워, 오빠."

"그래, 어서 방으로 돌아가 쉬렴."

비비안은 평소처럼 메이슨에게 한 번 안긴 뒤, 옆에 있는 제이콥을 힐끔 보고는 다시 고개를 돌리고 방을 나갔다.

탁.

문이 닫히자마자 언제 슬픈 얼굴을 했냐는 듯이 비비안의 얼굴에 표정이 가셨다. 그녀는 사실 이런 날이 언젠가는 올 줄 알았다. 자신을 어떻게든 귀족과 결혼시키고 싶어 하는 아버지와 그런 아버지의 말에 동조하는 어머니, 그리고 그것이 그녀의 행복이라고 믿고 있는 둘째 오빠. 제이콥은 굳이 말할 것도 없었다. 비비안은 입을 꾹 다물었다. 그때, 갑자기 작은 손이 비비안의 손을 잡아 왔다.

"누나."

비비안은 고개를 돌렸다. 리암이 그녀를 살짝 올려다보고 있었다. 아홉 살인 아이는 비비안의 표정을 빤히 응시하더니, 이내 그녀의 손을 두 손으로 꼭 잡고는 고개를 떨구었다.

"너무 슬퍼하지 마."

비비안은 입을 꾹 다문 채 제 동생을 응시했다. 그리고 얼마나 지났을까, 그녀가 생긋 웃었다.

"물론이야. 리암. 나는 슬퍼하지 않아."

누나의 말을 철석같이 믿었을까, 리암은 해맑게 웃었다.

리암이 비비안의 손을 놓은 뒤 비비안은 천천히 방으로 돌아갔다. 그녀는 결코 슬퍼하지 않는다. 애초에 슬퍼할 이유도 없었다. 그녀가 근신 처분을 받은 것은 이번이 처음이 아니었다. 겨우 이런 것으로 그녀를 막을 수는 없을 것이었다. 그렇게 생각한 그녀가 샐쭉 웃고는 자신의 서랍을 열었다. 곧 편지지를 꺼낸 뒤 그녀가 펜을 들었다.

* * *

비비안은 과연 얌전하게 방에서 근신했다. 그사이 그녀는 하젤과 연관된 그 어떤 이야기도 입 밖에 내놓지 않았고 로젤리스 부부가 원하는 대로 책을 읽고 글을 썼으며 예절 수업을 받았다.

그런 막내딸의 행동에 로튼 단주는 꽤 흡족한 얼굴을 했다. 덕분에 근신이 풀린 뒤 굳이 그는 막내딸을 방에 가두어 놓지는 않았다. 대신 시녀들에게 비비안이 다시는 엄한 녀석과 함께하지 않도록 감시에 힘을 주라 일렀다.

물론 비비안은 이것을 알고 있었다. 그러나 그녀는 일부러 모른 척했다. 그리고 언제나 그렇듯 순진한 얼굴로 부모님과 오라버니의 모든 안배에 따랐다. 그녀는 심지어 로튼 단주가 언젠가는 한번 만나 보는 게 좋겠다는 어느 귀족가의 아들의 프로필 또한 아주 정성스럽게 훑어보았다.

그러나 그 누구도 몰랐다. 애초에 근신 처벌이 이루어지기 직전, 비비안은 하젤에게 한 달만 기다리라는 말을 남겼고, 근신이 끝난 뒤 감시가 덜해지는 밤중에 몰래 방에서 나가 하젤과 재회했다. 하젤은 제일 처음에는 비비안의 등장에 조금 놀란 얼굴을 하며 그녀를 밀어 내는 듯했지만, 결국 그녀의 반짝거리는 눈앞에서 완전히 무너질 수밖에 없었다.

"비비."

"하젤, 하나만 내게 성실하게 답해 줘요. 나를 좋아하나요?"

비비안의 물음에 하젤은 고개를 끄덕였다. 그는 비비안을 사랑했다. 그리고 비비안 또한 그를 사랑했다. 최소한 그녀는 하젤을 동경하고 좋아했다. 그는 그녀가 이루고 싶은 것을 긍정해 주고, 그녀의 의사를 존중해 주고, 그것을 이룰 수 있다고 지지해 주는 이 세상의 유일한 사람이었다. 그녀는 그의 눈에 비낀 자신을 사랑했고, 그가 자신을 보는 눈을 좋아했다. 하젤의 긍정에 비비안은 환하게 웃었다.

"그럼 됐어요."

그럼 됐다.

그것이 무엇을 의미하는지 두 사람 다 모르지 않았다. 말을 마치자마자 비비안은 발꿈치를 들어 하젤에게 입을 살짝 맞추었다.

그 뒤로 비비안은 아무 일도 없었다는 듯이 하젤과의 만남을 더 자주 이어갔다. 로젤리스 부인은 그런 막내딸의 행동을 눈치챈 듯했지만 결국에는 남편 앞에서 입을 다물었다. 그녀는 언제나 아이들에게 엄격한 엄마였지만 딸을 사랑하는 것도 사실이었다.

그렇게 시간이 흐르고 어느 날, 하젤이 갑자기 비비안에게 작은 종이를 내밀었다.

"이게 뭐죠?"

"초대장이에요."

"초대장?"

하젤이 내민 것은 초대장치고 다소 투박한 재질의 종이였다. 장소는 그녀도 알고 있는 극장가의 가장 끝 골목. 그 작고 어두운 곳에 있는 작은 소극장은 스무 명 남짓한 관객만 용납하는 곳이었다.

하젤은 비비안의 의문 섞인 얼굴에 부드럽게 웃었다. 그는 내심 쑥스러운 듯이 비비안을 향해 입을 열었다.

"제가 작은 연주회를 열고 싶어서요."

"작은 연주회요?"

"네. 제 인생에서 처음으로 여는 연주회예요. 물론 관객은 당신밖에 없지만."

비비안은 하젤의 말에 눈을 동그랗게 떴다. 그리고 곧, 그녀가 행복하다는 듯이 환하게 웃었다.

"좋아요. 예쁘게 하고 갈게요."

"비비. 그리고."

하젤은 비비안을 향해 조금 주저하듯 말을 골랐다.

"연주회가 끝나면 로튼 단주를 뵙고 싶어요."

"……아버지를요?"

"로튼 단주가 나를 못마땅해하는 건 알아요. 하지만 나는 내 책임을 다하고 싶어요. 로튼 단주의 분노를 당신 혼자 감당하게 하는 건 말도 안 돼요."

"아버지는 당신을……."

"알아요. 그래도 꼭 만나 뵙고 그에게 동의를 얻고 싶어요. 그리고 나는, 당신이 나 때문에 가족과 멀어지는 걸 원치 않아요."

비비안은 당신의 존재가 아니었더라도 결코 그녀가 가족과 완전히 어우러지는 일은 없을 것이라고 말하려다가 그냥 입을 다물었다. 하젤의 뜻은 그녀도 잘 알아들었다. 그리고 그로서는 당연히 그렇게 생각할 수밖에 없었다. 그는 가난하나 화목한 집안에서 자랐다. 누구보다도 화목한 가정과 예술을 향한 꿈이 있는 사내는, 당연히 사랑하는 여인을 앞에 놓고 이기적으로 굴지 못했다.

"그래요."

비비안은 결국 고개를 끄덕였다.

그리고 며칠 뒤, 그의 첫 번째이자 마지막 연주회가 시작되었다.

* * *

비비안은 자신이 어떻게 그 순간을 기억하는지 몰랐다. 하젤은 그날 평소와 달리 그녀를 위해 맞춤 정장을 입고 무대에 올랐으며 그녀는 가족들의 눈을 피해 예쁘게 입은 뒤 극장으로 왔다. 나오는 도중, 마침 집으로 잠시 들른 마뜩잖은 얼굴의 카트린으로부터 도움을 받은 그녀는 특별히 예쁜 꽃다발도 안고 하젤의 연주회에 참석했다.

작은 소극장에는 은은한 불빛이 감돌고 있었고, 관객은 그녀 혼자였다. 연주회인지 둘만의 데이트인지 아니면 둘 다인지 가늠이 가지 않는 시간이 흘러가고, 초대장에 쓰인 모든 곡이 전부 연주되고 나자 그녀는 자리에서 일어났다.

"하젤."

하젤은 그녀의 모습에 부드럽게 웃었다. 품에 꽃다발을 안고 자신에게

다가오는 그녀를 보며 그가 작게 '조심하세요, 비비안'이라고 말했던 것 같다. 그러나 비비안은 그런 그의 부름에도 조금 속도를 빨리했다. 그녀가 그의 말을 듣고 조금만 늦게 움직였으면 좋았을까, 비비안은 훗날에도 그런 생각을 했다.

그랬다면 그녀가 무대에 오르는 순간, 마침 아슬아슬하게 걸쳐 있던 샹들리에의 아래에 그녀가 있을 이유도 없고, 그렇다면 그것을 발견한 하젤이 그녀를 향해 뛰어오는 일도 없을 테니까.

"비비안!"

순간 비비안이 저도 모르게 멈칫했다. 그러나 그녀가 정신을 차리기도 전, 갑자기 그가 그녀를 향해 덮쳐 왔다. 눈 깜짝할 사이에 등에서 커다란 통증이 느껴지고 비비안은 눈을 질끈 감았다. 그리고 이어지는 것은 커다란 굉음.

콰쾅!

순간 무대와 샹들리에의 파편이 그녀를 향해 크게 튀었다. 비비안은 사지에서 느껴지는 알싸한 통증에 이를 악물었다. 번뜩 정신을 차린 그녀가 급히 몸을 일으켰다. 그제야 눈앞의 참상이 시야에 안겨 들어왔다.

"하젤!"

비비안은 그 순간 제가 무슨 생각을 했는지 알 수 없었다. 그저 소극장치고 꽤 커다랗고 낡은 샹들리에 아래 깔려 정신을 잃은 청년만이 눈에 안겨 왔다. 흔히 연극 속에서 벌어지는 절절한 고백도, 눈물겨운 대사도 없었다. 피범벅이 된 머리, 샹들리에에 완전히 깔린 몸통, 바닥을 질펀하게 메우고 있는 핏물. 비비안은 저도 모르게 비명을 지르며 그에게 달려갔다. 그러나 평소라면 그녀의 목소리에 환하게 웃어 줄 남자는 아무런 반응이 없었다.

하젤은 숨을 거두었다.

* * *

"나가게 해 주세요! 제발. 아버지! 나가게 해 주세요!"

비비안은 처음으로 그렇게 울어 보았다. 그날 장롱 속에서 언니의 참상을 목격했을 때의 그녀는 숨죽여 꺽꺽거리며 우는 어린아이였고, 연인의 장례식 때의 그녀는 방에 갇혀 울고 있는 소녀였다. 그 어떤 상황이 오든 그녀는 겨우 열여섯 살의 소녀였다. 죽은 것은 그녀가 처음으로 사랑한 남자였고, 그런 그녀를 방에 가둔 것은 그녀의 아버지였다.

문을 두드리며 나가게 해 달라고 한 지 몇 시간이 지났지만 분노한 로튼 단주의 명령 아래 누구도 감히 문을 건드리지 못했다. 문을 열어 주는 즉시 당장 집에서 내쫓겠다고 그가 엄포를 내렸기 때문이었다.

결국 몇 시간째 끈질기게 소리를 지르는 것을 보던 메이슨이 보다 못해 아버지에게 그래도 장례식에는 가 보게 하는 게 좋지 않겠냐 넌지시 말했지만 돌아오는 것은 자칫하면 너도 동생과 집 밖에 내쫓길 줄 알라는 것이었다. 처음에는 동생을 비웃던 제이콥도 비비안이 몇 시간 동안 방문을 두드리자 다소 엄숙한 얼굴을 하고 아버지에게 어차피 죽은 녀석이니 보러 가는 게 어떻겠냐고 말을 했다. 물론 결과는 메이슨과 별반 다를 바가 없었지만.

결국 저녁 시간이 한참 지나고 비비안은 홀로 그대로 방 안에 주저앉아 있을 수밖에 없었다. 그녀는 크게 원하는 것이 없었다. 그저 하젤의 장례식에 참석하고 싶었을 뿐이었다. 그는 그녀의 연인이었고 그녀는 그의 연인이었다. 그리고 그는 그녀를 구하려다 죽었다. 그것을 어떻게 담담하게 아무렇지도 않게 받아들일 수 있는가.

소녀에게는 마지막 한 가닥의 연정이 남아 있었다. 아무리 나이에 어울리지 않는 모습을 보여 준다고 해도 상대는 그녀를 밀쳐 내고 대신 죽은 사내였다. 결국 비비안은 끝까지 포기하지 않았다.

그리고 그날 밤, 시곗바늘이 자정을 가리킬 즈음, 그녀의 방문이 열렸다.

"아버지 몰래 빠져나가. 메이슨이 데려다줄 거야."

문을 열어 준 것은 로젤리스 부인이었다. 그녀는 딸의 목소리가 완전히 쉬고 눈이 잔뜩 부은 것을 보다가 길게 한숨을 쉬었다. 이러니저러니 해도 결국에는 제 딸이었다. 심지어 사내가 이미 죽었는데 굳이 장례식에 못 보낼 것은 무어 있나 싶었다.

다행이게도 비비안은 로젤리스 부인과 메이슨의 협조하에 하젤의 장례식장에 도착했다. 작은 신전의 작은 방. 은은한 촛불이 일렁이는 사이 그의 가족으로 보이는 이가 몇몇 있었다. 그녀의 등장에 그의 가족들이 조금 의아한 얼굴을 했으나 그저 그의 친구라고 생각했는지 굳이 막지는 않았다.

비비안은 천천히 검은 베일을 뒤집어썼다. 단상의 가장 위에 있는 관에는 망자에 대한 마지막 예우로 깨끗하게 단장된 하젤이 누워 있었다. 비비안은 검은색 장갑을 낀 손으로 하얀색 장미를 꽉 쥐고 천천히 관을 향해 다가갔다. 그리고 관 안에 있는 사내를 보는 순간⋯⋯.

"하젤."

비비안은 울음을 터뜨리지 않았다.

방에서 나가게 해 달라고 외치던 것과 완전히 다른 양상이었다. 굳게 다문 입술, 바들바들 떨리는 손. 눈가에 매달린 눈물만이 그녀가 이 순간 슬퍼하고 있다는 유일한 증거였다. 그녀는 그가 누워 있는 관의 가장자리를 손으로 꼭 잡고 그를 빤히 응시했다. 마치 천사라도 되는 것처럼 평온한 그의 얼굴에 그녀는 입술을 꽉 깨물었다.

그는 그녀를 위해 죽었다. 샹들리에가 떨어지는 그 순간, 자신의 목숨을 던지고 그녀를 구했다. 그가 자신의 죽음을 예견했는지 못 했는지 그녀는 알 수 없었다. 하지만 한 가지 확실한 건, 그는 그녀를 구하고 죽었다. 그녀는 그로 인해 살았다.

산다.

그것이 어떤 의미인지 비비안은 누구보다도 알고 있었다. 그는 희망에 가득 찬 청년이었고 자신의 희망을 그녀에게도 나누어 주었다. 그녀는 그가 사랑한 비비안 로젤리스가 절대 그녀의 진실한 모습이 아니라는 것을 알았다. 그는 결국 그녀가 어떤 생각을 하고 어떤 계획을 세우고 어떤 것을 원하는지 제대로 알지 못했으니까. 하지만 그게 무어 어떠랴. 최소한 그는 그녀의 빛나는 모습을 눈에 담고, 그녀를 사랑 가득한 눈빛으로 보았다.

그리고 그녀의 가장 사랑스러운 모습은, 결국 그의 눈동자 속에서 완성되었다.

이제 그는 눈을 감았다. 어쩌면 그녀의 아름다웠던 첫사랑은 그렇게 영원히 감긴 그의 눈까풀 속에 잠겨 있으리라.

비비안은 천천히 허리를 숙였다. 그녀의 행동에 주변인들이 조금 놀란 얼굴을 했으나 굳이 말리지는 않았다. 그녀는 그의 뺨에 키스했다.

"잘 있어."

"……."

"그리고 고마워."

나를 살려 줘서 고맙다. 그리고 나를 사랑해 줘서 고맙다. 최소한 나는 당신을 진심으로 사랑했고, 당신의 눈빛을 사랑했다. 그것이 본질적으로 상대방의 눈에 비낀 저 자신이라도, 우리 둘 다 상대를 통해 사랑한 이상이 있었다는 것은 변하지 않는다.

그러므로, 나는 살 것이다.

비비안은 천천히 몸을 일으켰다. 그녀는 단상에서 내려왔다.

곧 비비안은 장례식장을 떠났다.

로튼 단주의 명령이 없었음에도 비비안은 그 뒤 얌전하게 한동안 방에 있었다. 간간이 울음소리가 나오고 코를 훌쩍이는 소리 또한 나왔다. 로젤리스 부인은 물론이요 메이슨과 제이콥마저 한 번씩 들여다보았지만 다행이게도 비비안은 꽤 빨리 회복된 듯 하젤이 죽고 몇 달이 지나지 않아 다시

원 상태로 돌아왔다. 막내딸의 모습에 은근히 불쾌한 얼굴을 하던 로튼 단주는 비비안의 상태를 보고 그럴 줄 알았다는 얼굴을 했다.

그렇게 오랜 시간이 흐르고 어느 날.

"네 어머니와 나는 잠시 출장을 다녀올 것이다."

"그간 동생들을 잘 보살피렴, 제이콥. 그리고 너희들도 사고 치지 말고."

"그래. 그리고 비비안, 내가 돌아오면 저번에 말한 그 자작과 한번 만나 보는 게 좋겠구나. 그자가 너를 꽤 궁금해하고 있어."

"알겠습니다."

"그럼 그동안 잘 있으렴."

자식들에게 당부를 남기고 저택을 떠난 로젤리스 부부는 영원히 저택으로 들어오지 못했다.

그 뒤로 로젤리스가에 몰아치는 피바람을 아무도 막지 못했다. 사랑으로 점철되었던 소녀의 '초상화'는, 그녀가 처음으로 사랑했던 그 초상화는 이제 그녀의 머리 뒤편에 있는 기억의 무덤에 영영 묻혀 한때 존재했던 사랑으로 사라졌다.

비비안이 자신의 감정을 다시 한번 돌아본 것은 시간이 꽤 지난 뒤였다. 그녀는 자신의 감정에 쉬이 정의를 내리지 않았다. 본질이 무엇이었든 간에 어쨌든 자신이 그 사내를 사랑했다는 것은 사실이었고, 그 사내의 눈에 비낀 자신을 사랑했다는 것 또한 사실이었다.

그녀는 인정했다. 결국 그녀의 사랑은 자기애였다. 그녀는 자신을 사랑해서 하젤을 사랑했다. 하젤 또한 그녀와 마찬가지였다. 그는 진실한 비비안 로젤리스를 모른다. 하지만 그렇다고 해도, 그는 자신을 향해 꿈을 이룰 수 있을 것이라고 하던 그 소녀를 사랑했다.

절대 안 된다고 속삭이는 세상에서, 두 사람은 서로에게 너는 할 수 있다며 유일하게 응원해 주던 사람들이었다.

어쨌든 비비안은 하젤의 삶을 대신 살아 주지도, 눈물겹게 그를 위해

평생토록 독신을 유지하지도 않았다. 그녀는 그저 저를 구하느라 희생한 그 삶이 조금이라도 이루어질 수 있게, 그가 꿈꾸던 일을 조금씩 해 왔을 뿐이었다. 그럼에도 불구하고 첫 정은 그렇게나 오래가서, 그가 눈을 감은 10년 뒤까지 영원히 그녀에게 머물러 있었다.

그리고 10년 뒤, 위그 이디에트가 나타났다.

그녀는 이제 어린 시절의 초상화를 완전히 접어 버리기로 했다.

3
꿈속에서 만난 당신과 나

이 이야기는, 지독하리만치 닮은 남자와 여자가, 조금 더 평온한 세상에서 만나 벌어진 이야기이다.

* * *

비비안 로젤리스는 총명했다.

장담하건대 바첼론에서 이 명제를 부정하는 이는 없을 것이었다. 그녀는 바첼론에서 꽤 건실한 중소 상단의 단주인 아버지와, 아직도 바첼론의 극장가에서 전설로 회자되고, 동시에 전설을 써 내려가는 어머니 사이에서 사랑을 듬뿍 받고 태어난 딸이었다. 그녀는 언제나 거칠고 멍청하다는 말을 들으면서도 나름대로 해맑게 잘 살고 있는 첫째 오라비, 그녀를 누구보다도 이해하는 둘째 오라비, 아름답고 우아한 모습으로 수많은 사내들의 흠모를 받고 있는 언니, 마지막으로 그녀를 누구보다도 잘 따르는 열 살

남짓한 남동생이 있었다.

비비안은 언제나 제 어머니한테, 대체 어떻게 하면 그렇게 극장 일로 바쁜 와중에도 아이를 낳을 구석이 있냐고 툴툴댔지만, 그것과 별개로 형제자매들과 사이가 그럭저럭 좋았다.

물론 마찰이 아예 없었던 것은 아니었다. 어렸을 때부터 총명함을 드러내며 로튼 단주의 예쁨을 듬뿍 받았던 그녀와 달리, 첫째라 당연히 로튼을 이어받을 줄 알았던 첫째 제이콥은 언제나 가족과 주변인들이 혀를 찰 정도로 수완이 없었다. 자신의 금족같은 사업을 첫째 아들에게 맡겨 그대로 망가뜨리는 것은 단주도 사절하고 싶었으므로, 점점 아이들이 커 가면서 비록 입 밖에 내지는 않았지만 종종 제 딸을 데리고 사업을 하러 다니는 등, 암암리에 이미 경영을 해 갈 후계자로 막내딸을 점찍었다는 것을 알렸다.

그러다 보니 조급해진 것은 제이콥이었다. 그는 비록 능력은 없지만 욕심은 꽤 넘쳐나는 인간이었다. 아무리 단주가 제 자식들에게 재산을 비슷하게 나눠 준다지만 경영권만큼은 그가 쥐고 싶은 것이 솔직한 마음이었다. 그 때문이었을까, 제이콥과 비비안은 어렸을 때부터 집에서 어마어마한 싸움을 벌이곤 했고, 당연하지만 승자는 언제나 비비안이었다.

비비안은 제이콥을 신경 쓰지 않았다. 어차피 발가락으로 생각해 보아도 이 집에서 진정으로 경영권을 받을 만한 사람은 그녀밖에 없었다. 열네 살이 넘으면서부터 그녀는 아버지의 옆에서 종종 상단의 운영을 돕곤 했다. 그런 그녀를 단주가 얼마나 아끼는지는 굳이 그녀가 아니더라도 다 아는 사실이었다.

"이번에 이디에트 공작가에서 상인 협회에 지원을 했나요?"

"그래, 웬일인지 지금까지 상단이라면 거들떠보지도 않던 이디에트 공작이 갑자기 상인 협회를 지원하겠다고 하더구나. 협회장은 일단 공작가에서 제안한 사업에 손을 댈 만한 상단을 찾고 있는 중인데, 로튼도 한번 시도를 해 볼까 하다가 말았어."

"왜요?"

"상대가 이디에트이기 때문이지. 디텔이라면 모를까, 이디에트는 나도 상대하기가 아직 버거운 것이 사실이다."

"흐음."

비비안은 눈을 데룩 굴렸다. 그녀가 알기로 지금까지 상인 협회를 지원해 온 것은 언제나 디텔 공작가였다. 그런데 갑자기 이디에트가 나서서 상인 협회와 연을 맺으려 한다고. 디텔과 이디에트가 현재 적대 관계에 있다는 것을 감안해 보고, 얼마 전에 죽은 제1왕자의 뒤를 이어 태자 자리에 오른 제2왕자가 이디에트와 긴밀한 관계에 있다는 것까지 감안해 보자면, 이 속에 어떠한 권력 관계가 형성되지 않았다는 건 말도 안 되는 일이었다.

비비안은 길게 숨을 들이쉬었다. 이디에트. 이디에트. 이디에트.

"아버지. 이번 사업을 로튼에서 맡으면 안 되나요?"

"상대는 이디에트야. 게다가 암암리에 이디에트 공이 자신의 첫째 딸을 제2왕자와 결혼시키려고 했다는 소문이 있어. 물론 공녀가 하도 거절을 해서 무산이 될 것 같다고 했지만."

순간 비비안의 얼굴에 미묘한 기색이 떠올랐다. 그녀가 잠시 뭔가 생각하더니 입을 열었다.

"아버지, 제1왕자가 어떻게 죽었죠?"

"병사했지. 워낙에 몸이 약하다고 하지 않았느냐."

"왕자의 건강 따위야 그저 주치의를 매수하면 될 것이고."

"뭐?"

"아버지. 이번 사업을, 꼭 협회장을 설득해서 얻어 내는 게 좋을 것 같아요."

비비안의 말에 로튼 단주는 입매를 굳혔다. 그의 얼굴 위로 그리 탐탁지 않은 기색이 떠올랐다. 그러나 그는 막내딸을 잘 알았다. 비비안은 절대 일을 허투루 하는 성정이 아니었다. 그녀가 이렇게 요구를 말할 때면 필시 그녀만의 이유가 있다는 뜻이었다.

로튼 단주는 조금 고민하다가 결국 고개를 끄덕였다.

* * *

"그거 알아? 나를 사랑한다고 했대!"

"그래서 어쩌라는 건가."

"그야말로 말도 안 되는 소리를 하면서 아버지를 회유하려 들어. 거기에 아버지가 넘어갔다는 것도 웃기지만, 그 전에 그 인간이 그런 말을 했다는 것도 웃겨."

"다시 말하지만, 그래서 어쩌라는 건가."

이디에트가의 서재는 오늘따라 시끌했다. 그래 봤자 결국에는 엘리미아 혼자서 떠드는 것이지만, 어쨌든 위그는 이것이 무척 시끌하다고 생각했다.

엘리미아는 이디에트의 유일한 공녀로 곱게 자란 만큼 오만함이 대단했다. 물론 성정 자체가 시원시원하고 활발한 성격이라, 그 오만함도 대부분의 이들의 눈에는 그저 사랑스러움으로 비춰지는 듯했지만, 안타깝게도 위그는 이런 시끌한 누이를 아주 싫어했다.

그녀는 방금 전부터 자신의 서재로 와 제2왕자가 어떻게 그들의 아버지를 회유하여 제1왕자를 제거했고, 드디어 제거에 성공한 지금, 어떻게 엘리미아를 자신에게 달라고 했는지를 말하며 분통을 터뜨렸다. 그녀는 도저히 제2왕자 제이슨이 자신을 사랑한다는 사실을 받아들일 수 없는 듯했다. 그러나 어렸을 때부터 수많은 이들의 애정을 받아, 어른이 된 지금까지도 무수한 여인들의 일방적인 구애를 받고도 별 느낌이 없는 위그는 그 사실이 왜 그렇게 받아들이기 어려운 것인지 이해를 하지 못했다.

"어차피 제이슨과 결혼하지 않을 거잖아. 너도 그자에게 관심이 없고, 네가 그렇게 진절머리를 치는데 아버지가 너를 왕자와 결혼시킬 리 없으니 당연히 그 왕자의 일방적인 생각일 텐데, 대체 뭐가 문제라는 거지?"

"그자가 나한테 호감을 품고 있다고 아버지한테 말씀드린 게 문제라는 거야. 나를 그런 식으로 손에 넣고 이디에트를 휘두를 생각을 했다는 거 잖아!"

"정말 야비하고 쓸데없는 생각을 했군. 너를 손에 넣는다고 이디에트의 숨통을 틀어쥘 수 있을 것이라고 생각하나?"

"뭐? 내가 지금 가치. 없다는 거야?"

"아버지한테는 네가 귀한 딸일지 몰라도 나한테는 이디에트가 제일 중요해. 뭐. 그래도 굳이 인질로 잡히면 구해 줄 시도는 해 보지."

"위그 이디에트!"

엘리미아는 결국 동생의 말에 참지 못한 채 버럭 소리를 내질렀다. 그러나 그것도 무용지물이었다. 위그 이디에트는 어렸을 때부터 권력 따위에 관심이 없는 누이 대신 자연스럽게 권력자로 키워진 덕에 안하무인으로 치자면 그야말로 그를 따라올 자가 없었다. 그것을 증명하듯 엘리미아의 분노 서린 외침에도 그는 끄덕하지 않은 채 그저 자리에서 일어났다.

"그리고 나는 아버지가 저지른 일 때문에 지금 아주 바쁘다. 그러니 날 귀찮게 만들지 마."

"아버지가 무슨 일을 저질렀는데."

"몰라서 묻나? 네가 말한 그 빌어먹을 제2왕자가, 아버지와 주고받은 서신을 놓고 암암리에 위협을 하고 있어."

"뭐? 그 개자식이 진짜."

"그래, 그렇지만 이미 잡힌 이상은 쓸모가 없지. 어쨌든 우리는 적당하게 2왕자의 비위를 당분간은 맞출 필요가 있거든. 그리고 네가 결혼을 하지 않는 바람에 디텔에서 자기 딸을 제2왕자에게 보내려고 하고 있는 것 같아."

"뭐?"

엘리미아는 그것은 또 생각하지 못했다는 듯이 입을 벌렸다. 그러나 딱히 이상할 것은 없었다. 엘리미아와 달리 디텔 공작가의 딸들은 그야말로 마치 왕실을 위해 태어났다는 듯이 어떻게든 가문을 위해 권력을 도모하려고 하는 야심가들이었다. 물론 디텔 공작이 진짜로 제 딸을 왕실에 보낼지는 또 다른 문제지만.

"어쨌든 이 며칠 동안 디텔을 미리 견제하기 위해 상인 협회에 손을 뻗고 있는 중이고, 그걸 내가 지금 수습해야 하니 너는 좀 가만히 있어."

엘리미아는 위그의 말에 칫 하고 고개를 홱 돌렸다. 위그는 묘하게 이상한 데서 고집이 센 제 누이를 보다가 걸음을 옮겨 서재를 나왔다.

비록 엘리미아에게는 그렇게 말했지만, 기실 위그도 엘리미아를 제이슨에게 보내는 것은 말도 안 된다는 생각을 갖고 있었다. 가문에서 왕비가 나온다는 것이 귀족가의 영광이긴 하나, 제2왕자는 애초에 제1왕자가 죽기 전부터 위그가 탐탁잖게 보는 인물이었다. 그러나 이디에트 공작은 기어코 제2왕자를 지지했고, 결국 제1왕자가 죽었다. 그리고 이제 와서 진짜로 엘리미아와 결혼을 하려고 했는데 안 되니, 슬슬 모순이 생기기 시작한 것이었다.

비록 겉으로 티는 안 냈지만, 그는 제이슨이 엘리미아를 넘본 것 자체가 상당히 건방진 데다가 주제를 모르는 행동이라고 생각했다. 그는 제이슨 같은 치를 가장 싫어했다. 그가 보기에 제이슨은 제 형에 대한 열등감이 지독했다. 열등감이라니, 그런 것 따위 느끼지 못할 정도로 강하면 될 것 아닌가. 어차피 엘리미아가 후계자 자리에 관심이 있다 해도 충분히 이디에트 공작이 될 만한 자신이 있는 위그가 코웃음을 쳤다.

곧 그가 걸음을 옮기는데, 갑자기 집사가 그에게 다가왔다.

"소공작님, 로튼의 단주와 아가씨가 오셨습니다."

"알겠…… 아가씨?"

"네. 로튼의 후계라 합니다."

"이런 곳에 뭘 또 굳이 후계자를 데리고 오나."

엄연히 말해서 집사가 이렇게 그에게 알린 것은 그더러 참석을 하라는 뜻이었다. 위그는 고개를 끄덕이고, 집무실로 향했다.

*　*　*

이디에트의 저택은 그야말로 웅위하기 그지없었다. 몇백 년 가문의 전통을 현저하게 드러낸 저택의 외양은, 로젤리스의 것과는 또 다른 매력이 있었다. 그러나 비비안은 그저 이 저택을 팔면 과연 얼마나 나올까, 그리고 이런 저택은 어떻게 손에 얻을 수 있을까 하는 생각만 할 뿐, 딱히 부러워하는 기색을 보이지는 않았다. 그녀는 살면서 단 한 번도 권력의 소용돌이에서 발버둥 쳐야 하는 귀족의 삶을 부러워해 본 적이 없었다. 그녀의 아비는 좀 다른 문제지만.

"안쪽으로 드십시오, 로튼 단주, 레이디 로젤리스."

"감사합니다."

비비안은 자신의 코트를 시녀에게 넘기며 살짝 웃으며 예를 취했다. 집사가 미소를 띤 채 앞장을 섰다.

"각하께서는 방에서 기다리고 계십니다."

로튼 단주는 이미 귀족가의 위용에 어느 정도 좀 기가 죽은 모양이었다. 예전부터 귀족가의 명예와 힘을 동경해 왔던 그는, 밖에서는 누구보다도 엄숙하고 강압적인 모습을 해도 언제나 귀족 앞에서는 조금씩 부러움과 시기를 비추곤 했다.

그러나 비비안의 눈길은 온통 값비싼 명화와 도자기, 카펫 그리고 휘황찬란한 내부 장식에 쏠려 있었다. 그녀는 아직도 이것들을 어떻게 손에 넣을지 따위를 고민하고 있었다.

그렇게 길고 긴 복도를 지나 로튼 단주와 비비안이 접대실에 멈춰 섰다. 집사가 문을 열자 그곳에서 꽤 나이가 있는 중년 남자가 기다리고 있었다.

그는 로튼 단주보다도 좀 더 연륜이 있어 보였고, 로튼 단주가 결코 가질 수 없는 차갑고 고압적인 분위기를 갖고 있었다. 아니나 다를까, 단주는 이디에트 공작임을 알아보자마자 조금 떨리는 목소리로 고개를 숙였다.

"이디에트 공작 각하를 뵙습니다."

"이디에트 공작 각하를 뵙습니다. 귀저에 초대해 주셔서 감사합니다."

비비안 또한 아버지의 뒤를 따라 살짝 고개를 숙이고 예를 취했다. 이디에트 공작은 로젤리스 부녀가 생각보다 훨씬 더 예의 바르고 숙이고 들어오는 듯하자, 흡족한 얼굴을 했다.

"어서 오게, 로튼 단주. 그리고 레이디 로젤리스. 특히 레이디의 명성은 많이 들었어. 그리 어려운 해외 무역을 전부 성사시켰다지? 선견지명이 있게 다른 상단보다도 먼저."

"과찬이십니다."

"그만 고개를 들고 소파에 앉아. 집사, 이만 차를 내오지."

비비안은 아버지의 옆에 앉았다. 이윽고 이디에트 공작이 입을 뗐다.

"제안서의 내용은 꼼꼼히 보았겠지? 굳이 강조하자면, 이디에트는 지금까지 상인 협회와 손을 잡을 생각을 하지 않았다. 그럼에도 불구하고 지금까지 그 어떤 상단도 감히 손을 대 보지 못한 사업을 진행하고 있지."

"물론 알고 있습니다. 이디에트에서 흔쾌히 이리 제게 은혜를 베풀어 주시니, 저로서는 그야말로 몸 둘 바를 모르겠습니다."

로튼 단주는 이디에트 공작에 연신 고개를 끄덕였다. 그러나 비비안만큼은 속으로 이디에트 공작을 비웃고 있었는데, 이디에트가 수많은 사업을 독점해도, 그것은 결코 이디에트가 훌륭해서가 아니라 그저 이디에트가 이디에트였기 때문이었다.

비비안은 장담컨대 그 사업을 제게 넘겨주기만 한다면 이디에트가 내는 수입의 세 배는 더 얻을 수 있다고 생각했다. 물론 귀족가의 사업과 상단의 사업은 무게가 다르다는 것을 부정할 수 없지만, 그녀는 왜 이디에트 공작이 이렇게까지 자랑스러워하는지 이해할 수 없었다.

'하여튼 귀족이란.'

비비안은 속으로 조소를 흘렸다. 그러나 결코 겉으로는 자신의 생각을 드러내지 않았는데, 애초에 그녀는 사업을 하러 온 것이지 귀족 무리들을 비웃으러 온 것은 아니었기 때문이었다. 그리고 그녀는 언제나 자신의 파트너는 조금 멍청한 것도 괜찮다고 생각했다. 그러면 그녀가 더 이득을 보기 때문이었다.

"그럼 일단 뮈크와의 거래부터 맡겨 보지. 단주도 알겠지만 폐하께서는 벨벳을 그렇게 좋아하신다. 그중에서도 수공업으로 소문난 뮈크 왕국의 벨벳은 더욱더 좋아하시지, 마침 폐하께 넌지시 로튼의 이름도 알릴 겸, 어떤가."

"뮈크의 벨벳이라니."

그러나 로튼 단주의 얼굴에는 약간의 난감함이 서려 있었다. 뮈크의 벨벳은 확실히 소문이 자자할 정도로 상급품이 확실했다. 문제라면, 뮈크의 수공업은 소문이 난 것 그 이상으로 수출을 통제하고 있어 로튼이 아니라 상인 협회의 누가 와도 구하기가 어려웠다. 그리고 뮈크의 벨벳을 대신할 만한 고급품은 많았기에, 지금까지 로튼은 딱히 뮈크에 줄을 대지 않고 있었다.

'물론 이디에트의 이름을 걸고 성사시키겠다면 못 할 것도 없지만, 대량으로 그렇게 구매 의사를 밝히면 뮈크 쪽에서 반드시 가격을 올릴 것이고, 그렇게 되면 로튼은 절대적으로 이익을 얻지 못해. 이디에트를 상대로 너무 고가를 들이밀 수는 없으니.'

로튼 단주는 조금 애매한 얼굴을 했다. 그러나 이번 거래를 성사시키면 이디에트의 신뢰를 얻게 되므로, 장기적으로 보면 상단에 좋은 것이 사실이었다. 결국 그가 고개를 끄덕이려고 할 때였다. 갑자기 비비안이 입을 열었다.

"각하. 뮈크의 벨벳은 굳이 구하고자 하면 구해지나, 가격 대비를 보았을 때 대량으로 구할 만큼 그리 가치가 있는 것은 아닙니다."

비비안의 말에 이디에트 공작의 얼굴이 팍 일그러졌다. 그의 목소리에 삽시에 노기가 서렸다.

"지금 폐하께서 사랑하시는 것이 가치가 없다고 말하고 있나?"

이디에트 공작의 물음에 비비안이 생긋 웃었다. 로튼 단주의 얼굴이 당황으로 잔뜩 물들었다. 그는 황급히 제 딸을 저지하려고 했다. 그러나 비비안은 여유롭게 입을 열었다.

"폐하께서 즐기는 물건의 가치를 한낱 상인인 저희가 가늠을 할 수는 없습니다만, 만약 이번 거래의 모든 물품을 뮈크의 벨벳으로 채우면, 로튼은 어마어마한 적자를 감수해야 합니다."

"어처구니없군. 이번 거래는 어디까지나 로튼의 능력을 가늠해 보고자 하는 시험대이다. 만약 로튼에서 이 정도 손실도 감수하고 싶지 않다면 앞으로 로튼과 거래를 할 생각이 없어."

"물론 이디에트 공작가와 손을 잡는 명예를 누리면서 겨우 금전적 손실 따위로 이러지 않을 것입니다. 다만……."

비비안은 일부러 말꼬리를 흐렸다. 그녀의 말에 이디에트 공작의 얼굴에 의문이 섞였다.

"다만?"

"다만, 이미 뮈크에서 벨벳을 대량으로 구입한 자가 있어, 그 손실이 의미 있을 것 같지는 않습니다."

"뮈크에서, 벨벳을 대량으로 구입한 자가 있다고? 그게 누구지?"

"디텔 공작 각하이십니다."

비비안은 아무것도 모르는 척, 해맑고 순진하기 그지없는 얼굴로 말을 이었다. 그러나 이디에트 공작은 이미 그녀의 말에 말려들었다는 것을 증명하듯, 미간을 찌푸린 채 그녀의 얼굴을 직시하고 있었다. 비비안의 말에 로튼 단주는 크흠 헛기침을 했다. 비비안은 계속해서 생글생글 웃으면서 입을 열었다.

"하여 지금 뮈크의 벨벳을 사들이면 손익 대비, 그리 가치 있는 거래가 되지는 않을 겁니다. 로튼은 물론이요, 가장 중요하게는 이디에트에."

비록 가격을 입에 올리긴 했지만 기실 비비안이 말하고 있는 것은 다른 의미였다. 이미 디텔에서 벨벳을 대량으로 사 갔는데 이디에트까지 비빈다고 딱히 왕이 좋아할 것 같지는 않다는 말이었다. 이디에트 공작은 당연히 비비안의 말 속에 들어 있는 뜻을 읽어 냈다.

한동안 집무실에는 정적이 맴돌았다. 비비안은 느긋하게 속으로 시간을 세다가, 이디에트 공작이 완전히 생각에 잠긴 듯하자, 다시 입을 열었다.

"그래서, 각하께 다른 방법을 권하고 싶습니다."

"다른 방법?"

"폐하께서 또 좋아하시는 물건 중에, 바르샤 실크로 짠 카펫이 있다지요."

"그래. 바르샤의 실크는 전 대륙은 물론이요 전 세계에서 비할 바가 없을 것이다. 한데 그건 왜?"

"그것을 폐하께 상납을 하는 것은 어떨까 싶습니다. 벨벳은 의복의 중요 재질이긴 하나 결국 계절을 타니 자주 착용하실 수 없을 겁니다. 하지만 실크는 내의를 만드는 데 사용되어 폐하께서 거의 매일 보시는 것이지요. 당연히 이것을 보내온 자가 누군지, 시시각각 생각을 하지 않겠습니까."

비비안의 말에 끝나자마자 로튼 단주의 얼굴이 미묘하게 변했다. 확실히 바르샤의 실크를 이번 거래 품목으로 삼는다면, 로튼은 절대적으로 이득만 보지 실을 보지 않는다. 그 이유는, 저번 달 상인 협회에서 제공한 틀린 정보 때문에 로튼에서 대량으로 바르샤의 실크를 들여 이미 재고가 넘쳐났기 때문이었다.

그는 곧 수도에서 실크가 유행할 것이라는 말을 듣고 거금을 들여 실크 거래를 했다. 그러나 문제라면, 주로 평민들을 상대로 거래를 하는 로튼의 주요 고객들은 비싸고 고급인 바르샤의 실크를 잘 쓰지 않는다는 것이었다. 당연히 이대로 손실을 보겠거니 했는데 그는 비비안이 이것을 들고 올 줄은 몰랐다.

이디에트 공작은 나름대로 꽤 고뇌하는 듯했으나 어느 정도 비비안의 말에 넘어간 듯싶었다. 그가 따지고 봐도 확실히 바첼론에서 실크는 벨벳보다 사용량이 많긴 했기 때문이었다.

"한데 레이디는 어디서 디텔의 소식을 들었나."

"아. 우연하게 조선업을 하는 상단과의 거래 중에 들었습니다."

거짓말이었다. 그동안 상인 협회의 협회장과 꽤 긴밀한 사이를 유지했던 디텔의 거래 기록을 그녀는 엄연히 다른 상단에서 '사 온' 것이었다. 애초에 이디에트가 상인 협회와 협조를 하려는 이유 자체가 디텔이 근원이고, 왕실의 환심을 사기 위한 것이라면 그녀는 당연히 이디에트가 왕이 좋아한다고 소문이 난 몇 가지 품목을 구할 것이라고 생각했다. 그리고 그 품목을 주로 다루는 이들에게서 적당하게 정보를 사 와, 디텔이 먼저 손을 대지 않았는지 확인해 본 것이었다.

'뭐, 진짜로 뮈크의 벨벳을 진상하려고 했다니. 정말 어이없어. 상상력이 없어도 이렇게 없을 줄이야.'

그녀라면 왕의 환심을 얻기 위해 이런 재미없는 일을 벌이지 않을 것이었다. 그렇게 속으로 중얼거렸으나, 그녀는 여전히 환하게 웃으면서 말을 이었다.

"그럼, 이대로 진행하는 것은 어떻습니까?"

꽃처럼 환하게 웃는 비비안을 보며 이디에트 공작이 주저했다. 물론 그녀의 제안이 확실히 좋은 것은 사실이나, 그는 이 어린 소녀가 지극하게 마음에 들지 않았다. 그러나 너무나도 유혹적인 제안이었기에, 결국 그가 고개를 끄덕였다. 그에 비비안이 다시 웃으려는데, 갑자기 문이 벌컥 열리더니 묵직한 목소리가 들려왔다.

"아니, 그럴 생각 없다."

그 순간 비비안의 미간이 꿈틀거렸다. 그녀는 자신의 의도를 누군가가 방해하는 것을 끔찍하게 싫어했다. 물론 그것을 좋아하는 인간이 몇이나 있겠냐마는……. 그렇게 생각하며 그녀가 말을 내뱉은 이를 확인하려고 고개를 드는데, 인영을 확인한 그녀의 눈빛이 미묘하게 변했다.

"늦게 왔구나."

"죄송합니다. 아버님. 누이와 이야기를 나누느라."

눈앞에 있는 청년은 그녀보다 두어 살 정도 더 많아 보였다. 엄밀히 말하자면 제이콥과 메이슨은 물론이요 카트린보다도 더욱더 어린 나이였지만, 놀랍게도 그의 분위기는 그녀가 본 그 누구보다도 사람의 숨통을 조이게 하는 느낌이 있었다. 그것은 태생적으로 통치자로 타고난 자의 위압감이기도 했고 어린 나이에 전장에 나간 자 특유의 분위기이기도 했다.

그러나 그것보다도 더욱더 비비안의 눈길을 사로잡은 것은 어린 나이임에도 불구하고 이미 그녀보다 두 뼘 정도 더 큰 키에 넓게 벌어진 어깨, 탄탄하고 커다란 체격이었다. 게다가 가장 중요한 것은 오만하기로 명성이 자자한 소공작의 마치 조각 같은 얼굴이었는데, 깊은 눈매와 콧날이 마치 그녀가 사랑하는 수많은 조각가들이 그를 본을 떠 만든 것이 아닐까 할 정도로 사람을 매혹시키는 힘이 있었다.

물론.

'이 순간에 나타나다니, 정말 재수 없는 새끼군. 게다가 성질머리 더럽게 생겼어.'

현재의 비비안에게는 꼴 보기 싫은 방해꾼 그 자체였지만.

그러나 위그 이디에트의 얼굴이 딱 봐도 성질머리 더럽게 생겼다는 것은 비비안이 그의 외형에 객관적으로 상당히 높은 평가, 어찌 보면 살면서 준 모든 평가에서 가장 최고점을 주는 것을 방해하지는 못했다. 그 정도로 위그 이디에트의 얼굴과 체격은 어마어마했다. 그 순간 비비안은 위그 이디에트를 손에 넣기 위해 수많은 여자들이 입맛을 다신다는 소문을 좀 납득하긴 했다. 하긴, 저런 얼굴이라면 좀 가져 보고 싶긴 할 거야. 게다가 돈도 많고 권력도 있고, 집에 세워 놓고 구경하기 딱 좋지 않을까.

하지만 비비안은 바로 코웃음을 쳤다. 세상에 예쁘게 생긴 남자들이 얼마나 많은데, 정말 굳이.

그래서 비비안은 위그 이디에트의 얼굴에 대한 관심을 바로 꺼 버렸다. 정말 황홀하게 잘생겼으나 그뿐이었다. 그녀가 가질 일이 없는 것에는 관심을 끄는 것이 상책이었다. 그리고 갖고 싶지도 않았고. 대신 비비안은 그가 '감히' 자신의 제안을 거부했다는 것에 집중했다.

"소공작님을 뵙습니다. 혹시 제가 드린 제안에 무슨 문제라도?"

비비안은 그래도 속에서 끓어오르는 노기를 겨우겨우 잠재우고 순순하게 물었다. 그러나 위그는 그녀를 힐끔 보더니, 미간을 미미하게 좁혔다. 그의 시선이 비비안에게 잠시 머물렀다. 그에 비비안이 더욱더 진한 미소를 담고 그의 대답을 기다렸으나, 그렇게 오래 봤던 것치고는 위그의 대답은 이디에트 공작에게 향했다.

"실크 거래를 할 것이라면 굳이 로튼과 할 필요 없습니다. 이디에트가 이미 쌓아 놓은 루트로도 충분히 폐하께 상납을 할 수 있을 뿐만 아니라, 애초에 제가 보기에 오늘 레이디 로젤리스는, 실크를 추천하기 위해 이 저택에 발을 들인 것 같으니."

"이런."

"그게 아니라면, 디텔이 벨벳을 손에 넣었다는 정보는 어찌 얻은 것이지? '우연하게'라는 말은 안 믿는다. 이디에트도 굳이 조사를 해 보지 않으면 모르는 정보인데."

위그의 물음에도 비비안은 전혀 당황한 기색이 없었다. 그러나 어디까지나 그것은 그녀의 겉으로 보이는 모습뿐이었고, 비비안은 이미 속으로 욕지거리를 몇 번이나 내뱉었다. 그녀는 여기서 자신이 디텔의 뒤를 캤다는 말을 하는 순간, 모든 것이 다 엉망이 된다는 것을 알았다. 고귀한 귀족들은 겨우 상단의 새파란 평민 계집애한테 뒤가 밟히는 걸 어마어마하게 싫어한다.

그러므로 그녀는 이제 합리한 이유를 대야 했다.

"사실을 협회장에게서 들었습니다."

로튼 단주는 협회장의 이름을 마구 파는 제 딸의 모습에 놀란 얼굴을 했다. 그러나 비비안은 정말 안색 하나 변하지 않은 채 말을 이었다.

"아시다시피 협회장님께서는 이 바첼론에서 오가는 굵직굵직한 거래를 전부 아시니까요."

웬만해서는 협회장의 이름을 팔 생각이 없었지만 그렇다고 딱히 못 팔 것도 없었다. 어차피 이디에트가 진짜로 협회장을 찾아가 네가 로젤리스에게 알렸느냐고 따질 만큼 한가하지 않은 것도 알았고, 협회장이 그런 적이 없다고 하면 그걸 자신한테 알린 것을 어떻게 공개적으로 인정하느냐고 발뺌할 셈이었다. 그리고 협회장이 비비안에게 따져도 비비안은 상관이 없었다. 그녀는 로튼의 단주가 되는 순간부터 돈만 빼 가면서 제구실을 못 하는 그곳을 부숴 버릴 원대한 이상을 품고 있었다.

확실히 상인 협회의 협회장이 말해 주었다면 비비안이 아는 것도 이상한 일은 아니었다. 그러나 위그 이디에트의 얼굴에는 끝까지 불신이 걸려 있었다. 그리고 얼마나 지났을까, 위그가 입을 열었다.

"그래도 실크 거래는 안 된다."

'칫.'

"자세한 거래 품목은 이제 다시 정해서, 훗날 단주와, 상의하도록 하지."

대화에 들어간 미묘한 강조에는 비비안과 상종을 하고 싶지 않다는 뜻이 강렬하게 담겨 있었다. 그것을 알면서도 비비안은 그저 생긋 웃었다.

"알겠습니다. 그럼 다음에 뵙지요."

"나는 단주와 상의하도록 하겠다고 했다."

"네, 저희 아버님도 오실 겁니다."

"레이디는 오지 말라는 뜻이다."

순간 위그의 싸늘한 목소리에 담긴 엄연한 배척의 의미에 비비안이 짐짓 상처를 받은 듯 장갑을 낀 손으로 입을 살짝 막았다.

"어머."

"겨우 그런 잔머리를 쓰면서 이디에트를 상대하려고 들었다니, 이대로 거래를 유지하는 것만으로도 감사하게 여겨라."

"잔머리라니. 공작 각하. 저는 그런 적이 절대 없습니다."

위그의 말에 짐짓 상처를 받은 것처럼 하면서도 비비안의 말머리가 향한 곳은 이디에트 공작이었다. 순간 그녀의 제안에 혹해 넘어갈 뻔했던 공작이 제 아들을 보면서 크흠 헛기침을 했다.

"위그 이디에트, 사업 파트너에게 결례다."

순간 위그의 눈길이 매서워졌다. 이디에트 공작이 넘어갈 뻔한 거야 이 며칠 디텔이라면 긴장해 마지않아서 그런 것이지만, 그 기회를 이용한 이로튼의 후계자라는 치는 무척 거슬리기 짝이 없었다. 그는 비비안을 빤히 응시했다. 새하얀 얼굴에 은은한 연회색 머리카락을 높게 하나로 묶고, 아래에는 깔끔한 원피스를 입고 있었다. 태어날 때부터 미인들만 봐 온 위그의 눈높이에는 한없이 미치지 않는다고 여겼고, 굳이 말하자면 얼굴만 놓고 볼 때 바첼론에서 그리 눈에 띄는 미인은 아니었다. 그럼에도 불구하고 한번 시선을 주면 떼기가 힘들 정도로 묘한 느낌이 있었다. 마치 호시탐탐 상대의 모가지를 틀어쥘 그런……

'기분 나쁘군.'

위그는 왠지 모르게 비비안이 무척 기분이 나쁘다고 생각했다. 그리고 동시에, 오늘 자신이 이 방에 들어온 것이, 훗날 두 사람의 길고 질긴 인연의 시작이 될 것 같다는 생각도 했다.

＊　＊　＊

"어머, 비비, 다녀왔…… 표정이 왜 이래?"

식탁에 앉아 조용하게 독서 내용을 토론하던 카트린과 메이슨은 쿵쿵거리며 다이닝 홀로 들어오는 동생의 등장에 눈을 동그랗게 떴다. 평소에 이런 식의 요란한 등장은 대부분은 제이콥의 몫이었기에, 옆에서 조용하게 케이크를 먹고 있던 리암마저도 눈을 동그랗게 떴다.

그러나 비비안은 그대로 식탁의 가장 상석에 가서 차가운 물을 잔에 따르더니 그대로 목에 부어 버렸다. 그녀의 행동에 카트린이 얼굴을 찌푸렸다.

"안 차갑니?"

"그러다가 몸 상해."

"누나, 무슨 일 있었어?"

남매들의 물음에 비비안은 잔을 탁 하고 내려놓았다. 그 순간, 그녀는 자신의 열을 그대로 냉수로 씻어 버리기라도 한 듯 아무렇지도 않은 얼굴로 어깨를 으쓱했다.

"아니, 전혀 괜찮아."

"말이 이상한데. 아무래도 이디에트 저택에서 무슨 일을 당했구나. 왜, 평민이라고 무시하던?"

"내가 제이콥 오빠도 아니고 그런 거에 자존심 상해할 사람이야?"

"그럼?"

"그냥."

비비안은 입술을 살짝 물었다. 그녀의 머릿속에는 아직도 방금 전에 본 이디에트의 건방진 소공작이 맴돌았다. 그 오만한 태도, 차가운 얼굴, 인생에서 좌절 따위는 겪어 본 적이 없는 것 같은 그야말로 당당하기 그지없는 얼굴.

"재수 없는 인간이 있어."

비비안의 말에 카트린이 이마를 짚었다. 그녀는 애매한 얼굴로 비비안을 향해 말했다.

"비비, 너한테 재수 없지 않은 인간이 있긴 해?"

"아, 그러고 보니 그렇긴 하네. 그럼 그 인간은, 재수 없다기보다는……."

"보다는?"

"그냥, 깔아뭉개고 싶은 인간이라고 하지."

그렇게 말하며 비비안이 고개를 살짝 까닥였다. 그녀의 얼굴에 기묘한 미소가 감돌았다. 그리고 그 미소는, 그녀가 자신을 적대시하는 인간의 뒤에서 잘 지어 주던 미소였다.

순간 메이슨도 카트린도 리암도 고개를 돌렸다. 그들 모두 비비안의 성정을 알았다. 그녀는 인생에서 자신을 제외한 이가 오만한 얼굴로 자신을 비웃거나 조소하면, 그것을 어떻게든 갑절로 갚아 주어야 하는 타입이었다. 비비안은 자신의 계획을 방해하는 이를 절대 용납하지 못했다. 아직 스무 살도 안 됐는데 벌써부터 성정이 저러하면 진짜로 단주가 되어서는 어쩌겠냐고 로젤리스 부인이 걱정했지만, 정작 그들은 언제나 비비안의 상대를 걱정하곤 했다.

"진짜…… 누군지는 몰라도 왜 그랬대."

"몰라."

"누나, 무서워."

곧 비비안이 얼굴에 미소를 달고 다이닝 홀에서 나갔다. 세 남매는 곧 왠지 모르게 자신들의 인생이 그리 평온해지지 않을 것 같다고 생각했다.

* * *

역시.

위그 이디에트는 특별히 조사해 온 디텔 공작과 상인 협회, 근래에 벌어졌던 바첼론의 여러 가지 굵직굵직한 거래 명세를 읽으면서 미간을 좁혔다. 비비안 로젤리스, 그녀는 그에게 거짓을 말했다. 상인 협회의 협회장은 자신은 절대 그런 정보를 흘린 적이 없다면서 고개를 절레절레 저었고, 이디에트의 힘으로 이리저리 조사해 본 결과, 이 며칠 로튼의 그 어린 아가씨가 정보를 캤다는 증언이 나왔다.

로튼이 바첼론에서 눈에 띄게 큰 규모의 상단은 아니었기에 애초에 비비안 로젤리스가 그를 상대로 이길 수 있을 리가 만무했다. 인간 대 인간은 둘째 치고, 기실 귀족가와 상단의 기 싸움에서 가장 중요한 것은 양측 세력의 힘이 핵심이었기에, 위그 이디에트는 애초에 로튼을 눈에 넣지도 않았다.

그런데 그런 식으로 이디에트를 놀려 먹으려 했다고. 심지어 어떻게 알아냈는지 이디에트가 행동하는 일정 부분이 디텔과 연관이 있다는 사실까지 알아내고 미리미리 조사에 착수했다.

그는 문득 소파에 앉아 있던 소녀의 얼굴을 상기했다. 열예닐곱 살 정도의 얼굴에 나이와 어울리지 않는 묘한 공격성을 갖고 있던 소녀. 마치 그의 얼굴을 보면서 네까짓 게 감히 내 말을 방해하냐면서 읊조리는 것 같던 그 묘한 눈빛.

위그 이디에트는 어렸을 때부터 검을 들고 전쟁터에서 공훈까지 세운 경험으로 그런 눈빛을 한 인간을 꽤 경계했다. 그는 왠지 모르게 앞으로의 일에서 그 여자와 다시 얽힐 것 같다는 생각이 들었다.

그리고 그 순간, 마치 그의 생각을 입증하러 달려오듯이 조금 급한 노크 소리와 함께 요한이 들어왔다.

"소공작님."

"무슨 일이지?"

"방금 엘버린 공작가 측에서 전언이 왔는데, 폐하께서 갑자기 바르샤산 실크를 대량으로 구매하시겠다고 합니다. 하여서 혹시 공작가에 재고가 있는지……."

"뭐?"

실크, 실크, 그놈의 실크!

순간 속으로 그렇게 외친 위그가 이마를 짚었다. 왕이 예전부터 보드라운 재질의 실크를 무척 좋아하긴 했지만—물론 위그는 언제나 그 이유가 그저 허영이라고만 했다—그렇다고 갑자기 이런 결정을 내렸는데 그것이 아무런 일도 아니라고 할 수가 없었다.

"지금까지 아무런 말도 없다가 갑자기 왜 실크 이야기를 꺼내는 것이지?"

"엘버린 공작의 전언대로라면, 며칠 전에 안디트에서 온 극단이 폐하의 초청을 받고 들어갔는데, 거기서 긴 실크 천을 이용한 군무를 보였다고 합니다. 그에 국왕 폐하께서 바첼론의 왕립 무용단에도 보급을 하겠다면서……."

"춤을 추는데 무슨 실크를 휘두……. 아, 잠깐만, 안디트?"

순간 위그가 뭔가 생각났다는 듯이 자신의 테이블 한쪽에 있는 서류 뭉치를 뒤적거리기 시작했다. 그의 행동에 요한이 고개를 갸웃거렸으나, 위그는 갑자기 뭔가를 발견한 듯이 서류철 하나를 쭉 빼내더니 그것을 훑기 시작했다. 곧 그가 발견했다는 듯이 입을 딱 벌렸다.

"안디트의 극단은 일전에 로튼과 꾸준하게 거래를 진행했군."

"네?"

"로젤리스의 그 건방진 게, 지금……."

위그는 결국 분노를 참지 못했다. 그는 차가운 얼굴로 손에 들려 있는 서류철을 그대로 테이블 위로 던졌다. 그러나 위그는 다시 빠르게 침착함을 되찾았다. 소상단의 어린 계집을 그대로 눌러 버릴 이유야 수도 없이 많았다. 그렇게 생각한 그가, 요한에게 명령했다.

"상인 협회의 협회장에게 일러라. 로튼에서 계속 이런 수작을 쓰겠다면, 이번 거래가 마지막이 될 수도 있다고."

"알겠습니다. 저, 그런데 실크는……."

"뭘 묻나? 지금 당장 로튼 빼고 가장 싼값에 바르샤 최고급 실크를 제공할 만한 상단이 있나?"

"아, 알겠습니다. 그리고 소공작님."

"또 무슨 일이지?"

농락당했다는 분노에 위그의 목소리에는 은근한 짜증이 배어 있었다. 그러나 요한이 말을 꺼내자, 그의 얼굴이 다시 평온해졌다.

"칼레린의 제4왕녀께서 소공작님을 뵙겠다고 하십니다."

칼레린의 제4왕녀는 꽤 예쁘장하고 작은 체구에, 학식이 있고 교양이 넘쳐 나기로 소문이 난 왕녀였다. 그녀는 위그에게 오래전부터 호감이 있었는데, 굳이 타국의 왕녀를 아내로 맞아들일 필요 없다 하여 지금까지 딱히 접촉을 하지 않고 있었다. 게다가 무엇보다도 위그는 칼레린의 제4왕녀를 그리 좋아하지 않았다. 어렸을 때부터 곱게 자란 그녀는 온 세상이 다 제 것인 양 오만하고 자존심이 어마어마했으나, 학식이 있고 교양이 넘쳐 난다는 소문과 달리 위그의 눈에는 꽤 멍청했다.

뭐, 왕녀로서 배운 것은 많으나, 그렇다고 해도 위그는 그녀가 저와 말이 통한다고 생각하지 않았다. 그는 언제나 안주인이라면 이디에트에 도움이 되는, 고귀한 혈통을 가진 우아하고 고고하며 학식 있는 제 어머니 같은 이를 맞이해야 한다고 아버지에게 못이 박히게 들어서 저 또한 그러려니 했다.

적당히 상대해 주면 되겠지.

"훗날 정식으로 이디에트 공작가에 초대하겠다고 일러라."

"알겠습니다."

지금 그는 칼레린의 제4왕녀 따위를 신경 쓸 새가 없었다. 그가 지금 상대해야 하는 것은, 주제도 모르고 감히 그와 맞서려고 하는 로튼 상단의 그 비비안 로젤리스였다.

                    *　*　*

"네가 무슨 일을 했는지 아느냐! 그동안 오냐오냐 해 주었더니!"

상인 협회의 협회장 집무실.

로튼 단주의 노호에 비비안은 살짝 귀를 틀어막았다.

"이디에트 소공작이 노했다고 한다. 앞으로 상인 협회의 다른 상단에까지 영향을 미칠 수 있다는데 어디 한번 해결책을 강구해 보거라."

"단주, 그만해도 되오. 그러게 어린 아이의 말을 왜 들어서는."

협회장은 얼핏 비비안의 편을 들어 주는 듯했지만 기실은 더욱더 기름을 붓고 있었다. 비비안은 어이없는 얼굴을 했다. 그야말로 몇 달 연속 적자를 보는 와중에 겨우겨우 살 구멍을 마련해 주었더니 제 아비란 작자는 이제 와서 그녀에게 호통을 치고 있었다. 물론 그의 심경은 이해 갔다. 이디에트가 로젤리스 부녀에게 크게 분노했다고, 한 번만 더 자신의 심기를 거스르면 협회의 원조를 완전히 끊어 버리겠다고 해 왔다며 협회장이 전했기 때문이었다.

그러나 비비안은 알고 있었다. 이디에트는 기왕 협회에 손을 댄 만큼 절대로 쉽게 놓을 리가 없었다. 이 일의 가장 큰 영향이라고 해 봤자 이디에트가 로튼과의 줄을 끊어 버리는 것이었다. 그러나 비비안은 다른 것 또한 알고 있었다. 이디에트 공작가 같은 귀족가는 그 오만함과 자부심 때문에 한낱 중소 상단인 로튼을 굳이 처리하지 않을 것이었다. 하물며 이번에 실크 거래가 오간 상황에서야.

'게다가 이렇게 로튼을 처리한다면, 상인 협회의 상단에서 이디에트를 경계할 것이고, 그럼 애초에 협회를 통제하려고 원조를 한 의미가 없어질 것이잖아.'

이익 관계에서 이렇게 비교를 해 보아 그녀는 꽤 대담하게 행동을 했다. 결과적으로 그녀는 적자를 메웠고 로튼을 구했다. 이디에트의 눈에 난 것이야 뭐…… 후에 그녀가 상단을 손에 넣은 뒤 만회를 하면 될 것이다.

그러나 그녀의 생각과 달리 로튼 단주는 이미 분노와 함께 약간의 두려움을 느끼고 있었다. 결국 협회장이 옆에서 찔러 대는 바람에, 그가 비비안에 명령을 내렸다.

"이제 직접 이디에트 공자님을 만나 뵙고 사과를 해야 한다. 알겠느냐?"

"알겠어요."

그러나 말은 그렇게 해도 비비안은 별로 사과할 생각이 없었다. 어차피 그녀가 부린 건 꼼수도 아니었다. 잘못을 한 것도 없다. 그녀가 지금 이 상황에서 가장 기분이 나쁜 것은, 왜 그녀는 이디에트처럼 힘이 없어서 이 상황에서 고개를 빳빳하게 들지 못하냐 하는 것이었다.

그녀는 협회장에게 이런 일은 다시는 없을 것이라고 말하는 아버지를 차가운 얼굴로 보다가 그저 고개를 돌렸다.

역시, 힘, 힘이 문제였다.

*　*　*

그리고 얼마 지나지 않아 과연 이디에트에서는 실크 무역과 관련된 계약서를 보내왔다. 로튼 단주는 이디에트 공작의 눈치를 보느라 실크를 거의 구매가로 이디에트에 판매를 했고, 덕분에 로튼은 적자를 보게 되었다. 비비안은 하다못해 적자는 메꾸어야 한다고 반대를 했지만 로튼 단주는 가차없었다. 그녀는 훌륭한 적보다 머저리 같은 아군이 더 큰일이라는 중요한 진리를 깨달았다.

어쨌든 로튼 단주의 행위로 이디에트의 화는 풀린 듯했다. 결국 거래가 무사하게 완료된 뒤, 이디에트 공작은 다시 한번 로튼 단주를 초대했다. 이번 기회에 꼭 이디에트 소공작을 만나 사과의 말을 건네라고 단주가 신신당부했기에 비비안은 평소에 잘 꺼내 입지도 않는 예복 드레스를 차려입고 이디에트 저택으로 갔다.

그러나 정작 이디에트 공작저에 도착하자마자 들려오는 것은 이디에트 소공작님은 지금 중요한 손님을 맞이하고 있으니 만나 뵙기가 어렵다는 말이었다. 설상가상으로 이디에트 공작은 저번의 경험으로 비비안을 방에서 내쫓았다. 결국 비비안은 아무것도 건지지 못한 채, 그저 시녀장이 안내해 주는 대로 다른 접대실에서 차를 마셔야 했다.

"레이디 로젤리스. 드십시오."

"감사합니다."

비비안은 기왕 이렇게 된 거 귀족가의 차나 얻어 마시는 것이 좋겠다는 생각으로, 아주 열심히 이디에트의 시녀장이 내주는 스콘과 각종 디저트, 그리고 차를 입 안에 넣었다. 어차피 평민일 뿐인 그녀가 조금 많이 먹는다고 평판이 내려갈 것 같지는 않고, 많이 먹어서 내려가는 평판 따위 관심도 없었기에 상관이 없었다. 결국 시녀장이 나가고 홀로 남은 접대실에서 마지막 스콘을 다 먹은 비비안은 호화로운 방 안의 장식을 쭉 둘러보다가, 야살스럽게 한쪽 입술을 끌어 올렸다.

"하여튼 푸른 피들이란. 태어나서부터 다 가졌겠지."

그러나 그것은 딱히 귀족들에게 대한 경멸이 아니었다. 그녀의 목소리에 깃든 것은 아주 확실한 부러움이었다. 그녀는 힘을 좋아한다. 그리고 이런 힘이 정당하든 정당하지 않든, 세상의 인간들이 다 서로서로 죽고 죽이는 이상, 그녀는 절대 죽는 쪽은 되고 싶지 않았던 것이었다.

'뭐, 그런 것치고는 나도 가진 게 많긴 하지만.'

그렇게 생각하며 샐쭉 웃은 비비안이 찻잔을 들었다. 그 순간, 갑자기 발코니 쪽에서 조금 시끄러운 소리가 들려왔다.

비비안은 손을 툭툭 털고는 자리에서 일어났다. 접대실은 이디에트 공작가의 2층에 있어 아래에서 무슨 말을 나누는지 귀를 기울이면 못 들을 것도 없었다. 훤히 열린 창문 사이로 나간 비비안은 발코니와 얼마 떨어지지 않은 곳에 있는 두 사람을 보고 눈썹을 까닥였다.

그곳에 서 있는 이는, 다름 아닌 그녀가 오늘 만나야 하는 위그 이디에트였다. 그리고 그의 옆에는 상당히 아름다운, 나이는 그와 비슷해 보이는 아가씨가 있었다.

'어느 집안의 영애지?'

비비안은 속으로 읊조렸다. 아버지를 따라 꽤 많은 귀족가를 방문했지만 딱히 저런 아가씨를 보지는 못했다.

'왜 저렇게 표정이 안 좋아?'

이 방의 뒤편은 장미 정원의 미로에서 나오는 출구다. 둘은 정확히 그 부근에 서 있었는데, 아무래도 거기서 두 사람 나름대로 오붓하게 데이트를 즐기고 나오는 것 같았다. 그러나 그런 것치고 위그 이디에트의 얼굴은 그야말로 좋지 않다 못해 우스꽝스럽기까지 했는데, 마치 삶에 미련을 버려 영혼이 몸에서 빠져나오는 것 같은 얼굴을 하고 있었다.

비비안은 흐음, 길게 숨을 내쉬었다. 위그 이디에트는 딱 봐도 싫은 사람을 참아 주는 이가 아니었다. 그는 무조건적으로 오만한 얼굴로 모든 이들을 싸그리 밟아, 다시는 내 눈앞에 나타나지 말라고 하는 이가 분명했다. 그런 그가 참고 있다는 것은 계속해서 뭔가 재잘거리고 있는 저 우아한 금발의 여인이 그보다 지위가 높다는 뜻이었다.

그리고 이 바첼론에서 위그 이디에트보다 지위가 높은 여자는 몇 안 된다. 왕비의 초상화는 예전에 국혼 때 보았으니 아니고, 제1왕녀는 요크의 왕과 결혼했으니 아닐 테고, 제2왕녀는 작년에 신전으로 들어간 데다가 심지어 머리도 금발이 아니다. 제3왕녀는 나이가 맞지 않으니 아닐 테고, 그렇다면 범위는 외국으로 넓혀지는데, 이 며칠 바첼론을 방문하고 위그 이디에트가 꼼짝 못 할 이라면…….

'아, 그 천재라고 소문난 칼레린의 제4왕녀?'

비비안은 그 왕녀의 소문을 들어 알고 있었다. 얼마 전, 비비안의 부탁을 받고 바르샤의 실크로 무대를 선보인 안디트의 극단이 초대받아 간 곳이 바로 저 왕녀와 왕녀의 오라비가 이끈 사절단이 온 것을 기념한 파티였다.

그 순간, 비비안의 얼굴에 짙은 흥미가 서렸다. 점점 그녀가 있는 발코니로 다가오는 두 사람의 표정 차이는 그야말로 극명하다 못해 재미있을 지경이었다. 저 왕녀는 위그 이디에트의 표정은 보이지도 않는지 잔뜩 흥분하여 재잘대고 있었고, 위그 이디에트는 잔뜩 굳은 표정을 하며 입을 꾹 다물고 있었다.

'흠, 저 왕녀, 이디에트 소공작을 좋아하나?'

비비안은 너무 쉽게 왕녀의 눈빛을 알아차렸다. 그러나 아쉽게도 위그 이디에트는 그것이 아닌 것 같았고, 심지어 그는 저 왕녀를 아주 싫어하는 것 같았다. 그럼에도 불구하고 외국의 왕녀라 감히 입을 열지 못하는 것이었고…….

거기까지 생각이 미친 비비안이 눈알을 데록 굴렸다. 위그 이디에트가 위기에 처하는 일은 많지 않다. 순간 뭔가 떠올린 그녀는 느긋하게 허리를 살짝 숙이더니 발코니의 난간 위에 팔을 올리고 턱을 괴었다. 곧, 그녀가 낭랑한 목소리로 입을 열었다.

"오라버니, 뭐 하시나요?"

그 순간 위그와 왕녀의 발걸음이 멈추었다. 소리의 근원을 찾던 위그는 2층 발코니에서 나부끼는 드레스 자락과 연회색 머리카락을 발견하고 눈을 크게 떴다.

'저치가 왜?'

발코니에는 저번에 보았던 그 비비안 로젤리스가 서 있었다. 저번과 달리 얌전하게 뒤로 땋아서 늘어뜨린 연회색 머리카락이 바람에 살랑거리고, 정원에 높게 솟은 봄 나무의 꽃잎이 살랑살랑 떨어졌다. 곱게 휘어진 눈가에는 잔망스러우나 묘하게 요사스러운 웃음기가 새물새물 넘치고 있었고, 발갛게 칠한 입술이 매끄러운 호선을 그리며 그를 보고 있었다.

그 얼굴이 마치 '네가 무슨 생각을 하는지 안다'인 것 같아, 위그는 기분이 미묘해졌다.

"어머, 데이트 중이었는데 제가 그만 눈치 없이 끼어든 것이었나요, 오라버니?"

그렇게 한동안 조용하게 서 있던 비비안은 이제야 위그의 옆에 있는 이를 발견했다는 듯이 화들짝 놀라며 두 손으로 입을 살짝 막았다. 그리고 그녀의 깜짝스러운 등장에 더불어 괴이하기까지 한 그녀의 언사에 미간을 좁히던 위그는 갑자기 자신의 팔을 살짝 잡아당기는 손길에 고개를 돌렸다.

"저분은 누구죠?"

그는 그제야 옆에 있는 왕녀의 표정을 다시 확인했다. 그녀는 그와의 둘만의 시간이 깨뜨려진 것이 아주 불만스러운 듯했지만, 정작 위그는 이곳에 왕녀가 아닌 다른 이가 있다는 사실을 아주 감사하게 여겼다. 물론 그게 비비안 로젤리스라서 문제지만.

그러나 이미 왕녀에게 두 시간을 시달린 위그 이디에트에게 있어 지금 이 순간, 오히려 비비안은 왕녀보다 더욱더 나은 존재였다. 몇 시간 전부터 그의 초대도 없이 홀로 이디에트의 웅위함을 보겠다며 방문한 왕녀는, 그야말로 궁에서 오만하게 자란 것을 자랑이라도 하듯 당당하게 그에게 공작가를 소개시켜 줄 것을 요구했다. 그리고 이어진 시간은, 위그로서는 도저히 받아들이기 힘든 것이었다.

위그는 대체 어떻게 하면 저 나라 왕이 이 말도 안 되는 제4왕녀를 태자로 세울 생각 따위를 했었는지 도저히 이해할 수가 없었다. 그가 예전에 본 제1왕녀의 학식이나 태도는 누가 봐도 왕의 재목이었기 때문이었다. 하다못해 제1왕자나 제2왕녀 누굴 들이민다고 해도 이 왕녀보다는 나을 것이었다. 제4왕자와 쌍둥이라더니, 둘이 똑같이 뇌가 없는 것 같다.

설사 그것이 아니더라도 제4왕녀는 도저히 그와 같은 세상에 있지 않았다. 그녀는 위그의 모든 관심사를 빗겨 나갈 뿐만 아니라, 겨우 두 번째 만남에 디텔을 입에 올려 그의 심기를 건드리고, 이번에는 잘 알지도 못하면서 제이슨이 엘리미아에 품은 감정을 낭만적이라고 감탄했다.

그는 제 누이가 이 말을 듣지 않아서 정말 다행이라고 생각했다. 만약 엘리미아가 들었다면 아마 왕녀라 반박도 못 하고 그녀는 쓰러졌을 것이었다.

이디에트 공작의 잘 접대하라는 말만 아니었다면 그는 진즉에 이 왕녀를 쫓아냈을 터였다. 그러나 아쉽게도 그는 아직 스무 살도 안 된 공작가의 후계자에 불과했다. 그는 아버지의 명령을 어기지 못한다. 그렇게 헛소리를 몇 시간 들었는데, 비비안이 나타난 것이었다.

"저 레이디는……."

레이디라니. 위그는 속으로 읊조렸다. 마음 같아서는 저 인간은……이라고 소개하고 싶다.

그러나 그는 지금 이 순간을 아주 유연하게 넘길 필요가 있었다. 결국 위그가 입을 열었다.

"이디에트와 오랜 시간 동안 우호적인 관계를 유지해 온 로튼 상단의 후계자입니다."

우호적인, 이라는 말을 하면서 위그는 불만스러운 듯이 살짝 미간을 좁혔다. 어쨌든 거짓은 아니었다. 거래가 한 번 오갔으면 우호적인 거지 뭐, 몇 달이면 짧은 시간은 아니고.

그러나 발코니에 서서 새물새물 웃고 있는 비비안을 본 왕녀는 아주 불만스러운 얼굴을 했다. 감히 평민 따위가 그녀의 즐거운 시간을 깨뜨렸다는 것이 매우 그녀의 심기를 거스른 모양이었다. 게다가 비비안 로젤리스의 모습은 누가 봐도 고의였다. 분명 옆에 여인이 있는 것을 알면서도 비비안은 위그를 '오라버니'라고 부른 데다가 순진무구한 얼굴로 실례가 어쩌고저쩌고했다.

"일개 평민 계집이 감히 왕녀인 나를 보고도 예를 차리지 않다니."

"어머, 이런, 제가 실례했습니다. 왕녀 전하를 뵙습니다."

비비안은 왕녀의 말에 바로 드레스 자락을 잡고 예를 취했다. 그러나 그녀가 2층에 있고, 두 사람이 아래에 있었던 터라 상황이 조금 이상했다. 아니나 다를까 왕녀가 분노했다.

"그곳에서 내려와 예를 취하지 못할까."

"어머, 제가 더 실례를."

비비안은 살짝 손으로 입을 막으면서 눈을 동그랗게 떴다. 그 순간, 그녀가 위그를 향해 입을 열었다.

"오라버니, 제가 맨손으로 내려갈 수 없어 그러는데 좀 내려 주시겠어요?"

위그는 비비안의 행동을 보면서 그만 황당함에 빠지고 말았다. 방금부터 저 오라버니라는 말이 어디서 나왔는지 알 수 없었다. 게다가 왜 저런 미친 짓을 보이는지는 더 알 수 없었던 것이었다. 그는 저도 모르게 저번에 비비안 로젤리스에게 내렸던 평가를 다 거두어야 할 것 같았다. 이제 위그의 마음속에 비비안 로젤리스는 인간과 좀 결을 달리한 그런 존재가 되었다. 심지어 그는 사실 그녀에게 인격이 두 개 정도 있나 따위의 걱정을 하고 있었다.

그러나 그것과 무관하게 왕녀는 위그가 비비안만 뚫어져라 보고 있자 기분이 완전히 망가진 듯 입술을 꽉 깨물었다. 그리고 곧, 그녀가 갑자기 위그를 향해 입을 열었다.

"정말 실망이군, 이디에트 소공작. 저런 근본도 없는 이와 친분을 유지하다니, 소공작에 대한 내 평가를 거둬야겠어."

왕녀는 마치 위협이라도 되는 듯 말을 내뱉었다. 정작 방금까지만 해도 오리무중에 빠져 있던 위그는, 왕녀의 안색과 방글방글 웃고 있는 비비안을 번갈아 보더니, 그제야 사태를 깨달은 듯했다.

정말 놀랍고 신기하고 말도 안 되는 일이지만, 비비안 로젤리스는 그를 도와주고 있었다.

다만, 그 도와주는 방식이 그에게 더 해로운 것 같아 문제지만.

위그는 잠시 머리를 굴렸다. 이제 그의 얼굴에서 당혹감이 완전히 사라졌다. 그는 다시 담담한 얼굴을 한 채 심지어 얼굴에 미소까지 띠었다. 그에 왕녀가 움찔했다. 어쨌든 이대로 물러나기에는 위그 이디에트의 얼굴이 좀 아쉬웠기 때문이었다. 그러나 이어지는 위그의 말에, 그녀의 얼굴이 흙빛으로 물들었다.

"송구하오나, 이디에트와 친분이 있는 가문의 여식을 근본이 없다고 칭하시다니, 지금 이디에트의 근본도 무시하시는 겁니까?"

"아니, 그건……."

"어쩐지 오늘 이리 약속도 없이 쳐들어오시더니, 그런 이유가 있었군요."

그 순간 왕녀가 이를 꽉 깨물었다. 얼마나 지났을까, 약간의 시간이 흐르고, 왕녀가 입매를 비틀어 웃더니 입을 열었다.

"이디에트 소공작, 내가 누구의 집에 가는지는 내 마음이요, 내 왕림은 응당 영광으로 알아야 한다. 하나 소공작이 이런 무례를 내게 범하다니, 그야말로 오만하기 짝이 없군. 나는 이만 가겠네."

"배웅해 드리겠습니다."

"필요 없어. 오늘의 무례는 내 태자 되는 언니에게 말씀드려 톡톡히 그 대가를 받지."

말을 마친 왕녀가 바로 걸음을 옮겨 정원을 빠져나갔다. 곧 그녀의 모습이 완전히 사라지자, 위그가 입을 열었다.

"지금 뭘 한 거지?"

"도와드린 건데."

"누가 도와 달라고 했나?"

"어머, 감히 왕녀 전하를 대놓고 문전박대할 수는 없어 그대로 있었는데, 그야말로 지루하기 짝이 없어서 죽겠다는 얼굴을 하고 있기에 일부러 경우 없는 평민 계집애 흉내를 내면서 도와드렸더니, 왜 이렇게 배은망덕하죠?"

위그는 고개를 돌렸다. 비비안은 여전히 발코니의 난간에 턱을 괴고 있었다. 바람에 하느작거리는 그녀의 잔머리를 보던 위그의 얼굴이 기묘함에 물들었다. 왠지 모르게 평온하기 짝이 없는 그녀의 모습이 다소 이질적이라고 생각했기 때문이었다. 그렇게 생각하며 그는 그녀의 얼굴을 빤히 응시했다. 방금 전 분명 저를 도와주는 거라고 했지만, 기실 장기적으로 보았을 때 그녀의 행동은 절대 도와주는 것이 아니었다. 그것을 알고 있는 위그가 입매를 비틀며 물었다.

"도와주다니, 이 일이 어떤 후과를 빚을 줄은 알고?"

"물론 알죠. 저 고귀한 왕녀님은 저 같은 평민 계집애보다, 감히 자신의 아름다움을 보지 못하는 소공작님께 책임을 물을 것이고, 아마 이게 이디에트 공작 각하의 귀에 들어가면 아마 소공작님은 크게 혼나실 거예요."

"그걸 알면서도……."

"뭐, 소공작님이 혼나는 거야 저와 별 상관이 없으니까요. 하지만 그걸 알면서도."

위그는 비비안이 생각보다 훨씬 더 상황을 잘 파악하자 얼굴을 완전히 일그러뜨렸다. 그는 성큼성큼 비비안에게 다가갔다. 덕분에 발코니에 기대 그를 내려다보는, 꽤 낭만적인 구도가 된 두 사람의 시선이 허공에 마주쳤다. 물론 그 시선은 하나도 낭만적이지 않았다.

비비안이 말을 이었다.

"그걸 알면서도, 어차피 제 말을 받은 건, 이디에트 소공작님 아닌가요?"

위그는 저도 모르게 찔려 입매를 굳혔다. 굳이 말하자면 비비안의 말이 맞았다. 그녀가 준 기회를 그가 잡았다.

"그리고 어차피 이디에트 공작 각하께서는 소공작님의 설득이라면 쉽게 책문을 하지 않을 거예요. 보아하니 소공작님과 생각이나 분위기가 안 맞는다는 것이 여실해 보이던데."

"그딴 건 어떻게 알지?"

"그거야…… 저 왕녀님은, 너무 물러 터졌잖아요."

순간 위그가 자신의 귀를 의심했다. 저 왕녀가 물러 터졌다고? 진심인가? 그러나 비비안은 대수롭지 않게 말을 이었다.

"내가 저 왕녀라면, 소공작님은 이미 죽었어요."

"……뭐?"

"힘은 쓰라고 있는 것이죠. 감히 내 말에 귀도 기울이지 않는 건방진 사내를 어떻게 멀쩡하게 내 앞에서 걸어 나가게 하죠? 나라면 겨우 이런 평민 계집이 등장한 순간 순순히 퇴장하지 않을 거야. 그러니까 저 왕녀는 물러 터졌다는 거죠."

위그는 자신의 귀를 의심했다. 어떻게 저런 생각을 할 수 있는지 감이 잡히지 않았다. 그러나 그렇게 말하는 비비안의 눈빛은 그야말로 섬뜩하기 그지없어서, 심지어 위그조차 그녀의 말이 진실이라고 믿을 수밖에 없었다.

"비비안 로젤리스."

위그는 저도 모르게 으르렁거리듯 입을 열었다. 그 순간, 언제 그렇게 섬뜩한 얼굴을 했냐는 듯이, 비비안이 갑자기 눈을 접어 요사스럽게 웃었다.

"뭐, 그렇지만 애초에 저라면 남자 하나 얻으려고 손을 더럽히지 않을 거예요. 사실 저 왕녀님도 그런 생각이니 그저 저렇게 퇴장했겠지만. 어쨌든 칼레린의 왕이 그렇게 왕녀님을 아끼신다는데, 소공작님이 고생을 하긴 하겠어요."

그리고 소공작님이 고생을 하면 할수록 나는 더 즐겁고.

순간 위그의 얼굴이 기묘한 빛을 띠었다. 그는 눈앞에서 생글생글 웃고 있는 소녀를 다시 응시했다. 상당히 예쁘장한 얼굴에 하는 짓은 맹수 같다. 적당하게 목적을 위해 잔머리를 굴리지만, 왠지 모르게 손에 힘을 쥐면 더한 짓도 할 것 같다. 그러나 그것과 별개로…….

"그러고 보니 저자가 왕녀인 건 어떻게 알았지?"

"저자라니……. 그렇게 말해도 되는 건가요?"

"대답해."

"그건 비밀이에요."

"그럼, 내가 무슨 생각을 하는지는 어떻게 알았지?"

"어머, 그건 사람이면 다 알 수 있지 않을까요?"

"……."

"그게 이상한가?"

아니, 그건 아니다. 비비안의 눈에 어떻게 비쳤던지와 무관하게 위그 이디에트는 저보다도 지위가 높은 이 앞에서 자신의 감정을 드러내는 이는 아니었다. 그러나 저 비비안 로젤리스는 그의 기분을 알아내고, 심지어 그의 목적까지 알아냈다. 저번의 일을 상기해 보던 그가, 잠시 뭔가 생각하더니, 갑자기 웃었다.

"재미있군."

"뭐가 재미있는데?"

"……왜 말이 짧아지나?"

"뭐가 재미있죠?"

"아니, 그저, 네가 재미있어서 그런다."

"어머, 보통 이런 말은 사랑이 싹트기 전에 하는 말인 것 같은데."

"무슨 끔찍한 소리를."

위그는 미간을 팍 일그러뜨렸다. 그래, 무슨 끔찍한 소리를. 그러나 동시에 그는 인정해야 했다. 눈앞의 비비안 로젤리스는 절대적으로 로튼 같은 소규모 상단에서 썩을 만한 이는 아니었다. 그리고 언젠가 먼 훗날이 된다면, 그녀의 손에서 로튼은 완전히 다른 양상을 띨 것 같다는 생각을 했다.

위그 이디에트는 언제나 사람을 가리지 않고 똑똑한 사람을 좋아했다. 물론 그와 이익 충돌이 안 된다는 전제하에.

"그러고 보니 이곳에 왜 왔나?"

위그는 그제야 생각났다는 듯이 입을 열었다. 그 순간, 비비안이 어깨를 으쓱했다.

"아, 아버지가 소공작님께 사과하라고 해서."

"또 말이 짧아지는군."

"……요."

"사과를? 네가?"

위그의 얼굴에 조소가 걸렸다. 네가 사과 따위를 할 성격이냐는 뜻이었다. 그리고 정말 놀랍게도 위그는 이미 비비안의 생각을 정확하게 맞혔다. 비비안은 어떻게 알았냐는 듯이 눈을 동그랗게 떴다.

"어머. 물론 아버지가 시키긴 했지만 딱히 사과를 하고 싶지는 않았어요. 하지만 방금 전 왕녀님의 손에서 구해 줬으니, 사과를 한 것으로 치죠."

"정말 어처구니가 없군."

그러나 위그는 이번에는 딱히 화를 내지 않았다. 대신, 그가 입을 열었다.

"뭐, 상관없지. 그럼 그 사과는 받은 걸로 하겠어. 대신……."

"대신?"

"대신, 다음 거래에는 조금 더 만족할 만한 걸로 기대해 보지."

다음 거래.

비비안은 그 속에 들어 있는 말뜻을 알아차렸다. 이윽고 그녀가 곱게 눈을 접더니, 입을 열었다.

"좋아."

"또 반말하나?"

"……요."

"그리고 다음부터는 예의를 제대로 차려서……."

그때였다. 다시 한번 바람이 스쳐 지나갔다. 그리고 그 순간, 위그는 갑자기 자신의 눈이 부시다고 생각했다. 그리고 드디어 다시 시야를 찾았을 때, 갑자기 발코니에 있던 비비안이 읊조렸다.

"무슨 꿈을 꾸고 있는 거야?"

"……."

"위그 이디에트."

"……."

"위……."

…….

"헉."

위그는 갑자기 시야에 들어오는 어둠, 정확히 말하자면 달빛과 섞인 어둠에 미간을 찌푸렸다. 잠시 화려한 무늬에 정신이 팔려 그것을 보고 있던 그는, 몇 초 지나서야 자신이 보고 있는 것이 침대의 캐노피라는 것을 발견했다. 밖에서는 은은한 미풍이 흘러들어 오고 있었고, 아직 아침이 되지 않아 어둠에 잠긴 방은 스산하기 그지없었다. 그것들을 멍하니 보던 그는 그제야 무슨 일이 일어났는지 깨닫고 이마를 짚었다.

꿈인가.

그렇다면 정말 말도 안 되는 꿈이군.

위그는 속으로 읊조렸다. 아무리 그래도 그렇지, 벌건 대낮에 이런 꿈까지 꾸다니. 심지어 그 내용이 더욱더 황당하지 않은가.

그러나 한쪽으로 황당하다고 읊조리면서도 그는 저도 모르게 방금 전 꿈의 여운에서 벗어나지 못한 듯 조용하게 그 내용을 곱씹었다. 여성이 남성과 비슷하게 후계자가 될 수 있는 바첼론, 로튼의 후계자이던 비비안 로젤리스, 열여섯 살의 비비안 로젤리스, 그리고 열아홉 살의 이디에트 소공작이던 위그 이디에트.

일단 자신이 어떻게 비비안의 10대를 알겠냐…… 하는 데서부터 꿈일 수밖에 없는 내용이었다. 심지어 열아홉 살의 그는 그녀에게 휘둘리지 않았는가. 로젤리스가를 채 이어받지 않은 것을 전제로 하다 보니 그는 심지어 그녀보다 현저하게 더 높은 지위에 있었다. 그러나 이 명백한 신분 차이에도 왠지 모르게 그녀가 저를 놀려 먹은 것 같다면 왜일까.

그렇게 생각에 잠기며 제 꿈의 내용을 밀어 낼 때였다. 방금 전부터 아무런 말도 없이 이마만 짚고 있는 위그를 보고 있던 비비안이 얼굴을 찡그렸다. 평소답지 않게 미간을 찌푸리고 자기에 뭔가 했고, 겸사겸사 물을 좀 달라고 깨웠는데 기껏 일어나서 아무런 말도 하지 않은 채 그저 침묵만 지키고 있었다.

그녀는 대체 뭐 하자는 건가 싶어 한숨을 푹 쉬었다. 곧, 그녀가 다시 위그를 툭 쳤다.

"무슨 꿈을 꾼 거야?"

무심한 그녀의 목소리에 위그는 순간 저도 모르게 이게 현실인지 아니면 방금 전 꿈의 계속인지 알 수 없었다. 지금까지 단 한 번도 이런 적이 없었는데, 그 꿈의 내용이 달콤하긴 했나 보다. 결국 그렇게 멍하니 있다가, 위그가 천천히 몸을 일으켰다.

"꿈에."

"꿈에?"

"꿈에, 당신이 나왔어."

"그래서 마음껏 죽였어?"

비비안의 반문에 위그가 어이없다는 듯이 미간을 팍 좁혔다. 비비안은 푸스스 웃음을 흘리며 계속 말해 보라는 듯이 턱짓을 했다. 위그는 길게 숨을 들이쉬고 다시 내쉬었다. 그는 이제야 완전히 꿈에서 깨어난 듯, 입을 열었다.

"당신은 로튼의 후계자였어. 열여섯 살쯤 되어 보였고."

"오. 이런."

"그리고 나와 만났지."

"그리고?"

비비안은 드물게 위그의 말을 귀담아들었다. 위그는 잠시 기억을 더듬다가, 갑자기 피식 웃고 말았다.

"그리고 당신이 나를 속여 먹으려다가 나한테 간파당했어. 그래서 당신이 분노했는지 나를 또 놀려 먹더라고."

그러나 이어지는 말이 비비안은 흡족하지 않은 듯했다. 그녀는 미간을 좁히고 눈을 가늘게 뜨더니 어이없다는 얼굴을 했다.

"말도 안 돼, 내가 당신을 속여 먹으려고 했는데 간파당했다고? 무슨 희망 사항을 품고 사는지 모르겠지만, 그냥 꿈에서라도 나를 이기려고 했다고 하지?"

"그래."

"그래서 또 뭐가 있는데?"

"그리고, 당신이 나를 구해 줬어. 내가 어떤 왕녀한테 시달림을 받고 있었거든."

"확실해? 내가 그 왕녀에게 물건을 팔아 먹은 게 아니라 당신을 구해 줬다고?"

비비안은 이제 완전히 위그의 꿈을 그저 허상의 것으로 여기는 모양이었다. 확실히 지금의 그녀로서는 상상하기 어려운 내용들이긴 했다. 그러나 위그는 그저 그녀의 말에 빙그레 웃기만 했다. 사실 꿈속의 그녀는 어디까지나 그의 상상이긴 했다. 현실의 그녀는 생각보다 더욱더 빈틈이 없고, 깔끔한 사람이었다. 그러나 조금 더 괜찮은 세상에서 태어난 그녀와 현실의 비비안 로젤리스가 완전히 같다면 그것 또한 이상한 일이지 않을까.

그렇게 생각하던 위그는 그저 어이없다는 눈빛을 하다가 다시 대수롭지 않게 다른 곳으로 시선을 돌린 비비안을 힐끔 보았다. 그리고 곧 저도 모르게 읊조렸다.

"아, 그리고 당신이, 나를 오라버니라고 부른 것 같기도 하고."

순간 비비안이 고개를 홱 돌렸다. 위그는 그제야 말을 내뱉고도 아차 싶었는지 헛기침을 했다. 왜 이 순간 그게 생각이 났는지 모르겠다. 그가 황급히 말을 내뱉으려 입을 뗐다.

"아니, 물론 그건 어디까지나 나를 위기에서……."

"오라버니라는 말이 그렇게 듣고 싶었어? 우리 전 남편?"

그러나 위그의 말이 끝나기도 전에 비비안의 웃음기 섞인 목소리가 흘러 들어 왔다. 예상 밖의 반응이었지만, 비비안의 얼굴에 진득하게 묻은 놀림의 기색에 위그가 떨떠름한 얼굴을 했다. 그러나 이미 그의 생각 따위 관심이 없는 듯, 비비안이 갑자기 그에게 몸을 기울였다.

"오라버니라고 불러 줘? 오라버……."

"그만해."

"왜, 얼마나 나한테서 그 소리를 듣고 싶으면."

"아니야."

"불러 줄까?"

"내가 잘못했다. 그런 꿈을 꾸지 말았어야 했어."

결국 위그의 사과에 비비안이 코웃음을 치며 다시 그에게 기울였던 몸을 일으켰다. 그것을 보던 위그는 비비안이 이대로 물러나는 듯하자 조금 안도 섞인 얼굴을 했다. 그러나 비비안은 끝까지 한마디 더했다.

"듣고 싶으면 얘기해, 당신이 겁에 질릴 때까지 불러 줄게."

"이미 충분히 겁에 질렸어."

위그는 한숨을 길게 섞었다. 비비안이 재밌다는 얼굴을 하는 것을 보던 그는 다시 한번 생각을 방금 전의 꿈에 옮겼다. 그리고 얼마나 지났을까, 조금 분위기가 가라앉자, 그가 입을 열었다.

"하지만 결국에는 당신이었어. 나를 놀라게 했거든."

"당신은 용케도 그런 나를 살려 두었군."

"꿈에서 나는, 첫눈에 당신을 알아보았어."

"나를 알아봐?"

"당신과 절대적으로 이 첫 만남으로 끝나지 않을 것임을, 알아챘지. 당신이 대단하다고 생각하면서 그걸 부정하지 않았어, 아마 그대로 가다가는……."

"위그 이디에트."

그러나 그때였다. 갑자기 비비안의 조금 식은 목소리가 방 안을 울렸다.

"아쉬워? 꿈에서 깬 게?"

순간 위그도 비비안도 입을 다물었다. 비비안은 비록 위그의 그 꿈이, 그 달콤한 꿈이 무엇이고 어떤 것인지 정확히 알고 있지는 않았지만 정작 그 것이 왜 생겨났는지는 알고 있었다. 조금 더 아름다운 세상에서, 조금 더 많이 갖고 태어난 소녀와 그런 소녀를 만난 소년. 한눈에 서로의 가치를 알 아본 두 사람. 이 사실만으로도 현실에서 비비안과 위그가 싸우던 내용의 절반 이상은 줄 수 있었다. 그러나 결국 그것은 꿈이었고, 위그 이디에트와 비비안 로젤리스는, 현실의 바첼론에서 태어나 계약 결혼을 하고, 이혼하고, 이렇게 살아간다.

위그는 비비안의 질문에 잠시 고민했다. 아쉽나? 모르겠다. 그와 그녀 전 부 꿈에 매몰되기에는 더없이 현실적인 사람들이었다. 그러나 그저, 그런 생각을 해 보았을 뿐이었다. 그랬다면, 우리 둘의 엔딩은 조금 더 행복하지 않았을까 하고.

"아니. 아쉽지 않다. 꿈은 언제나 깨어야 하는 것이니까."

"그렇지?"

"그리고 생각해 보니 우리 둘은 꿈에서도 평화롭지 않았어."

"뭐, 그건 꽤 현실적이군."

비비안은 길게 숨을 내쉬었다. 그녀의 미소에 위그는 고개를 돌렸다. 곧 물을 달라는 말에 위그가 침대에서 내려간 뒤 테이블로 다가갔다. 그의 뒷 모습을 보다가, 비비안이 입을 뗐다.

"그런데 기껏 내 꿈을 꿔도 그런 내용으로 꾸다니."

"내 의지는 아니었으니까 그냥 그러려니 해."

"뭐, 나도 한번 그런 류의 꿈을 꾼 적이 있으니 용서해 주지."

순간 비비안의 말에 위그가 멈칫했다.

언제? 눈으로 묻는 그를 향해 비비안이 알려고 하지 말라는 듯이 손을 내밀었다.

"물이나 줘."

결국 위그는 그저 얌전하게 비비안의 손에 물 잔을 준 뒤, 그저 그녀를 볼 수밖에 없었다. 비비안은 그런 위그를 보다가, 다시 물에 집중했다.

'아름다운 꿈이긴 하지. 현실적이지는 않았지만.'

비비안이 속으로 읊조렸다.

그녀는 아직도 리암에게 찔린 뒤 제가 꾼 꿈을 기억했다. 우아한 햇살이 쏟아지는 사이, 도란도란 말을 나누고 있던 로젤리스의 남매들. 그리고 그 사이 그녀에게 다가온 어떤 소년. 그녀의 취향이 아니라고 했지만, 비비안은 어렴풋이 그것이 위그 이디에트라고 인지를 한 것 같았다.

하긴, 위그 이디에트가 그녀의 취향이 아니긴 하지. 그렇게 생각하자 웃음이 나왔다.

곧 비비안은 다시 잔을 위그에게 넘겼다. 그가 다시 잔을 테이블에 놓고 오자, 비비안이 새침하게 읊조렸다.

"잠 다 깼으니 책임져."

"당신이 나 깨운 거다."

"당신이 그런 쓸데없는 소리를 하지만 않았어도 진즉에 잤어."

"어이없군."

그러나 그렇게 말하면서도 위그는 그녀를 눕히고 등에 손을 올렸다. 그리고 얼마나 지났을까, 방에 다시 숨소리가 들리기 시작했다.

다행이게도 수면제의 약효가 아직 빠지지 않아 달게 자는 그녀를 보다가, 위그는 저도 모르게 다시 한번 꿈의 내용을 상기했다.

이디에트의 저택, 2층의 발코니, 아름다운 연회색 머리카락, 잔망스러운 미소, 그리고 섬뜩했던 맹수 같은 얼굴.

'그래도, 이게 더 예쁘군.'

위그는 속으로 그렇게 읊조리면서 비비안의 뺨을 만지작거렸다.

그는 꿈의 비비안은 꿈에 있던 위그 이디에트에게 남겨 주기로 했다.

그의 비비안 로젤리스는, 이곳에 있었다.

4
모든 것의 끝과 시작

　모두가 알다시피 비비안 로젤리스는 갖고 싶은 것은 반드시 손에 넣어야 하는 인간이었다. 그녀의 욕심과 소유욕 앞에서 감히 고개를 쳐들 자가 없었고, 그녀가 눈독을 들이는 것은 며칠이 되든, 몇 년이 되든, 아니면 죽기 전이든 어떻게든 그녀의 손으로 들어왔다.

　그런 그녀의 성정을 알고 있는 주변의 이들은 웬만해서는 그녀와 무엇인가를 얻으려 다투지 않았다. 어차피 그녀와 대치를 해 보았자 그녀가 완승할 것이 뻔했기 때문이었다. 그런 의미에서 대부분은 상대가 비비안 로젤리스라는 것을 알자마자 포기부터 했고, 속으로 그 어떤 저주를 퍼붓든지 간에 겉으로는 비비안에게 '양보'라는 것을 하면서 자신의 체면을 챙겼다.

　단 한 사람, 위그 이디에트를 제외하고는.

　"안 돼."

　비비안은 얼굴을 완전히 일그러뜨린 채 자신의 앞에서 큰 키와 긴 팔을 자랑하고 있는 남자를 보았다. 안 그래도 키 차이가 크게 나는 것이 아주 큰 불만이었던 그녀는, 심지어 이번에는 체력도 너를 이긴다는 듯이 약병을 손에 쥔 채 위로 들어 올린 위그 이디에트, 그러니까 제 전 남편을 아니꼬운 얼굴로 응시했다.

그러나 비비안의 이런 얼굴에 웬만해서는 겁을 먹고 뒤로 물러났을 다른 이들과 달리 위그는 완강했다. 그는 살면서 유일하게 비비안 로젤리스를 상대로 승리를 할 수 있는 부분인 체력 조건을 뽐내듯 손에 그녀의 수면제가 든 약병을 꽉 쥐고 그녀가 빼앗지 못하게 더욱더 뒤로 몸을 뺐다.

"내놔."

"안 돼."

"내놔. 그거 안 먹으면 잠을 못 자."

"내가 이미 한 알 줬잖나. 더 먹으면 당신이 그렇게 좋아하는 지옥으로 당장 처박히는 수가 있어."

"의사가 두 알까지는 먹어도 된다고 했어. 그리고 지옥도 나름 살 만해."

"가끔이지, 가끔. 당신 이미 사흘 연속으로 두 알 먹었어. 안 돼. 그리고 언제 지옥에 가 봤다고 지옥이 살 만하다는 말을 하는 거지?"

비비안은 쯧 혀를 찼다. 그러나 인생의 모든 곳에서 눈앞의 남자를 이겨 먹는 그녀라도 그가 이렇게 체격으로 밀고 나가면 속절없이 백기를 들긴 해야 했다. 물론 그녀가 진정으로 빼앗자면 할 수는 있었다. 눈앞의 남자는 결국에는 그녀에게 지게 되어 있었다. 죽기 내기로 빼앗아 오면 굳이 못 할 것도 없는 것이 사실이었다.

그러나 비비안은 꼴사납게 더 달려드는 대신 그저 탐탁잖은 얼굴로 뒤로 물러났다. 헤더……. 그녀는 '단주님이 요즘따라 수면제를 많이 드시는 것 같아요'라고 쪼르르 위그에게 일러바친 게 분명한 시녀의 이름을 속으로 읊조리며 결국 자신의 의자에 털썩 앉았다. 그 순간, 마침 겨울날 저녁의 쌀쌀한 바람이 집무실 안쪽으로 흘러들어 왔다. 우아한 연회색 머리카락이 미풍에 살랑거렸다. 이혼 뒤 다시 풀어 놓기 시작한 연회색 머리카락은 그 뒤로 조금 더 길어져 풍성하고 고혹적인 느낌이 있었다.

위그는 비비안이 말없이 테이블에 가자 그제야 손을 내렸다. 비비안이 눈치를 채지 못하는 사이 약병을 한 손으로 따 약만 코트 안쪽의 주머니에 대충 넣은 뒤 병을 맨손으로 으깬 위그는 유리 파편이 손에 묻는 것도 개의치 않은 채 그것을 전부 쓰레기통에 처박아 두었다. 이제는 가급적 내가 보관해야겠다……고 생각하며 그가 길게 한숨을 쉬었다. 그리고 곧, 그는 방금 전부터 탐탁잖은 얼굴로 앉아 있는 비비안에게 다가갔다.

"당신 위해서 이러는 거야."

"보통 당신 위해서 이러는 거야……는 진짜로 상대를 위한 경우가 없지."

"나는 진심이고."

"나도 진심이야. 당신이 나보다 내 몸 상태를 더 잘 알아?"

꼬박꼬박 대답은 하고 있었지만 비비안의 목소리는 이미 싸늘하게 식어 있었다. 물론 그것은 분노보다는 그저 짜증에 가까웠다. 위그는 알고 있었다. 비비안은 딱히 큰 화를 내지는 않는 대신 그의 앞에서 이런 자잘한 짜증을 내곤 했다.

그리고 이런 자잘한 감정 표출은 그와 그녀가 이혼한 뒤 자주 볼 수 있는 것이었다. 리암의 죽음 뒤로 거의 자신의 감정을 꽁꽁 싸매다시피 해 바닥에 처박은 모습보다, 위그는 마치 결혼 전, 혹은 결혼 초기에 그랬듯 이렇게 짜증 가득한 얼굴을 비비안이 보이는 것을 아주 좋아했다. 꽁꽁 숨겨 두었던 분노를 한 번에 터뜨리는 것보다는, 작게 작게 무엇인가를 해소하는 것이 정신 건강에 좋을 게 뻔했기 때문이었다. 물론 그렇다고 해도 이미 망가지고 깨진 무엇인가를 원상 복귀 하는 것은 불가능했지만.

위그는 잠시 비비안을 응시했다. 이혼을 한 지 벌써 1년이 지났지만 두 사람의 관계는 변한 것이 없었다. 아, 정확히 말하자면 변하긴 했다. 다만 그녀는 여전히 그대로, 그 또한 여전히 그대로라 딱히 변한 게 없어 보이는 듯했다. 그러나 굳이 세세한 것 하나하나를 따지고 들자면 변한 것은 수도 없이 많았다.

일단, 그녀는 더 이상 이디에트 공작 부인이라고 불리지 않았고, 그와 아무런 접점이 없는 것. 그리고 그는 더 이상 아내가 있는 사내가 아니었고, '응당' 다시 결혼해 가문의 후계를 이어야 한다는 것. 결정적으로 이제 두 사람 사이에는 굳이 서로를 무조건적으로 경계해야 하는 목줄이 없다는 것.

위그는 그것이 무엇을 의미하는지 알고 있었다. 두 사람은 이대로 헤어져 내일부터 평생 만나지 않아도 이상할 것 없는 그런 관계라는 것이었다. 그 사실이 그를 불안하게 하면서도 그를 후련하게 했다. 비비안 로젤리스는 그렇게 기묘한 여자였다. 옆에 묶어 놓으면 그것 나름대로 불안하고, 묶어 놓지 않아도 나름대로 불안했다. 그렇게 생각하며 시선을 살짝 돌리는데, 갑자기 언제부터 그를 응시했는지 모를 비비안과 시선이 마주치고 말았다.

그 순간 위그가 흠칫했다.

"왜 그렇게 보지?"

비비안은 무슨 생각을 하는지 은은한 미소를 띠고 그를 보고 있었다. 의자에 나른하게 기대앉은 그녀의 얼굴은 방금 전 미세한 짜증을 내던 것과 현저한 차이가 있었다. 조금 옅으면서도 악동 같은 미소. 그래, 이제 위그는 대담하게 비비안의 이런 미소를 악동이라고 표현하기로 했다. 객관적으로 그 웃음이 아주 아름답든 유혹적이든, 그에게는 악동이나 마찬가지였다.

"이리 와."

"때리려고?"

비비안은 순식간에 헛웃음을 쳤다. 그러나 말은 그렇게 해도 위그는 꽤 성실하게 옆으로 자리를 옮기고 있었다. 비비안은 뒤로 의자를 뺀 뒤 자리에서 일어났다. 그 순간 그녀가 팔을 뻗어 왔다.

책상에 엉덩이를 붙이고 기대 있어 위그는 현재 자세를 낮춘 상황이었다. 마침 비비안이 굽 높은 구두를 신고 있었던 터라 그녀는 꽤 쉽게 고개를 살짝 들어 그에게 입을 맞추었다. 위그는 제 입술을 가르고 들어오는 익숙한 체향과 체온에 눈을 감았다. 길고 늘씬한 팔이 그의 목을 감싸자, 그가 자연스럽게 그녀의 허리를 안았다.

요즘 안 그래도 가냘픈 허리가 살이 빠졌는지 더욱더 손에 잡혀 왔다. 워낙에 위그가 손이 커 그런 것도 있지만, 그래도 그는 언제나 그녀가 키가 크고 늘씬한 데 비해 허리는 금방이라도 부러질 것 같다고 생각했다. 물론 그것은 어디까지나 철저한 그의 시각에서 출발한 것이었고, 요즘 건강을 위해 이런저런 운동을 시도하는 터라 비비안은 그저 조금 건강한 방향으로 살이 빠지고 있을 뿐이었다. 어쨌든 위그는 이런 식으로 키스하는 틈을 타 그녀의 허리를 안기를 좋아했다. 손끝에 탄탄한 살과 천이 잡혀 오는 것도 좋아했고, 입 안에서 느껴지는 그녀의 속살도 좋아했다. 그의 목을 감싼 긴 팔에 힘이 들어갔다. 곧 그는 손을 올려 그녀의 머리를 받쳐 쥐었다. 비비안은 그에게 더욱더 달라붙었다. 어느새 그의 목덜미에서 지분거리던 손이 천천히 그의 셔츠와 코트 사이를 파고 들어갔다. 가늘고 단단한 그녀의 손길에 위그는 입 속에서 저를 희롱하는 진득한 키스에 더욱더 집중…….

"찾았다."

그때였다.

열정적으로 키스에 집중하던 위그는 비비안의 발랄한 목소리에 눈을 번쩍 떴다. 어느새 그 없이는 안 된다고 속삭이듯이 그에게 파고들던 비비안이 뒤로 물러났다. 그 순간 위그는 그녀의 손에 들려 있는 익숙한 하얀색 알약에 본능적으로 자신의 코트 안쪽 주머니를 헤집었다. 너무 당연하게도 손도 빨라서 주머니는 이미 텅텅 비어 있었다.

"비비안 로젤리스."

"위그 이디에트. 이제는 그만 포기해. 당신은 나한테 못 이겨."

비비안이 곱게 눈을 접었다. 위그는 그녀의 얼굴에 걸린 득의양양한 표정을 보다가 결국 한숨을 쉬었다. 비비안과 그의 스킨십은 마치 밥 먹는 것이나 마찬가지로 자연스러운 것이었다. 비비안은 종종 이런 식으로 그의 체온을 찾았다. 그래서 방심하고 있었을 뿐이었다.

"진짜로 당신 위해서 하는 말이야. 수면제는 적당한 양을 먹으면 도움이 되지만 당신은 사탕처럼 먹잖아."

"내가 언제 사탕처럼 먹었어?"

"요즘따라 많이 먹는 것 같던데."

비비안이 미간을 좁혔다. 아무리 그녀가 종종 약의 힘을 빌린다고 하지만 그렇다고 해도 결국 그녀의 몸 상태를 가장 끔찍하게 신경 쓰는 것은 그녀였다. 위그는 종종 그녀가 마치 자학이라도 할 것처럼 굴지만, 실제로 그녀는 목적이 있지 않은 이상은 제 몸을 학대하는 취미가 없었다. 당연하게도 자신이 오래오래 건강하게 살아서 원하는 것을 손에 넣기를 가장 고대하는 것도 그녀 본인이 아니겠는가. 비비안은 손에 들린 약을 대충 아무 서랍이나 꺼내 넣은 뒤 다시 서랍을 닫았다. 그녀는 위그의 얼굴을 힐끔 보고 가볍게 웃었다.

"뭐, 며칠 전에 연속 두 알씩 먹은 건 인정할게."

"거봐."

"하지만 이제는 그럴 필요 없어졌어."

"……확실해?"

"그래, 리암의 기일로부터 열흘 넘게 지나갔으니까."

순간 위그의 눈매가 날카로워졌다. 비비안의 말은 얼핏 듣기에는 위그를 안심시키려고 하는 것이지만 위그는 너무 쉽게 그 속에 있는 말을 들었다. 결론적으로 비비안이 이 며칠 동안 계속해서 수면제를 먹고 잠든 이유는 리암의 기일 때문이었다. 그는 옅은 비비안의 얼굴을 보다가 한껏 가라앉은 목소리로 물었다.

"아직도 당신 동생의 죽음을 잊지 못하겠나?"

"사실, 내가 죽였더라면 이러지 않았을 거야."

암묵적인 긍정이었다. 그러나 말의 내용과 달리 비비안은 그저 여유롭게 웃기만 했다. 곧 그녀가 다시 의자에 앉았다. 위그는 이번에는 그녀의 모습을 그저 조용하게 보기만 했다. 그리고 얼마나 시간이 지났을까, 비비안이 입을 열었다.

"하지만 내 예상과 벗어났다는 사실이, 그 아이가 내 계획을 엉망으로 만들고 그대로 죽음으로 내게 대항했다는 사실이 나를 충격으로 몰고 간 듯해. 생각해 봐, 나는 지금까지 모든 이들을 내 계획대로 처리했어. 그런 내가 실수를 한 거야. 그런데 그 실수의 방식이 그런 식으로 내게 왔으니."

"사람은……."

"알아. 내가 궁지로 몰았으니 이러는 것도 웃기지. 뭐, 내 안에 나도 모르는 가증스럽고 가련한 척하고 싶은 영혼이 들어 있나 봐."

"비비."

"하지만 상관없어. 가증스러우면 또 뭐 어때. 인간은 적당하게 자기 연민을 하면서 살아야 건강하게 살아. 그리고 이제는……."

"……."

"사실 잊을 때가 됐어. 그 아이도, 메이슨 오빠도, 어쩌면 로건도."

비비안은 길게 한숨을 쉬었다. 그녀가 위그를 향해 다시 시선을 던졌다.

"이제는, 슬슬 앞을 볼 때도 되었다고 생각하지 않아?"

두 사람의 시선이 허공에서 얽혔다. 위그도, 비비안도 침묵한 채 그저 서로의 눈빛만 응시하고 있었다. 그리고 약간의 시간이 흐르고 위그가 살짝 입꼬리를 말아 올렸다.

"당신이 언제나 앞만 보면서 안 살았나?"

"하긴 그건 그래."

"그런데 그게 수면제와 무슨 상관이 있지?"

"칭찬한 거 취소야."

"은근슬쩍 말 돌리려고 하지 마. 의사에게 말해 두어서 이제는 수면제도 딱 정량으로만 내놓으라고 하겠다."

"괜한 걱정 하지 마, 내 몸 걱정은 당신보다 내가 더 끔찍하게 해. 이 세상에 날 가장 사랑하고 날 가장 잘 아는 사람은 나야. 나는 당신이 아는 그 이상보다 훨씬 이성적이고 계획적이야."

"나도 알아. 당신과 2년 동안 살았어. 그렇지만 나는 당신의 이성과 계획을 모르니 내 마음대로 할 거다."

"어떻게 된 게 1년 동안 헤어졌는데도 여전하지? 좀 성장이 보여야 하는데."

순간 위그가 멈칫했다. 그러고 보니 두 사람이 이혼한 지 벌써 1년 남짓했다. 그리고 그 1년 동안 두 사람의 관계는…….

그때였다. 비비안이 웃으며 말을 돌렸다. 위그는 그것을 알면서도 그저 넘겼다.

"이제 곧 감사절인데, 이디에트는 계획이 있나?"

"아이들도 없는데 무슨 감사절. 왕실에 적당하게 성의 표시만 하면 된다."

비비안은 피식 웃었다. 그녀가 뭔가 고민하는 듯하더니 이내 입을 열었다.

"그럼 나도 뭔가 성의 표시를 해야겠네."

"왕실에는 관심 없잖나."

"그렇긴 하지만, 내가 아직 살아 있다는 걸 우리 폐하께서는 아실 필요가 있어."

"위협도 참 끔찍하게 하는군."

"당신의 그 성의 표시도 위협 아닌가? 이디에트는 건재하다는, 아, 그러고 보니 요즘 이디에트에서 아주 사업이 잘된다며? 디텔이 사라지니 살 만한가 봐?"

"디텔이 있어도 이디에트는 살 만했어."

"내가 살 만하게 만든 거야."

"내가 유지하고 있는 거다."

"생색은. 그 이디에트가 당신 대에서 끊어질 수도 있는데. 후계자가 없잖아."

비비안의 여유로운 말에 위그가 멈칫했다. 그래, 후계자. 1년 동안 의식적으로 잊고 있었지만 위그는 왠지 모르게 그것이 비비안의 입에서 나왔다는 사실 자체만으로도 기분이 미묘했다. 그는 그녀가 자신에게 결혼하지 말라고 하기를 바랐다. 그러나 그녀는 너무 쉽게 후계자라는 단어를 내뱉었다.

"내가 결혼을 해서 후계자를 낳았으면 좋겠나?"

"굳이 말리지는 않을게."

"말려 봐. 말리면 말려져 주지."

"그럼 하지 마. 이디에트의 후계자 따위 내 알 바 아니고, 나는 그저 내가 사랑하는 남자 내 옆에 완전히 묶어 놓고 천년만년 감상하면서 트로피로 쓰고 싶어."

"그렇게까지 솔직할 필요는 없지 않나?"

"내 진심을 듣고 싶어 하는 것 같아서."

위그는 지나칠 정도로 노골적인 비비안의 진심에 어이없다는 얼굴을 했다. 비비안은 어깨를 으쓱했다.

"뭐, 당연히 이디에트의 혈통이야 끊어져도 상관이 없잖아. 내 집도 아닌데."

"인간적으로 너무하다고 생각하지 않나? 아무리 그래도 바첼론의 명운과 함께한 몇백 년짜리 개국 공신 가문이다."

"하나도 안 너무하다고 생각하는데? 이디에트가 없어도 나는 잘 살아. 그러게 누가 당신이 나를 사랑하랬어? 누가 내 눈에 띄랬어?"

"그래, 전부 내 잘못이지."

"뭐, 사람들은 언제나 사랑은 상대를 위해 포기해야 하는 것이라고 하지만 그건 내 알 바……."

그러나 비비안의 여유로운 목소리는 순간 위그의 차가운 부정에 잘렸다.

"헛소리."

순간 비비안은 살짝 미간을 좁혔다. 그때, 위그가 갑자기 허리를 약간 굽히더니 그녀에게 이마를 가볍게 부딪쳤다. 비비안은 그의 행동과 말에 시선을 들었다. 위그는 순식간에 몸을 일으키더니, 그녀를 보며 입을 열었다.

"포기하면 사람은 불행해진다. 자신이 불행한 사랑을 왜 해? 이미 충분하게 불행한 인생, 굳이 사랑까지 불행할 필요는 없어. 그리고 사랑하면 적당하게 상대에게 들러붙어서 필요하면 갈취할 수도 있어야 한다."

너무 여실할 정도로 위그와 어울렸다. 그는 그녀와 결혼 생활을 유지하는 순간에도 그녀에게 사랑한다고 하면서 그녀의 손에 져 주지 않던 이였다. 너를 사랑한다고, 내가 너를 사랑하는 게 너와 무슨 상관이냐고 하면서 꾸준하게 그녀에게 제 사랑을 퍼부었다. 이혼을 한 이유도 결국에는 자신을 위해서.

비비안은 피식 웃었다. 그녀가 턱을 괴며 그를 향해 물었다.

"그게 당신이 내 손에서 내 약병을 빼앗아 간 이유야?"

"우리, 이 주제에서 벗어나지 않았던가? 당신이 말을 돌렸잖아. 그리고 이 갈취는 그 갈취가 아니다."

"생각해 보니 이 주제가 나한테 더 유리한 것 같아서."

위그는 멈칫하다가 그만 웃고 말았다. 순간 그의 얼굴에 비낀 미소를 보던 비비안이 미묘한 얼굴을 했다. 위그는 시간을 한 번 살피더니 이번에는 비비안의 이마에 살짝 키스했다. 비비안은 굳이 그를 잡지 않았다. 곧 그가 입을 뗐다.

"그럼 오늘은 이만 돌아가지. 오늘 저녁 약은 헤더에게 꼭 감시하라고 이르겠다."

"쓸데없는 데에 관심 주지 말고 본인 일이나 신경 쓰지."

"당신이야말로 후계자 문제 따위에 신경 쓰지 마. 어차피 공작가의 혈통은 방대해. 그중에서 데려온다고 해도 달라질 건 없어. 어차피…… 뭐, 신경 쓰는 것 같지도 않지만."

"당연하지."

그리고 그것은 진심이었다. 비비안은 실제로 이디에트의 후계자 문제 따위에 관심이 없었다. 진짜로 이디에트에 뭔가 안겨 주고 싶었다면 진즉에 아이를 낳았을 것이었다. 아니, 애초에 이혼 따위를 하지 않았겠지. 하지만 안타깝게도 비비안은 그럴 생각이 없었다. 아니, 다시 결혼하여 이디에트의 대를 이어 주는 기행 따위 영원히 발생하지 않을 것이었다.

그녀가 아이를 낳는다면 그것은 오직 단 하나, 그녀가 '원해서', 그리고 그녀가 원하는 이유는 단 하나, 그녀에게 이득이 있어서.

"뭐, 그럼 사랑하는 사이에 간섭 하나 하지."

그때였다. 문을 열고 나가려는 위그를 향해 비비안이 입을 열었다. 위그는 무슨 말인지 몰라 살짝 미간을 좁혔다. 어느새 비비안이 진득한 미소를 담고 입을 열었다.

"어디 한번 버텨 봐. 누가 알아? 먼 훗날 기적이 일어날지."

위그는 비비안의 말에 침묵하다가 웃었다.

"기대하지."

곧 그가 방을 나갔다. 비비안은 위그가 나간 방문을 응시하다가 펜을 들었다.

* * *

선왕이 침상에 들어 누운 뒤, 한동안 비어 있던 왕의 집무실은 약 1년여 전부터 다시 바쁘게 돌아갔다. 크리스티나 1세 즉위 후 처음으로 여왕을 맞이한 왕궁은 한동안은 사내들에게 맞춰 만들어진 룰들을 바꾼답시고 시끌했으나, 큰 소란이 일 듯한 예상과 달리 아주 빠르게 평온을 되찾았다.

그도 그럴 것이 근본적으로 왕궁에 세워진 모든 룰들은 그저 '왕'을 위한 것일 뿐 '남자 왕'을 위한 것이 아니었다. 집무실이나 기사들의 배치 등등 자잘한 구석은 굳이 왕의 성별이 변한다고 해서 엄청난 변화를 일으킬 필요가 없는 것이었다.

물론 그렇다고 해도 변화가 없는 것은 아니었다. 그동안 국왕의 가장 가까운 곳에서 시중을 드는 귀족이 시종장으로 임명되었으나 안타깝게도 아직까지 가문을 이어받고 작위를 받은 여자 귀족이 없어 이례적으로 작위가 없는 귀족 레이디가 시녀장으로 임명되었다. 그러나 관례상 왕의 가장 신임하는 가신이 독립 작위가 없는 것은 말이 안 된다고 귀족원에서 난리를 쳤기에 그 시녀장은 처음으로 비세습 작위를 이어받아 준남작으로 봉해졌다.

그렇게 세실리아 엘버린은 본의 아니게 여왕을 제외하고 처음으로 작위를 수여받은 여자 귀족이 되고 말았다.

영지도 없고 세습을 할 수도 없으며, 심지어 원래 엘버린 공녀라는 이름과 비교하자면 형편없기 그지없는 큰 차이가 있었으나 정작 본인은 좋아했다. 크리스티나의 시녀였던 레타 후작의 영애 플로라가 자신은 왕실의 시녀장이 될 만한 깜냥이 안 된다고 거절했기에 어쩔 수 없이 반쯤은 강제적으로 시녀장을 맡은 것과 달리 세실리아는 작위를 꽤 마음에 들어 했다. 게다가 전 태자비가 '사망'한 뒤 본의 아니게 귀족 출신 중에서 가장 고귀한 혈통의 레이디인 세실리아가 작위를 받는 것을 의외로 대부분 사람들이 쉽게 받아들였다.

그럴 수밖에 없었다. 그들의 왕은 왕녀 출신의 여자였다. 아무런 힘도 없는 꼭두각시라면 모를까, 이디에트는 물론이요 이제는 엘버린의 지지까지 받는 여왕의 앞에서 여자라는 이유를 대면서 무엇인가를 반대한다는 것은 이제 꽤 큰 위험을 안아야 했다. 여왕을 통제할 수 있는 유일한 힘을 지닌 이디에트 공작은 굵직굵직한 정세 같은 데서는 무조건적으로 자신의 이익을 고집했지만, 작고 자잘한 부분에서는 왕의 뜻에 충성을 맹세했다.

결국 여왕의 즉위로 인해 한바탕 소란이 일어날 것이라는 예상과 달리 바첼론의 왕궁은 오히려 국왕이 쓰러져 있고 제이슨이 대신 자리를 채워 넣고 있던 그 몇 년보다도 훨씬 더 안정적으로 돌아갔다. 왕궁뿐만 아니라 바첼론의 국정도 꽤 무사하게 잘 돌아가고 있었고, 타국과의 외교도 나름대로 안정적이었다.

물론 크리스티나가 즉위한 뒤 아론디트와 약간 애매한 관계가 되긴 했으나 다행이게도 아론디트의 왕은 무척이나 영리한 자여서 한때 자신과 혼담이 오간 왕녀를 얕보거나 하는 멍청한 짓을 하지는 않았다. 위그는 여기에 크리스티나 즉위 이후 비비안이 아론디트에 새로 연 체인점이 크게 작용했을 것이라고 보았다. 전 대륙에 분포해 있는 로튼 상단의 사업은 어느 곳에 가나 크게 환영을 받는 것이 보통이었기 때문이었다. 게다가 비비안이 새로운 왕의 즉위를 기념해 건교의 뜻으로 크리스티나에게 어마어마한 지원을 해 주었으니 그럴 법했다.

그런 의미에서 바첼론은 근 10년 이래 가장 평온한 나날을 보내고 있었다. 아버지나 오라버니와 달리 크리스티나는 전쟁광이 아니었지만 그렇다고 자신의 국경을 감히 넘보는 치들을 절대 용서하지 않을 정도의 강단은 있었다. 완전한 태평성세는 아니었지만 그래도 여자라는 점까지 고려해 가면서 아마 역사가들은 그녀를 나름대로 역사서에 멋들어지게 써 줄 것이었다. 참고로 이것은 비비안의 추측이었다.

그러나 결국 바첼론이고 왕궁이고 왕실이고를 떠나서, 이 모든 평온함이 필연적으로 여왕의 생활의 평온함으로 이어지지는 않았다. 특히 즉위 이래 엘버린 공작과 꾸준하게 여성의 상속권과 재산권에 관련해 귀족들과 설전을 벌이고 있는 상황에서는 더욱더 그랬다.

귀족들은 형제를 죽이고 '어쩔 수 없이' 왕위를 이어받은 왕녀는 허용했으나, 남자 형제가 있는 여성의 상속권은 남자와 평등하게 인정하지 않았다. 애초에 긴 싸움이 될 것이라고 생각을 하긴 했으나, 예상보다 훨씬 더

치열한 상황이었다. 그러나 어떻게든 해야 했다. 설사 그녀가 필요 없다고 해도 크리스티나는 자신이 이것을 포기하면 비비안이 어떻게든 그녀에게 손을 쓸 것이라는, 아주 진실에 근접한 추측을 했다.

그리고 그 추측을 증명하기라도 하듯 감사절이 코앞인 어느 날, 크리스티나 앞으로 비비안이 보낸 '선물'이 도착했다.

"이디에트 공, 공이 보기에는 이 그림이 무슨 뜻 같나?"

즉위를 한 뒤 크리스티나는 위그를 비롯한 모든 이들에게 하대했다. 당연하게도 그것이 법도이므로 위그도 별로 개의치 않았다. 다만 정말로 변한 것은 존대에서 하대가 된 것뿐이라는 것을 말해 주듯, 위그는 크리스티나의 물음에도 하던 일을 멈추지 않은 채 그저 시선만 슬쩍 들었다.

그의 시야에 회의실 테이블의 가장 상석에 앉아 그를 응시하고 있는 크리스티나가 들어왔다. 그러나 그는 그녀의 말을 상기하고는 자연스럽게 시선을 옆으로 돌렸다. 그녀의 옆에는 두 명의 기사가 커다란 액자에 들어 있는 그림을 들고 있었다. 그는 그 그림을 힐끔 보고는 다시 시선을 방금 전까지 보고 있던 회의 개요로 돌렸다.

"일을 잘하지 않으면 폐하의 둘째 오라비 꼴이 난다는 암시 같습니다."

왕에게 내뱉기에는 건방지기 짝이 없는 말이었지만, 정말 놀랍게도 크리스티나 또한 위그와 뜻이 같았다. 그것은 비비안이 보내온 그림이 다름 아닌 2년 전 바로데의 별장 부근에서 고성을 하나 폭발시키며 그렸던 수많은 그림 중의 하나였기 때문이었다.

위그가 기억하기로 그중에서 가장 잘 그려진 그림은 훗날 제이슨의 손에 들어갔으나 행방을 찾지 못했다. 위그는 제이슨이 그것을 찢어 버렸다고 생각했다. 그러나 나머지 그림들을 비비안이 아직 보관하고 있을 줄은 몰랐다. 심지어 그것을 크리스티나에게 보내오기까지 하다니, 크리스티나는 기사의 손에서 함께 온 카드를 받아 들고 그것을 읽었다.

[존귀하신 여왕 폐하께: 감사절을 맞이해 역사상 가장 위대하게 만들어진 그림 한 폭을 드리며, 저희의 추억을 기립니다. 부디 폐하께서 이 그림의 가치를 높이 사 주시기를 바라겠습니다.

당신의 충직한 신하, 비비안 로젤리스로부터.]

"단주의 성질머리는 여전하군."

"그 여자의 성질머리가 아니었다면 폐하께서 이곳에 있을 이유가 없겠지요."

크리스티나의 말에 위그가 담담하게 대꾸했다. 역시나 무례한 말이었으나 크리스티나는 웃었다.

"공, 나는 제이슨 오라버니가 아니야. 겨우 그런 말로 나를 도발하고 떠볼 생각일랑 하지도 마."

"정말 다행이군요."

"그리고 단주에게도 전해, 나는 최선을 다하고 있다고 말이야."

"비비안 로젤리스가 과연 최선을 다하는 것에 만족하리라고 보십니까?"

"그럼 어떻게 하나, 나한테 협조를 해 주면 가장 좋을 게 뻔한 공이 정작 상속권과 재산권 개정에서 그리 적극적으로 나서지 않는데."

"제가 적극적으로 나서는 게 더 웃긴다고 보지 않으십니까?"

"하긴, 그건 그래. 공은 제 일이 아니면 열심히 나서지 않으니."

"그것도 있고."

위그는 손에 들린 서류를 전부 정리한 뒤 요한에게 넘겼다. 뒤에 서 있던 요한이 종이를 받아 들자 위그는 뒤에 걸린 코트를 들고 자리에서 일어났다. 곧 그가 크리스티나를 향해 입을 열었다.

"제가 그것을 적극적으로 추진한다면 귀족원의 절대 다수적인 의견을 배반하게 됩니다. 귀족원의 치들은 이디에트를 수장으로 여기고 있지만 틈만 나면 함께 연합해 이디에트를 공격하려고 하죠. 상속권과 이디에트 앞에서 제 선택은 무조건 후자입니다."

"알고 있어."

"이디에트는 적당하게 중립을 지키며 가문의 위신을 끝까지 유지할 필요가 있습니다. 존귀하신 여왕 폐하. 그걸 모르시지 않겠죠."

"물론이야."

그렇게 말하며 크리스티나가 우아하게 웃었다. 그녀는 멍청하지 않다. 그녀로서도 이디에트가 귀족원에서 위신을 오래 유지해 주면 해 줄수록 좋았다. 그래서 그녀는 위그의 무례함도 적당하게 웃어넘겼다. 어차피 그녀 또한 왕권 유지를 위해 적당하게 타협해야 했다. 귀족들이 그녀를 상대로 타협하는 것처럼.

그녀는 언제부터 자신이 이렇게 날카로운 날을 전부 다 마모시켰는지 알 수 없었다. 하지만 그녀는 딱히 그것이 나쁘다고 생각하지 않았다. 그녀는 적당하게 살아남을 필요가 있었다. 여왕으로서의 즉위는 그녀의 끝이 아니다. 긴 인생길의 일부일 뿐.

그렇게 생각한 크리스티나는 회의실을 떠나려는 위그를 불렀다.

"이디에트 공. 이번 감사절에는 바로데의 별장으로 올 생각이 없나?"

"없습니다."

"그렇군. 다행이야. 나도 괜히 공이 오겠다고 할까 봐 두려웠는데."

위그는 고개를 살짝 돌렸다. 즉위한 뒤 두 번째로 맞이하는 감사절도 이 여왕은 관례대로 홀로 바로데의 별장에서 보낼 예정인 것 같았다. 저번 감사절에 그녀는 어떤 귀족들도 초대하지 않은 채, 그저 조용하게 기사들을 데리고 사흘 정도 머무르다가 왕궁으로 돌아왔다.

그것이 무엇을 의미하는지 위그는 잘 몰랐다. 그러나 비비안은 이 소문을 전해 듣고 그저 가벼이 웃으면서 읊조렸다.

'자신이 무엇을 잃고 무엇을 얻었는지 곱씹는 시간을 가지는 거야.'

'그런 시간이 의미가 있나?'

'있어. 최소한 흩어지려는 생각을 모아 다시 다잡을 수 있으니까.'

위그는 고개를 살짝 숙인 뒤 회의실을 나갔다. 그는 저 어린 여왕을 잘 모른다. 그리고, 알 필요도 없었다. 그에게 필요한 것은 크리스티나 여왕이 지, 크리스티나 따위가 아니니까. 왕의 사적인 고민 따위, 그가 해결해야 하는 난제가 아니었다.

* * *

"선물은 무사하게 잘 갔는지 모르겠어."

"아마 무사하게 잘 도착했을 거예요. 상단의 용병들이 직접 왕실 기사단에게 넘겼다고 하니."

다만 여왕 폐하의 기분이 무사한지는 모르겠지만.

비비안의 중얼거림에 클로에가 웃으면서 말을 받았다. 당연히 잘 도착할 수밖에 없었다. 로튼이 작년에 고용한 용병단은 수도에서 가장 비싼 용병단 이었다. 심지어 시가의 두 배를 지급하며 비비안은 그들에게 자신이 필요한 그 어느 때든지 달려와야 한다는 조건을 붙였다. 당연히 그렇게 많은 돈 앞에서 그들이 거절할 이유도 없었고 올해에도 계속해서 로튼과 계약을 이어가기 위해 그들은 어떻게든 비비안이 내린 명령은 무조건적으로 제대로 완수하고자 힘을 썼다. 당연히 여왕에게 선물을 보내는 이런 중요한 임무를 실수할 리가 없었다.

"이럴 때면 기사가 있으면 좋은데 말이야. 아무리 높은 가격을 주고 고용을 했다고 해도 가문과 생사를 함께하는 소속 기사들만큼 믿음직스럽지는 않단 말이지."

정작 비비안은 말을 내뱉고도 스스로 웃긴지 그만 피식 헛웃음을 치고 말았다. 겨우 귀족으로 산 지 2년 남짓한 시간에 기사를 부려 먹는 훌륭한 능력을 연마했으니 모종의 의미에서 위그를 항상 재수 없는 푸른 피라고 욕할 게 아니었다. 인간은 원래 그렇지 않은가. 조금씩 밟고 올라가다가 언젠가는 타인의 위에서 군림하는 것에 익숙해져 더 이상 타인과 같은 높이에 있으려고 하지 않는다.

그야말로 인성의 약점이 아닐 수 없었다. 물론 그녀 혼자만의 약점일 수도 있었지만.

"뭐, 그냥 돈의 힘을 믿어 봐야지. 게다가 아무리 기사라고 해도 결국에는 기사야. 심부름꾼이 아니라."

"저, 그런데 진짜로 그 그림을 폐하께 드려도 괜찮을까요?"

"왜, 네가 보기에는 별로였니?"

"그게 아니라 그 그림 뜻이 영."

조심스러운 클로에의 말에 비비안이 살짝 고개를 갸웃거렸다. 그러나 곧 클로에가 말하고 있는 것이 무엇인지 깨닫고는 피식 웃었다.

"아, 그 로즈바든 왕성 공략도?"

"그게 전 태자 전하께 드리려고 그린 것이라는 걸 폐하께서 모를 리가 없는데."

"바로 그래서 보낸 거야. 제대로 일하지 않으면 어떤 짝이 되는지 시시각각 일깨울 필요가 있지 않겠어?"

"아. 네……."

클로에는 힘 빠진 얼굴을 했다. 그녀는 이제 자신의 주인이 어떤 기행을 벌여도 그녀의 해석 한마디에 그저 납득하는 법을 배웠다. 하긴, 애초에 진짜로 고성을 폭발시켜 그림을 그리게 했다는 사실 자체가 이미 평범한 인간의 상식에서 훨씬 벗어난 것이 분명했다. 그런데 겨우 여왕에게 전 태자에게 가려고 준비했던 그림 한 점 보내는 것쯤이야.

"그리고."

그때였다. 클로에가 다시 시선을 서류로 옮기는데 비비안이 갑자기 입을 열었다. 클로에는 다시 고개를 들었다. 비비안이 생긋 웃으면서 그녀를 보고 있었다.

"그것이 무슨 뜻이든, 어쨌든 로즈바든 왕성 공략을 가장 훌륭하게 묘사한 작품이라는 사실은 변함이 없지. 안 그래? 생생하게 폭발하는 성을 보면서 그려 낸 작품이잖아."

"그렇긴 해요. 그때 화가 다섯 명이 동원되었었죠? 그중에서 가장 잘된 한 점은 태자 전하께 보내시고, 나머지 네 점은 보관을 했으니 어떻게 보면……."

"아니, 내가 태자에게 보낸 한 점은 가장 좋은 한 점이 아니야."

"……네?"

"가장 엉망인 한 점을 보낸 거야. 그래도 실력이 실력이니만큼 겉보기에는 꽤 괜찮은 예술품이겠지만."

클로에는 의외의 정보에 눈을 크게 떴다. 하지만 이번에는 그녀도 놀라지 않았다. 지금까지 일련의 행동을 보건대 당시 비비안은 의도적으로 그 성을 폭발시키고 심지어 진즉에 제이슨을 끌어내릴 생각을 했을 것이었다. 그렇다면 훗날 죽을 태자에게 굳이 가장 괜찮은 한 점을 보낼 이유가 없었다. 게다가 태자가 죽은 뒤 유품에 그 그림이 없었다면 아마 그 그림은 이미 망가졌을 게 분명했다. 하긴 그녀라도 진즉에 찢거나 태워 버리겠지만.

"눈이 있다면 그 그림이 어떤 그림인지 알겠지. 최소한 그 다섯 점의 그림 중에서 가장 훌륭한 실력을 가진 화가의 작품이라는 것은 보아 내지 못하더라도 역사에 남아 사람들의 입에 오르내릴 정도로 꽤 괜찮은 작품이라는 사실은 변하지 않아."

"그렇군요."

"후세 사람들은 왕위 싸움에서 죽어 버린 태자가 무엇을 가졌었는지 관심이 없어, 중요한 건 바첼론 최초의 여왕의 손에 그 역사적인 한 점의 그림이 있다는 것이지."

"흐음."

"이 정도 뜻이면 그 그림, 꽤 받을 가치가 있다고 생각하지 않아?"

제이슨의 일과 별개로 어쨌든 그 그림의 가치는 훗날 크리스티나 1세의 이름과 영원히 묶여 거론될 것이었다. 동시에 로튼 단주, 혹은 이디에트 공작 부인이 훗날의 여왕을 위해 직접 성을 폭발시켜 가면서 그린 그림이라고 남겠지. 그거면 충분했다.

비비안은 크리스티나가 겨우 그림 한 점으로 그녀를 경계하고 무엄하다고 하지 않을 것을 알았다. 그녀는 왕권을 공고히 하기 위해 힘쓰는 훌륭한 여왕이었으므로, 이디에트와 로튼을 어떻게든 제 편으로 끌어들이려고 할 것이었다. 최소한 그녀가 처음으로 크리스티나를 볼 때는 그러지 않았어도, 지금은 그럴 것이었다.

비비안은 인정해야 했다. 크리스티나 여왕은 성장했다. 최소한 그녀는 이제 역사에 이름을 남기는 수많은 국왕 중의 한 명과 비견될 것이었다. 그리고 그 그림은 그녀의 영광에 후광을 드리우는 역할을 할 것이었다.

그리고 성장한 것이 비단 크리스티나뿐만은 아닌지 클로에는 단숨에 비비안의 뜻을 알아듣고 고개를 끄덕이고 있었다. 비비안과 위그가 이혼한 뒤, 클로에 또한 이디에트 저택에서 짐을 싸고 나왔다. 다만 그녀는 로젤리스 저택에 머무르는 대신, 로튼 상단 부근에서 괜찮은 작은 방을 하나 얻은 뒤 출퇴근했다. 비록 이디에트 저택에서 머무르던 방과는 비교도 되지 않았지만 클로에는 저 혼자만의 공간이라는 점에서 아주 만족했다. 게다가 비비안에게 고용된 뒤로 딱히 돈을 많이 쓰지 않아 나름대로 제가 원하는 대로 방을 장식할 수도 있어 그녀는 더욱더 좋았다.

"아, 저 그럼 이만 퇴근할게요."

"아주 칼같이 출퇴근 시간을 지키는구나."

"더 분부하실 일이 있으신가요?"

"아니, 좋은 자세라는 뜻이었어. 이 험난한 세상에 고용주 혼자 이득 보는 짓은 할 수가 없지. 먼저 가 봐. 나는 파튼 대륙 모난스 왕국의 거래 자료를 조금 더 훑다가 갈 테니."

"아, 그 책임자가 까다롭더라구요."

"까다로우면 뭐 어때. 바첼론의 아무도 눈에 넣지 않는데. 귀족원이 로튼을 중간상으로 쓸 때는 이미 외교 관계에 별로 신경 안 쓴다는 거야. 아니면 왕실 무역부에서 책임질 테니."

"하긴 그건 그래요."

다른 사람이라면 모를까 비비안이 좋은 자세라고 하면 진짜로 좋은 자세라는 것이었다. 이제 클로에는 굳이 비비안의 말 속에 담긴 뜻을 하나하나 파헤치면서 괜히 겁을 먹거나 눈치를 보지 않았다. 두 사람은 꽤나 합이 잘 맞아서, 원래 이혼한 뒤 비서를 하나 더 들이려던 비비안은 그냥 클로에 하나만 잘 부려 먹을 생각을 했다. 그리고 클로에 또한 워낙에 총명해 월급의 범위 내에서 비비안에게 잘 부려 먹어졌다.

곧 준비를 마친 클로에가 방문을 열었다. 그에 맞추어 헤더가 방으로 들어왔다. 클로에가 퇴근한 뒤의 사적인 시간은 헤더가 비비안의 시중을 들곤 했다. 그녀는 방에서 유쾌한 얼굴로 나가는 클로에를 향해 고개를 끄덕여 준 뒤, 금방 시간에 맞추어 내온 차를 들고 방으로 들어왔다.

비비안은 자신의 찻잔을 채우는 차를 보면서 잠시 생각에 빠진 듯했다. 헤더는 비비안을 힐끔 보고는 다시 고개를 숙였다. 그리고 곧 그녀가 입을 열었다.

"이디에트 공작 각하께서 오늘 저녁에는 오지 못하실 것 같다고 하셨어요. 오늘 오후 프레스트 후작 각하와 약속이 있다고요."

"오지 못하는 게 뭐 그리 큰일이라고 보고씩이나."

"그래도요. 공작 각하께는 큰일일 거예요."

헤더의 말에 비비안이 피식 웃었다. 그러나 웃음을 흘린 것과 달리 그녀의 눈빛이 묘하게 날카로워졌다. 그리고 얼마나 지났을까, 비비안이 입을 열었다.

"리디아 세른이 이번 학기에 졸업하지?"

"반년 정도 남았네요. 정말 시간 빨리 가요. 벌써 3년이라니."

"그러게나 말이야. 3년이라니, 정말 쓸데없이 시간이 빨라. 나도 며칠만 지나면 서른 살이고."

순간 비비안의 말에 헤더가 깜짝 놀라 고개를 들었다. 그러나 그녀는 빠르게 고개를 끄덕였다. 하긴 비비안이 결혼할 무렵 그녀가 스물일곱이었으니 그럴 만했다. 하지만 헤더는 믿기지 않았다. 그녀의 머릿속에 있는 비비안 로젤리스는 여전히 그녀와 처음 만난 그날의 앳된 모습에 멈춰져 있었다. 게다가 비비안은 아무리 보아도 실제 나이보다 조금 어려 보여서, 헤더는 벌써 시간이 그렇게 흘렀다는 사실이 지나칠 정도로 놀라웠다.

"리디아 양에게 졸업 선물을 주어야 할 텐데."

"옷이나 장신구는 어떠세요?"

"그런 건 돈 벌면 혼자 사 입으면 되는 건데 굳이."

"하긴, 게다가 세른 교수님이 조카에게 굳이 먹을 거나 입을 걸로 인색하게 굴 것 같지는 않아요."

헤더는 고개를 끄덕이고는 비비안이 뭔가 더 대단한 선물을 입 밖에 낼 것을 기대하며 고개를 살짝 돌렸다. 그러나 비비안은 의외로 생각에 잠겨 있는 듯한 얼굴을 했다. 헤더는 비비안이 꽤 진심으로 리디아의 졸업 선물을 생각하고 있다는 것에 약간 놀랐다. 그러나 그럴 만했다. 지금까지 비비안이 리디아에게 해 준 것을 생각해 볼 때 비비안은 입으로는 티를 내지 않아도 리디아를 확실히 아끼는 것이 주변 사람들에게 보였다.

'많이 고민되시나 보네.'

헤더는 속으로 그렇게 읊조리고는 조용하게 한쪽으로 물러난 뒤 집무실의 한구석을 조금씩 정돈하기 시작했다.

비비안은 조용하게 달력을 보다가 미묘한 얼굴을 했다. 리디아가 졸업

하기까지 정확하게 반년 정도 남았다. 그러니 그사이에 조금 진지하게 생각을 해 보면 좋을 것이었다. 그리고 그사이에 준비를 해야 할 것이.

'그래, 메이슨 오빠의 기일이 있고.'

비비안은 살짝 시선을 내렸다. 새삼스럽게 생각해 보니 시간이 정말 빨리 지나갔다. 리암의 기일이 지난 지 얼마 되지 않은 것 같은데 벌써 메이슨의 기일이다. 이제 거기서 시간이 더 지나면 곧 부모님의 기일이 다가오고, 또 제이콥의 기일 또한 온다. 그리고 그사이에는 다름 아닌 다른 이의 기일이 하나 더 얹혀져 있었다.

'로건.'

비비안은 속으로 중얼거렸다. 제 손으로 죽인, 제 과거의 잔재.

비비안은 다시 한번 웃고 말았다. 그녀는 수많은 이들의 시간을 손수 멈추었다. 그러나 시간은 계속해서 갔다. 그것이 과연 그녀에게 무엇을 의미하는지 알 수 없었다. 하지만 한 가지 확실한 것은, 시간이 가는 한 그녀는 계속 살아 있을 것이라는 것이다.

"결정했어."

헤더는 갑작스러운 비비안의 말에 깜짝 놀라고 말았다. 그러나 비비안의 얼굴에는 이미 미소가 잔뜩 서려 있었다. 헤더는 비비안이 무엇을 결정했는지 고민하다가 방금 전까지 고민하고 있던 리디아의 졸업 선물이라는 사실을 깨달았다.

'무엇으로 결정하셨지.'

비비안의 상태를 보건대 딱히 어마어마하게 비싼 물건이라거나 사치품으로 보이지는 않았다. 비비안에게 있어서 돈으로 살 수 있는 물건들은 거의 재미가 없거나 별로 가치가 없는 물건들이었다. 그렇다면 필히 돈으로 살 수 없는 무엇인가가 될 터. 헤더는 그것이 무엇인지 굳이 묻지 않았다.

아무렴, 비비안이 준비한 것이니 어련히 귀한 것이 될 것이다.

"결혼?"

이디에트 공작저의 접대실은 꽤 오랜만에 익숙한 손님을 맞이했다. 그는 다름 아닌 노아 프레스트로서, 위그와 사적으로나 공적으로나 친분을 유지했으나 위그가 결혼하고부터는 공적으로 만나는 게 전부인, 드물게 위그와 친우라는 이름으로 불릴 수 있는 이였다. 비록 그렇다고 해도 그 사이에는 선이라는 게 있었지만, 어쨌든 한때 로건이 수도로 돌아온다는 소식을 알린 뒤 거의 이디에트 공작저로 걸음을 하지 않은 그는, 근 2년 만에 다시 이디에트 공작저를 직접 찾았다.

그런 그가 전한 소식은 위그로서는 의외라면 의외였고 당연하다면 당연한 소식이었다.

"갑자기 결혼이라니. 놀랍군."

"딱히 놀라운 소식은 아니지 않아? 나도 이제는 결혼을 하고 안주인을 맞이해야 할 차례지."

엄격히 말하자면 노아 프레스트는 결혼을 하고 안주인을 맞이한 뒤 자식도 둘 정도 보아야 하는 나이였다. 그러나 남자 귀족, 특히 작위가 있는 남자 귀족은 딱히 결혼 적령기라는 것이 없어 굳이 후계자를 신경 쓰지 않는다면 늦게 결혼하는 경우도 있었다.

"게다가 내 친애하는 친우는 이미 이혼까지 했는데."

"이혼한 게 부럽나? 그럼 너도 가서 하지."

"설마. 나는 결혼해서 내 아내와 죽을 때까지 둘만 살 거야."

"놀랍군, 본인이 결혼 전에 어떻게 놀았는지 좀 뒤돌아보면서 살아."

"그걸 공한테서 듣다니. 이럴 수가."

노아가 유들유들하게 받았다. 그러나 위그는 알았다. 노아가 한 말이 거짓은 아닐 것이었다. 어쨌든 그와 노아는 그럭저럭 친분을 유지하는 것만큼 생각도 비슷했다. 물론 지금은 완전히 다르겠지만, 어쨌든 한때 두 사람 전부 다 가문의 가주로서 아내를 사랑하지는 않아도 가문의 질서를 유지하고 안주인의 권위를 인정해 주어야 한다는 생각을 같이했던 것이 사실이었다.

"결혼 상대는?"

"앙트 백작가의 막내딸."

"도둑놈인가? 여덟 살 차이 나잖나."

"나와 비슷한 나이대의 레이디들이 대부분 결혼을 했다는 점을 인지해 주길 바라."

"그걸 내가 인지할 필요는 없을 텐데."

"그리고 사교계에서 여덟 살 정도의 나이 차이는 별거 아닐 텐데. 네 전 부인의 언니인 빌케르 백작 부인과 빌케르 백작도 나이 차이가 꽤 났어."

"그래서 결국 파국이었지. 심지어 남자 쪽이 거의 죽기 전까지 가고. 죽고 싶나?"

"이런, 전 부인의 화제를 꺼냈는데도 별로 불편한 기색이 없네? 아직까지 잘 지내고 있다는 것이 사실인가 봐?"

노아의 얼굴에 웃음기가 흘렀다. 위그는 그제야 굳이 노아가 이곳까지 온 이유를 알아차렸다. 자신의 결혼 소식을 전할 겸 이런저런 가십거리를 나누기 위해서였다. 그리고 당연하게도 위그는 타인의 가십거리라면 정보로 써먹으나 타인과 자신의 이야기를 나누는 아량은 없었다. 그의 얼굴에 냉랭함이 흐르자 노아가 피식 웃었다.

"소문이 자자해. 대체 왜 그 세기의 결혼이 이렇게 이혼으로 끝을 맺었을까."

"부부 사이의 일에는 관심을 꺼."

"나도 알아. 하지만 정확히 2년 만에 이혼했어. 결혼하자마자 이디에트의 자산이 배로 불어나고 로튼은 이디에트의 비호 아래 꽤 큰 이익을 얻어 갔지. 그뿐만이 아니야. 그사이 왕족이 하나둘씩 죽어 가고 심지어 디텔이

제거당했어, 그리고 최초의 여왕이 올랐지."

"그래서?"

"그런데 이 모든 것이 이루어지자마자 이혼을 했어. 그야말로 깔끔하기 그지없게. 심지어 이혼한 뒤에 꽤 자주 만난다는 목격담까지 들리는데, 이쯤 되면 꽤 괜찮은 로맨스 소설 하나 나와야 하지 않는가?"

"네 세상에 로맨스 소설은 이혼으로 결말을 맞이하나?"

"뭐, 그게 가장 큰 의문점이긴 하지만."

노아는 어깨를 으쓱했다. 하지만 그는 여전히 웃으며 여유롭게 말을 이었다.

"그래도 많은 이들이 이디에트 공작 부부, 아, 한때 이디에트 공작 부부였던 두 사람으로 여러 가지 추측을 하는 건 그리 이상한 일이 아니지."

"정말 할 일 없군."

"게다가, 그 이디에트 공작이 아직도 재혼 생각이 없다는 이상한 점까지."

순간 위그가 멈칫했다. 그래, 확실히 다른 것은 전부 그들의 망상이라고 치부하고 웃어넘겨도 이 점만큼은 그조차도 적절한 해명거리가 생각이 나지 않았다. 그러다 그는 그냥 생각하는 것을 멈추었다. 굳이 해명을 하라면 '그가 비비안 로젤리스를 사랑해서'라는 결론밖에 나지 않았다.

그는 그녀를 사랑한다, 그래서 그녀 외에 다른 여자와 결혼해 아이를 낳고 싶은 생각이 없다. 그러나 그녀는 결혼해 아이를 낳을 생각이 없는 것 같다. 애초에 결혼을 유지하지 않기로 한 것도 그의 생각이었다. 그러므로 그는 결혼을 하지 않고 아이를 갖지 않는다.

게다가 비비안 로젤리스는 위그 이디에트를 사랑한다고 말했다, 제 입으로, 그 피로 물든 방에서. 비비안 로젤리스가 저를 사랑한다는데 어떻게 감히 그가 떠날 생각을 하는가. 그녀가 그를 사랑하지 않는다고 해도 놓을 수 없는 그 집착과 애정은, 그녀가 사랑한다고 하는 순간 무형의 족쇄가 되어 그의 발과 목을 칭칭 감아 그녀의 손아귀에 쥐어졌다.

얼핏 보면 꽤 적절하면서도 합리한 사고방식은 사실 눈앞의 노아 프레스트는 물론이요 바첼론의 그 어떤 이들 앞에 내놓아도 다들 이해를 하지 못할 게 분명했다. 그는 한때 왕녀와 혼담이 오갔던 위그 이디에트다. 그가 원한다면 선대 공작처럼 외국의 고귀한 왕녀와 결혼하는 것도 문제는 아니었다.

그러나 결국 그는 재혼을 하지 않았다. 그럼 그가 원하는 것은 무엇인가. 이대로 비비안 로젤리스와 평생토록 그저 연애만 하면서 사는 것인가?

그가 평범한 남자였다면 아주 쉬웠을 이 일은 그가 이디에트 공작이라서 이질적인 것이었다. 그러나 그가 이디에트 공작이 아니었다면 비비안은 그를 사랑하지 않을 터였다.

거기까지 생각하자 그만 웃음이 나와 위그가 피식거렸다. 그에 맞은편에 있던 노아가 눈을 동그랗게 떴다. 그러나 위그는 어느새 웃었냐는 듯이 다시 얼굴을 굳혔다.

"그걸 왜 상관을 하지? 정말 하나같이 할 일이 없군."

"이해해. 네가 이디에트 공작이고 상대가 로튼의 단주인 이상 이 문제는 몇백 년 동안 미스터리로 남을 거야."

"내 아내가 그러더군."

그때였다. 갑작스러운 내 아내, 라는 자연스러운 말에 노아가 조금 놀란 얼굴을 했다. 그러나 위그는 자신의 실수를 눈치채지 못한 듯 그저 가볍게 말을 이었다.

"다른 사람 일에 신경 쓸 새에 돈이나 쓰라고, 돈 쓰는 게 얼마나 재미있는데."

"모든 인간들이 다 돈이 있는 건 아니니까."

"돈도 없으면서 다른 사람 일에 관심을 갖는다고? 그 시간에 돈이나 벌어."

순간 노아는 할 말을 잃은 듯했다. 놀랍게도 이 말은 그 오만한 위그 이디에트가 하기에는 더없이 적절해 보였으나 동시에 평소 그의 화법과는 전혀 달랐다. 그는 소문의 단주와 위그 이디에트 사이의 관계를 짚어 보다가, 묘하게 둘이 닮았을 수도 있다는 생각을 해 보았다.

노아는 더 이상 말을 잇지 않았다. 대신 그가 자리에서 일어났다. 어차피 그가 오늘 이곳으로 온 것은 어디까지나 프레스트 후작가와 이익을 함께하는 이디에트 공작가의 가주에게 정식으로 결혼 소식을 알리기 위해서이지 이디에트 공작 부부의 관계를 깊게 파기 위해 온 것은 아니었다.

"그럼 이만 갈게. 청첩장은 며칠 뒤 집사를 통해서 보내지."

말을 마친 뒤 노아는 접대실을 나갔다. 위그는 굳이 노아를 더 배웅하지 않았다. 어차피 그 정도로 열정적인 사이는 아니었다. 다만 어렸을 때부터 매일 보던 이가 결혼을 한다는 사실이 그 나름대로 위그에게 생각의 여지를 주었다는 사실은 변하지 않았다. 위그는 살짝 접대실의 한쪽을 응시했다.

생각해 보니 저도 모르는 사이에 시간이 꽤 빠르게 흘렀다. 제이슨을 죽이고, 엘리미아를 빼내고 크리스티나를 여왕으로 올렸음에도 불구하고 시간은 계속해서 흐르고 있었다. 역시 인간의 삶은 모든 것이 해피 엔딩을 맞이하고 끝나는 연극이 아니었다. 위그는 잠시 그렇게 생각하다가 자리에서 일어났다.

아무렴, 다 그렇게 제 갈 길을 가는 것이 옳았다.

* * *

"노아 프레스트가 결혼한다더군."

"……."

"설마 누군지 생각이 나지 않는 건 아니겠지?"

오랜만에 위그와 호텔에서 식사를 즐기던 비비안은 위그의 말에 잠시 눈을 깜박거렸다. 그녀치고는 꽤 긴 침묵의 시간이 흐르자 위그가 살짝 미간을 좁히며 믿기지 않는다는 듯이 물었다. 그의 기억에 의하면 비비안은 웬만해서는 사람을 잘 잊지 않았다. 게다가 그녀의 성정상 노아 프레스트 같은 대귀족을 잊을 리가 없다고 생각했던 것이었다.

그리고 실제로 그의 생각대로 비비안은 입을 닦던 냅킨을 내려놓고 살짝 입꼬리를 말아 올렸다.

"아니. 잊지 않았어. 그저 약간의 침묵으로 그 사람이 나한테 꽤 하찮아서 내가 생각할 시간이 필요했다는 사실을 드러내고 싶었을 뿐이야."

"노아 프레스트가 어지간히 당신한테 안 좋은 인상을 남겼나 보군."

"사실 나는 별 유감이 없었지만 클로에가 크게 유감이 있어 보였어. 왜, 예전에 그자가 이디에트 공작가로 찾아온 날 있잖아. 그날 클로에가 아주 울 듯이 굴었는데."

"꽤 먼 옛날이군."

"그래서 그자가 결혼한다고? 생각보다 꽤 늦게 결혼하네."

"맞아. 앙트 백작가의 막내딸과 결혼한다더군."

"앙트 백…… 뭐?"

순간 비비안이 얼굴을 일그러뜨렸다. 그녀가 왜 이러는지 정도는 알고 있는 위그가 무심하게 와인 잔을 들어 입을 가시고는 말을 이었다.

"꽤 나이 차이가 난다는 것쯤은 나도 안다. 이미 한 번 욕해 줬으니 굳이 그런 표정 짓지 않아도 돼."

"사교계는 이게 문제야. 나이가 맞지 않다는 거. 뭐, 그 백작가의 막내딸도 엄연히 결혼 적령기니 별로 상관은 없겠지만, 괜히 심술이 난단 말이지. 나도 한두 살은 몰라도 나이 차 있는 연하는 만나 보지 못했는데."

"……부럽나?"

비비안의 말에 위그가 멈칫했다. 그러나 그는 꽤 담담한 목소리로 물었다. 비비안은 테이블에 놓인 그의 와인 잔과 위그의 얼굴을 번갈아 보다가 피식 웃었다. 그리고 곧 의자에 등을 기댄 채 입을 열었다.

"아니. 내가 진짜로 만나고 싶다면 못 만났을까."

위그는 왠지 모르게 비비안의 답이 그리 만족스럽지 않은 듯했다. 그리고 실제로 그는 그 대답이 왠지 모르게 기분이 나빴다. 자연스럽게 그의 미간이 좁혀지자 그것을 발견한 비비안이 생긋 웃었다.

"왜 그런 얼굴 해?"

"당신, 요즘은 다른 남자 안 만나겠지?"

"이런, 내가 사랑한다고 해 줬다고 이제는 내 사생활까지 간섭하려고 드는 거야?"

"간섭하지 않았다. 그냥 물어봤을 뿐이다."

"만나면 어쩔 건데."

"그 남자를 처리해야지."

"……."

"왜, 당신을 처리할 수는 없잖나."

"차라리 그냥 만나지 말라고 하지."

"당신은 당신 사생활에 간섭하는 거 싫어하잖나. 그래서 당신의 사생활에는 간섭하지 않고 당신이 만나는 새끼들 사생활에만 간섭할 예정이다."

"그 남자들의 사생활에 간섭하는 게 내 생활에 간섭…… 아, 됐어, 이제 말하다 보니 혼란스러워."

"그래서 진짜로 있나?"

"없어. 내 사생활을 어느 공작님이 와서 전부 다 차지하는 터라."

그제야 위그는 만족스러운 얼굴을 했다. 그 모습이 은근히 아이 같았다. 비비안은 그런 위그의 얼굴을 보다가 살짝 고개를 돌려 밖을 보았다. 몇 달 전에 엘버린 공작 부인에게서 매입한 십자로 블록에 새로이 지어지고 있는 백화점의 윗부분이 간당간당하게 보였다. 그것을 보던 비비안이 잠시 뭔가 생각하더니 다시 고개를 돌렸다.

"엘버린 공녀는, 아, 이제는 이렇게 부르면 안 되지. 로드 세실리아는 여왕 폐하의 옆에서 무사하게 보좌를 하고 있는 것이지?"

세실리아 엘버린이 시녀장으로 임명되고 독립 작위를 가진 뒤 대부분 이들은 그녀의 성을 부르는 대신 귀족에게 붙이는 로드와 그녀의 이름을 사용하곤 했다. 그것을 알고 있는 위그가 고개를 끄덕였다.

"잘하고 있지. 일전에 크리스티나가 여왕이 된 뒤 한동안 꽤 소원해진 것 같더니, 그래도 시녀장을 임명받고 제 소임을 잘하고 있는 모양이다."

"그렇군. 여왕 폐하의 일을 보좌할 만한 이들이 생각보다 꽤 많은 모양이야."

"그건 왜 묻지?"

"여성 상속권과 재산권 개정은, 잘되어 가?"

순간 위그의 손이 멈칫했다. 그는 비비안이 갑자기 이 주제를 꺼낼 줄은 상상하지도 못한 모양이었다. 그러나 동시에 어느 정도 익숙한 화제이기도 해서 위그는 여유롭게 대꾸했다.

"조금 난항을 겪고 있는 것은 사실이다. 이건 당신도 예상을 했겠지. 하지만 여왕이 추진하고 있는 이상, 언젠가는 결국에 바뀔 사항이야. 빠르면 근년에, 늦으면 10년 단위로 생각을 해야겠지."

"그렇군. 너무 늦으면 곤란해지는데."

"곤란해진다고?"

위그가 살짝 떠보듯이 말을 반복했다. 그에 비비안이 고개를 끄덕였다.

"그래, 곤란해."

"당신, 왜 그렇게 그 상속권에 관심을 갖지? 엄연히 말하자면 당신은 이미 로튼의 유일한 주인이다. 당신 언니가 이제 와서 당신과 상단의 경영권 따위를 빼앗을 리가 없고. 남자 형제들은……."

여기까지 말한 뒤 위그는 잠시 입을 다물었다. 그는 가급적 그녀의 남자 형제들의 이야기를 입에 담고 싶지 않았다. 그러나 사실이 그러한데 의식적으로 주제를 피하는 것도 말이 안 되었다. 비비안은 이미 그의 생각을 엿보았다는 듯이 그저 가벼이 웃음을 흘렸다. 동시에 그녀의 눈가에 미묘한 기색이 서렸다.

"글쎄, 왜일까?"

"당신 조카를 위해서 그러는 거면, 어차피 로젤리스 가문에 남은 이가 그 아이들밖에 없으니 당연히 로튼은 조카의 것이 된다."

"나도 알아."

"그럼 굳이 서둘러야 하는 이유가 있나?"

그러나 정작 위그의 가장 중요한 질문에 비비안은 답하지 않았다. 대신 그녀는 약간 침묵하다가, 천천히 입을 열었다.

"위그 이디에트, 당신이 나를 죽을 때까지 사랑할 수 있을 것 같아?"

그녀가 물었다고는 상상도 할 수 없을 만큼 감정적인 물음이었다. 놀랍게도 이 물음을 묻는 비비안의 눈빛은 한없이 싸늘하고 차가워 보였다. 위그는 이 눈빛을 본 적이 있었다. 그녀는 제 정적을 처리하거나 자신이 원하는 것을 갖고자 할 때면 이런 눈빛을 보였다.

"그래."

답은 꽤 빨리 돌아갔다. 위그는 딱히 주저 없이 이 물음에 답했다. 그러나 이어지는 물음에 위그는 미궁에 빠지고 말았다.

"그럼, 죽은 뒤에는 뭐가 남을까?"

"……뭐?"

위그는 비비안의 의도를 이해할 수 없었다. 비비안은 여유롭게 웃은 뒤 말을 이었다.

"아니야. 그저, 한 가지만 알아 달라고."

"……."

"나는 쓸데없는 짓을 하지 않아. 그뿐이야."

말을 마친 비비안은 접시에 남은 빵 조각을 마저 들었다. 이윽고 그것을 입에 가져가는 것을 보던 위그의 눈매가 날카로워졌다. 그는 비비안 로젤리스를 알았다. 그녀는 확실히 쓸데없는 짓을 하지 않는다.

'그럼……'

위그는 굳이 비비안의 생각을 더 깊게 파악하려 들지 않았다. 하지만 그는 거의 본능적으로 느꼈다.

비비안이 무엇인가를 원하고 있었다.

* * *

비록 여왕과 엘버린 공작의 의견에 언제나 각종 이유를 대면서 반대표를 내고 있었지만, 사실 여왕이 즉위한 그 순간부터 귀족원은 언젠가는 판도가 바뀔 것이라고 예측하고 있었다. 애초에 이디에트와 로튼 사이의 결합 자체가 어떤 거래가 오간 것 같다고 많은 이들이 짐작하고 있는 상황에서 같은 시대에 최초의 여성 단주에 이어 여자 왕이라. 당연히 그들로서는 무엇인가가 변하리라는 냄새를 맡는 게 당연했다.

그리고 다행이게도 귀족원의 귀족들은 그리 멍청하지 않았다. 비록 언제나 여자들을 보호해야 한다고 설전을 벌일 때만큼은 없는 기사도 정신을 싹싹 끌어서 입 밖으로 내뱉지만 그들은 이대로 가다가는 평온과 안녕이 곧 깨질 것 같다는 생각을 버릴 수 없었다. 게다가 귀족원의 일각에서는 은근히 일부 여자의 상속권을 인정하자는 말이 나오고 있었다.

그 이유인즉슨, 여자의 상속권을 인정하게 된다면 여자 또한 재산과 권력을 이어받는 주체가 될 수 있어 남자와의 결혼이 타 가문으로의 이적으로 이어지지 않는다는 것이었다. 지금까지 대부분 여자들의 결혼은 필연적으로 아버지의 가문에서 남편의 가문으로 가는 길이었으나, 여자들 또한 남자 형제들과 마찬가지로 아버지의 재산을 상속받게 된다면 그 재산을 보호하기 위해서라도 여자가 순식간에 레이디에서 다른 사내의 부인으로 변하는 것은 막아야 했다.

만약 이렇게 된다면 크리스티나가 즉위를 한 뒤 가장 큰 골칫덩이였던 왕실의 후계 문제가 해결되었다. 지금까지 그저 법규상 왕녀가 결혼을 하지 않는 것을 전제로 왕이 될 수 있다고 인정했으나, 직접 실현을 시켜 보자니 문제점이 많다는 것이었다. 하물며 선왕 또한 형제나 자매를 얼마 남겨 놓지 않았으니 방계 혈통조차도 애매한 것이 사실이었다. 물론 뒤져 보자면 있기야 하겠지만, 그들은 지금까지 바첼론의 왕실 중심을 지켰던 왕족의 혈통이 지금까지 듣도 보도 못한 자들에게 넘어가는 것을 경계했다.

따라서 그들은 일부 여자들의 상속권을 인정하여 여자의 재산권을 보호하는 것으로 훗날 여왕이 결혼을 하더라도 그 자식이 엄마의 성을 따른 채 왕실의 후계를 잇는 방법을 모색하고 있었다. 물론 이 일부 여자들에 왕녀는 필연적으로 들어가는 것이었고, 그 기준은 꽤 엄격했다.

하지만 지금까지 바첼론을 우뚝 지키고 있던 제도가 하루아침에 변하지 않는다는 것을 증명이라도 하듯 크리스티나는 근래에 꽤 골머리를 앓고 있었다. 아무리 제이슨이 죽고 바로 각종 수업에 돌입했다지만 그렇다고 그녀 혼자서 싸우기에는 귀족원의 치들은 하나같이 여우들이었다. 엘버린 공작의 지지가 있어 가능했지만 그렇다고 해도 수적으로 밀리는 것이 사실이었다. 게다가 이디에트의 공작 놈은 제 가문의 이익 때문에 입만 싹 닦고 있으니 그야말로 분노가 차오르는 상황이었다.

그러나 어쨌든 그녀는 왕이었다. 이 정도도 하지 못한다면 그렇게 형제를 베고 왕위에 앉은 상황이 아까웠다. 결국 한쪽으로 자신을 도울 만한 인재를 찾고, 다른 한쪽으로 전문 지식과 각종 방법을 찾던 어느 날, 갑자기 비비안이 크리스티나에게 편지를 보내왔다.

* * *

졸업은 정말 순식간이다.

리디아는 새삼스럽게 그렇게 생각했다. 그녀는 근래에 이 생각만 거의 한 달을 했다. 졸업식 날짜가 정해진 뒤 그녀는 매일 자신의 이 석 달을 생각하면서 보냈다. 이제 겨울은 물론이요 봄을 지나 슬슬 여름으로 들어갈 무렵, 예델 사립학교는 졸업 시즌을 맞이했다. 그녀를 비롯한 학생들이 첫 입학생이기 때문에 그녀는 본의 아니게 예델 사립학교의 첫 번째 졸업생 중의 한 명이 되어야 했다. 게다가 무척 영광스럽게도 그녀는 이번 졸업생 대표로 선발되어 졸업식 날 모든 사람들의 앞에서 발언할 수 있는 기회를 얻었다.

그러나 리디아는 이 사실에 너무 기뻐하지는 않았다. 그녀는 알고 있었다. 졸업은 곧 학교라는 단단한 울타리에서 벗어나 바로 인생을 강제적으로 직면해야 하는 것이었다. 사립학교는 비록 로튼 휘하긴 했지만 훌륭한 교수 자원과 고급 시설로 돈이 많은 평민들과 귀족들이 주를 이루고 있었다. 그들은 대부분 바첼론에서 가장 비싸고 수준 있는 신사 교육을 받으면서 자란 이들이었다.

아무리 그녀가 여자라고 속으로 고깝게 생각할지언정 그렇다고 겉으로 적의를 드러내는 짓은 하지 않았다. 교수들 또한 처음에는 다소 회의적인 생각을 갖고 있긴 했으나 그래도 그녀가 잘하는 부분에서는 칭찬을 아끼지 않았다. 졸업이 다가오자 그녀의 논문 지도를 자처하는 교수가 둘 있을 정도였다. 그리고 그 둘은 리디아가 예델의 대학원에서 이론 연구를 계속하기를 바랐다.

그러나 리디아는 그러지 않았다. 그녀는 졸업 뒤 세믄 교수를 따라 이론 연구를 계속하겠지만 그래도 실무를 배우고 싶은 마음이 더 컸다. 그리고 그것은 그녀가 저 위에서 겪은 그럭저럭 안온한 상황에서 벗어나 꽤 노골적인 악의를 직면해야 한다는 뜻이기도 했다.

이 사실은 그녀의 숙부인 세믄 교수도 말한 적이 있고 그녀의 논문 지도 교수도 말한 적이 있었다. 동시에 그녀의 후원자이자 예델 사립학교의 이사장도 말한 적이 있는 상황이었다. 그녀는 비비안이 예전에 종종 해 주던 조언을 상기하며 한숨을 푹 쉬었다. 그녀는 졸업을 하면 비비안의 아래서 실무를 배워야 한다. 유일하게 위안거리로 삼을 만한 게 있다면 비비안이 이혼을 해 더 이상 위그 이디에트에게 유언장이 읽힐 위협이 없다는 것일까.

그렇게 생각하고 걸음을 옮기던 리디아는 갑자기 자신의 앞에 불쑥 나타난 꽃다발에 눈을 깜박거렸다. 졸업식이 아직 시작되지 않은 강당의 뒤편에는 학생 대표를 제외하고는 들어올 수 있는 사람이 없었다. 그러나 꽃다발이 살짝 옆으로 기울어지자 그녀는 비로소 이 꽃다발의 정체를 확인할 수 있었다. 아니, 애초에 어느 정도 짐작을 하긴 했다. 이렇게 큰 키에 이런 짓을 할 만한 사람을 리디아는 한 사람밖에 알지 못했다.

"아드리안 비올테. 뭐 하는 거야? 여기는 강당 뒤편이야. 학생 대표밖에 들어오지…….."

"그래, 축하한다고."

리디아는 은근히 투덜거리는 듯했으나 그래도 처음보다는 한참을 누그러진 분위기로 말했다. 그러나 그녀의 말이 끝나자마자 아드리안이 그저 무심한 듯 말을 툭 내뱉었다.

"그렇게 아등바등 힘을 쓰더니 결국 수석 졸업이야?"

"지금 시비 걸러 온 거야?"

리디아는 얼굴을 확 일그러뜨렸다. 3년 동안 두 사람은 끊임없이 투닥거려 왔다. 입학을 한 뒤 첫 번째 시험에서 수석을 차지한 아드리안은 처음에는 리디아가 감히 넘볼 수 없는 수준의 학식을 자랑했었다. 아무리 리디아가 영특하다고 해도 결국에는 어린 시절부터 받아 온 귀족들의 교육을 뛰어넘을 수는 없었던 것이었다.

그러나 졸업식에 수석 자격으로 학생 대표를 맡은 이는 리디아였다. 현저했던 두 사람의 차이는 1학년의 마지막 평가 시험에서 리디아가 차석을 맡으면서 좁혀졌고, 2학년 마지막 평가 시험에서 그녀가 두각을 드러내는 성적으로 수석을 맡으면서 완전히 역전되고 말았다.

아드리안은 그 사실에 한때는 상당히 분노했다. 한평생 귀족이라는 긍지로 살아온 그는 그만큼 자신이 타인보다 뒤떨어진다는 사실을 인정하지 못했다. 게다가 그것이 자신과 평소 투닥거렸던 리디아 세믄이라니 더했다. 평민 출신에 여자아이. 이 두 가지 페널티를 가지고도 그녀의 총명함과 노력은 결과적으로 그의 긍지를 사정없이 짓밟았다.

원래대로라면 아드리안은 그 사실에 줄곧 분노해야 했고 심지어 리디아를 미워해야 했다. 아무리 미래가 보장되어 있다지만 결국 학교 안의 울타리에서 좋은 성적을 가지는 것은 귀족가의 대물림의 판도에서 꽤나 중요한 지표가 되었다. 자신보다 한참이나 떨어지는 여자아이를 상대로 졌다는 사실은 아드리안을 한동안 충격에 빠뜨리고 말았다. 심지어 투닥거리던 것도 멈추고 아드리안은 리디아를 만나면 입을 열지도 않았다. 그때는 이미 왕족들이 하나하나 나가떨어졌던 때라 여왕이 즉위할 것이 확정이 되던 무렵이었다. 밖에서 벌어지는 어른들의 전쟁과 달리, 아이들 사이에서 벌어지는 전쟁은 또 결을 달리했다. 리디아는 그것을 보고 저한테 시비를 걸던 아드리안이 이제는 완전히 그녀를 증오할 것이라고 생각했다.

그러나 제3학년에 진입하고 방학을 넘긴 아드리안은 다시 원상 복귀 했다. 그는 자신이 리디아에게 졌다는 사실을 꽤 흔쾌하게 받아들이고 심지어 그녀를 제 라이벌로 생각하기까지 했다. 리디아는 어떻게 이 인간이 그 사실을 이렇게 잘 받아들였는지 조금 의아했지만 어쨌든 아드리안의 태도는 확실히 변했다.

결과적으로 마지막 평가도 수석은 리디아가 차지했지만, 이렇게 아드리안은 꽃다발을 가져다주러 온 것이었다.

리디아는 아드리안이 자신에게 은근히 호감이 있다는 사실을 알고는 있었다. 바로데의 별장에서도 그렇고, 어린 시절 동네의 남자아이들이 좋아하는 여자아이에게 어떻게 대하는지 그녀는 봐 왔다. 다만 그저 그것도 여자 하나 없는 법학원의 환경 때문이겠거니 하고 생각하고 자신의 학업에만 매진했다. 어차피 자신이 수석을 차지하면 정신을 차리고 당장 자신을 적대시하겠거니 하고 생각했을 뿐이었다.

그녀는 아드리안이 생각하는 것보다 훨씬 더 열악한 환경 속에서 앞으로의 삶을 유지해야 했다. 겨우 귀족가 자제의 연애 놀음 따위에 장단을 맞춰 줄 생각이 없었다. 그녀가 수석 졸업을 하는 날에도 이렇게 꽃다발을 건넬수 있다는 건 조금 의외였다. 그래서 리디아의 목소리는 조금은 퉁명스럽게 나갔다.

"진짜로 시비 걸러 온 거라면 나가."

"기껏 축하해 주러 왔더니."

"네가 축하해 주러 왔다고? 네가?"

리디아는 저보다 한 뼘 정도 큰 아드리안을 미심쩍은 얼굴로 보았다. 아드리안은 선선하게 웃으며 말을 이었다.

"겸사겸사 학생 대표가 되지 못한 여한도 풀고."

"그럴 줄 알았어."

"그리고."

아드리안은 갑자기 말을 골랐다. 순간 그의 뺨이 조금 붉어졌다. 리디아는 얼굴을 살짝 찡그렸다. 설마 지금 학생 강당 뒤에서…….

그렇게 생각할 때였다.

"야! 밖에 봤어?"

갑자기 두 남녀의 분위기를 깨고 누군가가 뒤편으로 들어왔다. 조용하게 제 할 일에 집중하고 있던 이들의 고개가 삽시에 돌아갔다. 아드리안은 자신의 말이 잘렸다는 사실에 은근히 기분이 나쁜 듯했지만 그렇다고 굳이 티를 내지는 않았다. 그러나 갑자기 문을 열고 들어온 학생이 입을 열자마자 그도, 그의 맞은편에 있던 리디아도 눈을 크게 떴다.

"여왕 폐하께서 오셨어!"

"뭐?"

"그리고 이디에트 공작 각하도!"

순간 방에 있던 이들이 놀란 얼굴을 했다. 왕립학교도 아닌 사립학교에, 그것도 평민들도 다닐 수 있는 사립학교의 1기 졸업식에 여왕이 왔다고? 그저 첫 번째 졸업생들이라는 사실에 자부심을 갖고 있던 학생들은 이제 거의 까무러칠 듯이 굴었다.

리디아는 입을 딱 벌렸다. 그녀는 저도 모르게 자신의 맞은편에 있는 아드리안에게 고개를 돌렸다. 그 또한 꽤 경악한 듯싶었다. 아무리 후작가의 영식이라 왕실 행사에 종종 참여한다고 하나, 여왕이 직접 졸업식에 행차한 것은 그로서도 놀랄 만한 일이었다.

"이디에트 공작도 모자라 폐하께서 행차를 하셨다니."

리디아는 모르겠지만 바첼론의 왕은 왕립학교의 건립 주년 기념일에만 참석을 하는 것이 보통이었다. 심지어 이디에트 공작은 그마저도 관심이 없으므로, 겨우 아이들의 졸업식에 이 바첼론 권력의 정점 둘이 얼굴을 비춘다는 것은 사실 거의 기적이나 다름이 없었다.

그러나 조금 생각에 빠져 있던 리디아는 바로 이 상황을 만든 게 누군지 깨달았다. 그리고 그녀가 자신의 추측을 입 밖에 내기도 전, 갑자기 교수 한 명이 들어왔다.

"이제 졸업식을 시작하니 모든 학생 대표들은 준비해 주십시오."

"알겠습니다."

"특히 오늘은 여왕 폐하와 이디에트 공작 각하, 그리고 이사장님도 자리를 해 주셨으니 자신의 모습을 단정히 하는 것을 잊지 마시고요."

말을 마친 교수가 방을 나갔다. 곧 자리에 있던 몇몇 학생들이 분분히 일어났다. 그것을 보는데 갑자기 아드리안이 그녀의 어깨를 톡톡 쳤다. 툭툭도 아니고 톡톡. 그 조심스러운 손길에 리디아가 살짝 고개를 갸웃하는데,

아드리안이 입을 열었다.

"잘해."

네가 그렇게 말하지 않아도 잘하겠다고 대꾸할까 하던 리디아는 잠시 입을 꼭 다물었다. 굳이 마지막 졸업까지 그럴 필요는 없었다. 그래서 그녀는 그저 가벼이 미소 지었다.

"그래, 고마워. 이 꽃다발도."

아드리안은 그녀의 모습에 멈칫하다가 고개를 휙 돌렸다. 그의 얼굴이 살짝 붉게 물들어 있었다.

* * *

"직접 발걸음을 해 주실 줄은 몰랐습니다. 그야말로 영광스럽기 그지없군요. 폐하."

하나도 영광스럽지 않은 얼굴로 말하는 비비안을 향해 위그의 어이없는 얼굴이 비쳤다. 며칠 동안 한마디도 없다가 어제저녁 갑자기 졸업식에 참석하라고 명령 아닌 명령을 받은 그는 덕분에 오늘로 예정되어 있던 거래상과의 만남도 미루고 예델로 왔다. 그러나 그와 달리 크리스티나는 꽤 오래전부터 이 졸업식에 참석하려고 준비하고 있었던 듯 평온하게 비비안의 인사를 받고 있었다. 여왕의 갑작스러운 왕림에도 예델 사립학교의 모든 학생과 교수들은 당황하지 않은 채 그저 예를 취하고 있었다. 그때 크리스티나가 은은하게 미소를 띤 얼굴로 입을 열었다.

"오늘 졸업하는 이들 대부분 짐의 바첼론을 위해 힘써 줄 인재들인데 짐이 발걸음을 하지 않을 이유가 없지."

그런 것치고 왕립학교의 졸업식에는 걸음을 하지 않았지만.

"역시 폐하께서는 영명하십니다. 이리로 드시지요."

비비안이 옆으로 물러서자 그녀의 옆에 있던 교장이 여왕에게 예를 취했다.

곧 긴 레드 카펫의 양쪽으로 물러선 기사들의 호위하에 크리스티나가 강당의 안쪽으로 걸음을 옮겼다. 길고 우아한 드레스 자락이 원을 그리면서 천천히 사라지고 그 뒤를 따르던 세실리아 또한 양산을 거두고 걸음을 옮겼다. 비비안은 굳이 그 뒤를 따라가지 않았다. 어차피 이제 여왕의 옆에 그녀의 자리가 마련되면, 그때 할 말은 많았기 때문이었다. 그리고 그녀는 굳이 여왕에게 학교를 설명해 주고 졸업식의 상황을 알리는 시간까지 끼고 싶지는 않았다. 그렇게 생각하며 그녀가 뒤로 한 걸음 물러서는데, 갑자기 익숙한 목소리가 들려왔다.

"폐하도 초대했을 줄은 몰랐군."

"같이 안 들어갔어?"

"어차피 여왕 폐하에게 눈길이 모여 있을 텐데 나까지 들어가 뭐 하려고. 이제 느긋하게 당신과 들어가면 된다."

어딜 가나 본능적으로 시선을 받을 수밖에 없는 위그는 마침 여왕의 존재로 꽤 오랜만에 주목하에 놓이는 시끄러운 상황을 감내하지 않아도 되었다. 그것이 무척 기쁜지 그의 얼굴에는 약간의 후련함까지 보였다.

비비안은 그런 위그를 힐끔 보고는 살짝 고개를 들었다. 무엇인가를 찾는 듯한 그녀의 모습에 위그가 의아한 얼굴을 했다.

"누굴 찾는 것인가?"

"언니."

"당신 언니가 온다고?"

위그는 진심으로 놀란 듯했다. 그도 그럴 것이 카트린은 딱히 이런 학교의 졸업식과는 연이 없어 보였기 때문이었다. 그러나 비비안은 대수롭지 않게 고개를 끄덕였다.

"응. 아리아와 함께 오라고 했어."

"아, 아리아가 보고 싶어 하는 것이었나?"

"단순히 보고 싶은 것보다, 내년에 아리아가 입학을 할 예정이거든."

순간 위그가 멈칫했다. 그러고 보니 아리아도 벌써 열다섯 살이다. 아이가 크는 것이야 당연하다고 생각한 데다가 꽤 자주 로젤리스의 저택을 방문하면서 아리아가 크는 것을 봐 왔기 때문에 그는 새삼스럽게 아리아가 벌써 학교에 입학할 나이가 된다는 사실을 상기했다.

"그렇군. 내년 이맘때면 어엿한 학생이 되어 있겠군."

"왜, 아쉬워? 딸이 크는 걸 보는 기분이야?"

"조금?"

농담으로 한 말이었지만 정작 위그는 부정을 하지 않았다. 다 큰 여자아이가 나이를 먹어 가는 것을 보는 것과 쪼끄만 어린아이가 사춘기에 접어들고 이제는 학교에 입학하는 것을 보는 것은 엄연히 느낌이 달랐다. 그의 대답에 조금 놀란 듯 비비안이 고개를 돌려 그를 응시했다. 그에 위그가 덩달아 고개를 돌렸다.

"왜 그렇게 보나?"

"아니, 그저 아이는 다 컸는데 우리 둘은 정말 변하지 않는다 싶어서."

"아이야 클 나이고 우리는 늙어 갈 나이니."

"늙기는 뭘 늙어. 나는 이제 겨우 서른이야."

"보통 서른 살은 크다고 표현하지는 않지."

"그래도 나는 늙지 않았어. 나는, 영원히 젊을 거야."

"나이에 신경을 쓰는 부류로는 안 보였는데."

"그렇긴 하지만 그래도 젊다는 건 좋은 거니까. 일단 아직도 꽤 오랜 시간이 남은 것 같잖아. 인간의 수명이 사람마다 다르다는 걸 감안하더라도, 대부분의 사람들은 자신이 늙어 죽을 것이라고 생각하니까."

"당신도 그럴 것이다."

비비안은 요사스럽게 눈을 접으며 웃었다. 그 모습에 밴 본능적인 오만함이 당연하다고 말하고 있는 것 같았다. 그러나 위그는 왠지 모르게 그녀가 대답을 하지 않는 것이 걸리는 듯 그녀의 팔을 잡았다.

"쓰읍."

그에 비비안이 습관처럼 얼굴을 팍 찌푸렸다. 그러나 예전이었다면 바로 손을 놓았을 위그는 금방 손을 놓지 않았다. 비비안이 왜 이러냐는 듯이 고개를 돌렸으나 위그의 표정을 보고는 다시 유하게 표정을 갈무리한 뒤 입을 열었다.

"왜 그런 얼굴이야?"

위그의 얼굴은 상당히 굳어 있었다. 비비안이 장난스러운 얼굴을 해서 그런지 그의 표정은 유달리 엄숙해 보였다. 그는 비비안의 눈동자를 빤히 응시했다. 시리도록 파란 눈동자 속을 그는 아직도 알 수 없었다. 그러나 그저 그것이 비비안의 것이라는 이유만으로도 그는 그것을 사랑했다.

"나는 오래 살 거다."

"그래서?"

"그러니 당신도 오래 살아."

"나랑 같이 늙어 죽으려고?"

"당신이 있어야 내 인생이 재미있으니까. 당신은 내 적을 전부 제거했어. 당신마저도 없으면 나는 누구랑 싸우면서 살지?"

"……."

"그러니까 책임져."

말을 마친 위그가 손을 내려놓았다. 그 순간 비비안이 팔짱을 꼈다. 졸업식에 참가하기 위해 아침부터 정성스럽게 틀어 올린 연회색 머리카락 몇 가닥이 살짝 얼굴 옆으로 흘러내렸다. 곱게 화장을 한 얼굴 위로 득의양양한 미소가 흘렀다. 그리고 곧, 그녀가 입을 열었다.

"참신한 이유네."

"그렇지."

"하지만 기각하겠어."

"비비안 로젤리스."

"내가 사는 이유는 당신 상대가 되기 위해서가 아니거든."

위그는 비비안의 말에 멈칫했다. 그러나 그는 왠지 모르게 조금 안심한 얼굴을 했다. 비비안은 그를 응시하다가 갑자기 조금 어이없다는 웃음을 흘렸다.

"그런데 당신 예전에 나보다 더 오래 살겠다고 하지 않았어? 이제 와서 나더러 더 오래 살라는 말을 하는 거야?"

"아니, 그건 아니었어. 그냥 당신이 먼저 죽고 적게는 몇 분 뒤나 많게는 며칠 뒤 내가 죽는 시나리오를 생각하고 있었지."

"……."

순간 비비안의 얼굴을 일그러뜨렸다.

"당신은 가만 보면 좀 괘씸한 데가 있어."

"왜. 나는 오래 살 거다. 특히 당신보다 더 오래 살 거야."

"그리고 은근히 분위기 깨는 데가 있고."

"오래 살겠다는 게 당신에게 그렇게 괘씸하고 분위기 깨는 짓인가?"

"기왕이면 날 사랑한다고 하는 여자한테 목숨을 바치겠으니 나보다 더 오래 살라고 하는 게 더 로맨틱하다고 생각하지 않아?"

"글쎄, 그런 생각은 해 보지 않았어. 애초에 목숨을 바치고 싶지 않은 건 당신도 마찬가지잖나."

"하여튼 나와 똑같이 글러 먹은 데가 있어. 그래서 내가 사랑하지만."

위그는 이제 비비안의 사랑한다는 말에 꽤 면역이 되어 있는 자신을 발견했다. 그래, 비비안 로젤리스는 그를 사랑한다. 그리고 위그 이디에트 또한 그녀를 사랑한다. 그럼에도 불구하고 두 사람은 서로를 위해 생명을 바치지 않을 것이었다. 그리고 그는 무조건적으로 그녀보다 더 오래 살 것이었다.

'내가 먼저 죽으면 당신은 결국 무덤을 하나 더 안고 가야 하니까.'

이것은 그녀가 그를 사랑한다는 말을 내뱉기 전에도 그가 결심했던 것이었다. 그리고 그녀가 그를 사랑한다고 하는 순간, 그리고 그의 앞에서 로건을 죽여 버린 순간 더욱더 굳어진 생각이었다. 그는 비비안 로젤리스를 사랑해서, 더 이상 그녀의 인생에 누군가가 하나 더 죽기를 바라지 않았다. 그녀는 결코 홀로 이 세상에 남아서는 안 된다. 그것은 그녀가 원해서라기보다는, 그가 원하는 것이었다.

* * *

졸업식은 성대하게 치러졌다.

크리스티나의 왕림은 순식간에 졸업식의 '격'을 한층 더 끌어 올리는 기능을 했고, 덕분에 예델 사립학교의 졸업식은 못해도 역사에 한 줄 정도는 남길 주목을 끌었다.

학생 대표 중에서도 가장 클라이맥스 부분에 순서가 배치된 리디아는 조금 떠는 듯했으나 그래도 상당히 훌륭한 수준의 발언을 완성했고, 교장의 '졸업을 축하한다'는 말이 끝나자마자 강단은 바로 환호로 가득 찼다.

이 순간만큼은 귀족이고 평민이고 할 것 없이 졸업의 기쁨을 느꼈다. 학교라는 것은 이렇게나 미묘한 것이어서, 수업을 받을 때는 빨리 벗어나고 싶어 하루하루 시간을 세도 정작 졸업식이 끝나고 나면 제 나름대로 우수에 젖는 곳이었다. 그리고 리디아도 예외는 아닌지라, 졸업식의 마지막 절차가 끝난 뒤 강당의 뒤편에서 나온 그녀는 자신의 앞에 서 있는 부모님을 보고 저도 모르게 울먹거렸다.

"졸업 축하한다."

그들은 처음에 리디아가 예델 사립학교에 입학하는 것을 그닥 달가워하지 않았다. 그러나 결국 수석 졸업은 물론이요 수많은 귀족 자제들을 제치고 발언 기회를 가진 딸을 자랑스러워하지 않을 이유가 없었다. 그리고 세른 부부의 뒤에는 바로 리디아와 이웃인 토미 아저씨 일가가 있었다. 참고로 리디아가 예델에 입학한 뒤 한때 그녀와 혼담이 오갔던 토미 아저씨의 셋째 아들은 꽃집을 하는 참한 여자아이와 결혼했었다.

부모의 품에서 눈물을 찔끔찔끔 짜내던 리디아가 고개를 들었다. 그리고 그녀는 시야에 들어오는 세믄 교수를 보면서 활짝 웃었다.

"삼촌."

"졸업 축하한다."

세믄 교수의 등장에 주변에 있던 교수들과 사람들이 인사를 건넸다. 리디아는 세믄 교수의 축하를 건네받고 활짝 웃었다. 그렇게 다들 기쁨에 차 있는데, 굽 높은 하이힐 소리가 딸깍 들리더니, 이내 우아한 여자의 목소리가 들려왔다.

"졸업 축하해요."

"단주님."

엄연히 말하자면 학교에서 비비안의 지위는 이사장이었으나 그녀는 굳이 학교에서 이사장이라거나 창립자로서의 신분을 내세우지 않았다. 자신은 교육 계통의 일에 잘 모르니 손을 대지 않는 것만큼 굳이 관여를 할 생각이 없다는 것이었다. 그래서 졸업식에서 원래라면 있어야 할 이사장의 발언 절차도 비비안은 거절했다.

"벌써 졸업이라니. 제가 리디아 양을 면접한 게 어제 같은데 말이죠. 게다가 이렇게 훌륭한 성적을 내 앞에 가져올 줄이야."

비비안이 등장하자 순식간에 리디아의 부모는 물론이요 주변에 자신의 아이를 보러 온 귀족들과 상인들마저 긴장한 티를 냈다. 평민의 경우 대부분 상단으로서 로튼의 가치를 알아서이고, 귀족의 경우……

"그런데 이렇게 여기 있어도 되나요? 저, 폐하와 이디에트 공작 각하는……"

리디아는 힐끔 비비안의 뒤를 보았다. 그러나 크리스티나는 이미 사라진 뒤였다. 위그는 이미 졸업식에 참석하러 온 귀족들에게 겹겹이 포위되어 있어 딱히 이쪽으로 신경을 쓸 새는 없어 보였다. 다만 얼굴에 귀찮음과 짜증을 잔뜩 쓰고 있는 것을 보아하니 그 또한 빠르게 이 자리를 벗어날 것 같아 보였지만.

'그저 상징적으로 졸업식에 와 얼굴만 비추신 건가.'

리디아는 속으로 중얼거렸다. 굳이 여왕이 이곳으로 와야 하는 이유 따위는 없지만 비비안이 원했다면 말이 달라진다. 그녀는 예전에 바로데에서 크리스티나를 만난 기억을 더듬어 보았다. 아무래도 비비안과 위그, 여왕 사이에는 그녀로서는 상상도 할 수 없는 어떤 관계가 있는 것 같았다.

비비안은 리디아의 안색에서 이미 그녀의 뜻을 읽어 낸 듯했다. 그녀는 조금 전부터 자신의 뒤에 서 있는 클로에를 향해 눈짓했다. 클로에가 고개를 끄덕이더니 품에 안고 있던 커다란 꽃다발을 리디아에게 건넸다. 그것을 받아 들며 리디아가 웃었다.

"감사합니다."

"졸업 선물은 며칠 뒤에 도착할 거예요."

"네?"

그녀가 꽃다발을 받아 들 무렵이었다. 비비안이 갑자기 그녀의 귀에 가볍게 속삭였다.

"꽤 괜찮은 걸로 준비했으니까 즐겁게 받았으면 좋겠어요."

말을 마친 비비안은 마치 자신이 아무런 말도 하지 않았다는 듯이 뒤로 물러섰다. 그때 귀족들의 격렬한 인사 속에서 드디어 몸을 뺀 위그가 비비안에게 다가왔다. 리디아의 옆에 있던 세믄 교수가 위그를 향해 인사를 했다. 그것을 눈짓으로 받던 위그가 비비안의 옆으로 다가와 입을 열었다.

"당신 언니가 온 것 같은데."

"어머, 벌써?"

"저기 입구 쪽에."

"진짜네. 이렇게 빨리 올 줄은 몰랐는데."

리디아는 조금 신기한 눈빛으로 비비안과 위그를 보았다. 이혼을 한 뒤에도 종종 두 사람이 함께한다는 소문을 들었을 때는 그것이 사실이 아니라고 생각했는데 현재 비비안과 위그의 관계는 놀랍게도 예전에 그녀가 바로데의 별장에서 본 것과 별반 다를 바 없어 보였다. 심지어 두 사람의 관계에 놀란 이는 그녀 혼자뿐만이 아닌지, 위그가 비비안의 옆에 다가가자 주변의 귀족들이 티 나지 않게 조금씩 경악한 얼굴을 했다.

그러나 이 모든 것들이 그녀와 상관없다는 듯 비비안은 여유롭게 웃으면서 뒤로 물러났다.

"그럼 다음에 뵙죠. 그리고 다시 한번 졸업 축하해요."

말을 마친 비비안이 세믄 교수에게 의미심장한 눈빛을 한 뒤 걸음을 옮겼다. 그리고 그녀가 자리를 뜨자마자, 세믄 교수가 입을 열었다. 다만 이번 그의 말이 향한 곳은 위그였다.

"여전하시군요."

"비비 말인가?"

"두 분 말입니다."

세믄 교수의 말에 위그가 피식 웃었다.

"여전하지 않을 리 없지. 사랑하지 않아서 이혼한 게 아니니까."

리디아는 약간 과한 정보량에 눈을 깜박거렸다. 그러나 이미 유언장 문제 때부터 어느 정도 짐작을 했던 사실이어서 그녀는 더 묻지는 않았다. 이 몇 년간 학교에서 인간관계에 대해 배운 게 있다면, 자신과 상관이 없는 문제에는 말을 더 얹지 않는다는 것이었다. 그래서 그녀가 침묵하고 서 있는데, 갑자기 발걸음을 옮기려던 위그가 입을 열었다.

"아, 세믄, 졸업 축하한다."

"어, 네? 아, 네. 감사합니다."

위그가 이런 말을 내뱉을 줄은 몰랐는지 리디아가 조금 놀란 얼굴을 했다. 그러다 그녀는 곧바로 예를 취했다. 곧 위그가 걸음을 옮겨 비비안의 뒤를 따라갔다.

리디아는 조금 새삼스러운 얼굴이 되어 그 뒷모습을 응시했다. 그녀는 한때 비비안과 위그의 관계를 꽤 고깝게 보았던 적이 있었다. 아니, 정확히 말하자면 위그를 일방적으로 고깝게 보았던 적이 있었다. 그도 그럴 것이 그녀의 눈에 비비안은 그야말로 그녀가 숭배하는 인간 그 자체였고, 위그의 행적은 비비안의 앞길을 막는 것처럼 보였기 때문이었다.

그러나 그녀는 왠지 모르게 자신의 생각이 틀렸다고 생각했다.

"역시, 세상에는 내가 모르는 게 너무 많아."

그렇게 중얼거리던 리디아는 자신에게 말을 걸어오는 다른 학생을 향해 웃음을 흘렸다. 어찌 되었든 시간은 흐르고, 그녀는 졸업했다. 그리고 이것은 그녀에게 또 다른 시작을 예고했다.

그리고 며칠 뒤, 리디아는 여왕의 사인이 있는 임명장을 받았다.

* * *

"여왕의 보좌관?"

"임시 명의일 뿐이야. 그래야 리디아 양이 정당하게 왕실에 드나들 수 있는 자격을 얻지 않겠어? 게다가 여왕의 보좌관은 그 어떤 이들에게도 없는 특권을 누릴 수 있지."

"귀족원 회의 기록 제작 말인가?"

"그래. 귀족원의 회의에 참석하기에는 꽤 적절한 핑계 아닌가?"

따뜻한 여름의 햇살이 비스듬히 흘러들어 오는 방 안. 오랜만에 이디에트 공작가를 찾은 비비안은 위그로서는 다소 의외인 소식을 들고 왔다.

예약도 없이 바로 이디에트 공작가로 방문을 한 것이지만 그 누구도 그녀를 저지하지 않았다. 집사는 익숙한 듯이 그녀를 위그의 집무실로 안내했고, 켄슨 부인은 누구보다도 그녀를 열성적으로 맞이하며 저녁 식사를 준비하겠다고 일렀다. 덕분에 일말의 저애도 없이 당당하게 위그의 집무실을 쳐들어온 비비안 때문에 위그는 급하게 처리해야 할 서류를 그냥 한쪽으로 밀쳐 버렸다. 어차피 바쁘다고 해도 비비안은 내 일도 아닌데 내가 왜 신경 써야 하냐며 할 게 뻔했기 때문이었다. 그리고 어차피 일 같은 거야 조금 늦게 자면 처리할 수 있었다.

비비안이 온 이상 늦게 자는 것도 어려울 것 같지만.

"원래는 졸업 뒤에 당신의 변호사로 쓰려고 하지 않았나?"

"뭐, 졸업 뒤 변호사가 되려면 자격증 시험이 기다리고 있으니, 자격증 시험 준비를 하면서 많은 경험을 하는 것도 괜찮지 않아?"

"보통 여왕의 보좌관을 하면서 경험을 쌓지는 않지."

그야말로 비비안 로젤리스만이 생각할 수 있는 것이었다. 여왕의 보좌관실은 대부분 귀족 자제들이 호시탐탐 노리는 직무였다. 특히 가문을 이을 일이 없는 귀족 자제들은 어떻게 해서든 왕을 보좌하기 위해 안간힘을 다썼다. 한동안 왕이 침상에 드러누워 태자의 보좌관실이 꽤 시끌했다는 사실을 상기하자면, 리디아는 졸업과 동시에 다른 이들과 차원이 다른 기회를 얻은 것이었다.

그러나 위그는 자신의 감상을 섣불리 내뱉지 못했다. 왕의 보좌관이 리디아 세믄의 인생길에, 특히 훗날 대법원으로 들어갈 때 이력서를 빛내 주는 가장 대단한 경험이 된다고 해도, 왠지 모르게 비비안이 이렇게 빨리 리디아를 크리스티나와 가까운 곳에 두려고 하는 것이 단순히 리디아를 아껴서는 아니라고 생각되었기 때문이었다.

그는 결국 손에 들린 펜을 놓았다. 그에 켄슨 부인이 내온 차를 조용하게 마시던 비비안이 고개를 들었다. 그녀는 자신을 조용하게 보고 있는 위그를 발견하고 고개를 갸웃거렸다.

"왜 그렇게 봐?"

"저번부터 생각했는데. 무슨 의도야?"

비비안은 눈을 동그랗게 떴다. 그러나 그것도 잠시, 그녀가 새물새물 웃으며 나른하게 쿠션에 기댔다.

"이런, 우리 남, 아니, 우리 전 남편은 참으로 의심도 많아."

"의심이라니."

"리디아 세믄은 내가 손수 후원해서 만든 인재야. 그야말로 세상에서 가장 훌륭한 사람으로 키워 내고 싶은 거지, 뭐 문제라도 있어?"

"그렇다고 해도, 당신이 지금 조급하게 움직이고 있다는 생각은 안 드나?"

"조급?"

"마치, 당장에라도 상속권과 재산권을 갖고 싶은 사람처럼 굴잖나."

"무슨 일이든 빠르게 처리하는 게 좋다는 걸 모르는 것도 아니고."

그러나 비비안의 여유롭고 평온한 목소리에도 위그는 차마 안심할 수 없었다. 그는 언제나 비비안이 어떤 일을 벌일 때면 불안해했다. 그리고 그것이 설사 그를 상대로 꾸미는 일이 아니더라도 그를 약간의 불안 정서에 휩쓸리게 했다. 그는 그녀의 성정을 잘 알았다. 무엇을 원하는 게 있다면, 자신을 불태워서라도 손에 넣을 여자였다.

그는 길게 한숨을 쉬었다. 곧 그가 자리에서 일어나 소파로 다가갔다. 자연스럽게 비비안의 옆에 앉은 그가 입을 열었다.

"그래서, 리디아는 어떤 반응이지?"

"충격 먹은 것 같더라고……. 세믄 교수가 말해 주었어."

"나라도 충격 먹겠군. 졸업과 동시에 여왕의 옆에서 보좌라니. 장담하건대 그 아이의 모든 인생을 통틀어 최근 3년만큼 파란만장한 적도 없을 거야."

"그리고 그 파란만장 속에 당신도 한몫했음을 잊지 마."

그녀에게 수면제를 먹이고 리디아와 독대해 유언장을 확인한 일을 말하는 것이었다.

그러나 비비안의 장난스러운 어조와 달리 위그의 얼굴은 그닥 좋지 못했다.

그 사건 이후로 그는 더욱더 적나라하게 비비안의 집념을 보았기 때문이었다. 그렇다고 뭐라 잔소리를 해 봤자 듣지도 않을 것이 분명했기에 결국 위그는 말없이 팔을 뻗었다. 그리고 곧, 위그가 비비안을 살짝 잡아당겨 자신의 품에 안았다.

비비안은 꽤 순순하게 당겨졌다. 그녀는 익숙한 듯 위그의 품에 살짝 머리를 기대고 눈을 감았다. 방 안에 정적이 맴돌았다. 약간의 시간이 흐르고 위그가 입을 열었다.

"영원히 이랬으면 좋겠군."

"어땠으면 좋겠는데?"

"그냥. 이렇게."

"당신은 꿈도 소박해."

"이디에트 공작저에 자주 들를 생각은 없나? 내 방으로 올라올 때 아무런 방해도 없었던 걸 보면 집사와 시녀장도 꽤 당신을 환영하는 것 같던데."

"주인인 당신이 나를 환영하니 그러는 것이지."

"내가 당신을 환영하나?"

"아니야?"

위그는 순간 멈칫했다. 그러나 그는 바로 웃었다.

"어디 환영뿐일까."

그래, 어디 환영뿐일까.

사실 위그 이디에트는 세상에서 이미 만들어진 규칙에 어긋나는 것을 꽤 싫어하는 사람이었다. 이 바첼론에서 그만큼 보수적인 귀족도 없을 것이었다. 애초에 바첼론에 존재하는 모든 제도와 룰은 그를 위해 만들어지고 그가 만들어 가고 있다고 해도 과언이 아닐 정도로 그야말로 위그 이디에트에게 유리한 것이었다. 실제로 현재로서도 위그는 가급적이면 기존의 질서를 유지하려고 하는 이였다. 그것이 이디에트의 수장으로서 그의 이익을 보호하는 길이었다.

그럼에도 불구하고 비비안 로젤리스를 만나게 되면 모든 것이 부서진다. 평민과 결혼하고 이혼하고, 귀족가의 수장으로서 후계자는커녕 안주인도 들일 생각도 없는 그의 모든 행동은 아마 과거의 위그 이디에트가 보았다면 그야말로 경멸을 했을 것이었다. 그리고 실제로 그는 현재 이러한 행동이 그닥 이상적이지 않다고 생각했다. 귀족은 후손을 이어 가문을 번영시킬 의무가 있다. 하지만…….

"뭐, 룰은 부수라고 있는 거니까."

"뭐?"

"우리는 이혼하기를 잘한 것 같아."

순간 비비안이 헛웃음을 쳤다. 그녀의 얼굴에 은근한 조소가 비쳤다. 그녀는 무슨 그리 당연한 말을 하느냐는 듯이 입을 열었다.

"당연한 거 아니야? 우리가 이혼을 하지 않았더라면 이렇게 평화롭게 함께 있을 수 있을 거 같아?"

"사실, 다른 방법을 생각해 보지 않은 건 아니야. 2년을 주기로 결혼과 이혼을 반복하면 되지 않을까 하는 생각도 해 보았지."

위그의 말이 끝나자마자 비비안이 한숨을 푹 쉬며 몸을 일으켰다. 그녀는 위그를 응시하며 '어쩜 이렇게 한심한 인간이 있을까'를 고민하는 인간처럼 입을 열었다.

"다른 사람이라면 몰라도 우리 둘은 안 돼, 오가는 재산이 워낙에 많아야지. 그리고, 당신이 2년 주기로 순순히 이혼해 줄 줄 누가 알아? 목줄이 있다고 해도 결국 시간이 지나면 당신도 무뎌질 거야."

"그래, 그렇게 생각할 것 같아서 결국 이혼했지."

위그 이디에트는 비비안 로젤리스를 잘 알았다. 그래서 이혼했다. 이혼했기 때문에 두 사람은 꽤 평화롭게 서로를 사랑할 수 있었다.

"그래서 다행이라고 생각한다. 우리는 더 이상 싸우지 않아도 되잖아."

그러나 위그의 말에 조용하게 헝클어진 머리를 정리하던 비비안의 손길이 멈칫했다가 다시 여유롭게 움직였다. 그사이의 약간의 정지를 눈치챈 위그의 눈길이 살짝 날카로워졌다. 그리고 그 순간, 그가 살짝 허리를 세웠다.

"설마, 내가 모르는 사이에 우리 둘이 또 싸우고 있었……."

"위그."

그러나 위그의 목소리 위로 비비안의 다정한 음색이 덮여 왔다. 그리고 곧, 그녀가 다시 간드러지는 목소리로 읊조렸다.

"사랑해."

이제 위그는 그 말에 놀라지 않았다. 그 말이 진심이 아니라고 생각해서 놀라지 않은 게 아니라, 그녀가 진심이라는 것을 알아도 놀라지 않는 상황에 이른 것이었다. 비비안은 사랑하는 사람에게 언제든지 칼을 꽂아 넣을 수 있는 사람이었다. 그녀가 지금 이 순간 무엇을 생각하는지 그로서는 알 수 없었다. 다만 그가 할 수 있는 것은 경계뿐이었다.

정말이지.

"역시, 우리는 서로를 만나지 않으면 더 행복해질 것 같다."

그것은 진심이었다. 그러나 동시에 살짝 고개를 숙여 비비안에게 키스를 하는 것 또한 진심이었다. 비비안은 웃으면서 그의 입맞춤을 거부하지 않았다. 달큰한 체향이 섞여 그녀에게 완전히 쏟아졌다. 그녀가 좋아하는 그의 향수 향과 짙은 사내의 향. 위그는 비비안의 허리를 감싸 쥐었다. 팔에 살짝 힘을 주자, 비비안의 등이 그대로 소파에 닿았다.

곧 소파에 우아한 연회색 머리카락이 펼쳐졌다. 새하얗고 정교한 얼굴 위로 진득한 미소가 서렸다. 그 지독하리만치 고혹적인 미소 위로 그의 몸이 완전히 쏟아졌다. 가느다란 그녀의 팔이 그의 목을 감쌌다. 얇은 하얀 셔츠의 깃을 잡아 쥐며 그녀는 아래로 향한 다리를 살짝 들어 그의 몸을 휘감았다. 그 순간, 열기 서린 공기 속에서 키스를 퍼붓던 그가 천천히 입을 뗐다. 곧 그의 굵직한 손가락이 그녀의 반들반들한 그녀의 입술을 쓸어내렸다. 키스의 열기에 잔뜩 잠긴 목소리가 집무실에 가득 찼다.

"그래도, 당신을 만나서 다행이야."

"행복해지고 싶은 욕심은 없어?"

"그래, 행복과 비비안 로젤리스 사이에서 하나를 선택하라고 하면 당연히 후자야."

위그의 대답에 비비안이 나른하고 유혹적으로 웃었다. 그녀는 그의 목에 건 팔에 살짝 힘을 주어 그를 잡아당겼다. 그리고 곧, 작게 속삭였다.

"그럼 나는 애초에 행복을 가질 수가 없으니."

"……."

"위그 이디에트라도 가져야겠어."

말이 끝나자마자 이번에는 그녀가 고개를 살짝 들었다. 위그는 그녀의 뒤통수를 감싸고 눈을 감았다. 곧 방 안이 다시 열기로 가득 찼다.

* * *

비비안이 깨어난 것은 따뜻한 여름날의 저녁 바람이 방 안에 스며들 무렵이었다.

눈을 떠 보니 드리워진 캐노피 사이로 달빛이 비스듬히 들어와 얼굴을 비추고 있었다. 여름날이라 그런지 몸이 살짝 젖어 있었다. 평소라면 신경질적으로 일어나 캐노피를 닫고 다시 잠들었을 그녀였지만, 옆에 누군가가 있다는 사실을 또렷하게 인지하자 일어나 다시 잠에 들려고 하는 대신, 그녀는 한동안 그렇게 가만히 누워 있었다.

그 누군가는 더 볼 것도 없이 위그였다. 이혼한 뒤 당연히 결혼 전과 마찬가지의 삶을 이어 갈 것이라고 사람들이 수군댄 것과 달리 비비안은 놀랍게도 위그를 제외한 다른 남자에게 제 옆을 내주지 않았다. 딱히 무엇인가 꺼림칙한 게 있다거나 하는 이유는 아니었다. 답지 않게 끝까지 결혼할 생각도, 그렇다고 정부를 맞이할 생각이 없는 듯한 위그에게 맞춰 주는 것도 아니었고, 그저 굳이 더 찾을 생각을 하지 않았다.

그래, 그것은 아주 자연스럽고 정상적인 선택이었다. 너무 당연하게도 그녀의 옆에는 위그 이디에트를 제외하고 아무도 없다. 구태여 더 찾을 이유가 없었다. 이제 그녀는 자신의 옆에 있을 남자를 찾으면서 어떤 이유를 대지 않았다. 위그 이디에트면 되었다.

비비안은 마치 자신이 도망이라도 갈세라 자신의 몸 위를 단단하게 누르고 있는 팔을 힐끔 보았다. 그녀의 가느다랗고 여리여리한 팔과는 애초에 모양새부터 달랐다. 이것 때문에 깨어난 것은 아니었지만 답답한 것은 사실이었다. 그녀는 한숨을 푹 쉬고 결국 그의 팔을 잡아 옆으로 밀어 냈다. 그 기척에 위그가 뒤척거렸다.

"……깨어났어?"

잠에 잠긴 위그의 목소리를 비비안은 꽤 좋아했다. 섹시했기 때문이었다. 수많은 남자들과 잠기운에 젖은 대화를 해 보았지만 위그 이디에트만큼 목소리가 좋은 남자는 없었다. 그것은 그녀가 그를 사랑하지 않는다고 생각을 해도, 결과적으로 인정할 수밖에 없는 사실이었다.

"그래, 깼어. 누구의 팔이 너무 무거워서 말이지."

"누구?"

위그는 잠시 멍한 얼굴로 그녀를 보다가 곧 그녀가 무엇을 말하는지 깨닫고 한숨을 푹 쉬었다. 비비안은 코앞에서 느껴지는 그의 숨결에 피식 웃었다.

"이거야 원, 불편해서 어디 같이 자겠나."

"그 정도 무게도 감당 못 하나?"

"결혼 초기에 내가 이불 빼앗는 걸로 당신 엄청 쪼잔하게 굴었던 것 알아?"

"그 이야기가 지금 왜 나오는 건데."

"그 정도 추위도 감당 못 해?"

위그는 굳이 침대 위에서 잠에 취해서까지 비비안과 설전을 벌이고 싶지는 않은 듯 고개를 절레절레 저었다. 비비안은 위그를 빤히 응시하다가 입을 열었다.

"목말라. 물 마실래."

결국 위그는 더 자는 것을 포기한 듯 침대에서 일어났다. 사실 비비안이 직접 일어나서 물을 가지러 가도 괜찮으나 그녀가 아프기 시작한 뒤로 위그는 비비안이 한번 침대에 올라 자기 시작하면 굳이 자잘한 일을 그녀 혼자 하게 내버려 두지 않았다. 침대에서 일어나 부근에 놓인 테이블에 있는 물을 따른 뒤 위그가 다시 침대로 다가왔다.

출렁거리며 꺼지는 침대에 비비안이 일어나려고 하자, 위그가 그녀의 허리를 받치며 그녀의 입에 물을 살짝 댔다.

"따뜻하네."

"자기 전에 집사더러 갈아 놓으라고 했어."

"그래?"

"게다가 저녁에 갑자기 일어나서 찬물을 마시는 건 몸에 좋지 않으니까. 더 뜨뜻한 걸로 원하면 시녀더러 데워 오라고 하지."

"필요 없어. 남의 집에서 하룻밤 얹혀 자는 주제에 무슨 복잡한 요구씩이나."

"당신답지 않군. 기왕 얹혀 자는 김에 본전은 다 빼고 가는 게 당신 아니었나?"

"얹혀 자는 걸 부정하지는 않는 거야?"

"사실이니까."

비비안은 그만 웃고 말았다.

"하긴, 당신이 우리 집에서 얹혀 자는 횟수와 비교해 보면 내가 지금 간식을 먹겠다고 요리사를 들들 볶아도 이디에트의 식솔들은 할 말이 없을 거야."

"배고픈가?"

장난스럽게 말을 내뱉었지만 정작 돌아온 물음은 꽤나 진지했다. 비비안은 살짝 미간을 찡그리고 고개를 저었다. 위그는 조심스럽게 그녀가 쿠션에 눕는 것을 도와주려고 했지만, 비비안이 입을 뗐다.

"쿠션을 등에 받쳐 줘."

"안 자나? 이제 겨우 새벽 3시쯤 된 것 같은데."

"잠이 안 와."

"……그래도 억지로 자는 습관이라도 들여."

"약이 있으면 잘 수 있을 것 같은데."

"안 돼. 이미 자기 전에 한 알 먹었잖나. 약효가 아직 있을 때니 누워서 잠을 청하면 또 잠이 올 거다."

그렇게 말하며 위그는 쿠션을 기어코 눕혀 놓았다. 비비안은 더 이상 반항하지 않았다. 이곳은 이디에트 공작저다. 새벽에 일어나 서재로 간다고 해도 그녀가 처리할 만한 서류나 문건은 없었다. 그녀는 자신이 평소에도 저녁에 일어나 종종 일을 한다는 사실을 위그에게 알릴까 하다가 입을 다물었다. 잔소리는 듣고 싶지 않았다. 그리고 위그도 알고 있을 것이 분명했다. 어떻게 알고 있는지 모르겠다. 그저 그라면 알 수 있을 것 같았다.

곧 그녀가 자리에 누웠다. 위그는 잔을 다시 내려놓고는 그녀의 옆에서 누운 뒤 팔에 머리를 기대고는 그녀를 내려다보았다. 비비안은 그의 행동에 어이없다는 듯이 헛웃음을 쳤다.

"당신은 안 자?"

"당신이 자는 것 보고. 어서 자. 내일 아침 일찍 출근해야 한다며."

비비안은 의외로 꽤 순순하게 눈을 감았다. 과연 위그의 말마따나 다시 잠을 청하자 약효가 들어 그런지 잠이 쏟아졌다. 곧 그녀의 등을 토닥토닥해 주던 위그는 고른 숨소리가 들리는 듯하자 조심스럽게 이불 안으로 몸을 밀어 넣었다. 그의 시선이 비비안의 정교한 얼굴에 닿았다. 새하얗고 예쁘장한 얼굴. 한때 그의 아내였던 여자. 그러나 평생 그의 아내가 될 수는 없는 여자. 그럼에도 그가 사랑하는 비비안 로젤리스.

그는 다시 잠을 청했다. 이윽고 이디에트의 공작의 방은 평온한 숨소리가 두 개 겹쳐져 고즈넉한 분위기에 접어들었다.

그리고 얼마나 시간이 흘렀을까…….

"헉."

비비안은 다시 눈을 떴다. 아무리 여름날이라도 해도 이디에트 가주의 방은 구조나 재료에 이런저런 조치를 취해 꽤 선선했다. 그럼에도 불구하고 비비안은 몸이 흠뻑 젖은 채 눈을 떴다. 순간 제 입에서 나간 깊고 짧은 숨소리 섞인 비명에 그녀는 그제야 자신이 왜 새벽녘에 조금 젖은 채 잠에서 깼는지 기억해 냈다.

그래, 악몽이었다.

비비안은 침을 꿀꺽 삼켰다. 온몸이 식은땀으로 잔뜩 채워져 기분이 나빴다. 그러나 더욱더 기분이 나쁜 것은, 악몽을 꾸긴 했는데 누구의 악몽인지 잘 기억이 나지 않는다는 것이었다. 과연 누구일까, 제이콥? 메이슨? 리암? 로건? 아니면 또 누가 있더라. 비비안은 새삼스럽게 악몽의 주인공이 될 만한 이가 너무 많다는 사실을 깨달았다. 심지어 라니사 블레이드까지 생각을 해 내다니, 그녀는 스스로의 기억력에 감탄했다.

하지만 그녀는 악몽의 주인공을 굳이 더 짚어 내지 않았다. 쓸모없는 일이었다. 대신 그녀는 살짝 몸을 돌려 자신의 옆에서 깊은 잠에 빠져 있는 위그를 응시했다. 다행이게도 그는 깨어나지 않았다. 비비안은 위그의 얼굴을 찬찬히 뜯어보았다. 정말 잘생겼다.

비비안은 가벼이 한숨을 쉬었다. 악몽을 꾸었다는 것을 인지하기가 무섭게 이번에는 약효로도 극복이 어려운 시간이 다가왔다. 그녀는 더 이상 잠을 잘 수 없었다. 그러나 그것이 딱히 화가 나지는 않았다. 인간이 이렇게 악몽에 시달리는 것도 능력이었다. 살면서 오죽이나 나쁜 짓을 많이 했으면.

'뭐, 그래도 당신은 내 꿈에 안 나타나네.'

위그와 마주해 눈을 깜박이고 있던 비비안은 그만 웃고 말았다. 사실 굳이 나쁜 짓이나 공격이라고 치자면 눈앞의 남자도 그녀에게 당한 게 어지간히 많았다. 이혼 뒤 그녀가 보내온 각종 목줄이라고 칭해지는 서류들을 바닥에 뿌리고 몇 번 밟기까지 했다니, 그의 인생에 그녀가 얼마나 악몽이나 마찬가지인지 꽤 상상이 되었다.

그럼에도 불구하고 그는 이혼 뒤 그녀를 사랑한다고 했다.

문득 대체 무슨 생각이냐고 그녀에게 묻던 그의 모습이 생각이 났다. 그는 그녀가 무엇인가를 원한다는 사실을 누구보다도 빨리 눈치챘다. 그리고 실제로…….

'나는 원하는 게 많아.'

비비안은 손으로 위그의 뺨을 살짝 쓸었다.

'그래서 당신도 가질 거야.'

역시, 그저 트로피로만 남겨 놓고 관상하는 것은, 그녀의 적성이 아닌 것 같다.

악몽을 꿀 만한 인생이었다. 비비안이 속으로 읊조렸다.

* * *

이 며칠 수도에서 가장 큰 화제는 당연하게도 며칠 전 여왕이 귀족원에 정식으로 상정한 여성의 재산권 관련 의안이었다. 이 놀라운 사실에 수도는 물론이요 바첼론, 아니, 대륙 전체가 들썩거렸다. 일부는 여왕의 즉위부터 그럴 때가 되었다는 얼굴을 했지만 대부분은 말도 안 된다는 얼굴을 했다. 그러나 비비안이나 위그, 혹은 이 사건의 토론에 참여를 했던 학계의 학자들과 귀족들은 이미 결과를 대충 눈치챈 듯했다.

여왕 즉위 2년이 넘는 지금, 이 2년 사이에 귀족원에서 꾸준하게 나오는 얘기에다가 귀족과 일부 학자들의 지지가 있는 상황에서 정식으로 의안이 상정되었다는 것은 사실 이 의안이 통과될 수밖에 없음을 의미했다. 여왕이 이것을 꾸준하게 주장하는 상황에서 아무리 귀족원이라도 끝까지 끈질기게 반대를 할 수도 없었다. 심지어 귀족원 내부에서도 분열이 일어나는 상황이 니까.

그리고 이 의안이 상정이 되고, 최후의 토론과 검토를 놓고 사람들 사이에서 열렬한 대치가 일어나기까지 모든 과정을 눈에 넣은 리디아는 앞으로 될 수 있으면 귀족들과 엮이고 싶지 않다는 결론을 내리고 말았다. 다행이게도 세믄 교수가 여왕의 고문이 되어 주어 왕실에 자주 출입을 해 그녀 혼자서 버틸 일은 없었지만, 어쨌든 리디아는 왕실의 권력 싸움의 향연이 벌어지는 왕궁의 분위기를 그리 즐기지 않았다.

"귀족들은 다 그런가요?"

결국 로튼에 들러 업무 지도 겸해서 비비안과 대화의 시간을 나누던 리디아는 처음으로 비비안의 집무실에서 투덜거리는 어조로 말을 늘어놓았다. 그에 조용하게 리디아가 가져온 몇 가지 서류를 검토하던 비비안이 고개를 들었다.

"무슨 말이죠?"

"귀족들은, 원래 그렇게 옳고 그름을 따지지 않나요? 아니, 뭐 물론 이 세상에 절대적으로 옳은 것이나 틀린 것이 없다고 해도 그건 좀."

"아."

"단주님이 못 보셔서 그렇지, 귀족원의 토론 과정을 들어 보면 그야말로 분노에 차올라서 당장 테이블을 뒤엎고 싶어요."

"바첼론에서 가장 보수적인 인간들만 모아 놓은 곳이니까요. 리디아 양이 견디기 어려울 만해요."

"그나마 엘버린 공작 각하께서 옳은 말만 하셔서 다행이지……."

"글쎄요, 옳고 그름을 따지지 않는다면서 엘버린 공작의 말은 옳다고 판단한 근거가 필요하군요."

순간 분노에 차 말을 늘어놓던 리디아가 입을 꼭 다물었다. 그녀는 비비안의 말에 담긴 뜻을 잘 알았다. 이제 그녀는 이런 말의 함의 정도는 알아들을 수 있었다. 권력 싸움에 옳고 그름이 없다면, 자신과 뜻만 같이하는 엘버린 공작의 말도 옳다고 판단할 게 아니라 그저 나와 '같은 뜻'이라고만 인지하라는 것이었다.

"뭐, 리디아 양도 잘 알겠지만, 바첼론은 그 법을 근 300년 넘게 유지해 왔어요. 심지어 최초의 법까지 따져 보자면 더 오래 걸리고, 현재는 아닐지라도 어쨌든 이유는 있다는 거죠. 그게 합리하든 합리하지 않든."

"하지만 저는 그 이유를 긍정할 수 없어요. 아무리 법이 시대상을 반영한다고 해도, 그것이 잘못되었음은 시대의 문제 따위로 합리화시킬 수 없고요."

"폐하께서 그런 말을 했다면 아주 가증스러웠겠지만, 리디아 양이 그런 말을 하다니 바첼론의 미래가 밝다는 생각밖에 나지 않는군요. 역시 리디아 양을 예델에 입학시킨 것은 아주 훌륭한 선택이었어요."

리디아는 비비안이 이렇게 자신의 말에 수긍할 줄은 몰랐다는 듯이 조금 놀란 얼굴을 했다. 그러나 비비안은 여유롭게 말을 이었다.

"하지만 군이 귀족원의 치들을 상대하면서 그렇게 감정을 쏟을 필요 없어요. 군이 잘잘못을 따지자면, 그들은 존재 자체가 해악이거든요."

"그렇게 말씀하셔도 되나요?"

"나는 여왕의 앞에서도 이런 비슷한 말을 한 적이 있어요."

"……바, 반역일 텐데."

"뭐, 결론적으로 내가 무사하면 상관이 없지 않나요? 그리고 귀족들이 해악인 건 귀족 스스로가 알아요. 특히 내 전 남편같이 머리가 똑똑한 사람들은 더 잘 알죠."

"그렇군요."

"뭐, 언젠가는 나 같은 사람도 사회의 해악이 될 날이 올 수도 있지만."

리디아는 입을 꼭 다물었다. 그때 비비안이 서류를 전부 확인했는지 봉투에 넣고 리디아에게 내밀었다.

"폐하께 이대로 전해 주세요. 앞으로 일이 진척이 되는 것을 보아 투자를 고려해 보겠다고."

리디아는 비비안의 손에서 봉투를 전해 받았다. 오늘 그녀가 이곳에 온 것은 다름 아닌 크리스티나의 심부름 때문이었다. 크리스티나는 비비안과 리디아의 관계를 잘 알고 있는 만큼 종종 비비안과의 연락을 할 때 리디아를 이용했다. 애초에 리디아를 여왕의 보좌관실에 넣은 것도 어느 정도 그런 의도이긴 했겠지만, 어쨌든 과거에 여왕이 예델의 졸업식에 참여한 게 자신을 한번 보고 교수들에게서 자신의 성적과 평가를 듣기 위해서라는 사실을 알았을 때는 얼마나 놀랐던지.

"그런데 진짜로 투자만 하시려고요? 폐하께서는 은근히 단주님께서 예델처럼 교육 재단을 하나 더 맡기를 바라고 있어요."

리디아는 손에 들린 봉투를 힐끔 보았다. 이것은 다름 아닌 크리스티나가 요즘 추진하고 있는 왕립 여학교에 관한 서류였다. 그리고 크리스티나는 비비안이 이 항목의 주요 담당자가 되어 주기를 은근히 바라고 있었다.

하지만 비비안은 단칼에 고개를 저었다.

"나는 왕실에서 진행하는 사업의 파트너면 모를까 담당자가 되고 싶지는 않아요. 자칫하면 고귀한 피들의 실수를 혼자 감당해야 하는 위험이 있거든요."

"하긴."

"그리고 어차피 내가 아니더라도 엘버린 공작 부인이 적극적으로 나서서 사업을 추진하고 있다고 들었는데."

"맞아요. 아무래도 재산권과 상속권 법안이 귀족원에서 통과된다면 여자

아이들의 교육권도 중요하다고 여왕 폐하께서 말씀을 하셨어요."

"그러니 더더욱 내가 필요 없겠죠. 게다가 나는 예델 하나만으로도 벅차요. 굳이 여학교니 뭐니 손을 얹고 싶지 않아."

리디아는 그저 빙그레 웃었다. 말은 이렇게 해도 바첼론에서 비비안만큼 크리스티나의 사업에 도움이 되는 자는 없다.

리디아는 여성의 지위와 권리가 향상되기를 누구보다도 바랐지만, 그렇다고 비비안에게 모든 것을 다 얹어 주는 것은 말도 안 된다고 생각했다. 비비안은 누군가의 상징이 아니다. 한때 리디아도 비비안을 롤 모델로 삼았었지만, 그것은 비비안의 삶의 태도였지 그녀의 정의감이라거나 착한 마음 때문은 아니었다.

최소한 비비안 로젤리스는 그저 존재만으로도 이미 충분히 바첼론의 여자들에게 축복이라고 생각했다. 그것이 절대적으로 완벽한 의미는 아니더라도, 분명히.

비비안은 리디아의 이런 점을 좋아했다. 그녀는 총명하고 깨달음이 빠르다. 비록 여왕의 보좌관을 하면서 귀족들에게 정나미가 떨어진다고 하긴 했지만, 위그의 말을 들어 보자면 리디아는 귀족들 사이에서도 평판이 특히 좋았다. 게다가 여왕의 총애를 받고, 정통 학술원 수석 졸업 출신의 엘리트. 바닥에서부터 적을 베면서 올라온 비비안과 달리 리디아에게는 공격성이 없었다.

"그러고 보니 비올테 후작 영식과 꽤 친하게 지낸다던데."

생각났다는 듯이 비비안이 대수롭지 않게 입을 열었으나 리디아는 아니었는지 그녀의 얼굴이 살짝 발그레해졌다. 곧 그녀가 고개를 저었다.

"아니에요."

"뭐가 아니라는 거죠?"

"친하게 지낸 적 없어요."

"하지만 원래라면 외국에서 계속 학업을 해야 하는 비올테 후작 영식이 특별히 기회를 포기하고 왕궁에 사무직을……."

"아니에요!"

"출처가 내 전 남편이라 정확할 텐데."

"지, 진짜 아니에요."

"그렇군요. 고백을 아직 하지 않았군요."

"……단주님."

리디아는 조금만 더 하면 울 것 같은 얼굴을 했다. 그러나 비비안은 그저 입꼬리를 말고 고혹적으로 웃기만 했다. 그에 리디아는 자신이 비비안에게 완전히 말려들어 갔다는 사실을 깨닫고 한숨을 푹 쉬었다. 비비안은 그런 리디아를 빤히 응시하다가, 입을 열었다.

"뭐, 리디아 양이 어련히 알아서 잘하지 않을까."

"저는 결혼 생각이 없어요."

"그것도 리디아 양이 알아서 잘하겠고요. 사람의 가능성은 무한하죠. 굳이 한 가지에 묶일 필요 없어요. 그런 의미에서 한마디 해 주자면……."

비비안은 살짝 눈을 감았다. 그리고 천천히 눈을 떴다. 그녀의 풍성한 속 눈썹이 팔랑거리며 황홀한 분위기를 냈다. 그 순간 리디아는 비비안이 웃는 다고 생각했다. 그때 그녀의 목소리가 들려왔다.

"굳이 다른 사람처럼 살 필요도, 굳이 다른 사람처럼 살지 않을 필요도 없어요."

"……."

"어느 쪽이든 그저 리디아 양이 좋을 대로, 마음 가는 대로 살라는 말이 에요."

리디아는 침묵했다. 그러나 곧 그녀는 우아하게 웃으면서 고개를 끄덕 였다.

"알겠어요. 조언 감사합니다."

"오늘 저녁에 세믄 교수와 식사를 할 예정인데 참석할래요?"

"아니요. 오늘 저녁에는 아무래도 왕궁에 늦게 남아 있어야 할 것 같아요."

"그렇군요. 그러면 오늘 저녁 말고, 지금 나가는 길에 약간만 시간을 내줄 수 있나요?"

"네?"

"방금 전부터 기다리고 있는 사람이 있어서."

그렇게 말하며 비비안이 살짝 문가를 턱짓했다. 그에 옆에 서 있던 헤더가 문을 살짝 열자 가벼운 구두 소리와 함께 늘씬한 인영이 모습을 드러냈다.

"어……."

"아리아 로젤리스입니다. 만나 뵙게 되어 영광입니다."

문을 열고 들어온 이는 다름 아닌 아리아였다. 정식으로 아리아를 만난 적은 없지만 종종 오가다가 듣긴 했기 때문에 리디아는 아리아를 알고는 있었다. 지난해 여름이 끝날 무렵에 정식으로 로튼의 후계자로 발표가 난 아가씨였다. 물론 그 전에도 몇 번 스쳐 지나가며 봤지만. 다만 그녀는 아리아가 그저 얌전하다는 소문과는 달리 꽤 키가 크고 늘씬한 데다가 의외로 묘한 분위기가 흐른다는 사실을 깨닫고 놀란 얼굴을 했다. 열댓 살 정도 되어 보이는 그녀는, 우아한 갈색머리를 곱게 빗어 위로 하나로 묶고, 아래에는 요즘 유행하는 하얀색 블라우스와 검은색 스커트를 입고 있었다.

귓가에서 달랑거리는 다이아몬드 귀걸이가 햇빛에 반사되어 눈이 부셨다. 인형같이 정교한 얼굴 위로 스며든 표정은 그 나이 대의 아가씨가 갖기에는 꽤 성숙해 보였으나 아리아와는 꽤 어울렸다. 듣기로는 비비안이 그렇게 그녀의 교육에 힘을 쏟는다고 했는데, 예전에 얼핏 예델 사립학교에 입학할 예정이라는 말을 들은 것 같다.

아, 그래서.

"다름이 아니라 이제 우리 조카님이 예델 사립학교의 입학시험을 보게 되는데, 조언이나 가르침 같은 게 있지 않을까 해서요."

"하지만, 면접관은 단주님이시잖아요."

"아리아의 면접에서 나는 빠지기로 했어요. 그리고 필기시험 같은 경우는 내가 참여하지 않는 과정이니."

"그래도 단주님의 조카인데 입학을 하지 못하는 불상사는 없지 않을까요."

"입학만이 목적이었다면 애초에 시험 없이 바로 학교에 보냈을 거예요. 내가 원하는 건 이 아이가 누구보다도 훌륭한 성적으로 아무도 감히 군말을 얹지 못하게 입학을 하는 것이에요. 이 아이는, 이제 먼 훗날 이 바첼론에서 가장 큰 상단을 이어받아야 하니까요."

그렇게 말하는 비비안의 얼굴에는 당연하다는 기색이 감돌았다. 비비안에게 자식이 없으니 그녀의 조카가 상단을 물려받는 것은 어찌 보면 꽤 당연한 일이긴 했다. 그러나 왠지 모르게 리디아는 비비안이라면 훗날 자신이 아이를 직접 낳아 로튼을 물려줄 것이라고 생각했다. 실제로 그녀뿐만 아니라 대부분 사람들이 그렇게 추측을 하고 있었고, 그런데 작년에 그렇게 발표가 나서, 다들 놀라고 있던 차였다. 그녀를 포함해서.

리디아의 놀라움을 보아 낸 듯 비비안이 말을 이었다.

"어차피 지식이나 그런 걸 가르치라는 게 아니라 그저 경험만 알려 주라는 거니 긴장할 필요 없어요. 아리아. 적극적으로 물어보렴. 이모는 네 시험 성적을 기다린단다."

"어느 학부에 입학하는 거죠?"

"경제학부요."

이번에 대답한 것은 아리아였다. 그녀의 목소리는 그녀의 얼굴만큼이나 나긋하고 부드러웠다. 리디아는 고개를 끄덕였다. 그리고 곧 리디아와 아리아가 함께 방을 나갔다.

비비안은 그 뒷모습을 응시하다가 자신의 테이블 위에 놓인 카드를 보았다. 방금 전 크리스티나가 리디아를 통해 가져온 서류 뭉치 중 끼워져 있던 것이었다.

[곧 원하시는 것을 얻을 수 있을 것 같아요.]

크리스티나는 이렇게 비비안과 사적으로 서신을 오갈 때는 마치 왕녀 적에 그랬던 것처럼 정중한 말투를 구사했다. 그러나 비비안은 그녀의 존대나 하대보다는 그 내용에 더 집중했다.

'원하는 것이라.'

얻어야 한다. 그렇게 생각한 비비안은 잠시 이마를 짚었다. 갑자기 두통이 밀려왔다. 그녀는 얼굴을 확 일그러뜨리고 급하게 서랍에서 약병을 찾았다. 그리고 빠르게 약을 털어 입 안에 넣은 그녀가 한숨을 길게 쉬었다.

'그래, 빨리 얻어야지.'

그녀는 시간과 딱히 싸움을 해 본 적이 없었다. 그러나 이제는, 좀 할 필요가 있는 것 같았다.

* * *

위그는 한동안 비비안과 만나지 못했다. 않은 게 아니라 못한 것이었다. 여왕이 의안을 공개적으로 귀족원에 상정시킨 이상, 그들은 빠르게 이것을 찬성하거나 반대해야 했다. 효율을 따지기로는 바첼론의 역대 왕 중에서 으뜸인 크리스티나답게, 여왕은 자신의 즉위가 3주년을 넘기기 전까지는 반드시 답을 내올 것을 명했다.

여왕이 이렇게 당당하게 안건을 상정한다는 것 자체가 이미 그녀가 승기를 쥐고 있음을 판단했다는 것이었다. 실제로 귀족원에서도 왕실의 방계 혈통에서 적절한 사람을 찾지 못하자 여왕도 빨리 젊은 나이에 결혼해 아이를 낳아야 한다고 말이 오가고 있었다. 마침 여왕의 형제는 다 죽었고 유일한 자매는 외국의 왕과 결혼해 상속권을 이미 상실했을 뿐만 아니라 죽어도 바첼론의 왕권에 개입을 할 수 없는 것이 사실이기에 어차피 한동안은 왕위 계승에 큰 문제를 끼치지 않을 것이었다.

결국 이 며칠 동안 거의 밤낮이 없이 여왕과 말싸움을 벌이고 의견을 조율하느라 귀족원의 수장으로서 위그는 그야말로 가장 힘든 며칠을 보내고 있었다. 결국 자연스럽게 비비안과 만나지 못했던 것이었다.

그러나 위그도, 비비안도 이 사실을 불안해하지 않았다. 며칠은커녕 몇 달을 안 봐도 두 사람은 만나면 담담하게 '왔어?'라고 할 수 있는 인간들이었다. 물론 위그의 경우는 조금 꾸며 낸 것에 가까웠고, 사실 그는 어느 정도 초조하긴 했으나 그래도 아직까지 비비안이 남자를 따로 만났다는 정보는 없었는지라 안심을 하기는 했다.

그와 그녀의 관계에서 마음을 졸여야 하는 사람이 영원히 그라는 사실이 위그를 조금 억울하게 했으나 어차피 그가 감당해야 하는 일이었다.

동시에, 그가 감당해야 하는 일은 비단 귀족원의 수장이나 위그로서의 책무뿐만은 아니었다. 결국 이 며칠, 그는 이디에트의 수장으로서의 책임까지 짊어지게 생겼다.

"어떻게 된 게 좀 적당한 게 없지? 하나같이 멍청하지 않으면 하나같이 너무 영악해 빠져서 문제야."

"그래도 멍청한 것보다는 영악한 것이 더 좋지 않을까요?"

이 며칠 동안 이디에트 일가의 혈통을 싹싹 긁어 내 친지 중에서 양자로 들일 만한 귀족을 찾아보던 위그가 혀를 쯧 찼다. 양자로 들인 자가 후계자가 된 경우가 귀족가에 전례가 없던 일은 아니었기에 꽤 쉽게 보았던 것이 잘못이었다. 물론 그렇다고 해도 이디에트의 가문 내부에서 혈통을 따져 골라야 하겠지만, 이런저런 과정을 걸쳐 골라낸다고 해도 왠지 모르게 그리 마뜩하지는 않았다.

"적당하게 어리고, 부모가 주제를 알고, 나와 그리 멀리 떨어지지 않은 혈통이어야 하는데 그럴 만한 아이가 없어."

"각하께서 너무 무리하여 기준을 잡으시는 겁니다. 인간적으로 다섯 살짜리 아이에게 무슨 지혜와 학식을 보겠다고."

그리고 이 며칠 동안 위그를 따라 양자로 들일 만한 후계자를 선별하는 무리에 합류한 요한은 이제 슬슬 짜증 나는 얼굴을 하고 있었다.

그도 그럴 것이 위그의 양자에 대한 기준은 보통 귀족들과 남달랐다. 일단 위그와 가급적 촌수로 가까워야 한다. 이것은 쉬운 기준이었다. 열 살 이하여야 한다. 이것도 별것 아니었다. 어린 나이일수록 교육을 시키기가 쉬우니까. 부모가 확실하게 연을 끊을 것을 확인해야 한다. 이것도 별것 아니었다. 대부분의 귀족들은 제 주제를 알아서 이디에트 공작의 양자로 들어갈 수 있다면 별짓이라도 다 할 것이었다.

그러나 문제는 다음부터였다.

"네 개 이상의 외국어를 할 줄 알아야 한다. 진심이십니까? 열 살짜리에게 네 개 이상의 외국어를, 그것도 능통하게 하라고요?"

"나는 아홉 살쯤에 다섯 개 외국어를 할 줄 알았어. 최소한 대화 정도는 했지."

"검술에 재능이 있어야 한다. 이디에트의 기사를 상대로 10분은 버텨야 한다?"

"나는 열 살에 기사 셋을 상대로 이겼다."

"제레미 안스턴의 책을 이해할 수 있어야 한다? 이거 왕립 아카데미 철학과 학생들이 읽는 책 아닙니까?"

"나는……."

"그냥 공작 각하께서 자가 분열을 하시는 건 어떻습니까."

"……너 말이 요즘따라 왜 이렇게 건방지지? 내가 너를 오래 썼다고 어쩌지 못할 것이라고 생각하는 건가?"

"죄송합니다. 하지만 각하. 진심으로 이 기준을 채울 수 있는 사람은 이디에트 공작가는 물론이요 바첼론 전체에 없습니다."

"바첼론에 이렇게 인재가 없다니. 미래가 암담하군."

요한은 진심으로 위그의 조건이 너무 변태 같다고 생각했다. 객관적으로 그가 선별해 온 아이들은 하나같이 이디에트의 후계자가 되기에는 꽤 우수하고 훌륭한 가능성을 가진 아이들이었다. 게다가 장기간 이디에트와 긴밀한 관계를 유지하고 있어 안전하기도 했다. 그럼에도 불구하고 위그의 기준에는 한없이 미치지 못했다.

"뭐, 몇 년을 더 기다려서 아이들이 더 없나 고민해 봐야겠군. 그래도 정 안 되면, 엘리미아더러 하나 낳아 오라고 해야겠어."

'이미 공식적으로 죽어 바첼론에서 사라진 지 몇 년이 되는 이를?'

엘리미아가 들었다면 내가 아이 낳는 도구냐며 당장에 분노했을 이야기를 아무렇지도 않게 하면서 위그가 의자에 기댔다. 확실히 엘리미아의 아이라면 어떻게 되었든 간에 양자로 들여도 괜찮을 것이었다. 다만, 엘리미아가 이 몇 년 동안 거의 이디에트가에 연락을 하지 않는다는 것을 고려해 보자면 아이를 낳아도 이디에트가에 데려올 확률은 적었다. 물론 그 전에 아이를 낳지도 않을 것 같지만.

"이럴 줄 알았으면 어머니한테 하나만 더 낳으라고 할 걸 그랬다."

"각하. 제가 진심으로 견식이 좁아서 여쭙는 건데, 대체 왜 결혼을 안 하시는 겁니까?"

결국 요한은 이 몇 년 동안 묻고 싶었지만 결국 묻지 못했던 질문을 꺼냈다. 그러나 그의 물음에 위그가 무슨 당연한 말을 하느냐는 듯이 얼굴을 일그러뜨렸다.

"너는 비비안 로젤리스의 성격에 다시 이디에트의 문턱을 넘을 것이라고 생각하나?"

"그게 아니라 왜 다른 여인과 결혼을 하지 않으시는 겁니까?"

다른 사람도 아니고 위그 이디에트였다. 지금 그가 결혼하고 싶다면 절대

무리하지 않고 훌륭한 아내를 맞을 수 있었다. 그러나 위그는 아예 그 선택지를 인생에서 배제한 듯싶었다. 과거의 그라면 절대 상상도 못 할 결정이었다.

"글쎄, 해야 하나?"

"로튼의 단주님 때문이십니까? 그분이 원하지 않는 겁니까?"

"뭐, 비비안이라면 내가 오늘 결혼한다고 하면 아마 당장에 알겠다고 그동안 즐거웠다고 깔끔하게 떠날 여자다."

"그러면 왜……."

"하지만 내가 싫어."

요한은 가볍게 한숨을 쉬었다. 위그 이디에트는 살면서 한 번도 자신의 감정으로 이디에트의 미래를 그르친 적이 없었다. 그가 결정을 지었다면 반드시 이유가 있고, 해결책이 있을 것이었다. 사랑이라는 게 무엇인지. 요한이 가벼이 고개를 저었다. 사실 그는 알았다. 위그는 하나를 위해 하나를 포기하는 사람이 아니었다. 그는 무조건적으로 갖고 싶은 것이 있다면 반드시 두 개 다 손에 넣었다.

"더 고려를 해 보지. 어차피 조금 기준을 낮추지 못할 것도 없다."

"제발 낮추십시오. 세상 모든 사람이 다 천재인 건 아닙니다."

"하지만 비비안이라면 왠지 모르게 했을 것 같은데."

"단주님을 양녀로 들이시려고요?"

"미쳤나?"

"아니 뭐, 그래서 두 분이 잘 어울리신다는 말입니다."

요한은 결국 뒤로 물러났다. 그러나 그때 집사가 노크를 하더니 방으로 들어왔다.

"각하. 귀족원의 호출입니다."

"그래, 알았다."

곧 위그가 자리에서 일어났다. 평소와 다름없이 그는 손에 있는 서류를 들어 자리에서 일어났다.

어차피 일은 해결될 것이었다. 그의 일이나, 비비안의 일이나, 두 사람의 일이나.

＊　＊　＊

시간은 꽤 빨리 흘렀다. 크리스티나는 그렇게 감탄했다.

국왕이 죽고 그녀가 즉위를 한 지 엊그제 같은데 벌써 거의 3년으로 접어들었다. 그 사실이 그녀를 사색에 젖게 만들었다. 그러나 동시에, 그녀는 자신이 즉위하고 난 뒤 생각보다 훨씬 더 큰 권력을 손에 쥐고 원하는 것을 이루었다는 사실에 더욱더 제 나름대로 생각에 빠졌다.

"발표는 언제지?"

"내일 아침입니다."

"단주에게 알리러 가나?"

"네."

이 며칠은 물론이요 몇 달 동안의 시간을 돌이켜 보던 위그가 자리에서 일어났다. 어차피 비비안에게 중요한 것은 과정이 아닐 것이었다. 그렇게 생각한 그가 방에서 나가려고 할 때였다. 크리스티나의 목소리가 다시 그를 잡았다.

"단주에게 전해."

"……."

"결국 단주의 뜻대로 될 수밖에 없었다고."

위그는 귀족원 회의실의 창가에 서서 우아하게 밖을 내다보는 여왕의 옆모습을 힐끔 보았다. 그는 대체적으로 직위와 성격의 이유로 크리스티나와 종종 의견을 달리했지만, 지금 이 순간만큼은 그녀의 의견에 동의할 수밖에 없었다.

그래, 그녀의 손에 선혈이 묻고, 그녀가 사랑하던 사람들이 그녀의 손 아래 죽을 때부터 결국 비비안의 뜻대로 될 수밖에 없었다.

위그는 고개를 돌리고 걸음을 옮겼다. 곧, 그가 회의실에서 자취를 감추었다.

* * *

이 며칠 비비안의 일상을 굳이 말하자면 정말 별것 없었다. 비록 상인 협회를 해산시킨 뒤 바첼론의 꽤 많은 상단을 제 휘하의 사업과 합병을 하거나 아니면 인수를 했고, 바첼론은 물론이요 대륙 전역에 로튼의 이름을 모르는 사람이 없게 되었으며, 저번에 아론디트의 수도에 대형 백화점을 세웠고, 투자했던 광산에서 금광이 발견되어 그녀의 재산은 또다시 새로운 정점을 찍었지만, 이 모든 것은 비비안의 인생에서 무수한 성공 중의 하나여서 정말 '별것' 없는 일이었다.

물론 별것 아니라고 해도 비비안이 대수롭지 않게 여긴다는 것은 아니었다. 어쨌든 이 모든 것을 원해서 얻은 것이니 당연히 그녀도 기뻐했다. 비비안은 돈을 많이 갖고 있는 사람들 중에서 꽤 드물게 '돈이 많아도 행복하지 않아' 따위의 말을 하는 인간이 아니었다. 그런 의미에서 이번 달 사업 보고를 간략하게 전해 들은 비비안의 얼굴에는 만족스러운 미소가 떠올랐다.

"역시, 그 광산을 개발하기를 잘했어. 거기에 금광이 숨겨져 있을 줄 누가 알았겠어?"

"단주님은 아셨잖아요."

"내가 지질학자도 아닌데 그걸 어떻게 미리 알아? 그저 전문가들 의견을 듣고 어느 정도 가치가 있다 싶어서 직접 행동에 옮긴 것뿐이야."

그리고 그녀가 행동에 과감하게 옮길 수 있는 이유는 물론 그녀가 돈이 있어서다. 이제 비비안의 목적은 그저 올라가는 것이 아니었다. 그녀는 자신이 갖고 있는 것을 과감하게 이용하여 더 많은 재부를 끌어모을 필요가 있었다.

"이제 자세한 건 직접 가서 고찰해 보지."

"직접 가시게요? 거기 환경이 별로라 직접 가지 않는 게 좋을 것 같은데."

클로에는 비비안의 말에 조금 걱정하는 듯했다. 실제로 그곳은 환경이 열악해 일반인이 가기에는 적합하지 않았다. 전문적으로 광산 일을 하는 사람이라면 모를까, 조금만 쌀쌀해도 감기에 걸리는 비비안이 가는 것은 무리였다. 하물며 비비안은 지금 가벼운 감기에 걸렸음에도 꽤 고생하고 있는 중이었다. 그것을 증명하듯 클로에의 말이 끝나자마자 비비안이 재채기를 했다.

비비안은 손수건을 들어 코를 살짝 감쌌다. 그래도 좀 낫나 했더니 가을로 접어들면서 건강이 다시 악화되었다.

"저번 아리아의 입학식에 그렇게 얇게 입고 가는 게 아니었는데. 이게 다 위그 때문이야."

"공작 각하께서 그렇게 입으라고 하셨나요?"

"아니, 얇게 입고 나간 것은 내 선택이지만, 위그가 그걸 보면서 하도 호들갑스럽게 굴면서 코트를 벗어 주기에 일부러 놀리느라고 코트를 안 입었지."

"……네?"

"그 남자가 그렇게 난리만 안 쳤어도 내가 그 남자 코트를 거절할 이유가 없는데. 하여튼 쓸데없이 놀리는 맛이 있어서 문제야."

순간 클로에는 할 말을 잊었다. 그러나 비비안의 사고 회로는 원래 그렇게 클로에가 따라잡기에 다소 무리가 있는 것이 사실이므로 그녀는 더 이상 말을 잇지는 않았다.

사실 비비안은 자신이 감기에 걸린 것이 위그의 탓이 아니라는 것을 알았다.

그녀가 감기에 걸린 것은 단순히 그녀의 면역력이 저하되어서였다.

'그래도 예전에는 이 정도까지는 아니었는데.'

아무리 그녀라고 해도 진짜로 감기에 걸릴 만큼 얇게 입고 나갔을 리가 없었다. 다만 비비안이 생각하지 못했던 것은, 과거와 달리 요즘따라 그녀의 몸 상태가 점점 나빠진다는 것이었다. 그녀는 이제 하루에 한 알을 먹던 수면제를 하루에 한 알 반 정도로 늘렸다. 두통약도 처음과 비교하면 양이 두 배쯤 되었다. 그렇다고 안 먹을 수는 없었다. 안 먹으면 그녀는 자지도 못하고, 머리가 아파 일도 못 했으니까.

의사는 후유증이라고 했다. 그러나 그도 비비안도 어느 일의 후유증인지는 말하지 못했다. 그녀의 기분을 고려하는 게 아니라 진짜로 후유증이 생길 만한 일이 너무 많았기 때문이었다. 사람이 살면서 독이 묻은 칼에 맞은 일 하나만 있어도 평생을 가는데 비비안은 그러고도 과할 정도로 제 몸을 혹사시켰다. 원래도 그리 건강한 체질은 아니었으니 이렇게 고생하는 것도 당연했다. 그녀는 자업자득이라고 속으로 웃었다.

"아리아는 돌아왔어?"

"네."

"학교생활은 괜찮은가 봐? 요즘 하도 바빠서 아이를 싹 잊고 있었어."

"생각보다 괜찮은 것 같아요. 애초에 단주님의 조카가 되는 분의 학교생활이 안 좋을 리가 없잖아요."

"그런가."

"학교에 붙인 이들의 말을 들어 보니, 로튼의 후계자라는 신분에 나름대로 접근하는 사람도 있대요."

"그런 걸 잘 걸러 내는 것도 능력의 일종이지. 그래서 굳이 집에서 수업을 받는 대신 학교로 보낸 것이고."

비비안과 달리 아리아는 결국 곱게 자란 레이디였다. 카트린은 어렸을 때부터 그녀를 얌전하게 키웠고, 원래 아리아의 성정도 얌전하고 부드러워서 사람과 그리 접촉할 기회가 많지는 않았다. 하지만 상단의 일은 결국에는 사람과의 거래였다. 그리고 그 사실을 아리아도 알아서 그녀는 흔쾌하게 예델 사립학교에 입학했다.

"언젠가 함께 아리아와 식사를 하면서 학교 이야기를 나누려고 했는데 내가 감기에 걸리는 바람에."

"약은 드셨나요?"

"헤더가 알아서 하지 않을까."

"약을 제때에 안 드시면 이디에트 공작 각하께서 또 난리를 치실 것 같아요."

"그 남자를 안 본 지 어언 2주 정도야. 요즘 뭐 그리 바쁜지 코빼기도 안 보이더라고."

"아쉬우세요?"

"뭐, 안 보이니 뭐 하나 싶긴 한데, 딱히. 언젠가는 오겠지."

클로에는 비비안이 이렇게 확신하는 것이 놀라웠다. 하지만 연인 사이의 일은 누구도 감히 장담을 못 하는 것이 사실이었다. 비비안은 곧 클로에게 나가 보라고 손짓한 뒤 다시 손수건을 들었다. 곧 그녀가 테이블 위에 있는 따뜻한 차를 들어 한 모금 마신 뒤 입을 살짝 닦았다.

클로에는 예를 취한 뒤 집무실을 나갔다.

곧 홀로 남은 비비안이 눈을 감고 의자에 기댔다. 그녀의 얼굴 위로 약간의 피로가 서렸다. 몸 상태가 악화되는 것쯤이야 그녀도 어느 정도는 예상을 하고 있었으니 별로 큰 문제가 아니더라도, 이렇게 피로해져서 그녀의 일상에 영향을 주는 건 싫었다. 주치의는 그녀더러 이제는 조금씩 쉬면서 바첼론의 변방에 요양을 가는 게 어떻겠냐고 했지만, 로튼을 놓고 떠나면 비비안은 더 이상 비비안이 아니었다.

'그래도 언젠가 한번 쉬긴 해야겠군.'

속으로 그렇게 읊조린 뒤 비비안이 조금 침묵했다. 그리고 얼마나 시간이 흘렸을까, 집무실의 적막을 깨고 똑똑, 하는 소리가 들려왔다.

비비안은 눈을 떴다. 소리는 얼핏 들으면 노크 소리 같았다. 그러나 자신의 앞에 서 있는 남자를 발견한 그녀는, 그것이 노크 소리가 아닌 자신의 책상을 두드리는 소리라는 것을 깨달았다. 저도 모르게 무의식에 몸을 맡겨 버려 그가 들어오는 것을 눈치채지 못했나 보다. 물론 위그가 제 흔적을 지워 내려고 했던 것도 있지만. 비비안은 가볍게 코웃음을 치고는 입을 뗐다.

"이게 무슨 의미가 있다고 생각해?"

"없지는 않지. 내가 왔다는 걸 알리는 거니까."

"2주 동안 코빼기도 보이지 않더니."

"보고 싶었어."

"별로. 언젠가는 오겠거니 해서 별로 보고 싶지는 않았어."

"아니, 묻는 게 아니라 당신한테 말하는 거다. 내가 당신을 보고 싶었다고."

비비안은 멈칫했다. 그녀는 고개를 들었다. 위그는 드물게 얼굴에 미소를 띤 채 그녀의 앞에 서 있었다. 비비안은 그의 얼굴에 그가 오늘은 비로소 어떤 용건이 있어서 왔다고 판단했다. 그리고 그 용건은 결코 작은 것이 아닐 거라는 생각까지 들었다. 그녀의 예상대로 위그는 잠시 웃다가 길게 숨을 내쉬었다. 그가 이렇게 뜸을 들이는 게 다소 의아해 비비안이 고개를 드는데, 위그가 그녀의 앞에 무엇인가를 내려놓았다.

"이게 뭐지?"

"내가 이 며칠 동안 유난히 당신과 만나지 못한 이유. 귀족원의 회의 기록이다."

귀족원의 회의 기록…… 순간 비비안의 얼굴이 미묘해졌다. 방금 전까지 권태로운 눈빛으로 그저 조용하게 앉아 있던 그녀가 천천히 허리를 세우고 길게 숨을 내쉬었다. 그러나 그녀는 섣불리 서류를 들지 않았다.

대신 고개를 들었다.

"설마."

"귀족원에서 여성의 재산권과 상속권을 초보적으로 인정했다."

그리고 위그의 말이 끝나기가 무섭게 방 안에 정적이 감돌았다.

위그의 예상과 달리 비비안은 격렬한 반응을 보이지 않았다. 그녀는 그저 조용하게 테이블 위에 놓인 서류를 보다가 아래에 아무렇게나 놓았던 양손을 뻗어 서류를 들었을 뿐이었다. 예상하고 또 예상했던 순간이 앞에 펼쳐졌음에도 불구하고 비비안의 표정은 그야말로 평온 그 자체였다. 그리고 얼마나 지났을까, 비비안은 침착하게, 떨림도 없이 종이칼을 들어 봉투를 찢었다.

위그는 비비안의 얼굴을 빤히 응시했다. 사실 내일 아침까지 기다린다면 그녀도 소식을 받을 수 있을 것이었다. 겨우 몇 시간의 차이였지만 그것보다도 위그는 이 소식을 비비안에게 직접 전해 주고 싶었다. 사실 그녀를 보고 싶어서, 이 며칠 동안 생각보다 훨씬 더 보고 싶어서 미치겠다는 것을 이런 식으로 표현했을 수도 있었다. 그러나 무엇이 되었든 간에 위그는 직접 이 소식을 비비안에게 전했다. 이 순간 그녀의 반응을 살필 수 있다는 사실만으로도 그는 이 걸음이 헛된 것이 아니라고 생각했다.

침착하게 봉투에서 서류를 꺼낸 비비안이 그것을 훑었다. 한 치의 흐트러짐도 없이 조용하게 서류에 박은 시선이 무섭도록 침착했다. 약간의 침묵이 흘렀다. 그녀의 모든 시선이 그대로 서류 위를 탐욕스럽게 쓸었다.

[자작 및 자작 이상의 작위를 갖고 세습할 영지가 있는 귀족에 한하여 성별을 불문하고 자녀의 상속권을……]

[작위가 없는 자 중에서 일정한 조건을 만족한 피상속인에 한하여 그 자녀의 동일한 상속권을 보증하며……]

[만 16세 이상의 자연인.]

[……]

"물론 전반적으로 개방된 것은 아니야. 하지만 이런 시작을 뗐다는 것이 중요하지. 최소한 여왕이 건재하는 한 이것이 폐지될 일은 없을 것이다. 하지만 당신도 알다시피 왕에 의해 고쳐진 법은, 언제든지 왕에 의해……."

"그래도, 의미 있어."

그때였다. 무심한 위그의 목소리 위로 비비안의 담담한 목소리가 겹쳐졌다.

위그는 그녀의 얼굴을 응시했다. 비비안의 얼굴은 복잡하다면 복잡하고, 단순하다면 단순했다. 그러나 지금까지 그녀와 꽤 오래 얼굴을 맞대고 함께해 온 위그는 알 수 있었다. 비비안 로젤리스는 지금 기뻐하고 있었다. 그리고 흥분하고 있었다. 그녀의 감정은 그녀의 이성 아래 완전히 억눌려, 그 사이의 틈으로 조금씩 흘러나오고 있었다.

"그저, 이런 시대가 있었다는 것이 중요한 거야."

"이런 시대?"

"그래, 여왕의 시대."

"……."

"여왕의 시대에 태어난 아이들은, 이 바첼론, 아니, 대륙 역사상 한 번도 없었던 시대를 맞이할 거야. 그 아이들은 너무나도 자연스럽게 이 나라를 통치하고 있는 권력자가 여자이며, 너무나도 자연스럽게 이 세상에서 가장 돈이 많은 사람이 여자라는 사실을 배우겠지."

그러면 이미 그 어떤 상황보다도 의미 있지 않아?

비비안의 눈은 그렇게 말하고 있었다.

위그는 가볍게 웃었다.

"모든 사람에게 허용된 것은 아니다. 하지만 당신에게는 적용되는 사항이지.

일정한 재산이 있는 평민과 조건을 만족한 상인 및 영지와 지위 조건을 만족한 귀족들에게 허용되었지만, 최소한 그래도 바첼론의 5분의 1 정도는 이미 포함되었어."

"폐하는."

"폐하는, 남은 생을 나머지 5분의 4를 실현하는 데 쓰겠지."

"여왕을 만들기를 잘했어."

"……"

"나는 언제나 그녀에게 대의를 내세우지 말라고 했지만. 대의라는 것이 사람을 꽤 벅차게 한다는 사실은 변함이 없어."

"비비안 로젤리스."

"결과적으로 나도 내가 갖고 싶었던 것을 가지는 순간, 사람들이 그렇게나 비웃었다는 것을 전부 무시하고 남자들을 누르고 내가 단주가 되었다는 사실에 꽤나 자부심을 느꼈어. 그러니, 결국 인간은 어쩔 수 없이 그럭저럭 듣기 좋은 말에 홀리는 거야."

"인간이니까 어쩔 수 없지."

위그가 무심하게 대꾸했다. 그의 대답에 비비안이 고개를 들었다. 그때 위그가 말을 이었다.

"축하해."

"뭘, 내가 재산권을 누릴 수 있어서?"

"당신이 가져야 할 것을 드디어 손에 넣어서."

"……"

"원래 당신이 가져야 할 걸 받은 거잖나. 다른 사람한테서 빼앗아 온 거면 내가 축하를 할 수는 없지. 부당하니까. 하지만 뭐, 이건 당신이 가져야 할 게 맞아."

"그런 것치고는 꽤 진심으로 내 목줄을 틀어쥐고 나와 싸우지 않았어?"

"정당한 건 정당한 거고, 내게 불리한 건 불리한 거고. 난 지금 이 순간에도 당신과 이혼한 걸 다행으로 여기고 엘리미아를 죽은 사람으로 만들어 외국에 빼돌린 나 자신에게 감사하고 있어."

"엘리미아 일에는 내 공로도 있는데."

"그래, 당신 덕분에 내 지위를 지켰지. 평생 감사하면서 살도록 할게."

"굳이 그럴 필요는 없어. 당신의 지위를 지키는 건 내 지위를 지키는 것이기도 했으니까."

"뭐?"

얼핏 들으면 꽤 로맨틱한 말이지만 위그는 그것을 그저 아무렇지도 않게 받아들일 만큼 순진하지 못했다. 그러나 비비안은 굳이 더 해석하지는 않았다. 대신 그녀는 꽤 기쁜 얼굴로 자리에서 일어났다. 그녀의 얼굴에 오랜만에 화사한 미소가 걸렸다.

"뭐, 어쨌든 이렇게 역사적인 날에 샴페인 하나 정도는 터뜨려야겠지?"

"정식 발표는 내일부터이고, 다음 달 첫째 날부터 효력이 발생한다."

"상관없어. 중요한 건 어쨌든 내 뜻대로 되었다는 것이지."

비비안은 곱게 눈을 접었다. 고혹적인 눈매에 위그는 살짝 멈칫하다가 그만 웃었다. 어쨌든 비비안은 진심으로 즐거운 것 같았다. 그러나 곧 천천히 위그의 옆으로 다가온 비비안이 길게 한숨을 쉬었다.

"자, 그럼 이제부터 진짜로 재미있는 일을 해 볼까? 사실 지금까지 기다리면서 꽤 지루했어."

"……당신은 대체 어떻게 된 게."

"사람이 돈을 버는 것 외에도 취미 생활이 있어야지, 안 그래?"

"뭘 하려고?"

"내 특기를 발휘해 보려고."

"숙적 제거?"

"오, 어떻게 알았어?"

"진심이야?"

그저 가벼이 웃으며 말을 대충 내던졌던 위그가 삽시에 얼굴을 일그러뜨렸다. 그는 비비안이 누군가를 제거한다는 말을 할 때마다 불안에 떨었다. 그리고 그것이 결국 그녀의 업보로 돌아가는 것을 극도로 경계해 왔다. 그래도 크리스티나가 즉위하고 두 사람이 이혼한 뒤에는 더 손을 쓸 만한 상대가 없다고 생각해 안심해 왔는데, 안심하기엔 너무 이른 것이었다.

위그의 표정에 비비안이 살풋 웃음을 흘렸다.

"얼굴 펴."

"비비안 로젤리스."

"이번에는 정말 별거 아닌 일이야."

"또 무슨 일을 하려고?"

"왜, 설마 잊고 있었던 거야? 내가 제거해야 할 사람이 하나 있잖아. 지금까지 죽 참으면서, 이날만 기다리면서 죽이고 싶었던 인간이."

"그런 인간이 있…… 아, 설마."

"우리 리즈도 이제는 권력의 맛을 볼 때가 된 것 같아. 그렇지?"

위그는 어이없다는 얼굴을 하다가 한숨을 쉬었다. 그러나 그는 더 말리지는 않았다. 비비안이 제거하고 싶어 하는 것이 누군지 알았기 때문이었다. 지금까지 비비안이 제거한 것이 전부 다 그녀의 업보였다면, 지금 비비안이 제거하고 싶어 하는 것은 단순한 증오와 경멸 그 자체였다. 그리고 그런 놈을 죽이는 것은 비비안의 심신 건강뿐만 아니라 바첼론의 조화로운 질서에 좋은 영향을 끼친다고 생각했기 때문에 위그는 군이 더 말리지는 않았다. 그저, 무심하게 한마디 대꾸했을 뿐이었다.

"이 빠지는 것 때문에 사탕을 금지당해서 우울한 아이한테 권력의 달콤함이 유혹적일까?"

"뭐, 하긴, 리즈한테는 그깟 권력보다는 사탕이 더 달달할 거야, 그렇지?"

그러나 비비안은 그렇게 읊조리면서 손을 뻗어 위그의 외투의 깃을 잡았다. 그리고……

"흐음."

비비안은 눈을 감았다. 오랜만에 만나 달달한 혀가 감겨 왔다. 위그는 단번에 비비안을 안아 책상에 앉혔다. 그 순간 저를 감아 오는 다리에 그가 입을 살짝 뗐다.

"샴페인은 훗날에 터뜨리지, 지금은 좀 서로에게 집중하면 안 될까? 한동안 당신을 못 봐서 좀 쓸쓸했거든."

"나도, 재산권을 품 속에 안은 희열을, 내 트로피를 쓰다듬으면서 곱씹을 거야."

그리고 그녀의 말이 끝나기가 무섭게, 그의 묵직한 그림자가 쏟아졌다.

* * *

대륙력 820년의 아홉 번째 달의 첫 번째 날, 바첼론은 정식으로 여성의 재산권을 인정하기 시작했다.

그리고 당일 저녁, 빌케르 백작이 사망했다.

사인은 과다 출혈. 귀족원의 수장으로서 사건의 수사를 맡은 이디에트 공작은 자살이라고 판명했다.

* * *

인간은 위대하다. 그러나 그 인간보다도 더욱더 위대한 것이 있다면 그것은 기필코 시간이 될 것이었다. 이 세상의 많은 것들이 인간의 의도에 휘둘리지만, 정작 시간만큼은 언제나 인간의 의지를 배반한 채 저 혼자서 잘 흘러가고 있었다. 그래서 비비안은 언제나 타이밍과 시간의 법칙을 잘 잡는 사람만이 이 위대한 인간 중에서도 가장 대단해질 수 있다고 믿었다.

그리고 실제로 그녀의 판단은 옳았다. 타이밍은 언제나 중요했다. 시간을 앞질러 갈 수 없다면 최소한 시간에 뒤처지지는 말았어야 했다.

"단주님, 방금 리즈 아가씨 앞으로 빌케르 백작가의 전보가 왔는데, 빌케르 백작은 자결로 판명 났고 장례식 날짜는 추후 통보하겠다고 합니다."

"자결?"

"이디에트 공작께서 귀족원의 수장 자격으로 수사에 참여해 자결이라고 판결을 냈다고 합니다."

드물게 늦게까지 로젤리스의 저택에 남은 클로에가 비비안에게 보고했다. 그녀는 언제나 비비안의 뜻대로 과도한 충성과 숭배를 바치지는 않았지만, 그 누구보다도 자신의 본분만큼은 훌륭하게 잘 해냈다.

저녁 바람이 살랑거리는 사이, 발코니에서 와인 잔을 기울이던 비비안은 살짝 웃음을 흘렸다. 몸에 걸친 두꺼운 모피를 더욱더 끌어안으면서 비비안은 와인을 입에 댔다.

"시체가 발견된 지 세 시간 만에 자결로 종결이라. 빌케르 백작이 억울해 죽겠군. 아, 이미 죽었으니 상관이 없으려나."

클로에는 마치 비비안의 읊조림을 듣지 못한 것처럼 조용하게 서 있었다. 그러나 비비안 또한 굳이 클로에의 답을 기다리지는 않았다. 대신, 그녀가 고개를 살짝 돌리고 웃었다.

"클로에. 어떻게 생각해? 이제 개인 재산이 생겼어."

"아."

"이제 네 것은 완전히 네 것이야."

클로에는 입을 꼭 다물었다. 지금까지 비비안의 옆에서 그녀를 보좌해 오면서 그녀 또한 언젠가는 이런 날이 올 것이라는 것을 어렴풋이 느끼고 있기는 했다. 그러나 어렴풋이 느끼고 있는 것과 직접 대면하는 것은 언제나 성질이 달라서 그녀 또한 어떻게 반응을 해야 하는지 알 수 없었다.

비비안은 클로에가 말이 없자 그저 가볍게 웃고는 고개를 돌렸다. 그러나 그때, 클로에의 목소리가 들려왔다.

"사실 소식을 들었을 때는 조금 놀라웠는데. 지금은 평온해요. 개인 재산을 가질 수 있다면 좋다고 생각했는데 정작 손에 들어왔음에도 불구하고 저는 평소와 같은 시간을 보내야 하니까요. 차이라면 이제 더 이상 오빠의 '도움'이 필요 없다는 것이겠죠."

클로에의 말에 비비안이 의미심장한 얼굴을 했다. 그녀는 천천히 와인 잔을 입에 댔다.

"원래 그런 거지."

"원래 그런 건가요."

"갖고 싶고 이루고 싶다는 게 있다는 건 좋은 거지만, 대신 하나를 이룰수록 끊임없이 더 많은 것을 갈망해야 한다는 단점이 있어. 세상은 수많은 목적으로 이루어진 과정이거든. 그래서 욕망을 가진 사람은 행복하지 않아."

클로에는 비비안의 말에 잠시 고민하는 듯한 얼굴을 했다. 그러나 곧, 빙그레 웃었다.

"그렇군요. 그러면 앞으로 또 다른 목적을 찾아보거나 해야겠어요."

"그래. 이만 나가 봐도 좋아."

클로에는 고개를 숙였다. 곧 문이 닫히는 소리가 흘러나왔다. 비비안은 살짝 눈을 감았다. 그리고 얼마나 지났을까, 그녀가 다시 입을 열었다.

"헤더."

"네."

"자객은 확실하게 처리를 했겠지?"

"네."

"알았어."

헤더는 입을 꼭 다물었다. 그녀의 주인은 그야말로 행동력도 어마어마했다. 그리고 그 어마어마한 행동력은 빌케르 백작 일가에게 일말의 생각의 여지도 주지 않았다. 그럴 수밖에 없었다. 비비안은 이제, 아니, 사실은 언제나 시간과의 싸움을 하는 사람이었다. 애초에 소식이 퍼질 때부터 그녀는 빌케르 백작 일가가 준비라는 것을 하고 있다는 사실을 알았다. 빌케르 백작의 직계나 방계 혈통 중에서 리즈보다 나이가 있는 적당한 남자아이를 준비해 빌케르 백작에게 입적시키면 리즈는 결국 물러나게 된다.

그러나 비비안은 그것을 용납하지 않았다. 그래서 그들이 제정신을 차리기도 전, 효력이 발생한 오늘 바로 빌케르 백작을 죽여 버린 것이었다.

깔끔하기 그지없었다. 그것을 생각하다가 비비안은 눈을 다시 한번 감았다. 가을날의 쌀쌀한 바람이 그녀의 뺨을 스쳐 지나갔다. 발코니 아래를 보자 저녁 식사를 마친 고용인들이 마지막 마무리를 마치려 바쁘게 뛰어다니고 있었다.

로튼의 고용인들.

빌케르 백작이 죽었다.

그리고 로튼.

빌케르 백작이 죽었다.

그리고 로젤리스.

빌케르 백작이 죽었다.

로젤리스의 딸.

빌케르 백작이 죽었다.

그리고 로젤리스의 딸이, 빌케르의 백작이 되었다.

비비안은 수도 없이 이 말을 곱씹었다. 아마 그 누구도 이해하지 못할 것이었다. 겨우 빌케르 백작 따위가 죽어서 아쉽다거나 감상에 젖은 게 아니었다. 그녀는 그저, 과거 빌케르 백작에게 제 딸을 억지로 밀어 넣던 제 아버지를 생각하다가, 옆에서 침묵하던 어머니를 생각하다가, 그들이 지키고 싶었던 로젤리스를 생각하다가 결국 로튼을 자신이 가졌다는 생각을 하면서 그만 웃고 말았다.

그래, 아무도 이해하지 못한다.

그녀의 아버지는 제 첫째 딸을 사정없이 짓밟아 귀족가의 영광을 탐해보고자 했다. 그러나 결국 그조차도 딸이 낳아 온 딸이 결국 그 영광을 탐하리라고는 생각하지 못했을 것이었다.

'아버지, 결국 아버지의 판단은 다 틀렸어요.'

비비안은 속으로 읊조렸다. 그녀는 아버지가 보았다면 무슨 말을 하고 무슨 생각을 할지 감히 상상할 수 없었다. 슬퍼할까, 아니면 욕설을 퍼부을까. 아니면 창백한 얼굴로 그저 그렇게 서 있을까. 생각을 하다가 비비안은 웃었다.

"생각해 보니, 그건 언니의 인생으로 바꿔 온 것이었어."

비비안의 읊조림에 헤더가 고개를 살짝 숙였다. 그녀는 비비안의 시녀로서 당연히 카트린에 관한 이야기도 알았다. 그녀는 비비안이 지금 무슨 생각일지 감히 상상할 수 없었다. 그러나 그때 비비안이 갑자기 와인을 입 안에 털어 넣더니 입을 열었다.

"하지만 내가 이렇게 한 것도, 결국에는 언니의 인생을 통째로 빼앗긴 김에 그저 허망하게 모든 것을 놔주고 싶지 않아서일지도 몰라."

사실 빌케르 백작가는 딱히 탐나지 않았다. 과거의 로튼이면 모를까 비비안의 로튼은 이제 빌케르 백작가의 영광이 필요 없었다. 그러나 비비안은 그것을 결국 손에 넣었다. 더 많이 갖는 것은 없는 것보다는 좋고, 그동안 긴긴 시간 동안 제 속에 꽁꽁 채워 넣었던 무엇인가를 결국에 이런 식으로 밖으로 흘려보내려는 시도일 수도 있었다.

비비안은 길게 한숨을 내쉬고 완전히 비워진 와인 잔을 헤더에게 내밀었다. 그때, 그녀의 시선이 먼 곳으로 향했다. 그리고 그녀가 잠시 그 정체를 파악하려 미간을 좁히는 사이, 어느새 익숙한 화려한 마차가 로튼의 저택 앞에 섰다.

비비안은 웃었다. 그리고 헤더를 향해 입을 열었다.

"와인이 다 떨어졌어. 이걸 채우고, 와인을 한 잔 더 내와."

"어."

"손님이 왔잖아."

조금 이상한 요구에 헤더가 눈을 깜박이자 비비안이 웃으면서 발코니 아래를 턱짓했다. 로튼의 앞에서 멈춰선 마차에서는 위그가 내리고 있었다.

* * *

비비안이 빌케르 백작을 죽일 것을 가장 먼저 안 사람은 위그였다. 그것도 여성의 재산권이 효력을 발휘하는 그 순간 그를 죽일 것이라는 사실도.

애초에 비비안의 성정상, 아무리 카트린과의 거리를 유지하고, 입으로는 카트린 또한 위협이 되면 제거할 것이라고 수백 번 말해도 어쨌든 그녀가 언니를 꽤 사랑한다는 사실은 변함이 없었다. 게다가 카트린은 살아 있었다. 비비안이 사랑하는 자매를 괴롭힌 남자를 절대적으로 쉽게 살려 둘 리가 없었다.

그런 그녀가 지금까지 빌케르 백작을 죽이지 않은 것도, 그저 오늘을 기다렸을 뿐이었다.

위그는 비비안이 자신에게 빌케르 백작을 살리라고 한 것이 결혼 초기의 일이었다는 사실을 상기하고는 저도 모르게 소름이 조금 끼치고 말았다. 그러나 더 깊게 파고들지는 않았다. 그녀는 그런 식으로 무수한 결과를 예상하고 계획했다. 그래서 빌케르 백작이 죽었다는 소식을 듣자마자 그는 여왕에게 귀족원의 수장으로서 자신이 수사를 하겠다고 했다. 알렉산드르의 생일날 별장에 함께 있었던 크리스티나는 뭔가 대충 상황을 눈치챈 듯 고개를 끄덕였다.

그리고 위그는 빌케르 백작저에 도착을 하자마자 빌케르 백작이 자결했다고 판단했다.

이유는 없었다. 그가 그렇게 여겼기 때문이었다.

빌케르 백작 일가의 반발이 있든 없든 위그가 그렇게 결정을 내렸다. 그들 모두 자객이 있을 것이라고 말했지만 위그는 부정했다. 어떻게 침상에 누워 있는 사람이 스스로 칼을 찾아 제 심장에 찌를 수 있냐고 집사도 시녀장도 소문을 듣고 온 일족들도 전부 항의했지만 소용없었다.

빌케르 백작은 자결했다. 그는 스스로 죽었다. 그의 죽음은 아무런 짝에도 쓸모없이, 역사서에 기록 하나 남기지 않은 채 완전히 소멸했다.

사실 이렇게 강하게 밀어붙이지 않아도 되었다. 적당하게 시간을 질질 끌다가 그저 외부의 자객이 있었다고 한 뒤 흐지부지하게 일을 처리하는 것이 위그에게는 더욱더 유리했다. 그러나 위그는 일부러 강경하게 이 모든 것을 밀어붙였다.

밀어붙일 수밖에 없었다. 그날 별장에서 빌케르 백작을 발바닥으로 사정없이 밟은 채 서 있는 비비안을 보았더라면, 아마 그게 누구든 이렇게 행동했을 것이었다.

그 뒤로 수많은 일들이 있었지만 그럼에도 위그는 그날의 비비안이 단순히 자신의 경계심을 흐리기 위한 연기라고 생각하지 않았다. 물론 이것은 훗날 그녀가 그에게 한 짓과 연관이 없는 문제였다. 그저 비비안 로젤리스라는 인간을 알아 가다 보니, 그는 그녀가 진심을 드러내는 순간도 거짓을 드러내는 순간도 납득을 하고 말았다.

그래서 그는 빌케르 백작의 죽음을 아무런 의혹거리도 없이, 비비안과 연루될 만한 단 하나의 가능성도 남겨 두지 않은 채 완전히 죽여 버렸다. 비비안이 처리하고 위그가 수사하고 크리스티나가 묵인한 뒤 귀족원이 수수방관했기에 가능했다.

빌케르 백작이 자신의 마지막을 미리 알았다면, 아마 죽어도 그날 어린 소녀 하나를 겁탈하지 않았을 것이다.

그러나 빌케르 백작의 가장 역겨운 점은, 이런 식으로 제 마지막을 깨달아야만 겁탈을 하지 않을 개새끼라는 점이었다.

마지막으로 크리스티나에게 보고를 한 뒤, 위그는 로젤리스 저택으로 왔다. 그는 비비안을 잘 알았다. 그녀는 이 순간을 아마 홀로 만끽하고 있을 게 뻔했다. 그리고 방으로 들어가자, 과연 그의 생각대로 비비안은 모피를 걸치고 발코니에 서 있었다.

"왔어? 생각보다 일찍 왔네. 빌케르 백작의 일로 시끌할 것 같던데."

"귀족들은 생각보다 그렇게 타인의 일에 관심이 없어. 게다가 빌케르 백작도 적을 꽤 만들고 다녀서."

"그뿐이야?"

"생색을 내자면 내가 힘을 가장 크게 썼지."

"잘했어."

"하지만 결국 이 모든 것을 가능케 한 것은 당신이야. 바첼론에서 가장 큰 권력을 가진 두 사람을 당신의 복수에 썼으니."

"복수라."

"복수가 아닌가?"

비비안은 위그의 말에 눈을 깜박거렸다. 그러나 곧 살짝 술기운이 올라 발개진 눈을 접으며 고개를 끄덕였다.

"맞아. 본질적으로 복수긴 하지. 덕분에 나도 더 많은 것을 얻었지만."

"당신은 내가 본 사람 중에서 가장 의미 있는 복수를 한 사람이야."

비비안은 길게 숨을 내쉬었다. 그녀는 자신의 발코니 난간에 놓여 있는 와인 잔을 짚었다.

"와서 들어. 저번에 못 터뜨린 샴페인을 오늘 와인으로 대신하는 거야."

"꼭 그렇게 추운 곳에 있어야 하나?"

"그래. 여기서 로젤리스의 화원이 아주 잘 보이거든."

위그는 오늘만큼은 굳이 비비안에게 잔소리를 퍼붓지 않았다. 그가 들어옴에 따라 헤더가 밖으로 나갔기 때문에 발코니에는 그와 그녀 둘뿐이었다.

그는 비비안의 현재 심정을 감히 파악할 수 없었다. 그래서 그저 그녀의 옆에 다가가 오랜만에 와인 잔을 들었다.

"내 방은, 로젤리스의 화원이 아주 잘 보이는 곳이야. 그래서 단주 자리를 이어받은 뒤에도 방을 바꾸지 않았어."

"전망이 괜찮군. 공작가보다는 조금 작지만."

"그래도 내가 단주가 된 뒤 별관에 추가로 건설한 곳까지 더하면 공작가의 저택은 비비지도 못할 거야."

"이디에트에는 역사가 남긴 무게가 있어."

"그래, 그 무게 전부 다 빚으로 빠져나갈 뻔한 걸 내가 막아 줬지."

"꼭 지금 이 자리에서 그 이야기를 내놓아야 하나?"

"당신이 나를 이기려고 드니까."

"나는 맞는 말만 했어."

비비안은 살짝 위그를 흘겼다.

"한마디를 안 져."

"똑같이 돌려주지. 그 말."

"그래서 내가 사랑하지만."

"나도 이제는 알아."

말을 마친 위그는 난간을 등지고 살짝 기댔다. 다행이게도 오늘따라 가을바람이 그리 쌀쌀하지 않았다. 그는 비비안이 입은 모피를 보고 살짝 와인 잔에 입을 댔다. 저번에 만났을 때 은근히 콧소리가 섞였는데 지금 보아하니 감기가 나은 모양이었다. 다행이군, 이라고 속으로 읊조리는데, 난간에 허리를 숙이고 팔을 기댄 채 밖을 내다보던 비비안이 입을 열었다.

"정말로 나한테 재산권이 생겼어."

"그래, 좋겠다."

"이제 아리아는 결혼을 해도 자신의 재산을 빼앗길까 봐 걱정하지 않아도 돼."

"혹시나 해서 말하지만 이 세상에는 부부 공동 재산이라는 개념도 있으니까 결혼 전에 주의하라고 일러."

"그래도, 여자한테만 적용되는 룰과 공동으로 적용되는 룰은 엄연히 다르지."

"그렇긴 하지만."

"그리고 우리 리즈는 빌케르 백작 위를 이어받을 거고."

"그렇게 어린 아이가 권력을 알까?"

"상관없어. 빌케르 백작가가 무너지지 않기를 바라는 자들이 그 아이를 공격하면서도 보호해 줄 거야. 그리고 언니와 내가, 지켜 줄 거고."

"케이트한테는 뭐가 없나? 아, 그러고 보니 경영권을 제외한 재산을 케이트에게 넘긴다고 했었지."

"그것뿐만 아니라 예델도 줄 거야."

순간 가을바람과 비비안의 조곤조곤한 목소리에 잠겨 있던 위그가 조금 놀라운 얼굴을 했다. 그는 고개를 돌려 비비안의 뒤통수를 내려다보았다. 그러나 비비안은 여전히 자신의 생각에 취한 듯, 그저 미미하게 웃으면서 말을 이었다.

"내가 약속했거든. 대륙에서 가장 돈이 많은 이모가 있으니, 걱정 말고 건강하게 기어 나오기만 하라고."

"……."

"그리고 예델을 지었으니, 그 아이의 것이 되어야지. 그뿐만 아니라 이제 벌일 교육 사업 전부 케이트에게 넘겨줄 거야."

"아리아가 탐내지 않겠나?"

"아리아는 탐내지 않아. 그 아이는 욕망을 갖고 있지만, 나처럼 독하지 않거든. 그래서 동생들 손을 양쪽에 잡고 잘 살 거야."

"그렇군."

"뭐, 빼앗겠다고 해도 굳이 반대는 하지 않겠지만."

그저 비비안의 말에 고개를 끄덕이고 있던 위그가 멈칫했다. 그가 진심이 나는 듯한 얼굴을 했다.

"뭐?"

"재미있잖아. 나는 그 아이들이 원한다면 이 울타리 내부에서 어떻게 물어뜯고 싸워도 싫지 않을 거야."

"나는 조금 싫을 것 같다."

"그래?"

"뭐, 어른의 마음이라고 치지."

비비안은 가벼이 웃었다. 그녀는 그제야 살짝 고개를 돌렸다. 자신의 옆에 서 있는 위그를 올려다보던 그녀의 얼굴이 미묘하게 변했다. 곧 발코니에는 침묵이 흘렀다. 위그는 비비안이 말이 없자 덩달아 고개를 숙였다. 순간 두 사람의 시선이 허공에서 얽혔다.

그렇게 두 사람은 꽤 오랫동안 서로를 응시했다. 위그는 자신이 비비안을 왜 보러 왔는지도 잊었다. 사실 애초에 의도 따위는 없었다. 그저 이런 시간에는 자신이 있어야 할 거 같았다. 두 사람은 이혼을 했으면서, 정작 세상의 부부들이 가끔씩 까먹을 때도 있는 사실을 잘 상기하고 있었다. 최소한 두 사람은 특별한 순간에는 서로와 함께했다.

"왜 그렇게 보지?"

침묵을 깨고 먼저 입을 연 사람은 위그였다. 그러나 비비안은 그저 고혹적으로 눈매만 휘며 그를 볼 뿐 아무런 말도 하지 않았다. 결국 위그가 다시 입을 열었다. 그리고 그때, 비비안이 입을 열었다.

"나는 당신이 나를 이렇게 볼 때면 좀 무섭……."

"나는 어렸을 때, 내가 갖고 싶은 것을 다 가지면 모든 것이 끝날 줄 알았어."

위그는 바로 입을 다물었다. 비비안이 말을 이었다.

"소설이나 연극을 보면 그렇잖아. 모든 것을 쟁취한 사람이, 결국 모든 것을 극복하고 승리를 거머쥐어 인생의 정점에 오르면 막이 내리고 소설은 끝이나."

"그런 편이지."

"하지만 인간은 결국에는 살아야 돼. 인생에는 끝이라는 게 없어. 죽는 순간을 제외하고는."

"그래서?"

"생각해 보니 나는 꽤 오랜 시간을 새로운 것을 탐하면서 살아왔어. 당신도 알다시피. 나는 그래서 불행할 거야."

위그는 비비안의 조곤조곤한 목소리에 잠시 불안한 얼굴을 했다. 그러나 곧, 그는 다시 평온하게 대꾸했다.

"사람이 꼭 행복해져야 하는 건 아니지."

"맞아. 그래서 나는 애초에 불행 따위를 물리치겠다고 아등바등하는 것보다, 그냥 내 뜻대로 살았어. 그리고 오늘, 내 인생에서 갖지 못하면 가장 아쉬울 뻔한 것 하나를 손에 넣었어."

재산권과 상속권을 말하는 것이었다. 위그는 살짝 미소를 지었다. 그때, 갑자기 비비안이 천천히 허리를 세웠다. 위그는 그녀의 허리에 팔을 살짝 둘렀다. 비비안은 그것을 거부하지 않았다. 대신 그녀의 파란 눈동자가, 그 익숙한 파란 눈동자에 미묘한 기색이 서리더니, 이내 진득한 미소를 머금었다.

"그래서 나는 이제 새로운 것을 또 손에 넣으려고 해."

"새로운 것?"

"그래, 새로운 것. 재산권과 상속권을 손에 넣었으니, 빌케르 백작 따위를 죽이는 것보다 훨씬 내가 하고 싶었던 것. 그리고 탐냈던 것."

"그게 뭐지?"

위그는 살짝 미간을 찌푸렸다. 그녀가 무엇을 원하는 것인지 그로서는 알 수 없었다. 그러나 그 순간, 비비안이 입을 열었다.

"이디에트."

"뭐?"

"이디에트를 갖고 싶어."

"비비안 로……."

"위그 이디에트. 나와 아이를 가질 생각이 없어?"

"……!"

"그리고 내 아이가, 이디에트를 갖는 거야."

순간 발코니의 공기가 삽시에 얼어붙었다. 위그는 그대로 석고상처럼 완전히 굳어진 얼굴로 비비안을 응시하고 있었다. 짙은 녹안에 서린 것은 오직 경악뿐이었다. 그저 그것을 보던 비비안의 눈빛만 여유롭기 그지없었다. 마치 오랫동안 계획해 왔던 것처럼, 그리고 오랫동안 생각을 해 왔던 것처럼. 그렇게.

위그는 일순 머릿속이 새하얘졌다. 그는 대체 비비안이 어떻게 하면 이디에트를 가질 생각을 했고, 그 이디에트를 갖는 일환으로 아이를 낳자는 생각을 했는지 알 수 없었다. 그리고 생각이 돌고 돌아 그가 드디어 이성을 찾았을 때, 그의 얼굴은 사정없이 일그러졌다. 그와 동시에 마치 으르렁거리는듯한 목소리가 흘러나왔다.

"비비안 로젤리스. 미쳤나?"

"아이를 낳자는 게 그렇게 미친 제안이야?"

"당신 인생에 어떻게 아이가 있을 수 있어."

"내 인생에, 왜 아이가 있으면 안 돼?"

"이디에트의 후계자 따위 당신이 상관할 바 아니야."

"나는 이디에트의 후계자 문제에 관심이 없어. 내가 관심이 있는 건 내 아이가 이디에트의 후계자가 되고, 당신의 손에서 평탄하게 공작 위를 이어받는 것뿐이야."

"그게 그거 아닌가?"

"위그 이디에트, 지극히 자기중심적인 생각은 버려."

"……."

"이디에트의 영광에는 내 몫이 있어."

"당신 몫이 어떻게……."

말을 잇던 위그의 눈가가 순식간에 꿈틀거렸다. 동시에 그의 얼굴이 공포에 물들었다가, 섬뜩함을 품었다가, 경악을 품었다가, 불신을 품고 다시 경악을 품었다. 그 순간, 그의 머릿속으로 라니사를 죽인 뒤 두 사람이 나눈 대화가 스쳐 지나갔다. 그 짧디짧은, 그저 일상적인 말다툼에 불과했다고 생각했던 그 대화가.

'이디에트의 명예는 내 것이다.'

'위그 이디에트, 그건 지금 내 것이기도 해.'

'하지만 장래에는 당신 것이 아니지.'

'그래서 당신은 본인의 것이 아닌 내 상속권 문제에 그렇게 마음을 쓰고 있어?'

'지금은 내 것이니까.'

'나도 마찬가지야.'

나도 마찬가지야.

위그는 그 말을 떠올리고 말았다.

비비안은 우아하게 웃었다. 그녀의 고혹적인 얼굴 위로 서려 있는 짙은 미소는 그녀의 모든 말 한마디 한마디를 장난처럼 보이지 않게 하는 구석이 있었다.

곧 위그의 부들거리는 소리가 들려왔다.

"당신, 라니사 블레이드……."

"내가 왜, 훗날 이디에트의 후계자 분쟁이 생길 만한 일을 내 손으로 처리했겠어? 그리고 왜 굳이 디텔에게서 먹물을 뒤집어쓸 수 있는 이디에 트를 내 손으로 구했겠어? 내가 왜…….”

“…….”

“……이혼하면 끝날 가문의 명예를 그렇게 지켰겠어?”

위그는 비비안의 허리를 감은 팔에 힘을 주었다. 비비안은 그런 위그의 손짓에 그에게 한 걸음 다가갔다. 두 사람 사이의 거리가 순식간에 한없이 좁혀졌다. 그 순간, 그녀의 얼굴에 더욱더 진한 미소가 서렸다. 위그의 분노 섞인 얼굴과는 애초에 결이 달랐다. 그녀는 이 순간을 수도 없이 생각해 온 듯했다.

“대체 언제부터.”

“딱히 언제라고 할 게 없어. 굳이 말하자면 당신이 크리스티나를 왕으로 올리기 이전, 아니, 당신이 내 유언장을 확인하고 나를 위협할 때부터?”

“…….”

“나는 내가 얼마나 대단한지 알아. 그런데 당신은 그런 대단한 나를 상대 로 싸우려고 했어. 그리고 심지어 싸워졌어. 그게 얼마나 짜릿한 이야기인 지 알아?”

그는 아마 상상도 못 할 것이었다. 그녀의 인생에서 그녀와 이렇게 정면 으로 맞서는 사내는 단 한 명도 없었다. 그러나 위그 이디에트는 했다. 심 지어 꽤 진심으로 했다. 그러다 보니 궁금해졌다. 위그 이디에트가. 긴 과정 을 걸쳐 사랑하게 되었다. 그리고 그를 사랑하니, 그의 가문이 욕심이 났다.

욕심이 나면, 가져야지.

“그거 알아? 당신이 크리스티나를 여왕으로 만들려고 하는 순간, 크리스 티나는 진짜로 여왕이 되었어.”

“나 혼자 한 건 아니지.”

“하지만 나 혼자였다면 아마 꽤 어려웠을 거야. 어떻게든 원하는 것을 손에 넣기야 했겠지만, 당신이 내게 온 순간부터, 그리고 당신이 그렇게 하리라고 마음먹은 순간부터, 우리의 뜻이 일치하던 순간부터 당신의 권력이 제법 큰 힘이 되었어."

"그리고 당신은 힘을 사랑하고?"

"그래."

"당신은 권력 싸움에 관심이 없다고 했잖나."

"하지만 그 권력이 내 힘에 도움이 된다면, 써먹을 수 있을 만큼 써먹어야지."

"……."

"왕을 만들 수 있는 가문이야. 귀족원의 수장이야. 바첼론의 권력 꼭대기에 있는 가문이야. 바첼론의 개국 공신이야. 몇백 년의 영광이야. 그리고 내가 아이를 낳게 되면, 로튼은 아마 영원히 그렇게 빛나는 이디에트와 묶여 거론되겠지. 최소한, 아리아 대까지는."

위그도 비비안도 그것이 무엇을 의미하는지 알았다. 만약 위그가 양자를 들여 이디에트를 잇는다면 로튼과 이디에트와 관계도 이대로 끊어질 것이 자명했다. 로튼은 그렇게 홀로 다시 상단의 중심에 설 것이었다. 그러나 비비안은 이미 권력이 주는 맛을 알았다. 이디에트가 로튼에 안겨 준 꽤 많은 것들을 본 적이 있는 사람이었다.

"위그 이디에트. 어차피 당신에게는 실이 없는 제안이야. 그저 가문을 잇게 될 후계자 하나 새로 생겼다고 좋아하는 척하면서 내 제안을 받아들여."

"말했어. 이디에트 공작가의 후계자는 당신이 걱정할 문제가 아니다."

"나도 알아. 하지만 내가 상냥하게 핑계를 만들어 주고 있잖아. 그러니까 그 핑계를 덥석 물라고."

"싫다. 나도 생각을 해 봐야 돼. 그리고 우리 둘은 부부도 아닌데 대체 어떻게……."

"아이를 가지려면 꼭 부부여야 하나?"

"아니, 뭐 이론상으로 그렇기야 하지만."

"바첼론에서 입적을 당한 이상은 아무도 그 아이를 손가락질하지 않아. 아니, 사실 입적하지 않아도 상관없어. 바첼론의 모든 이들이 전부 우리 아이가, 위그 이디에트와 비비안 로젤리스의 아이라는 것을 알 테니…… 감히, 누가?"

"……."

"내가 낳고 당신이 키워. 우리는 바첼론에서 가장 강한 아이를 갖게 될 거야."

비비안의 목소리는 마치 악마의 속삭임 같았다. 그러나 위그는 결코 그 속삭임에 고개를 끄덕이지 못했다. 아이를 갖는 건 좋다. 이디에트의 후계자 문제가 해결되니 그녀의 말대로 그로서는 실이 없다. 이디에트와 로튼의 인연을 계속할 수 있으니 그녀로서도 좋을 것이었다. 그러나 얼핏 보면 다 괜찮아 보이는 이 관계에는 지극히 현실적인 문제가 있었다.

"하지만 그러면, 당신 건강은?"

"……."

"아이를 낳는 건……."

"그건 내가 알아서 해."

비비안은 괜찮다는 말을 빈말로도 안 했다. 그녀의 건강 상태는 그도 알고 있었지만 결국 가장 잘 알고 있는 이는 그녀일 것이었다. 그런 그녀가 빈말로도 괜찮다고 하지 않을 정도라면.

"안 돼."

"가증스럽게 굴지 말고 그냥 허락하라니까."

비비안은 뒤로 한 걸음 물러났다. 그러나 그 순간, 위그가 비비안에게 한 걸음 다가갔다.

"당신이야말로, 후계자가 생기면 내가 마냥 좋아할 것이라는 생각은 버려."

"……."

"나는 당신을 사랑해도 이디에트를 버리지 않았어. 그건 이디에트를 사랑해도 당신을 버리고 싶지 않다는 거야."

"욕심이 많네."

"하지만 우리 둘 다 그래서 여기까지 왔지."

비비안은 피식 웃었다. 그러다 곧, 그녀가 장난스러운 얼굴을 했다.

"당신이 싫으면 다른 남자와 아이를 낳을 거야."

"뭐?"

위그의 얼굴이 순식간에 험악해졌다. 왠지 모르게 비비안이라면 진짜 그러고도 남을 것 같았다. 그녀는 사랑하는 사람을 죽였다. 사랑하는 남자가 아니더라도 아이를 가질 수 있을 것이었다. 그녀가 마음을 먹는다면 못 할 게 없었다. 비비안이 팔짱을 끼고 새물새물 웃었다.

"당신 성격이라면 내 아이도 예뻐하면서 잘 키울 거야."

"그건 무슨 자신감이야?"

"그러니까 그냥 허락해."

"비비안 로젤리스."

"위그 이디에트, 당신은 내 트로피야. 나는 당신을 손에 넣은 뒤로 근 3년, 아니, 4년을 감상만 했어."

"그놈의 트로피 소리 또!"

"그렇지만 이제는 보기만 하는 것도 신물이 나. 그러니 녹여서, 팔에, 목에, 귀에. 그리고 손에 달고 다닐 거야. 나를 빛나게 하는 수많은 장식품처럼 말이지."

감히 바첼론의 가장 큰 권세가를 장식품 따위에 비교하면서도 비비안은 일말의 동요도 없었다. 위그는 입을 다물고는 이마를 짚었다. 이 일을 어떻게 이해해야 할지 몰랐다. 엄연히 말하자면 비비안과 이대로 아이를 가져도 그는 실이 없다. 없는 듯 보였다. 그러나 동시에 그는 비비안을 놓고 도박을 해야 했다.

"생각을 해 보지."

"너무 오래 생각하지는 마. 그사이에 내가 다른 남자와……."

"그러기만 해 봐, 그 남자를 죽이고 집도 폭발시켜 버릴 거다."

"그럼 나와 내 아이만 남는데, 다른 남자와의 아이를 잘 키울 자신은 있나, 우리 전 남편?"

위그는 그만 말문이 막히고 말았다. 비비안이 까르르 웃었다. 그녀는 손을 들어 그의 턱을 살짝 쓸었다. 곧 그녀가 요사스럽게 속삭였다.

"어디 한번 해 봐. 절대 손해 보는 거래는 아니야."

"거래. 아이를 낳는 게 당신에게 거래인가?"

"그래. 나한테는 그래."

"나는 당신을 아직도 모르겠다. 아니, 안다고 생각했는데 또 모르겠어."

"그래서 당신이 내게 언제나 지는 거야."

비비안은 위그에게 다가갔다. 알싸한 와인 향이 그의 코를 간질였다. 그리고 그녀의 체향과 향수의 달큰한 냄새. 모피를 사이에 둔 따뜻한 체온. 그의 목을 감싸는 긴 팔, 그리고 천천히 다가오는 입술.

위그는 결국 비비안의 허리를 끌어안았다. 그리고 입술이 부딪치기 전, 비비안이 작게 속삭였다.

"나는, 당신을 너무 잘 알거든."

그래, 어쩌면 그럴 수도.

위그는 한숨을 쉬었다.

* * *

왕위에 오르기 전부터 꾸준하게 생각했던 것이지만 비비안은 생각보다 훨씬 인간이라는 족속의 특성에 대해 잘 아는 이였다. 그중에서도 그녀는 이득을 위해서라면 자신의 편견 정도는 어떻게든 내려놓을 수 있는 것이 귀족이라는 사실 또한 너무 잘 아는 것 같았다. 왕실 혈통의 정당성을 위해서는 왕의 딸이, 어느 이름 모를 왕의 혈족의 아들보다는 낮다고 하는 것. 물론 그 뒤에는 귀족들의 이익 미지수에 대한 두려움이 있었지만, 어쨌든 크리스티나는 생각 이상으로 자신이 왕이 되는 것과, 자신의 아이에게 왕위를 넘겨주는 것에 귀족들이 찬성한다는 사실을 깨달았다.

그럴 수밖에 없었다. 지금까지 아들을 통해 대대로 곧게 내려오던 왕실이었다. 아무리 옆으로 뻗친다 해도 사촌을 넘기지 않았으니 사실 귀족들에게는 그 왕족이 그 왕족이었다. 그 누구도 왕이 되리라고 생각하지 못했던 왕녀가 형제를 치고 올라오는 것은 그들의 자존심이 걸린 문제였으나 만약 크리스티나가 이대로 죽고 지금까지 거의 사장되어 가던 왕위 계승 룰이 적용되면, 어느 날 길거리에서 술을 마시며 놀던 한량이 갑자기 왕이 되는 불상사도 벌어질 수 있었다.

왕실 핏줄의 정통성이 옅어진다. 그 사실은 귀족들을 상당히 불안하게 했다.

바첼론에서 귀족과 왕족은 언제나 함께 커 가는 사이였고, 그래서 대부분은 왕녀가 아이를 낳기를 바랐다.

그리고 바로 이 염원하에 이루어진 것이 바로 여성의 재산권과 상속권 개방이었다.

결론적으로 여왕의 존재가 바첼론의 상황을 아주 크게 바꿨다는 사실은 변함이 없었다. 그러나 법 하나 바뀐다고 갑자기 사람이 바뀔 리는 없으니, 단기간적으로 귀족들은 변하지 않는 듯했다. 어차피 귀족들에게는 가주로서 후계자를 지정할 권리가 있으므로 굳이 딸에게 권리가 가도 아들을 후계자로 세우면 그만이었다. 아무리 여왕이 대단하다고 해도 가문의 세세한 대소사까지 신경을 쓸 권한은 없으니 제가 알아서 미리 지정하면 되는 게임이었다.

위그는 그런 귀족들의 생각을 읽어 낸 듯 가벼이 비웃음을 지었었다.

그는 의미심장한 얼굴을 하면서 귀족들이 얼마나 오만한 생각을 했고, 그 오만한 생각이 어떤 결과를 불러일으킬 수 있는지 전혀 모른다는 듯이 읊조렸다.

"저러다가 갑자기 뒤통수를 맞는 수가 있지."

그야말로 경험에서 우러나온 속삭임이었다. 어쨌든 귀족들의 오만이, 그리고 적당한 방심이, 여자가 후계권을 가져도 자신에게는 별다른 위협이 되지 않는다는 그 생각이 크리스티나와 비비안에게는 꽤 유리하게 작동한 것이 사실이었다. 물론 크리스티나는 한동안 그것에 꽤 불만이 있었으나, 그래도 조금씩 자신의 마음을 갈무리하는 것 같았다.

그렇게 상속권 문제로 수도가 들썩인 뒤 얼마 지나지 않아 크리스티나는 비비안을 초대했다. 어차피 비비안도 굳이 거절을 할 이유가 없었기 때문에 그녀는 흔쾌히 그것에 응했다.

"귀족들은 아직도 짐이 예외라고 생각하는 것 같다. 재산권도 그래서 짐의 의견에 동참한 것이고. 짐이 아들을 낳아서 왕위를 물려주면, 그게 그거라고 생각하는 것 아니겠어?"

"여왕이 즉위했다고 해서 귀족들이 갑자기 여성에게 한계가 없음을 인정하고 갑작스럽게 이상을 외친다면 그게 더 이상하지 않겠어요?"

크리스티나는 비비안의 대꾸에 할 말을 잃은 듯했다. 하긴 그렇게 나오면 대체 저치들은 단체로 약이라도 잘못 먹었나 싶을 것이었다.

"언제나 말하지만, 중요한 건 이런 시간과 역사가 있었다는 거죠. 훗날 갑자기 이 모든 것이 수포로 돌아갈 수도 있고, 뭐, 이대로 유지할 수도 있지만 그래도 전례라는 것은 어마어마하게 중요한 것이에요."

"그렇다고 해도 귀족들의 그 오만한 얼굴이란."

"폐하는 그 귀족들의 우두머리죠."

"짐은 그래도 약점이라는 것이 있었어. 저들은 어렸을 때부터 약점이라고는 하나도 없이 살지 않았나. 그래서 그런지 머리부터 발끝까지 자신은 절대 패배하지 않을 거라 생각하고 있는 것 같아."

"뭐. 그럴 수도 있죠. 결론적으로 바첼론의 첨예한 대립과 모순은 그들이 근원이기도 해요."

비비안은 살짝 시선을 내렸다. 그녀는 차에 비낀 자신의 모습을 보다가 빙그레 웃었다.

"굳이 말하자면, 같은 남자 사이에서도 계급이라는 건 존재하니까."

"그런가."

"그렇죠. 이건 또 폐하의 고귀한 혈통으로는 상상을 못 하시겠지만. 바첼론의 평민 남자들은, 참 높은 확률로 큰 고생을 하면서 살거든요. 나는 그것을 알아요. 결국 인간은 한 가지 속성만 갖고 있으면 안 된다는 거죠."

"그자들도, 바첼론의 백성이지."

그리고 그 순간 비비안의 눈빛이 미묘해졌다. 그녀는 찻잔을 들어 입에 살짝 댔다. 여왕은 의외로 꽤나 진심으로 읊조린 듯했다. 그리고 그녀의 말이 맞았다. 그 또한 크리스티나의 백성이었다. 여왕의 자식들, 그녀는 이 나라의 우두머리이고 왕이다.

비비안은 찻잔을 내려놓았다.

"이제 좀 왕 같군요."

"놀리는 건가? 무엄하다."

"감탄하는 거예요. 예전에는 안 이랬잖아요."

"그때는 내 주변의 대부분 사내들이 다 귀족이었으니. 지금도 마찬가지지만, 그래도 최소한 이 세상에는 귀족을 제외한 이들도 있다는 사실을 알았어."

"종종 민심을 살피러 나가나 봐요?"

비비안이 놀리듯 말했다. 크리스티나가 웃었다.

"그렇다 치지."

"폐하는 훌륭한 왕이 될 수 있을 거예요."

"권력자는 다 똑같다고 했으면서?"

"그래도 왕이 존재하는 세계에서, 자신의 모든 힘을 다해 왕으로서의 책무를 이행하려고 하면, 뭐, 좋은 왕이죠. 좋은 사람인지 아닌지는 다른 문제지만."

크리스티나가 다시 찻잔을 들었다. 그때 마침 노크와 함께 세실리아가 모습을 드러냈다. 그녀는 크리스티나를 향해 살짝 예를 취한 뒤 그녀의 옆으로 다가가 허리를 숙이고 귓가에 뭔가를 속삭였다. 아무래도 표정을 보아하니 공무와 관련된 일 같았다. 비비안은 눈치 빠르게 자리에서 일어났다. 크리스티나는 비비안을 굳이 더 잡지 않았다. 그러나 비비안이 물러나려고 하자, 뭔가 생각난 듯이 입을 열었다.

"그러고 보니 리디아 세른 양이 변호사 시험을 통과했다고 하던데."

"저도 들었어요."

"한동안 꽤 아꼈는데, 이제는 보좌관실에서 나가 정식으로 단주의 변호사가 되겠군."

"그 아이는 대법관이 되고 싶어 하니까요. 더 실무 경험을 쌓고 지식을 쌓아야 앞으로 폐하께서 하시려는 일에 진정으로 도움이 되지 않겠어요?"

"이번에는 그 아이와 세른 교수의 도움이 컸어."

"하지만 끝은 아니죠. 폐하께는 아마 평생을 일에 퍼부으셔야 할 거예요."

"짐도 안다."

"그럼 이만 물러나겠습니다. 폐하."

말을 마친 비비안이 우아하게 예를 취하고는 방을 나갔다.

탁.

문이 닫히는 소리가 나자 크리스티나가 찻잔을 들고 차를 입에 댔다. 그때, 세실리아의 목소리가 들려왔다.

"단주는 여전하군요."

"그렇지?"

"사람이 저렇게 변하지 않는 것도 재주예요."

"너는 아직도 단주가 싫니?"

"좋지는 않아요. 뭐, 여학교를 만든 일에 돈을 내준 것은 의외였지만, 그래도 딱히 대의라거나 공공의 이익을 위해 자신을 희생할 여자는 아닐 것 같지 않나요?"

"그렇지. 하지만 결과적으로 비비안 로젤리스의 존재가 지금 이 상황을 만든 건 사실이야."

세실리아는 더 부정하지 않았다. 크리스티나의 말이 맞았다. 비비안의 존재가 위그 이디에트를 지금처럼 만들었고, 그리하여 두 사람이 손을 잡고 바첼론 최초의 여왕을 만들었다. 또 바첼론에서 왕립 아카데미에 버금가는 큰 규모의 사립학교를 설립해 여자아이의 입학을 허용했고, 결과적으로 최초의 여성 대법관을 만들려 리디아 세믄을 후원했다. 그러나 비비안의 목적은 언제나 하나였다. 자신의 이익.

"의도가 불순치 않은데 결과는 전부 괜찮게 됐군요. 행운인 건가요?"

"총명한 거지. 그리고 의도가 그렇게까지 불순하지는 않아. 평범한 인간이 받아들이기 힘든 수단을 써서 그렇지."

"저는 그래서 아직도 저 여자가 싫어요. 그렇지만 제 생각이 저 여자에게 딱히 큰 영향을 줄 것 같지는 않군요."

"단주도 신경을 쓰지는 않을 거야."

크리스티나는 그렇게 말하며 자리에서 일어났다. 곧, 세실리아가 그 뒤를 따랐다.

* * *

한동안 여왕에게 들들 볶인 여파로 귀족원은 휴식기에 접어드는 듯했다. 거의 매일 열리던 회의도 위그는 소환을 하기 전까지는 굳이 나오지 않아도 된다고 통보했다. 그렇다고 해도 위그마저 집에서 편하게 놀 수 있다는 뜻은 아닌지라, 그는 오늘도 여상스럽게 회의실에 앉아 있었다. 다만 텅텅 비어 있다시피 한 방에는 그와 요한밖에 없었다.

몇 가지 서류를 보던 위그가 숨을 길게 내쉬었다. 비록 눈은 서류를 보고 있지만 사실 이 며칠 동안 그의 머리를 완전히 잠식한 것은 온통 비비안이었다. 정확히 말하자면 비비안이 한 폭탄 제안이지만 그게 그거였다. 그는 그날 밤의 광경을 한 번, 비비안의 얼굴을 한 번 상기하다가 저도 모르게 비비안과 제 아이라면 바첼론에 해악을 끼치는 게 아닐까 하는 꽤 선견지명이 있는 생각을 하다가 그래도 상당히 예쁠 것 같다는 데로 사고가 퍼져나가 결국 도리머리를 쳤다.

그리고 방금 전부터 다 처리한 서류를 뒤적거리며 한숨을 쉬는 주인을 보던 요한이 어이없는 얼굴을 했다. 시녀장도 그렇고 집사도 그렇고 와서 각하에게 무슨 근심 걱정이 있는 게 아니냐고 할 만큼 위그는 답지 않게 요즘따라 꽤 얼굴에 수심을 드리우고 있었다. 그러나 요한은 원래 위그가 먼저 말을 내뱉지 않는 이상 주제넘게 묻지 않았다.

'설마 후계자 문제 때문에 그러는 것일까.'

그것이라고 생각하니 과연 이해가 갔다. 그러면 위그가 속을 태울 만했다. 게다가 위그는 죽어도 그 변태적인 요구를 어떻게 낮춰 볼 생각이 없는 듯했다. 인간적으로 네 개 이상의 외국어를 할 줄 알고 이디에트의 기사를 상대로 10분을 버티고 철학자의 책을 이해하는 아이가 이 세상에 존재할리가 없었다. 위그야 해냈다고 하지만 그것은 이디에트 공작가의 미친 교육 환경과 또 그걸 감당할 만한 위그 이디에트의 괴물 같은 머리와 의지가 만들어 낸 기적일 뿐이니 딱히 참고 가치가 없었다. 그러니 그로서는 당연히 앞길이 캄캄하겠지.

그렇게 생각하는데 위그가 다시 길게 한숨을 쉬었다. 이번에는 예상 밖으로 화답이 들려왔다.

"뭘 그렇게 땅이 꺼져라 한숨을 쉬고 있어."

언제 왔는지 비비안이 회의실의 문에 기대서 있었다. 요한은 조금 놀란 얼굴을 하고 예를 취했으나, 위그는 이미 눈치챘는지 그저 무심한 얼굴로 비비안을 응시했다.

"누구 때문이라고 생각하나?"

"아직도 고민 중이야? 그냥 못 이기는 척 승낙해. 어차피 진짜로 이기지도 못하겠지만."

"다른 건 몰라도 이건 내가 협조 안 하면 안 되는 일이야."

"아이를 낳는 건 나야. 굳이 당신 아이가 아니더라도 상관이 없다고 했는데."

"다른 남자의 아이를 낳으면 내가 거들떠볼 거 같나? 나도 다른 여자와……."

그러나 말을 잇던 위그는 대화가 뭔가 잘못되었다는 것을 느꼈는지 바로 입을 다물었다. 그리고 그것을 증명하듯 요한의 얼굴이 미묘하게 일그러졌다. 그는 방금 전 대화가 이혼 뒤에도 꽤 긴밀한 관계를 유지하는 연인의 것인지 잠시 생각해 보았다.

위그는 결국 한숨을 쉬었다.

"왜 왔어?"

"이디에트의 주방장은 요즘도 솜씨가 좋아?"

"이디에트로 오려고?"

"그래, 겸사겸사 내 아이가 자라나기 적합한 환경인지 고찰도 하고."

"나는 허락을 안 했…… 가만, 당신 보니까 지금 나 놀리는 건가?"

"그렇지."

비비안의 얼굴에 해맑은 미소가 서렸다. 위그는 비비안이 이 방에 들어온 순간부터 일부러 이러고 있다는 사실을 깨달았다. 그것을 증명하다시피 그녀의 눈가에 진득한 미소가 감돌았다. 곱게 접은 눈 틈으로 다음에는 무슨 발을 어떻게 해서 이 남자를 당황하게 할까, 하는 종류의 기색만 잔뜩 서려 있었다.

위그는 결국 더 보아 봤자 의미도 없는 서류를 덮고 요한을 향해 넘겼다.

"집사에게 전해. 비비가 오늘 와서 식사를 할 테니 준비해 두라고."

"식사를 하고 하룻밤 묵고 싶은데 안 되나?"

"당신 집에 가서 자."

"유치하기는."

"켄슨 부인에게도 일러 놓고."

말은 그렇게 해도 위그는 요한에게 서류를 넘기며 다시 한번 당부했다. 요한이 고개를 끄덕이고 방을 나갔다. 비비안은 요한의 뒷모습을 보다가 그가 완전히 방을 나가고 문을 닫자 입을 열었다.

"우리가 무슨 대화를 하는 것인지 당신의 부관이 아주 궁금해하는 것 같아."

"당신 같으면 우리 대화의 내용이 무엇인지 안 궁금하겠어?"

"그러니까 그냥 허락하라는 거야. 아, 일어나. 내가 앉을래."

"또?"

"귀족원의 상석은 묘한 매력이 있어. 여기에 앉으면 뭐든 일이 잘 풀릴 거 같아. 아, 디텔 공작의 의자는 내갔나 보네."

"내간 지가 언젠데."

"그래, 그러니 훨씬 더 밸런스 맞고 보기 좋네. 저기 저 끝에는 누구야? 새로 들어왔나?"

"멘티아 자작가다. 디텔이 나가고 새롭게 들어왔지."

위그는 이 몇 년 사이 귀족원에 생긴 변화를 알리며 자리에서 일어났다. 비비안이 그의 자리에 앉자, 그가 의자를 밀어 넣어 주었다. 곧 그가 책상을 등지고 살짝 기댔다.

그의 시선이 의석에 앉아 귀족원의 책상을 내려다보고 있는 비비안에게 멈추었다. 방금까지 꽤 퉁명스럽게 말을 했으면서 정작 그녀의 얼굴을 보자 괜히 미소를 지었다. 그와 비비안의 근본적인 차이가 여기서 드러났다. 그는 그녀의 얼굴을 보기만 해도 웃음이 나서, 그녀가 아닌 다른 여자는 생각도 못 하고 엄두도 못 내는데 비비안은 달랐다. 그녀는 필요하다면 진짜로 그를 떠날 것이었다. 그게 그녀가 그를 사랑하지 않는다는 뜻은 아니었다.

"진짜인가?"

"뭘?"

"내가 아니면 다른 남자와도 아이를 낳을 거라는 이야기. 당신은 이디에 트를 갖고 싶어 하잖나. 다른 남자와 아이를 낳으면, 아무리 내가 너그러운 마음을 갖고 있다고 해도 이디에트와는 절대 상관이 없을 거다."

"나도 알아."

"아는데 그래?"

"하지만 이디에트는 가지지 못하더라도 없는 것보다는 낫겠지."

"아이는 장난이 아니야."

"나도 장난이 아니야."

위그는 비비안의 얼굴을 빤히 응시했다. 그래, 비비안은 장난을 하지 않는다. 그녀가 그렇게 원했다면 필히 이유가 있을 게 뻔했다. 다만 왜 하필이면 아이인지 알 수 없었다. 두 사람은 결혼을 할 수가 없었다. 아무리 재산권이 그녀에게 있다고 해도, 그가 이디에트고 여왕이 이디에트의 말을 듣고 있는 이상, 위그에게는 다시 상황을 바꿀 수 있는 힘이 있다. 그것이 현실적으로 가능한지 가능하지 않은지를 떠나 그 일말의 위험도 비비안은 감수할 사람이 아니었다. 그녀는 그를 사랑하지만 그 이상으로 저를 끔찍하게 사랑하는 사람이었다.

그러니 결혼은 하지 않는다.

그런데 아이를 낳는다고?

"결혼할 생각은 없어?"

"당신 생각에는 내가 겨우 법 조금 고쳐졌다고 신나고 해맑게 당신 부인이 될 인간으로 보여? 그리고 여왕의 의사로 바뀐 법은 어떻게든 고쳐질 수 있고, 당신이 귀족원의 원장인 이상 내가 어떻게 당할지 몰라."

"정말 사람이 믿음이라는 게 없군."

"당신이 한 짓을 좀 돌이켜 보지?"

"당신이 한 짓부터 먼저 돌이켜 봐."

위그의 말에 비비안은 대수롭지 않게 콧방귀를 꼈다. 그녀는 느긋하게 귀족원 의자의 손잡이에 팔을 기대고 아래를 죽 훑었다. 귀족원의 상석은 그야말로 환상적인 자리다. 그녀가 갖기는 싫지만 그녀의 아이가 가진다면 또 말이 달라진다. 아, 이렇게 생각하고 보니 은근히 아이에게 이기적인 일을 하는 것 같지만 그래도 아무것도 준비 안 하고 낳는 것보다는 낫겠지. 그녀는 위험하지만, 위그 이디에트의 피를 이어받은 아이는 이 바첼론에서 안전하다. 그리고 설사 위그가 훗날에 그녀를 배신한다고 해도 로튼이 있는 이상 그녀의 아이는 무조건 호의호식한다.

그렇게 생각하는데, 뒤편에서 위그의 목소리가 들려왔다.

"아이가 바쁘겠군."

"바빠?"

"충분히 어려운 세상인데, 다른 사람들과 다른 상황을 하나 더 이해해야 하지 않나."

"상관없어. 어차피 당신이 아빠고 내가 엄마인 이상 그 아이는 다른 사람들의 인생보다 열 배 정도는 더 많이 갖고 태어난 거야. 양심이 있다면 우리 둘의 아이가 아무것도 갖지 못했다는 헛소리는 하지 말아야 돼. 게다가 세상은 원래 어려웠어."

"그런데도 아이를 낳으려고 하나?"

"그래, 내가 낳고 싶으니까."

"이기적이군."

"새삼스럽게, 세상에 존재하지도 않는 아이를 위해 출산하는 사람이 어디 있어? 그냥 사랑하는 사람과 결혼해서 나와 배우자를 닮은 아이를 만들어 사랑의 결과물을 보고 싶은 마음에 임신하고 출산하는 거 아니었어?"

"……아니 뭐, 그렇다고 볼 수도 있지만."

"위그 이디에트. 완벽하지 않은 것들을 줄 수 없다는 이유만으로 아이를 낳지 못한다면, 이 세상에 아이를 낳을 자격이 있는 사람은 아무도 없어. 심지어 우리 둘은 아이에게 다 줄 수 있다니까? 당신이 나를 사랑하고 내가 당신을 사랑해. 물질적, 정신적으로 부족한 거 없어. 유일하게 부족한 게 있다면 여왕의 인장이 박힌 귀족 결혼 증명서겠지. 그런데 그게 뭐?"

"……."

"난 당신의 의견을 물어본 거지, 아이의 의견을 물어본 게 아니야. 그러니까 당신이 원한다면 적당할 때 받아들여. 뭐, 싫다면 강요하지는 않겠지만."

비비안의 말에 위그는 한숨을 쉬었다. 그리고 곧 그가 비비안의 의자를 죽 잡아당겼다.

"왜."

"쓸데없는 소리 그만하고 식사나 하러 가지. 그리고, 그렇게 한가득 늘어놓고 강요 안 한다고 한마디 붙이면, 안 강요한 게 되나?"

"내가 강요하고 있다는 걸 알면 좀 듣지."

"싫다. 내가 언제 당신 말을 그렇게 잘 들었다고."

비비안은 흥, 하고 웃음을 흘렸다. 그러나 하나도 화난 기색 없이 그저 대수롭지 않은 얼굴로 자리에서 일어났다.

* * *

이디에트의 새벽은 고요하기 그지없었다.

아직 겨울이 오지도 않았는데 묘하게 한기가 드는 발코니의 창문가를 손을 살짝 짚은 위그는 밖을 내다보았다. 발코니 너머로 아직 캄캄한 어둠이 짙게 흩뿌려졌다. 그것을 보던 그는 가볍게 한숨을 쉬었다. 문을 열고 잠시 새벽바람을 쐬고 싶었으나 그렇게 된다면 한기가 들어와 방 안에 있는 다른 이가 감기에 걸린다. 위그는 살짝 뒤를 돌아보았다. 침대 위에서는 비비안이 고른 숨소리를 내면서 자고 있었다.

온통 새카만 방 안에 스며든 휘영청 밝은 달빛이 처연하리만치 아름다웠다. 가려진 캐노피 안쪽으로 비스듬히 흘러간 빛 안쪽에서 자고 있는 비비안의 모습이 지독하게 아름다워서 그는 일순 자신이 몇 년 전으로 돌아간 것 같았다.

그때, 그와 그녀가 부부이던 그때.

그때가 그립다는 말은 아니었다. 어차피 그때와 지금을 비교해 보자면 달라진 것은 그저 두 사람이 이혼을 했고, 서로의 거처가 더 이상 이곳이 아니라는 것뿐이었다. 그 이후에도 그녀가 그의 방에서 자고 있는 것은, 그리고 그가 그녀의 방에서 자고 있는 것은 이상한 풍경이 아니었으므로, 기실 그가 여기서 감탄을 하고 있을 이유는 전혀 없었다.

그럼에도 불구하고 위그는 새삼스럽게 감탄했다.

벌써 시간이 이렇게 흘렀구나.

사람이 나이를 먹으면 새삼스럽게 시간 타령을 많이 하는 것인가. 위그는 그만 피식 웃었다. 그는 다시 시선을 발코니로 돌리고는, 괜히 달빛에 비비안이 다시 잠에서 깨는 일이 없도록 조금 열어 놓았던 두꺼운 커튼을 확 쳐 내렸다. 캐노피가 있긴 했지만 굳이 모험을 할 이유가 없었다. 그는 비비안이 한번 잠드는 게 얼마나 어려운 일인지 알았다. 곧 그가 침대로 돌아갔다.

"으음."

살짝 침대가 출렁거리는 것이 느껴졌는지 비비안은 옅은 신음 소리를 내면서 뒤척거렸다. 위그는 조심스럽게 몸을 완전히 침대 위에 올리고는 가볍게 숨을 내쉬었다. 평소에 잠이 안 와서 버둥거리는 사람은 비비안이었는데, 오늘은 그였다. 그리고 그 이유를 대자면 당연히 비비안 로젤리스 때문이었다.

정확히 말하자면 그녀의 말 때문에.

'나와 아이를 가질 생각이 없어?'

그는 그녀가 무슨 생각으로 그런 말을 했는지 알 수 없었다. 그녀가 다른 사람이었다면 이렇게 고민되지 않았을 것이었다. 아니, 차라리 그녀답지 않아도 이디에트의 후계자를 낳아 주겠다는 말을 내뱉었다면 이렇게 혼란스럽지는 않을 것이었다. 그러나 이런 말을 한다면 그것은 비비안 로젤리스가 아니었다. 그녀는 사랑하는 남자의 상황까지 일일이 고려하면서 자신에게 일말의 이득도 없는 일을 할 사람이 아니었다.

그래서 그녀의 결정은 더욱더 이질적이었다.

'아니, 이질적이라고 해야 하나?'

위그는 자고 있는 비비안의 얼굴을 보면서 한숨을 쉬었다. 그는 손을 뻗어 비비안의 이마를 살짝 짚었다. 다행이게도 악몽을 꾸는 것은 아닌 듯 그녀의 얼굴은 평온하기만 했다. 위그는 저도 모르게 한숨을 가볍게 쉬었다. 이혼을 한 뒤 유일하게 아쉬운 점이 있다면 그녀의 건강을 시시각각 체크할 수 없다는 것이었다. 그렇다고 본인에게 맡기기에는 그녀는 언제나 그와 생각을 달리했다. 그는 그녀가 기왕이면 건강하게 오래오래 살 수 있기를 바랐다. 그래서 영원히 그 자리에 남아 있어 주기를 바랐다.

그러나 비비안 로젤리스의 인생 자체는 결국 그녀의 처절한 시간과 욕망 위에 지어진 것이었다. 그녀는 자신을 혹사시키더라도 제 인생의 모든 순간순간에 원하는 것을 박아 넣을 타입이었다. 그리고 그것은 다른 의미로 그녀의 인생 지향점이 그와 완전히 다르다는 것을 의미했다.

그래, 그와 그녀는 달랐다. 두 사람은 지독하게 닮아 있으면서 지독하게 달랐다. 그라면 이런 상황에서조차 수도에 남아 있기보다는 최대한 자신의 이익을 더 건드리지 않는 선에서 건강부터 챙겼을 것이었다. 그래야 오래 사니까. 그러나 비비안은 그게 아닌 것 같았다.

"그럼, 나는 어떻게 해야 하지?"

위그는 저도 모르게 작게 읊조렸다. 비비안은 여전히 자고 있었다. 푹신한 쿠션 위로 화려한 연회색 머리카락이 촤르륵 펼쳐졌다. 그 모습에 눈이 부셔서 종종 길을 잃을 때가 있었다. 그리고 얼음장같이 파란 눈동자, 상대방을 그대로 꿰뚫어 버릴 듯한 맹수 같은 눈빛. 그리고 그 눈빛에 처음으로 애정과 웃음기를 담아 사랑한다고 하던 그녀.

'새삼 이렇게 생각하고 나니 내가 가증스럽군.'

사실 위그도 알았다. 비비안의 선택은 그로서는 이득이다 못해 그야말로 제발 해 달라고 빌어야 할 판이었다. 그는 후계자가 없었다. 요한의 말을 빌리자면 그 변태적이기 그지없는 조건을 달면서 아이를 입양하겠다는 것은 사실 어찌 보면 이 정도의 재능을 가지지 않은 이상은 감히 이디에트의 후계자 자리를 넘보지 말라는 뜻이기도 했다.

하지만 그게 자신의 핏줄을 이어받은 아이라면 말이 달라진다. 자신의 아이라면 아마 조금 더 멍청해도 참을 수 있을 것이었다. 비비안과 제 아이가 멍청해 봤자 얼마나 멍청하겠냐마는, 그래도 제 아이라면 말도 안 되는 실수를 해도 웃을 수 있을 것 같다. 제 아이라면 중요한 서류에 잉크를 쏟아 놓아도 그저 이마만 짚고 화를 내지 않을 수 있었다. 제 아이이고 아니고에서 갈리는 선명한 차이가 꽤 이기적인 것 같지만, 원래 인간은 가끔 제 핏줄이라는 이유로 제 한계까지 끝도 없이 내주지 않는가.

그럼 비비안은? 그녀의 눈에 아이란 어떤 의미를 갖고 있나.

그는 새삼스럽게 비비안 로젤리스와 모성애라는 단어를 연결시켜 보았다. 그녀는 자신의 입으로 아이가 싫다고 하던 여자였다. 제 조카를 사랑하는 것도 순전히 조카라서 그렇다고 했다. 그런 여자가 과연 세간이 말하는 괜찮은 어머니가 될 수 있을까?

천만에. 그는 굳이 더 생각을 해 볼 필요도 없다는 듯이 자신의 생각을 부정했다. 비비안 로젤리스는 엄마가 되기에는 하나도 적합하지 않은 여자였다. 최소한 자신의 어머니나 아니면 엘버린 공작 부인이나, 아니면 바첼론이 추구하는 엄마의 표본 그 자체를 생각해 봐도 그녀는 좋은 엄마가 될 것 같지 않았다.

애초에 남편과 이혼하고도 아이를 갖겠다고 하는 여자는 그녀뿐일 것이다. 게다가 제 입으로 말하지 않았는가, 아이가 아니라 저 자신을 위해서라고.

그러나 위그는 그것이 그리 큰 문제인지 생각하다가 문득 멈칫하고 말았다. 그게 그렇게 큰 문제인가. 모르겠다. 그녀는 절대 세간에서 말하는 좋은 어머니는 아닐 것이나 제 것은 끔찍하게 여기는 것만큼 제 아이도 꽤 사랑할 것이었다. 그 사랑의 표현이 제 것을 희생해 아이에게 내주는 식의 눈물겨운 헌신의 방식은 아니더라도, 비비안 로젤리스는 자신이 낳은 아이를 나 몰라라 방치할 만한 사람이 아니었다. 아이가 이디에트를 이어받지 않겠다고 해도 비비안에게는 많은 수가 있을 것이 분명했다.

그런 여자였다. 그 어떤 상황에서도, 자신이 한 일에 완벽한 결과를 내놓는 여자.

그러면 자신은?

자신은 아이에게 무엇을 줄 수 있나.

그리고 비비안과 아이를 가짐으로써 그는 무엇을 가질 수 있나.

그는 비비안의 이마를 손으로 쓸었다. 저도 모르게 한 행동이었다. 그녀의 하얀 얼굴을 보던 그가 저도 모르게 미소를 지었다. 새삼스럽게 보아도 예뻤다. 비비안 로젤리스는 예뻤다. 그러나 그녀가 예쁜 것은 단순히 이 곱상한 얼굴이나 몸매 따위가 이유는 아니리라. 그렇게 생각한 그가 저도 모르게 읊조렸다.

"생긴 건 날 닮았으면 좋겠는데."

그리고 그 순간, 생각보다 조금 크게 나간 목소리에 조용하게 자고 있던 비비안이 뒤척거렸다. 그러나 위그는 당황하지 않았다. 비비안은 길게 한숨 소리를 내며 다시 몸을 그쪽으로 돌렸다. 이번에는 진짜로 깨어났는지 그녀의 속눈썹이 파르르 떨렸다. 그리고 눈까풀이 꿈틀거리고, 이내 파란 눈동자가 공기 속에 드러났다. 잠기운에 완전히 적셔진 그녀의 눈동자를 보던 위그가 살짝 턱을 짚었다. 그리고 곧, 입을 열었다.

"비비안 로젤리스."

"……."

비비안은 답이 없었다. 대신 그녀는 아직도 잠에서 완전히 깨지 않았는지, 잔뜩 잠이 묻은 눈과 표정으로 그를 응시하고 있었다. 무슨 말을 하려고……. 그녀가 그렇게 말하고 있는 듯해서 위그는 다시 웃었다.

"결정했어."

"……."

"아이를 가져 보지."

그리고 그 순간, 잠에서 확실히 깬 듯 비비안이 눈을 크게 떴다.

위그는 비비안을 내려다보았다. 그녀는 조금 놀란 듯 그를 그대로 빤히 응시하고 있었다. 위그가 웃으면서 입을 열었다.

"당신 말마따나, 딱히 내가 밑지는 장사는 아닌 것 같다."

"엄연히 말하자면."

비비안은 위그의 말에 마음에 들지 않는다는 듯이 미간을 좁혔다. 생각보다 훨씬 더 잠긴 목소리에 그녀가 멈칫하다가 몇 번 목소리를 가다듬은 뒤 다시 입을 열었다.

"엄연히 말하자면, 당신이 밑지는 게 아니라 당신에게 더욱더 이득이 되는 거 아닌가?"

"이디에트가 당신의 손에 넘어가는데?"

"내가 이디에트를 달라고 했어? 갖겠다고 했지."

"두 개가 다른가?"

"달라. 엄연히 다른 거야."

위그는 한숨을 길게 쉬었다. 그는 자신의 결정이 옳은 것인지 아닌지 알수 없었다. 사실 그가 거절을 해도 비비안이 딱히 다른 남자와 아이를 낳을것 같지는 않았다. 물론 그도 완전히 장담을 할 수는 없지만, 기왕 이렇게된 거 스스로를 안심이라도 시켜야 하지 않겠는가. 다만 그 또한 아이를 갖고 싶었을 뿐이었다.

그래, 사실 갖고 싶었다. 아무리 양자라는 방법이 있다고 해도 자신의 아이와는 애초에 갖고 있는 의미가 달랐다. 게다가 무엇보다도 그는 비비안을사랑했다. 그리고 그녀를 사랑하는 것만큼 스스로의 이익도 챙겨야 했다. 결국 위그 이디에트는 영원히 비비안 로젤리스를 사랑하는 남자가 될 수없었다. 그의 존재 자체는 결국 비비안을 완전히 좀먹게 될 것이었다.

"우리는 만나지 말았어야 했다."

"……."

"왜 그런 눈으로 보지?"

"몇 초전에 아이를 갖겠다고 해 놓고?"

"그래서 이러는 거잖나. 스스로 생각해 보니, 진짜로 당신을 사랑한다면사실 마지막까지 의견을 고집해야 맞아. 당신의 건강 상태를 모르는 것도아니고, 당신을 진짜로 사랑한다면 이디에트의 후계고 양자고 그런 것 다신경 쓰지 말고 그저 당신만을 위한 결론만 내려야 하니까."

위그의 낮은 목소리가 방 안을 가득 채웠다. 그러나 정작 그 말을 들은비비안이 코웃음을 쳤다.

"정말, 어이없어서."

"왜 어이없지?"

위그는 미간을 좁혔다. 비비안은 이제 더 이상 자고 싶은 생각이 없는지, 천천히 몸을 일으켰다. 위그는 그런 그녀의 등을 받쳐 주었다. 그리고 곧, 드디어 그와 같은 높이에서 시선을 맞춘 비비안이 입을 열었다.

"아마 로건이라면 그랬을 거야."

그리고 그 순간, 위그의 얼굴이 완전히 굳어 버렸다.

한동안 듣지 못한 이름이었다. 그리고 한동안 잊은 이름이었고, 비비안의 총에 맞아 그대로 죽은 이였다. 그리고 땅에 묻히고. 마지막 순간까지 비비안을 보던 사내였다. 동시에 마지막까지 비비안의 눈길을 받지 못한 사내였다.

그는 순간 속이 엉망이 되고 말았다. 비비안이 왜 갑자기 이 상황에서 그 이름을 꺼내는지 몰랐다. 그러나 그때, 비비안이 말을 이었다.

"아마 하젤이었다면 그 또한 그랬겠지."

"……당신 첫사랑?"

"그래, 그리고 진심으로 나를 사랑한 모든 남자들이 다 그랬을 거야."

"그래서, 지금 나더러 반성하라는 건……."

"그런데 그게 무슨 의미 있어?"

비비안이 샐쭉 웃었다. 그녀는 뒤로 몸을 기울이더니, 팔로 침대를 잡고 고개를 옆으로 까닥였다. 그리고 말을 이었다.

"그래 봤자 내가 사랑한 건 당신인데?"

"……."

"자신감을 가져. 나는 바로 당신의 그 이기적이고 못돼 처먹은 데다가 가증스럽기까지 한 면을 좋아해. 나를 위한다면서 내 뜻을 거스르는 자의 마음 따위 내 알 바 아니지."

"로건이 들었다면 무덤에서 뛰쳐나올 거다."

"상관없어. 어차피 그는 죽어서 신의 품으로 가고, 우리는 죽어서 악마의 품으로 갈 테니 평생 만날 일 없을 거야."

위그는 비비안이 이렇게 담담하게 로건의 이름을 꺼냈다는 사실에 조금 놀랐다. 그러나 돌이켜 보니 비비안은 수많은 이들의 이름을 입에 올렸다. 그는 뭔가 생각하는 듯하다가, 저도 모르게 그녀에게 물었다.

"로건을 아직 생각하나?"

그러나 그의 물음에 돌아오는 것은 그녀의 옅은 미소였다.

"로건은 내 이상의 종말이야. 결국 남게 된 것은 나고, 내가 사랑하는 건 당신이지."

"⋯⋯."

"그래서 생각 안 해. 내가 죽였는데 구구절절 내가 죽인 걸 떠올리면서 곱씹고 또 고통스러워하면서 그 남자를 그리는 거야말로 구역질 난다고 생각 안 해?"

"정말 잔인하군."

"그래."

"당신 사랑이 없었다면 아마 나도 그 처지가 됐겠지."

"그래, 그럴 거야. 하지만, 어쩌겠어."

"⋯⋯."

"전장에서 죽음은 패배를 제외하고 아무것도 의미하지 못하는걸."

비비안은 아주 깔끔하게 긍정했다. 그것을 보던 위그는 저도 모르게 차라리 그래서 다행이라고 생각하고 있었다. 만약 그 남자마저도 그녀를 구하겠다고 죽었다면, 아마 그녀는 또 10년을 넘게 첫사랑에 얽매였던 것처럼 로건을 생각해야 했을 것이다. 그러나 비비안은 그러기 싫어했다. 그뿐이었다. 그래서 직접 죽였다. 역시 그뿐이었다.

위그는 잠시 입매를 굳혔다. 그리고 곧, 그가 입을 열었다.

"그래, 생각해 보니 내가 괜한 걱정을 한 것 같다."

"그렇지?"

"아이를 낳지. 기왕이면 나를 닮은 걸로."

"······순식간에 너무 당당해졌어."

비비안은 고개를 절레절레 저었다. 그러나 딱히 불만스러운 얼굴은 아니었다. 이윽고 그녀는 다시 쿠션에 머리를 기댔다. 하지만 비비안도, 위그도 더 이상 잠에 들지는 못했다. 두 사람 전부 알고 있었다. 자신들의 선택은 기필코 큰 영향과 폭풍을 불러일으킬 것이다. 그럼에도 두 사람은 또 그것이 별것 아니라고 했다.

어차피 두 사람 전부 이기적이었다. 다른 사람의 말 따위 처들은 적이 없어서, 별로 걱정되지 않았다. 유일하게 걱정되는 것이라면······.

'얼굴은 나를 닮았으면 좋겠는데.'

'머리는 나를 닮아야 하는데.'

그저 결과를 받아들이면 그뿐이다.

* * *

바첼론에서 특정 부류의 여성이 재산권을 받을 수 있다는 사실은 어마어마한 것을 의미했다. 일단 지금까지 너무나도 자연스럽게 자신이 가문의 모든 것을 이어받을 것으로 생각한 장남들은 더 이상 자신의 손윗누이의 존재를 그저 가볍게만 받아들일 수 없었고, 당연하게 아들에게 모든 것을 넘겨주려던 이들은 조금씩 재산 분할에 대해 골머리를 앓기 시작했다.

물론 긍정적으로 변화하는 곳도 있었다. 일단 엘버린 공작은 기회를 잡았다는 듯이 가문의 일정한 재산을 딸에게 상속한다고 발표했고, 일부 귀족가 또한 작위보다는 자신의 딸에게 주는 재산을 조금 더 늘리는 쪽으로 고려를 하고 있었다. 아들이 없어 양자를 들이거나 조카를 들여야 했던 이들은 이제 딸에게 물려줄 것을 고민하기도 했다. 어쨌든 귀족들은 제 핏줄에 끔찍하게 집착하는 속성이 있었고, 이것은 그들이 그동안 외면해 왔던 딸에 대한 관심을 일깨우는 역할을 했기 때문이었다.

물론 그렇다고 해도 하루아침에 모든 것이 변할 리가 없는 만큼 바첼론은 계속해서 그대로 흘러갔다. 여전히 대부분 딸들은 부모의 재산과 작위를 온전히 물려받을 수 없었고, 이 부분은 귀족원뿐만 아니라 여왕이 나선다고 해도 쉬이 고칠 만한 게 아니었다.

그렇다고 한들 어떨까. 다른 가문의 고충이나 혼란까지 하나하나 고려해 가면서 해결 방법을 생각할 정도로 비비안은 한가하지 않았다. 그리고 무엇보다도 그녀는 이제 해결해야 할 일이 산더미라서, 결코 왕이 해결해야 할 일 따위에 관심이 없었다.

물론 애초에도 관심이 없긴 했지만.

"비비."

비비안은 조금 물기 서린 목소리를 듣고 고개를 들었다. 이미 날씨가 쌀쌀해진 것을 증명하듯 카트린은 코트를 입고 있었다. 방금 밖에서 들어왔는지 그녀가 방 안으로 들어서면서 한기도 같이 들어왔는데, 그래서 그런지 비비안은 자신의 몸 위에 올려 둔 담요를 더욱더 단단히 둘렀다. 혹시라도 감기에 걸리게 된다면 위그가 난리를 칠 게 뻔했기 때문이었다. 물론 그녀도 감기에 걸리는 게 달갑지는 않았지만.

"다녀왔어?"

비비안의 물음에 카트린이 고개를 끄덕였다. 비비안의 방 안은 충분히 난방이 되어 조금 후덥지근했다. 카트린은 살짝 코트를 벗고는 팔에 걸고 비비안 쪽으로 다가왔다. 곧 테이블 너머 그녀의 옆에 온 카트린이 의자에 앉았다.

"그래서, 기분이 어때? 그 남자가 죽은 걸 보는 느낌은?"

비비안의 물음에 카트린이 고개를 돌렸다. 그녀가 오늘 향한 곳은 다름 아닌 빌케르 백작 저택이었다. 물론 카트린이 그곳에 간 것은 결코 빌케르 백작의 죽음 따위를 기리거나 감상에 젖기 위한 것은 아니었다. 그저 리즈에게 필요한 가주의 인장과 몇 가지 중요한 문서들을 가져오기 위함이었다.

"글쎄."

카트린은 무슨 생각을 하는지 살짝 웃었다. 비비안은 손에 들린 잔을 내려놓았다. 카트린의 얼굴은 발갛게 얼어 있었다.

"언니의 성격에 빌케르 백작가로 가면서 그자의 무덤에 가 보지 않았을 리가 없지."

카트린은 비비안의 말에 웃었다.

"맞아. 장례식은 가족끼리 해서 가 보지 않았지만, 그래도 무덤 정도는 보고 오는 게 좋을 것 같아서."

"그럴 만하지. 얼마나 분하겠어."

"……."

"분명 자살이 아닌데 자살이라고 결론이 났으니. 게다가 그 결론을 낸 게 이디에트 공작이고, 여왕이 알겠노라고 했으니, 할 말이 있을 리가."

그렇게 말하는 비비안의 목소리는 묘하게 들떠 보였다. 카트린은 의자에 기대 고개를 돌려 동생을 보았다. 그리고 곧 조용하게 입을 열었다.

"네가 한 것이지?"

"내가 아니면 누가 했겠어?"

"비비."

"알아. 언니는 이런 거 싫어한다는 거. 하지만 나는 그럴 이유가 있었어."

"그게 아니라. 고마워."

그 순간 비비안이 멈칫했다. 그녀는 조금 의아한 얼굴을 하면서 카트린을 향해 완전히 고개를 돌렸다. 카트린은 우아하게 웃고 있었다. 비비안은 한동안 보지 못했던 카트린의 순수한 웃음에 입을 꼭 다물었다. 그녀의 눈빛이 살짝 가라앉았다.

"언니를 위해서 한 건 아니야."

"그래도, 고마워."

"……."

"네가 오빠들과 리암을 어찌 대했든, 그것과 별개로, 빌케르 백작의 일만큼은 언제나 내 편을 들어 줘서 고마웠어."

비비안은 말을 하지 않았다. 그녀는 카트린이 이런 말을 내뱉을 줄은 상상하지도 못했다. 그저 담담하게 알겠노라고 하거나 슬픈 얼굴을 할 줄 알았다. 그러나 비비안의 예상과 달리 카트린이 내뱉은 것은 감사의 말이었다.

비비안은 알고 있었다. 카트린과 그녀 사이에는 리암의 죽음 이후로 묘한 벽이 생겼다. 카트린에게 있어 그 벽은 비비안을 향한 공포보다는 일종의 자책에 가까운 것이었다. 어린 동생들의 이야기를 완전히 방관하고, 차마 말리지 못했다는 죄책감. 그것을 알고 있으면서도 비비안은 굳이 말리지 않았다. 그녀는 그것이 언젠가는 카트린과 자신 사이에 세워졌어야 할 벽이 모습을 드러낸 것이라고 생각했다.

그러나 카트린이 이렇게 나오자 그녀는 저도 모르게 할 말을 잃고 말았다. 그녀는 이 세상의 모든 이들 앞에서 언제나 우아함과 고고함을 유지했지만 그저 제 언니 앞에서는 가끔 할 말을 잃곤 했다. 결론적으로 이 순간도 그랬다. 그녀는 카트린의 앞에서는 언제나 어린 동생이었다.

"언제나 내 편을 들어 줘서 고마웠어."

"……."

"나한테는 그래도 그것이 꽤 큰 힘이 되었단다."

비비안에게 카트린이 단순한 가족 이상의 의미를 갖고 있는 것처럼, 카트린에게도 비비안은 언제나 복잡한 의미를 갖고 있었다. 그녀는 자신의 동생을 무서워했지만 그만큼 사랑했고, 사랑하면서 자신의 무능함을 돌이키게 하는 하나의 수단으로 여겼다. 그래도 카트린은 언제나 마음속으로 삼키고 있었다.

내게는 어린 동생이 있다. 그 아이는, 내가 아주 자랑스럽게 여기는 내 자부심이자 공포이다.

카트린은 길게 한숨을 쉬었다. 그녀는 빌케르 백작이 죽었다는 소식을 들은 순간 그저 멍하니 서 있기만 했다. 몇 분 동안 그렇게 서 있다 보니 어느 순간 자신의 손에 들려 있던 전보가 완전히 구깃구깃해진 것을 발견했다.

저도 모르게 손에 힘을 주었다. 그리고는 그저 침착하게 방으로 돌아갔다. 그리고 침대에 누웠다. 이윽고 눈물이 왈칵 나왔다.

그녀는 살면서 수도 없이 빌케르 백작이 벌을 받기를 바랐으나 정작 그가 죽으리라는 생각은 해 본 적이 없었다. 그것은 그녀가 선량해서라기보다는, 그저 그럴 만한 일은 일어나지 않을 것이라고 여겨서였다. 겨우 성인이 된 평민 계집아이와 지위와 권세가 있는 귀족가의 가주. 그 사이의 간극은 그녀가 어떻게 발버둥을 쳐도 절대적으로 뛰어넘을 수 없다고 생각했기 때문이었다.

그러나 빌케르 백작은 결국 죽었다. 그녀는 빌케르 백작이 자살 따위 할 사람이 아니라는 것을 잘 알았다. 그러면 누가 죽이긴 죽였을 것이었다.

누가?

자신의 동생부터 떠올랐다.

그리고 그녀는 다시 울었다. 아무런 이유가 없이 그저 울음이 나왔다. 생각해 보니 인간의 눈물이 반드시 의미가 있을 이유는 없었다. 그저 울음이 나와서 울었다. 그리고 며칠 뒤에 열리는 장례식에는 아리아와 리즈를 보냈다. 아리아는 그래도 아버지에 대한 기억이 남아 있어 보냈고 리즈는 아직 어렸지만 아버지의 장례식이라 보냈다. 케이트는 보내지 않았다. 너무 어린 데다가 굳이 그럴 필요 없다고 여겼기 때문이었다.

그 과정을 일일이 짚어 보던 카트린은 굳이 이런 이야기를 더 나누고 싶은 생각이 없는지 그저 가볍게 시선을 돌렸다. 그리고 조용하게 입을 열었다.

"이제 빌케르 백작이 죽었으니, 리즈는 정식으로 그 후계자가 되어 백작위를 이어받게 되는구나. 오늘 가 보니까 리즈가 가져야 할 게 많더라고. 인장도 있고."

이제 겨우 열 살이 조금 넘은 리즈는 아직 어렸기 때문에 원래라면 그 보호자인 카트린이 리즈의 대리인이 되어 대신 관리를 해야 했다. 그러나 엄밀히 말하자면 카트린이 이혼을 하면서 빌케르 백작가와는 아무런 관계가 없어졌기 때문에, 결국 빌케르 백작의 사촌 동생의 아내이자 가문에 있는 가장 높은 어른인 튜터 부인이 리즈의 대리인이 되어야 했다. 후계자 발표를 하며 이미 공식적으로 로젤리스 일가의 사람이 된 아리아나 케이트와 달리 리즈는 여전히 빌케르 백작가의 성을 따르기에 비비안 또한 손을 쓸수가 없는 것이 사실이었다.

물론 그렇다고 해도 비비안이 손을 쓰고자 하면 못 쓸 것도 없었지만.

"리즈가 잘할 수 있을까? 그 아이는 사실 백작이 무엇을 하는지도 정확하게 모를 거야."

카트린의 목소리에는 걱정이 담뿍 묻어 나왔다. 그러나 비비안은 카트린의 걱정이 무척 부질없다는 듯이 웃었다.

"언니. 이제 리즈도 열 살이 되는 아이야. 물론 겨우 열 살이지만, 그래도 공부를 시작한 만큼 기본적으로 무엇을 해야 하는지는 알 거야."

"튜터 부인은 리즈가 작위를 물려받는 것에 상당히 분개한 얼굴이었어. 리즈에게 상속권이 없으면, 튜터 부인의 아이가 빌케르 백작이 되거든."

"뭘 또 분개씩이나."

"사람은 원래 그러니까. 그리고 튜터 부인은 원래부터 평민 출신인 날 싫어했잖아."

"자기가 뭐라고 언니를 싫어해."

카트린은 묘하게 어린아이 같은 비비안의 말에 풋 하고 웃음을 터뜨렸다. 어쨌든 빌케르 일가 자체에 그리 좋지 않은 기억을 가진 비비안으로서는 아니꼬운 얼굴을 할 수밖에 없었다. 카트린은 길게 한숨을 쉬었다.

"리즈는 잘할 수 있을까. 이제 빌케르 백작가로 들어가야 하는데, 벌써부터 울먹거리고 있어."

"글쎄. 뭐, 해 봐야 알지 않겠어? 어차피 언니도 있을 거잖아."

"그렇긴 하지만 나는 귀족가의 가주가 어떻게 뭘 해야 할지는 잘 모르니까."

"사람을 붙여 줄게. 빌케르 백작가의 식솔들이 반대하겠지만 그래 봤자 가주의 인장이 리즈의 손에 있는데 뭘. 이제 리즈의 안전을 보호할 만한 사람도 붙일 거야."

"그리고 리즈가 이대로 안 하겠다고 하면."

비비안은 그제야 카트린이 가장 걱정하는 것이 무엇인지 깨달았다. 그녀는 비비안이 지금까지 이뤄 온 모든 것들이, 단순히 리즈가 하기 싫다는 이유만으로 수포로 돌아갈 것을 걱정하고 있었다. 그러나 동시에 카트린은 엄마로서 아이가 싫다고 하는 것을, 그것도 귀족가의 가주씩이나 되는 자리를 억지로 밀어붙일 수는 없었다. 이것은 단순히 사탕을 못 먹게 하는 일과는 결이 달랐다. 게다가 리즈는 다른 귀족가의 자제들과 달리 어렸을 때부터 후계자 교육을 받은 아이가 아니었다. 그녀는 지금부터 남들의 곱절이 되는 것을 받아들여야 했다.

그러나 비비안은 딱히 걱정하는 얼굴이 아니었다. 그녀는 테이블 위에 놓인 찻잔을 들고 따뜻한 차를 입 안에 털어 넣고는 입을 열었다.

"그럼 하지 말라고 해. 어차피 빌케르 백작가에는 리즈가 아니더라도 가문을 이어받을 자가 많아."

"비비."

"언니, 내가 빌케르 백작을 죽인 건 어디까지나 내 선택이었어. 물론 그게 리즈를 위해 빌케르 백작가의 작위를 받아 오는 결과를 안아 왔지만, 그렇다고 해도 리즈가 백작 위에 관심이 없다고 하면 나는 바로 그걸 던질 수 있어. 왜인지 알아?"

카트린은 대답하지 않았다. 비비안이 차가운 목소리로 입을 열었다.

"의미 없거든."

"……."

"겨우 백작가 하나 더 가지지 않는다고 리즈의 인생이 나락으로 처박히게 내가 두지 않아. 아니, 아마 아리아도 그냥 두지 않을 거야. 그 아이는 장녀로서 로튼의 모든 것을 다 손에 넣은 만큼 리즈를 누구보다도 잘 돌볼 거야. 어쩌면 적당한 시기에 로튼의 재산을 리즈에게 넘길 수도 있지."

"비비안."

"내가 갖고 싶었던 것은 기회야. 빌케르 백작 위를 리즈가 이을 수 있는 기회. 리즈가 가질 기회도 없는 것과, 리즈가 가질 수 있는데 그 아이가 버린 건 엄연히 다른 문제거든."

"……."

"뭐, 사실 리즈가 빌케르 백작이 되었으면 하는 바람이 없는 건 아니야. 그러면 너무 짜릿하고 흥분될 것 같거든. 우리 아버지 무덤 앞에서 보란 듯이 리즈를 세워 놓고 악독한 말을 내뱉고 싶을 수도 있어."

"비비안."

"하지만 리즈가 안 하겠다고 해도 나한테 빚질 거는 아무것도 없어. 그뿐이야. 언니, 길은 아이들이 직접 가야 하는 거야."

카트린은 비비안의 말에 희미하게 웃다가 고개를 끄덕였다. 비비안이 그에 샐쭉 웃더니 한숨을 길게 쉬었다.

"아, 역시 나는 말을 참 잘해. 위그에게 넘기면 맨날 아이 공부만 잔뜩 신경 쓸 거야. 이제 아이를 교육시키는 건 내가 맡아야겠어."

"아이?"

카트린은 비비안의 입에서 예상 밖의 말이 나오자 눈을 크게 떴다.

"무슨 아이?"

그녀의 얼굴에 미묘한 표정이 걸리는 것을 보던 비비안이 피식 웃었다.

카트린은 진심으로 몰라서 묻는 게 아니었다.

"눈치챘으면서."

"아이를…… 가졌어?"

그렇게 묻는 카트린의 얼굴이 미세하게 떨리고 있었다. 그러나 그것은 흥분이나 기대보다는 걱정에 가까웠다. 하긴, 이혼을 한 여동생이 아이를 가졌다면 이런 반응이 나오는 것은 어느 정도 정상적인 범주에 들었다. 카트린이 원한 것은 어디까지나 동생이 결혼을 한 뒤 아이를 낳고 '평범하게' 사는 것이지 이 모든 절차를 연결 고리 없이 하나하나씩 해 나가는 것은 아니었다.

"아니야."

"하아."

"하지만 곧 가지게 될 거야."

"뭐?"

카트린의 얼굴에 경악이 서렸다.

"결혼을 다시 하려고?"

"아니. 그럴 리가. 아무리 법이 개정됐다고 해도 이제는 위그 이디에트가 어떤 자인지 안 이상, 내 재산을 나눠야 하는 일말의 위험성도 남겨 두고 싶지 않아."

"그러면."

"아이를 낳아서 내가 키우다가 이디에트의 후계자로 보낼 거야."

카트린의 얼굴에는 여전히 수심이 잔뜩 드리워져 있었다. 그녀는 비비안의 말을 이해할 수 있는 이가 아니었다. 비비안이 이렇게 말하는 것도 혹여 훗날 갑자기 임신을 하면 카트린이 또 난리를 칠까 봐였다. 바첼론에서 결혼을 하지 않은 여자가 아이를 갖는다는 것은 본인이 정숙하지 않다고 사방에 외치고 다니는 꼴이나 마찬가지였다.

그러나 비비안은 애초에 정숙 따위와 별 연관이 없는 사람이었으므로,

그런 평판 따위 별 상관이 없었다. 오히려 그녀가 걱정하는 것은 다른 것이었다.

"그러니까 아리아한테는 걱정 말라고 해. 내가 아이를 갖는다고 해도 그 아이가 로튼의 후계자에서 밀려나는 일은 없을 테니."

"그게 문제가 아니잖아."

"그게 문제가 맞는데."

"비비, 아버지 없이 아이를 낳는다는 건……."

"아버지는 있어."

"……"

"위그 이디에트는 제 자식을 나 몰라라 할 남자가 아니야."

"확신해?"

"그래. 하지만 설사 나 몰라라 한다고 해도 나한테는 별로 영향을 끼치지 않을 거야. 물론."

비비안은 길게 숨을 들이쉬었다. 그녀는 찻잔의 차를 입 안에 전부 털어 넣었다. 그리고 따뜻하게 입 안을 데운 뒤, 그것을 다시 목구멍으로 들이켰다.

달깍. 찻잔이 테이블 위에 내려앉았다.

"나와 위그가 결혼을 한 뒤 아이를 낳으면 훨씬 더 이상적이고 정통적인 방법이 되겠지. 그렇지만 만약 위그와 결혼 생활을 이어 간다면, 나는 아이를 낳지 않을 거고."

"왜?"

"결혼을 하는 게 내게 어떤 위험을 안기는지 모르는 사람이 없어. 위그 이디에트는 귀족이고, 나와 그의 현저한 역량 차이는, 바첼론이 이 세상에 존재하는 한 절대 좁혀지지 않아. 빌어먹게도. 물론 이대로 위그의 목줄을 잡는다는 선택지도 있지만."

"……"

"그러면 아이가 너무 불쌍하지 않아?"

"……."

"서로를 경계하는 살벌한 부모 사이에서 아이를 어떻게 키워."

카트린은 침묵했다. 그렇게 말하는 비비안의 얼굴에는 묘한 씁쓸함이 서렸다.

"언니, 나는 절대 로튼과 내 재부를 놓지 않을 거야. 위그 이디에트의 작위라거나 권력이나 명예와 달리 내 돈은 현저하게 눈에 볼 수 있는 방식으로 빼앗길 수 있는 거야."

"알아."

"물론 언니의 눈에, 아니, 사실 언니의 눈까지 갈 필요도 없어. 아마 나를 제외한 대부분 사람들이 이해를 하지 못하겠지만……."

"아니."

그때였다. 조용하게 읊조리는 비비안의 목소리 위로 카트린의 조곤조곤한 목소리가 겹쳐졌다. 비비안은 조금 놀란 듯이 눈을 크게 떴다. 그녀는 카트린이 당연히 더욱더 거센 반응을 보일 것이라고 생각하는 듯했다. 그러나 방금까지만 해도 얼굴에 곤혹을 담고 있던 카트린은 그저 담담하게 웃으면서 비비안을 응시했다.

"알았어."

"……."

"만약 공작 각하와 네가 그렇게 결정을 했다면 어쩔 수 없지. 게다가 귀족가의 일을 누가 알겠어. 그저 그게 네가 할 수 있는 가장 좋은 결정이라면 그렇게 해."

카트린은 그렇게 읊조리며 온화하게 웃었다. 그 모습이 마치 이미 무엇인가를 완전히 놓아 버린 사람 같아서 비비안은 차마 웃을 수 없었다. 그러나 비비안은 그동안 카트린이 보여 준 모습에서 어느 정도 카트린의 마음을 가늠할 수 있었다. 두 자매의 관계는 이제 적당한 거리를 갖고 있었다. 그것은 한편으로는 카트린이 비비안의 일에 더 이상 반대 의견을 내지 않는다는 것을 의미하고, 다른 의미에서는······.

"그래."

······두 사람의 관계가 영원히 원래대로 돌아가지 못한다는 것을 의미했다.

물론 비비안은 이것이 나쁘지 않았다. 세상에 절대적인 사랑은 없다. 그것은 아무리 서로를 사랑한다고 해도, 결국 결을 달리할 수밖에 없는 자매들 사이에서도 적용되는 것이었다.

비비안은 오히려 조금 홀가분한 얼굴을 했다.

그녀는 이 몇 년 사이 주변 사람들의 마지막 기대와 애정을 전부 탕진했다. 그리하여 결국 그 끝에 남는 것은 아무것도 없으리라.

* * *

얼마 뒤 리즈는 빌케르 백작가로 향했다. 원래라면 백작 부인이 아닌 카트린이 리즈와 함께 백작저에서 지내는 것은 무리가 있었으나 리즈가 하도 엄마와 함께 있겠다고 난리를 치는 바람에 빌케르 백작가도 어느 정도 타협을 하는 수밖에 없었다. 아이가 엄마와 함께 산다는 것은 그렇게나 단순하고 또 당연한 이야기였다. 그러나 그 간단하고 당연한 이야기는 귀족가의 혈통이요 뭐요 따위를 따지게 되는 순간, 하나도 간단하지 않았다.

"이모. 나 진짜 간다?"

"그래. 잘 가세요. 백작님."

"그렇게 말하지 마."

"그래."

일부러 웃음기 섞인 목소리로 말하자 리즈가 볼멘소리를 했다. 비비안은 가벼이 웃어 보였다. 빵빵한 리즈의 얼굴 위로 로젤리스 저택을 떠나고 싶지 않은 기색이 역력했다.

그러나 놀랍게도 빌케르 백작가로 가겠다는 뜻을 보인 것 또한 리즈였다. 카트린의 걱정이 무색하게 리즈는 너무나도 간단하게 자신이 빌케르 백작가의 가주가 되어야 한다는 사실을 깨달았다. 결국 카트린과 함께하는 대신 빌케르 백작가로 향하게 된 리즈는 마지막으로 로젤리스의 고용인들과도 눈물겨운 작별 인사를 했다.

"언니. 잘 있어. 나 보러 와야 돼?"

"그래."

아리아는 부드럽게 웃었다. 이제 열여섯 살에 접어든 그녀는 누가 봐도 어엿한 숙녀였다. 반대로 열 살인 리즈는 아직도 애티가 서려 있었는데, 그래서 그런지 두 자매의 관계는 몇 년이 지나도 그대로였다.

"케이트, 언니 간다."

"웅……."

유모의 손을 잡고 서 있던 케이트는 언니가 간다는 소식에 얼굴이 잔뜩 눈물범벅이 되어서 리즈를 향해 손을 저었다.

자매들의 눈물겨운 작별 현장을 지켜보던 비비안의 얼굴이 미묘하게 변했다. 왠지 모르게 작별 인사를 하는 모습이 마치 죽으러 가는 것처럼 보였기 때문이었다. 그것을 증명하듯 리즈는 잘만 하면 로젤리스 저택의 문에도 인사를 할 것처럼 계속해서 밍기적거렸다. 카트린은 딸의 뜻을 알아서 그런지 일부러 조용하게 서 있기만 했다. 아무도 리즈를 재촉하지 않았다. 그리고 그 순간, 리즈는 뭔가 깨달은 듯 천천히 걸음을 옮겼다.

그때였다. 조용하기만 한 로젤리스 저택 앞 정원에 갑자기 요란스러운 소리가 들려오기 시작했다. 비비안은 그 소리에 살짝 눈썹을 까닥였다. 그리고 얼마나 지났을까, 소란의 중심인 마차가 점점 말발굽 소리로 뚜렷해지더니 이내 모습을 드러냈다.

비비안은 마차의 정체를 확인하고 미간을 살짝 찌푸렸다. 로젤리스의 고용인들도 어느 정도 눈치를 챈 듯 뒤로 물러나 마차를 맞이할 준비를 하고 있었다. 아니나 다를까 질주하던 마차가 멈춰 서더니 금방 문이 열리고 커다랗고 익숙한 인영이 마차에서 훌쩍 내려왔다. 그리고 그 인영의 주인은 다름 아닌 위그 이디에트였다.

"아직 안 늦었지?"

"리즈가 이제야 가기로 마음을 먹었는데 당신 덕분에 더 못 가게 생겼어."

"어차피 가야 하는 곳인데 뭘."

비비안은 위그의 물음에 시큰둥하게 입을 열었다. 그러나 위그는 비비안의 면박에도 딱히 상관이 없는 듯했다. 그저 긴 다리를 성큼성큼 옮기고 울먹거리고 있는 리즈의 앞에 다가갔다.

"오늘 빌케르 백작가로 간다지?"

"이모부야아."

그리고 그 순간, 리즈가 엉엉 울음을 터뜨리며 위그에게 달려갔다. 비비안은 이마를 짚었다. 겨우겨우 용기를 내 울지 않으려고 하는 아이를 울려버린 남자에게 매서운 그녀의 눈빛이 떨어졌다. 그녀는 리즈가 왜 위그가 오자마자 눈물을 흘렸는지 알고 있었다. 위그 이디에트는 리즈에게만큼은 유일하게 가장 단단하고 믿음직한 남자 어른이었다. 그것은 카트린이나 비비안이 채워 주지 못하는 기묘한 느낌이었다. 물론 비비안은 그런 게 어디 있냐면서 코웃음 쳤지만, 어쨌든 위그의 등장이 리즈를 순식간에 울게 했다는 것은 피면할 수 없는 일이었다.

"내가 빌케르 백작가에 가게 되었어. 이제는 내가 백작이래."

"그래, 안다."

"거기에는 무시무시한 사람들이 많아."

"이모부가 더 무시무시하다."

이혼을 한 뒤에도 리즈는 언제나 위그를 이모부로 불렀다. 위그도 비비안도 굳이 그것을 수정해 주지는 않았다. 굳이 그럴 필요가 없기 때문이었다.

위그는 품에서 엉엉 울고 있는 리즈의 등을 토닥거려 주었다. 그리고 얼마나 지났을까, 리즈가 훌쩍거리면서 다시 고개를 들었다.

"이제 갈래."

다시 한번 마치 전장에 나가는 전사의 얼굴을 하던 리즈가 두 주먹을 꼭 쥐고 결심을 한 듯이 입을 열었다. 비비안은 마부를 향해 살짝 눈짓했다. 곧 마부가 다시 마차 문을 열자, 리즈가 위그에게 두 손을 저어 준 뒤 마차로 향했다.

"괴롭히는 사람 있으면 이모부한테 일러. 이모부는 그런 건 잘 처리한단다."

그때였다. 비비안의 유쾌하기 그지없는 목소리에 리즈가 풋 웃었다. 그녀는 비비안에게 달려와 그녀를 한 번 꼭 안아 준 뒤 마차로 도도도 달려갔다. 곧 카트린이 아리아와 비비안에게 작별 인사를 차례로 하고, 그녀 또한 마차에 올랐다.

탁. 마차 문이 닫혔다.

히이이잉!

그리고 마차가 움직였다.

비비안은 새삼스러운 얼굴을 했다. 이대로 빌케르 백작가에 간다고 해도 영원히 못 보는 것은 아니었다. 다만 마치 의식처럼 행해진 이 일련의 과정이 리즈의 인생에 어마어마한 한 획을 남겼다는 사실만큼은 분명했다.

비비안은 어느새 눈가에 눈물을 달고 있는 아리아의 등을 토닥여 주었다. 아리아의 품에는 지금까지 리즈가 언제나 안고 있던 인형이 안겨져 있었다. 이제는 자신도 빌케르 백작이 되어야 하니 인형과 놀지 않겠다는 것이었다. 아리아는 리즈가 이런 선택을 했다는 것이 무척 놀라웠다. 비비안이 입을 열었다.

"네가 이디에트 저택에 있을 때 딱 저만했는데, 그렇지?"

"맞아요."

"열 살은 생각보다 훨씬 더 어린 나이야. 그런 아이를 억지로 크게 하는 게 귀족가의 생리라지만, 그래도 종종 인형을 안고 리즈에게 가 보렴."

"이모님."

"좋아할 거야."

비비안은 그렇게 읊조리며 우아하게 웃었다. 아리아는 인형을 품에 꼭 안았다.

곧 아리아를 비롯한 로젤리스 일가의 고용인들이 저택으로 들어갔다. 쌀쌀한 날씨에 비비안도 모피를 두르는데, 위그가 그녀의 옆에 다가왔다.

"이만 들어가지. 날이 춥다."

"당신은 안 가?"

"금방 왔는데 쫓아내려고?"

"그러고 보니 왜 왔어?"

"리즈가 빌케르 백작가로 간다는데 이모부야로서 가만히 있을 수는 없지."

"그래서 성의 표시도 안 하고 그저 자기가 무시무시하다는 걸 어필하러 왔어?"

"어차피 훗날 만나면 저 아이를 보살펴 줄 사람은 나밖에 없어. 좀 정성스럽게 대하지."

"웃기고 있네. 리즈를 잘 보살피지 못하면 나한테 혼날 줄 알아, 이모부야."

비비안은 코웃음을 치며 로젤리스 저택으로 들어갔다.

두 사람은 자연스럽게 비비안의 방으로 향했다. 헤더가 위그를 향해 예를 취했다.

"이디에트 공작 각하를 뵙습니다."

"이만 나가 봐."

"헤더가 당신 시녀야? 왜 마음대로 이용해? 헤더. 오늘 점심은 집에서 할 거니까 이 남자 것까지 준비해 놓으라고 해."

"알겠습니다."

비비안은 위그를 향해 어이없다는 얼굴로 읊조린 뒤 고개를 돌렸다. 두 사람의 모습에 이미 익숙해진 듯 헤더가 웃으면서 방을 나갔다. 이윽고 비비안이 소파에 앉았다.

"그래서 왜 왔는데?"

"말했잖아. 애 배웅하러 왔다고."

"헛소리하지 말고. 당신이 그렇게 마음씨가 곱다고?"

"마음씨가 고와야 아이를 배웅하나?"

"뭐, 다른 사람이라면 그렇겠지만, 당신이라면 그런 평범한 이유로 내 저택에 오지 않았을 거야. 그것도 벌건 대낮에 말이지."

위그는 잠시 어이없다는 듯이 미간을 좁혔으나, 결국에는 그만 웃고 말았다.

곧 그는 비비안의 옆으로 다가갔다. 털썩 그녀의 침대 위에 앉자, 푹신한 침대가 출렁거리면서 움직였다. 비비안은 자신의 옆에 앉은 남자를 보았다. 위그가 입을 열었다.

"여성 상속권이 인정되고 귀족원에서 여왕의 결혼을 추진하고 있다."

"귀족원은 대체 하는 일이 뭐야? 중매쟁이? 더럽게 할 일이 없나 봐?"

"뭐, 나도 귀족원이 하다 하다 여왕의 결혼까지 신경 쓰는 것은 별 의미 없다고 보지만, 일부 귀족들은 애초에 이 법안을 추진할 때부터 여왕의 결혼에 정당성을 부여하고자 했어."

"결과적으로 우리 여왕님은 피할 수 없이 결혼을 하게 생겼네."

"물론 왕녀였을 때와는 의미가 달라. 전자는 왕실의 명예를 위해 시집가는 것이지만, 현재는 왕실의 수장으로서 그 후사를 이을 필요가 있다는 것이지. 게다가 아이를 낳으면 왕실의 성을 따라야 해. 이쯤이면 왕비를 들이는 것과 별반 다를 바가 없어."

"알아. 왕관을 원하는 자. 왕관의 무게를 견뎌라…… 그런 거 아니겠어?"

"그렇지."

"하지만 진짜로 내 머리 위에서 느껴지는 것이 왕관인지, 아니면 왕관을 가장한 돌덩이인지는 아무도 모르지. 그래서, 여왕의 결혼을 추진하고 있는데 그게 나랑 무슨 상관이야?"

"만약 여왕의 결혼을 추진하게 되면, 누가 남편감으로 적당하다고 보나?"

비비안은 순식간에 얼굴을 일그러뜨렸다. 그리고 입을 열었다.

"순간 왜 당신이 당신 아버지의 아들인지 알게 되었어."

"귀족이라면 다 생각하는 문제다. 애초에 법안을 통과시킨 귀족들도 이런 생각을 하긴 했을걸?"

"크리스티나는 안 그런 척해도 은근히 남자에게 열등감을 갖고 있어."

그때였다.

위그의 말에 비비안의 무심한 목소리가 겹쳐졌다. 위그는 그녀가 무슨 말을 하나 살짝 얼굴을 찌푸리고 귀를 기울였으나, 비비안은 애초에 그것 따위는 별것이 아니라는 투로 말을 이었다.

"그러니 굳이 이디에트에서 여왕에게 남편이 될 만한 적당한 남자를 보내고 싶다면, 당신과는 정반대가 되는 남자를 추천하는 게 좋을 거야."

"나와 정반대?"

"그래. 당신과 정반대. 적당하게 잘생기고, 우수하고, 본분을 알고, 아내 앞에서 권위를 세우려고 하지 않고, 온화하고, 상대를 보좌하고, 하지만 자존감은 높은. 그런 사내."

"……나는 안 우수한가?"

위그의 반문에 살짝 피곤한 얼굴로 입을 열던 비비안이 멈칫했다. 그녀는 어이없다는 듯이 시선을 살짝 들었다.

"이 수많은 조건 중에서 그것만 골라서 반문하는 것도 재능이야. 위그 이디에트. 내 말이 무슨 뜻인지 아직도 모르겠어? 크리스티나에게 자신이 여유 있다는 것을 드러낼 만큼 멍청한 사람을 추천하지 말라는 거야. 또다시 제이슨의 비극을 반복하고 싶다면 말리지 않겠지만."

"그전에 나는 여왕이 열등감이 있다는 걸 모르겠다."

"당연하지. 당신은 나 같은 여자를 상대로도 열등감을 품지 않는 사람이야."

"꼭 이럴 때 자기 자랑 하나는 섞는군."

"사실이니까. 나 같은 사람을 질투하지 않는다는 것은 꽤 어려운 일이거든."

"……."

"하지만 여왕은 달라. 그녀는 한평생 딸이라는 이유로 몇 년 전까지만 해도 오라비에 의해 강제로 외국에 보내질 뻔했어. 지금 아론디트의 왕과 국사를 나눌 사이가 되었다고, 그녀가 종종 자신이 당해야 했던 불합리한 점에 대해 곱씹지 않을 이유가 없어."

물론 비비안이 보기에 크리스티나는 몇 년 전보다 훨씬 성장해 있었고, 이제는 왕녀일 적에 당했던 일들을 그저 웃어넘길 수 있었지만, 남편은 다른 문제였다.

"만약 대공이 '당신이 아무리 여왕이라고 해도 내 아내인 이상은 나한테 존경을 보여'라고 한마디만 외치기만 하면, 그 대공은 물론이요 이디에트까지 통째로 여왕의 분노를 받게 될걸?"

"이디에트는 여왕의 분노가 두렵지 않다."

"그 말이 아니……."

"하지만 굳이 분노를 살 필요도 없지."

위그는 대충 비비안의 뜻을 알아들은 것 같았다. 그는 한숨을 길게 쉬더니 뒤로 살짝 몸을 기울이고는 팔로 침대를 짚었다.

"역시 당신 의견을 물어보러 오길 잘했어."

"흐음."

"여왕의 속셈은 나 같은 인간은 잘 모르니까."

"사실이긴 하지만 건방져. 당신은 정말 잘생긴 얼굴에 좀 마음이 풀어졌다가도 하는 말을 들어 보면 패고 싶어지는 그런 건방짐이 있어."

"그래서 당신이 좋아하지 않나?"

비비안은 그냥 코웃음을 쳤다. 그때였다. 갑자기 위그가 살짝 손을 뻗더니 그녀의 뺨을 감쌌다. 비비안은 눈을 감았다. 그녀 위로 그의 그림자가 드리웠다. 그리고 곧, 그가 그녀의 뒤통수를 감싸더니 이내 살짝 몸을 틀었다.

툭.

비비안은 순식간에 저를 침대에 눕힌 뒤 내려다보고 있는 위그를 보며 입매를 굳혔다. 환한 햇빛이 그에게 완전히 내려앉아 그녀의 몸 위로 커다란 그림자를 냈다. 비비안은 살짝 벌려진 그의 셔츠 깃을 손으로 잡고는 살짝 잡아당겼다. 그 순간 자연스럽게 그의 입술이 그녀의 입을 찾았다.

그의 커다란 손이 그녀의 머리를 살살 쓰다듬었다. 오랜만에 위로 틀어 올린 머리카락이 그의 손이 몇 번 움직이기가 무섭게 살짝 풀어졌다. 평소라면 뭐 하는 짓이냐며 얼굴을 일그러뜨렸을 비비안은 굳이 그를 말리지 않은 채 그의 목을 두 팔로 감쌌다. 다디단 사내의 체향과 향수 향기가 그녀에게 완전히 쏟아졌다. 그녀가 저번에 선물한 향수였다. 그녀가 좋아한다면서, 나를 볼 때는 꼭 하고 오라고 했는데 진짜로 하고 온 모양이었다.

비비안은 나른하게 웃었다. 그때, 위그가 살짝 입을 뗐다. 그는 한쪽으로는 그녀의 입술 끝을 쓰다듬다가 살짝 잠긴 목소리로 물었다.

"곧 당신 생일인데, 뭐 갖고 싶은 거 있나?"

"이디에트."

"현실적으로."

"내가 현실적이지 않은 요구를 한 건가?"

"내가 바로 줄 수 있는 걸로 해."

"그러면……."

비비안은 위그의 말에 잠시 고민하는 듯했다. 지금까지 그와 몇 번 생일을 보내긴 했지만 비비안은 애초에 그가 주는 선물에 별로 관심이 있는 인간이 아니었다. 그리고 그 또한 딱히 자신의 선물이 그녀에게 커다란 서프라이즈 따위가 되길 원하지도 않았을 것이었다. 결국 비비안이 잠시 침묵하면서 고민하는데, 위그가 입을 열었다.

"여행 다녀오지 않을 텐가?"

"여행?"

"사실, 이디에트가 최근에 매입한 땅이 있는데, 거기에 새로운 별장을 지으려고. 내가 가 봐야 할 것 같은데 같이 갈 생각이 없나 해서."

"당신 별장에 내가 왜 가?"

"어차피 감사절 시즌에는 당신, 일해야 한다고 웬만해서 어디 안 떠나잖나. 그러니 생일에 겸사겸사 여행 가자는 거지."

"흐음."

"겸사겸사, 둘만의 시간도 보내고."

결국 드러난 위그의 진심에 비비안이 웃음을 흘렸다. 그러나 그럴 수밖에 없었다. 두 사람이 한동안 둘만의 시간을 보내지 않은 것은 사실. 게다가 한동안 제 일로 바쁘다 보니 며칠 동안 얼굴도 보지 못했다. 아이를 갖고자 했지만 그렇다고 두 사람 중 누구도 굳이 그 일로 보채지 않았다. 어차피 아이라는 게 갖고 싶다고 가질 수 있는 것도 아니었고.

비비안은 뭔가 생각하다가 눈을 깜박였다.

"좋아. 언제 가는 거지?"

"진짜인가?"

위그는 자기가 제안하고도 믿기지 않는다는 듯이 놀라운 얼굴을 했다. 그럴 수밖에 없었다. 비비안은 웬만해서 수도를 잘 떠나지 않았다. 이디에트 공작보다도 더 바쁘냐며 위그가 종종 불만을 품은 것 같지만 어쨌든 비비안이 바쁘다는 사실은 변함이 없었다. 실제로 그녀가 이디에트 저택에 있을 때 종종 그녀의 스케줄을 본 그였으므로, 그는 알고 있었다.

"언제 가는 거야?"

"당신 생일 전날 어때?"

"괜찮네. 나도 그맘때쯤이면 일이 안 되긴 해. 좀 더 일찍 가도 되고."

비비안의 말에 위그가 멈칫했다. 그러다 그는 가볍게 한숨을 쉬었다.

"리암의 기일이 지난 뒤에 떠나지."

"아니. 그럴 필요 없어. 올해부터는 굳이 그 아이 기일을 기릴 날이 없을 거야. 어차피 로젤리스 가문의 묘지에 묻혔는데, 가 볼 필요 없어."

"그래도."

"그 아이를 요양원에 가두고 10년 동안 한 번도 가 보지 않았어. 죽었다고 굳이 들여다볼 필요 없겠지?"

그렇게 말하는 비비안의 얼굴에는 담담한 기색만이 가득했다.

시간은 생각보다 고통을 쉽게 무뎌지게 한다. 몸에 덕지덕지 난 상처와 무관하게, 인간의 기억은 언제나 희미해지면서 점점 잊혀져 가는 것이었다. 그것을 알고 있는 위그는 비비안의 입술에 다시 한번 입을 맞추었다.

비비안의 말에도 불구하고 리암의 기일, 위그는 비비안의 옆을 지켰다. 그리고 그녀의 말대로, 비비안은 더 이상 악몽을 꾸지 않는 듯했다.

*　*　*

비비안이 상단을 이어받기 전, 그녀의 생일 파티는 대부분 바첼론의 부잣집 아가씨들이 그러하듯 친구들과 함께 저택의 다이닝 홀에서 진행되었다. 그녀는 자신의 생일을 축하하기 위해 온 아이들을 무척 좋아했고, 그들이 보내온 선물들을 더욱더 좋아했다. 어차피 그래 보았자 부모들이 준비한 선물일 뿐이었다. 그것을 알아서 그녀는 언제나 선물에 꽤 기대를 했던 것 같다.

그런 그녀가 딱히 생일 따위를 넘겨 버리기 시작한 것은 그녀가 단주가 되고 나서 얼마 지나지 않아서였다. 겨우 어린 계집이 단주가 되었다는 말에 코웃음을 치던 이들은 물론이요, 그녀가 형제를 제거했다는 꽤 진실에 근접한 소문이 돌면서 사람들은 더 이상 그녀에게 선물 따위를 보내지 않았다. 그저 하루하루 로튼이 망할 날만 내기를 해 대면서 낄낄대는 사람들을 상대로 비비안 또한 굳이 선물을 받고 싶지는 않았다.

물론 그 뒤로 로튼의 사업이 하향선은커녕 갑작스럽게 대박을 터뜨리게 되면서 그녀의 앞으로 선물이 다시 쏟아지기 시작했다. 그러나 그때의 비비안은 이미 수많은 연인이나 정부의 사탕 물에 빠져 딱히 그들의 아첨 섞인 선물에 관심이 없었다.

그리고 결혼 뒤 처음으로 되는 생일에는 리암에게 칼을 맞아 쓰러져 있었고, 두 번째 생일에는 선물로 이혼 서류를 받았다.

그다음 생일에는 위그와 식사를 하는 것으로 간단하게 보내, 비비안에게 생일은 그저 그런 의미로 굳어진 것이었다.

딱히 선물을 기대하지도 않고, 그렇다고 깜짝 파티 같은 것은 더 의미 없었다. 그러나 정작 이디에트가 새로 매입했다는 타센느의 별장으로 가자, 그녀는 새삼스럽게 위그가 왜 꼭 저를 데리고 이곳으로 오고 싶어 했는지 대충 이해하고 말았다. 바첼론의 남부 가장 끝에 있는 타센느는 분명 초겨울임에도 불구하고 상대적으로 따뜻했다. 물론 그것은 어디까지나 수도와 비교해서지, 비비안은 어쨌든 건강을 위해서 모피를 단단하게 껴입었다.

그녀는 이디에트의 별장 발코니에 서서 앞을 응시했다. 공작과 단주를 위해 내놓은 방은 별장의 가장 꼭대기에 있는 방이었는데 발코니의 문을 열고 나가면 끝이 보이지 않는 커다란 화원이 펼쳐졌다. 귀족가의 별장 정원이 명물인 것은 그리 드문 일이 아니었지만 비비안의 시선을 사로잡은 것은 정원보다는 정원에 가득 채워진 꽃이었다.

"수선화인가."

"타센느의 환경은 수선화 재배에 딱 적당한 곳이다. 작년까지 윈느 후작 가에서 갖고 있던 별장인데, 그 가문의 재정 문제로 내가 이곳을 매입했지. 겨울에 와도 아름답다고 하기에 반신반의했는데 진짜였어."

"수선화는 겨울 꽃이니까. 물론 그것 외에도 정원사들이 잘 가꾼 이유도 있겠지만."

"흐음."

"그래서, 이곳으로 데려온 이유는 수선화를 보면서 내가 얼마나 자기애에 넘쳐나는지 잘 반성하라는 뜻이야?"

감상에 젖어 있던 위그는 비비안의 말에 그만 할 말을 잃은 듯 입을 딱 벌렸다. 그는 비비안이 어떻게 하면 이렇게 하나도 로맨틱하지 않은 데다가 묘하게 꼬인 것 같기도 한 생각을 할 수 있는지 진심으로 궁금했다. 그러나 고개를 돌려 비비안의 얼굴을 확인하자, 그는 곧 그녀의 말은 그저 자신을 놀리기 위한 것이라는 사실을 깨달았다.

"그냥 좀 로맨틱하게 아름답군, 이런 말을 해 주면 안되나? 그래야 내가 분위기를 타면서 당신을 안지 않나."

말은 그렇게 해도 위그는 자연스럽게 한 걸음 옮겨 뒤에서 비비안의 허리를 안았다. 그에 비비안이 그에게 살짝 머리를 기댔다.

"그렇긴 하지만, 아름답긴 하네."

"그렇지?"

"이혼하길 잘했어."

너무 평온하게 말을 내뱉은 비비안에 위그는 순간 '그렇군'이라고 대답할 뻔했다. 뭔가 이상하다는 사실을 곱씹던 그가 얼굴을 찡그렸다.

"지금 이 상황에서 그 말이 나오나?"

"그렇잖아. 이혼을 했으니 이렇게 평화로운 시간을 보낼 수 있지 않겠어?"

그러나 위그는 이번에는 결코 비비안의 말에 부정을 할 수 없었다. 비비안의 말이 맞았다. 이혼을 한 뒤 두 사람은 지금까지 만나 온 이래 가장 평화롭고 화목한 분위기를 풍기고 있었다. 물론 그것은 어디까지나 그들의 이야기에 비교해 상대적인 평가지만 그래도 이혼이 두 사람 사이에 나름대로 안정을 가져온 것은 사실이었다.

"이혼을 안 했다면."

위그는 저도 모르게 그렇게 읊조렸다. 그 순간, 비비안이 그의 말을 받았다.

"우리 둘 중 누군가는 죽었겠지."

그것은 정말 인정하고 싶지 않지만 사실이었다. 위그는 이혼으로 인해 얻은 평화와 안전에 감사의 인사를 올리려다가, 문득 이혼을 하지 않으면 깨지는 것이 비비안이 아닌 자신의 평화와 안전이라고 생각했음을 깨닫고는 머리를 털었다. 결국 약간의 침묵이 흐른 뒤, 그가 말을 돌렸다.

"그런데도 당신은 왜 아이를 가질 생각을 했나?"

위그의 물음에 비비안이 멈칫했다. 그러나 그녀는 굳이 고개를 돌려 위그와 시선을 맞추지 않았다. 그저 먼 곳을 보면서 우아하게 웃었을 뿐이었다.

"예전에 말했던 것 같은데."

"진짜로 이디에트를 갖고 싶었나?"

"물론이야. 그리고."

"그리고?"

"그리고, 아이가 있으면, 당신이 사는 게 좀 더 즐겁지 않을까…… 해서. 물론 나도 즐겁고."

이번에 멈칫한 것은 위그였다. 그는 비비안이 그런 생각을 할 줄은 몰랐다. 아이가 있어서 즐겁다, 라. 그는 잠시 생각하다가 고개를 끄덕였다.

"그래, 당신 아이라면 꽤 즐거울 것 같군."

"그리고 당신 아이이기도 해."

"아이가 생기면 교육은 내가 맡는다."

"싫어, 내가 맡을 거야."

"당신이라면 자유방임주의로 키울 것 같은데."

"당신이라면 새벽 3시에 기상해서 자정에 재울 거 같아. 그리고 후계자 수업이 어쩌고저쩌고 하면서 아이를 들들 볶겠지. 내가 혹시나 해서 말하는데 그럴 생각 하지도 마."

"하지만 나는 그렇게 컸다."

"그래서 당신이 지금 이 꼴인 거잖아."

위그는 그만 할 말을 잃고 말았다. 비비안은 입술을 삐뚜스름하게 올리고 말을 이었다.

"저번에 클로에에게서 들어 보니 양자를 들이는 데도 어마어마하게 변태적인 요구를 했다던데."

"요한 그 녀석. 쓸데없는 걸 클로에에게 말하고 그래?"

위그가 가볍게 투덜댔다. 비비안이 입을 열었다.

"뭐, 이 모든 것들이 내가 아이를 가진다는 전제가 붙지만."

"무리하면 안 가져도 된다. 나는 당신 건강이 먼저야."

"내 건강은 내가 알아서 해."

그렇게 말하며 비비안은 위그의 품에서 살짝 벗어난 뒤 몸을 돌려 그와 마주했다. 그녀의 눈가에 살짝 웃음이 걸렸다. 위그는 비비안이 이런 얼굴을 하는 것을 오랜만에 본다는 생각을 했다. 고혹적이고 당당하고, 오만하고 도발적이다. 그는 손으로 그녀의 머리카락을 살짝 쓸어내렸다. 그리고 곧, 입을 열었다.

"비비안 로젤리스, 사랑해."

"얼마나?"

"당신을 사랑하다 못해, 나 스스로를 덜 사랑하게 될 만큼."

위그의 대답에 비비안의 눈가가 살짝 떨렸다. 그녀는 그의 말이 무엇을 의미하는지 알 수 없었다. 그는 진짜로 그녀를 사랑한다. 그 이유에 대해서는 아마 그 또한 자세하게 말할 수 없을 것이었다. 그러나 두 사람 사이의 일은 그 누구도, 이 세상에 있는 그 아무도 감히 복제를 할 수 없어, 위그 이디에트와 비비안 로젤리스만이 누릴 수 있는 그런 사랑이었다.

"스스로를 덜 사랑하게 되었다니. 입만 살아서는."

"그럼 당신은 얼마나 나를 사랑하나?"

"글쎄. 그건 나도 모르겠어. 뭐, 인생의 마지막에 가다 보면 알 수 있겠지."

"그게 당신의 답이라면, 차라리 나는 영원히 답을 몰랐으면 좋겠다. 당신의 사랑을 확인하는 건 언제나 나한테 너무 버겁거든."

"그래?"

"그리고, 당신을 사랑하는 건 언제나 나를 힘들게 해."

"좋네. 나는 당신이 나 때문에 힘들어할 때 가장 좋거든."

"나도 몰랐어. 당신을 옆에 두기 위해 양자를 들일 생각을 한 걸."

"어차피 가문 내부에서 양자를 들이면 이디에트의 입장에서는 그리 큰 손실이 아닌걸."

"하지만 나한테는 큰 손실이지."

"자식이 뭐 그리 중요하다고."

"그 중요하지 않은 자식을 먼저 낳겠다고 한 건 당신이야."

"그리고 당신은 그 제안을 덥석 물었지."

비비안은 그렇게 읊조리면서 살짝 고개를 들었다. 위그는 그녀의 눈두덩이에 키스했다. 그녀는 눈을 감았다. 그의 낮은 목소리가 그녀의 귓가에서 아른거렸다.

"나는 내가 가진 것들을 당신에게 넘길 생각이 없어. 그것은 내 귀족으로서의 오만이요 위그 이디에트로서의 근본이다."

"누가 뭐래."

"그렇지만 나를 줄 수는 있어."

"이디에트는 당신의 일부잖아. 두 개가 서로 분리될 수 있는 것인가?"

"아니."

"하나 마나 한 소리를."

그러나 비비안은 그렇게 말하면서도 잔잔하게 웃음을 흘렸다. 그때 위그가 고개를 숙여 읊조렸다.

"하지만, 그렇다고 해도 나를 줄 수는 있어."

"……."

"나를 덜어 줄 수는 있어."

비비안은 입꼬리를 말아 올렸다. 위그 이디에트의 속삭임은 달콤했지만 하나도 진실하지 못했다. 그는 비비안을 위해 이디에트를 버리지 않았다. 그가 할 수 있는 것은 적당한 타협이었다. 그의 사내로서의 욕망을 감추고, 이디에트의 이익만 해치지 않는 선에서의 타협. 그러나 비비안은 그것이 이상하다고 생각하지 않았다. 그녀도 로젤리스를 버릴 수 없다. 그러나 비비안으로서는 할 수 있는 게 있었다.

두 사람 모두 서로를 온몸으로 사랑한다기에는 어느 정도 부족한 부분이 있었다. 결국 사랑한다 하면서도 스스로의 욕망을 희생하는 그 어떤 조치도 취하고 싶어 하지 않았다. 그러나 동시에 두 사람은 결국 욕망에 충실해 원하는 것을 얻었다.

비비안도 위그도 이제 상대방의 행동에 어떤 의미를 부여해야 할지 알 수 없었다. 그녀는 그래서 의미를 부여하지 않기로 했다.

"날씨가 쌀쌀한데 들어가지."

"그래."

위그는 단숨에 그녀를 안고 방 안으로 성큼성큼 들어왔다. 비비안은 발코니 아래를 완벽하게 채운 수선화를 힐끔 보다가 완전히 위그에게 고개를 돌렸다. 그리고 작게 속삭였다.

"저녁, 먹고 싶지 않아."

"배 안 고프나?"

"고파."

"그런데……."

"당신이."

낮게 귓가에 울려 퍼지는 목소리가 권태로우면서도 섹시한 느낌이 있었다. 위그는 그녀를 살짝 내려놓았다. 그에 비비안이 모피를 벗을 새도 없이, 그의 입술이 부딪쳐 왔다. 비비안은 자신의 위로 쏟아지는 그의 몸에 눈을 감았다.

이제는 둘만의 시간이었다.

* * *

비비안과 위그는 예정보다 조금 더 오래 타센느에 있었다. 두 사람은 마치 이디에트에 있던 때처럼 잠자리를 하고 정원에서 산책도 했으며, 식사를 함께하다가 때로는 같이 욕실로 들어가기도 했다. 애초에 위그 이디에트와 비비안 로젤리스의 관계를 알고 있는 별장의 고용인들은 두 사람의 시간을 방해하지 않았다. 그렇게 예정보다 무려 열흘이나 늦게 두 사람은 달콤한 시간을 보내고 수도로 돌아왔다.

그러는 동안 감사절이 코앞으로 다가왔다. 그러나 해마다 홀로 바로데의 별장으로 향하던 크리스티나는 즉위한 뒤 처음으로 모든 귀족들을 바로데의 별장으로 불렀다. 더불어 크리스티나는 비비안 또한 따로 별장에 불렀는데, 당연히 위그 이디에트와 함께 참여할 것이라는 그녀의 예상을 깨고 비비안은 별장으로 가지 않았다.

위그는 그에 꽤 아쉬운 얼굴을 했으나 더 비비안을 재촉하지 않았다. 열흘이나 타센느의 별장에서 더 머물렀으니 그녀도 처리할 일이 많은 것이 사실이었다. 그리고 비비안이 바로데에 가지 않겠다고 하자 위그는 원래 감사절의 파티에서 과거를 기리며 비비안에게 건네려던 꽃들을 아예 로젤리스 저택으로 보내 버렸다. 덕분에 로젤리스 저택은 한동안 꽃향기로 가득 차 있어야 했다.

그렇게 시간이 흐르고 몇 달 뒤, 봄의 끝자락, 여름의 시작에서 비비안은 예상보다 훨씬 더 '좋은 소식'을 듣게 되었다.

* * *

"요즘따라 졸려. 여름이라 그런가."

답지 않게 큰 기지개를 켜면서 비비안이 읊조렸다. 그녀의 말에 클로에가 고개를 들었다. 확실히 여름에 들어서니 몸이 노곤해진 느낌이 있었다. 그러나 비비안은 웬만해서 피로하다는 말을 입에 굳이 담지 않는 성격이었다. 그런데 피곤하다니. 클로에는 괜히 신기한 얼굴이 되고 말았다.

"잠깐만 눈을 붙이시는 건 어떠신가요?"

"안 돼, 오늘 저녁에 약속이 있어. 저녁 시간 전까지 이걸 다 마쳐야 해."

"공작 각하와의 약속이신가요?"

"아니. 언니."

"아, 오늘 레이디 로젤리스께서 저택으로 오시는 날인 건가요?"

"리즈도 오기로 했어."

"작은 아가씨도 뵐 수 있겠네요."

이제 아리아는 로튼 내부에서는 큰 아가씨, 리즈는 작은 아가씨, 케이트는 막내 아가씨로 통했다. 물론 아리아가 정식으로 만 열여섯 살이 되면서 비비안은 아리아에 대한 호칭을 작은 주인님으로 하는 것이 좋겠다고 했으나 안타깝게도 고용인들이 습관을 들이지 않는 바람에 무산되고 말았다. 아리아 또한 자신이 상단을 이어받은 뒤에 호칭을 정리하는 것이 좋겠다며 그저 내버려 두었기에 비비안은 굳이 더 말을 잇지 않았다.

"리즈는 어떻게 지내는지 모르겠어. 이제 이가 제대로 빠지기 시작해서 맨날 운다고 하던데."

"이가 빠진다고 울 필요가 있나요?"

"단 걸 진짜로 못 먹게 언니가 금지시켰거든. 그래도 예전에는 조금씩 먹였는데 지금은 아예 금지시켰어."

"이런."

"그걸 보면 역시 애는 애야. 그렇지?"

비비안은 고개를 절레절레 저었다.

곧 그녀가 스케줄표를 다시 한번 확인했다. 이 며칠 동안 약속이 꽉 차 있었다. 오늘 저녁은 언니와의 만찬, 내일은 거래상과의 저녁 식사, 그리고 모레는 일리야 디칸과의 저녁 식사······.

"아, 그러고 보니 오늘 저녁 일리야의 무대에 꽃다발을 보내는 것을 잊지 마."

"이미 루크에게 분부해 두었습니다."

"잘했어."

놀랍게도 일리야는 이 몇 년 동안 비비안이 꾸준하게 후원하는 사람들 중에서 가장 오랫동안 비비안이 후원한 자였다. 오드리나 켈리어의 무대 이후로 수도에서 최고의 여배우로 자리잡은 일리야는 그 뒤로도 꾸준하게 무대에 오르며 자신의 경력을 넓혀 나갔다. 덕분에 그녀는 수도에서 주인공을 맡는 여배우 중에서 나이가 가장 많았다. 한때 위그의 정부였던 것만큼 당연히 일찍이 괜찮은 귀족이나 상인과 결혼을 할 것이라는 사람들의 예상을 깨고 일리야는 아직도 결혼할 생각이 없어 보였다.

비비안은 그런 그녀에게 영문을 물었으나, 일리야는 그저 어깨를 으쓱하면서 웃었다.

'그냥요.'

그러나 말은 그렇게 했어도 비비안도 클로에도, 일리야를 조금이라도 아는 사람은 다들 왜 일리야가 그런 선택을 했는지 알았다. 바쳴론에서 여배우가 결혼을 한다는 것은 이제는 다시는 무대에서 주인공을 맡을 수 없다는 것을 의미했다. 일리야는 진심으로 무대를 사랑했다. 그래서 그녀는 오랫동안 무대에 서고 싶어 했다.

　위그는 그런 일리야의 모습에 조금 의외라는 반응을 보였다. 물론 비비안은 그런 위그를 향해 사람을 볼 줄 모른다고 면박을 주었고.

　"오늘 일리야의 새로운 연극이 오르는 날인데. 못 보러 가는 게 아쉽긴…… 하암. 아아, 아니야, 그냥 언니와 식사를 하고 오늘은 일찍 자야지."

　그러나 아쉬움도 잠시. 다시 한번 하품을 한 비비안은 바로 서류에 집중했다.

＊　＊　＊

　"이모!"

　"빌케르 백작님. 이렇게 뛰면 안 된다고……."

　"이모, 너무해. 어떻게 나한테 이럴 수 있어? 이제는 내가 로젤리스의 일원이 아니라는 거야?"

　다이닝 홀의 문을 열자마자 웃으면서 다다다 달려오는 조카를 향해 여전히 장난기 섞인 말을 내뱉은 비비안은 예상 밖의 대답에 그만 놀란 얼굴을 하고 말았다. 아리아저 눈을 동그랗게 뜨고 동생을 맞이하는데, 뒤편에서 들어온 카트린이 매서운 얼굴로 입을 열었다.

　"그런 말 하면 못 쓴다고 했어, 안 했어?"

　"칫."

　"이모한테 인사는 했니?"

　"이모, 미안해요. 그간 안녕하셨어요?"

"대체 안 본 사이에 무슨 일이 일어난 거야? 빌케르 백작가의 교육이 문제인 건가, 아니면 그냥 리즈에게 내 피가 너무 진하게 흐르고 있는 거야?"

비비안은 엉엉 울면서 마차에 오르던 때와 확연하게 달라진 리즈의 화법에 어이없는 얼굴을 했다. 그러나 정작 말은 그렇게 하면서 리즈의 얼굴에는 여전히 때묻지 않은 미소가 흘러넘쳤다. 마치 어디에서 배운 것 같은 그녀의 말은 단순히 리즈의 머리에서 나온 것 같지는 않았다. 아니나 다를까 시종이 의자를 빼내자 자리에 앉은 카트린이 고개를 절레절레 저으면서 말했다.

"빌케르 백작가의 사람들이 아이를 망치려고 작정을 한 것 같아. 아직 크지도 않은 아이를 백작이랍시고……."

"아, 그런 문제야?"

"그래서 강하게 혼내고 있지."

"반항기에 들어가면 볼만하겠네."

그렇게 말하면서도 비비안은 딱히 걱정하지 않았다. 그동안 리즈가 너무 순수함을 보여 그렇지 저 나이 대의 비비안은 리즈의 열 배 정도로 잔망스러웠다.

어쨌든 아이를 바르게 키우고 싶은 카트린의 입장에서는 교육에 애를 먹을 만했다. 비비안은 예전과 다름이 없는 얼굴로 식사를 기다리고 있는 리즈를 보며 웃었다.

"주인님. 식사를 올릴까요?"

"그래."

비비안이 고개를 끄덕였다. 곧 집사가 물러나더니 얼마 지나지 않아 요리사들이 음식을 들고 다이닝 홀로 들어왔다. 비비안은 그것을 보다가 살짝 미간을 찌푸렸다. 왠지 모르게 오늘따라 그리 음식의 향이 그리 기분이 좋지 못했기 때문이었다. 무슨 재료를 썼기에……. 그녀가 고개를 돌렸으나 정작 리즈는 꽤 기대 어린 얼굴을 했다. 그녀는 이미 포크까지 들고 있었다.

"리즈. 포크는 음식이 나온 뒤 드는 것이라고 그렇게 말했는데."

"죄송합니다."

그러나 카트린은 굳이 로젤리스 저택에서까지 아이를 혼내고 싶지는 않은지 더 말을 잇지 않았다.

그때였다. 가장 먼저 비비안 앞에 놓여진 요리의 접시 덮개를 드는 순간, 갑자기 비비안이 얼굴을 완전히 일그러뜨리더니 헛구역질을 했다.

"우욱."

비비안의 모습에 요리사가 당황한 얼굴로 접시를 들어 시녀에게 건넸다. 가문의 가주가 요리를 보고 이런 표정을 짓게 만들었으니 요리사로서는 당연히 처벌을 면할 수 없었다. 하지만 그것보다도 그들은 평소에 단 한 번도 음식에 과한 반응을 보이지 않던 비비안의 이상 행동에 놀라고 있는 중이었다.

"죄송합니다. 주인님."

"비비, 괜찮아?"

"이모, 괜찮아?"

"단주님. 어디 불편하십니까?"

비비안은 얼굴을 찌푸리고 고개를 저었다. 순간 역한 느낌이 확 올라와 저도 모르게 구역질을 하긴 했으나 왠지 모르게 그 느낌이 다소 이상했다. 게다가 그녀는 로젤리스의 주방장을 알았다. 오랜 시간 동안 그녀의 요리를 책임졌던 만큼 그녀의 입맛에 어울리지 못할망정 구역질을 유발할 만한 음식을 만들 리가 없던 것이었다.

그럼 설마.

비비안은 왠지 모르게 이상한 느낌이 들어 천천히 고개를 들었다. 순간 카트린과 시선이 마주친 그녀는 더욱더 자신의 추측이 들어맞음을 인정했다. 카트린은 조금 떨리는 얼굴로 비비안을 응시하고 있었다. 그녀는 아이를 셋이나 낳은 엄마였다. 게다가 명백히 몇 달 전 비비안의 입에서 그녀의 생각을 들었으니.

"비비, 설마."

비비안은 조금 떨떠름한 기분이 되고 말았다. 그녀는 눈을 깜박거리다가, 바로 바닥에 엎드려 사죄라도 할 준비를 하고 있는 주방장을 보며 입을 열었다.

"오늘 저녁 요리는 뭐지?"

"레몬즙과 후추로 절인 닭고기입니다."

평소에 비비안이 종종 먹던 것이었다. 오늘부터 갑자기 그녀가 그것을 역하게 생각할 이유라면 그녀는 하나밖에 모르지 않았다.

"집사."

카트린은 이미 완전히 얼어붙어 있었다. 그녀의 모습에 아리아도 조금 눈치를 챈 것인지 조용하게 있었다. 그저 리즈만이 눈을 동그랗게 뜨고 주변을 두리번두리번 보고 있을 뿐이었다.

"네."

"의사를 불러와."

비비안의 말에 집사가 빠르게 고개를 끄덕였다.

* * *

위그가 비비안이 쓰러졌다는 소식을 들은 건 이디에트 저택으로 돌아온 뒤의 일이었다. 꽤 늦게까지 왕궁에 있다가 집에 돌아온 그는 갑자기 집사가 방으로 들어오는 바람에 얼굴을 일그러뜨렸다. 그러나 집사의 말이 끝나기도 전, '로튼의 단주님께서 쓰러졌……'이라는 말까지 듣자마자 그는 바로 자리에서 일어났다.

마차를 준비할 새도 없이 위그는 빠르게 공작가의 마구간에서 제 말을 빼내 질주했다. 마치 심장이 목구멍으로 튀어나올 것 같은 죽음의 느낌을

맛보던 그는, 소식과 다르게 아주 멀쩡한 얼굴로 자신의 방 발코니에 서 있는 비비안을 보며 오랜만에 양치기 소년 이야기를 떠올려야했다.

한편으로는 그녀가 멀쩡하다는 사실에 그는 안도의 한숨을 내쉬었다. 그래, 기왕이면 그가 속았다는 게 가장 좋은 결말이었다. 물론 그렇다고 해도 이렇게 굳이 그를 불러낸 이유는 그도 몰랐지만.

결국 위그가 천천히 그녀에게 다가가며 읊조렸다.

"비비안 로젤리스."

그의 목소리는 마치 으르렁거리는 짐승의 것 같았다. 한동안 전장에 나가지 않았어도 그의 위압감은 여전히 비비안을 제외한 모든 이들을 두려움에 떨게 하기에는 충분했다. 그럼에도 불구하고 정작 그의 위협 아닌 위협이 가장 먹혀야 하는 상대, 비비안만큼은 여유롭기 그지없이 그를 보고 있었다.

"왔어?"

"대체 무슨 일이야? 쓰러졌다더니?"

"안 쓰러졌어."

"비비안 로젤리스."

"굳이 그렇게 부르지 않아도 나는 이곳에 있어."

"대체 왜 이러는 거지? 나는 죽는 줄 알았다."

"안 죽었잖아."

"그렇긴 하지만."

위그는 할 말을 잃었다. 어쨌든 비비안이 괜찮다는 사실을 인지하기가 무섭게 든 안도감이 그를 조금 힘 빠지게 했다. 위그는 비비안이 서 있는 발코니로 다가갔다. 비비안은 뜨뜻한 여름 바람을 맞으면서 그를 보고 있었다.

"무슨 일 있나? 당신, 이혼 뒤로는 이런 식으로 나 놀리지 않았잖나."

"그저, 새삼스러워서 불러 보았어."

"새삼스러워?"

"그래."

"뭐가?"

"그냥, 당신이 이렇게 내 앞에 서 있다는 사실이."

비비안의 모습은 평소와 다름이 없었다. 남들이 보기에는 없는 듯하겠지만 위그는 쉽게 그녀가 평소와 다르다는 사실을 깨달았다. 그녀의 입꼬리에 걸린 은은한 미소는 생각보다 훨씬 더 유쾌해 보였다. 그가 아니었다면 발견하기 꽤 어려운 차이였다. 위그는 늘 그랬듯 비비안의 옆에 놓인 와인 잔을 찾다가 그녀가 드물게 아무것도 마시지 않고 있다는 사실을 깨달았다. 그는 길게 숨을 내쉬었다.

"무슨 일 있나?"

"물어볼 게 있어."

"뭐지?"

"나 같은 게 두 개 있으면, 당신은 어떻게 될까?"

순간 위그의 얼굴이 미묘하게 변했다. 그는 비비안이 왜 이런 묘한 물음을 묻는지 딱히 깊게 생각하지는 않았으나, 그것과 별개로 그녀가 확실히 평소와 다르다고 생각했다. 그러나 그는 비비안의 물음에 결국 성실하게 대답했다.

"칼 물고 죽을 테다."

"……."

"왜 그런 눈으로 보지? 나는 성실하게 대답했어."

방금까지 은은하게 웃고 있던 비비안의 눈가가 꿈틀거렸다. 그러나 비비안의 반응이 어떻든 위그는 꽤 담담했다. 물론 어디까지나 농담이긴 했지만, 애초에 그와 그녀 사이에 이런 대화가 오간 것은 하루 이틀 일이 아닌지라 그는 그저 조금 득의양양하게 그녀를 응시했다.

그런 위그를 보던 비비안은 무슨 생각을 했는지 갑자기 샐쭉 웃었다. 곧 그녀가 방으로 들어갔다. 그녀의 행동에 위그 또한 걸음을 옮기려고 했으나 얼마 되지 않아 비비안이 다시 발코니로 나왔다. 그리고 그녀는 손에 들린 것을 위그에게 내밀었다.

그녀의 손에 들린 것은 다름 아닌 작은 종이칼이었다. 위그는 그녀의 행동에 미간을 좁혔다. 그때 비비안이 곱게 웃었다.

"간직하고 있어."

"이건 뭐지?"

"아이가 태어났는데 나를 닮았으면, 이걸 물고 죽어."

비비안의 말이 끝나는 순간, 위그가 얼어붙었다.

발코니에 정적이 맴돌았다.

따뜻한 여름날 저녁의 미풍이 다시 한번 발코니를 스쳐 지나갔다. 그 사이에서 고고하게 고개를 들고 있던 비비안은 완전히 얼어붙은 위그의 모습에 고개를 까닥였다. 받지 않고 뭐 하냐는 뜻이었다. 그러나 위그는 미동도 하지 않았다. 그는 그저 석고상처럼 그대로 얼어붙었다.

비비안은 그가 충격을 먹어 이대로 죽는 건 아닌지 진심으로 걱정했다. 결국 고민하던 그녀가 입을 열었다.

"위그 이디에트, 연인의 임신 소식에 놀라서 죽은 첫 번째 남자가 되고 싶지 않으면……."

"진짜인가?"

그리고 비비안의 말이 끝나기도 전, 위그가 입을 뗐다.

그의 목소리는 현저하게 떨리고 있었다. 그는 자신이 지금 무엇을 들었는지도 모르는 것 같았다. 그저 본능적으로 그렇게 비비안의 눈을 보고, 그녀의 말을 곱씹고, 아이, 임신, 이 두 가지 말만 반복하면서 그는 서 있었다.

비비안은 위그의 얼굴을 응시하다가 그만 웃고 말았다. 사실 그녀의 의도는 이게 아니었다. 일부러 그가 달려오게 만든 뒤, 실은 당신을 보고 싶어 하는 사람은 내 배 속의 아이였다……는 그녀답지 않게 달콤한 말을 속삭이면서 알려 주고 싶었는데 왠지 이렇게 되니 오히려 이 상황이 더 즐겁다는 생각을 해 보았다. 굳이 쓰러졌다고 말을 전한 이유는, 그녀는 맛있는 닭고기를 앞에 놓고 구역질을 하면서 임신 사실을 알았는데 그가 아무런 긴장도 없이 그저 기뻐만 하는 꼴은 보고 싶지 않았기 때문이었다. 하지만 지금까지 사실을 부정하며 그의 마음을 졸일 필요는 없었다. 그녀는 위그를 향해 고개를 끄덕였다.

"그래. 임신이야."

그 순간, 위그의 얼굴에 현저한 희열이 번졌다.

비비안은 살면서 위그 이디에트가 이렇게 기뻐하는 얼굴을 처음 보았다. 조각같이 날렵하고 냉혹해 보이던 얼굴에 저런 표정이 서리니 그것 나름대로 재밌기도 했다. 그에 그녀가 손에 든 칼을 내려놓는 순간, 위그가 그녀에게 성큼 다가왔다. 그리고 눈 깜짝할 사이에 그가 그녀를 품에 안았다.

"고맙다."

"내 아이를 내가 가졌는데 왜 당신에게서 고맙다는 말을 들어야 할까?"

"내 아이니까."

"내 아이가 먼저야."

"그래, 당신 아이가 먼저야. 그러니까 당신이 하고 싶은 거 다 해."

"나는 이미 충분히 하고 싶은 거 다 하면서 사는데?"

비비안의 대꾸에도 위그는 그저 순수하게 웃기만 했다. 비비안은 자신을 안은 품이 왠지 모르게 조금씩 떨린다는 것을 발견하고 길게 웃음기 섞인 한숨을 내쉬었다.

그에게 있어서 아이라는 것이 어떤 의미인지는 모른다. 그러나 비비안은 알고 있었다. 위그 이디에트는 그녀에게 어울리는 좋은 남편은 될 수 없는 남자지만, 그것과 별개로 아이에게 좋은 아버지가 될 수 있는 남자였다.

'그러니, 당신은 꼭 오래 살 거야.'

이 아이의 존재가 당신과 내 앞날에 어떤 영향을 미칠지 아무도 모른다.

그러나 어쨌든 아이를 가졌고, 가졌으니 우리는 이 아이를 사랑할 것이었다. 그녀를 끌어안은 위그의 품은 더더욱 크게 떨리는 듯했다. 비비안은 그가 우는 게 아닐까 의심까지 해 보았으나, 생각해 보니 아직 태어나지도 않은 상황에서 울 필요는 없지 않을까.

"그렇게 좋아?"

비비안의 물음이 떨어졌다. 평소라면 한마디 뭐라고 돌아왔던 것과 달리 위그는 답을 하지 않았다. 그는 그저 그녀를 품에 완전히 꽉 끌어안고, 혹여나 그녀가 바로 이대로 사라지고 부서지기라도 할 듯이 제 몸으로 그녀를 칭칭 감았다. 그에 비비안이 헛웃음을 지었다.

"아직 태어나지도 않았는데."

"다행이다."

"응? 아직 안 태어나서 다행이라고?"

"그게 아니라. 그냥, 아이가 우리에게 와서."

"……."

"비비안 로젤리스, 사랑한다."

비비안은 눈을 깜박깜박거렸다. 풍성한 속눈썹이 팔랑거리면서 춤을 췄다. 비비안의 얼굴에 음영이 비쳤다. 생각보다 훨씬 흥분해서 평소라면 하지도 않을 말을 내뱉는 그를 보며, 비비안은 새삼스러운 얼굴이 되고 말았다. 그러나 그녀는 곧 웃고 말았다.

"아이가 오지 않을 이유가 있어? 본인에게 자신감을 가져."

"그래. 이제는 좀 자신감을 가지도록 하지."

그렇게 말하며 위그는 비비안의 뺨에 입을 맞추었다. 그리고 그 가벼운 입맞춤에조차 달달한 애정이 그대로 흘러나왔다.

녹진한 여름날의 저녁은 그렇게 그들의 순수하기 그지없는 희열로 가득 찼다.

* * *

비비안 로젤리스가 아이를 가졌다.

이 소식은 장담컨대 비비안과 위그의 결혼과 이혼 소식 이후로 한동안 가십거리가 없어 슬펐던 바첼론 사람들에게 폭탄과도 같은 화제를 던져 주었다. '그' 비비안 로젤리스가, 그것도 이혼을 해 더이상 공작 부인이 아닌 비비안 로젤리스가 임신을 했다. 심지어 이 소식은 그동안 미혼의 상태로 아이를 가졌음을 숨기고 또 숨기다가 터진 소식이 아니라 로젤리스가에서 너무나 당당하게 공개한 소식이었다.

처음 소식을 들은 사람들은 당연히 경악했다. 그리고 자연스럽게 그들의 토론 주제는 '과연 아이의 아버지가 누구일까' 하는 것에 집중되었다. 그도 그럴 것이 그들이 아는 비비안 로젤리스는 여전히 그 수많은 정부들을 거느리던 시간에 멈춰 있기 때문이었다. 심지어 이혼을 한 뒤에도 극장가에 대한 후원을 멈추지 않았으니, 그들은 자연스럽게 아이의 아버지가 최근에 데뷔한 몇몇 남자 배우들에게 있다고 생각하고 신나게 가십거리를 씹어 댔다.

그러나 정작 임신을 했다는 소식이 완전히 퍼지고 며칠 뒤, 이디에트 공작이 아직도 로젤리스 저택에 드나들고, 심지어 드나드는 횟수가 과거보다 더욱더 늘었다는 소식에 여론은 조금 이상한 쪽으로 흐르기 시작했다.

"진짜로 이디에트 공의 아이인가?"

비비안은 그야말로 단도직입적으로 물어 오는 크리스티나의 질문에 고개를 들었다. 그녀는 특별히 임산부가 왔다고 그야말로 호화로운 간식 더미들을 준비해 놓고 기다리는 여왕의 은혜에 감읍해야 할지 고민하다가, 아무런 전조도 없이 크리스티나가 질문을 하자 잠시 멈칫했다. 그러나 비비안은 굳이 바로 답을 주지 않았다. 대신, 앞에 놓인 딸기를 들어 입 안에 넣고는 어깨를 으쓱했다.

"여왕이라는 자리는 정말 편하군요. 남들이 아무리 캐내도 캐내지 못하는 가십거리의 진실을 물음 하나로 알아내려고 하다니."

"권력은 원래 써먹으라고 있는 것이니. 궁금해서 그래, 그 로튼의 단주가 임신을 했는데 당연히 아이의 아버지가 궁금하지 않겠어?"

"글쎄요. 그게 중요한가요? 왜 임신을 한 건 나인데 아이의 아버지에 그렇게 관심이 많은지 모르겠어요."

"이건 그렇게 생각할 문제가 아니야. 이디에트 공작이 갑자기 아이를 안아 오면 다들 아이의 엄마가 누군지 궁금해할 거고."

"그렇긴 하지만 저처럼 그렇게 큰 파란을 일지는 않을 거예요. 사생아의 존재에 누구보다도 관대한 바첼론의 특성상 내 임신 사실에 그렇게 놀라는 게 이상하군요."

"단주의 아이는 엄연히 말해서 사생아는 아니지. 진짜로 이디에트 공작의 아이라면."

"뭐, 왕실에서 인정한 결혼 관계를 통하지 않고 낳았으니 굳이 말하자면 사생아가 옳아요. 내 사생아인지 이디에트 공작의 사생아인지는 또 따로 고려를 해 볼 문제지만."

"그래서, 진짜로 공작의 아이라는 거군?"

"그렇죠."

크리스티나는 그럴 줄 알았다는 듯이 한숨을 쉬었다. 그러고는 생긋 웃으면서 입을 열었다.

"축하해."

"표정은 전혀 그렇지 않은데."

"이해해 줘. 기껏 이혼까지 한 마당에 아이를 낳을 거라고는 생각하지 못했거든."

"내가 아이를 가진 이유가 뭐라고 생각해요?"

"뭐, 그거야 단주만이 알겠지. 하지만 단주가 진짜로 아이를 가질 리는 없다고 생각했어. 하지만……."

그렇게 말하며 크리스티나는 찻잔을 들었다. 이제 20대 후반에 들어선 그녀는, 이 몇 년 동안 여왕의 자리에서 꽤 열심히 버텼다는 것을 보여 주듯 그 나이에 어울리지 않는 상당한 성숙미와 차분함이 흘렀다.

"또 생각해 보니 단주가 아이를 못 낳을 이유가 무어 있나 싶긴 하군."

"그러게 말이에요. 내가 위그 이디에트를 사랑하는데 아이를 못 가질 이유가 있나요?"

"바첼론 귀족에게 아이는 사랑의 산물이 아니니까. 바첼론의 환경과 제도는 인간을 수단으로 이용하고 괴물로 만들 생각만 하게 해. 사랑해서 결혼하고, 결혼해서 아이를 갖는 이 일련의 과정마저 철저한 이익 견제로 이루어진다는 것이 가장 큰 비극이지."

"딱히 비극은 아니에요. 뭐, 세상 어디에나 허점은 있으니까요."

"단주가 끝까지 결혼을 하지 않는 이유는 알아. 이디에트가 만든 왕이 상속권을 수정했으면, 이디에트가 원하는 왕이 그것을 다시 원복시킬 수 있는 위험도 있기야 하지."

"그렇죠."

비비안은 웃으면서 딸기를 하나 더 들었다. 그때, 찻잔을 내려놓은 크리스티나가 부드럽게 웃었다.

"그래도 놀라운 건 사실이다. 단주는 언제나 나, 아니, 보통 바첼론 사람들의 예상을 완벽하게 빗겨 나가는 재주가 있어."

"대부분 사람들이 하지 못하는 생각을 해서 이렇게 원하는 걸 다 얻을 수 있는 거예요."

"예전이라면 재수 없다고 하겠지만 지금은 인정할 수밖에 없군. 단주는 내가 본 모든 이들 중에서 가장 독특한 이야."

크리스티나는 생각했다. 비비안 로젤리스의 인생에서 일정 부분은 단순히 그녀만 할 수 있는 게 아니었다. 그러나 비비안 로젤리스를 이루는 가장 중요한 핵심은, 또 그녀만이 보일 수 있는 것이었다. 그래서 그녀는 언제나 크리스티나가 두려움에 떨게 만들었고 경멸하게 만들었고, 동시에 숭배하게 만들었다. 크리스티나에게 있어서 비비안 로젤리스는 언제나 가장 아리송하고 복잡한 존재였다.

비비안은 살풋 웃었다. 그녀는 방금부터 손에서 놓지 않던 과일을 살짝 내려놓고 입을 열었다.

"뭐, 나도 인정하지만 내가 아이를 가진 건 내가 비비안 로젤리스이고, 상대가 위그 이디에트라서 가능했던 것이라고 생각해요."

"단주는 바첼론의 가장 보수적인 귀족들이 가장 싫어하고 증오하는 점만 골라서 밟는 재주가 있어."

"바첼론이 먼저 나한테 상냥하지 않았던 거예요. 그렇게 거지 같은 법으로 지금까지 이끌어 오면서 왕국을 이 지경으로 만들었는데, 그럼 반항하지 가만히 있겠어요?"

"이런."

"뭐, 그런 것치고 제 반항이 합리 선을 넘었다는 건 인정하지만, 그래도 다행이지 않나요? 덕분에 이제부터 일어날 모든 반항이 전부 다 비비안 로젤리스보다는 나은 것이 될 거예요. 그거면 사실 대부분 바첼론의 여자들은 보호막 하나를 가진 것이나 다름없어요."

크리스티나는 묘한 얼굴을 했다. 그녀가 즉위하고 사람들의 인식이 조금씩 변하고 있다는 사실은 부정할 수 없었다. 그러나 그 변하고 있는 인식은 그동안 수면 아래 꽁꽁 감추어 두었던 짙은 모순과 불안을 그대로 까발려 사람들 앞에 전시하고 있었다. 이제 평온이라는 이름으로 꽁꽁 싸맸던 모든 불안이 터질 것이 자명했다. 크리스티나는 새삼스럽게 자신이 안정적인 것을 더 즐긴다는 생각을 해 보았다. 이래서 비비안이 종종 그녀를 어쩔 수 없는 푸른 피라고 하는 것일까.

결과적으로 비비안의 예상과 도박과 그녀의 판단은 언제나 들어맞았다.

크리스티나는 그래서 굳이 더 비비안을 제 편으로 끌어들일 생각 따위 하지 않았다. 이제 그녀는 더 이상 오라비에게 억압받아 울던 그 가련한 왕녀가 아니었고, 비비안 로젤리스는 그녀에게 도움을 주지 않을 것이다. 두 사람은 이제 제 갈 길을 가야 했다.

"단주는 묘하게 정 떨어지게 행동하는군."

"임산부를 앞에 놓고 정말 폭언을 하시네요."

"그게 단주의 매력점이지만."

비비안은 까르르 웃음을 터뜨렸다. 곧 그녀가 곱게 눈을 접으며 읊조렸다.

"인정해요."

*　*　*

비비안이 아이를 가지면서 바빠진 사람이 있다면 단연코 위그 이디에트였다. 아무리 그가 이기적이고 못돼 먹었다고 해도 이 상황에서까지 비비안을 혼자 둘 수는 없었기에 그는 아이가 태어날 때까지만 임시로 로젤리스 저택에 머무르는 게 좋겠다는 결정을 내렸다. 어차피 영원히 있을 것도 아니었고, 제 아이를 임신한 여자의 옆을 지키는 것이야 당연한 의무였기에 이디에트의 식솔들도 가주의 결정에 토를 달지 않았다. 비비안은 굳이 그럴 필요가 있냐며 미간을 좁혔지만, 당연히 그럴 필요 있다고 난리를 치는 위그를 보며 그러고 싶으면 그러라고 했다.

그러나 결정을 그렇게 내렸어도 결국 위그 이디에트도 비비안 로젤리스도 가문을 이끄는 가주였다. 둘 다 오전에는 거의 자신의 일을 처리하느라 저택을 비웠고, 같이 있을 수 있는 저녁 시간에는 잠이 위주였기에 둘이 눈을 뜨고 함께 보내는 시간은 그저 주말이 전부였다. 그리고 그 주말마저도 비비안은 이제 만삭에 들어서면 일을 못 한다고 여겼기 때문에 비비안은 거의 집에서 업무를 보았다.

"당신은 일 못 해 죽은 유령이라도 붙었나?"

"아론디트의 아펠 상단이 이번에 철광 개발에 들어갔어. 거기에 투자를 해야 하는데 내가 안 하면 당신이 해 줄 거야?"

"그럴 리가."

"그럼 입 좀 닥쳐. 이제 한 마디만 더 하면 서재에서 내쫓을 줄 알아."

"임신은 초기가 중요하다."

"나가."

결국 위그는 진짜로 서재에서 쫓겨났다. 비비안의 명령에 '진짜로 이분을 쫓아내야 하나요?'라는 듯 불쌍한 얼굴을 하는 용병을 보면서 위그는 그를 위해 제 발로 걸어 나왔다. 그러나 그는 서재에서 나오면서도 탐탁잖은 얼굴을 했다. 진짜로 비비안 로젤리스는 전생에 일 못 해 죽은 유령이 붙은 것 같았다. 조금만 더 가다가는 신전에서 사람이라도 불러야 하는 게 아닐까 싶을 정도였다.

그러나 그는 굳이 비비안을 말리지 않았다. 가장 훌륭한 태교는 언제나 임산부의 기분을 좋게 만드는 것이었다. 그리고 비비안 로젤리스는 일을 못 하면 기분이 나쁘고, 욕을 안 하면 기분이 나쁘고, 그를 공격하지 않으면 기분이 나쁘니 위그는 그냥 그녀가 하는 것을 그대로 내버려 두었다.

심지어 그는 로젤리스의 집사에게 비비안이 거친 행동을 하면 그렇게 만든 상대를 찾아서 그에게 끌고 오라는 명까지 내렸다. 비비안이 미리 발견해 쓸데없는 짓 하지 말라고 했기에 망정이지, 아니면 그는 진짜로 진지하게 비비안의 신경을 거스르는 이를 죽였을 것이었다.

"각하."

결국 밖에서 눈치를 보던 요한이 다가오자 위그가 무심하게 서류철을 받아 들었다. 그는 그 내용을 대충 훑다가 턱짓했다. 알겠으니 이만 물러나라는 것이었다. 곧 요한이 물러나자 위그가 다시 서류철을 촤륵 펼치면서 하나하나 내용을 검토했다. 그 위에 씌어져 있는 것은 다름 아닌 디텔 공작가의 멸문으로 남은 디텔 공작의 영지 매매 문제였다.

"하여튼 이 새끼들은 죽어서도 사람을 편하게 두지 않는군."

디텔 공작가는 멸문되었으나, 그렇다고 몇백 년 동안의 기반을 쌓아 온 가문이 하루 아침에 아무런 흔적도 남기지 않고 사라지는 것은 말도 안 된다. 이 몇 년간 그로 인해 생긴 크고 작은 문제들을 안은 위그는 4년이 훌쩍 넘었는데도 아직도 눈앞에서 아른거리는 이름이 불쾌한 듯 고개를 저었다.

그러나 그리 큰 어려움은 아니었으므로, 그는 그저 무심하게 복도의 끝을 향해 다가갔다. 비비안이 아직도 업무를 보려고 한다면, 그 또한 굳이 놀면서 그녀를 기다릴 필요가 없었기 때문이었다. 그는 그렇게 생각하며 서류철을 고쳐 쥐었다.

그리고 계단을 내려가려는데, 문득 시야에 밟힌 인영에 그가 멈추었다.

"이디에트 공작 각하."

계단에서 올라오려고 하는 이는 다름 아닌 아리아 로젤리스였다. 마침 주말이라 학교로 갈 필요가 없음에도 불구하고 그녀의 품에는 책 한 권이 안겨 있었다. 위그가 로젤리스의 저택으로 잠깐 옮겨 온 뒤, 아리아와는 묘하게 시간이 어긋나 이렇게 보는 것은 오랜만이었다.

"수업이 있었나?"

"이모님께서 선생님을 붙여 주셔서요."

"그 여자는 뭐 자기는 아이를 자유롭게 키울 것처럼 굴더니 너한테 하는 걸 보면 나보다 더 극성일 것 같군."

위그는 새삼스럽게 이디에트 저택에서 비비안이 리즈와 아리아를 대하던 모습을 생각하다가 작게 읊조렸다. 그러나 그렇게 읊조리는 위그의 얼굴에는 투덜거린다기보다는 은근히 다가온 아이에 대한 기대 어린 미소가 있었다. 정작 아리아는 위그의 말에 그렇게 선선하게 웃지 못했다. 특히 아이라는 말이 입 밖에 나오자마자 아리아의 얼굴이 조금 어두워졌다. 물론 감춘다고 감췄으나 그것을 눈치채지 못할 위그가 아니었다. 아리아는 자신의 표정을 애써 숨기고 싶었는지, 조금 억지로 미소를 지으며 입을 열었다.

"축하드려요. 이모님한테는 축하를 드렸는데 각하한테는 아직 못 드려서."

"그래."

"……."

위그는 담담하게 말을 받았다. 그러나 말을 마친 뒤에도 아리아의 표정에는 묘한 기색이 잔류해 있었다. 약간의 침묵이 흐르자, 아리아가 자신이 실례를 저질렀다고 생각했는지 다시 당황한 얼굴로 옆으로 물러섰다.

"아, 죄송해요. 제가 길을……."

그때였다. 아리아가 내준 길로 빠르게 내려가기보다, 위그가 계단의 손잡이를 쥐고 느긋하게 입을 열었다.

"비비안의 아이는 이디에트의 후계자가 될 것이다."

순간 아리아가 움찔했다.

그야말로 정곡을 찌른 것인지 아리아는 아무런 말도 하지 않았다. 그저 입매를 꾹 다물고 그렇게 침묵을 한 채 조용하게 서 있었다. 그러나 위그는 그녀의 얼굴 위로 얽힌 난감함과 스스로를 향한 자책과 불안을 그대로 읽어 냈다. 아리아는 자책을 하고 있었다. 이모의 임신에 진심 어린 축복을 건넬 수 없는 자신과, 이 상황에서 자신의 지위가 흔들릴까 봐 걱정하는 본인에게.

물론 아이치고는—어쨌든 위그의 눈에 아리아는 영원히 아이였으므로—답지 않게 생각이 많긴 했으나 로튼의 상단을 이어받고 로젤리스의 가주가 될 아이라고 생각하면 그야말로 어마어마하게 당연한 생각이었다. 아이가 없어 자신에게 가문을 물려줄 이모가 임신을 했으니 그녀는 어떻게 될까. 애초에 귀족가에서 둘째가 태어나면 첫째가 불안해하는 것은 일도 아니었다.

게다가 아리아는 비비안의 친자식이 아니니 더 불안하겠지.

다만 위그는 조금 새삼스러운 얼굴을 했다. 그 얌전하게 자란 아이가 자신의 후계자 자리를 걱정하는 것을 보니 당연히 감회가 깊을 수밖에. 숙녀와 욕망가는 모순되지 않는다.

결국 위그는 묵직한 목소리로 말을 이었다.

"지금 그걸 걱정하고 있잖나. 그러니 걱정하지 말라는 것이다."

"죄송해요."

"죄송할 필요 없어. 네 이모가 아직 말해 주지 않은 게 신기하지만, 어쨌든 네 이모도 네가 이러는 걸 알면 자랑스러워할 거다."

"……네?"

"그녀는 자신의 것을 딱 잡고 놓아 주지 않는 사람을 좋아하거든."

비비안이 직접 말한 것은 아니었지만 위그는 자신이 그러하니 비비안도 그러할 것이라고 생각했다. 그리고 그것은 진실이었다.

아리아는 위그의 말에 잠시 조용하게 서 있다가 부드럽게 웃었다. 그 얼굴은 아무리 봐도 비비안의 것보다는 카트린의 것에 가까워서 위그는 새삼스럽다는 얼굴을 했다. 그러나 원래 외모는 그 인간의 전부가 아니다. 위그는 그렇게 생각하고 성큼성큼 계단을 내려갔다.

* * *

"아리아가 걱정하더군."

"걱정?"

"당신이 아이를 낳으면 자신의 위치가 흔들리는 것은 아닌지 걱정하는 분위기였어."

"이런. 언니한테 걱정하지 말라고 일러두라고 했는데 말 안했나 보네. 하긴, 언니가 그런 말을 딸한테 전하리라고 생각한 내가 잘못이지."

"당신 언니는 자신의 딸이 로튼을 이어받는 것도 황송하게 생각하지 않나?"

"나는 그게 이해가 안 돼. 이 정도면 왜 내 여동생은 되는데 나는 안 될까 하는 그런 생각이 들 법도 한데, 언니는 그런 생각도 안 하는 것 같단 말이야."

"사람이 다르니 당연한 거다."

"나도 알긴 알아. 아리아한테는 잘 말해 줬어?"

"그래."

"다행이네."

비비안은 대수롭지 않게 쿠키를 들어 입 안에 넣으면서 중얼거렸다. 하루 일과가 끝나고 저녁 식사 시간이 끝났음에도 비비안은 평소라면 입에 대지도 않을 간식거리들을 잔뜩 가져오라고 명한 뒤 방으로 돌아왔다. 덕분에 위그 또한 본의 아니게 그녀가 간식을 먹는 것을 구경하고 있었다.

위그는 저도 모르게 열심히 간식을 먹으면서 서류에 집중하고 있는 비비안을 보며 미소를 지었다. 그는 요즘따라 비비안을 관찰하는 것이 일종의 습관처럼 굳어져, 그녀가 평소와 다른 행동을 할 때마다 신기한 얼굴을 했다. 예를 들면 입맛이 달라져 이것저것 가리거나, 아니면 시도 때도 없이 하품을 하거나, 아니면 은근히 짜증이 늘거나.

'아, 아니군. 짜증은 원래 많았으니.'

그렇게 생각하며 위그가 살짝 고개를 든 순간이었다. 언제부터 보기 시작했는지, 비비안이 파란 눈동자를 빛내며 그를 빤히 응시하고 있었다. 그리고 그 얼굴은 절대 우호적인 빛을 띠고 있지는 않았다. 그녀는 미간을 살짝 찌푸리더니, 여전히 미소를 담고 있는 위그를 향해 입을 열었다.

"나 구경하지 마."

"구경 안 했다."

"내가 당신을 로젤리스 저택에 들인 건 내 심부름이나 열심히 하라는 거지, 내 모습을 구경하라고 한 건 아니야."

"구경하지 않았다고 했어."

"요즘따라 내가 뭘 먹기만 해도 흐뭇하게 보잖아."

"예뻐서 그런다."

"나는 예전에도 꾸준하게 예뻤는데."

"요즘은 더 예뻐서 그런다."

"흐음. 당신은 원래 잘생겼는데 계속해서 날 그렇게 보면 못생겨지려고 해."

비비안은 그렇게 말하며 쿠키를 아삭 씹었다.

위그는 비비안의 말에 길게 한숨을 쉬었다. 자기가 하는 짓이 그렇게 티가 났나 싶었다. 그러나 그럴 만도 했다. 다른 사람도 아니고 비비안 로젤리스가 둘의 아이를 가졌다. 결혼을 하지 않아 그렇지, 결혼도 했고 그녀가 공작 부인인 상태라면 아마 위그는 가는 길마다 전단지라도 뿌려서 자랑했을 것이었다. 물론 그러면 비비안 성격에 혐오스러운 얼굴을 하겠지만.

"뭐 먹고 싶은 건 없나?"

"있긴 한데 당신이 준비할 필요가 있을까?"

"어디 불편한 곳은 없나?"

"있긴 한데 그것도 당신이 준비할 필요는 없어. 로젤리스의 의사들은 전부 책임감 있는 사람들이야."

"그것 봐, 당신이 웬만한 건 다 준비를 했으니, 나는 당신 보면서 팔푼이처럼 웃는 수밖에 없지 않나."

이번에는 비비안이 어이없을 차례였다. 확실히 위그의 말마따나 그녀의 몸 상태나 물질적으로 그녀가 필요한 것은 로젤리스가에서 알아서 다 착착 대령했다. 위그가 줄 수 있는 것은 정신적인 지지가 전부인데 위그 이디에트는 원래 비비안의 감정 폭력마저도 아주 부드럽게 넘길 수 있는 인간이라 별로 변한 게 없었다. 물론 그 외에 자질구레한 것들이 있었지만, 그것마저도 헤더가 알아서 처리하는 편이었고.

"오늘부터 저녁에 잘 때 이것저것 시킬 거야."

"당신 원래 잘 때 사람 잘 깨우지 않나."

"흐음."

그러나 이번 위그의 대답에 비비안은 의미심장한 얼굴을 했다. 위그는 그녀의 모습에 다소 불안한 얼굴을 하다가 그저 '뭐 그때 가면 알아서 해결할 수 있겠지' 하는 표정으로 한숨을 살짝 쉬었다.

곧 비비안은 옆에 놓인 과일을 집어 들었다. 다행이게도 그녀는 먹는 데에 너무 심각하게 반응을 하지 않고 있었다. 그저 기름진 것이나 향이 강한 것에 거부감을 일으키긴 했지만, 과일이나 디저트 같은 것은 아주 즐겨 먹었던 것이었다. 물론 위그는 그녀가 디저트를 너무 많이 먹는 것을 그닥 달가워하지는 않았다. 덕분에 본의 아니게 리즈의 사탕을 금지시키던 대가를 위그에게서 고이 돌려받았지만, 비비안은 애초에 스스로 통제를 잘하는 케이스이므로 그리 큰 문제는 없었다.

위그는 아직도 과일을 먹고 있는 비비안을 힐끔 보았다. 아삭아삭 사과를 씹으며 책을 보는 그녀의 모습을 보던 그가 입을 열었다.

"아이 이름은 뭘로 지을까?"

"벌써부터 고민하는 거야?"

"뭐, 일찍 고민해 두면 많은 선택지가 있지 않나."

"글쎄. 이름 짓는 데 딱히 재능은 없어서. 당신이 지어 봐. 귀족가는 전통 있는 이름이 따로 있지 않나? 당신 이름은 어떻게 지었지?"

"고대 신화에서 따왔지."

"아하."

"그렇지만 우리 아이는……."

위그의 시선이 비비안의 배에 닿았다. 아직 있는지 없는지 제대로 가늠도 안 될 정도로 그녀의 배는 홀쭉했다. 그러나 아이는 점점 커 갈 것이었고, 결국 빛을 보겠지. 위그는 그것이 너무 신기했다. 그는 자신에게 아이가 생길 것이라는 생각은 해 보았지만, 그렇다고 사랑하는 여자와 아이를 낳고, 이렇게 아이의 존재에 애착이 생길 것이라는 상상은 해 본 적이 없었다.

"내 아버지는 엄격한 부친이었지."

"정말 새삼스럽게. 당신 모습을 보아도 대충 알 것 같아. 혹시나 해서 말하지만 당신 아버지의 방식으로 애를 키우면 당장 로젤리스로 빼앗아 올 거야."

"아이를 낳고 몇 년 동안은 당신이 키워."

"당신은 나 몰라라 할 거야?"

"내 말은 로젤리스 저택에서 데리고 있으라는 거지."

"그럴 예정이야. 아이에게 이것저것 가르쳐서 이디에트에 보내야 낳은 값을 하지 않겠어?"

비비안이 우아하게 웃으며 읊조리자 위그가 웃었다. 그는 잠시 시선을 창밖으로 던지고 입을 열었다.

"나도 내 아버지를 따라 할 생각은 없어."

"다행이야."

"우리 아이라면 굳이 교육이 없어도 잘 클 것 같아."

"그건 아니야. 인간의 성장에 교육이라는 건 엄청 중요하거든. 뭐, 이 비비안 로젤리스의 아이라면 절대 어디 가서 지고 살지는 않겠지만."

그렇게 말하며 비비안은 드디어 먹고 있던 사과를 완전히 내려놓았다.

위그는 그것을 보다가 입꼬리를 말아 올렸다. 곧 그가 자리에서 일어나 비비안의 옆에 다가갔다. 그녀가 앉아 있는 의자의 팔걸이에 살짝 기댄 그가 그녀의 어깨를 끌어안았다. 비비안은 그에게 자연스럽게 기대고는 왜 이러느냐는 듯이 시선을 들었다. 그리고 얼마나 지났을까, 위그의 목소리가 들려왔다.

"아이를 낳으면 기왕이면 생긴 건 나를 닮고 머리는 당신을 닮았으면 좋겠군."

"지금 내가 못생겼다는 거야?"

"기왕이면 좋은 곳만 닮았으면 좋겠다는 거지. 그리고 머리는 당신을 닮으면 좋겠다고 했어."

"내가 똑똑한 건 당연한거고."

"……."

"그래서 내가 못생겼다는 거야?"

"아니, 당신 닮아도 괜찮다."

"괜찮은 정도야?"

"아니, 객관적으로……."

"나가."

결국 위그는 입을 다물었다. 그러나 비비안이 자리에서 일어나자 그가 진심으로 당황한 얼굴을 했다. 설마 진짜로 화가 난 건가……. 그가 그렇게 생각하는데, 어느새 비비안이 욕실로 들어갔다. 위그는 그에 진심으로 고민에 잠겼다. 비비안 성격에 평소라면 밑도 끝도 없이 그를 공격하겠지만 조용하게 욕실에 들어갔다가 나온 그녀의 얼굴이 묘하게 굳어 있었기 때문이었다. 위그는 결국 침대로 올라가는 비비안을 황급히 불렀다.

"비비. 미안해."

"……."

"그냥 농담이었어."

"농담?"

"아니, 내 잘못이다."

"잘못?"

"내 죄다."

비비안은 눈을 가늘게 떴다. 그녀의 얼굴에 위그는 진심으로 안절부절못하며 그녀를 보고 있었다. 떨리는 그의 눈빛을 보던 비비안이 길게 숨을 내쉬었다. 그리고 이불 안쪽으로 들어간 그녀가 입을 열었다.

"진짜로 잘못한 건 아나 봐?"

"그래."

"그럼, 이디에트 공작저로 좀 다녀와."

"⋯⋯뭐?"

"공작저에 가서 주방장이 만든 바닐라 스콘을 가져와."

"그런 건 내일 아침 요한을 시켜서⋯⋯."

"⋯⋯."

"알았다. 가져오지."

위그는 가늘게 눈을 뜬 채 자신을 지그시 응시하는 비비안의 모습에 입을 다물고 자리에서 일어났다. 결국 그가 코트를 입었다. 사실 그는 충분히 이것을 시종에게 시킬 수 있었다. 그러나 비비안의 뜻을 보건대 그녀는 기어코 그를 이디에트 저택으로 한번 뛰게 만들 예정인 것 같았다. 결국 위그는 한밤중에 바닐라 스콘을 가지러 방문을 열었다. 그때, 비비안이 갑자기 그를 불렀다.

"위그 이디에트."

"안 먹⋯⋯."

"불 꺼."

그 순간 비비안의 새침한 얼굴이 그의 시야에 안겨 왔다. 비비안의 얼굴에는 방금 전 보였던 일말의 노기도 보이지 않았다. 오히려 그 자리를 차지한 건 새물새물 달콤하게 풀어지는 미소였다. 그녀는 고개를 살짝 쳐들고 득의양양한 얼굴을 하며 그를 응시하고 있었다. 위그는 저도 모르게 졸여지던 마음을 순식간에 내려놓고 고개를 돌려 입을 열었다.

"이러려고⋯⋯."

"나도 얼굴은 당신을 닮았으면 좋겠어. 내가 당신 얼굴을 무척 좋아하거든."

"⋯⋯."

"하지만 바닐라 스콘은 가져와. 사실 당신이 오자마자 요한에게 명령했거든. 당신이 가지러 갈 테니 이디에트의 주방장에게 미리 만들어 두라고."

"요한은 당신 부관이 아니다."

"뭣하면 클로에를 부려 먹든가."

"클로에는 내 말을 안 들어."

"그건 당신 문제야."

결국 위그는 방을 나섰다.

군말 없이 불을 끄며.

* * *

다음 날 아침, 비비안은 위그와 함께 이디에트 공작저로 향했다. 임신을 한 뒤 이디에트 저택에 가는 것은 처음이기 때문에 이디에트의 식솔들, 특히 켄슨 부인은 무척이나 반갑게 그녀를 맞이했다. 그동안 알게 모르게 이디에트의 후계자 걱정을 했던 그들은 비비안이 임신했다는 소식에 안도의 한숨을 쉬었다. 비비안은 자신이 아이를 낳으면 그들은 당연히 그 아이를 이디에트의 후계자로 키우려고 했다는 사실을 알면서도, 굳이 내색하지 않았다. 자기가 그런 인지의 한계까지 하나하나 짚어 줄 필요 없었다. 그녀는 뒤따라온 클로에를 향해 입을 열었다.

"클로에, 켄슨 부인께 드리렴. 부인, 이건 어젯밤 주방장에게 드리는 답례예요. 저녁 늦게 제 요구에 응해 주셔서 무척 고맙다고 전해 줘요."

"이러지 않으셔도 됩니다. 당연히 단주님의 명령이라면 듣는 것이 옳습니다."

"뭐, 그것도 있고, 앞으로 종종 이것저것 연락을 할 것 같아서요. 이디에트의 주방장은 다른 건 몰라도 디저트 하나는 기가 막히게 잘 만들거든요."

"로젤리스 저택에 데려가시렵니까?"

"필요 없어요. 로젤리스의 주방장이 질투할 것 같아요."

"아."

"그리고…… 어차피 내가 아이를 낳고 몸조리가 끝나면, 위그도 이디에
트 저택으로 돌아올 테니까요."

"단주님은, 다시 공작 각하와 결혼하실 생각이 없습니까?"

"흐음."

비비안은 켄슨 부인의 물음에 눈썹을 까닥였다. 그녀의 모습에 켄슨 부인
은 자신이 실언했음을 깨닫고 고개를 숙였다.

"죄송합니다. 제가 결례를 범했습니다."

"다음부터는 주의해 주세요."

비비안은 괜찮다는 말을 내뱉지 않았다. 아무리 귀족가의 식솔이라고 하
나 어디까지나 타인이 굳이 그녀의 미래의 행동에 왈가왈부하는 것을 비비
안은 견딜 수 없었다. 그것을 알고 있는 켄슨 부인 또한 진심으로 그녀를
향해 사죄했다.

곧 위그가 서재로 간 터라 비비안은 혼자 남았다. 홑몸이 아니니 기사와
시녀를 붙이겠다고 했지만, 비비안은 기어코 그사이에 홀로 공작가를 둘러
보겠다고 말했다. 기실 그녀가 이혼을 한 뒤 새로운 안주인이 없었으니 공
작가는 딱히 그녀가 공작 부인이던 때와 달라진 것이 없었다. 그럼에도 불
구하고 비비안은 홀로 공작가를 노닐었다. 애초에 그러려고 위그와 함께 이
디에트로 온 것이었다. 간간이 그녀를 알아본 시종들이 그녀를 향해 고개를
숙였다.

"단주님을 뵙습니다."

드물게 그들에게 일일이 화답해 주던 비비안은 새삼스레 공작가의 구석
구석을 훑었다. 대부분 존재한 햇수로 세 자릿수를 넘어가는 명화와 조각상,
그리고 역대 가주들의 초상화. 그동안 바첼론과 함께한 이디에트의 길고 긴
역사. 과연 몇백 년의 위용을 자랑하는 바첼론의 절대적인 가문이었다. 딱히

갖고 싶지도 않지만, 이건 로튼이 노력해서 달할 수 있는 수준은 아니었다. 그래도 상관없다. 달할 수 있는 수준이 아니라고 해서, 손에 넣지 못할 것은 또 아니기 때문이었다. 자신이 될 수 없다면, 어떻게든 손아귀에 틀어쥐어 제 것으로 만들면 된다.

"다 끝났어?"

"그래. 이제 돌아가지."

얼마 지나지 않아 필요한 것들을 전부 챙긴 위그가 다시 나왔다.

비비안은 고개를 끄덕였다. 곧 현관에서 나온 비비안은 마차로 올라가기 전, 이디에트 저택을 다시 한번 돌아보았다.

비비안은 우아하게 입꼬리를 말아 올렸다.

이 강대하고 아름답고 매혹적인 가문은, 종국에 그녀의 아이의 것이 될 것이다.

속으로 읊조린 뒤 비비안이 마차에 올랐다. 곧, 마차가 이디에트 저택을 떠났다.

그로부터 7개월 뒤, 새하얀 눈이 땅에 펑펑 쏟아지던 아름다운 겨울날, 바첼론 최초의 여공작인 아슈티나 로젤리스 이디에트가 태어났다.

* * *

바첼론에서 비비안 로젤리스와 위그 이디에트의 아이로 태어난다는 것은, 이 세상의 대부분 인간들보다 100년 정도는 덜 노력해도 된다는 것을 의미한다.

물론 노블레스 오블리주를 외치는 일부 귀족들에게 있어 귀족이란 언제나 평민들보다 배울 것도 많고 더욱더 노력을 하고 힘들게 사는 지위겠지만, 이미 다른 이들이 한평생 노력을 해도 절대적으로 가질 수 없는 지위를 갖고 있다는 것 자체가 기실은 현저한 역량 차이였다.

그래서 그런지 비비안의 출산 예정일이 다가옴에도 불구하고 이 아이의 미래를 걱정하는 이는 아무도 없었다. 그들이 걱정하는 것은 오히려 바첼론의 미래로서, '그' 위그 이디에트와 '그' 비비안 로젤리스의 아이가 과연 바첼론의 미래를 어떻게 이끌고 가겠는가 하는 문제였다. 그리고 그들 대부분은, 두 사람의 아이라면 아마 바첼론의 미래, 정확히 말하자면 귀족원의 미래가 그다지 밝을 것 같지는 않다는 것에 내기를 걸었다.

사람들이 어떻게 뒤에서 혀를 놀려 대든지 비비안은 그녀의 몸이 하도 약해서 조산을 할 수도 있을 것 같다는 의사의 염려를 깨고 열 달을 다 채워 분만실에 들어갔다. 예정일이 다가옴에 따라 드물게 침실로 집무지를 옮긴 비비안은 갑자기 다리 사이에서 질벅거리는 느낌이 전해져 오자 바로 줄을 잡아당겼다.

가주의 출산에 만단의 대비를 했던 고용인들은 침착하게 준비해 놓았던 산파를 부르고 따뜻한 물을 준비하는 등 빠르게 움직였다. 비비안 또한 그녀답게 딱히 놀라지는 않았고, 그저 산파의 지시대로 호흡을 정리했다. 그리고 집사의 부름에 며칠 동안 로젤리스 저택에 머물던 카트린 또한 빠르게 동생의 옆을 지켰고, 모든 것들이 전부 다 순조롭게 이어지는 듯했다.

단 한 사람, 위그 이디에트를 제외하고는.

귀족원 회의 도중에 쳐들어온 요한의 모습에 얼굴을 찌푸린 그는 단주님의 양수가 터진 것 같다는 말에 그야말로 당장 자리에서 박차고 일어나 회의실을 나갔다. 덕분에 한창 여성의 남은 상속권 문제에 열띤 토론을 벌이고 있던 귀족들은 철저하게 귀족원 원장에게 버림받은 채 눈을 꿈벅거렸다. 물론 자녀가 있는 귀족들이 대부분이라 그들은 그저 허허 웃었다. 아직 등장도 하지 않은 크리스티나에게는 엘버린 공작이 말씀을 고하겠다고 하여 잘 해결될 수 있었다.

정작 그렇게 모든 예의와 법도를 깡그리 무시하고, 이 며칠 내내 비비안의 옆에 있었던 주제에 대체 왜 딱 이런 날에 진통이 왔는지 운도 나쁘다며 속으로 수백 번 되뇌며 로젤리스 저택에 도착한 위그는, 자신의 앞을 가로막는 집사의 모습에 얼굴을 일그러뜨렸다. 집사는 완전히 흐트러지다 못해 코트 단추도 제대로 채우지 않고 눈이 소복이 쌓인 그의 모습에 그럴 줄 알았다는 듯이 말을 했다.

"단주님께서 분부하셨습니다. 출산을 도울 산파와 시녀, 그리고 카트린 아가씨를 제외한 누구도 방에 들이지 말라고. 물론 공작 각하 또한 안 됩니다."

집사의 말에 위그는 결국 한숨을 쉬었다. 귀족가에서 사내가 여인의 분만실에 들어가는 것은 남편이라도 자제하는 분위기였다. 물론 비비안이 위그에게 분만실로 들어오지 못하게 한 이유는 너무 간단했다. 안 그래도 혼란스러운 상황인데 괜히 들어와서 더 폐 끼치지 말라는 것이었다.

사실 비비안의 이유는 꽤나 합리적이었다. 이성적으로 생각해서 위그가 지금 들어가 할 수 있는 것이라고는 비비안의 손을 잡아 주는 것뿐인데 비비안은 원래 혼자 있어야 힘을 더 잘 내는 인간이었다. 그리고 그녀의 성정에 위그를 보면 욕을 내뱉을 것에 그의 손목을 걸 수 있었다.

"알겠다."

결국 고개를 끄덕인 위그가 초조한 얼굴로 방 앞에 서 있었다. 클로에와 요한이 곧 다가왔으나 그들 또한 밖에서 기다릴 수밖에 없었다. 간간이 산실에서 고통에 몸부림치는 비명 소리가 들려올 때마다 위그의 어깨가 조금씩 움찔거렸다. 그리고 그가 도착한 지 한 시간쯤 지났을 때, 위그는 결국 참지 못하고 입을 열었다.

"어떻게 된 것이지? 왜 아직도 끝나지 않았어."

"산파의 말로는 진통이 오래 걸린다고 합니다."

집사의 말이 끝나기가 무섭게 다시 고통에 찬 신음 소리가 들려왔다. 위그는 이마를 짚었다. 속이 엉망이다 못해 그대로 튀어나올 것 같았다. 비비안이 아픈 것을 종종 봐 왔던 그는 더욱더 이 상황이 공포스럽게 다가왔다. 아이를 가지지 말자던 처음의 의견을 끝까지 이어 갔어야 했나 싶어진 그는, 결국 이마를 짚고 그대로 창문가에 섰다. 눈을 질끈 감고 처음으로 신을 찾아 보다가 제 과거를 참회해 보다가, 그리고 수도 없이 머리를 채우는 각종 '만에 하나'인 상황을 생각해 보았다.

'제발.'

위그의 인생에서 신을 찾은 것은 언제나 비비안 로젤리스 때문이었다. 기다리는 시간이 길어지자 이제는 아이고 뭐고 그저 비비안밖에 머릿속에 없었다. 비비안을 잃으면 아무것도 의미 없다.

그래, 그 여자를 잃으면 아무런 의미도 없다.

그러니, 당신만큼이라도 저곳에서 무사하게 살아남아…….

그때였다.

"각하! 단주님께서 무사하게 따님을 출산하셨습니다."

아기의 울음소리와 함께 그가 고개를 번쩍 들었다.

* * *

비비안이 아이를 낳을 줄은 몰랐다고 수많은 이들이 말했지만, 정작 진짜로 자신이 아이를 낳았다는 사실을 가장 믿지 못하는 인간은 비비안 본인이었다. 침착하게 준비를 다 해 온 것과 별개로 수 시간의 진통은 다시는 떠올리고 싶지 않을 정도로 고역이었고, 그래서 그런지 정작 아이를 낳자 그녀는 그저 맥없이 그대로 누워 있기만 했다. 그리고 그 끝에 남은 감상은 하나뿐이었다.

아, 로튼의 단주가 되는 게 더 쉬웠어.

다른 이들이 들었다면 기겁을 하겠지만 비비안은 진심이었다.

어쨌든 아이의 울음소리가 방 안을 가득 울리는 순간 그녀는 그대로 쓰러지고 싶었으나 겨우겨우 정신을 잡았다. 이렇게 긴 시간 동안 고통에 머무른 것이 무색하게 아이를 낳자마자 쓰러지고 싶지 않았다. 산파는 출산 과정에 대출혈이 없어서 다행이라며 안도의 한숨을 내쉬었고, 카트린은 미소를 단 채 자신의 동생을 응시하고 있었다.

비비안은 굳이 아이를 달라느니 하는 눈물겨운 모습을 보이지 않았다. 그저 입을 꼭 다물고, 땀범벅으로 된 몸을 조금 가누었다. 시녀들이 빠르게 이불을 덮고, 뒤처리를 하고 있었다. 그리고 얼마나 지났을까, 문이 벌컥 열렸다.

"비비!"

그도, 그녀도 상상을 못 했을 것이었다. 그저 단순히 자신의 욕심으로 시작된 그날의 그 단순한 계약 결혼이 이런 식으로 길게 이어질 줄은. 그녀는 그저 더 갖고 싶은 마음에 스스로의 뜻에 따라 행동한 것이 다였고, 그 역시 자신의 뜻에 따라 행동한 것이 다였다.

그렇게 죽일 사람은 죽이고, 죽을 사람은 죽고, 싸우다가 손을 잡고, 손을 잡다가 다시 싸우고, 그녀의 약에 수면제를 넣고, 그 수면제를 독으로 바꾸고, 그에게서 사랑한다는 말을 듣고, 그녀가 로건을 죽이고, 그에게 사랑한다는 말을 하고.

이 일련의 행동들이 결국 오늘날로 이어질 줄을, 몇 년 전 그가 그녀의 앞에 섰던 그 순간에 말을 해 주었더라면 아마 코웃음을 쳤을 것이었다.

'정말 말도 안 되는 상상이야.'

그러나 비비안은 그저 그렇게 스스로 읊조렸다. 말도 안 되는 상상이었다. 굳이 과거의 자신에게, 그리고 처음으로 울 것 같은 얼굴을 한 이 남자에게 그것을 말해 주어 봤자 무슨 의미가 있겠는가. 결국 그녀는 아이를 낳았다. 그리고 그 사실은 상대가 위그 이디에트라서 가능했다. 비록 위그에게는 다른 사내와 아이를 낳을 수도 있다고 했지만, 기실 비비안은 누구보다도 그것이 불가능함을 알았다.

비비안 로젤리스에게 아이는 필수가 아니지만, 그녀가 아이를 낳는다면 그 아이의 아버지는 오로지 위그 이디에트일 수밖에 없다.

그래, 위그 이디에트, 그 냉혹한 성정에 어울리지 않게 잔뜩 불안한 얼굴로 안절부절못하며 그녀를 살펴보는 이 사내.

"괜찮나?"

위그는 먼저 고생했다는 말도 하지 않았다. 그가 가장 먼저 내뱉은 말은 그녀의 안위를 묻는 것이었다. 그녀가 소리를 지르는 것을 전부 들었는지, 그의 얼굴은 하얗게 질려 있었다. 마치 그날 같았다. 리암이 죽고, 그녀가 쓰러진 뒤 처음으로 본 그의 얼굴. 하얗게 질리고, 공포에 질려서 그녀를 내려다보다가, 괜찮은지 훑어보던 그 얼굴. 그 얼굴을 보면서 그녀는 무슨 생각을 했더라.

아, 그래, 이대로 가면 다 잘 풀리겠다.

그는 그녀를 사랑한다. 비비안은 어쩌면 자신이 그 순간부터 그것을 어렴풋이 자각했을 거라 생각했다. 비록 그녀 스스로도 확신이 서지 않았고, 그는 그 순간 백이면 백 부정을 했겠지만, 기실 그는 그쯤부터 그녀를 사랑했을 것이었다.

그러나 그때와 달리 현재의 그녀는 사람을 제거하려고 하는 쪽보다 탄생시키는 쪽이었다. 그녀는 자신이 아이를 낳을 줄 몰랐다. 그것은 모성애나 엄마라는 이름과 굳이 연결을 시키고, 구구절절 자신의 깊은 감정과 인간성 따위와 관련지을 문제가 아니었다.

그저, 그녀는 생명을 탄생시키는 역할을 언젠가 맡게 될 줄 몰랐다.

그녀는 언제나 죽이는 쪽이었다.

새삼스럽게 그게 떠올랐다. 그녀는 수많은 이들의 미래와 아이와 기회를 앗아 갔다. 그런데 정작 자신은 침대 위에서 사랑하는 남자의 걱정을 받고, 아이를 낳아 축하받고, 언니의 다정한 눈길 속에서 느긋하게 누워 있다. 그녀는 자신이 죽인 사람을 하나하나 곱씹을까 생각하다가, 그들이 들었다면 아마 역겨워할 것 같아서 그만뒀다.

아니, 생각해 보니 그들은 비비안을 역겨워하지 않을 것 같다. 오히려 그저 담담하게 웃을 것 같다. 리암이고 메이슨이고 로건이고 다 그런 이였고, 어쩌면 첫사랑이었던 그 사내도 아마. 그것이 그녀가 지금 이 순간까지도 자신도 모르는 구간 어딘가에 그 무덤을 안고 사는 이유였다. 라니사 블레이드라면 좀 분노할 것 같지만, 어차피 위그도 디텔 공작의 죽음에는 관심이 없으니 그것은 그저 적일뿐이었다.

인간의 감정은 서로 통하지 않는다.

"아⋯⋯."

목이 잔뜩 쉬었다. 비비안은 침으로 목을 축였다. 카트린이 물을 가져와 그녀에게 넘겼다. 위그는 조금씩 그것을 덜어 그녀의 입에 흘려 주었다. 비비안은 그것을 마시고는 다시 입을 열었다.

"아이⋯⋯ 아."

그러나 그녀의 말이 끝나기도 전에 헤더가 눈물이 그렁그렁한 채 그녀에게 다가왔다. 축하드려요, 헤더가 그렇게 작게 말했던 것 같다. 곧 그녀가 아이를 위그와 비비안에게 보였다. 방에 들어오자마자 비비안의 상태부터 확인하느라 아이를 보지 못한 위그 또한 놀라운 얼굴을 했다. 그는 감동인지, 아니면 감탄인지, 아니면 그 모든 것인지 그저 복잡하고 미묘한 얼굴로 아이를 보다가 다시 비비안에게 고개를 돌렸다.

"예쁘지 않나? 당신을 닮았어."

비비안은 웃었다. 잔뜩 찌그러진 신생아가 예쁘면 얼마나 예쁘다고.

"그래."

그러나 그녀의 입술을 비집고 나온 말은 전혀 다른 것이었다.

그녀는 조금 손을 뻗었다. 그녀의 뜻을 알아들은 위그가 쿠션을 세워 주었다. 몸이 통증을 호소했지만 비비안은 그 정도는 참았다. 위그는 헤더에게서 아이를 받아 든 뒤, 조심스럽게 안고는 비비안의 옆에 반쯤 기대게

놓았다. 아이는 마치 방긋방긋 웃는 것처럼 입을 쫑긋거렸다. 비비안은 그것을 보다가 팔로 포대기를 감쌌다. 위그가 아래서 받쳐 주어 떨어뜨릴 위험은 없었다. 아이의 얼굴은 발간 데다가 머리 모양도 비비안이 보기에는 한없이 엉망이었다. 비비안은 잠시 그것을 보다가, 입을 뗐다.

"머리 모양이 너무 이상한데."

"점점 좋아질 거야. 아이들은 다 이래."

카트린은 비비안의 말이 웃긴지 그저 웃음을 흘렸다.

"그래도 못생겼어."

"방금 전에는 예쁘다며."

"다시 보니까 못생겼어."

비비안은 그렇게 말하며 아이를 유심히 보았다. 정말 못생겼다. 인간의 태초는 다 원래 이렇게 못생긴 존재였던가. 그저 작고 여린 살덩이, 아무런 쓸모도 없어 보이던 어린아이. 사실 신생아라는 게 다 이렇게 생긴 것 같기도 하다. 하지만 커 가면서 아이들은 결국 달라진다. 달라지면서 커 간다. 누군가는 비비안 로젤리스가 되고, 누군가는 위그가 되고, 누군가는 카트린이 되고, 제이콥이 되고, 메이슨이 되고, 리암이 되고, 카티야가 되고, 로건이 되고, 크리스티나가 되고, 혹은, 아무도 이름을 모르는 그 누군가가 되고.

비비안은 자신의 아이를 응시했다. 이 아이는 그녀의 아이였다. 한평생 남을 죽이기만 한 인생에 유일하게 그녀가 만든 생명일 것이었다. 그리고 아마, 먼 훗날에는 그녀가 사랑하는 누군가를 살리기도 하겠지.

낳기를 잘했다. 비비안은 속으로 그렇게 읊조리다가 고개를 돌렸다.

"아이 이름은 생각해 두었어?"

비비안의 물음에 위그가 생각났다는 듯이 입을 열었다.

"아, 안 그래도 이 며칠 동안 왕궁 서재를 틈만 나면 뒤졌어."

"왕궁 서재? 그거 왕족을 제외하고는 못 들어가는 곳 아닌가?"

"폐하께서 허락을 해 주셨지."

"당신이 거기에서 무엇을 하는지 어떻게 알고."

"아이 이름을 짓게 왕실이 관리하는 신화 서적을 좀 보게 해 달라고 했어."

위그의 말에 헤더와 카트린이 웃음을 흘렸다. 비비안은 길게 한숨을 쉬더니 고개를 저었다. 아이의 이름을 짓겠다고 왕실 고서를 다 뒤진 인간은 이 세상에 위그 이디에트밖에 없을 것이었다. 그녀는 아이를 다시 위그에게 넘기고 쿠션에 등을 기댔다. 방금 전보다는 조금 기운이 오른 얼굴로, 그녀가 위그를 향해 물었다.

"그래서, 아이 이름은 무엇을 지었는데?"

"아슈티나. 아슈티나 이디에트. 한동안은 로젤리스여야 하겠지만, 어쨌든 정식 이름은 그렇다. 내가 며칠 동안 고서적을 뒤져서 드디어 몇천 년 전 신화에 나오는 전쟁의 신 이름으로 골랐어."

"하필이면 전쟁?"

"좋지 않나?"

"그럼, 하나만 더 추가해."

"추가?"

"미들 네임, 로젤리스를 추가해서…… 아슈티나 로젤리스 이디에트로 해."

보통 미들 네임은 할아버지나 할머니의 이름을 넣는 경우가 많았다. 혹은 아예 넣지 않는 경우도 많았지만, 엄마의 성을 미들 네임으로 쓰는 경우는 꽤 드물었다. 그러나 위그는 비비안의 제안이 조금 의외이긴 했으나 딱히 이상하지는 않은 듯했다. 그가 고개를 끄덕였다. 어차피 그가 고개를 끄덕이지 않아도 비비안은 그렇게 하겠지만.

비비안은 다시 제 아이를 응시했다. 이 아이는 바첼론에서 가장 돈이 많은 엄마와, 가장 높은 권력을 지닌 아빠를 두었다. 완벽한 인생은 아니나 그래도 최소한 자신이 겪어 왔던 그 모든 것들을 반복할 이유는 없을 것이었다.

그리고 무엇보다도…….

아슈티나 로젤리스 이디에트.

이 아이는, 한 시대에서 가장 대단한 두 사람의 성을 동시에 가졌다.

비비안은 입꼬리를 말아 올렸다. 훗날 바첼론의 모든 이들은, 바첼론에서 가장 고귀한 여공작의 이름을 부르면서, 어쩔 수 없이 그녀가 로젤리스의 딸이라는 사실을 상기해야 할 것이었다. 그리하여 이디에트와 로젤리스는 역사서의 한곳에 묶여, 아마 영원히 사람들의 머릿속에 남아 있으리라.

바첼론의 모든 이들은 알 필요가 있었다.

로젤리스는 그 어떤 식으로는 영원할 것이었다.

＊　＊　＊

"비비, 비비, 이것 봐, 아슈티나에게서 빛이 나는 것 같아."

"위그 이디에트. 나는 아이를 낳은 거지 샹들리에를 낳은 게 아니야."

따뜻한 수프를 먹고 있던 비비안은 위그의 말에 어처구니없는 미소를 흘렸다. 뭐, 위그의 모습을 보아하니 아이가 태어나고 한동안 예쁘다 뭐다 난리를 칠 것까지는 대충 예상했지만, 답지 않게 과장법까지 써 가면서 덩치에 어울리지 않게 기쁜 티를 역력하게 내는 그를 보며 비비안은 고개를 절레절레 저었다.

그러나 비비안의 끝없는 타박에도 불구하고 위그는 여전히 요람 옆에서 떨어질 생각을 하지 않았다. 그나마 아이가 태어났다는 말에 크리스티나가 선물과 함께 당분간 귀족원에 나오지 않아도 된다고 말을 전해서 다행이지, 아니면 아이를 안고 왕궁에 가는 기행을 벌이지는 않을까 걱정스러울 지경이었다. 어쨌든 회의를 하긴 해야 했으므로.

그리고 이 모든 것을 지켜보고 있던 카트린이 부드럽게 미소를 지었다.

아무리 위그와 비비안이 서로 사랑하는 사이고, 비비안이 확신에 가깝게 아이를 가졌다고 하나, 그렇다고 해도 카트린은 아이를 낳은 뒤 위그의 반응을 당연히 걱정할 수밖에 없었다. 게다가 그녀는 과거의 트라우마 때문에 여성이 재산권을 일부 인정받은 상황에서도 비비안의 아이가 아들이 아니라면 위그가 과연 기뻐할까 따위의 걱정을 했다. 비록 입 밖에 내지는 않았지만.

"공작 각하께서 정말 아이를 좋아하시는 것 같아요."

마침 아이의 유모가 들어오며 보기 흐뭇한지 빙그레 웃었다. 과거 위그의 전적을 소문으로 들었던 대부분 이들은 그가 이렇게 아이를 좋아한다는 사실을 꽤 의외라고 생각하는 듯 했다. 그저 비비안만이 당연하다는 얼굴로 무심한 얼굴을 했다.

곧 위그는 아이에게서 멀어진 뒤 비비안에게 다가갔다. 자연스럽게 비비안이 다 먹은 수프 접시를 들어 헤더에게 넘기고, 위그는 손수 그녀의 입까지 닦아 준 뒤 입을 열었다.

"아슈티나는 아무래도 당신을 닮은 것 같다. 눈이 당신과 똑같아."

"눈만 닮았겠지. 그리고 아직 아기인데 어떻게 생길지 누가 알아?"

"그래도, 눈이 닮은 거면 절반 이상을 닮은 거지."

위그의 말에 비비안은 자연스럽게 시선을 아기에게로 던졌다 요람 사이사이로 보이는 아슈티나는 뭐가 그렇게 즐거운지 위에서 달랑거리는 딸랑이로부터 눈을 떼지 못하고 있었다.

확실히 위그의 말대로 아이는 비비안의 눈을 닮았다. 정확히 말하자면 눈동자 색을 닮은 것이었다. 아이의 눈 색은 그야말로 비비안을 닮아 다소 옅은, 그러나 청량하고 차가운 느낌의 아이스 블루였는데, 그래서 그런지 웃을 때마다 묘하게 비비안을 연상시키곤 했다. 그러나 비비안이 아기였을 때를 본 적이 있는 카트린은 자신의 희미한 기억을 더듬을 때마다 아이는 아무래도 위그를 닮을 것 같다고 했다. 실제로 비비안 또한 그렇다고 생각했다. 아직 어려 정확히 알 수는 없지만 아이의 눈매는 확실히 위그의 깊은 눈매를 닮은 것 같았다.

게다가 아이는 눈동자 색은 비비안을 닮았지만, 머리카락은 이디에트 대대로 내려오는 짙은 흑발이었다. 비비안은 그것을 아주 진득한 귀족들의 집념이라고 설명했다. 어쨌든 아이는 무사하게 태어났다. 출산 이후 비비안은 면역력이 떨어져 가벼운 감기에 걸려 한동안 아이와 격리당했지만, 꽤 빠르게 회복되었다. 위그는 비비안의 모습에 다행인 듯했지만 비비안은 조금 다른 표정이었다. 물론, 금방 다시 여유를 찾았지만.

"단주님."

집사의 말에 비비안은 상념에서 벗어났다. 그러나 그녀는 집사의 손에 들려 있는 작은 상자를 보고 미간을 좁혔다. 이 며칠 동안 그녀의 앞으로 수많은 선물과 축복이 쏟아졌다. 크게는 여왕의 선물부터, 작게는 상단의 직원들이 보낸 소소한 선물까지. 그것들을 딱히 거절하지는 않았으나, 그 양이 방대해 대부분은 집사와 클로에가 알아서 처리했다. 그래서 그녀는 이례적으로 선물을 자신의 앞에 들고 온 집사를 향해 의문 섞인 얼굴을 했다.

"뭐지?"

"선물이 왔습니다만, 발신인의 이름은 없고 카드만 있습니다."

"뭐라고 씌어져 있지?"

"'아이는, 행복해졌으면 좋겠어요'……라고만 씌어 있습니다."

집사는 도저히 이런 메시지를 발신인 대신 쓴 이유를 알지 못했다. 그러나 위그는 바로 얼굴을 굳혔다. 선물을 가장한 위험한 물건일 확률이 높았기 때문이었다. 집사가 대답을 하는 순간, 비비안의 표정이 미묘해졌다. 그녀가 평온한 목소리로 입을 열었다.

"열어 봐."

"비비."

"당신이 열어 봐, 그럼."

탐탁잖은 얼굴을 했으나 위그는 결국 비비안의 뜻대로 상자를 열었다.

그러나 위그의 의도와 달리 상자 속에 있는 것은 다름 아닌 그저 평범한 아기 신발이었다. 그렇게까지 고급품은 아니었으나, 꽤 비싼 것임은 틀림이 없었다. 위그는 새하얀 신발을 들고 이리저리 보다가 비비안을 향해 고개를 돌렸다. 순간, 그 또한 왠지 모르게 대충 감을 잡은 것 같았다. 그는 신발을 다시 상자 안에 넣고 카드만 든 채 비비안에게 다가갔다.

비비안은 집사의 품에 있는 상자를 보고, 카드를 한 번 읽더니 웃었다. 그리고 곧, 그녀가 집사를 향해 입을 열었다.

"이 선물을 보내온 자는 갔나?"

"우체국에서 온 자가 있습니다만, 수상해서 아직 보내지 않았습니다."

"그럼 이것을 보내온 사람한테 전해 달라고 해."

"뭐라고 전할까요?"

"나와 달리, 이 아이는 무조건 행복해질 것이라고."

집사는 비비안의 말에 고개를 끄덕이고 방을 나갔다. 그러나 비비안의 대답을 들은 위그의 얼굴만이 미묘하게 변했다. 그는 비비안의 말을 곱씹는 듯했으나 굳이 입을 열지 않았다. 그때, 마침 유모가 아이가 젖을 먹을 시간이 되었다고 아이를 안고 방에서 나갔다, 카트린과 헤더, 클로에 또한 눈치를 보고는 빠르게 방을 나갔다.

곧 방에는 비비안과 위그, 둘만이 남아 있었다. 위그는 비비안의 옆에 완전히 기대고는 입을 열었다.

"카티야인가?"

"그렇겠지."

이 세상에 비비안이 행복해지지 않는다는 것의 함의를 아는 이는 몇 없다. 그리고 그것의 뜻을 누구보다도 잘 알고 있는 이로서, 위그는 그저 침묵했다.

비비안은 자신의 손에 들린 카드를 응시했다. 카티야의 글씨체다. 알아볼 수밖에 없었다. 뒷골목에 쓰러져 있는 것을 제가 구해 글을 가르쳤으니까.

"그녀가 지금 어디에 있는지 아나?"

"몰라. 알 필요가 없으니까."

"우체부를 통해 온 것이면, 어차피 당신이 추적하면 들킬 것이라는 걸 알면서도 그렇게 한 것이군."

"나는 그녀를 손수 바첼론에서 내보냈어. 내가 굳이 추적할 일 따위는 없을 거야."

"그렇군."

위그는 더 이상 깊게 묻지 않았다. 그저 비비안의 모습을 보며 낮게 읊조릴 뿐이었다.

"우리 아이는 행복해질 거다. 우리와 달리."

"우리와 달리…… 라."

비비안은 묘한 얼굴을 했다. 문득 리암과 카티야의 말이 다시 생각이 났다. 다 가지되 행복해지지는 말라. 그러나 결국 다 가졌다는 데서 행복해질 수 있지 않을까? 그렇게 생각해 보던 비비안은 고개를 저었다. 아니, 다 가졌는데 행복해진다는 것은 말도 안 되는 일이다. 왜냐하면, 애초에 인간은 다 가질 수 없으므로.

특히, 비비안 로젤리스는 절대 원하는 것을 다 가질 수 없다. 그러나 동시에 그녀는 원하는 것을 다 가질 것이었다.

그녀는 이 두 마디 사이에 존재하는 모순을 짚다가 그저 생각하는 것을 멈췄다. 이 또한 의미가 없기 때문이었다.

"아슈티나는 훌륭한 이디에트 공작이 될 거야."

"나도 안다."

"그리고 동시에 결국 당신이 온전히 내 곁으로 오게 만들 거야."

위그는 후자의 말뜻을 곱씹다가 잠시 미간을 좁혔다. 그러나 비비안은 더 말을 잇지 않았다. 어차피 모든 것은 시간이 답을 줄 것이었다.

그녀가 의미심장하게 웃었다.

5
그 아이의 세상을 채워 넣은 것들

아슈티나의 눈에 아빠와 엄마는 언제나 '평범한' 존재였다. 그들은 한 지붕 아래 함께하지는 않았지만, 놀랍게도 서로의 존재를 확실하게 인지하고 있는 것 같았고, 딱히 언제 오겠노라 말을 건네지는 않았지만 서로가 언젠가는 나타날 것을 알고 있는 것 같았다.

아슈티나는 한때 모든 이들의 아빠와 엄마가 전부 그러는 줄로만 알았다. 그녀가 본격적으로 자신의 부모님이 뭔가 다르다는 것을 느낀 건, 두 사람이 그녀를 안고 저택 밖으로 나갔을 때였다.

비비안과 위그는 아이가 걷고, 말을 하기 시작하자 꽤 자주 아이를 안고 외출했다. 가끔은 비비안이 데리고 로튼으로 갔고, 가끔은 위그가 데리고 왕궁으로 갔다. 놀랍게도 그곳에서 그녀는 다른 아이들을 만날 수 있었는데, 그들의 부모님, 특히 엄마는 언제나 부인으로 불리곤 했다.

아슈티나는 한때 그것이 이상했다. 그녀의 기억에 엄마는 언제나 '단주님'이었지 부인이 아니었다. 심지어 다른 아이들은 언제나 부모와 함께 한

지붕 아래서 살았는데, 그들에게는 언제나 후계자요, 사생아요, 아들이요, 딸이요, 재산이요, 작위 같은 복잡한 문제들이 있었다. 그리고 그 문제는 아슈티나가 이해하기에는 너무 어려운 것이었고, 그녀를 머리 아프게 만들어서, 왜 우리 집은 다른 집과 다를까…… 하는 것들을 생각하던 아슈티나는 다른 건 그냥 다른 거라고 결론을 냈다.

아슈티나는 복잡한 것보다는 단순한 것을 좋아했다. 그녀는 자신이 딸이라는 사실도 꽤 오랜 시간이 흐른 뒤에 알았고, 딸과 아들이 다르다는 사실은 더 오랜 시간 뒤에 알았다. 이제 겨우 남자와 여자의 개념을 알기 시작한 그녀는 딸과 아들 뒤에 붙는 부가적 가치를 이해할 새가 없었다. 그녀가 기억하기로 엄마는 언제나 아슈티나라고 그녀를 불렀고, 위그는 가끔 우리 딸, 우리 아가씨, 우리 아슈티나 따위로 그녀를 불렀다. 그저 그뿐이었다. 그녀는 더 복잡하게 그 뒤에 있는 논리 관계를 생각할 필요 없었다.

로젤리스 저택에서도, 이디에트 저택에서도 아무도 그녀에게 복잡한 말을 하지 않았다. 그녀는 단주의 딸이었고, 가주가 사랑하는 아이였다. 저택의 모든 이들이 그녀를 사랑했고, 그녀가 원하는 것을 만족시켜 주고자 노력했다. 그녀는 태어날 때부터 너무나 자연스럽게 이 세상의 모든 물건을 가질 수 있었으며, 엄마가 허락만 하면 그것은 무조건 그녀의 것이었다. 아리아 언니나 리즈 언니, 특히 케이트 언니는 언제나 그녀의 좋은 놀이 상대였으며, 엄마가 바쁠 때마다 옆에서 인형 놀이를 함께 해 주거나 책을 읽어 주곤 했다.

그것은 이디에트 저택에서도 마찬가지였다. 이디에트의 식솔들은 언제나 아슈티나가 올 때마다 그녀가 좋아하는 것으로 방을 가득 채웠다. 이디에트가에서 그녀는 더 이상 아가씨가 아닌 공녀님이었다. 아슈티나는 제 아빠의 딸이었고, 당연하게도 아빠의 뒤를 이을 것이었다. 그녀는 뒤를 잇는다는 것이 무슨 뜻인 줄 몰랐지만, 한때 그 말을 듣고 아빠의 뒤를 졸졸 따라다니며 뒤를 잇기 위해 노력했다. 물론 한참이 지난 뒤에야 그 뜻이 아니라는 것을 눈치챘지만.

그러나 그녀의 그렇게 단순한 세상은 언제나 로젤리스와 이디에트의 저택을 나서면서 복잡해졌다. 아버지의 뒤를 따라다니던 그녀는, 종종 아빠를 향해 '공자님이었다면……'이라는 말을 하던 사람들이 아빠의 매서운 눈빛에 입을 다무는 것을 보았고, 가끔 저를 향해 '아빠 엄마와 함께 살지 못해 얼마나 아쉬울까……'라고 말하는 것을 들었다. 그럴 때마다 아슈티나는 그것이 너무 이상했다.

그녀의 눈에 아빠와 엄마는 함께 살지만 않았지, 세상 그 누구보다도 가장 좋은 아빠와 엄마였다. 두 사람 사이에는 아슈티나마저도 함부로 끼어들 수 없는 어떤 분위기가 있었고, 단순히 입 밖에 내뱉지 않아도 서로의 뜻을 이해할 수 있었다. 두 사람은 언제나 서로를 사랑했고, 아슈티나도 아주 많이 사랑해 주어서, 그녀는 도저히 이 세 사람 사이에 사랑이 없을 수도 있다는 상상 자체를 못 해 보았다.

그리고 무엇보다도 그녀는 엄마와 아빠가 아주 좋았다. 엄마와 종종 로튼으로 갈 때마다 사람들은 그녀를 향해 고개를 숙였고, 심지어 엄마 뒤를 따라다니는 비서도 있었다. 아슈티나는 아기였을 때 종종 엄마의 집무실 바닥에서 인형을 갖고 놀았고, 고개를 들면 엄마가 차분한 얼굴로 종이를 보고 있었다. 아슈티나는 엄마의 그 진지한 얼굴을 아주 좋아했다. 많은 사람들이 엄마의 말 한마디에 고개를 끄덕이는 것이 좋았다. 아슈티나의 엄마는 왕궁에서 본 우아한 귀부인들처럼 차를 마시거나 부채를 팔랑거리지 않았지만, 아슈티나는 그래도 엄마의 모습이 더 예뻐서, 자신도 크면 엄마처럼 되고 싶다고 생각했다.

그것은 아빠도 마찬가지였다. 엄마가 아주 바쁘거나 수도를 떠나면 아빠는 그녀를 자신의 저택으로 데려갔다. 이디에트의 서재는 엄마의 서재보다도 아이들의 장난감으로 가득 채워져 있어, 종종 공을 가지고 놀다가 아빠한테 던지면, 아빠는 그것을 매우 쉽게 잡아 다시 아슈티나에게 던져 주었다.

엄마와 달리 아주 **빠르고** 민첩하게 공을 잡을 수 있는 아빠와 노는 것이 아슈티나는 무척 즐거웠다.

그녀는 두 사람을 아주 좋아했다.

아이의 세상은 온통 사랑으로 채워져서, 그녀는 어른들의 욕심이나 이기심으로 점철된 그 어떤 지저분한 사실도 용납할 틈이 없었다.

* * *

흑단 같은 머리카락 위로 새빨간 리본이 하느작거렸다. 나풀거리는 리본의 양 끝에는 진주알이 대롱거리고 있었고, 그 아래 구불거리며 흩어지는 머리카락은 의자에 앉아 풍성하게 펼쳐진 레이스 치마 위에서 살랑거렸다. 눈부신 햇빛을 맞아 부드러운 상앗빛 피부가 더욱더 눈부시게 빛이 났다. 동글동글한 눈매는 어린아이 특유의 귀엽고 순진무구한 느낌이 있으면서도 꽤 깊었고, 오똑한 콧날 아래 발그스름한 입술이 사랑스럽기 그지없었다.

아슈티나는 생각을 하고 있었다.

서재에는 화사한 햇살이 비껴 들어와 눈이 부셨으나 그녀는 딱히 개의치 않았다. 지금 이 순간 그녀를 가장 괴롭히고 있는 문제는 겨우 햇빛 따위가 아니었다. 그녀는 오늘 우연하게 들은 이야기에서 파생된 아주 '지독한' 문제를 해결할 필요가 있었다.

그러나 이 문제를 해결해 줄 수 있는 그 누구도 서재에 나타나지 않았다. 분명 한 시간 넘게 기다렸음에도 불구하고 평소라면 언제나 '단주님께서 다망하셔서 아무도 들이지 말라고 하셨습니다'로 거절당했어야 하는 서재는 드물게 그녀를 들여보낸 것치고는 텅텅 비어 있었다.

아, 혹시 비었으니 자신이 들어갈 수 있는 건 아닐까! 아슈티나는 아주 커다란 의문점이 해결된 듯 고개를 번쩍 들었다. 그러나 자신의 가장 '궁금한' 점을 해결하지 못했다는 사실을 깨닫고 시무룩하게 다시 고개를 숙였다.

그렇게 시간이 지나고 또 지나 아슈티나는 슬슬 맥이 빠지는 것을 느껴야 했다. 집사가 준 디저트는 이미 다 먹어 버렸는데도 아무도 서재로 오지 않았다. 게다가 하루 종일 무료하게 의자에 앉아 있기만 해서 그녀는 이제 한계에 다른 느낌이었다. 저도 모르게 잠이 와서 꾸벅꾸벅 조는데, 방 안을 가득 채우던 햇빛이 슬슬 사라지고 창밖에 어둠이 몰려올 무렵, 갑자기 멀리서 익숙한 걸음 소리가 들려오더니 문이 열렸다.

"이 건은 광산 쪽에 연락해서 사흘 뒤까지 답이 없으면 당장 광부들을 철수할 줄 알라고 경고해."

"알겠습니다."

"그리고 이번 달 왕실에 올릴 다기는 다 준비가 되었겠지?"

"네, 이미 오늘 오후 제가 확인한 뒤 포장까지 전부 점검을 마쳤습니다. 내일 아침 해가 뜨자마자 용병들이 떠날 겁니다."

"그래, 그리고……."

"엄마!"

그때였다.

문이 열리자마자 들어온 두 인영을 헤…… 하고 번갈아 보던 아슈티나가 갑자기 의자에 올라가 크게 외쳤다. 그 순간 잔뜩 얼어붙은 얼굴로 지시를 내리던 비비안이 멈칫하더니, 소리가 들려온 쪽으로 고개를 돌렸다.

"아슈티나?"

"엄마!"

아슈티나는 한없이 반갑게 활짝 웃었다. 그야말로 환호에 가까운 목소리에는 그녀가 세상에서 가장 사랑하는 엄마에 대한 애정이 잔뜩 묻어 있었다. 비비안은 제 딸이 이곳에 왜 있나 잠시 생각하다가, 문득 아이가 의자에 서 있다는 사실을 깨닫고 미간을 좁혔다.

"내려와. 위험해."

비비안의 말에 아슈티나가 바로 내려왔다. 조심스럽게 의자에 앉은 뒤

폴짝 내려온 아슈티나는 단숨에 비비안을 향해 도도도도 달려와 멈출 새도 없이 비비안에게 폭 안겼다. 그리고 그런 아이의 모습에 비비안이 가볍게 웃더니 손에 들린 것들을 클로에에게 넘기고 살짝 몸을 낮춰 딸과 시선을 맞추었다.

"왜 왔어?"

"우웅. 그냥, 물어볼 게 있어서."

"이곳은 엄마의 집무실이라서 함부로 들어오면 안 된다고 했는데."

"그렇지만."

아슈티나는 괜히 발로 바닥을 툭툭 차며 몸을 꼬았다. 그에 비비안이 자신의 뒤에 있는 클로에를 향해 살짝 눈짓했다. 그리고 이제 비비안의 그런 눈빛이 '나머지는 알아서 잘 처리해'라는 것쯤은 알아들은 클로에는 우아하게 웃으면서 허리를 숙였다.

"그럼 이만 나가 보겠습니다. 단주님."

"안녕히 가."

"네. 아가씨도 즐거운 저녁 시간 보내세요."

존대도 반말도 아닌 이상한 말투였지만 그럼에도 귀엽다는 듯이 클로에가 옅은 웃음을 흘리며 방을 나갔다. 비비안은 클로에가 방을 완전히 나가자, 곧 자리에서 일어나 딸의 손을 잡은 채 의자와 책상 대신 방 한구석에 있는 소파로 다가갔다. 아슈티나는 엄마한테 안아 달라고 하려다가, 엄마는 많이 힘드니 안아 달라고 하지 말라고, 안기고 싶으면 언제나 아빠한테 오라고 하던 게 생각나 얌전하게 엄마의 뒤를 따랐다.

곧 비비안이 소파에 앉자 아슈티나 또한 소파에 기어 올라갔다. 테이블에 놓인 잔에 따뜻한 물을 부어 딸에게 넘긴 뒤, 비비안은 아슈티나의 삐뚤어진 리본을 다듬어 주며 물었다.

"그래서 무슨 일 있어서 왔니?"

"그게."

아슈티나는 눈알을 데룩데룩 굴렸다. 그녀의 얼굴은 누가 봐도 위그 이디에트와 판박이였지만, 정작 이렇게 종종 짓는 표정은 비비안과 흡사하기 그지없었다. 다행이게도 엄마와 아빠의 바람대로 아빠의 얼굴과 엄마의 성격을 닮은 것 같은 이 이디에트의 공녀는 결국 뭔가 생각하다가 입을 열었다.

"엄마."

"응."

"내가 절대 바보라서 묻는 게 아닌데…… 공작이 뭐야?"

"……."

순간 비비안이 멈칫했다. 딸의 진지한 얼굴에 뭔가 큰일이라도 있나 싶어서 잠시 고민했던 그녀는 생각보다 훨씬 더 간단하고 예상 밖의 질문에 그만 웃음을 흘렸다. 그러나 어디까지나 비비안의 입장에서 그랬지 아슈티나는 아주 진지했다. 그녀는 비비안이 풋 웃음을 흘리자, 엄마가 자신을 놀리는 것이라고 생각했는지 볼을 빵빵하게 불렸다.

비비안은 소파에 등을 기댔다. 그러고 보니 아이에게 공작이 무엇인지 확실하게 가르쳐 준적이 없었다. 그저 아빠는 공작이다, 너는 이제 공작가의 후계자가 된다, 이런 말만 했지, 공작이 무엇인지 진짜로 알려 준 인간은 없었던 것이었다. 게다가 비비안은 어렸을 때는 놀아야 한다는 주의라 딱히 아슈티나에게 수업을 받게 한 적이 없었다. 위그 또한 기껏 태어나기 전에 교육열에 불타던 것처럼 보이던 것과 별개로, 아슈티나를 데리고 가벼운 운동이나 놀이에 힘쓰고 있었다.

아슈티나는 비비안이 계속해서 말이 없자 조금 의아한 얼굴을 했다. 그러다 그녀는 삽시에 뭔가 깨달은 듯 입을 헤 벌렸다.

'혹시, 엄마도 모르는 건가!'

그렇다면 어느 정도 이해가 가긴 했다. 방금 전 엄마가 웃은 것은 어디까지나 자신이 모른다는 사실을 감추기 위한 것이 분명했다. 아슈티나는 고개를 끄덕였다. 물론 그녀의 눈에 엄마는 언제나 아름답고, 이지적이고, 뭐든

다 아는 사람이지만, 아무리 전지전능한 그녀라도 확실히 모르는 것이 있을 수는 있었다.

거기까지 생각한 아슈티나는 빠르게 화제를 돌려 엄마를 난감하지 않게 만들 만한 방법을 생각해 냈다. 그때, 갑자기 비비안이 입을 열었다.

"공작은 작위의 일종이야. 그리고 그 작위 중에서 가장 높은 작위지."

"……작위?"

"흐음. 귀족들이 갖는 신분의 일종이야."

"……신분?"

"왕이 하사하는……."

순간 말을 잇던 비비안은 완전히 얼굴에 물음표를 써넣은 채 그녀를 보고 있는 딸을 발견하고 말하던 것을 멈추고 말았다. 이제 갓 다섯 살이 된 아이에게 그녀가 하는 말들은 하나같이 어려운 것들이었다. 결국 비비안은 자세하고 확실한 설명 대신, 아주 깔끔하게 자신의 설명을 끝마쳤다.

"귀족 중에서 가장 센 사람이야."

아슈티나는 순간적으로 깨달은 얼굴을 했다. 비록 귀족이 뭔지는 그녀도 잘 이해를 할 수 없었으나, 그래도 요즘 그녀는 귀족이라는 단어를 배우면서 어떤 사람들이 귀족이고 어떤 사람들이 귀족이 아닌지는 깨달았던 것이었다. 물론 아이의 눈에 귀족과 귀족이 아닌 사람의 차이는, 그저 그 자체로 신분이 있나 없나의 차이였지 지위 고하의 차이가 아니었지만, 어쨌든 '가장 센 사람'이라는 단순한 표현으로 그녀는 대충 공작이라는 단어를 이해했다.

아슈티나가 대충이나마 단어를 이해하는 듯하자 비비안은 안심된 얼굴을 했다. 물론 이제 정식으로 이디에트의 후계자 수업을 받으면 당연히 배울 개념이었지만, 설사 이후에 배울 것이라고 해도 비비안은 아이의 질문을 허투루 넘기는 법이 없었다.

"역시 엄마는 뭐든 다 알아. 엄마는 천재야!"

"그래."

"아빠도 뭐든 다 알아. 아빠도 천재야!"

비비안은 웃으면서 잔을 집어 들었다. 그녀는 이 근래에 와서 차나 와인을 잘 마시지 않았다. 대신 의사의 충고에 따라 그녀는 따뜻한 물을 많이 마셨다. 그렇게 잔에 있는 물을 전부 다 들이켠 뒤, 비비안이 입을 열었다.

"그런데 왜 갑자기 공작이 뭔지 물어본 거니?"

"오늘 리즈 언니한테 놀러 갔는데, 다들 나한테 공녀님이라고 그랬어. 그래서 공녀님이 뭔지 물어봤는데, 리즈 언니가 공녀님은 공작의 딸이라고 그랬어."

"이런."

"그런데 공작이 뭐냐고 물어보니까 언니가 자기는 백작이라서 모르겠다고 했어. 그런데 엄마, 백작은 뭐야?"

"백작은, 공작 다음다음으로 센 사람이야."

"그렇구나. 그럼 리즈 언니도 세겠네!"

"그런 셈이지."

비비안은 그제야 대충 사건의 앞뒤를 짐작할 수 있었다. 오늘 아리아와 함께 빌케르 백작저로 놀러 간 그녀에게 사람들이 공녀님이라고 불렀고, 공녀님이 무엇이냐고 물으니 리즈가 공작의 딸이라고 하고, 공작이 뭐냐고 물으니 리즈가 도저히 대답을 하기가 어려워 자기는 백작이니 모른다고 얼버무린 것 같았다. 그녀는 다시 한번 리즈가 저를 닮은 점이 있다고 생각했다. 이렇게 미꾸라지처럼 곤란한 상황에서 빠져나가는 것도 재주였다. 그것도 말도 안 되는 대답을 하면서.

비비안은 마치 인생의 진리를 깨달은 사람처럼 고개를 끄덕이고 있는 딸을 힐끔 보다가 그저 가볍게 웃음을 흘렸다. 이제 중요한 문제를 대답해 주었으니 방으로 돌아가 씻고 코 잘 준비 해야지, 라고 어르려던 그녀는, 갑자기 아슈티나가 고개를 돌리자 눈썹을 까닥였다. 또 무슨 질문이 있는 것일까, 어차피 아이의 시야에서 대답해 주는 것이 어렵지는 않다고 생각하는데, 그다음으로 이어진 아슈티나의 질문은 그야말로 진정한 '난제'였다.

"만약 내가 남자아이라면, 엄마는 어쩔 거야?"

* * *

"빌케르 백작가 고용인들의 입단속을 제대로 시켜야겠어."

잠든 딸을 문틈으로 한참 보던 위그는 비비안의 말에 살짝 미간을 좁혔다. 오늘 아슈티나가 빌케르 백작가에 놀러 간다는 말은 들었지만 갑자기 비비안이 이런 말을 내뱉는다는 것은 필히 무슨 일이 있었다는 것을 의미했다.

위그는 침대에서 세상 모른 채 쿨쿨 자고 있는 제 딸을 다시 한번 애정 어린 눈빛으로 보다가 완전히 문을 닫고 고개를 돌렸다. 비비안이 마뜩잖은 얼굴을 한 채 팔짱을 끼고 서 있었다. 곧 그가 그녀의 허리를 감쌌다. 이 며칠 동안 하도 바빠 로젤리스 저택으로 오는 것이 뜸해져 아이에게 무슨 일이 생겼는지 자주 전해 듣지 못한 탓에 그가 조금 얼굴을 일그러뜨리고 입을 열었다.

"무슨 일 있었나?"

"빌케르 백작가의 식솔들이, 쓸데없는 말을 나불거렸나 봐. 나한테 자기가 남자아이면 어쩔 거냐고 묻던데."

"뭐?"

비비안의 말이 떨어지자마자 위그의 얼굴이 험악해졌다. 심지어 그의 눈에는 살기까지 오갔는데, 되레 말을 내뱉은 비비안의 얼굴이 더욱더 평온해 보일 지경이었다.

"그래서 뭐라고 대답해 줬지?"

"내가 아이를 낳기로 결심한 순간부터 딸이든 아들이든 그건 별로 의미

없는 문제라고 했어."

"잘 대답했어."

"사실이니까. 나는 딸을 낳기 위해 재산권 개정까지 기다린 게 아니야. 아들이든 딸이든 낳아도 상관없기 위해 기다린 거지."

그렇게 읊조리며 비비안이 피식 비웃음을 지었다. 그녀가 아이를 낳은 뒤 어떤 이들은 그녀가 낳은 것이 아들이 아니라는 사실에 자주 입방아를 찧곤 했다. 그중에 대부분 이들은 으레 바첼론의 전통이 그러했듯이 아들을 선호할 거라 여겼지만, 놀랍게도 어떤 이들은 그동안 비비안의 행보에 기반해 그녀가 아들을 낳으면 싫어할 것이라는 추측을 내놓는 이도 있었다. 물론 비비안은 그런 이들에게 그야말로 편견과 오만과 무식함에 기반한 개소리라고 치부해 넘겼지만, 그것이 만약 진짜로 아슈티나의 귀에 들어갔다면 말이 달라졌다.

비비안과 위그는 아슈티나가 부모에게서 절대적인 사랑과 안정감을 받을 수 있기를 바랐고 실제로 그렇게 몸소 행동해 왔다. 그리고 애초에 그것은 사실이었다. 위그와 비비안은 아이가 어떤 이든 그저 제 아이라는 사실 하나만으로 그에 맞춰진 애정과 교육을 퍼부을 것이었다. 그리고 그것이야말로, 그 절대적인 애정과 안정감이야말로 부모가 아이에게 줄 수 있는 가장 큰 재부일 것이다.

위그는 잠시 뭔가 생각하다가 잔뜩 가라앉은 목소리로 입을 열었다.

"빌케르 백작가는 내부 정돈을 할 필요가 있을 것 같군."

"안 그래도 리즈에게 일렀어. 요즘 빌케르 백작가의 내부 질서를 제대로 잡으려고 손을 쓰고 있는 것 같던데, 하는 김에 아이 앞에서 헛소리를 일삼는 이들은 입을 틀어막든 목을 자르든 확실히 처리해야 한다고 했지."

무시무시한 비비안의 말에도 위그는 그저 고개를 끄덕였다. 함께한 지 이렇게 오랜 시간이 지났으면, 이제 모를 것도 본능적으로 알아차리고 해야 하는 법이었다.

"리즈라면 잘할 것 같다."

"당연하지. 그 아이는 예전부터 영악한 데가 있었어. 당신도 알잖아?"

"나한테서 과자 집을 얻어 가고, 모든 욕은 내가 먹었지."

위그는 아스라한 과거의 기억을 상기하듯 잠시 미간을 좁히다가 다시 얼굴을 폈다. 사실 거의 10년이 되어 가는 시간이니 확실히 꽤 오래전의 기억이긴 했다. 그러나 그동안 한 치의 빈틈도 없이 계속해서 함께한 그들은 왠지 모르게 그들이 겪어 온 모든 것들이 전부 다 어제 일 같았다.

어쨌든 리즈가 처리한다니 위그는 더 이상 말을 얹지 않았다. 그러나 그도, 그녀도 슬슬 뭔가 감지를 하고 있는 것이 사실이었다. 특히 위그는 속으로 제 딸이 이디에트로 오기 전까지, 귀족들은 물론이요 바첼론에 존재하는 모든 잡음은 제대로 처리하는 것이 좋겠다는 생각 따위를 떠올리고 있었다. 어차피 아이가 마주해야 할 곤란은 많으니, 쓸데없는 건 제가 알아서 처리하는 게 좋지 않은가.

곧 두 사람은 비비안의 방으로 돌아왔다. 위그는 왠지 모르게 방 안의 공기가 싸늘하다고 생각하며 주변을 두리번거렸다. 아니나 다를까 발코니의 창문이 열린 것을 발견한 그가 마뜩잖은 얼굴로 다가가 창문을 단단하게 닫았다. 철컥, 소리와 함께 창문이 잠기고 위그가 입을 열었다.

"헤더는 어쩌려고 이런 것도 제대로 관리하지 않나."

"내가 열어 두라고 한 거야. 통풍이 잘 안 되면, 오히려 건강에 안 좋으니까."

"당신, 아직도 기침하나?"

"좀 나아졌어."

"저녁에 열도 나고?"

"아니. 그저, 가끔 오한이 들어."

비비안은 대답하는 것도 꽤 피곤한지 살짝 침대에 누웠다. 위그는 그런 그녀의 얼굴을 보다가 저도 모르게 입매를 굳혔다. 비록 그도 비비안도 굳이 입 밖에 말을 내뱉지는 않았지만, 두 사람 모두 비비안의 건강이 눈에 띄게 안 좋아졌다는 것을 눈치채고 있었다.

그 사실에 누구보다도 민감하게 반응하는 그였지만 정작 비비안의 표정은 그저 여상스러웠다. 병에 걸리면 약을 먹고, 약을 먹다가 안 되면 더 먹고, 그리고 약간씩 쉬다가 다시 일에 매진하고. 이 몇 년간 더 이상은 성장할 구석이 없다고 생각한 사람들의 예상을 깨고 로튼은 덕분에 점점 상승세만 타고 있었다.

비비안은 생각보다 훨씬 더 자신이 원하는 것을 잘 발견하곤 했다. 그리고 비비안의 눈에 띈 이상은 절대 그녀의 마수에서 벗어나지 못했다. 하긴, 애초에 위그부터가 그녀의 눈에 띄어 절대적으로 도망치지 못한 케이스가 아닌가. 물론 그는 아직도 그녀에게 휘둘리지 않았고, 아이를 낳았으니 이디에트에서 로튼에 당연히 더 많은 것을 안겨 주리라고 생각한 것과 달리 위그는 사적으로 딱히 로튼에게 뭔가를 안겨 주지 않았다.

이디에트는 이디에트고, 로튼은 로튼이었다.

이제 바첼론의 사람들은 비비안이 무슨 일을 하든 그저 '비비안 로젤리스니까'라는 말로 대충 저 자신을 설득하곤 했다. 그리고 위그 이디에트가 무슨 일을 하든 그저 '그 비비안 로젤리스를 아직도 사랑하는 남자니까'라는 말로 납득을 했다. 비비안은 더 이상 어디 가서 무시를 당하거나 여자라는 이유로 멸시를 받지 않았다. 오히려 가는 곳마다 사람들은 꽃다발을 들고 그녀를 환영하며 그녀의 웃음을 받기 위해 애를 썼다.

물론 그것은 바첼론이 이 몇 년 동안 갑자기 여성의 지위가 제고되어 다들 여자를 존중해 주는 인간으로 거듭났다는 뜻은 아니었다. 그저 비비안의 행보가 하도 보통 사람들의 이해에 어긋나는 존재라, 그렇게 되었다.

비비안은 그 현상을 듣고 코웃음을 쳤다. 어떻게 시간이 지났는데도 인간이 발전이 없냐면서.

그러나 비비안이 그렇게 말한다고 진짜로 사람들에게 아무런 발전도 없는 것은 아니었다. 일단, 그녀의 주변부터가 그랬다.

아리아는 이제 성인이 되어 제법 자신을 숨길 줄 아는 노련한 상인의 행세를 하고 있었고, 워낙에 사람을 물어뜯는 게 일상인 리즈는 자신을 통제하려는 빌케르 백작가에서 용맹하게 제자리를 찾고 있는 중이었다. 이제는 케이트도 열심히 공부를 해 학교를 이어받을 준비를 하고 있었고, 클로에는 제법 재산을 모아 주변에서 구애를 하는 남자들도 뿌리치고 즐거운 독신 생활을 이어 가고 있었다. 카트린은 비비안의 도움 없이 수도에서 작은 꽃가게를 열고 종종 딸들과 여행을 갔고, 크리스티나는 이제 귀족원의 헛소리 정도는 단숨에 그치게 할 만한 권력을 가졌다. 일리야는 여전히 결혼하지 않은 채 무대에서 종종 얼굴을 비추며 여행을 하러 다니고, 리디아는…….

"그러고 보니 리디아가 대법원으로 들어갔다며?"

"그래. 여왕 폐하께서 적극 추천하셨지."

"폐하는 한동안 리디아를 그렇게 고깝게 봤으면서 지금 리디아를 제일 좋아하는 게 여왕 같아."

"그럴 수밖에."

"그래서, 비올테 후작의 영식께서는 아직도 고백을 못 했나? 내가 아이를 낳고, 그 아이가 다섯 살 남짓하게 됐는데 아직도 고백을 못 했어?"

"정말 놀랍지만 그래. 하지만 목격자의 증언에 의하면 당사자들만 빼고 다 둘이 사귀는 걸로 안다던데."

비비안은 잠이 쏟아지기 시작하는지 눈을 살짝 감고 웃었다. 위그는 그녀의 흐트러진 머리카락을 손으로 조금씩 정리해 주었다. 어느새 방 안에는 녹진한 기운이 퍼지고 있었다. 그는 그녀의 옆에 가볍게 앉은 뒤 그녀의 입술에 가볍게 입을 맞추었다. 그리고 얼마나 지났을까, 비비안이 잠긴 목소리로 입을 열었다.

"이제 슬슬 아슈티나를 이디에트로 입적할 준비를 해."

"벌써?"

"언젠가 해야 할 일이라면 어렸을 때부터 이디에트에 습관이 되는 게 좋으니까. 겸사겸사, 자신이 공녀라는 사실도 자각하게 만들고."

위그는 비비안이 이렇게 빨리 결정을 내릴 줄은 예상하지 못했다. 그도 그럴 것이 아슈티나는 종종 위그와 함께 이디에트 저택에서 잤고, 위그 또한 로젤리스 저택으로 일주일에 못해도 다섯 번 이상은 오곤 했다. 그래서 그런지 아슈티나는 딱히 위그나 비비안 어느 쪽이 보고 싶다는 말을 꺼낸 적이 없었다.

"당신은, 괜찮나?"

"아이를 빼앗기는 것도 아닌데 안 괜찮을 이유가 있어?"

위그의 묵직한 목소리에 비비안이 눈을 뜨고 물었다. 그녀는 입꼬리를 끌어 올리고 살풋 웃더니, 자신의 위에 있는 위그와 시선을 맞추고 입을 열었다.

"덕분에 나는 더 내 일에 집중할 수 있어서 좋아."

"단순히 그런 게 아니라."

사실 위그가 묻고 싶었던 것은 그게 아니었다. 그러나 그는 일부러 말을 삼켰다. 그는 그녀의 이마에 살짝 입을 댔다. 비비안은 눈을 감고 이마에서 코, 뺨, 입술을 천천히 타고 내려오는 그의 온기를 느끼며 가볍게 웃었다. 잠에 젖은 얼굴에 피곤한 기색이 짙게 서리는 것을 보던 위그가 그녀의 뺨을 쓰다듬었다.

"사랑해."

비비안은 더 답을 하지 않았다. 그저 그가 모든 것을 하게 내버려 두었을 뿐이었다. 그렇게 두 사람이 조용하게 서로만 바라보며 있을 때였다. 갑자기 위그가 무엇인가를 들은 듯, 몸을 일으켰다. 그에 비비안이 살짝 눈을 크게 떴다. 위그의 시선이 방문을 향한 것을 본 그녀가 이미 눈치를 챈 듯 피식 웃었다.

"이런, 아무래도 방해하는 사람이 있는 것 같네."

"아주 혼도 못 내고 말이지."

왠지 모르게 조금 불만이 섞인 것 같지만 문이 열리고 자그마한 인영이 고개를 쏙 내밀자 위그의 얼굴에 미소가 깃들었다. 비비안 또한 이미 잠에서 깼는지, 몸을 일으켰다. 그리고 마침 아빠와 엄마가 다 깨어 있는 것을 발견한 아슈티나는, 아예 대담하게 문틈으로 들어와 한쪽 눈을 비비적대며 입을 열었다.

"아빠, 나 동화책."

"안 잤나?"

"잤는데, 깼어. 무서운 꿈을 꿨어."

"무서운 꿈?"

"몰라."

아슈티나는 고개를 저었다. 비비안은 아이의 나풀나풀한 레이스 잠옷 아래 질질 끌리는 고양이 인형을 보다가 한숨을 푹 쉬었다. 또 저걸 빼앗아서 빨면 인형이 죽는다고 울고불고 할 게 눈에 훤히 보였기 때문이었다.

아슈티나의 말에 위그가 흔쾌하게 침대에서 일어났다. 둘만의 시간이 방해받은 것은 아쉬웠으나, 위그도 비비안도 아슈티나에게 시간을 내주는 일에서는 언제나 아주 흔쾌하게 고개를 끄덕였다. 곧 성큼성큼 아슈티나에게 다가간 위그가 번쩍 아슈티나를 안아 들었다. 아이는 아빠의 목을 꼭 끌어안고 눈을 깜박거리며 입을 열었다.

"아빠. 오늘은 공주님 이야기."

"너는 왜 그렇게 공주님 이야기를 좋아하나?"

"나는 여왕님이 좋아. 여왕님은 예전에 공주님이랬어."

아슈티나의 앳된 목소리에 위그가 가볍게 웃음을 터뜨렸다. 그리고 곧, 아슈티나는 비비안을 향해 입을 열었다.

"엄마도 와 줘."

"엄마는 피곤하다."

"아니야. 나도 갈게."

위그의 거절이 무색하게 비비안 또한 자리에서 일어났다. 곧 그녀가 위그의 옆에 서서 딸의 머리를 조금씩 정리해 주었다. 위그는 비비안이 손을 내리자, 아이를 안고 천천히 걸음을 옮겼다. 그 옆에서 비비안이 보폭에 맞춰 걸음을 옮기는데, 아슈티나가 물었다.

"아빠, 오늘은 안 바빠서 온 거야?"

"바쁘긴 하지만 우리 딸이 보고 싶어서 왔다."

"아빠는 나 사랑하는구나."

"그래, 아주 많이 사랑한다."

"그럼 엄마도 나 사랑해?"

"물론이야."

"그럼, 아빠는 엄마를 사랑해?"

"그것도 당연한 거고."

"엄마는 아빠를 사랑해?"

"응."

"그럼, 나도 아빠랑 엄마를 아주아주 사랑해."

그렇게 웅얼거리던 아슈티나의 목소리가 점점 잦아들었다. 역시 아이, 한 번 깨어나도 결국 조금만 토닥거려 주면 잠에 드는 것은 순식간이었다. 방에 도착한 위그는 비비안이 이불을 펼치자 그 안으로 아이를 조심스럽게 내려놓았다. 곧 그가 이불을 다시 정리해 준 뒤, 가볍게 아슈티나의 이마에 입을 맞추었다.

비비안은 그런 부녀의 모습을 보다가 그저 미묘하게 웃었다.

* * *

얼마 뒤 위그는 정식으로 아슈티나를 이디에트로 입적했다. 어차피 온 바첼론이 다 비비안과 위그의 관계를 알고, 설사 모른다고 해도 아슈티나는 누가 봐도 위그의 딸이었기 때문에 중간 과정에 어려움은 없었다. 물론 이디에트 가문에서 위그를 어렵게 할 만한 사람은 없었기 때문에 아슈티나는 아주 원만하게 새로운 이름을 가졌다.

아슈티나 로젤리스 이디에트.

그녀의 풀 네임을 가문의 일족들만이 이름을 올릴 수 있는 명처에 적으면서 위그는 묘한 얼굴을 했다. 비비안이 원하는 것이 바로 이것인가. 그것은 단순히 안주인으로서 이름을 올리는 것과 완전히 결을 달리한다. 그야말로 이디에트의 후계자, 어쩌면 먼 훗날에 가주가 될 이가 로젤리스의 핏줄이라는 것을 역사에 박는 것이었다.

지금까지 아무도 감히 시도를 하지 못했던 일일 것이었다. 결국 이 세상에 존재했던 모든 이들이 비비안 로젤리스, 로젤리스의 이름을 기억하고 로튼의 대단함을 생각할 것이었다. 역사상 처음으로 경영권을 상속받은 여자, 그리고 이디에트 공작과 결혼해 그의 사랑을 받은 여자, 그리고 그를 사랑한 여자, 마지막으로 이디에트 공작의 어머니. 동시에 그 여자는, 다름 아닌 로튼의 주인이다. 역사상 바첼론의 가장 휘황한 시기를 손수 만든 여자.

결국, 비비안 로젤리스는 그녀 그대로 남으면서 모든 것을 얻었다. 문득 크리스티나가 그녀를 평가하던 것이 생각이 났다.

'나는 단주만큼 대담한 사람을 못 봤어. 그녀는 언제나 신기한 데서 자신이 원하는 것을 찾아내곤 하지.'

인정해야 했다. 그런 여자였다. 그렇게 대단해서, 자신마저 그녀의 옆에 서면 그저 그녀가 사랑했던 남자가 된다.

그러나 위그는 딱히 그런 것에 연연하지 않았다. 결국 그는 위그 이디에트였다. 최초의 여왕을 만든 가문, 그리고 왕권의 뒤에 있는 바첼론의 실세.

그야말로 비비안 로젤리스가 탐낼 만한 이였다.

어쨌든 그 모든 의미를 다 제쳐 놓고 아슈티나는 정식으로 이디에트의 후계자가 되었다. 그녀는 이제 이 바첼론에서 가장 고귀한 귀족 영애가 되었고, 가장 큰 권력을 가질 가문의 후계자가 되었다. 물론 그렇다고 해도 아이는 아이였으므로, 아슈티나는 정식으로 로젤리스 가문을 떠나는 날, 비비안의 품에 폭 안겨 있었다.

"엄마도 함께 가면 안 돼?"

"안 돼. 엄마는 이디에트의 사람이 아니니까. 게다가 앞으로 보지 못하는 것도 아닌데. 그리고 아빠가 있잖아."

"그렇지만 엄마가 더 좋아."

"아빠가 들었으면 땅을 치고 울겠구나."

"아빠한테는 비밀이야."

"안 비밀 할 건데."

"엄마 나빠."

아슈티나는 볼을 빵빵하게 불렸다. 비비안은 마지막으로 딸의 망토를 여며 주었다. 그녀의 얼굴에 드물게 자상한 미소가 걸렸다. 그러나 아슈티나는 그 얼굴을 꽤 자주 보았는지 그저 뾰로통한 얼굴을 하며 말했다.

"엄마는 아빠를 사랑하지?"

"그렇지."

"엄마는 아빠를 왜 사랑해?"

"내가 갖고 있는 것들을, 네 아빠가 갖고 있어서."

"그런데 왜 아빠랑 같이 살지 않아?"

아이의 물음에 비비안이 살짝 멈칫했다. 그러나 곧, 그녀가 흐음…… 길게 숨을 내쉬더니 우아하게 웃으며 답했다.

"내가 갖고 있지 않은 것들도, 네 아빠가 갖고 있어서."

아슈티나는 그것이 무슨 뜻인지 진지하게 고민하는 것 같았다. 비비안은 아이가 이해하기에는 힘든 말을 내뱉었지만, 딱히 그 고민을 멈추고 해석해 주지는 않았다. 어차피 이 아이는 언젠가 이해할 것이고, 이해를 못 해도 상관이 없다. 그녀의 선택은 그녀 스스로만 납득하면 되는 것이니까.

"그렇구나."

"아슈티나 로젤리스."

아슈티나는 다소 이해가 되지 않는 듯했지만, 결국에는 그저 고개를 끄덕이며 알아들은 척했다. 비비안은 그런 아슈티나를 응시하며 그녀의 이름을 조용하게 불렀다.

순간 아슈티나는 엄마의 눈빛이 생소하다고 생각했다. 지금까지 엄마가 그녀에게 보여 준 모든 눈빛은 언제나 자상하거나 웃음기를 머금은 것이었다. 물론 종종 엄격한 모습을 보였지만, 그 순간마저도 비비안은 여유롭게 웃으면서 딸을 교육했다. 그러나 지금 이 순간 비비안이 보여 준 눈빛은 완전히 다른 것이었다. 아슈티나는 조금 겁을 먹은 듯했지만, 비비안의 이어지는 말에 눈을 동그랗게 떴다.

"엄마는 아슈티나를 아주 사랑해."

"……칫."

"그래서 희생하고 싶지 않아. 대신, 네게 줄 수 있는 모든 것을 다 주려고 했지. 물론 그것이 완벽한 어떤 것은 아니지만, 그래도 엄마는 너를 낳은 그 순간부터, 네가 행복할 수 있는 모든 것을 다 준비했어. 그리고 그것은 아빠도 마찬가지야."

"엄마는, 아슈티나를 위해 모든 걸 다 내주지 않을 거야?"

"그래, 나는 나고, 너는 너니까. 하지만 그렇다고 해도 내가 너를 사랑하는 건 변함이 없어. 아슈티나, 언제나 기억해. 나는, 단 한 순간도 내 삶에 미안한 행동을 하지 않았어."

"미안한 행동?"

"아쉬움 남는 행동 말이지. 물론 예상 밖의 일은 있었지만, 그것과 별개로 나는 언제나 내가 원하는 것을 모두 이루면서 살았어."

아슈티나는 눈을 깜박거렸다. 비비안은 아이의 뺨을 만지작거리며 입을 열었다.

"그러니, 너도 그렇게 살아. 나처럼. 원하는 것을 다 손에 넣으면서."

"응."

"그러라고 낳았으니까."

어차피 네 인생길에 만날 만한 대부분은 장애는, 내 손으로 그리고 네 아버지의 손으로 다 없앴다. 그게 모든 곤란을 해결해 주지는 못하지만, 그래도 그녀의 인생에서 잃었던 어떤 것들은 아닐 것이었다. 그러니 나와 완전히 다른 인생을 살면서, 또 나처럼 살 수 있을 것이다.

아슈티나는 비비안의 그런 말을 완전히 이해하지 못한 것 같았다. 그러나 그녀의 눈에 비비안은 언제나 가장 강하고, 아름다운 사람이었다. 그래서 그녀는 두 손을 불끈 쥐고, 고개를 끄덕였다.

"알겠어!"

"그래. 그럼 첫 번째 도전으로 이디에트부터 먹으러 갈까?"

"응! 나는 꼭 이디에트를 먹을 거야."

순간 커다란 아슈티나의 목소리에 문을 열고 들어오던 위그가 멈칫했다. 그는 모녀 사이에서 대체 무슨 대화가 오갔기에 제 딸이 이디에트를 먹겠다고 외치는지 알 수 없었다.

"대체 무슨 말을 한 거야?"

"당신은 알 필요 없어."

"이디에트를 먹겠다니. 이디에트는 과자 집이 아니다."

"괜찮아. 아빠! 가자! 나는 이디에트를 먹을 수 있어!"

위그는 딸의 앙증맞은 주먹과 호기로운 외침에 비비안에게 어이없다는 눈빛을 보냈다. 그러나 비비안은 그저 어깨만 으쓱할 뿐, 나와는 아무런 상관이 없다는 얼굴을 했다.

"아이에게 대체 무슨 말을 했기에."

"내 계획에 관심 꺼."

"설마 이디에트의 인장을 훔쳐 오라는 뭐 그런 걸 시킨 건 아니겠지?"

위그의 말에 비비안이 코웃음을 쳤다.

"우습지도 않아서. 이디에트의 인장을 내가 뒀다 어디에 써? 그 쓸모없는 걸. 그리고 진짜로 손에 넣겠다면 굳이 아슈티나까지 갈 필요 없이 당신만 휘두르면 됐어."

위그는 그녀의 말에 고개를 절레절레 저었다. 곧 두 사람은 위풍당당하게 나가는 아슈티나의 뒤를 따라 나갔다.

로젤리스 저택 밖에는 수많은 이들이 그녀를 배웅하고 있었다. 아슈티나는 아리아를 향해 손을 흔들어 주었다. 아리아는 그런 사촌 동생을 향해 활짝 웃어 준 뒤 힘내라는 말을 전했다. 물론 아슈티나는 힘을 내겠다며 주먹을 불끈 쥐었고. 클로에와 헤더는 아슈티나의 뒷모습을 보며 과연 단주의 딸은 떠나는 걸음걸이도 호탕하다고 웃었다. 몇 년 전 리즈가 떠나던 모습과 비교해 보면 그야말로 천차만별이라는 것이었다.

어쨌든 아슈티나는 마차에 올랐다. 그녀는 창문으로 비비안에게 몇 번이나 손을 흔든 뒤, 곧 시선을 돌렸다. 위그는 내일 오겠다며 비비안에게 속삭이고 그녀의 입술에 입을 맞춘 뒤, 마차에 올랐다. 곧 마차가 움직이며 로젤리스의 저택을 떠나갔다.

"이제 로젤리스 저택에 아이의 웃음소리는 당분간 들리지 않겠네요."

"자주 올 거야. 내가 내 딸의 성격을 잘 아는데, 저렇게 호기롭게 가도 며칠 뒤면 오고 싶다고 징징댈걸. 그게 바로 리즈와 정반대의 성격이지."

비비안의 말에 다들 옅게 웃음을 흘렸다. 한때 로젤리스가를 웃음으로 잔뜩 물들였던 아슈티나는 이렇게 이디에트로 향했다.

로젤리스에는 또다시 비비안만이 남았다.

* * *

이디에트 저택으로 간 뒤 아슈티나는 정말 놀라울 정도로 빠르게 귀족가에 적응했다. 비비안을 제외한 로젤리스 일가의 모든 이들이 아슈티나가 혹여 괴롭힘을 당하지 않을까 걱정했지만, 장담하건대 아슈티나는 괴롭히는 쪽이었으면 괴롭히는 쪽이었지 절대 괴롭힘을 당하는 쪽은 아니었던 것이었다.

아리아와 리즈, 케이트를 이디에트 공작저에서 키워 본 경험이 있는 비비안은 오히려 이디에트의 식솔들이 아슈티나를 싸고도는 것을 걱정했다. 언제나 위그를 보면서 가정 교육의 실패—물론 자기는 더 실패했다고 했지만—라고 시도 때도 없이 이디에트의 교육 상태를 걱정하던 그녀는, 그래도 생각보다 위그가 제 아이한테는 꽤 엄격한 모습을 보여 주자 나름대로 안심을 했다.

물론 그렇다고 진짜로 온 세상이 다 아슈티나에게 상냥한 것은 아니었다. 위그와 이디에트의 절대적인 지지와 그녀가 비비안 로젤리스의 아이라는 것을 확실하게 알고 있는 이상, 그녀의 출생 신분을 따질 간 큰 이는 없었다. 오히려 아슈티나에게 쏟아진 의혹의 눈길은, 그동안 딸이 작위를, 그것도 이디에트씩이나 되는 가문을 잇는 일에 대한 것이었다.

다른 가문이라면 모를까 이디에트 공작이라면 바첼론에서 그 영향 범위를 벗어나는 가문이 하나도 없었다. 그나마 권력이나 힘을 가진 여자 중에서 가장 대표적인 크리스티나 여왕이나 아이의 엄마인 비비안 로젤리스는 손수 정글 같은 권력 싸움에서 이겨 올라온 이므로 어느 정도 '능력이 입증되었다고' 여겼으나 세습은 또 말이 달랐던 것이었다.

물론 비비안은 이 소문을 듣고 그러면 아들은 능력이 돼서 세습받는 것이냐고, 그리고 자기가 단주가 되었을 때 제 능력을 인정해 준 이가 있긴 했느냐고 코웃음을 쳤지만, 어쨌든 아슈티나가 이런저런 말을 어린 나이에

직면해야 하는 것은 사실이었다.

그러나 비비안도, 한때 이 사실을 걱정하며 그런 말을 입에 담는 자가 있으면 목을 쳐 버릴 의지가 다분했던 위그도 정작 제 딸의 삶의 태도를 보면서 그냥 걱정을 내려놓았다. 그리고 그 사실은 아슈티나를 꽤 예뻐하는 여왕까지 웃게 만들었다. 그녀는 종종 아빠의 손을 잡고 왕실로 와 모든 아이들의 우두머리라도 되듯 제멋대로 행동하는 아슈티나를 보며, 언제나 감탄하곤 했다.

"여왕의 시대에 태어난 아이는 역시 달라, 그렇지 않나?"

"지금 여왕의 시대를 칭찬하시는 건가요, 아니면 아이를 칭찬하시는 건가요?"

"겸사겸사 했어. 내가 바로 여왕의 시대를 열었으니까."

크리스티나의 말에 비비안이 피식 웃었다. 위그가 아이를 데리고 왕궁으로 갔다는 말에 무슨 그런 말도 안 되는 불모지로 아이를 데려가느냐고 중얼거렸다. 마침 조만간 왕궁에 들르라는 크리스티나의 소환장이 있어 그녀는 왕궁으로 들어갔다.

그러나 정작 아이를 보고 있어야 할 위그는 귀족원의 회의실에 갇혀 있었고, 아슈티나는 왕궁에 있는 수많은 귀족원 귀족들의 자제들과 놀고 있었다. 물론 주변에는 수많은 시녀와 기사들이 행여 귀한 아이들이 다칠세라 눈을 뗄 틈도 없이 지켜보고 있었고.

덕분에 비비안은 아이들이 있는 곳과 조금 떨어진 곳에서 여왕과 독대했다. 비비안이 위그와 결혼하면서 왕실 납품권을 독점했기 때문에 그 사항에 관해 토론을 할 필요성이 있었기 때문이었다. 그러나 비비안은 크리스티나의 말에서 그녀가 하고 싶은 이야기가 그저 단순히 사업에 관한 것만은 아니라는 사실을 깨달았다.

크리스티나의 목적은 사실 잡담에 가까웠다.

아나나 다를까, 크리스티나가 아이들을 보면서 입을 열었다.

"저 아이들은 짐을 어떻게 받아들일까."

"아이의 생각을 굳이 추측할 필요 없어요. 남자든 여자든, 어차피 왕이에요. 폐하께서 진정으로 신경 쓰셔야 하는 것은 저 아이들의 부모지 아이들이 아닙니다."

"귀족들은, 짐을 그저 행운스러운 사람이라고 여기고 있어."

"굳이 말하자면, 그 부모들의 생각도 신경을 쓸 필요 없다고 말씀드리고 싶군요. 폐하는 여왕이 되었고, 이제 그들의 위에서 군림하면서 저들의 건방진 생각을 무참하게 밟아 주면 돼요. 어차피 군주란 그런 자리니까요."

비비안은 살면서 단 한 번도 다른 이들의 납득에서 우러나오는 인정을 얻으려고 그들의 비위를 맞춘 적은 없었다. 물론 그녀도 인정이 필요하긴 했으나, 그 인정은 언제나 그녀의 힘에 눌린 자들의 공포의 산물이거나, 아니면 그저 자연스럽게 자신만의 가치관에 기반한 것이었다.

그것을 알고 있는 크리스티나는 비비안의 말에 고개를 끄덕였다. 그리고 얼마나 지났을까, 그녀가 입을 열었다.

"귀족원에서 짐의 결혼을 추진하고 있는 것 같다."

"아. 알고 있어요. 위그가 와서 저한테 의견을 구한 적도 있고."

"이디에트도 사람을 몇몇 추천하긴 하더군."

"개인적인 의견이지만, 폐하께서는 이디에트가 추천하는 사내들 중에서 남편을 맞이하시는 게 좋을 거라고 생각해요. 물론 그 외에도 상관은 없지만, 폐하도 위그 이디에트의 성정을 잘 아시죠?"

"알다마다. 애초에 짐에게는 선택권이 없었어. 그리고 실제로 이디에트 공은 짐의 성격을 잘 아니, 내게 잘 어울리는 남편을 추천해 주겠지."

"뭐, 물론 폐하께서 진정으로 사랑해 마지않는 사내가 있으시다면 또 별개의 문제긴 하지만요."

"그런 건 없어."

"그러면 다행이군요. 제 딸이 이디에트를 이으려면, 저도 이제 이디에트의 이익을 어느 정도 고려할 필요가 있거든요."

비비안의 말에 크리스티나가 눈을 조금 크게 떴다. 그러나 그녀는 다시 여유로운 미소를 지으며 찻잔을 들었다. 곧 따뜻한 차를 한 모금 들이켠 그녀가 입을 열었다.

"짐이 즉위하기 전에 단주가 이디에트의 명예를 보존하기 위한 노력을 꽤 많이 했지."

비비안은 눈썹을 까닥이다가 우아하게 웃었다. 확실히, 그녀의 사정을 아는 이들이 보기에 다소 쓸데 없는 일을 많이 한 것은 사실이었다.

"그때는, 왜 그러는지 잘 이해가 가지 않았는데, 지금은 좀 알 것 같아."

"지금에 와서야 아셨나요?"

"아니, 사실 아이를 가지겠다고 할 때부터 조금 이해가 갔어. 아, 단주가, 이래서 이디에트를 그렇게 옹호했던 것이구나."

"그래서 제가 가증스러우셨군요."

"뭐, 기분이 이상하지 않다면 거짓이겠지. 과거, 그러니까 짐이 단주에게 찾아갔던 그때 즈음이면 아마 배신감도 들었을 것 같다. '나와 같은 처지면서 왜 나를 이해하지 못하나' 싶기도 했겠지만, 지금은 그저 그러려니 해."

"그렇군요. 같은 처지라, 꽤 아무 데나 붙여 쓰기 좋은 표현이긴 해요."

"단주의 입장에서는 지극히 최선의 한 수를 두었어. 짐은 아직도 단주의 '퀸'인 것 같다."

크리스티나의 말에도 비비안은 딱히 득의양양한 기색이 없었다. 그때, 멀리 있는 아이들 틈에서 약간의 소란이 들려왔다. 그러나 비비안은 별로 신경 쓰지 않았다. 아이들이 노는 거야 언제나 시끌했으니 이상할 일이 없는 것이다. 그리고 그것은 크리스티나도 마찬가지인지. 그녀가 말을 이었다.

"아직도 바첼론의 귀족들은 단주의 선택을 손가락질한다."

"그들이 이렇게 내 선택을 경멸하는 것을 보니, 더욱더 내가 잘했다는 생각이 드네요."

"바첼론에서 가정이라는 것은 가장 안정적인 단위야. 단주는 가장 기본적인 그들의 상식을 깬 거야."

"제가 상식을 깨는 행동을 한 게 어디 한두 번이던가요?"

"그거야 그렇긴 하지."

"애초에 귀족이 있고, 평민이 있고, 남자가 있고, 여자가 있는, 무수하게 사람을 나누고 가르면서 기본적으로 모두가 평등한 존재라고 말하는 '척'조차도 하지 않는 바첼론에서 가정이 안정적인 단위라는 것 자체가 너무 웃기지도 않아서."

비비안은 진심으로 그것이 우스운지 비웃음을 흘렸다.

"바첼론의 각종 룰을 이용해서 이익을 최대화한 내가 말하기에는 좀 그렇지만, 바첼론은 너무 비양심적으로 나를 대했어요."

"그래도 재산권이 일부 인정되자 아이를 낳았잖나."

"인정되니 낳았죠. 결혼까지 하지 않은 건, 내 딸은 위그 이디에트의 딸이지만, 나는 위그 이디에트와 일말의 혈연도 없으니까요. 물론 뭐, 설사 위그가 인정하지 않는다고 해도 상관은 없어요."

"덕분에 너무 당당하게 바첼론에 대고 '내가 아이를 낳지 않은 건 다 너네 탓'이라고 외친 거나 다름이 없는 게 되었지."

"아닌가요?"

"결국에는 단주의 선택이지 않았나? 그저 바첼론 탓이라고 하기에 단주의 선택은 언제나 단순한 환경의 문제는 아니었어."

"사실은 그렇긴 하지만 그냥 저 편하게 전부 바첼론의 탓인 걸로 하죠."

"단주는 가끔 너무 극단적이야."

"괜찮아요. 저와 반대 방향으로 극단적인 사람들이 더욱 많으니까요."

크리스티나는 그만 웃음을 흘렸다. 비비안 또한 옅게 웃음을 흘리며 찻잔을 들었다. 여왕이 다시 말을 이었다.

"뭐, 하지만 덕분에 귀족원을 설득할 만한 근거가 하나 더 늘어나게……."

그때였다.

방금까지만 해도 조금 소란스럽던 것이 다였던 아이들의 무리에서 울음소리가 터졌다. 크리스티나도, 비비안도 순식간에 고개를 돌렸다. 무슨 일이 터졌는지 기사와 시녀들이 황급히 아이들에게 다가가고 있었다. 그것을 보던 비비안이 읊조렸다.

"왠지 모르게 이 울음소리가 우리 아슈티나와 연관이 있는 것 같다면 제 착각일까요?"

"공녀가 운다고?"

"아니, 그건 아니고……."

"단주님."

비비안은 자신에게 다가오는 시녀 한 명을 향해 고개를 갸웃거렸다. 그녀가 자연스럽게 자리에서 일어났다. 그에 크리스티나 또한 자리에서 일어나는데, 시녀가 입을 열었다.

"무슨 일이지?"

"그, 이디에트 공녀님께서…… 샨테 백작가의 영식을 때리셨습니다."

순간 비비안의 얼굴이 미묘하게 변했다. 그녀는 이마를 살짝 짚고는 걸음을 옮겨 아이들에게 다가갔다. 크리스티나 또한 그 뒤를 쫓아갔다. 그리고 곧, 두 사람은 빙 둘러 서 있는 아이들 틈에서 머리를 잡고 엉엉 울고 있는 남자아이와, 그 앞에서 당당하게 서 있는 아슈티나를 발견했다.

"무슨 일이지?"

"아슈티나."

크리스티나와 비비안의 등장에 시녀와 기사들도 놀란 듯이 뒤로 물러났다. 아무래도 샨테 백작가의 시종으로 보이는 이가 남자아이를 안고 안절부절 못하고 달래고 있었다. 비비안은 그것을 보다가 아슈티나를 향해 고개를 돌렸다. 그리고 비비안의 눈길에, 아슈티나가 입을 삐죽였다.

"쟤가 먼저 시작했어."

"어떻게 먼저 시작했는데?"

"나한테 여자아이 주제에 무슨 검을 배우냐고 그랬어, 공녀가 어떻게 공작이 되냐고, 자기는 절대 내 말을 듣지 않을 거라고 그랬단 말이야! 이거 내 지위에 도전하는 거잖아!"

아슈티나의 말이 끝나자마자 주변에 있던 어른들이 다 당황에 빠졌다. 그도 그럴 것이 이곳에는 여자면서 권력을 잡은 사람이 무려 둘이나 있었다. 물론 그게 아니더라도 이런 말을 내뱉으면 안 됐지만, 어쨌든 그들로서는 그렇게 생각하는 게 무리는 아니었다.

아슈티나의 말을 듣고서도 비비안은 딱히 분노한 기색이 없었다. 대신 그녀가 이마를 짚고 한숨을 푹 쉬었다.

"대체 이 동네는 어떻게 된 게 아직도 이렇게 발전이 없어. 아직도 내가 어렸을 때 듣던 말로 상처를 주려고 하다니. 너무 식상해서 상처도 받지 않는군."

"아무튼 그래서 쟤가 돌아서자마자 틈을 노려 뒤통수를 때린 게 전부야!"

"거짓말이야! 네가 먼저 나 욕했잖아!"

그때였다. 아슈티나의 말에 바닥에서 엉엉 울던 아이가 억울한지 벌떡 일어났다. 아이의 말에 아이를 달래던 시종의 얼굴이 새파래졌다. 상대는 이디에트의 공녀였다. 이곳에 있는 대부분의 시종들은, 전부 회의실로 들어가면서 꼭 우리 집 아이를 이디에트 공녀와 친해지게 하라는 임무를 받고 온 자들이었다.

비비안은 당당하게 있는 제 딸을 힐끔 보았다. 딱히 남자아이가 거짓을 말하고 있는 것 같지는 않았다. 그리고 그녀도 한때 이런 식으로 아이들 사이에서 대장을 해 본 전적이 많았던지라, 그녀가 느긋하게 아슈티나에게 물었다.

"그래서 진실은?"

"나 욕하지 않았어."

"그래? 그런데 왜 샨테 백작 영식은 네가 욕했다고 할까?"

"나는 욕하지 않았어, 그냥, 그냥 누나도 있는데 왜 남동생이 후계자가 되냐고 궁금해서 물어봤어. 이게 왜 욕이야?"

그 순간 크리스티나도 비비안도 대충 상황을 알아챘다. 그래, 굳이 말하자면 아슈티나의 말은 '욕'은 아니었다. 그러나 어렸을 때부터 가문에서 보듬어지며 자란 어린 영식에게는 자신의 지위를 의심하는 말로 들렸을 게 뻔했다. 그리고 그 뒤는 대충 더 들어 보지 않아도 감이 잡혔다. 비비안은 잠시 고민하다가, 입을 열었다. 아니, 열려고 했다. 갑자기 회의실이 있는 궁의 방향에서 둔탁한 발소리가 들리지 않았다면.

그 순간 아슈티나가 고개를 홱 돌렸다. 그녀는 엄마가 여기서 누군가의 편을 들어 주지 않을 거라는 것을 잘 알았다. 비비안은 언제나 애들 싸움에는 어른이 끼지 않는다는 원칙을 갖고 있었기에 아슈티나에게 홀로 해결하라고 할 게 뻔했다. 그러나 위그는 달랐다. 그것을 알고 있는 아슈티나였기에 그녀는 바로 발걸음 소리가 모여 있는 곳으로 쏜살같이 달려갔다.

"아빠!"

그리고 하나도 놀랍지 않게 위그가 모습을 드러냈다. 그의 등장에 모든 이들의 얼굴이 더욱더 창백해졌다. 위그는 아슈티나를 단번에 안아 들었다. 그때, 갑자기 뒤편에서 샨테 백작의 목소리가 들려왔다.

"그레르?"

"아, 아버지."

아이는 이제 조금 울음을 멈춘 것 같았다. 그러나 아슈티나와 달리 아이는 선뜻 아버지에게 달려가지 않았다. 아이의 뒤에 있던 백작 영애로 보이는 아이 또한 안절부절못하고 있었다. 위그는 예상 밖으로 비비안이 있는 것을 발견하고 그녀의 옆으로 다가갔다. 크리스티나를 향해 인사를 한 뒤, 분분히 제 아이들을 데려간 귀족들은 대충 아이들 틈에 어떤 일이 있었다는 것을 알아챈 듯 대부분 침묵했다.

그때 비비안이 위그를 향해 입을 열었다.

"당신 딸이 저 집 아들을 때렸어."

"뭐?"

"그게 아니야, 아빠. 쟤가 먼저 시비 건 거야."

"응. 당신 딸이 먼저 왜 너네 집은 누나가 아니라 남동생이 가문을 이어받냐고 물었거든. 그런데 아슈티나, 그것 아니? 네 아빠도 누나가 있는데 가문을 이어받았단다."

순간 아슈티나가 곤혹스러운 얼굴을 했다. 그에 위그가 비비안에게 쓸데없는 소리를 한다는듯이 눈을 살짝 흘겼다. 비비안은 여유롭게 웃었다. 어차피 아이는 커야 하고, 이디에트의 공작인 이상 아슈티나는 현실을 자각할 필요가 있었다.

산테 백작은 왠지 모르게 지금 상황을 알 것 같았다. 그는 이디에트 공작위를 딸이 이어받는 것에 상당히 불만을 가진 무리 중 하나였다. 그렇다고 해도 이디에트 공작이 제 딸을 끔찍하게 아끼는 이상, 그리고 그 아이가 훗날 공작이 될 이상 친하게 지낼 필요가 있었다. 산테 백작은 혹여 제가 집에서 하던 말을 아이가 한 것은 아닌지 아들을 불안한 눈길로 응시했다. 그 순간, 위그의 눈빛이 그에게 닿았다.

산테 백작이 입을 꼭 다물었다. 당장 고성을 내며 질책을 할 거라는 그의 예상과 달리 위그도 비비안도 그저 입을 다문 채 조용하게 그를 응시하고 있었다. 그러나 완전히 싸늘하게 얼어붙은 위그의 얼굴도, 은은한 미소를 담고 있는 비비안의 시선도 왠지 모르게 둘 다 그를 다른 의미로 압박하는 것 같아 그가 저도 모르게 입을 열었다.

"저……."

그러나 그때, 위그가 그의 말을 끊고 입을 열었다. 놀랍게도 위그의 말이 향한 곳은 제 딸 쪽이었다.

"아슈티나, 다른 귀족가의 후계 구도는 함부로 묻는 게 아니다. 그리고 뭐가 됐든 귀족으로서 함부로 자신보다 지위가 낮은 이에게 손을 대서는 안 된다."

"그런 거야?"

"그래, 그러니 귀족으로서 네가 잘못한 거다."

귀족으로서, 이중적 함의가 있는 표현이었다.

"그래? 그렇구나."

그러나 위그의 말에 아슈티나는 정말 놀라울 정도로 빠르게 잘못을 인정했다. 그녀는 심지어 위그의 품에 안긴 그 자세로 뒤를 돌아, 훌쩍거리고 있는 아이를 향해 입을 열었다.

"그럼 내가 먼저 잘못한 거구나. 미안해."

"흑, 으흡."

"때려서 미안해, 많이 아파? 내가 호…… 해 줄까?"

설마하니 공녀가 먼저 잘못했다고 할 줄은 몰랐는지 샨테 백작의 얼굴에 당혹감이 서렸다. 이렇게 된 이상 더더욱 이디에트 공작의 잘못을 물을 수 없었다. 결국 백작이 제 아들을 향해 매서운 눈길을 보냈다. 그리고 아버지의 눈빛에, 아이가 고개를 숙이고 사과의 말을 내뱉었다.

"아, 아니야. 그, 그리고 나도 미, 미안해."

"쓰읍. 더 예의 있게 소공작님께……."

"굳이 그럴 필요 없어요. 애초에 우리 아슈티나가 먼저 손을 댄 데다가 아직 어린애들인데 뭐 그런 걸 알겠어요."

"네, 그렇습니다."

"그저, 저렇게 어린 아이들은 종종 부모의 영향을 받는지라, 백작 영식이 어떤 말을 듣고 자랐는지는 좀 궁금하군요."

그러나 백작의 매서운 목소리는 비비안의 낭랑한 목소리에 묻혔다. 위그는 왠지 모르게 이 장면을 어디서 본 것 같다고 생각했다. 그때는 리즈였고, 지금은 아슈티나였다. 그리고 두 번 다, 비비안은 부모를 향해 힐난의 말을 내뱉고 있었다.

어찌 되었든 맞은 것은 아슈티나가 아니었기에 위그는 그리 큰 화를 내지 않았다. 그리고 엄연히 말하자면 아슈티나가 먼저 손을 올린 것도 사실이었다. 부모의 마음이라는 것은 원래 이렇게나 모순덩어리였다. 아이가 바르게 크길 바라면서도 기왕 아이가 맞을 바에야 때리는 게 낫다는 생각도 종종 한다, 그것이 잘못되었음을 알면서도.

어쨌든 이렇게 아이들만의 해프닝은 막을 내렸다. 혹여 더 있다가 불똥이 튈세라 귀족들은 제 아이를 데리고 뿔뿔이 왕궁을 떠났다. 크리스티나는 세 사람을 보다가, 저도 모르게 피식 웃었다.

그때, 아슈티나가 갑자기 위그를 향해 속삭였다. 그래봤자 다 들렸지만.

"아빠, 사실 내가 시비 건 거 맞아. 내가 그렇게 물어보면 화낼 줄 알았어."

"뭐?"

이것은 또 예상하지 못했던 상황이었다. 그러나 비비안은 '그럼 그렇지'라는 얼굴을 했다. 아무리 아이라고 하나 한동안 귀족가에서 교육을 받은 아이가, 다른 가문의 후계자 구도에 대한 얘기를 입 밖에 낼 리 없었다. 그리고 비비안은 언제나 아슈티나에게 타인의 인생에 함부로 말을 얹지 말라고 교육을 했다.

위그는 의문 가득한 얼굴을 하며 딸을 보았다.

"왜 그랬지?"

"걔가 자기 누나를 막 쿠션으로 때리면서 웃잖아."

"……."

"그래서 한 대 때리고 싶은데 구실이 없어서 만들어서 때렸어. 아빠, 나 똑똑하지?"

순간 아슈티나의 말에 옆에서 듣던 크리스티나가 갑자기 풋 웃음을 흘렸다. 위그는 그만 얼이 빠진 얼굴을 하다가, 덩달아 헛웃음을 흘렸다. 비비안은 고개를 도리도리 저었다. 그가 위그를 향해 말했다.

"자, 이제 어떻게 해야 당신 딸에게 올바른 세계관을 수립해 줄 수 있는지 좀 고민을 해 봐. 나는 포기할래. 애초에 세계가 삐뚤어졌는데 어떻게 세계관이 바를 수 있어?"

"아니."

그러나 위그에게도 이것은 난제였다. 결국 위그는 고민을 하다가 일단 공작가에 가서 보자는 말만 남긴 채, 비비안과 왕궁을 떠났다.

곧 자취를 감춘 세 사람을 상기하던 크리스티나의 얼굴에 묘한 표정이 걸렸다. 확실히 비비안의 말이 맞다. 세상은 아직도 변함이 없다. 그저 상속권이나 재산권 따위로 갑자기 사람들의 인식이 변할 리 없었다. 그러나 동시에, 또 변하는 것은 많다.

"여왕의 시대에 태어난 여자아이라."

크리스티나가 웃었다.

크리스티나는 종종 꿈에서 알렉산드르를 보았다. 그리고 가끔은 로건도 보았고, 심지어 제이슨을 볼 때도 있었다. 꿈에서 보지 않아도 이따금 생각이 날 때가 있었다. 가증스럽긴 하지만 어쩌겠는가, 가증스러운 것은 승리하여 살아남은 자의 특권이다. 그녀는 후회하지 않는다. 그리고 설사 후회한다고 해도, 돌이킬 수 있는 것은 없다.

그녀는 형제를 베고 왕위를 차지한 왕이었다.

그 심판은, 결국 신이 알아서 해 줄 것이었다.

* * *

공작저로 돌아온 뒤 위그와 비비안, 정확히 말하자면 위그는 나름대로 아슈티나에게 바첼론의 현황과 귀족원의 룰, 그리고 가장 중요한 점으로 이 세상에는 언제나 이상한 사람들이 많다는 사실을 설명했다. 물론 그러자면 일단 위그 이디에트부터 이상한 사람이 되어야 했지만, 어쨌든 아슈티나는 꽤 영특하게도 그가 설명하는 것을 대충 알아들은 모양이었다.

사실 아슈티나는 애초에 멍청이가 아닌 만큼, 로젤리스 저택에서 보고 들은 것과 왕궁에서 보고 들은 것이 확실히 다르다는 것은 오래전부터 깨달았다. 다만 그녀는 이 차이조차도 아주 쉽게 이해했는데, 심지어 그녀 스스로 이런 어록을 남기기까지 했다.

"그럼 어떤 이상한 사람들은 내가 여자아이라는 것이 내 약점이라고 생각하는 모양이네!"

"그래, 하지만 그 사람들이 틀렸다."

"맞아! 그 사람들이 틀렸어. 그리고 아리아 언니가 그랬어. 사람들은 언제나 상대의 가장 큰 약점을 갖고 놀린다고. 하지만 나는 여자아이라는 게 내 약점이라고 생각 안 해."

"그렇지. 훌륭한 자세……."

"그러니까 나는 약점이 없는 거야!"

"……."

"아니야?"

"아니, 맞는 것 같다. 너는 약점이 없어."

"꺄아아! 나는 약점이 없는 사람이야!"

비비안은 옆에서 그런 부녀의 모습을 보다가 고개를 절레절레 저었다. 그러나 위그는 그런 그녀의 얼굴 위로 섞인 은근한 조소를 읽어 내고는 더욱 더 깊은 한숨을 쉬어야 했다.

어쨌든 아슈티나는 꽤 즐겁게 저녁을 먹고 방으로 돌아갔다. 그녀는 오늘 왕궁에서 벌어진 사건을 사건이라고 생각하지도 않는 듯 했다. 모든 것이 아이에게는 그저 흘러가는 에피소드일뿐이었다. 그럴 수밖에 없었다. 딸이라는 것 때문에 상처를 받기에 아슈티나는 가진 게 너무 많았다. 최소한 아슈티나는 그렇게 생각했다. 약간의 쓴맛은 꿀단지 속에서 태어나 자란 아이에게 별로 큰 충격을 주지 못했다. 물론, 자신이 딸이라는 것을 고깝게 생각하는 이들이 있다는 것을 인지는 했지만, 아슈티나는 그저 그들이 멍청해서라고 생각했지 제 문제라고 생각하지 않았다.

아이 특유의 단순함이라고 해야 할지, 아니면 그저 세상의 모든 어려움을 너무 쉽게 이겨 낼 수 있다고 인정하는 것인지 위그는 일순간 구분이 가지 않았다. 그러나 평소라면 아슈티나에게 이런저런 설교를 늘어놓았을 것임에도 오늘따라 유난히 말이 적은 비비안은, 위그와 함께 정원을 산책하러 나간 순간 피식 웃으면서 입을 뗐다.

"아무래도 우리 둘의 바람은 그대로 이어진 모양이야."

"그래, 얼굴만 나를 닮고 나머지는 당신을 그대로 닮았군."

"잘된 일 아닌가?"

"잘된 일인가?"

"잘된 일이지."

비비안이 화사하게 웃으면서 고개를 까닥였다. 그녀는 진심으로 제 정수만 골라 닮은 딸의 모습에 아주 만족하는 것 같았다.

"이 험난한 세상에서 이디에트 같은 가문을 지키려면 당연히 당신의 얼굴과 내 성격을 닮아야 하지 않겠어? 아, 오늘 그 영식이 우는 것을 보니까 아무래도 힘도 당신을 닮은 것 같더군."

"그렇지? 역시 내 딸이다. 어떻게 한 방에 자기보다 세 살이나 많은 남자아이를 울리나."

"칭찬 아니니까 좋아하지 마."

그러나 비비안의 말에도 불구하고 위그는 진심으로 아슈티나가 자신의 재능을 물려받은 것을 꽤 즐거워하는 것 같았다.

위그는 언제나 비비안의 주의에 아슈티나의 앞에서는 그녀를 엄하게 키우려고 하는 듯하지만, 내심 아슈티나가 재능을 보이거나 야무지게 뭔가를 얻어 내면, 꽤나 흐뭇해했다. 물론 비비안도 그것은 마찬가지였다. 두 사람 전부 제 딸이 저를 닮아서 아주 훌륭하다고 자부심을 느끼는 무리들이었다.

"그나저나 오늘 일을 어떻게 처리하는 게 좋을까. 아이들 앞이라 굳이 더 일을 키우지는 않았는데."

어찌 되었든 간에 오늘 샨테 백작의 영식에 대한 일은 그리 쉽게 처리할 만한 게 아니었다. 물론 아이들 사이에서 벌어진 일로 굳이 부모에게 벌을 내릴 필요 없어 입을 다물긴 했지만, 만약 이것을 시작으로 또 누군가가 아슈티나가 딸이라는 문제를 걸고넘어지면 아주 '골치 아파질 것'이 분명했다. 무엇보다도 위그는 제 딸이 진정으로 억울함은 하나도 받지 않고 공작으로 자라기를 바랐다. 그것은 비비안도 마찬가지였다. 그렇지만 귀족가의 일은 귀족가의 일이었다.

"당신이 알아서 해."

그녀는 제 딸이 이디에트의 후계자라는 사실 때문에 갑자기 귀족의 질서에 편승해 말을 얹고 싶은 생각이 눈곱만치도 없는 이였다. 로젤리스의 미래를 위해 이디에트를 적당하게 포장해 제 딸에게 넘겨주었지만, 결국 그것을 어떻게 수호하느냐 하는 것은 제 남편과 딸의 몫이지 그녀의 몫이 아니었다. 그녀는 비비안 로젤리스고 상인이었다. 귀족가의 세력 싸움에는 이제 낄 이유가 없었다. 그래서 그녀는 그저 제 딸에게만 집중할 뿐, 딱히 그 후의 조치는 별로 신경 쓰지 않았다.

곧 정원 깊숙이 들어가자 비비안이 저도 모르게 살짝 떨었다. 외투에 모피까지 입고도 떠는 모습에 위그가 걸음을 멈추었다. 그리고 보니 오늘 저녁 식사 때도 비비안은 묘하게 식욕이 없는 모습을 보였다. 물론 그녀의 식사량은 원래도 많지 않았지만, 위그는 언제나 그녀가 이런 모습을 보이면 침묵을 했다. 그녀의 건강은 언제나 나빴고, 여기서 더 말을 얹어 보았자 돌아오는 것은 그저 비비안의 짜증이었기에 그가 담담하게 말을 건넸다.

"들어갈까?"

"그래."

비비안은 굳이 오기를 부리지 않았다. 그것을 보던 위그가 뭔가 생각났다는 듯이 고개를 돌렸다.

"그러고 보니 이제 곧 당신 생일이군. 뭐 갖고 싶은 거 있어? 없으면 나혼자 준비한다."

비비안은 아직도 그걸 기억하고 있냐는 듯이 놀라운 얼굴을 했다. 그러나 비비안은 위그가 그것을 기억하지 않으면 또 그럴 줄 알았다는 얼굴로 위그를 응시해 그를 피 말리게 할 인간이었기 때문에, 위그는 딱히 자부심 느끼는 얼굴을 하지 않았다.

잠시 뭔가 생각해 보던 그녀가 미간을 좁혔다.

"내 생일은 아직 몇 달이나 남았어."

"그래도 미리 준비해 두는 게 좋겠다 싶어서."

"글쎄. 이제부터 생각하고 다시 알려 줄게."

"혹시나 해서 말하지만 이번에는 당신 앞에서 춤추라는 말은 하지마라."

그리고 그제야 비비안은 위그가 벌써부터 그녀의 생일 이야기를 꺼낸 이유를 알아차렸다. 작년에 반농담 삼아 내 앞에서 춤춰 보라고 한 걸 진지하게 들어 트라우마가 남은 것이었다. 물론 비비안은 진짜로 위그가 춤을 추면 말릴 사람은 아니었다. 그러나 위그 이디에트는 춤을 출 사람도 아니었다. 비비안이 살짝 그를 흘기며 입을 열었다.

"어차피 추지도 않았으면서."

"작년에 아슈티나가 그 말을 듣고 1년 내내 나더러 춤추라고 난리였어."

"그걸 용케도 넘겼네."

"그래서, 뭐 갖고 싶나?"

"노래해 볼래?"

"안 돼."

"뭐야. 성의가 없어."

"당신이 너무하다고 생각하지 않나?"

"아니."

비비안은 어깨를 으쓱했다. 위그는 그런 그녀의 모습에 입을 꾹 다물고 한숨을 푹 쉬다가 고개를 절레절레 저었다. 대화의 끝은 언제나 그러하듯 그저 가벼운 일상이었다. 결국 춤과 노래에 버금가는 선물을 스스로 준비하라며 더욱더 큰 난제를 내준 비비안을 따라 위그가 방으로 돌아갔다. 그는 그날 밤, 고민에 휩싸였다.

그리고 다음 날 아침, 이디에트 저택을 떠나가는 비비안의 뺨에 뽀뽀를 해 준 뒤 손을 흔드는 딸을 향해 비비안이 웃어 주며 저택을 떠났다.

6
그리하여 우리는 완전해질 것이다

　로젤리스의 주치의에게 있어 단주의 집무실로 불려 가는 것만큼 긴장되는 일도 없다. 오늘도 두근거리는 마음을 안고 단주의 부름에 들어간 방에서, 그는 평소의 갑절은 되는 긴장에 몸을 떨어야 했다. 그 이유를 놓고 말하자면 여러 가지가 있는데, 그중에서 둘만 말하자면 하나는 오늘 집무실에 소문의 이디에트 공작이 있었다는 것이었고, 다른 하나는 방에 들어가자마자 받은 비비안의 질문이었다.

　"단도직입적으로 묻지. 내 건강 상태는 어떻지? 그러니까 내가 얼마나 더 살 수 있냐는 질문이야."

　살면서 별별 질문은 다 들어 봤지만 내 수명이 얼마나 남았냐는 물음을 이렇게 패기 있게 묻는 사람은 세상에 비비안 로젤리스뿐일 것이었다. 그녀라면 왠지 모르게 그녀를 데리러 온 사신도 패서 돌려보낼 것 같다고 생각하며, 주치의가 대답했다.

　"솔직하게 대답드리자면, 몇 년 혹은 몇십 년이 될 수도 있습니다."

그리고 그 순간, 방 안에 정적이 흘렀다. 동시에 의자에 앉아 있던 비비안과 의자에 기대 있던 위그의 얼굴이 동시에 미묘해졌다. 이윽고 약간의 시간이 흐른 뒤, 비비안이 생긋 웃으면서 의자에 등을 기댔다.

"그럼 내가, 몇 년 혹은 몇십 년을 살지, 몇백 년을 살겠어?"

"정말 하나 마나 한 대답이군."

"하나 마나 하다 못해 한 대 때리고 싶을 지경이야."

"그런데 애초에 인간 자체가 대부분은 몇 년 혹은 몇십 년을 살지 않나?"

"모르지, 이 의사의 눈에 내가 몇백 년을 살 수 있는 종족으로 보일지. 사실 좀 탐나기는 해. 몇백 년 살면 이 세상 돈이 다 내 것이 되지 않을까?"

"대중의 이익을 위해 당신은 몇십 년만 살 필요가 있어."

"굳이 말하자면 당신도 마찬가지야."

의사는 주거니 받거니 농을 하는 한 쌍의 남녀를 보면서 다소 억울해지고 말았다. 엄밀히 말해서 그는 거짓을 말하지 않았다. 애초에 비비안의 질문이 다소 잘못된 경향이 있었다. 보통 이런 질문을 묻는 이는 아주 큰 병에 걸렸거나 아니면 오늘내일 죽음을 맞이해야 하는 쪽이었다.

그러나 비비안 로젤리스는 그 어느 쪽도 아니었다. 그녀의 신체 건강은 굳이 전반적으로 놓고 말하자면 건강하면서도 건강하지 않은 상황이었다. 그녀는 딱히 특정된 엄중한 병명을 갖고 있는 이가 아니었다. 물론 자주 잔병치레를 하긴 하지만, 그것은 대부분 그녀가 과거에 지나칠 정도로 몸을 굴리면서 남은 후유증이었다.

"죄송하지만 제가 말씀드린 것은 사실입니다."

결국 의사가 조심스럽게 말문을 열었다. 그의 목소리가 들려오자 비비안과 위그의 시선이 다시 의사에게 꽂혔다. 비비안은 어디 한번 말해 보라는 듯이 턱을 끄덕였다. 그에 의사가 소견을 말했다.

"현재 단주님은 딱히 큰 병을 앓고 있지 않습니다. 따라서 수명을 가늠할 필요가 없는 상태입니다. 다만 가장 큰 문제를 말씀드리자면, 몸의 기능이나

면역력의 저하가 가장 큽니다. 어느 날 갑자기 작은 감기에도 위험해질 수 있습니다."

"흠음."

"아시다시피 예전에 단주님께서 너무 많은 일을 겪으셨고, 게다가 허약한 상태에서 아이까지 낳으셨으니."

"아, 그러니까 자업자득이라는 거군."

비비안은 의사의 말에서 너무 쉽게 결론을 얻어 냈다. 의사는 가급적이면 그녀의 앞에서 그녀가 칼에 맞았던 과거나, 그 외 등등 여러 가지 이야기를 꺼내고 싶어 하지 않았지만, 놀랍게도 비비안은 아주 담담하게 그것을 받아 들였다.

"알겠어. 그래서 그렇게 모호하게 말한 것이군."

"그렇습니다."

"아, 인간의 수명이라는 건 정말 귀찮아. 자신이 언제까지 살 수 있는지 확실하게 알면 이 고생을 하지 않아도 됐을 텐데."

"아니, 그건 인류의 행복으로 놓고 말하자면 축복이지. 당신은 내일 죽는다고 하면 오늘 가급적 착취하고 괴롭힐 수 있을 만큼 행하고 갈 것이거든."

"어머, 당신은 아니야?"

"나도 그러니 우리가 인류의 행복과 정반대 편에 서 있는 거다."

순간 집무실에 낭랑한 웃음소리가 터졌다. 그러나 의사는 이미 두 사람의 대화에 제정신을 차리지 못하고 있었다. 그럴 만했다. 이 상황에서 함께 이 두 사람과 웃으면서 대화를 나눌 수 있는 이가 몇이나 될까. 결국 비비안의 입에서 나가라는 말이 떨어지기가 무섭게 의사는 집무실을 나갔다.

비비안은 빠르게 나가는 의사의 뒷모습을 보다가, 문이 닫히자 입을 열었다.

"우리가 너무 겁을 줬나 봐."

"그럴 만하지."

"하지만 나는 진심으로 내 시간이 얼마나 남았는지 궁금했어."

위그는 고개를 돌려 비비안을 힐끔 응시했다. 인간은 원래 스스로의 남은 시간에 대해 궁금해하는 경향이 있다. 그러나 그것과 별개로 비비안이 이러는 것은 그녀의 마음속에 남은 무덤과 연관이 있었다. 비비안은 오래 살고 싶어 한다. 이 세상에서 제 목숨이 끝나지 않기를 바라는 인간 중에서 감히 비비안 로젤리스와 비견할 자 없을 것이었다. 동시에 그녀는 마치 자신에게 어떤 저주라도 있는 듯, 끊임없이 제 스스로의 남은 시간을 걱정했다.

아마도 그것이 그녀가 살면서 얻어야 하는 당연한 대가이리라.

그는 비비안을 힐끔 보았다. 그녀가 오늘 의사를 부른 이유는 별것 없었다. 그저 악몽을 꿨는데, 저녁에 일어나 보니 오한이 들어서 그런 것이었다. 그러나 의사는 그녀에게 별문제 없다고 했다. 결국 문제가 남은 것은 그녀의 마음이었다.

"당신은 너무 똑똑해서 문제다. 가끔은 저지른 일에 대가 따위 없다고 생각하면서 살아도 돼."

위그의 말에 느긋하게 물을 마시던 비비안이 무슨 말을 하느냐는 듯이 고개를 돌렸다. 위그는 그녀를 보면서 말을 이었다.

"나는 살면서 무수한 사람을 제거했다. 그러나 딱히 당신처럼 죄책감을 느낀 적은 없어."

"나도 딱히 죄책감을 느끼는 건 아니야. 그저, 인과응보라는 신의 법칙에 의해 내 삶이 끝날 것을 두려워하는 것이지."

"나는 그런 생각도 해 본 적이 없다. 디텔 공작을 죽인 것도 별로 생각이 나지 않아."

"그자는 당신 정적이니까. 나도 나와 적대시하는 이를, 그러니까 나와 맞서 싸웠던 이를 제거한 건 생각도 안 나."

"그렇군."

"하지만 리암이나 메이슨, 그리고 로건은 달라. 그들은 나를 사랑했어, 그들을 죽인 건 결국 내 욕심이었지. 결국 그런 거야. 전쟁터에서 죽으면 어차피 죽고 죽이는 싸움이었다고 치고 그러려니 할 텐데, 이건 일방적인 내 의지로 벌어진 전쟁이니까."

그러나 결론적으로 그들은 죽어야만 했다. 그러나 또 굳이 세세하게 헤아려 보면 그들은 무고했다. 비비안 로젤리스는 바첼론의 잘못을 일정 부분 떠안았다. 크리스티나의 말이 맞았다. 비비안은 영웅이 될 수 없다. 그리고 그것은 그녀의 잘못이 아니었다. 하나 동시에 그녀가 영웅이 될 수 없는 것은, 또 그녀 본인과도 상관이 있었다.

비비안은 조금 몸이 찌뿌둥한지 기지개를 켰다. 그녀는 길게 하품을 하고는 입을 열었다.

"뭐, 그래도 오래 산다니 좋긴 하네."

"의사 말을 뭘로 들은 건가. 몇 년일 수도 있다고 했어."

"하지만 최소한 내일은 아니지. 모레도 아니고, 글피도 아니야. 그러므로 나는 내 눈앞의 일을 처리해야겠어."

"생일 선물은 생각해 두었나? 아슈티나도 당신이 뭘 좋아할지 머리를 싸매고 있어."

"혹시나 해서 말하는 데 부녀가 함께 선물을 줄 생각 하지 마. 나는 선물 두 개 받을 거야. 둘이 같이 주면 그건 아슈티나가 준 것이라고 퉁칠 거야."

"정말 인간이 이렇게 욕심스럽기도 힘든데."

"하지만 나는 그것을 해냈지."

비비안은 자리에서 일어났다. 덕분에 의자에 기댔던 위그 또한 몸을 일으켰다. 그는 새삼스럽게 이 몇 년간 비비안이 조금은 여유로워졌다고 생각했다. 하긴, 적은 다 죽고 세상에 저만 남았다. 굳이 여유롭지 않을 이유가 없을 것이었다. 그러므로 그녀와 그는, 이제 슬슬 종말을 향해 달려갈 때다. 하지만 위그는 그게 딱히 슬프지 않았다. 인간은 원래 태어나는 순간부터

다 종말을 향해 달려간다. 그리고 비비안 로젤리스의 가장 아름다운 때는, 그 사이에서 일어날 것이리라.

"아. 그리고 보니 내 생일이 지나면 또 감사절이지?"

"아슈티나가 토끼 인형을 사 달라고 난리를 치고 있어."

"뭘 또 사 달라고 난리까지 쳐. 이번에는 감사절에 맞춰서 이디에트에 토끼 인형을 보내면 되잖아. 작년에는 부족했나? 아, 그리고 보니……."

살짝 미간을 좁히며 말을 잇던 비비안이 그제야 생각났다는 듯이 고개를 홱 돌리며 입을 열었다.

"당신 작년에 토끼 인형 하나 깔아뭉갰지?"

"나는 진짜로 거기에 토끼가 있는 줄 몰랐어."

"아슈티나가 울고불고 난리를 쳤잖아. 토끼를 죽였다면서. 하여튼 당신은 애 인생에 도움이 되는 일이 없어."

위그는 억울한 얼굴을 했지만 정작 아무 말도 하지 않았다. 곧 비비안이 생긋 웃으면서 말을 이었다.

"뭐, 올해는 인형을 두 마차에 가득 실어서 이디에트 저택으로 보내지."

"당신도 올 텐가?"

"아리아는 케이트를 데리고 빌케르 백작저로 간대. 언니도 갈 생각인 것 같고."

"그래?"

"그리고 나는, 그 전에 또 해결해야 할 일이 있지 않겠어?"

"해결해야 할 일?"

위그는 고개를 갸웃거렸다. 그녀는 곧 알겠다는 듯이 가볍게 감탄을 내뱉었다.

"초상화 말인가."

이혼을 한 뒤 비비안은 매년 감사절 즈음에 초상화를 새롭게 그렸다. 그리고 그 초상화는 대부분 메인 홀이나 다이닝 홀의 가장 높고 중앙 부분에 걸려 있었다. 그것이 무엇을 의미하는지 위그는 딱히 묻지 않았다. 그는 그것이 비비안이 하기에 꽤 어울리는 행위라고 생각했다. 해마다 바뀌는 초상화를, 로젤리스의 일가들은 당연히 고개를 든 채 응시할 수밖에 없었다.

"올해는 당신도 그릴래?"

"로젤리스가의 사람도 아닌데."

"아슈티나가 저번에 내가 초상화 그리는 거 보고 자기도 그리고 싶다고 방방 뛰었어. 어차피 부른 김에 한번 제대로 맞춰 보는 거야."

"마음대로 해."

비비안은 위그의 대답에 빙그레 웃었다. 그리고 곧, 그녀가 방을 나갔다.

* * *

올해 로젤리스의 부름을 받은 화가는 생각보다 훨씬 더 일거리가 많다는 사실에 즐거워해야 할지 아니면 슬퍼해야 할지 몰랐다. 그도 그럴 것이 로젤리스의 일거리는 언제나 시가보다 두 배 이상은 높은 가격을 지불했지만, 그만큼 또 요구가 많았기 때문이었다.

비비안은 초상화에 있어서는 언제나 까다로운 사람이었다. 하긴 그 정도 돈을 주면 자기라도 까다롭게 굴 수 있겠다고 화가는 생각했다.

그러나 올해는 까다로운 사람이 하나 더 느는 바람에 그도 곤혹이었다. 비비안의 요구를 만족시켜야 할 뿐만 아니라, 그 소문 무성한 이디에트 공작도 함께 그려야 했기 때문이었다. 이디에트 공작과 로튼 단주의 이중 압박을 무의식적으로 받는 것 같았다. 그렇다고 이렇게 큰 일거리를 타인에게 양보하고 싶지는 않았기에, 결국 그는 붓을 들었다.

"옆으로 살짝 고개를 돌려주십시오. 네, 그렇습니다."

화가의 지시에 비비안은 살짝 고개를 돌렸다. 화려한 연회색 머리카락을 위로 묶고, 잔머리는 옆으로 자연스럽게 넘긴 그녀의 얼굴에는 엄숙한 기운만이 흘렀다. 하얀 피부 위로 긴 속눈썹이 팔랑거리고, 시리도록 파란 눈동자는 화가를 직시했다. 오똑한 콧날과 발간 입술, 길고 곧은 목과 그 아래 단정하게 리본이 매어져 있는 블라우스, 그리고 정장. 의자에 살짝 등을 기댄 채 다리를 꼬고 앉은 그녀의 모습에는, 10년 전의 날카로운 공격성 대신 진중하고 느긋한 여유로움마저 흘리고 있었다.

그러나 이 모든 것이 위그의 눈에서는 그저 비비안 로젤리스 그 자체로 다가왔다. 비록 이혼 뒤 그녀도 사람인지라 조금씩 변했다고 하나 아이를 낳으면 부드러워진다는 바첼론의 속설과 달리 비비안 로젤리스는 언제나 그대로 날카로웠다. 화가의 지시에 고개를 돌린 채 미소 하나 담지 않은 채 조용하게 앉아 있는 그녀의 모습을 보던 위그는, 홀의 문이 열리고 머리를 빼꼼 내민 딸을 발견했다.

"아슈티나."

"아빠."

아슈티나는 활짝 웃으면서 위그에게 달려왔다. 위그에게 안긴 그녀는, 곧 테라스와 가까운 곳에서 의자에 앉아 있는 엄마의 모습을 보며 신기한 듯이 활짝 웃었다.

"엄마 멋있어."

"네 엄마는 언제나 저랬다."

"그래도, 멋있어."

아슈티나의 순수한 감탄을 들었는지 주변에 있던 헤더와 클로에가 웃음을 흘렸다. 이미 비비안과 10년, 심지어 20년을 넘게 함께했던 로젤리스의 식솔들에게 있어 비비안 로젤리스는 영원히 저런 사람이었기 때문이었다.

그들 모두 새삼스럽게 이 광경이 참으로 당연하다고 생각했다. 싸늘한 얼굴, 위엄 있는 모습, 적을 차례로 베고 올라와 왕좌에 앉은 승리자의 모습 같지 않은가. 그들은 당연하게 이 모든 것들이 영원할 것이라고 생각했다.

그렇게 얼마나 시간이 흘렀을까, 대충 기본 틀을 잡았는지, 화가가 고개를 끄덕였다. 이윽고 비비안이 자리에서 일어나려는데, 갑자기 화가가 입을 열었다.

"저, 단주님, 지금 이곳 풍경이 너무 좋고 채광이 훌륭해 그러는데, 혹여 공작 각하와 한 점 그리실 예정이라면, 이곳에서 틀만 잠시 따는 것이 좋을 것 같아 그럽니다."

"지금? 조금 피곤한데."

"빨리 끝날 겁니다."

"그러지. 어차피. 당신도 시간을 길게 끄는 건 싫어하잖나."

위그는 흔쾌히 고개를 끄덕였다. 그리고 화가의 말에 잠시 고민하던 비비안은 고개를 끄덕였다.

"좋아. 대신 내가 여기에 허리가 저리도록 앉아 있는 값은 해야 할 거야."

"물론입니다."

화가는 빙그레 웃으며 고개를 끄덕였다. 아무리 오기 전에 부담이니 뭐니 해도, 한때 비비안을 따라 바로데의 별장에서 고성이 무너지는 것까지 보았던 그에게 사실 두려울 것은 없었다.

곧 위그가 아슈티나를 안고 걸음을 옮겼다. 그때, 그것을 본 비비안이 입을 열었다.

"당신만 와."

"응?"

"아슈티나. 조금만 참을 수 있지? 아빠와 엄마 먼저 그리고."

"아슈티나도 함께 들어가면 안 돼?"

아슈티나는 조금 아쉬운 듯이 입을 삐죽였다. 그러나 비비안과 위그가 달래자, 곧 고개를 끄덕였다. 위그는 제 딸의 손에 언제나 갖고 다니는 사탕한 알을 쥐여 주었다. 곧 헤더가 아슈티나를 안고 물러났다.

위그는 자연스럽게 비비안의 의자의 뒤편에 섰다. 그러나 두 사람의 모습을 그리겠다는 것치고, 비비안은 그 자세 그대로 있고, 위그는 그저 그녀의 뒤편에서 의자를 짚고 있어 왠지 모르게 그는 자신이 배경 판이 된 것 같은 기분이 휩싸이고 말았다.

결국 위그가 작게 비비안을 향해 입을 열었다.

"당신, 이러면 나와 그리는 의미가 뭐가 있나?"

위그의 말에, 비비안이 피식 웃으며 대답했다.

"왜 없어. 승리자로서 트로피를 안고 초상화를 남기는 건데."

"······뭐?"

오랜만에 들은 비비안의 트로피 소리에 위그가 미간을 좁혔다. 그러나 비비안은 살짝 고개를 돌려 그의 표정을 확인하고는 그저 새물 웃기만 했다.

"아니야?"

"······."

위그는 입매를 굳혔다. 그러나 결국 약간의 침묵이 흐르고, 그가 억지로 한마디 내뱉었다.

"그래. 빨리 해."

비비안의 낭랑한 웃음소리가 홀을 메웠다. 갑자기 웃음을 터뜨리는 그녀의 모습에 로젤리스의 식솔들은 물론이요 화가까지 깜짝 놀랐다. 그 순간, 화가가 붓을 들었다. 지금까지 비비안의 초상화를 꾸준하게 그려 왔지만, 이런 화사한 웃음은 본 적이 없기 때문이었다.

'이디에트 공작과 그리는 것이니, 이 정도 웃음은 그려야겠지.'

속으로 그렇게 읊조린 화가가 붓을 들었다.

그렇게 여상스럽게 아름다운 오후는, 빠르게 지나갔다.

* * *

위그는 가끔 이런 생각을 했다. 비비안 로젤리스는 사실 인간이 아니고, 그녀는 영원할 것이라는 그런 생각. 그녀는 자신이 저지른 짓에 절대적으로 후회라는 것을 하지 않는 인간이었고, 죄책감이나 부끄러움에 한평생을 회한에서 보내는 이가 아니었다. 그녀는 자신이 무엇을 갖고 싶은지 너무 확실하게 잘 아는 사람이었고, 그래서, 죽음보다는 영원이 더 어울리는 여자였다.

그래, 영원.

그것이 불가능하다는 것을 알면서도 그는 비비안 로젤리스가 영원할 것이라고 믿었다. 그리고 아마 그것은 결국 객관적으로 인간의 생로병사와 별개로, 위그 이디에트의 마음속에 남은 비비안의 의미를 설명해 주는 것이기도 했다.

"재웠어?"

위그는 방에 들어가자마자 들리는 비비안의 목소리에 고개를 들었다. 오늘도 어김없이 동화책의 두 번째 페이지에서 잠든 딸의 모습을 상기하던 그가 길게 숨을 내쉬며 고개를 끄덕였다.

"그래, 아주 빨리 잠들더군."

"아이들은 참 좋겠어. 빨리 잘 수 있어서."

"당신도 그러던 때가 있었다."

"그래. 그래서 딱히 부럽지는 않아. 굳이 말하자면 그때보다는 지금이 더 좋거든. 얼마나 좋아. 내가 싫어하는 것, 좋아하는 것 가릴 수 있고, 모든 선택을 내가 하는 게."

"하지만 그 모든 선택에는 대가가 따르지."

"내가 하지도 않은 선택에 대가를 치르는 것보다는 낫지. 안 그래?"

그렇게 말하며 비비안이 나른하게 웃었다. 위그는 그녀의 모습에 미묘한 얼굴을 했다. 그녀는 오랜만에 와인을 들고 있었다. 평소라면 그것을 만류했겠지만, 오늘은 감사절이므로, 그는 굳이 저지하지 않았다. 애초에 비비안이 취하는 체질도 아니었기에.

대신 그는 테이블로 다가가 스스로를 위해 한 잔 부었다. 쪼르르…… 와인이 흘러나오는 소리에 발코니의 난간에 기대 있던 비비안이 고개를 들었다. 어느새 위그가 와인을 들고 그녀에게 다가왔다. 감사절 저녁이라 그런지 수도의 멀리에서 축제의 소란이 그대로 들려오는 것 같았다. 비비안은 그것을 보면서 잠시 뭔가 생각하는 듯하다가, 입을 열었다.

"저기서 절반 이상의 소란은 내가 만든 거야. 저 중에는 내 거리가 아주 많거든."

위그는 이제 거리 단위로 비비안의 부를 말하는 것에 별로 충격을 받지 않았다. 애초에 그럴 이유도 없었다. 이제 이 대륙에서 비비안 로젤리스를 인정하지 않는 이는 없었다. 그녀는 이제 지금을 살고 있는 수많은 이들의 기억이고 역사였다. 그것을 알고 있는 비비안은 옅게 웃었다. 그리고 얼마나 지났을까, 그녀가 몸을 돌리더니 난간에 몸을 기댔다.

"이제, 사업을 더 확장할 거야."

"당신의 사업이 언제 축소한 적은 있나?"

"그렇게 사업을 확장시켜서, 내가 만족할 때까지 원하는 것을 얻을 거야."

"당신이 만족이라는 것을 할 수가 있나?"

"아니, 못 해. 그래서 나는 영원히 살아야 돼."

영원.

위그는 다시 한번 튀어나온 영원이라는 말에 잠시 침묵했다. 인간에게 영원은 없다. 그것을 비비안도 알고 있었다. 그녀의 말마따나 인간은 태어난 순간부터 죽음으로 향하는 과정에 있었다. 그것은 아무리 고귀한 바첼론의 여왕이라도 감히 빗겨 나갈 수 없는 법칙이었다. 그럼에도 불구하고 비비안은 영원을 말했다. 그것은 과연 그녀의 수명 따위를 말하는 것인가, 아니면, 그녀의 욕망을 말하는 것인가, 아니면 그녀의 모든 것을 말하는 것인가.

위그는 잠시 시선을 밖으로 돌리다가, 비비안처럼 난간에 등을 기댔다. 예상보다 그렇게 쌀쌀하지 않은 겨울날의 바람을 맞다가, 그가 저도 모르게 입을 열었다.

"세상에 영원은 없어."

"물론이야."

"그걸 알면서도 영원을 살겠다고 하는 건가?"

위그의 물음에 비비안이 어이없다는 얼굴을 했다. 그녀는 어떻게 인간이 이렇게 끝까지 낭만 따위 없냐는 눈길로 고개를 저으면서 위그를 응시했다. 위그는 그런 그녀와 시선을 맞추었다. 그때 비비안이 다시 입을 열었다. 그녀의 얼굴에는 이제 득의양양한 미소가 서려 있었다.

"사람은 영원히 살 수 없어. 그래도 나는 영원을 살 거야."

"불가능하다니까."

"아니. 가능할 거야. 그러려고 아슈티나를 낳았으니까."

순간 위그의 표정이 미묘해졌다.

아슈티나, 아슈티나 로젤리스 이디에트. 그는 제 딸의 풀 네임과 문득 아이가 태어나고 얼마 지나지 않아 비비안이 한 말을 곱씹다가 입을 열었다.

"사실 나는 당신이 아슈티나를 낳은 건, 당신 말대로 이디에트를 갖고 싶어서 그러는 줄 알았어."

"어머, 진짠데."

"아마 진짜였겠지. 당신은 그런 걸로 거짓을 말하지 않으니까. 다만……."

"다만?"

"나는 아슈티나를 아주 사랑해. 그래서 아마 그 아이가 훌륭해져서 이디에트 공작이 될 때까지, 그리고 이디에트의 영광과 권력을 이어 가는 그 욕망을 그 아이가 무사하게 계승할 때까지 아마 기를 쓰고 살아남을 거야."

"물론 그래야지. 당신은 그런 사람이니까."

"하지만 그다음은."

"그다음?"

"만약 그 아이가 그렇게 온전히 귀족으로서의 내 욕망을 계승받으면 그다음은, 내가 당신에게 가는 길에 있는 커다란 벽 하나 사라지는 게 아닌가 하는 생각을 했어."

"……."

"그래서, 당신의 의도는 뭐였지?"

비비안은 느릿하게 눈을 깜박였다. 위그는 그것을 보면서 기묘한 느낌에 사로잡히고 말았다. 얼마나 지났을까, 비비안이 잠긴 목소리로 입을 열었다.

"글쎄, 당신은 어떻게 이해하는데?"

비비안의 말에 위그가 살짝 눈을 가늘게 떴다. 그녀의 파란 눈동자에서는, 여전히 아무것도 읽어 낼 수가 없다. 그는 그녀와 10년을 넘게 사랑했다. 그럼에도 불구하고 그녀는 언제나 그에게 있어 완전히 풀 수 없는 난제였다. 그럼에도 불구하고…… 위그는 그만 웃었다.

"정말 의미 없군."

"의미 없지?"

"그래, 의미 없어."

"맞아. 인간의 의도가 어디 하나뿐이겠어?"

그래, 인간의 의도는 하나뿐만이 아니다. 어쨌든 비비안은 아슈티나를 낳았고, 덕분에 로튼과 이디에트의 연은 꽤 오래 지속될 것이다. 아슈티나로 인해 위그는 제법 오랫동안 열심히 살 것이고, 그녀 덕분에 또 자신의 욕망을 완성시킬 수 있을 것이었다. 이 모든 것들 중에서 어느 게 비비안의 의도냐 하면, 아마 이 모든 것이 비비안의 손아귀 안에 있을 가능성이 컸다. 위그는 그래서 섣불리 판단을 내리지 않기로 했다.

"나는 아직도 당신을 모르겠다."

"자신감을 가져. 당신 정도면 나를 많이 아는 편이야."

"겨우 그런 것에 자신감을 가지고 싶지 않군."

"그럼 내가 당신을 사랑한다는 사실에 자신감을 가져."

위그는 멈칫했다. 그는 고개를 돌려 비비안을 보았다. 비비안이 샐쭉 웃었다. 위그는 조금 진지한 얼굴로 그녀를 응시하다가, 입을 열었다.

"나를 사랑하나?"

"이제 와서 이런 물음을 묻는 게 무슨 의미가 있어?"

"그냥 듣고 싶을 뿐이다. 사랑한다고 해. 어서."

비비안은 위그의 말에 그만 가볍게 미소를 지었다. 그리고 곧, 그녀가 와인 잔을 내려놓으면서 입을 열었다.

"나는 인생에 딱 두 사람을 온전히 사랑했어."

"나만 말해, 나머지 하나는 말하지 말고."

"그냥 들어."

위그는 이 아름다운 분위기를 굳이 깨고 싶지 않아 얼굴을 팍 일그러뜨렸다. 정작 비비안은 대수롭지 않게 말을 이었다.

"그중에서 하나는 당신이야."

"정말 영광이군."

"그리고 나머지 하나는……."

"……."

"나지."

상상치도 못 했으나 또 상상할 수 있었던 대답이었다. 위그는 묘한 얼굴을 했다. 그의 얼굴에는 미소인지 아니면 그저 애매한 감탄의 뜻인지 모를 것이 걸려 있었다. 비비안은 그런 제 연인의 얼굴을 보다가 살짝 눈을 접어 웃었다.

"왜, 의외야?"

"아니, 그저 너무, 당연해서."

비비안 로젤리스는 인생에 딱 둘을 '사랑'했다. 하나는 그녀 자신이었고, 다른 하나는 위그 이디에트였다.

전자의 경우 그녀가 앞으로 계속해서 나아가게 했던 그 동력이었고, 후자의 경우 그녀가 나락으로 처박힌 이유였다. 아, 굳이 말하자면 그녀는 원하는 것을 다 손에 넣었으니 굳이 나락은 아니겠지만, 어쨌든 이 남자와 함께한 그 몇 년이 온통 그녀의 수명만을 깎아 먹었다는 것은 변함이 없었다.

비비안 로젤리스는 인간이었다. 그리고 인간은 다 죽는다.

그래서 딱히 아쉽지는 않았다. 그저 이 남자와 목을 잡고 싸우겠노라고 하던 그 모든 순간이, 결국 오늘까지 오는 계단이었다고 생각하니 그럴 법하다고 생각했다. 물론 오래오래 행복하게 잘 살았습니다…… 뭐 이런 식의 결말도 재미있긴 한데, 그것은 비비안의 결말은 아니어야 했다.

그때였다. 위그가 와인 잔을 완전히 비우고, 다시 고개를 돌렸다.

비비안 로젤리스의 인생이 그러하다면, 위그 이디에트의 인생도 아마 마찬가지이리라. 두 사람 전부 무서울 정도로 저 스스로를 사랑했다. 아마도 그래서, 이렇게 끝까지 함께할 수 있으리라.

"그럼 당신이 사랑한 두 사람 중의 유일한 타인으로서, 당신에게 약속하지."

"약속?"

"당신이 어딜 가든, 나는 당신을 찾아갈 거야."

위그의 말에 피식 웃던 비비안의 시선이 그에게 닿았다. 은은한 미소를 띤 채, 위그가 진지하게 그녀를 향해 한 자 한 자 내뱉었다.

"내가 계약서를 들고 당신에게 간 것처럼, 그렇게."

"그 이후에 벌어진 모든 것을 안다고 해도?"

"그 이후에 벌어진 모든 것을 알면 내가 당신을 이기는 데 아주 큰 도움이 될 텐데 왜 안 가지?"

"정말 당신은 쓸데없이 자신감이 넘쳐, 당신이 미래를 안다고 과연 나를 이길 수 있을까?"

"글쎄, 그런 건 싸워 봐야 알지."

"당신은 나를 이길 수 없어. 얌전하게 내 뒤에 선 트로피나 해."

"싫다. 그래도 나는 무수하게 당신을 찾아내서 싸울 거야."

그렇게 읊조리던 위그가 그녀에게 다가갔다. 비비안은 그를 살짝 흘겼으나, 그가 그녀의 뺨을 만지작거리자 바로 웃고 말았다. 이윽고 싸늘한 겨울바람이 부는 사이, 그가 그녀의 입술에 입을 맞추었다. 곧 뜨뜻한 입술이 살짝 겹쳐지고 두 시선이 허공에 마주쳤다.

"그래, 영원히 싸울 거다."

위그의 읊조림에 비비안이 웃었다.

"그래."

그럼 나는, 영원히 이길 거고.

그렇게 속삭이며 비비안이 다시 한번 그의 입술에 입을 맞췄다.

대륙력 830년 열한 번째 달의 세 번째 날, 비비안 로젤리스는 과연 자신의 뜻대로, 모든 친지들을 내보낸 뒤 홀로 그녀의 집무실에서 자신의 초상화를 마주한 채 눈을 감았다. 향년 41세.

바첼론의 정점에서 가장 화려하게 빛난 비비안 로젤리스의 시대는 그렇게 영원에 들어섰다.

* * *

817년

3월 2일, 알렉산드르 제4왕자가 변사체로 발견되며 '바첼론 왕실의 난'이 서막을 올린다.

3월 26일, 신전에 거주하고 있던 디아나 제2왕녀가 변사체로 발견된다.

4월 29일, 정체불명의 자객이 태자비의 궁을 급습한다. 이디에트 공작부인이 태자비 대신 자객의 피습을 받으나 목숨의 위협은 받지 않는다.

5월 8일, 마샤 왕비와 미카엘 제5왕자, 앤드류 제6왕자가 왕실 안데트 별장으로 가는 도중 암살당한다.

5월 9일 아침, 제이슨 태자가 중독 증세를 보이며 쓰러진다.

5월 10일 아침, 크리스티나 제3왕녀가 국왕의 인장으로 귀족원을 소집한다.

5월 14일, 태자 부부가 자객의 습격을 받는다. 제이슨 태자 사망.

5월 18일, 로건 제3왕자가 변방으로 요양을 떠난다. 당일 저녁 디텔 공작이 로건 제3왕자를 암살하고 반역을 일으키나 곧바로 이디에트 공작에 의해 제압된다.

5월 19일 자정, 엘리미아 태자비의 사체가 발견된다. 자결로 추정.

8월 4일, 에드워드 3세가 별세한다. 재위 53년.

10월 12일, 크리스티나 1세가 즉위한다.

818년

2월 중순, 귀족원이 정식으로 왕실간 무역로를 파튼 대륙으로 확장하며 로튼에게 대행권을 일임한다.

819년

6월 2일, 로튼이 수도의 모나카 거리를 매입하고 향후 200년 동안 최대 규모라 칭해지는 블랜서 백화점을 세운다.

7월 1일, 예델 사립학교의 졸업식에 여왕이 등장한다. 학술의 중심이 왕립학교에서부터 예델 사립학교로 전이되기 시작한다.

8월 말, 로튼 상단이 아리아 로젤리스를 후계자로 공표한다.

820년

4월 13일, 여왕이 공식적으로 귀족원에 여성의 재산권을 인정하는 데 관한 의안을 상정한다.

5월 초, 왕립 여학교를 세우는 것에 관한 명령이 반포된다.

8월, 귀족원에서 최초로 여성의 재산권에 관한 내용을 성문 형식으로 발표한다.

9월 1일, 여성의 재산권과 상속권이 효력을 발휘한다.

10월 1일, 로튼 단주가 서북 끝단의 샨젤 섬을 매입한 뒤 이디에트 공작가와 합작하여 개발을 시작한다.

828년
7월, 이디에트 공작이 아슈티나 로젤리스 이디에트를 자신의 후계자로 입적한다.

11월 8일, 로튼이 비밀리에 고액으로 전 디텔 공작가의 판매 용지를 낙찰받는다.

829년
1월, 바첼론 왕실이 로튼 소속 금광을 매입한다.

10월 2일, 크리스티나 1세가 루이즈 대공과 국혼을 올린다.

830년
11월 3일, 로튼 단주가 사망한다.

831년
12월 28일, 바첼론 제1왕녀 카렐이 출생한다.

833년
2월 18일, 바첼론 제1왕자 카시스와 제2왕녀 안젤리카가 출생한다.

4월 4일, 수도의 변방 안트레아에서 건국 이래 최대 화재가 일어난다.

5월 3일, 크리스티나 1세가 안트레아 지역의 개발권을 로튼에 일임하고 이디에트에게 감독권을 일임한다.

834년

6월 19일, 제3왕녀 샤를리즈가 출생한다.

839년

9월 2일, 루이즈 대공이 별세한다.

12월 7일, 여왕이 제1왕녀를 태자로 봉한다 발표한다.

841년

2월, 바첼론과 아론디트와의 외교가 급격히 악화된다.

2월 27일, 바첼론의 동남부 시세스에서 폭발이 일어난다.

3월 2일, 크리스티나 1세가 정식으로 아론디트와의 외교 단절을 선포하며 아멘시아 전역이 발발한다. 당일 저녁 이디에트 공작이 이디에트 공녀와 함께 출정한다.

12월 10일, 이디에트 공작이 승전보를 울린다. 아슈티나 로젤리스 이디에트가 여성 최초로 여왕의 명예 훈장을 수여받는다.

844년

9월 2일, 리디아 세른이 최초의 여성 대법관으로 임명된다.

845년

4월 20일, 엘버린 공작이 사망한다. 크리스티나 1세가 엘버린 공작의 공을 기리여 사후 명예 훈장을 내린다.

6월 13일, 엘버린 공작 부인이 평민 여자아이들을 위한 자선 사업을 시작하고 세실리아 엘버린 준남작이 사업의 책임자가 된다.

847년

3월 25일, 뱃놀이를 나갔던 제1왕녀와 제1왕자가 자객의 급습으로 사망한다. 자객은 자결하고 사주한 이는 잡히지 않는다.

4월 12일, 제3왕녀가 변사체로 발견된다.

9월 5일, 안젤리카 제2왕녀가 태자로 봉해진다.

9월 29일, 로튼의 교육 재단에서 평민 예술가들을 위한 예술 전문 학교를 건립하기 시작한다.

848년

5월 13일, 아슈티나 로젤리스 이디에트 공작이 양위를 받아 이디에트 공작으로 칭해진다.

6월 14일, 이디에트 공작이 이자넬의 제5왕자와 결혼한다. 크리스티나 1세가 최초의 공작 부군의 칭호를 내린다.

7월 3일, 태자가 바첼론의 상단을 겨냥한 무역 통제령을 내린다. 당일 오후 귀족원장인 이디에트 공작에 의해 일표부결 된다.

7월 8일, 로튼의 소집으로 정식으로 5개 상단 임시 연합이 형성된다.

7월 9일, 태자가 상단의 해외 무역을 제한하는 명령을 반포하나 로튼을 위시로 한 상단의 반대에 부딪혀 결국 열흘 만에 명령을 거둔다.

11월 초, 태자와 상단 임시 연합의 관계가 악화되고 태자가 연이어 통제령을 반포하나 전부 귀족원에 의해 부결된다.

12월 초, 로튼이 여왕의 명을 받고 아네사의 거래 주력군으로 나서며, 왕실과 상단의 관계는 다시 완화된다. 로튼 교육 재단 휘하 리시타 예술학원이 완공된다.

12월 말, 5개 상단 임시 연합이 와해되고 로튼이 구 연합의 구성원인 젠델 상단을 인수한다.

849년

2월 17일, 선대 이디에트 공작이 사망한다.

866년

10월 4일, 크리스티나 1세가 별세한다. 재위 49년.

*　*　*

어둠으로 점철된 방은 일말의 빛도 용납하지 않았다. 그 고요하기 그지없는 방에는 그저 커다란 인영만이 언뜻거리고 있었다.

위그는 조용하게 테이블에 놓인 와인 잔을 들었다. 쪼르륵 와인이 잔을 가득 채우는 소리가 흐르고, 이내 병을 따는 소리가 들리더니 이번에는 와인이 아닌 다른 것이 그 안을 점점이 채웠다. 그것을 보던 위그는 살짝 미간을 찌푸렸다. 에스페이린은 왠지 모르게 딱 봐도 그리 맛있을 것 같지는 않다. 무색무취라고 해도 그렇지, 대체 이런 걸 당신은 무슨 생각으로 마셨는지 모르겠다. 그것도 겨우 내 목줄을 틀어쥐기 위해.

그렇게 생각하며 그는 와인 잔을 느긋하게 돌렸다. 이내 의자에 앉은 그가 천천히 그것을 입에 댔다. 달큰한 와인의 향이 목구멍을 통해 들어갔다. 얼마 지나지 않아 바닥을 보인 와인 잔을 테이블에 놓고, 위그는 새삼스럽게 웃음을 흘렸다. 생각해 보니, 자신이 앉아 있는 이 방, 이 의자에서는 언제나 독을 마시고 앉아 있는 인간이 있었다.

제일 처음은 아주 오래전 그녀가 그의 뒤통수를 칠 때고, 그다음은 그녀가 제 약을 바꾸고 앉아 있던 때였다. 마지막으로는 결국 다시 그다. 그는 새삼스럽게 그녀가 아무것도 안 남겼지만, 이 의자만큼은 영원히 그의 방에 있다고 생각하다가 제가 말도 안 되는 잡념에 빠진 것을 자조했다.

위그는 눈을 감았다. 온몸에 힘이 쭉 빠졌다. 몰려오는 짙은 어둠과 정적.

그리고 얼마나 지났을까, 갑자기 주변이 확 밝아 오더니, 또각거리는 하이힐 소리가 다가왔다.

위그는 눈을 떴다. 그리고 곧 그가 웃었다.

"비비."

스물일곱 살의 비비안 로젤리스가 그곳에 있었다.

그녀는 화려한 흰색 드레스를 입고 있었다. 몸의 굴곡을 그대로 드러내는 흰색 드레스는, 마치 그녀가 얼마나 아름답고 환상적인 몸매를 갖고 있는지 그에게 과시라도 하는 양 매혹적이고 관능적이었다. 위로 틀어 올린 우아한 연회색 머리카락을 화려한 다이아몬드 머리핀이 장식하고 있었고, 귀가 아프지 않을까 싶을 정도로 크고 무거운 귀걸이가 그녀의 어깨 부근에서 달랑거렸다. 그리고 귀걸이와 세트로 만들어진 것이 분명한 목걸이. 마치 로튼의 재부를 그에게 보여 주듯, 오만한 얼굴 위로 넘치는 도도하고 요사스러운 미소.

위그는 그런 비비안을 한참을 보았다. 어떻게 된 게 그렇게 오랜 시간이 흐르고, 그렇게 무수한 그녀를 보았으면서 정작 이 순간에 보는 것은 가장 처음 그녀를 만난 그 순간인지 모르겠다. 그러나 결국 이 순간일 수밖에 없다는 생각이 들었다. 이 모든 것들이, 두 사람의 시작이었으므로.

그리고 그는 영원히 그 순간을 잊지 않았다. 그녀가 떠나가고, 홀로 살아가면서 제 욕망을 온전히 아이에게 물려주기까지 그 오랜 시간이 흘러도, 젊은 날의 비비안 로젤리스는 결국 위그의 머릿속에 남아 있는 듯했다.

한동안 방 안에 침묵이 흐르자 비비안이 살짝 미간을 좁혔다. 그녀는 언제나 그렇듯 마뜩잖은 얼굴을 하면서 그를 응시하고 있었다.

"왜 기껏 나를 봤는데 아무런 말도 없어? 내가 안 아름다워?"

"정말 이 순간에도 당신답군."

"나니까."

위그는 비비안의 새침한 목소리에 피식 웃었다.

"그저, 생각 중이다. 왜 내게 남은 당신의 모습은 여전히 첫 만남에 머물러 있는지."

"어머, 하지만 내게 남은 당신도 첫 만남의 그 재수 없는 얼굴이야."

그녀의 말에 위그는 살짝 고개를 돌려 창문을 보았다.

그곳에는 역시나 서른 살의 위그 이디에트가 있었다. 그것을 빤히 보던 위그를 향해, 비비안이 살짝 이맛살을 찌푸리며 은근히 조소를 흘렸다.

"왜, 자신이 잘생겼나 감상하는 중이야?"

"그래."

"이런, 부정이라도 해 봐."

"당신이야말로 내가 잘생기면 가장 좋아하는 사람 아닌가?"

"당연하지. 덕분에 아슈티나도 예쁘게 컸잖아."

위그는 비비안의 말에 멈칫하다가 흐음, 길게 숨을 내쉬었다. 곧 그가 입을 열었다.

"하긴, 그건 그래. 아슈티나가 나를 닮은 건 정말 훌륭한 선택이었다."

"맞는 말이긴 한데 때리고 싶은 건 여전해. 나한테 한 대 맞을 의향 있어?"

"싫다."

"그래도 한 대 맞자."

그러나 비비안의 말에 위그는 그저 웃기만 했다. 비비안은 그런 그를 보며 쯧 혀를 찼다. 그녀는 여전히 그가 이렇게나 얄밉다고 생각하는 것 같았다.

결국 돌고 돌아 두 사람은 다시 처음 만난 그 순간으로 서로의 마지막을 장식했다. 그렇게 생각하던 그는 그것이 너무 미묘하다는 생각을 지울 수 없었다. 그러나 아무렴 어떠랴, 그는 위그 이디에트, 이디에트의 개새끼 같은 공작이고 비비안 로젤리스는 로튼의 그 악마 같은 단주이다.

거기까지 생각한 그가 천천히 몸을 일으켰다. 어느새 그녀의 앞에 간 그가 입을 열었다.

"당신의 말이 옳았다. 당신의 의도를 헤치는 것만큼 의미 없는 일도 없었어."

"그걸 이제야 알았어? 정말이지 배움이 너무 늦어서 눈물이 날 지경이야."

비비안은 그의 말이 흥미롭다는 듯이 가늘게 눈을 떴다. 우아하게 접힌 그녀의 눈매가 요사스럽기 그지없었다. 마치 빨려들어 갈 듯이 유혹적인 그 눈을 보던 그가 손을 올려 그녀의 뺨을 살짝 잡고 입을 열었다.

"당신 뜻대로 이디에트의 여공작은 로젤리스의 딸이라는 것을 온 바첼론이 알게 되었어."

"당연한 거야."

"그리고 아슈티나의 존재로 나는 당신이 떠난 뒤에도 살 수 있었어. 결국에는 내 욕망을 그 아이에게 물려주어 이디에트의 영광을 지켰지. 덕분에 아마 나는 영원히 위그 이디에트일 것이다. 바첼론의 가장 큰 권력을 가진 사내, 하지만……."

하지만.

위그는 말을 골랐다.

하지만.

"나는 결국 그로 인해 당신을 이렇게 찾아왔어."

그 순간 비비안의 얼굴에 화사한 미소가 만개했다. 그녀는 마치 이 모든 것이 만족스럽기 그지없다는 듯이 그야말로 노골적인 희열을 드러내면서, 짜릿하기 이를 데 없다고 눈으로 말하고 있었다. 그에 위그는 그만 헛웃음을 지었다. 그래, 결국 이렇게 되었다. 그 무수한 욕망의 갈래에서, 굳이 고를 필요도 없이 모든 것들이 답이었다.

"그래서, 겨우 그걸 생각하면서 이렇게 홀로 방에서 청승맞게 있었던 거야?"

그렇게 생각하던 때였다. 그의 말에 더없이 화사하게 웃고 있던 비비안이 갑자기 그를 향해 입을 열었다. 그리고 그녀의 갑작스러운 물음에 위그는 잠시 생각하다가 고개를 저었다.

"그것뿐만은 아니야. 당신이 예전에 한 말을 곱씹고 있었어."

"무슨 말? 나는 당신이 곱씹을 만한 말을 아주 많이 했는데."

"내가 죽으면, 당신이 완전해질 것이라는 말."

"어머."

"그리고 이제는 그것이 무슨 뜻인지, 알 것 같다."

그렇게 말하는 위그의 얼굴은 마치 해답을 얻은 이 같았다. 그는 이제 더이상 궁금해하지 않았다. 애초에 궁금해할 필요도 없을 것이었다. 비비안 로젤리스는 홀로 집무실에서 죽음을 맞이했다. 그녀의 죽음은 결국 그녀 혼자의 것이 되어서, 그 끝마저도 위그는 갖지 못했지만 그는 그것이 아쉽다고 생각하지 않았다. 비비안 로젤리스는 원래 혼자다. 위그 이디에트가 혼자인 것처럼.

그러나 두 사람은, 또 함께였다. 그것을 되짚던 위그가 입을 열었다.

"나는, 결국 마지막 이 순간까지도 당신을 이기지 못했다."

"긍정적으로 생각해. 당신은 결국 나보다 더 오래 살았어. 내가 그렇게 원하고 또 원했던 것 말이지. 뭐, 그런 것치고는 별로 뭘 더 이룬 것 같지는 않지만."

"꼭 그렇게 말해야 하나? 나 정도로 사는 것도 힘들어."

그러나 위그의 말에도 비비안의 눈가에 비낀 비웃음은 여전히 사라질 줄 몰랐다. 그녀는 언제나 그러하듯 살짝 눈썹을 까딱이며 오만한 미소를 지으며 읊조렸다.

"내가 그 정도로 살았다면 나는 대륙도 정복했을 거야."

"좀 신빙성이 있어 보이지만 자존심 상하니 부정하도록 하지."

비비안은 그의 말에 웃음을 터뜨렸다. 그러나 언사와 달리, 위그의 얼굴에는 일말의 아쉬움도 남지 않았다. 오히려 그는 그저 비비안을 응시하다가,

말을 이었다.

"하지만 뭐가 됐든, 그렇게 당신이 만들어 놓은 모든 수에 걸려 이렇게 왔지. 웃기지 않나? 위그 이디에트가 사랑을 위해 죽다니. 그야말로 철저한 자업자득이다."

비비안은 그의 말에 입꼬리를 말아 올렸다. 그리고 곧, 그녀가 속삭였다.

"원래 인생은 자업자득이야."

"그렇군."

"그리고 당신의 죽음으로 나는 완전해질 거야."

위그는 그만 헛웃음을 흘렸다. 한때는 그것이 이해 가지 않았던 적이 있었다. 그러나 지금은 알 것 같다. 그녀를 사랑하는 이들의 죽음 위에 올라타, 인생의 가장 정점에 섰던 그 여자는 결국 오늘 그의 죽음으로써 그렇게 완성될 것이다.

그리고 동시에⋯⋯.

"당신 또한 완전해지겠지."

비비안의 속삭임에 위그의 얼굴에 미묘한 기색이 서렸다. 그녀는 언제나 그러하듯 눈을 곱게 접어 화사하게 웃고 있었다. 그 도발적이고 오만한 눈빛에 모든 것이 담겨 있었다. 시리도록 파란 눈동자를 계속해서 응시하던 그는 길게 숨을 내뱉더니 팔을 뻗어 비비안을 더욱더 끌어안았다. 달콤한 체향이 그에게 감겨 왔다. 하늘하늘한 연회색 머리카락, 차가운 파란색 눈동자, 그리고 오직 위그 이디에트와 섞이는 숨결.

"상관없어. 나는 한평생 당신에게 패배했지만, 그래도 딱 하나는 이겼어. 나는 당신보다 오래 살았거든."

그래, 나는 당신보다 오래 살았다. 오래 살아서, 결국 당신 마음에 무덤 하나를 덜어 주었다. 한평생 대치해 온 삶에서 유일하게 그녀를 상대로 이긴 내기가 결국 그녀보다 더 오래 사는 것이었다니 조금 웃기긴 하지만, 그래도, 결국 상대의 무덤을 안은 것은 그이므로.

"그거면 됐어."

그거면 됐다.

그의 속삭임에 비비안이 옅게 웃음을 흘리는 듯했다. 위그는 비비안을 살짝 품에서 풀었다. 마치 약속이나 한 듯이 새빨간 입술이 자연스럽게 그를 향해 부딪쳐 오고, 길고 가는 팔이 그의 목을 감았다. 그의 단단한 손이 그녀의 머리를 받쳐 들었다.

위그는 눈을 감았다. 혀끝에서 알싸하게 퍼지는 그녀의 향이, 그렇게나 황홀했다.

849년 두 번째 달의 열일곱 번째 날, 위그 이디에트는 다시 비비안 로젤리스를 찾아냈다.

비로소 두 사람은, 완전해졌다.